T0061556

LA VIDA INVISIBLE
DE ADDIE LARUE

Victoria «V. E.» Schwab es la autora *best seller* #1 del *New York Times* de más de veinte títulos, entre ellos, el aclamado universo de *Los colores de la magia*, la saga *Villanos*, la saga *Las crónicas de Cassidy Blake*, *Gallant*, y el *best seller* internacional *La vida invisible de Addie LaRue*.

Sus novelas han recibido numerosos elogios por parte de la crítica, se han traducido a más de veinticuatro idiomas y han sido seleccionadas para convertirse en series de televisión y películas. *La primera muerte*, una serie juvenil de vampiros basada en el relato homónimo de Schwab, es ahora una serie de Netflix.

Cuando Victoria no está recorriendo las calles de París o subiendo por las colinas inglesas, vive en Edimburgo, Escocia, y suele pasarse los días escondida en un rincón de alguna cafetería soñando con monstruos.

Nube de tags
Fantasía – Novela – Ficción Literaria
Código BIC: FA | Código BISAC: FIC019000
Diseño de cubierta: Will Staehle / Unusual Co.

LA VIDA INVISIBLE DE ADDIE LARUE

V.E. SCHWAB

Traducción de Patricia Sebastián

books4pocket

Argentina • Chile • Colombia • España
Estados Unidos • México • Perú • Uruguay

Título original: *The Invisible Life of Addie LaRue*
Editor original: Tor, un sello de Tom Doherty Associates,
Macmillan Publishing Group, LLC.
Traducción: Patricia Sebastián
Ilustraciones de interior: Jennifer Hanover

1.ª edición en **books4pocket** Enero 2024

Reservados todos los derechos. Queda rigurosamente prohibida, sin la autorización escrita de los titulares del *copyright*, bajo las sanciones establecidas en las leyes, la reproducción parcial o total de esta obra por cualquier medio o procedimiento, incluidos la reprografía y el tratamiento informático, así como la distribución de ejemplares mediante alquiler o préstamo público.

© 2020 *by* V. E. Schwab
All Rights Reserved
© de la traducción 2020 *by* Patricia Sebastián
Publicado en virtud de un acuerdo con el autor, a través de la agencia
BAROR INTERNATIONAL, INC., Armonk, New York, U.S.A.
© 2020 *by* Urano World Spain, S.A.U.
Plaza de los Reyes Magos, 8, piso 1.º C y D – 28007 Madrid
www.umbrieleditores.com
www.books4pocket.com

ISBN: 978-84-19130-17-4
E-ISBN: 978-84-17981-94-5
Depósito legal: M-31.055-2023

Fotocomposición: Ediciones Urano, S.A.U.

Impreso por Novoprint, S.A. – Energía 53 – Sant Andreu de la Barca (Barcelona)

Impreso en España – *Printed in Spain*

Para Patricia,
por no olvidar nunca

Introducción de la autora

Conocí a Addie por primera vez durante un paseo por el campo.

Por aquel entonces, vivía en Liverpool, en un destartalado cobertizo que se encontraba en el patio trasero del exdirector de un centro penitenciario: una situación poco propicia para una chica de veintitrés años. Una de mis afables compañeras de piso se ofreció a llevarme hasta algunos de los lugares más pintorescos que solía visitar por trabajo, y así es cómo acabé paseando durante 8 horas por un pueblo llamado Ambleside, situado en el Distrito de los Lagos.

Mientras me abría paso a través de los húmedos y sombríos campos, rodeando fortalezas de hadas y raíces del tamaño de un portón, y escalando colinas de hierba alta que me dejaron sin aliento no solo por el ascenso sino también por sus vistas, me puse a pensar en la inmortalidad.

Las tierras salvajes del norte de Inglaterra poseen cierto carácter atemporal. Era 2011, pero estando allí de pie, sin aliento, en lo alto de una colina, podía haber sido 1911. 1811. 1711. No había ni un alma a mi alrededor. Ni tampoco edificios. Me sentí exhausta, y aturdida, y llena de inspiración. Sentí lo que denominaría más tarde como una «alegría rebelde», una sensación que se convertiría en la semilla del personaje de Addie. A medida que la adrenalina, fruto del ascenso, desaparecía y el calor abandonaba mis extremidades, la fatiga se apoderó de mí. De pronto, me encontraba inmensamente cansada. Experimenté un agotamiento tan profundo que me

9

dieron ganas de sentarme allí mismo. Aquel sentimiento de fatiga se transformó en una parte tan fundamental de Addie como su alegría, la otra cara de la moneda. La esperanza siempre se alzaba triunfante, pero las ganas de rendirse, de descansar, eran como una losa inamovible, y nunca la abandonaban. El tira y afloja de una persona joven y vieja a la vez, de una persona ajena a las leyes mortales del tiempo, y aun así, innegablemente humana.

Había encontrado a mi chica. Ahora necesitaba hallar su historia.

Para mí las historias son como las cazuelas que dejamos sobre los fogones. Es decir, el resultado de muchos ingredientes cocinándose a fuego lento. El contexto. El anhelo de un personaje. Un momento crucial. El final. El tema. Todos estos elementos se añaden uno por uno a la cazuela hasta que empiezan a mezclarse y fundirse y se convierten en un guiso. Una historia lista para ser contada.

Aún tardaría otro año en decidir que Addie haría un pacto con el diablo, y otro más en darme cuenta de que su inmortalidad vendría acompañada de una maldición: la de que los demás se olvidasen de ella. Ahí se encontraba el origen del cansancio que había experimentado en aquella colina, de la rebelde determinación para seguir adelante, primero por puro rencor y luego debido a un sentimiento de esperanza.

Me llevó tres años dar con la historia. Y otros dos encontrar el final (lo único sin lo que nunca empiezo una historia). Y sin embargo, todavía no estaba lista para ponerme a escribir. Soy una de esas escritoras que, por lo general, son capaces de planificar y terminar el borrador de una novela en tan solo un año. En aquel momento, llevaba trabajando en Addie seis años y no había escrito ni la primera frase. Tal vez no estaba preparada para contar su historia. Tal vez no lo estaba para dejarla marchar. Quizá me preocupaba el hecho de olvidarla en cuanto lo hiciera.

Pero el proceso de escritura es inmortal en sí mismo. Una historia que se narra, que llega a otros y es recordada. Y por eso, un día de verano de hace dos años, comencé por fin a plasmar esta historia en papel.

Y ahora, diez años después de aquel paseo por Ambleside, está terminada, y entre estas páginas se encuentra mi chica, con su optimismo persistente y su alegría rebelde. Mi Addie. Espero que disfrutes conociéndola. Y cuando hayas acabado de leer, espero que alguna parte de su historia permanezca contigo.

Espero que la recuerdes.

Tal vez los dioses antiguos sean grandes, pero no son ni bonda-dosos ni misericordiosos. Son volubles, inestables como la luz de la luna reflejada en el agua o las sombras de una tormenta. Si insistes en llamarlos, presta atención: ten cuidado con lo que deseas y accede a pagar el precio. Y por muy desesperada o gra-ve que sea la situación, nunca reces a los dioses que responden tras caer la noche.

ESTELE MAGRITTE
1642-1719

Villon-sur-Sarthe, Francia
29 de julio de 1714

Una chica corre como si le fuera la vida en ello.

El aire de verano arde a sus espaldas, pero no hay antorchas ni turbas enfurecidas, solo los farolillos distantes de un banquete de bodas y el resplandor rojizo del sol en el horizonte, que se agrieta y se derrama por las colinas, y la chica corre, con las faldas enredándose en la hierba, mientras se dirige hacia el bosque e intenta ganar la carrera contra el anochecer.

El viento transporta unas voces que la llaman.

«¿Adeline? ¿Adeline? ¡Adeline!».

Su sombra se extiende hacia delante, demasiado larga, con los bordes ya desdibujados, y unas pequeñas flores blancas se le caen del pelo y salpican el suelo como si fueran estrellas. Deja una constelación a su paso, muy parecida a la que se despliega por sus mejillas.

Siete pecas. Una por cada uno de sus amores, eso es lo que había dicho Estele, cuando todavía era una niña.

Una por cada una de sus vidas.

Una por cada dios que la cuida.

Ahora esas siete marcas se burlan de ella. Promesas. Mentiras. No ha tenido ningún amor, no ha vivido ninguna vida ni conocido a ningún dios, y el tiempo está a punto de acabársele.

Pero la chica no aminora la marcha, no mira hacia atrás. No quiere ver la vida que le espera: tan inerte como un dibujo, tan certera como la muerte.

En vez de eso, corre.

✦ ✦ ✦ ✦ ✦ ✦ ✦ ✦

Parte uno:

Los dioses que responden tras caer la noche

Título: *Revenir.*

Autor: Arlo Miret.

Fecha: 1721-22 d. C.

Técnica: Madera de fresno, mármol.

Ubicación: En préstamo del Museo d'Orsay.

Descripción: Una serie escultórica de cinco pájaros de madera en varias posturas y etapas previas al vuelo, montados sobre un estrecho zócalo de mármol.

Contexto: Miret, un diligente autobiógrafo, escribió múltiples diarios que proporcionan información sobre su perspectiva y proceso creativo. En cuanto a la inspiración para *Revenir*, Miret atribuyó la idea a una figurita que encontró en las calles de París durante el invierno de 1715. El pájaro de madera, hallado con un ala rota, está supuestamente recreado en la cuarta figura de la secuencia (aunque intacto), a punto de alzar el vuelo.

Valor aproximado: 175.000 dólares.

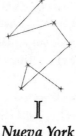

I

Nueva York
10 de marzo de 2014

La chica se despierta en la cama de otra persona.

Permanece totalmente inmóvil, e intenta contener el tiempo como si estuviera conteniendo la respiración; como si gracias a su fuerza de voluntad pudiera evitar que el reloj siga corriendo, que el chico que está a su lado se despierte y conseguir que el recuerdo de la noche que han pasado juntos permanezca intacto.

Por supuesto, sabe que es imposible. Sabe que la olvidará. Como siempre sucede.

No es culpa suya, nunca es culpa de ellos.

El chico sigue dormido, y ella contempla cómo sus hombros suben y bajan lentamente; observa el lugar donde su cabello oscuro se riza en la nuca y la cicatriz a lo largo de sus costillas. Detalles que se ha aprendido de memoria.

Se llama Toby.

Anoche, ella le dijo que se llamaba Jess. Mintió, pero solo porque no puede pronunciar su verdadero nombre: una de las crueles peculiaridades escondidas como ortigas en la hierba. Unos aguijones ocultos diseñados para atravesarle la piel. ¿Qué es una persona, sino las huellas que deja? Ha aprendido a caminar entre los espinos, pero algunos cortes no pueden evitarse: un recuerdo, una fotografía, un nombre.

Durante el último mes ha sido Claire, Zoe, Michelle…, pero hace dos noches, mientras era Elle, y habían echado el cierre a una cafetería nocturna tras una de sus actuaciones, Toby comentó que estaba enamorado de una chica llamada Jess, solo que aún no la había conocido.

De modo que ahora se llama Jess.

Toby comienza a moverse, y ella nota un dolor viejo y conocido en el pecho al tiempo que él se estira y se da la vuelta… aunque no se despierta. Todavía no. Su rostro se encuentra ahora a centímetros de ella, con la boca entreabierta y unos rizos negros que le cubren los ojos; sus pestañas oscuras contrastan con la palidez de sus mejillas.

En una ocasión, la oscuridad se burló de la chica mientras ambos paseaban a lo largo del Sena, le hizo creer que tenía un «tipo», insinuando que la mayoría de los hombres que elegía, e incluso algunas de las mujeres, se parecían mucho a él.

El mismo cabello oscuro, los mismos ojos penetrantes, los mismos rasgos.

Pero no era justo.

Después de todo, la oscuridad tenía ese aspecto debido a ella. Le había dado esa forma. Había elegido esa apariencia.

«¿No te acuerdas de cuando no eras más que humo y sombra?», le dijo ella entonces.

«Cariño», le había contestado él de esa forma suave y hermosa, «yo era la noche misma».

Ahora es por la mañana, en otra ciudad, en otro siglo; la brillante luz del sol atraviesa las cortinas y Toby vuelve a moverse, emergiendo del mundo de los sueños. Y la chica que se llama —que se *llamaba*— Jess contiene la respiración de nuevo, mientras intenta imaginar una versión de este día donde él se despierta, la ve y *la recuerda*.

Una versión en la que él sonríe, le acaricia la mejilla y le dice: «Buenos días».

Pero no sucederá de ese modo, y ella prefiere no ver la acostumbrada expresión vacía, prefiere no ver cómo el chico trata de llenar los huecos donde *deberían* estar los recuerdos de ella, ni ser testigo de cómo recupera la compostura y aparenta una estudiada indiferencia.

Ya ha presenciado ese numerito bastantes veces, se lo sabe de memoria, así que en vez de eso se desliza de la cama y se dirige descalza a la salita de estar.

Contempla su reflejo en el espejo del pasillo y ve lo mismo que los demás: las siete pecas, dispersas a lo largo de su nariz y sus mejillas como un grupo de estrellas.

Su propia y particular constelación.

Se inclina hacia delante y empaña el cristal con su aliento. Arrastra la punta del dedo por la zona opaca mientras intenta escribir su nombre. *A... d...*

Pero solo llega hasta ahí antes de que las letras se desvanezcan. No tiene que ver con el método: da igual cómo intente decir su nombre, cómo intente contar su historia. Y lo ha intentado: con lápiz, con tinta, con pintura, con sangre.

Adeline.

Addie.

LaRue.

No sirve de nada.

Las letras se desmoronan o se desvanecen. Los sonidos se extinguen en su garganta.

Deja caer los dedos del cristal, se da la vuelta y escudriña la habitación.

Toby es músico, y las muestras de su arte están por todas partes.

En los instrumentos apoyados en las paredes. En las frases garabateadas y las notas desperdigadas sobre las mesas: los compases de melodías medio olvidadas mezcladas con la lista de la compra y las tareas semanales. Pero esparcidos por el lugar, se encuentran los toques de otra mano: las flores que ha empezado a depositar en las ventanas, aunque no sabe cuándo adquirió esa costumbre. El libro de Rilke que no recuerda haber comprado.

Las cosas que perduran, aun cuando los recuerdos no lo hacen.

Toby es poco madrugador, de modo que Addie se prepara un té; él no bebe té, pero en el armario hay una lata de Ceilán suelto y una caja de bolsitas de seda. Un vestigio de una visita nocturna al supermercado; un chico y una chica de la mano, recorriendo los pasillos por el insomnio. Porque ella no había estado dispuesta a que la noche terminara ni lista para dejarlo ir.

Levanta la taza e inhala el aroma al tiempo que los recuerdos flotan con este.

Un parque en Londres. Una terraza en Praga. Una sala de reuniones en Edimburgo.

El pasado extendido como una sábana de seda sobre el presente.

Es una mañana fría de Nueva York, la escarcha ha empañado los cristales, así que toma una manta del respaldo del sofá y se la coloca alrededor de los hombros. La funda de una guitarra ocupa uno de los extremos del sofá y el gato de Toby, el otro, por lo que se sienta en la banqueta del piano.

El gato, que también se llama Toby («Para poder hablar conmigo mismo sin que resulte raro…», le había explicado él), la mira mientras ella sopla el té.

Se pregunta si la recuerda.

Ya se ha calentado un poco las manos, de modo que deja la taza sobre el piano, abre la tapa de las teclas, estira los dedos y comienza a tocar de forma tan suave como puede. En el dormitorio, oye cómo Toby el humano se mueve, y cada centímetro de ella, desde el esqueleto hasta la piel, se tensa con temor.

Esta es la peor parte.

Addie podría haberse escabullido —debería haberse escabullido— mientras él aún dormía, cuando la mañana seguía siendo una extensión de la noche que habían pasado juntos, igual que un momento atrapado en ámbar. Pero ahora es demasiado tarde, de manera que cierra los ojos y sigue tocando; mantiene la cabeza agachada al tiempo que oye sus pisadas por debajo de las notas, mantiene los dedos en movimiento al advertir su presencia en la puerta. Él permanece allí y contempla la escena, intentando reconstruir los acontecimientos de la noche anterior, preguntándose cuándo se desmadraron las cosas, en qué momento se llevó a una chica a casa, y si bebió demasiado, pues no recuerda nada.

Pero Addie sabe que Toby no la interrumpirá mientras esté tocando, así que saborea la música durante algunos segundos más, antes de obligarse a alejar los dedos de las teclas, levantar la mirada y fingir que no advierte la confusión que se refleja en su rostro.

—Buenos días —dice ella con una voz cantarina. Su acento, que en el pasado evidenciaba su procedencia de la campiña francesa, es ahora tan leve que apenas se nota.

—Eh…, buenos días —le contesta Toby pasándose una mano por los sueltos rizos negros. Para mérito suyo, él tiene el mismo aspecto de siempre: un poco aturdido y sorprendido de que haya una chica guapa en su sala de estar que no lleve nada más bajo la manta que ropa interior y la camiseta de su grupo preferido.

—Jess —le dice ella, facilitándole el nombre que no recuerda, pues hay un vacío en su lugar—. Da igual si no te acuerdas.

Toby se ruboriza y aparta a Toby el gato al tiempo que se hunde en los cojines del sofá.

—Lo siento… esto no es propio de mí. No soy de esa clase de chicos.

Ella sonríe.

—Y yo no soy de esa clase de chicas.

Entonces él sonríe también y es como si un rayo de luz iluminara las sombras de su rostro. Dirige un gesto con la cabeza al piano, y ella quiere que diga algo como «No sabía que pudieras tocar», pero en cambio dice:

—Eres muy buena. —Y lo es; resulta increíble lo mucho que una puede aprender cuando dispone de tiempo.

—Gracias —dice ella recorriendo las teclas con las puntas de los dedos.

Toby se pone nervioso, y huye hacia la cocina.

—¿Café? —pregunta revolviendo los armarios.

—He encontrado té. —Empieza a tocar una canción diferente. Nada complejo, solo un puñado de notas. El comienzo de algo. Encuentra la melodía, se aferra a ella y deja que se deslice entre sus dedos mientras Toby vuelve a la habitación, con una taza humeante en las manos.

—¿Qué es eso? —pregunta, y los ojos le brillan de ese modo que resulta tan característico en los artistas: escritores, pintores, músicos, cualquier persona propensa a momentos de inspiración—. Me resulta familiar…

Ella se encoge de hombros.

—La tocaste para mí anoche.

No es una mentira, no exactamente. Sí que le tocó esa melodía. Después de que ella se la enseñara.

—¿En serio? —pregunta él frunciendo el ceño. Ya ha dejado el café a un lado, y alarga la mano en busca de un lápiz y un cuaderno que descansan en la mesa más cercana—. Joder, seguro que estaba borracho.

Sacude la cabeza mientras lo dice; Toby nunca ha sido uno de esos compositores que prefieren trabajar colocado.

—¿Te acuerdas de cómo seguía? —pregunta pasando las páginas del cuaderno. Addie comienza a tocar de nuevo, guiándolo a través de las notas. Él lo ignora, pero lleva semanas trabajando en esa canción. Bueno, *llevan*.

Los dos juntos.

Ella sonríe mientras sigue tocando. Esta es la hierba entre las ortigas. Un lugar firme. No puede dejar su propia huella, pero si tiene cuidado, es capaz de entregársela a alguien más. Nada específico, por supuesto, pero la inspiración rara vez lo es.

Toby sujeta ahora la guitarra, apoyada sobre una rodilla, y toca las notas mientras murmura para sí mismo que la melodía es buena, que es diferente, que es *especial*. Ella deja de tocar y se pone de pie.

—Debería marcharme.

La melodía se desmorona en las cuerdas al tiempo que Toby levanta la mirada

—¿Qué? Pero si ni siquiera te conozco.

—Exacto —contesta ella, y se dirige al dormitorio para recoger su ropa.

—Pero *quiero* conocerte —dice Toby apoyando la guitarra en el suelo y siguiéndola por el apartamento, y ese es el momento en que nada parece justo, la única ocasión en que siente una ola de frustración que amenaza con romperse. Porque ha pasado *semanas* conociéndolo. Y él ha pasado unas horas olvidándola—. Espera.

Odia esta parte. No debería haberse quedado. Debería haber desaparecido de su vista, así como de su mente, pero siempre guarda la persistente esperanza de que esta vez sea diferente, de que esta vez la recuerden.

Yo me acuerdo de ti, le dice la oscuridad al oído.

Sacude la cabeza para alejar a la voz.

—¿Por qué tanta prisa? —pregunta Toby—. Al menos deja que te prepare el desayuno.

Pero está demasiado cansada para volver a jugar a ese juego, de manera que le cuenta una mentira, le dice que tiene cosas que hacer y se obliga a seguir moviéndose, porque si se detiene, sabe que no tendrá la fuerza necesaria para volver a ponerse en marcha, y el ciclo se repetirá, solo que esta vez empezará por la mañana en vez de por la noche. Pero no resultará más sencillo al acabar, y si tiene que volver a empezar, prefiere que lo haga con un bonito encuentro en un bar y no durante la mañana después de un rollo de una noche que él no recuerda.

De todos modos, dentro de un momento dará igual.

—Jess, espera —dice Toby agarrándole la mano. Titubea en busca de las palabras adecuadas, luego se rinde y vuelve a empezar—. Tengo una actuación esta noche, en el Alloway. Deberías venir. Está en…

Sabe dónde está, por supuesto. Es donde se conocieron la primera, la quinta y la novena vez. Y cuando ella se compromete a ir, él esboza una sonrisa deslumbrante, como siempre.

—¿Lo prometes? —pregunta Toby.

—Lo prometo.

—Te veo allí —le dice él, con las palabras rebosantes de esperanza al tiempo que ella se da la vuelta y atraviesa la puerta.

La chica mira hacia atrás y dice:

—Mientras tanto, no te olvides de mí.

Una vieja costumbre. Una superstición. Una súplica.

Toby sacude la cabeza.

—Como si pudiera.

Ella sonríe, como si se tratara de una broma.

Pero mientras se obliga a bajar las escaleras, Addie sabe que ya está ocurriendo; sabe que para cuando él cierre la puerta, ella habrá desaparecido.

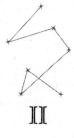

II

Marzo es un mes muy voluble.

Es la costura entre el invierno y la primavera, aunque el término «costura» sugiere un dobladillo uniforme, y marzo es más bien una línea irregular de puntadas cosidas por una mano inestable que oscila de forma salvaje entre las borrascas de enero y el verdor de junio. No sabes con qué te encontrarás hasta que salgas de casa.

Estele solía referirse a este período como los días inquietos, cuando los dioses de sangre caliente comenzaban a agitarse y los fríos, a serenarse. Cuando los soñadores eran más propensos a las malas ideas, y los trotamundos tenían más posibilidades de extraviarse.

Addie siempre ha sido proclive a ambas cosas.

Tiene sentido entonces que naciera el 10 de marzo, en plena costura irregular, aunque hace mucho que no siente deseos de celebrar su cumpleaños.

Durante veintitrés años le horrorizó aquel marcador temporal, así como su significado: que estaba creciendo, envejeciendo. Y entonces, con el transcurso de los siglos, su cumpleaños se convirtió en una fecha innecesaria y mucho menos importante que la noche en que renunció a su alma.

Ese día, una muerte y un segundo nacimiento acontecieron al mismo tiempo.

Aun así, es su cumpleaños y se merece un regalo.

Se detiene frente a una tienda de ropa, y vislumbra su reflejo fantasmagórico en el cristal.

En el amplio escaparate, un maniquí posa, inmóvil, a mitad de un paso, con la cabeza ligeramente inclinada hacia un lado, como si estuviera escuchando una canción reservada solo para él. El largo torso se encuentra envuelto en un suéter de rayas anchas, y unos *leggings* brillantes se extienden por sus piernas hasta desaparecer en un par de botas que llegan hasta la rodilla. Tiene una mano en alto, con los dedos enganchados en el cuello de la chaqueta que le cuelga de un hombro. Mientras Addie examina el maniquí, se descubre imitando la pose, cambiando su postura, inclinando la cabeza. Y tal vez se deba a ese día en particular, o a la promesa de la primavera que flota en el ambiente, o quizá simplemente está de humor para probar algo nuevo.

El interior de la tienda huele a velas sin encender y a ropa sin estrenar, y Addie pasa los dedos por el algodón y la seda antes de toparse con el suéter de punto a rayas, que resulta ser de cachemira. Se lo coloca sobre un brazo junto con los *leggings* del escaparate. Sabe cuál es su talla.

No ha cambiado.

—¡Bienvenida! —La risueña dependienta es una chica de veintipocos años, igual que Addie, aunque una de ellas es real y envejece y la otra es una imagen atrapada en ámbar—. ¿Quieres que te enseñe más cosas?

—No te preocupes —dice Addie, tomando un par de botas de un expositor—. No me hace falta nada más. —Sigue a la chica hasta los tres habitáculos con cortinas al fondo de la tienda.

—Avísame si me necesitas. —La chica se da la vuelta antes de que la cortina se cierre del todo, dejando a Addie sin más compañía que la del asiento almohadillado, un espejo de cuerpo entero y ella misma.

Se descalza de un puntapié y luego se quita la chaqueta con una sacudida de hombros y la lanza al asiento. Unas monedas tintinean en los bolsillos al aterrizar y algo se cae del interior. Golpea el suelo con un ruido sordo y rueda por el estrecho probador hasta detenerse en el rodapié.

Es un anillo.

Un pequeño aro tallado en madera gris ceniza. Una alhaja familiar que en el pasado le encantaba pero que ahora aborrece.

Addie contempla fijamente la sortija durante un momento. Sus dedos se sacuden, traicioneros, pero no alarga la mano hacia el anillo, no lo recoge, sino que le da la espalda al pequeño aro de madera y continúa desvistiéndose. Se pone el suéter y los *leggings* y se sube la cremallera de las botas. El maniquí era más alto y delgado, pero a Addie le gusta la forma en que el atuendo se acomoda sobre su figura, la calidez de la cachemira, el peso de los *leggings*, el suave abrazo del forro de las botas.

Arranca las etiquetas de las prendas una a una, sin prestar atención a los ceros.

Joyeux anniversaire, piensa mirándose al espejo. Inclina la cabeza, como si también escuchara una canción reservada solo para ella. Es la viva imagen de una mujer moderna de Manhattan, a pesar de que el rostro del espejo haya permanecido inalterable a lo largo de los siglos.

Addie deja su vieja ropa esparcida como una sombra en el suelo del probador. El anillo es igual que un niño al que han abandonado en una esquina. Lo único que recupera es la chaqueta que ha dejado antes en el asiento.

Es suave y está hecha de cuero negro, y la ha llevado durante tanto tiempo que el tejido se ha convertido prácticamente en seda. Es la única prenda que Addie se negó a dejar atrás en Nueva Orleans para que fuera pasto de las llamas, a pesar de que el olor de él se aferró a la tela como el humo, pues su rastro siempre lo mancilla todo. Pero le da igual; le encanta la chaqueta.

Por aquel entonces era nueva, aunque ahora está estropeada. Muestra su desgaste de todas las formas en que ella no puede. Le recuerda a Dorian Gray: el paso del tiempo queda reflejado en el cuero en vez de en la piel humana.

Addie sale del pequeño vestidor con cortinas.

Al otro lado de la tienda, la dependienta se sobresalta, nerviosa al verla.

—¿Te queda todo bien? —le pregunta; es demasiado educada para admitir que no recuerda haber dejado pasar a nadie a los probadores. Un hurra por el servicio de atención al cliente.

Addie sacude la cabeza con tristeza.

—Hay días en los que acabas con las manos vacías —dice dirigiéndose a la puerta.

Para cuando la dependienta encuentre la ropa, los rastros de la presencia de una chica en el suelo del probador, no recordará a quién pertenece y Addie se habrá ido, habrá desaparecido de la vista, de la mente y de los recuerdos.

Se arroja la chaqueta sobre el hombro, con un dedo enganchado al cuello, y se aventura hacia la luz.

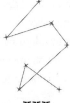

III
Villon-sur-Sarthe, Francia
Verano de 1698

Adeline está sentada en el carro junto a su padre.

Su padre, todo un misterio para ella, es un hombretón serio que pasa la mayor parte del tiempo en el taller de su casa.

Bajo sus pies, un montón de piezas de madera crean pequeñas figuras debajo de una manta, y las ruedas del carro traquetean mientras Maxime, la robusta yegua, los conduce lejos de su hogar.

Lejos —*lejos*— es una palabra que hace que su pequeño corazón se acelere.

Adeline tiene siete años, los mismos que pecas en la cara. Es inteligente, pequeña y rápida como un gorrión, y ha suplicado durante meses para que la dejen acompañar a su padre al mercado. Suplicó hasta que su madre aseguró volverse loca, hasta que su padre accedió por fin. Él es carpintero y tres veces al año recorre las orillas del Sarthe hasta llegar a la ciudad de Le Mans.

Y hoy, ella lo acompaña.

Hoy, por primera vez, Adeline sale de Villon.

Se vuelve para mirar a su madre, que está con los brazos cruzados junto al viejo tejo al final del camino, y entonces doblan la curva y su madre desaparece. Recorren el pueblo y dejan atrás las casas y los campos, la iglesia y los árboles, a *Monsieur* Berger arando el suelo y a *Madame* Therault colgando la ropa, mientras su hija

Isabelle permanece sentada en la hierba cercana haciendo coronas de flores, tan concentrada que saca la lengua entre los dientes.

Cuando Adeline le contó a la niña lo de su viaje, Isabelle se encogió de hombros y dijo: «A mí me gusta Villon».

Como si no pudiera gustarte un lugar y a la vez desear ver mundo.

Ahora Isabelle la mira y la saluda mientras el carro pasa. Llegan al límite del pueblo, que es lo máximo que Adeline se ha alejado de su casa, y la carreta golpea un bache y se sacude como si también hubiera cruzado un umbral. Adeline contiene la respiración, esperando sentir el tirón de una cuerda en su interior que la una al pueblo.

Pero no hay ataduras ni zarandeos. El carro continúa su camino y ella se siente algo intrépida, aunque también temerosa, al darse la vuelta para contemplar la imagen menguante de Villon, que hasta ese día constituía la totalidad de su mundo y ahora es solo una parte. El pueblo se encoge cada vez más con cada paso de la yegua, hasta parecer una de las figuritas de su padre, lo bastante pequeña como para alojarla dentro de una de sus palmas encallecidas.

Se tarda un día entero en llegar a Le Mans, pero el trayecto se le hace llevadero gracias a la cesta que ha preparado su madre y a la compañía de su padre: el pan y el queso le llenan la barriga, y los hombros anchos de su padre, que la deleita con su risa fácil, le proporcionan sombra bajo el sol veraniego.

En casa es un hombre callado, comprometido con su trabajo, pero durante el camino comienza a abrirse, a ser más expresivo, a hablar.

Y cuando habla es para contarle historias.

Historias que ha recolectado, como si se tratara de madera.

«Il était une fois», dirá antes de comenzar a hablar de palacios y de reyes, de oro y de esplendor. Érase una vez.

Así es cómo empieza la historia.

No recordará los relatos en sí, pero sí la forma en que los cuenta; las palabras le resultan tan suaves como los cantos rodados, y se pregunta si su padre narra estas historias cuando está a solas, si le habla a Maxime de este modo comprensible y gentil. Se pregunta si le cuenta historias a la madera mientras la trabaja. O si solo son para ella.

Adeline desearía poder escribirlas.

Más adelante, su padre le enseñará las letras. A su madre le dará un ataque cuando se entere y lo acusará de proporcionarle otra forma de holgazanear y desperdiciar las horas del día, pero, de todos modos, Adeline se escabullirá a su taller y él la dejará sentarse y practicar la escritura de su propio nombre sobre el fino polvo que siempre parece cubrir el suelo del taller.

Pero hoy no puede hacer más que escuchar.

El campo se desliza a su alrededor, como un retrato dinámico de un mundo que ya conoce. Los campos son campos, idénticos a los que hay en casa, los árboles están dispuestos casi de la misma manera, y cada vez que llegan a un pueblo, este es un reflejo acuoso de Villon, por lo que Adeline se pregunta si el mundo exterior es tan aburrido como el suyo.

Pero entonces vislumbra los muros de Le Mans.

Unas crestas de piedra se elevan a lo lejos, y una estructura llena de patrones se extiende a lo largo de las colinas. Es cien veces más grande que Villon —o, al menos, así lo recuerda ella— y Adeline contiene el aliento mientras atraviesan las puertas y se adentran en la ciudad amurallada.

Al otro lado, encuentran un laberinto de calles abarrotadas. Su padre guía el carro entre casas tan apretujadas como piedras, hasta que el estrecho camino se abre a una plaza.

En Villon también cuentan con una plaza, por supuesto, pero esta es apenas más grande que su jardín. El espacio que ahora se extiende frente a ella es propio de un gigante, y el suelo queda oculto bajo los numerosos pies, carros y puestos. Y mientras su padre conduce a Maxime hasta una zona de parada, Adeline se pone de pie en el banco y queda fascinada ante la visión del mercado, el aroma embriagador del pan y el azúcar en el aire y la presencia de la gente por todas partes. Nunca ha visto a tantas personas juntas, y mucho menos que sean forasteros. Son un océano de desconocidos: rostros extraños con ropas y voces extrañas que pronuncian palabras extrañas. Es como si las puertas de su mundo se hubieran abierto de par en par y hubiera descubierto un sinfín de habitaciones en una casa que creía conocer.

Su padre se apoya contra el carro y habla con cualquiera que pase, y mientras tanto, mueve las manos sobre un trozo de madera, con una navajita anidada en una de sus palmas. Trabaja la superficie con la facilidad de alguien que pela una manzana, y las virutas de madera caen entre sus dedos. A Adeline siempre le ha gustado verlo trabajar y descubrir cómo las figuras van tomando forma, como si hubieran estado siempre ahí, aunque escondidas, igual que el hueso en el corazón de un melocotón.

El trabajo de su padre es maravilloso, y a pesar de que sus manos son ásperas, la madera aflora suave, delicada, en contraste con el enorme tamaño de él.

Y mezclados entre los cuencos y las tazas, escondidos entre sus herramientas, hay unos juguetes para vender, y unas figuras de madera tan pequeñas como pedazos de pan: un caballo, un niño, una casa y un pájaro.

Adeline creció rodeada de tales baratijas, pero su preferida no tiene forma de animal ni de persona.

Pues es un anillo.

Le cuelga de un cordón de cuero alrededor del cuello; es una sortija delicada, elaborada con madera gris ceniza, y suave como la piedra pulida. Su padre lo talló cuando nació, lo hizo para la niña que sería en el futuro, y Adeline lo lleva como un talismán, un amuleto, una llave. Ahora, lo toma con la mano y recorre su superficie con el pulgar, del mismo modo que hace su madre con el rosario.

Se aferra a él, como un ancla en medio de una tormenta, mientras se coloca sobre la parte trasera del carro y lo observa todo a su alrededor. Desde este ángulo, es casi lo bastante alta como para ver los edificios de más allá. Se pone de puntillas, preguntándose hasta dónde llegan, pero un caballo cercano sacude su carro al pasar, y Adeline casi se cae. Su padre cierra la mano alrededor de su brazo y tira de ella hasta que se encuentra a su lado, sana y salva.

Al finalizar el día, los artículos de madera se han vendido en su totalidad, y el padre de Adeline le entrega un sol de cobre para que se compre lo que quiera. Visita todos los puestos, y contempla los pasteles y las tartas, los sombreros, los vestidos y las muñecas, pero al final, se decide por un cuaderno, elaborado con trozos de pergamino atados con hilo de cera. Es la vacuidad del papel lo que la emociona, la idea de que puede llenar el espacio con lo que quiera.

No puede permitirse también los lápices, pero su padre usa una segunda moneda para comprar un paquete de palitos negros, y le explica que son de carbón, le enseña cómo presionar la oscura tiza sobre el papel y a difuminar las líneas para convertir los bordes marcados en sombras. Con unos pocos trazos rápidos, dibuja un pájaro en una de las esquinas de la página, y ella se pasa la siguiente hora copiando las líneas, mucho más interesada en el dibujo que en las letras que él ha escrito debajo.

Su padre vuelve a colocarlo todo en el carro cuando la tarde da lugar al anochecer.

Pasarán la noche en una posada local, y por primera vez en su vida, Adeline dormirá en una cama que no es la suya, se despertará con sonidos y olores extraños, y durante un breve instante, tan breve como un bostezo, no sabrá dónde se encuentra y su corazón dará un vuelco, primero debido al miedo y luego debido a otra cosa. Algo para lo que aún no tiene palabras.

Y para cuando regresen a casa en Villon, se habrá convertido en una versión diferente de ella misma. Igual que una habitación con todas las ventanas abiertas, impaciente por dejar entrar el aire puro, la luz del sol y la primavera.

IV

Villon-sur-Sarthe, Francia
Otoño de 1703

Villon es un lugar católico. Y se nota, desde luego.

Hay una iglesia en el centro del pueblo, un edificio solemne de piedra donde todos van en busca de la salvación de sus almas. La madre y el padre de Adeline se arrodillan allí dos veces a la semana, se santiguan, pronuncian sus oraciones y hablan de Dios.

Adeline tiene ya doce años, de modo que hace lo mismo. Pero reza del mismo modo en que su padre les da la vuelta a las hogazas de pan, del mismo modo en que su madre se lame el pulgar para recoger los granos de sal que quedan extraviados.

Por costumbre, que es algo más automático que la fe.

La iglesia del pueblo no es nueva, y tampoco Dios, pero Adeline ha llegado a pensar en Él de esa manera debido a Estele, quien dice que el mayor peligro del cambio reside en dejar que lo nuevo reemplace a lo viejo.

Estele, quien pertenece a todos, a nadie, y a sí misma.

Estele, quien creció como un árbol en el corazón del pueblo junto al río, y que sin duda nunca ha sido joven; quien brotó de la propia tierra con las manos callosas, la piel rugosa y las raíces lo bastante profundas como para acceder a su propio pozo oculto.

Estele, quien cree que Dios es un ornamento exquisito. Considera que pertenece a las ciudades y a los reyes, que Él descansa sobre París en un almohadón de oro, y que no tiene tiempo para los campesinos, ni lugar entre la madera, la piedra y el agua de los ríos.

El padre de Adeline piensa que Estele está loca.

Su madre asegura que el destino de la anciana no es otro que el infierno, y una vez, cuando Adeline repitió esas palabras, Estele se rio con su característica carcajada, muy parecida al ruido de las hojas secas al pisarlas, y le contestó que tal lugar no existía, que solo la esperaba el suelo frío y oscuro y la promesa del sueño.

«¿Y qué pasa con el cielo?», preguntó Adeline.

«El cielo es un lugar agradable a la sombra, un amplio árbol que cobije mis huesos».

A los doce años, Adeline se pregunta a qué dios debería rezar ahora para conseguir que su padre cambie de opinión. Ha cargado el carro de mercancías con destino a Le Mans y le ha puesto los arreos a Maxime, pero por primera vez en seis años, ella no lo acompaña.

Ha prometido traerle un diario nuevo y más herramientas para dibujar. Pero ambos saben que ella preferiría acompañarlo y quedarse sin regalos; preferiría ver el mundo exterior antes que tener otro cuaderno para dibujar. Se le están agotando los temas, ha memorizado ya las desgastadas líneas del pueblo y los rostros familiares que lo habitan.

Pero este año, su madre ha decidido que no está bien que vaya al mercado, no es apropiado, aunque Adeline *sabe* que todavía cabe en el asiento de madera junto a su padre.

A su madre le gustaría que se pareciera más a Isabelle Therault, quien es dulce, amable y carece de toda curiosidad, pues se contenta con mantener los ojos en sus labores de costura en lugar de contemplar las nubes, en lugar de preguntarse qué esconde cada esquina, qué hay más allá de las colinas.

Pero Adeline no sabe cómo comportarse como Isabelle.

No *quiere* ser como Isabelle.

Tan solo desea ir a Le Mans, y una vez allí, observar a la gente, ver el arte a su alrededor, probar la comida y descubrir cosas de las que aún no ha oído hablar.

—Por favor —ruega, mientras su padre se sube al carro. Debería haberse escondido bajo la lona, entre las piezas de madera. Pero ahora es demasiado tarde, y cuando Adeline alarga la mano hacia la rueda, su madre la agarra de la muñeca y tira de ella.

—Ya basta —dice.

Su padre las observa y luego desvía la mirada. El carro se pone en marcha, y cuando Adeline trata de liberarse y correr tras él, su madre vuelve a levantar la mano, pero esta vez su palma aterriza en su mejilla.

Las lágrimas brotan en los ojos de Adeline y un rubor intenso se extiende por su mejilla antes de que aparezcan los primeros signos de un moratón, y cuando su madre se dirige a ella, su voz es como un segundo golpe.

—Ya no eres ninguna niña.

Y Adeline comprende, y aun así no lo comprende en absoluto, que la están castigando por el mero hecho de crecer. Está tan enfadada que quiere salir corriendo. Quiere lanzar los bordados de su madre al fuego y destrozar todas las esculturas a medio construir del taller de su padre.

En cambio, observa cómo el carro tuerce la curva y desaparece entre los árboles mientras agarra con una mano el anillo de su padre. Adeline espera a que su madre la suelte y la mande a hacer sus labores.

Y entonces se va a buscar a Estele.

Estele, quien todavía venera a los dioses antiguos.

Adeline debía de tener cinco o seis años la primera vez que vio a la mujer arrojar su copa de piedra al río. Era un objeto precioso, con un estampado a los lados como si se tratara de encaje, y la anciana lo había dejado caer sin más, mientras contemplaba la salpicadura del agua. Tenía los ojos cerrados, y movía los labios, y cuando Adeline interceptó a la anciana —ya en aquel entonces era vieja, siempre lo había sido— de camino a casa, Estele le contó que estaba rezando a los dioses.

—¿Por qué?

—Porque parece que el hijo que Marie lleva en el vientre tiene dificultades —contestó ella—. Les he pedido a los dioses del río que dejen que todo fluya sin problemas. Esa es su especialidad.

—Pero ¿por qué les has entregado tu copa?

—Porque, Addie, los dioses son codiciosos.

Addie. Un apodo cariñoso que su madre desdeñaba porque le parecía infantil. Un nombre que su padre prefería, pero solo cuando estaban a solas. Un nombre que en su interior resonaba como una campana. Un nombre que le quedaba mucho mejor que Adeline.

Ahora, encuentra a Estele en su jardín, encorvada entre las vides salvajes de calabaza, igual que el tallo espinoso de un arbusto de zarzamora, tan inclinada como una rama combada.

—Addie. —La anciana pronuncia su nombre sin siquiera mirarla.

Es otoño y la tierra está plagada de huesos de frutas que no maduraron como es debido. Addie los empuja con la punta de su zapato.

—¿Cómo hablas con ellos? —le pregunta—. Me refiero a los dioses antiguos. ¿Los llamas por su nombre?

Estele se incorpora, y sus huesos crujen como ramitas secas. Si la pregunta la sorprende, no deja que se note.

—No tienen nombre.

—¿Hay algún hechizo?

Estele le dirige una mirada punzante.

—Los hechizos son para las brujas, y, a menudo, a las brujas se las quema.

—¿Cómo les rezas?

—Con obsequios y alabanzas, e incluso así, los dioses antiguos son volubles. No están obligados a responder.

—Y entonces, ¿qué haces?

—Sigo adelante.

La niña se muerde el interior de la mejilla.

—¿Cuántos dioses hay, Estele?

—Tantos como preguntas tienes —responde la anciana, pero no hay desdén en su voz, y Addie sabe que debe esperar y contener la respiración hasta que Estele muestre signos de estar ablandándose. Es como esperar frente a la puerta de un vecino después de llamar cuando sabes que está en casa. Puedes oír los pasos, el chirrido suave de la cerradura, y sabes que cederá.

Estele suspira y cede.

—Los dioses antiguos están por todas partes —le cuenta—. Nadan en el río, crecen en el campo y cantan en los bosques. Se encuentran en la luz del sol que baña el trigo, en la tierra de los brotes nuevos y en las viñas que crecen en esa iglesia de piedra. Se congregan en los confines del día, al amanecer y al atardecer.

Adeline entorna los ojos.

—¿Me enseñarás a llamarlos?

La anciana suspira, sabe que Adeline LaRue no solo es inteligente, sino también cabezota. Atraviesa el jardín en dirección a la casa, y la niña la sigue, temerosa de que Estele llegue a la puerta antes de haber contestado y se la cierre en las narices, dando por finalizada la conversación. Pero Estele echa la vista atrás, y sus ojos agudos contrastan con su arrugado rostro.

—Hay reglas.

Adeline detesta las reglas, pero sabe que en ocasiones son necesarias.

—¿Cuáles?

—Debes mostrarte humilde ante ellos, debes ofrecerles un obsequio, algo que sea valioso para ti. Y debes tener cuidado con lo que deseas.

Adeline medita las palabras durante un momento.

—¿Eso es todo?

41

El rostro de Estele se oscurece.

—Tal vez los dioses antiguos sean grandes, pero no son ni bondadosos ni misericordiosos. Son volubles, inestables como la luz de la luna reflejada en el agua, o las sombras de una tormenta. Si insistes en llamarlos, presta atención: ten cuidado con lo que deseas y accede a pagar el precio. —Se inclina, proyectando su sombra sobre Adeline—. Y por muy desesperada o grave que sea la situación, nunca reces a los dioses que responden tras caer la noche.

Dos días después, el padre de Adeline regresa con un cuaderno nuevo hecho con hojas de pergamino y un puñado de lápices negros de plomo atados con una cuerda, y lo primero que hace Addie es escoger el mejor, hundirlo en la tierra que está detrás de su jardín, y rezar para poder acompañar a su padre la próxima vez que se vaya.

Pero si los dioses oyen sus plegarias, no contestan.

Y ella no vuelve a ir al mercado nunca más.

V

Villon-sur-Sarthe, Francia
Primavera de 1707

En un abrir y cerrar de ojos, los años se deslizan como el agua de un arroyo.

Adeline ha cumplido ya los dieciséis, y todos hablan de ella como si fuera una flor de verano, algo que pueden arrancar de la tierra y meter en un jarrón, como si solamente estuviera destinada a florecer y a pudrirse. Igual que Isabelle, quien sueña con una familia en lugar de la libertad, y parece satisfecha con florecer durante un breve instante y después marchitarse.

No, Adeline ha decidido que prefiere ser un árbol, igual que Estele. Si tiene que echar raíces, prefiere florecer en estado salvaje en lugar de ser podada, prefiere quedarse sola y que le permitan crecer bajo el cielo abierto. Mejor eso que acabar convertida en leña y arder en la chimenea de otra persona.

Se apoya el cesto de la ropa sucia en la cadera y sube la colina, y luego desciende por la pendiente atestada de maleza hasta el río. Cuando llega a la orilla, le da la vuelta a la canasta y arroja la ropa en la hierba, y allí, oculto como un secreto entre las faldas, los delantales y la ropa interior, está el cuaderno de dibujo. No es el primero: se los ha guardado año tras año, asegurándose de llenar cada centímetro de espacio para aprovechar al máximo cada página en blanco.

Pero cada página en blanco es como una vela que arde durante las noches sin luna, siempre se agota demasiado rápido.

Tampoco ayuda el hecho de que siga regalando las páginas.

Se quita los zapatos y se recuesta en la pendiente, con las faldas amontonadas debajo de ella. Pasa los dedos por la hierba y se topa con el borde deshilachado de uno de sus dibujos favoritos; la semana pasada lo dobló hasta convertirlo en un cuadrado y lo llevó a la orilla, justo después del alba. Un obsequio, enterrado como una semilla, o una promesa. Una ofrenda.

Adeline todavía reza al nuevo Dios cuando tiene que hacerlo, pero cuando sus padres no miran, también reza a los antiguos. Puede hacer ambas cosas: ocultar a uno en el interior de la mejilla como si fuera un hueso de cereza mientras les susurra a los otros.

De momento, ninguno ha respondido a sus plegarias.

Y aun así, Adeline sabe que la escuchan.

Cuando George Caron comenzó a reparar en ella la primavera pasada, ella rezó para que desviara la mirada, y él empezó a fijarse en Isabelle en su lugar. Desde entonces, Isabelle se ha convertido en su esposa, y ahora lleva a su primer hijo en el vientre, aunque el desgaste por las tribulaciones del embarazo también la acompaña.

Cuando Arnaud Tulle dejó claras sus intenciones el otoño pasado, Adeline rezó para que encontrara a otra chica. No lo hizo, pero ese mismo invierno enfermó y murió, y Adeline se sintió fatal por el alivio que la recorrió, incluso mientras alimentaba el arroyo con más baratijas.

Ha rezado y alguien debe de haber escuchado sus plegarias, pues todavía es libre. Ningún cortejo ni matrimonio la ata. Nada excepto Villon. Es libre para crecer.

Y soñar.

Adeline se sienta en la ladera, con el cuaderno apoyado en las rodillas. Se saca la bolsa con cierre de cordón del bolsillo, y algunos trozos de carbón y lápices gastados resuenan en su interior al igual que las monedas en un día de mercado.

Antes ataba un trozo de tela alrededor de los lápices para no mancharse los dedos, hasta que su padre colocó unas bandas estrechas de madera alrededor de los ennegrecidos palos y le enseñó cómo sostener el pequeño cuchillo, cómo raspar los bordes y recortar la carcasa para sacar punta. Y ahora sus dibujos son más nítidos, con los bordes perfilados y los detalles más finos. Las imágenes florecen como manchas en el papel; dibuja paisajes de Villon y retratos de todos los demás: las líneas del cabello de su madre, los ojos de su padre, las manos de Estele, y allí, oculto en las costuras y los bordes de cada página…

El secreto de Adeline.

Su desconocido.

Llena cada trozo de espacio vacío con él, y ha dibujado tantas veces su rostro que ya realiza los gestos sin esfuerzo, y los trazos se despliegan por sí solos. Es capaz de conjurarlo de memoria, a pesar de que no se han conocido.

Pues es, después de todo, un producto de su imaginación. Un compañero que ha creado, primero, para combatir el aburrimiento y luego debido al anhelo.

Un sueño que le hace compañía.

No recuerda cuándo empezó a imaginárselo, solo sabe que un día echó un vistazo alrededor del pueblo y descubrió que ninguno de sus posibles pretendientes cumplía con sus expectativas.

Los ojos de Arnaud eran amables, pero su rostro carecía de mentón.

Jacques era alto, pero tan aburrido como una piedra.

George tenía mucha fuerza, pero sus manos eran rudas, y su temperamento, aún lo era más.

De modo que reunió las partes que le agradaban y creó a alguien nuevo.

Un desconocido.

Comenzó como un juego, pero cuanto más lo dibuja, más fuertes son los trazos, y ella más segura presiona el carbón sobre el papel.

Rizos negros. Ojos pálidos. Mandíbula fuerte. Hombros caídos y una boca sensual. Un hombre que no conocería jamás, una vida que nunca viviría, un mundo con el que solo podría soñar.

Cuando está nerviosa regresa a los dibujos y vuelve a trazar las ya conocidas líneas. Y cuando no puede dormir, piensa en él. No en el ángulo de sus mejillas, ni en la tonalidad verde que le ha otorgado a sus ojos, sino en su voz, en sus caricias. Permanece despierta y se lo imagina a su lado, trazando con sus dedos largos patrones distraídos en su piel. Y mientras tanto, le cuenta historias.

No del tipo que le contaba su padre, sobre caballeros, reinos, princesas y ladrones. No se trata de cuentos de hadas ni de advertencias para que no traspase los límites, sino de historias que le parecen auténticas, variantes de su existencia, sobre ciudades que resplandecen y el mundo que se encuentra más allá de Villon. Y aunque las palabras con las que ella fantasea seguramente están llenas de errores y mentiras, la voz imaginaria de su desconocido las hace sonar maravillosas y reales.

Si pudieras verlo, le dice él.

Daría cualquier cosa, contesta ella.

Algún día, le promete él. *Algún día te lo enseñaré. Te lo mostraré todo.*

Las palabras duelen, incluso mientras las piensa, pues el juego da paso a una necesidad, a un sentimiento demasiado genuino, demasiado peligroso.

Háblame de los tigres, le pide Adeline, que ha oído hablar de los enormes felinos a Estele, que oyó hablar de ellos al albañil, que formaba parte de un grupo donde había una mujer que afirmaba haber visto uno.

Su desconocido sonríe, gesticula con sus dedos afilados y le habla de su sedoso pelaje, de sus dientes y sus furiosos rugidos.

En la pendiente, con la ropa olvidada a un lado, Adeline gira de forma distraída su anillo de madera con una mano mientras dibuja con la otra, esbozando sus ojos, su boca, la línea de sus hombros desnudos. Le insufla vida con cada trazo. Y con cada movimiento, le sonsaca otra historia.

Háblame de los bailes en París.

Háblame de los viajes en barco por el mar.

Cuéntamelo todo.

No suponía ningún peligro, ni motivo de reproche, mientras era pequeña. Todas las niñas tienden a la ensoñación. «Crecerá y lo superará», dicen sus padres. Pero en cambio, Adeline siente que retrocede, que se aferra a la terca esperanza de algo más.

El mundo debería ser cada vez más grande. Y sin embargo, ella siente que se encoge, estrechándose como unas cadenas alrededor de sus miembros mientras las líneas planas de su propio cuerpo se curvan contra él, y de repente el carbón bajo sus uñas le resulta indigno, al igual que la idea de escoger su propia compañía sobre la de Arnaud o George, o cualquier otro hombre que la acepte.

Está en desacuerdo con todo, no encaja; es un insulto para su sexo, una chiquilla obstinada en el cuerpo de una mujer, con la cabeza inclinada y los brazos apretados alrededor de su cuaderno de dibujo como si este fuera una puerta al exterior.

Y cuando levanta la mirada, siempre la dirige a las afueras del pueblo.

«Una soñadora», dice su madre con desdén.

«Una soñadora», se lamenta su padre.

«Una soñadora», advierte Estele.

Aun así, no parece una palabra tan horrible.

Hasta que Adeline se despierta.

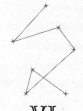

VI
Nueva York
10 de marzo de 2014

Cuando te mueves sola por el mundo, desarrollas un ritmo característico.

Descubres de qué puedes prescindir y de qué no, esas necesidades básicas y pequeñas alegrías que definen la vida. No se trata de comida, ni de un techo, ni de las cosas esenciales que el cuerpo necesita —que son, para ella, un lujo—, sino de las que te mantienen cuerda. Las que te animan los días. Las que hacen la vida soportable.

Addie piensa en su padre y sus figuras, en el modo en que mondaba la corteza y tallaba la madera de debajo hasta encontrar las formas que vivían en su interior. Miguel Ángel lo llamaba el ángel dentro del mármol, aunque de pequeña desconocía ese dato. Su padre lo había llamado el secreto dentro de la madera. Sabía cómo reducir un bloque astilla a astilla, pieza a pieza, hasta hallar su esencia; sabía también cuándo había ido demasiado lejos. Un golpe de más y la madera pasaba de delicada a quebradiza en sus manos.

Addie ha tenido trescientos años para practicar el arte de su padre, para reducirse a sí misma a un puñado de verdades esenciales, para aprender cuáles son las cosas sin las que no puede vivir.

Y esto es lo que ha decidido: es capaz de prescindir de la comida (su cuerpo no se marchitará). Es capaz de renunciar al calor (el frío no la matará). Pero vivir una vida sin arte, sin maravillas, sin cosas bellas… eso la volvería loca. Se ha vuelto loca.

Lo que necesita son historias.

Las historias son una forma de preservarse a sí misma. De ser recordada. Y también de olvidar.

Las historias se presentan de muchas formas: en carbón, y en canciones, en pinturas, poemas y películas. Y en libros.

Ha descubierto que los libros son una forma de vivir mil vidas, o de hallar la fuerza en una muy larga.

A dos calles de Flatbush, distingue la familiar mesa verde plegable en la acera, cubierta de libros de bolsillo, y a Fred encorvado en su desvencijada silla detrás de ella, con la nariz roja enterrada en *M de maldad*. El anciano le explicó una vez, mientras leía *K de Kinsey*, que se había empeñado en finalizar la saga de *El Alfabeto del Crimen* de Grafton antes de morir. Ella espera que lo logre. Una tos persistente lo acompaña siempre, y estar sentado ahí fuera, pasando frío, no debe de ser bueno, pero cada vez que Addie se acerca a echar un vistazo, él sigue en su sitio.

Fred no sonríe ni parlotea sobre trivialidades. Todo lo que Addie sabe de él se lo ha ido sonsacando palabra a palabra en los últimos dos años; es un proceso lento y vacilante. Sabe que es viudo y que vive arriba, y que los libros pertenecían a su mujer, Candace; sabe que cuando ella murió, él los recogió todos y los llevó abajo para venderlos, y que es como dejarla ir pedazo a pedazo. Lo que vende es su dolor. Addie sabe que se sienta en la calle porque le da miedo morir en su apartamento y que no lo encuentren. Que nadie extrañe su presencia.

«Al menos, si estiro la pata aquí», dice, «alguien se dará cuenta».

Es un viejo gruñón, pero a Addie le cae bien. Vislumbra la tristeza debajo de su ira, la cautela producto de la pena.

Addie sospecha que en realidad no quiere deshacerse de los libros.

No les pone precio, no se ha leído más que unos pocos, y a veces tiene tan mal genio y se dirige a los clientes con un tono tan frío que los asusta. Aun así, ellos acuden allí, y aun así, compran los libros, pero cada vez que la colección parece reducirse, una nueva caja aparece, y su contenido se vacía para llenar los huecos. En las últimas semanas, Addie ha empezado a ver nuevas publicaciones entre las viejas cubiertas y lomos intactos junto a los deteriorados libros de bolsillo. Se pregunta si los compra él, o si otras personas han empezado a donar ejemplares para su extraña colección.

Addie aminora la marcha, y sus dedos danzan sobre los lomos.

La selección de libros es siempre una mezcla de notas discordantes. Suspense, biografía, romance... son, en su mayoría, maltrechos volúmenes de géneros populares, interrumpidos por unos pocos ejemplares de tapa dura brillante. Se ha detenido para examinarlos un centenar de veces, pero hoy simplemente pesca el libro que se encuentra en el extremo de la mesa con un movimiento ligero y rápido como el de un mago. Un pequeño juego de manos. La práctica la ha convertido en una maestra. Addie se mete el libro bajo el brazo y continúa su camino.

El anciano no levanta la mirada.

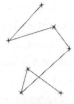

VII
Nueva York
10 de marzo de 2014

El mercado descansa como un grupo de ancianas al lado del parque.

Con escasos tenderetes desde que empezó el invierno, el número de toldos blancos por fin comienza a incrementarse de nuevo, y unos toques de color salpican la plaza donde nuevos productos surgen entre las hortalizas de raíz, la carne, el pan y otros alimentos de primera necesidad resistentes al frío.

Addie serpentea entre la gente y se dirige al pequeño quiosco blanco ubicado junto a la entrada de Prospect Park. Dulces Mañanas es un puesto de café y bollos regentado por un par de hermanas que a Addie le recuerdan a Estele, si la anciana hubiera sido dos personas en vez de una, dividida por las facetas de su carácter. Si hubiera sido más amable y tierna, o quizá si simplemente hubiera vivido otra vida, en otra época.

Las hermanas permanecen aquí todo el año, haga sol o nieve; son una pequeña constante en una ciudad que se transforma continuamente.

—Hola, primor —dice Mel, toda hombros y rizos salvajes; posee un tipo de dulzura que hace que los desconocidos se sientan como en familia. A Addie le encanta esa calidez sencilla y le dan ganas de acurrucarse contra ella, como si se tratara de un suéter viejo.

—¿Qué te apetece tomar hoy? —pregunta Maggie, es mayor y delgada, y con unas arrugas de expresión alrededor de los ojos que contradicen la idea de que nunca sonríe.

Addie pide un café largo y dos *muffins*, uno de arándanos y otro con trocitos de chocolate, y luego le entrega un billete de diez dólares arrugado que ha encontrado en la mesa de café de Toby. Podría robar algo del mercado, desde luego, pero le gusta este puesto y las dos mujeres que lo regentan.

—¿Tienes diez centavos? —le pregunta Maggie.

Addie mete la mano en el bolsillo, saca unas cuantas monedas de 25 centavos… y ahí está de nuevo, caliente entre las frías monedas de metal. Roza con los dedos el anillo de madera y aprieta los dientes al sentir su tacto. Es como un pensamiento acuciante, resulta imposible deshacerse de él. Al hurgar entre las monedas, Addie se asegura de no volver a tocar el aro de madera mientras busca el cambio, y resiste el impulso de arrojarlo a la maleza, pues sabe que dará igual lo que haga. El anillo siempre encontrará el camino de regreso.

La oscuridad le susurra al oído, con los brazos envueltos como una bufanda alrededor de su garganta.

Siempre estoy contigo.

Addie saca una moneda de diez centavos y se guarda el resto.

Maggie le devuelve cuatro dólares.

—¿De dónde eres, cariño? —le pregunta Mel, advirtiendo un leve acento en su voz. Últimamente este se reduce a la peculiar forma de enunciar alguna que otra *ese* y a una ligera atenuación al pronunciar la *te*. Ha pasado una eternidad y aun así, parece no poder deshacerse de él.

—De aquí y de allá —le contesta ella—, pero nací en Francia.

—*Oh là là* —dice Mel con una enunciación lenta, típica de Brooklyn.

—Aquí tienes, encanto —le dice Maggie pasándole una bolsa con los *muffins* y una taza grande de cartón.

Addie envuelve el cartón con los dedos, deleitándose con el calor que recorre sus frías palmas. El café es intenso y no lleva leche, y cuando toma un sorbo, nota cómo le calienta todo el cuerpo, y ella vuelve a estar de nuevo en París, en Estambul, en Nápoles.

Un sorbo lleno de recuerdos.

Se encamina hacia la entrada del parque.

—*Au revoir!* —le grita Mel, pronunciando cada letra de forma exagerada, y Addie sonríe mientras las volutas de vapor se elevan por el aire.

Dentro del parque hace fresco. Aunque ha salido el sol, en un intento por templar el ambiente, las sombras aún pertenecen al invierno, de modo que Addie sigue el rastro de la luz y se dirige a una ladera cubierta de hierba bajo el cielo despejado.

Deja el *muffin* de arándanos sobre la bolsa de papel y le da un sorbo al café, mientras examina el libro que ha tomado prestado de la mesa de Fred. No se había molestado en comprobar qué libro era, pero ahora, al contemplar el volumen, se le cae el alma a los pies, pues la cubierta, suave por el desgaste, tiene el título en alemán.

Kinder und Hausmärchen, de Brüder Grimm.

Cuentos de los Hermanos Grimm.

Su alemán está oxidado y oculto en el fondo de su mente, guardado en un rincón que no ha usado demasiado desde la guerra. Ahora lo desempolva, pues sabe que bajo la capa de suciedad encontrará el escondrijo intacto, íntegro. Las ventajas de una buena memoria. Recorre las frágiles y antiguas páginas mientras sus ojos tropiezan con las palabras.

Hubo una época en que adoraba este tipo de cuentos.

Cuando todavía era una niña, y el mundo seguía siendo diminuto y ella soñaba con puertas abiertas.

Pero ahora Addie sabe demasiado bien que estas historias están repletas de necios que hacen estupideces, y que no son más que cuentos de advertencia sobre dioses, monstruos y mortales codiciosos que ansían demasiado y no entienden lo que han perdido. Hasta que pagan el precio y es demasiado tarde para reclamarlo.

Una voz se eleva como el humo en el interior de su pecho.

Nunca reces a los dioses que responden tras caer la noche.

Addie deja el libro a un lado, vuelve a recostarse en la hierba y cierra los ojos mientras intenta saborear el sol.

VIII

Villon-sur-Sarthe, Francia
29 de julio de 1714

Adeline quería ser un árbol.

Crecer de manera salvaje y profunda, no pertenecer a nadie más que al suelo que pisan sus pies y al cielo bajo el que se encuentra, igual que Estele. Llevaría una vida poco convencional, y quizá algo solitaria, pero al menos sería suya. No pertenecería a nadie más que a ella misma.

Pero aquí radica el peligro de un lugar como Villon.

En un abrir y cerrar de ojos, un año se esfuma de golpe.

En un abrir y cerrar de ojos, desaparecen cinco más.

El pueblo es como un hueco entre dos piedras: lo bastante ancho como para que algo se extravíe. Un lugar donde el tiempo se desliza y se desdibuja, donde un mes, un año o una vida pueden desaparecer. Donde todos nacen y son enterrados en la misma parcela de diez metros.

Adeline iba a ser un árbol.

Pero entonces llegaron Roger y su esposa, Pauline. Crecieron juntos, se casaron y luego todo acabó en el tiempo que a ella le llevó atarse las botas.

Un embarazo difícil, un parto desastroso y dos muertes en lugar de una nueva vida.

Tres niños pequeños permanecieron en este mundo donde debería haber habido cuatro. Con la tierra recién puesta sobre la tumba, Roger comenzó a buscar otra esposa, una madre para sus hijos, una segunda vida a costa de la única que poseía Adeline.

Por supuesto, ella se negó.

Adeline tenía veintitrés años, y ya era demasiado mayor para casarse.

Veintitrés años, y ya había vivido un tercio de su vida.

Veintitrés años, y la habían entregado como una yegua a un hombre que no amaba ni deseaba, y que ni siquiera conocía.

Dijo que no y aprendió el valor que tenía esa palabra. Aprendió que, como Estele, se había prometido al pueblo, y ahora el pueblo la necesitaba.

Su madre dijo que era su deber.

Su padre dijo que era un acto de misericordia, aunque Adeline no sabe a quién está dirigido dicho acto.

Estele no dijo nada, pues sabía que no era justo. Sabía que ese era el riesgo de ser mujer, de entregarse a un lugar en vez de a una persona.

Adeline iba a ser un árbol, pero en vez de eso, el pueblo se dirige a ella blandiendo un hacha.

La han entregado.

Se queda despierta la noche antes de la boda y piensa en la libertad. En huir. En robar el caballo de su padre, aunque sabe que es una locura.

Se siente lo bastante furiosa como para hacerlo.

En cambio, reza.

Lleva rezando desde el día de su compromiso, naturalmente, ha entregado la mitad de sus posesiones al río y ha enterrado la otra mitad en el campo o en la ladera llena de matorrales donde el pueblo y el bosque se encuentran; pero ya casi no le queda tiempo ni obsequios.

Yace en la oscuridad mientras retuerce el viejo anillo de madera en su cordón de cuero y sopesa la idea de salir y rezar de nuevo, en plena noche, pero recuerda la temible advertencia de Estele sobre los dioses que podrían responder a sus plegarias. Así que en vez de eso, junta las manos y reza al dios de su madre. Reza en busca de ayuda, de un milagro, de una salida. Y entonces, cuando la noche se torna más oscura, reza por la muerte de Roger... cualquier cosa con tal de escapar.

Se siente culpable de inmediato, de modo que vuelve a tragárselo todo, como si inhalara una bocanada de aire, y espera.

✦ ✦ ✦ ✦ ✦ ✦ ✦

El sol se eleva por el horizonte, derramando su luz sobre los campos, como si se tratara de la miel de un panal.

Adeline se escabulle de casa antes del amanecer, sin haber pegado ojo. Se abre camino a través de la hierba salvaje que se encuentra al otro lado del huerto, mientras sus faldas recogen las gotas de rocío. Deja que su peso la hunda, y sujeta con una mano su lápiz de dibujo favorito. Adeline no quiere rendirse, pero se le acaban el tiempo y las ofrendas.

Presiona la punta del lápiz en la tierra húmeda del campo.

«Ayudadme», le susurra a la hierba, cuyos bordes resplandecen bajo la luz. «Sé que estáis ahí. Sé que me oís. Por favor. Por favor».

Pero la hierba no es más que hierba, y el viento no es más que viento, incluso cuando presiona su frente contra el suelo y solloza.

Roger no tiene *nada* de malo.

Pero tampoco tiene *nada* de bueno. Su piel posee un aspecto ceroso, su cabello rubio ralea y su voz es como una brizna de viento. Cuando le posa una mano en el brazo, su agarre es débil, y cuando inclina la cabeza hacia ella, su aliento huele rancio.

¿Y Adeline? Es como una hortaliza a la que han dejado demasiado tiempo en el huerto: su piel se ha vuelto rígida y sus entrañas, leñosas. Permanecer enterrada fue decisión suya, pero ahora pretenden desenterrarla y preparar una comida con ella.

«No quiero casarme con él», implora, con los dedos sepultados en la tierra llena de maleza.

—¡Adeline! —la llama su madre, como si fuera uno de los animales, que se ha extraviado.

Addie se obliga a levantarse, vacía a causa de la ira y el dolor, y cuando entra en casa, su madre solo ve la suciedad que se apelmaza en sus manos y le ordena que vaya a lavarse. Adeline se frota la tierra de debajo de las uñas, y las cerdas se le clavan en los dedos mientras su madre la regaña.

—¿Qué pensará tu marido?

Marido.

Una palabra equiparable a una piedra de molino: todo peso y sin un atisbo de calidez.

—No estarás tan inquieta una vez que tengas hijos que atender —le dice su madre con desaprobación.

Adeline piensa de nuevo en Isabelle, con dos niños pequeños aferrados a sus faldas y un tercero en una canasta junto a la chimenea. Solían compartir sueños, pero es como si su amiga hubiera envejecido una década en solo dos años. Siempre está cansada, y hay huecos en su rostro donde una vez sus mejillas resplandecieron rojas de la risa.

—Te hará bien convertirte en esposa —le dice su madre.

★ ✦ ✕ ✳ ✕ ✦ ✦

El día transcurre como una condena.

El sol desciende como una guadaña.

Adeline casi puede oír el silbido de la cuchilla mientras su madre le trenza el cabello en una corona, entretejiendo flores en él en lugar de joyas. Su vestido es sencillo y ligero, pero a ella le pesa como si estuviera elaborado con malla.

Tiene ganas de gritar.

Sin embargo, alza la mano y toma el anillo de madera que lleva al cuello para que le dé equilibrio.

—Debes quitártelo antes de la ceremonia —le indica su madre, y Adeline asiente, a pesar de que aprieta todavía más los dedos a su alrededor.

Su padre llega del cobertizo, cubierto de virutas de madera y oliendo a savia. Tose, y el ruido leve que deja escapar es parecido al de un sonajero, como si tuviera semillas sueltas dentro del pecho. Lleva un año tosiendo de esa manera, pero no permite que se hable de ello.

—¿Ya estás lista? —inquiere.

Qué pregunta tan estúpida.

Su madre habla del convite de boda como si ya fuera cosa del pasado.

Adeline contempla cómo el sol se hunde al otro lado de la ventana, y no atiende a las palabras, pero se percata de la ligereza que tiñe la voz de su madre, del sentimiento de justificación que desprende. Incluso los ojos de su padre muestran una pizca de alivio. Su hija intentó labrarse su propio camino, pero han enmendado las cosas, y su vida descarriada vuelve a tomar el rumbo apropiado.

Hace demasiado calor en casa, la atmósfera es pesada y estática, y Adeline no puede respirar.

Por fin, suena la campana de la iglesia, con el mismo tono bajo que se usa en los funerales, y ella se obliga a ponerse en pie.

Su padre le toca el brazo.

Su rostro refleja compasión, pero su agarre es firme.

—Acabarás amando a tu marido —dice, pero es evidente que las palabras son más un deseo que una promesa.

—Serás una buena esposa —agrega su madre, y las suyas son más una orden que un deseo.

Y entonces Estele aparece en el umbral de la puerta, vestida como si estuviera de luto. ¿Y por qué no iba a estarlo? Esta mujer le habló de sueños salvajes y dioses voluntariosos, le llenó la cabeza con pensamientos de libertad, avivó las brasas de la esperanza y le permitió creer que su vida podía pertenecerle.

La luz se ha tornado acuosa y tenue tras la cabeza gris de Estele. Aún hay tiempo, se dice Adeline, pero es efímero y transcurre más rápido con cada respiración.

El tiempo..., cuántas veces ha oído describirlo como arena dentro de un cristal, continuo, constante. Pero no es más que una mentira, pues siente cómo se acelera y se abalanza contra ella.

El pánico la golpea como un tambor dentro del pecho, y frente a ella, el camino es una sola línea oscura, que se extiende sin desviarse hasta la plaza del pueblo. Al otro lado, la iglesia la espera, pálida y rígida como una tumba, y sabe que si se adentra en ella, nunca saldrá.

Su futuro se precipitará igual que su pasado, pero esta vez será peor, porque no habrá libertad, tan solo un lecho matrimonial y un lecho de muerte, y tal vez un niño enredado en las sábanas entre uno y otro. Y cuando muera, será como si nunca hubiera vivido.

No irá a París.

Ni tendrá un amante de ojos verdes.

Ni viajará en barco a tierras remotas.

No contemplará otros cielos.

No experimentará la vida más allá del pueblo.

No vivirá en absoluto, a menos que...

Adeline se libera del agarre de su padre y se detiene en seco.

Su madre se vuelve para mirarla, como si fuera a huir, que es exactamente lo que desea hacer, pero sabe que no puede.

—Le he hecho un regalo a mi marido —dice Adeline, pensando con rapidez—. Me lo he dejado en casa.

La expresión de su madre se suaviza, con satisfacción.

La de su padre se endurece, con sospecha.

Estele entorna los ojos, con la certeza de lo que va a ocurrir.

—Iré a por él —dice, y acto seguido se da la vuelta.

—Te acompaño —repone su padre, y ella nota cómo su corazón se agita y sus dedos se sacuden, pero es Estele quien alza la mano para detenerlo.

—Jean —dice la anciana de manera astuta—, Adeline no puede ser su esposa y también tu hija. Es una mujer adulta, no una niña a la que hay que cuidar.

Su padre la mira a los ojos y le dice:

—Date prisa.

Adeline ya se ha marchado.

Retrocede por el sendero, atraviesa la puerta y se mete en casa, y luego se dirige al otro extremo de la vivienda, a la ventana abierta, y contempla los campos que conducen hasta la distante hilera de árboles. El bosque se erige frente al sol como un centinela en el extremo oriental del pueblo. El bosque, que ya se ha cubierto de sombras, aunque Adeline sabe que aún hay luz, aún hay tiempo.

—¿Adeline? —la llama su padre, pero ella no mira atrás.

En vez de eso, trepa por la ventana, y la madera se le engancha al vestido de novia mientras sale a trompicones y corre.

«¿Adeline? ¡Adeline!».

Las voces la llaman, pero se atenúan con cada paso, y poco después se encuentra al otro lado del campo, en el bosque, adentrándose entre los árboles mientras se hunde hasta la rodilla en la densa suciedad veraniega.

Se aferra al anillo de madera y siente su pérdida incluso antes de quitarse el cordón de cuero por la cabeza. Adeline no quiere desprenderse de él, pero ya ha usado todas sus ofrendas, ha entregado a la tierra todos los obsequios de los que podía despojarse, y ninguno de los dioses ha respondido. Ahora solo le queda el anillo, y la luz escasea, el pueblo la reclama y ella está desesperada por escapar.

«Por favor», susurra, y se le quiebra la voz al pronunciar la palabra mientras hunde la sortija en la tierra musgosa. «Haré lo que sea».

Los árboles murmuran por encima de ella, y luego su rumor se acalla, como si ellos también estuvieran esperando, y Adeline reza a todos los dioses del bosque de Villon, a cualquiera que escuche sus plegarias. Esta no puede ser su vida. Debe de haber algo más.

«Contestadme», ruega, mientras la humedad se filtra en su vestido de novia.

Cierra los ojos y se esfuerza por escuchar, pero el único sonido que percibe es el de su propia voz en el viento y su nombre, que resuena en sus oídos como un latido.

Adeline...

Adeline...

Adeline...

Inclina la cabeza contra el suelo, se aferra a la tierra oscura y grita:

«¡Contestadme!».

El silencio se burla de ella.

Ha vivido aquí toda la vida y nunca ha presenciado tal quietud en el bosque. El frío la inunda, pero no sabe si este proviene del bosque o de sus propios huesos, que por fin se dan por vencidos. Sigue teniendo los ojos cerrados y quizá por eso no advierte que el sol se ha escabullido tras la aldea a sus espaldas, que el atardecer ha dado paso a la oscuridad.

Adeline sigue rezando y no se percata en absoluto.

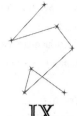

IX

Villon-sur-Sarthe, Francia
29 de julio de 1714

Se oye un estruendo grave, profundo y distante como un trueno.

Risas, piensa Adeline, que abre los ojos y advierte por fin que la luz se ha desvanecido.

Levanta la mirada, pero no ve nada.

—¿Hola?

La risa se transforma en una voz, que proviene de algún lugar detrás de ella.

—No necesitas arrodillarte —dice la voz—. Deja que te vea de pie.

Se levanta y se da la vuelta, pero allí no hay nada más que oscuridad rodeándola, una noche sin luna después de que el sol haya desaparecido. Y Adeline descubre entonces que ha cometido un error. Que se trata de uno de los dioses contra los que le advirtieron.

«¿Adeline? ¿Adeline?», llaman las voces del pueblo, tan débiles y lejanas como el viento.

Adeline entorna los ojos en dirección a las sombras entre los árboles, pero no hay ninguna figura, ningún dios; tan solo esa voz, tan cercana como un resuello contra su mejilla.

—Adeline, Adeline —se burla la voz—. Te llaman a ti.

Vuelve a girarse, pero no encuentra nada más que sombras profundas.

—Muéstrate —ordena, y su voz suena aguda y quebradiza como un palo.

Algo le roza el hombro y la muñeca, y la envuelve como un amante. Adeline traga saliva.

—¿Qué eres?

La sombra retira su caricia.

—¿Qué soy? —pregunta, con un deje de humor en ese tono aterciopelado—. Depende de tus creencias.

La voz se divide, se duplica, vibra a través de las ramas de los árboles y serpentea por el musgo, doblándose sobre sí misma hasta que está en todas partes.

—Así que dime, *dime, dime* —resuena su eco—. ¿Soy el diablo, *el diablo*, o la oscuridad, *oscuridad, oscuridad*? ¿Soy un monstruo, *monstruo*, o un dios, *dios, dios, o…*?

Las sombras del bosque comienzan a fusionarse, se arremolinan como nubes de tormenta.

Pero cuando se asientan, los bordes ya no son briznas de humo, sino líneas sólidas, y ella ve la forma de un hombre, nítida gracias a la luz de los faroles de la aldea a su espalda.

—¿O soy esto?

La voz emerge de un par de labios perfectos, y la sombra deja a la vista unos ojos esmeralda que danzan bajo unas cejas negras y una mata de pelo negro que se riza en la frente, enmarcando un rostro que Adeline conoce muy bien. Uno que ha evocado mil veces, con lápiz y carbón, en sueños.

Se trata del desconocido.

Su desconocido.

Sabe que es un truco, una sombra que finge ser un hombre, pero su mera visión le quita el aliento. La oscuridad contempla su propia forma, se observa a sí mismo como si fuera la primera vez, y parece satisfecho.

—Ah, de modo que la chica cree en algo después de todo. —Alza su mirada verde—. Bueno, me has llamado y he venido.

Nunca reces a los dioses que responden tras caer la noche.

Adeline lo sabe, lo sabe, pero él es el único que ha respondido. El único que ha acudido en su ayuda.

—¿Qué estás dispuesta a pagar?

Pagar.

El precio.

La sortija.

Adeline se arrodilla, recorre el suelo hasta que encuentra el cordón de cuero y desentierra el anillo de su padre.

Se lo tiende al dios, la madera pálida se encuentra ahora manchada de tierra, y él se acerca. Puede que parezca de carne y hueso, pero sigue moviéndose como una sombra. Un solo paso, y se planta frente a ella, haciendo que todo lo demás desaparezca, envolviendo con una mano el anillo y dejando descansar la otra en la mejilla de Adeline. Roza con el pulgar la peca que tiene debajo del ojo, el borde de su constelación.

—Querida mía —dice la oscuridad, agarrando el anillo—, no negocio con baratijas.

La sortija de madera se desmorona en su mano y se desvanece, convertida en nada más que humo. Un sonido estrangulado escapa de los labios de Adeline: ya le había dolido bastante tener que desprenderse del anillo, pero le duele aún más verlo desaparecer como una mancha en la piel. Pero si el anillo no es suficiente, entonces ¿qué?

—Por favor —le ruega—, te daré cualquier cosa.

La otra mano del desconocido aún descansa sobre su mejilla.

—Das por sentado que me conformo con *cualquier* cosa —le dice levantándole la barbilla—. Pero solo acepto *una* moneda. —Se inclina hacia ella todavía más; sus ojos son imposiblemente brillantes y su voz, suave como la seda—. Los tratos que hago son a cambio de almas.

A Adeline le da un vuelco el corazón.

En su cabeza, se imagina a su madre de rodillas en la iglesia, hablando de Dios y del cielo y oye a su padre contar historias sobre deseos y acertijos. Piensa en Estele, quien no cree en nada más que el cobijo de un árbol. Quien diría que un alma no es más que una semilla devuelta a la tierra, aunque fue ella la que le advirtió contra la oscuridad.

—Adeline —dice la oscuridad, y su nombre se desliza como musgo entre sus dientes—. He venido. Ahora dime por qué.

Ha esperado tanto tiempo para que reparen en ella —para que le respondan, para que le pregunten— que al principio todas las palabras le fallan.

—No quiero casarme.

Se siente muy pequeña cuando lo dice. Toda su vida le parece diminuta, y ve esa creencia reflejada en la mirada del dios, como si dijera: «¿Eso es todo?».

Pero no, es más que eso. Por supuesto que se trata de algo más.

—No quiero pertenecer a otra persona —dice con repentina vehemencia. Las palabras son una puerta abierta de par en par, y ahora todas las demás salen de su interior—. No quiero pertenecer a nadie más que a mí misma. Quiero ser libre. Libre para vivir, y seguir mi propio camino, para amar, o para estar sola, pero por propia elección. Me he cansado de no poder elegir y me aterroriza que los años transcurran a toda velocidad bajo mis pies. No quiero morir como he vivido, porque no he vivido en absoluto. No...

La sombra la interrumpe, impaciente.

—No sirve de nada que me digas lo que no deseas. —Desliza la mano por su cabello y la apoya en su nuca, acercándola a él—. ¿Por qué no me cuentas tu mayor anhelo?

Ella levanta la mirada.

—Quiero la oportunidad de vivir. Quiero ser libre.

Piensa en lo rápido que pasan los años.

En un abrir y cerrar de ojos, media vida desaparece.

—Quiero más tiempo.

Él la contempla, y la tonalidad de sus ojos cambia, primero adopta el color de la hierba en primavera y luego el de las hojas en verano.

—¿Cuánto?

La cabeza de Adeline da vueltas. Cincuenta años. Cien años. Cualquier número le parece demasiado poco.

—Ah —dice la oscuridad, leyendo su silencio—. No lo sabes. —Sus ojos verdes vuelven a cambiar y se oscurecen—. Pides tiempo sin límite. Anhelas la libertad sin reglas. Quieres permanecer libre de ataduras y vivir exactamente como te plazca.

—Sí —contesta Adeline, transfigurada de deseo, pero la expresión de la sombra es áspera. Aparta la mano de su piel, y entonces ya no está allí, sino que se encuentra apoyado en un árbol a varios pasos de distancia.

—Me niego —dice.

Adeline retrocede como si la hubieran golpeado.

—¿Qué? —Ha llegado hasta aquí, ha ofrecido todo lo que tiene…, ha tomado su decisión. No puede volver a ese mundo, a esa vida, a ese presente y pasado sin futuro—. No puedes negarte.

La sombra alza una ceja oscura, pero su expresión carece de diversión.

—No soy ningún genio atado a tus caprichos. —Se aparta del árbol—. Ni tampoco un insignificante espíritu del bosque que se contenta con conceder favores a cambio de baratijas mortales. Soy más poderoso que vuestro dios y más viejo que vuestro diablo. Soy la oscuridad entre las estrellas y las raíces bajo la tierra. Soy promesa y posibilidad, y cuando se trata de juegos, yo pongo las reglas, coloco las piezas y elijo cuándo jugar. Y esta noche digo que no.

«¿Adeline? ¿Adeline? ¿Adeline?».

Más allá de la linde del bosque, las luces del pueblo se acercan. Las antorchas iluminan los campos. Vienen a buscarla.

La sombra echa un vistazo por encima del hombro.

—Vete a casa, Adeline. Vuelve a tu insignificante vida.

—¿Por qué? —ruega ella, agarrándolo del brazo—. ¿Por qué me rechazas?

Él le acaricia la mejilla con la mano, y el gesto es suave y cálido como el humo de una chimenea.

—No me dedico a la caridad. Pides demasiado. ¿Cuánto tiempo tardarás en saciarte? ¿Cuántos años pasarán hasta que obtenga lo que me corresponde? No, hago los tratos con una fecha límite. Y tú no me ofreces ninguna.

Adeline volverá a rememorar este momento mil veces.

Con frustración y arrepentimiento y pena y autocompasión y rabia desenfrenada.

Se enfrentará al hecho de que se maldijo a sí misma antes de que él lo hiciera.

Pero aquí y ahora lo único que puede ver es la luz oscilante de las antorchas de Villon, los ojos verdes del desconocido que una vez soñó con amar y la oportunidad de huir desvaneciéndose, junto con las caricias del desconocido.

—Quieres una fecha límite —dice Adeline—. Pues entonces arrebátame la vida cuando ya esté harta. Llévate mi alma cuando ya no la quiera.

La sombra inclina la cabeza, intrigado de pronto.

Una sonrisa, idéntica a la de sus dibujos, recelosa y llena de secretos, cruza sus labios. Y luego él la atrae hacia sí en un abrazo amoroso. Es humo y piel, aire y hueso, y cuando presiona su boca contra la de ella, lo primero que Adeline saborea es el cambio de las estaciones, el momento en el que el crepúsculo da paso a la noche. Y entonces el beso se hace más intenso. Los dientes de él le rozan su labio inferior, y el dolor se entremezcla con el placer, seguido por el sabor del cobre en su lengua.

—Trato hecho —susurra el dios contra sus labios.

Y acto seguido el mundo se torna negro y ella comienza a caer.

X

Villon-sur-Sarthe, Francia
29 de julio de 1714

Adeline tiembla.

Baja la mirada y advierte que está sentada en un lecho de hojas mojadas.

Hace un instante, estaba cayendo —durante solo un segundo, apenas el lapso suficiente para tomar aliento—, pero parece como si el tiempo se hubiera adelantado. El desconocido ha desaparecido, al igual que los últimos resquicios de luz. Los fragmentos del cielo de verano que se divisan a través de los frondosos árboles se han suavizado hasta convertirse en un negro aterciopelado, adornado solo por la luna baja.

Adeline se levanta y se examina las manos, buscando alguna alteración bajo la suciedad.

Pero no percibe… ningún cambio. Se encuentra algo mareada, tal vez, como si se hubiera incorporado demasiado rápido, o hubiera bebido demasiado vino con el estómago vacío, pero después de un momento, incluso esa inestabilidad se ha disipado y ella tiene la sensación de haberse tropezado pero sin llegar a caerse, como si se hubiera inclinado y luego vuelto a incorporar, asentándose de nuevo en el mismo lugar.

Se lame los labios, esperando encontrar un rastro de sangre, pero la marca que le ha dejado el desconocido con los dientes ya no está, ha desaparecido junto con cualquier otro vestigio de él.

¿Cómo se sabe si un hechizo ha funcionado? Pidió tiempo, pidió vida... ¿Tendrá que esperar un año, o tres, o cinco para comprobar si la edad le deja alguna marca? ¿O deberá cortarse la piel con un cuchillo para ver si esta se cura, y si es así, de qué forma? Pero no, ha pedido vida, no una vida indemne, y si Adeline es sincera, le da miedo comprobarlo, le aterra que su piel siga siendo demasiado frágil y descubrir que la promesa de la sombra era un sueño, o peor aún, una mentira.

Pero está segura de una cosa: ya fuera real o no el trato, no prestará atención a las campanas de la iglesia, no se casará con Roger. Si no le queda otra alternativa, desafiará a su familia, dejará Villon. Sabe que hará lo que sea necesario, pues estuvo dispuesta a todo en la oscuridad, y de una forma u otra, a partir de ahora, su vida le pertenecerá.

El pensamiento le resulta emocionante. Aterrador, pero emocionante, mientras se aleja del bosque.

Se encuentra cruzando el campo cuando advierte el silencio que invade el pueblo.

La oscuridad.

Los farolillos festivos se han apagado, las campanas han dejado de sonar, y no hay voces llamándola.

Adeline regresa a casa, y el temor sordo se agudiza con cada paso. Para cuando llega allí, su mente hierve de preocupación. La puerta delantera está abierta y arroja luz sobre el sendero; puede oír a su madre tarareando en la cocina y a su padre cortando leña en un lateral de la casa. Una noche como cualquier otra, aunque anómala, pues no debería ser una noche cualquiera.

—*Maman!* —exclama al entrar en la casa.

Un plato cae al suelo y se rompe; su madre grita, pero no de dolor, sino de sorpresa: tiene el rostro desencajado.

—¿Qué haces aquí? —pregunta, y por fin emerge la ira que Addie esperaba. El disgusto.

—Lo siento —empieza ella—, sé que estarás enfadada, pero no podía…

—¿Quién eres?

Pronuncia las palabras con un siseo, y Adeline se percata entonces de que la feroz expresión que se refleja en su rostro no es fruto de la ira de una madre desairada, sino de la de una mujer asustada.

—*Maman*…

Su madre se encoge ante la palabra.

—Sal de mi casa.

Pero Adeline atraviesa la estancia y la sujeta por los hombros.

—No seas ridícula. Soy yo, A…

Se dispone a decir *Adeline*.

En efecto, lo intenta. Tres sílabas no deberían de suponer tanto esfuerzo, pero se encuentra sin aliento al final de la primera, e incapaz de lidiar con la segunda. El aire se convierte en piedra dentro de su garganta, y ella acaba sofocada, en silencio. Lo intenta de nuevo, esta vez con *Addie*, y al final con su apellido, *LaRue*, pero no sirve de nada. Las palabras permanecen inmóviles entre su mente y su lengua. Y sin embargo, en el momento que toma aire para decir otra palabra, cualquier otra palabra, esta brota con facilidad, sus pulmones se llenan y su garganta se relaja.

—Suéltame —le ruega su madre.

—¿Qué ocurre? —inquiere una voz grave y profunda. La voz que consolaba a Adeline las noches que estaba enferma, que le contaba historias mientras ella se sentaba en el suelo de su taller.

Su padre está de pie en el umbral de la puerta, con los brazos repletos de madera.

—Papá —dice ella, y él se aparta, como si la palabra fuera un arma afilada.

—Está loca —solloza su madre—. O maldita.

—Soy vuestra hija —repite.

Su padre hace una mueca.

—No tenemos ninguna hija.

Sus palabras no son tan afiladas como las de su madre. Pero le asestan un corte más profundo.

—No —dice Adeline, sacudiendo la cabeza por el sinsentido de la situación. Tiene veintitrés años y ha pasado cada día y cada noche bajo ese techo—. Sabéis quién soy.

¿Cómo no van a saberlo? El parecido entre ellos siempre ha sido asombroso, tiene los ojos de su padre y la barbilla de su madre, la frente de una y los labios del otro, cada rasgo reproducido con exactitud de su origen.

Sus padres también lo ven, *deben* verlo.

Pero para ellos no es más que un signo de maldad. Su madre se santigua, su padre la rodea con los brazos y ella quiere hundirse en la fuerza de su abrazo, pero este no desprende calidez alguna mientras él la arrastra hacia la puerta.

—No —ruega.

Su madre se ha puesto a llorar, con una mano en la boca mientras con la otra agarra la cruz de madera que lleva al cuello. Llama a su propia hija *demonio, monstruo, ser demente*, y su padre permanece callado, y se limita a agarrarla del brazo con más fuerza mientras la saca de casa.

—Vete de aquí —le dice, casi suplicando.

La tristeza surca su rostro, pero no porque la haya reconocido. Es una tristeza reservada a las personas perdidas, a un árbol destrozado por una tormenta, a un caballo cojo, a una escultura partida antes de que esté terminada.

—Por favor —ruega ella—. Papá…

El rostro de su padre se endurece mientras la obliga a adentrarse en la oscuridad y da un portazo. Acto seguido echa el cerrojo. Adeline tropieza de nuevo, temblando a causa de la conmoción y el horror. Y luego se da la vuelta y sale corriendo.

—Estele.

El nombre brota primero como una plegaria, suave e íntimo, y acaba convertido en un grito a medida que Adeline se acerca a la cabaña de la mujer.

—¡Estele!

Un farol se enciende en el interior de la casa, y para cuando Adeline se topa con los contornos de la luz, la anciana se encuentra en el umbral de la puerta, esperando a que responda.

—¿Eres una forastera o un espíritu? —pregunta Estele con recelo.

—No soy ninguna de esas dos cosas —contesta Adeline, aunque es consciente del aspecto que debe de tener. Lleva el vestido andrajoso y el pelo revuelto, y las palabras que brotan de sus labios parecen producto de la brujería—. Soy de carne y hueso, y humana, y te conozco de toda la vida. Confeccionas amuletos en forma de niños para protegerlos en invierno. Crees que el melocotón es la fruta más dulce, que los muros de la iglesia son demasiado gruesos para que las oraciones los atraviesen, y quieres que te entierren a la sombra de un enorme árbol y no bajo una lápida.

Algo cruza el rostro de la anciana y Adeline contiene el aliento, esperando que se trate de reconocimiento. Pero la expresión desaparece en un instante.

—Eres un espíritu astuto —dice Estele—, pero no cruzarás esta puerta.

—¡No soy un espíritu! —chilla Adeline, colocándose de inmediato bajo la luz que emana de la entrada de la casa—. Tú fuiste la que me habló de los dioses antiguos y me enseñó todas las maneras de invocarlos. No me respondieron y anocheció muy deprisa. —Se envuelve los brazos alrededor de las costillas, sin poder dejar de temblar—. Recé demasiado tarde, y un ser respondió mis plegarias, pero ahora todo va mal.

—Chiquilla estúpida —la regaña Estele, igual que otras veces. Como si la conociera.

—¿Qué hago? ¿Cómo lo arreglo?

Pero la anciana sacude la cabeza.

—La oscuridad juega a su propio juego —dice—. Establece sus propias reglas —continúa—. Y tú has perdido.

Y con eso, Estele vuelve a entrar en su casa.

—¡Espera! —grita Adeline, mientras la anciana cierra la puerta.

Se oye el ruido del cerrojo.

Adeline se abalanza contra la madera, sollozando hasta que sus piernas ceden, y se hunde de rodillas en el frío escalón de piedra, con un puño todavía golpeando la puerta.

Y entonces, de repente, vuelve a oírse el cerrojo.

La puerta se abre y aparece Estele frente a ella.

—¿Qué ocurre? —pregunta, estudiando a la chica encorvada en sus escalones.

La anciana la mira como si fuera la primera vez. Los momentos previos se han desvanecido en un instante, con el cierre de la puerta.

Posa la mirada sobre su vestido manchado, su cabello alborotado y la suciedad bajo sus uñas, pero no la reconoce, su rostro solo refleja una curiosidad cautelosa.

—¿Eres una forastera o un espíritu?

Adeline cierra los ojos. ¿Qué es lo que ocurre? Su nombre sigue siendo una losa alojada en las profundidades de su interior, y como antes Estele la expulsó de allí al confundirla con un espíritu, traga con fuerza y responde:

—Una forastera. —Las lágrimas comienzan a correr por el rostro de Adeline—. Por favor —se las arregla para decir—. No tengo adónde ir.

La anciana la contempla durante un largo momento y luego asiente.

—Espera aquí —le dice, volviendo a meterse en casa, pero Adeline nunca sabrá qué pensaba hacer Estele entonces, porque la puerta se cierra y se mantiene cerrada, y ella se queda arrodillada en el suelo, temblando más por la conmoción que por el frío.

No sabe cuánto tiempo permanece allí sentada, pero cuando obliga a sus piernas a enderezarse, se percata de que están rígidas. Se levanta y se aleja de la casa de la anciana, dirigiéndose a la hilera de árboles que hay más allá y adentrándose entre ellos en la hacinada oscuridad.

—¡Da la cara! —clama.

Pero solo se oye el revoloteo de las plumas, el crujido de las hojas y el murmullo que emite el bosque tras haber perturbado su descanso.

No quiero pertenecer a nadie.

Adeline se adentra en el bosque. Este es un tramo más salvaje, y el suelo conforma un nido de zarzas y matorrales. La maleza se agarra a sus piernas desnudas, pero ella no se detiene, no hasta que los árboles se han cerrado a su alrededor, con sus ramas ocultando la luna.

—¡Te invoco a ti! —chilla.

No soy ningún genio atado a tus caprichos.

Una rama baja, medio enterrada por el suelo del bosque, se eleva lo suficiente como para hacerla tropezar, y ella se cae con fuerza; golpea la tierra irregular con las rodillas y desgarra con las manos el suelo atestado de hojarasca.

Por favor, te daré lo que sea.

Entonces, las lágrimas le anegan los ojos, de forma repentina y enérgica.

Estúpida. Estúpida. Estúpida. Golpea el suelo con los puños.

Se trata de un truco vil, piensa ella, un sueño horrible, pero pasará.

Esa es la naturaleza de los sueños. No duran.

«Despierta», susurra en la oscuridad.

Despierta.

Adeline se acurruca en el suelo del bosque, cierra los ojos, y ve las mejillas llenas de lágrimas de su madre, la tristeza hueca de su padre, la mirada cansada de Estele. Contempla a la oscuridad, que sonríe. Escucha su voz mientras susurra esas dos palabras vinculantes.

Trato hecho.

XI
Nueva York
10 de marzo de 2014

Un *frisbee* aterriza junto a ella en la hierba.

Addie oye el ruido de unas patas a la carrera, y abre los ojos a tiempo para ver una enorme nariz negra acercándose hacia su cara antes de que un perro la cubra con lengüetazos húmedos. Se ríe y se sienta, pasa los dedos por el grueso pelaje, y agarra al perro por el collar para que no pueda birlarle la bolsa de papel con el segundo *muffin*.

—Hola, guapo —le dice, mientras al otro lado del parque alguien le grita una disculpa.

Lanza el *frisbee* en su dirección y el perro vuelve a salir corriendo. Addie se estremece, completamente despierta de pronto, y con frío.

Eso es lo malo de marzo: el calor no dura. Durante un breve período te hace creer que la primavera ha llegado, lo suficiente como para que te descongeles si estás sentado al sol, pero luego la calidez desaparece. El sol se ha movido y las sombras han ocupado su lugar. Addie vuelve a estremecerse, y se levanta del césped, sacudiéndose los *leggings*.

Debería haber robado unos pantalones más gruesos.

Tras meterse la bolsa de papel en el bolsillo, se coloca el libro de Fred bajo el brazo y abandona el parque; se dirige al este por Union Street y sube hacia el paseo marítimo.

A medio camino, se detiene ante el sonido de un violín, y se percata de que las notas están seleccionadas como si fueran piezas de fruta madura.

En la acera, una mujer descansa sobre un taburete con el instrumento bajo la barbilla. La melodía es dulce y lenta, y traslada a Addie a Marsella, Budapest y Dublín.

Un puñado de personas se reúnen para escuchar a la mujer, y cuando la canción termina, la acera se llena de suaves aplausos y cuerpos que reanudan la marcha. Addie se saca las últimas monedas del bolsillo, las deja caer en el estuche abierto y sigue su camino, más ligera y plena.

Cuando llega al cine de Cobble Hill, comprueba los horarios colgados en el tablón y abre la puerta, acelerando el ritmo mientras cruza el vestíbulo atestado.

—Hola —saluda Addie, acercándose a un adolescente con una escoba—. Creo que me he dejado el bolso en la sala tres.

Mentir resulta sencillo, siempre y cuando se escojan las palabras adecuadas.

Hace un gesto para dejarla pasar sin levantar la mirada, y ella se agacha por debajo de la cinta de terciopelo de la taquilla y se adentra en el oscuro pasillo, mientras su urgencia se desvanece con cada paso. Un estruendo apagado repta a través de las puertas de la sala de una película de acción. La música de una comedia romántica se filtra en el vestíbulo. Oye los tonos agudos y graves de las voces, y las bandas sonoras. Recorre el pasillo y examina los carteles de «Próximamente» y los letreros móviles que anuncian las sesiones encima de cada puerta. Ha visto cada una de las películas una decena de veces, pero le da igual.

En la sala cinco deben de haber empezado a salir los créditos finales, porque las puertas se abren y una marea de espectadores irrumpe en el pasillo. Addie se escabulle al interior de la sala vacía, y encuentra un cubo de palomitas volcado en la segunda fila junto a unas bolitas doradas que ensucian el suelo pegajoso. Lo recoge y vuelve al vestíbulo, al puesto de venta, y aguarda en la cola tras un trío de niñas preadolescentes antes de llegar al chico que se encuentra detrás del mostrador.

Se pasa una mano por el pelo, despeinándoselo ligeramente, y deja escapar un suspiro.

—Disculpa —le dice—, un niño me ha tirado las palomitas. —Sacude la cabeza y él la imita, haciéndose eco de su exasperación—. ¿Hay algún modo de que puedas cobrarme solo las palomitas en vez del cubo también…? —Ya se ha metido la mano en el bolsillo, como si fuera a sacar la cartera, pero el joven agarra el cubo.

—No te preocupes —dice, mirando a su alrededor—. Invito yo.

Addie esboza una sonrisa radiante.

—Eres el mejor —le dice mirándolo a los ojos, y el chico se pone como un tomate y balbucea que no pasa nada, de verdad que no, incluso mientras escudriña el vestíbulo en busca de un superior.

Tira las palomitas que quedan en el cubo y lo rellena con otras recién hechas; y a continuación, se lo pasa por encima del mostrador como si se tratara de mercancía de contrabando.

—Que disfrutes de la película.

✦ ✦ ✦ ✦ ✦ ✦ ✦

De todos los inventos de los que Addie ha sido testigo —el tren propulsado a vapor, las luces eléctricas, las fotografías, el teléfono, los aviones y los ordenadores—, puede que el cine sea su favorito.

Los libros son maravillosos, portátiles y duraderos, pero sentada allí, frente a la enorme pantalla, el mundo se desvanece y durante unas pocas horas ella se convierte en otra persona, sumergida en el romance, la intriga, la comedia y la aventura. Todo ello con imágenes en 4K y sonido estéreo.

Una silenciosa pesadez le inunda el pecho cuando aparecen los créditos finales. Durante un rato, ha flotado ligera como una pluma, pero ahora vuelve a tomar conciencia de sí misma y se hunde hasta que sus pies tocan el suelo de nuevo.

Para cuando Addie sale del cine son casi las seis y el sol se está poniendo.

Se abre camino una vez más a través de las calles arboladas y deja atrás el parque; el mercado ahora está cerrado y los puestos recogidos, de modo que se dirige hacia la mesa verde en el otro extremo de la avenida. Fred sigue sentado en su silla, leyendo *M de maldad*.

El patrón que compone la colección de volúmenes se ha modificado un poco: un espacio vacío aquí donde se ha vendido un libro, un nuevo bulto allí donde se ha añadido otro. Cada vez hay menos luz, y dentro de poco Fred tendrá que recogerlo todo en cajas y subirlas, una a una, dos pisos hasta su apartamento de una habitación. Addie se ha ofrecido muchas veces a ayudarlo, pero Fred insiste en hacerlo él mismo. Otro eco de Estele. Tan obstinado como una mula.

Addie se agacha al lado de la mesa y se levanta con el libro que ha tomado prestado en la mano, como si simplemente se hubiera caído del extremo. Lo vuelve a colocar en su sitio, asegurándose de no alterar el montón, y Fred debe de estar inmerso en una parte interesante, porque suelta un gruñido sin mirarla a ella, ni al libro ni a la bolsa de papel que le deja encima, que contiene un *muffin* con trocitos de chocolate.

Son los únicos que le gustan.

Una mañana le contó a Addie que Candace siempre lo regañaba por su afición al azúcar; decía que lo mataría, pero la vida es una mierda y tiene un sentido del humor muy retorcido, pues ella ya no está y él sigue comiendo porquerías (sus palabras, no las de ella).

La temperatura desciende y Addie se mete las manos en los bolsillos y le desea buenas noches a Fred antes de reanudar su camino, de espaldas al sol poniente mientras su sombra se extiende por delante de ella.

✦ ✦ ✦ ✦ ✦ ✦ ✦

Ya ha anochecido para cuando Addie llega al Alloway, uno de esos locales que parece recrearse en su estatus de tugurio, una reputación que ha quedado empañada por el hecho de que se ha convertido en uno de los bares favoritos de los artistas que quieren experimentar el ambiente de Brooklyn. Un puñado de personas deambulan por la acera, fumando, charlando y esperando a sus amigos, y Addie se detiene un momento entre ellos.

Se fuma un cigarrillo, solo para tener algo que hacer, resistiéndose tanto como puede a la fácil seducción de la puerta, a esa sensación familiar, de *déjà vu*, que provocan los lugares conocidos.

Conoce este camino.

Sabe hacia dónde conduce.

Por dentro, el Alloway tiene forma de botella de whisky: el estrecho cuello de la entrada y la oscura barra de madera que se abre a un espacio lleno de mesas y sillas. Toma asiento en el mostrador. El hombre que tiene a su izquierda la invita a una copa y ella se lo permite.

—Deja que lo adivine —dice el hombre—. ¿Vino rosado?

Y a ella se le pasa por la cabeza pedir un trago de whisky solo para ver la expresión de sorpresa en su rostro, pero nunca ha tenido la más mínima inclinación por esa bebida, siempre ha preferido lo dulce.

—Champán.

El hombre pide la copa, y ambos se ponen a charlar hasta que a él le suena el teléfono y se aleja, con la promesa de volver enseguida. Ella sabe que no volverá, hecho que agradece mientras se toma su bebida y espera a que Toby suba al escenario.

Toby se sienta, con una rodilla levantada para apoyar la guitarra, y esboza su característica sonrisa tímida, casi como si se tratara de una disculpa. Aún no ha aprendido a apropiarse del espacio, pero ella sabe que al final lo conseguirá. Contempla a la pequeña multitud reunida antes de empezar a tocar, y Addie cierra los ojos y se deja llevar por la música. Toca unas cuantas canciones versionadas. Una de sus propias tonadas folclóricas. Y luego, esa melodía.

Los primeros acordes flotan a través del Alloway, y Addie se encuentra de nuevo en su casa. Está sentada al piano, trasteando con las notas, y él está allí, a su lado, cubriéndole los dedos con los suyos.

Todo empieza a cuajar a medida que las palabras envuelven la melodía. Se está convirtiendo en suya. Es como un árbol que echa raíces. Toby la recordará sin su ayuda; no a ella, por supuesto, sino esto. La canción de ambos.

Termina, los aplausos reemplazan a la música, y Toby se acerca a la barra y pide un ron con cola, pues las copas le salen gratis. Y en algún momento entre el primer sorbo y el tercero la ve y sonríe, y durante un segundo Addie piensa —con esperanza, incluso ahora— que recuerda algo, porque la mira como si la conociera, pero la realidad es que simplemente desea hacerlo; la atracción se asemeja mucho al reconocimiento bajo una luz equivocada.

—Perdona —dice Toby agachando la cabeza como hace siempre que está avergonzado. De la manera en que la agachó esa mañana, cuando la encontró en su sala de estar.

Alguien le roza el hombro al pasar junto a ella para dirigirse a la puerta del bar. Addie parpadea y la ensoñación se disipa.

No ha entrado. Sigue en la calle y el cigarrillo se le ha consumido por completo entre los dedos.

Un hombre mantiene abierta la puerta.

—¿Entras?

Addie sacude la cabeza y se obliga a retroceder, alejándose de la puerta, del bar y del chico que está a punto de subir al escenario.

—Esta noche no —contesta.

La euforia del momento no compensa el desencanto posterior.

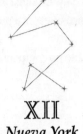

XII
Nueva York
10 de marzo de 2014

La noche se cierne sobre Addie mientras cruza el puente de Brooklyn.

La promesa de la primavera se ha retirado como una ola y ha sido reemplazada de nuevo por un húmedo frío invernal. Se cierra la chaqueta y observa el vaho de su respiración en el aire al tiempo que recorre la larga extensión de Manhattan.

Resultaría bastante sencillo tomar el metro, pero a Addie nunca le ha gustado encontrarse bajo tierra, donde el aire está cargado y desprende un olor rancio, pues los túneles se parecen demasiado a las tumbas. Quedarse atrapada, acabar enterrada viva: esas son las cosas que aterran a alguien que no puede morir. Además, no le importa caminar, conoce la fuerza de sus propios miembros, disfruta del cansancio que antes aborrecía.

Aun así, para cuando llega al Baxter en la calle cincuenta y seis, es tarde, se le han entumecido las mejillas y nota las piernas cansadas.

Un hombre con un abrigo gris ribeteado sostiene la puerta, y la piel de Addie hormiguea ante la repentina sacudida de la calefacción central mientras accede al vestíbulo de mármol del Baxter. No pierde ni un segundo en dirigirse hacia las puertas abiertas del ascensor, y ya se imagina dándose una ducha caliente y metiéndose en la cama, cuando el hombre que está detrás del mostrador se levanta de su asiento.

—Buenas noches —la saluda—. ¿Puedo ayudarla?

—He venido a ver a James —contesta ella sin detenerse—. Planta veintitrés.

El hombre frunce el ceño.

—No está en casa.

—Mucho mejor —dice ella metiéndose en el ascensor.

—Señorita —la llama él, acercándose—. No puede… —Pero las puertas ya están cerrándose. El hombre sabe que no llegará a tiempo, de modo que se da la vuelta y se dirige hacia el mostrador, dispuesto a llamar a seguridad, y eso es lo último que ve Addie antes de que las puertas se cierren del todo entre ambos. Tal vez se lleve el teléfono a la oreja, e incluso comience a marcar el número antes de que el pensamiento abandone su mente. Entonces contemplará el auricular en su mano, preguntándose en qué estaba pensando, y se disculpará profusamente con la voz al otro lado del teléfono antes de volver a hundirse en su silla.

★ ✦ ✕ ✳ ✕ ✦ ★

El apartamento pertenece a James St. Clair.

Se conocieron en una cafetería del centro hace un par de meses. Todas las mesas estaban ocupadas cuando él se acercó a ella, con unos mechones rubios asomándose del dobladillo de su gorro de invierno y las gafas empañadas por el frío. Ese día Addie era Rebecca, y antes de presentarse, James le preguntó si podía sentarse con ella, vio que estaba leyendo *Chéri*, de Colette, y se las arregló para dirigirle un par de frases en un francés bochornoso y macarrónico. Él se sentó, y poco después sus sonrisas agradables dieron lugar a una conversación agradable. Es curioso cómo algunas personas tardan una eternidad en habituarse a situaciones nuevas y otras simplemente entran a todos lados como si estuvieran en casa.

James era así, caía bien al instante.

Cuando le preguntó a qué se dedicaba, ella le dijo que era poetisa (una mentira sencilla, pues nunca nadie le pedía pruebas), y él le contó que estaba buscando trabajo. Ella se tomó el café con toda la calma de la que fue capaz, pero finalmente se terminó la taza, al igual que él, mientras algunos clientes nuevos daban vueltas alrededor del local como halcones en busca de sitios vacíos. Sin embargo, cuando James empezó a levantarse, a Addie la inundó esa vieja y consabida tristeza.

Y entonces él le preguntó si le gustaba el helado, y a pesar de que era enero y el suelo de la calle estaba cubierto de hielo y sal, Addie contestó que sí, y esa vez se pusieron de pie al mismo tiempo.

Ahora Addie introduce los seis dígitos del teclado numérico de la puerta y entra en el apartamento. Las luces se encienden y muestran unos suelos claros de madera y pulcras encimeras de mármol, cortinas exuberantes y muebles que todavía parecen nuevos. Una silla de respaldo alto. Un sofá color crema. Una mesa con libros prolijamente apilados.

Se desabrocha y se quita las botas, las deja junto a la puerta y recorre el apartamento descalza tras arrojar su chaqueta sobre el brazo de una silla. En la cocina, se sirve un vaso de merlot, saca un trozo de queso gruyere de un cajón de la nevera y un paquete de galletitas gourmet de la despensa, se lleva el pícnic improvisado a la sala de estar y contempla cómo la ciudad se despliega al otro lado de los ventanales que llegan hasta el techo.

Addie echa un vistazo a los discos de James, pone a Billy Holiday y se acomoda en el sofá color crema, con las rodillas debajo de ella mientras come.

Le encantaría tener un apartamento como este. Una casa propia. Una cama moldeada a su cuerpo. Un armario lleno de ropa. Un hogar decorado con recuerdos de la vida que ha vivido, las pruebas materiales de su memoria. Pero parece no poder aferrarse a nada durante demasiado tiempo.

Y eso que lo ha intentado con ahínco.

A lo largo de los años, ha coleccionado libros, ha acumulado arte, ha guardado vestidos elegantes en cofres y echado la llave. Pero no importa lo que haga, los objetos siempre desaparecen. Se esfuman uno a uno, o todos a la vez; alguna extraña circunstancia o el mero paso del tiempo acaban usurpándoselos. Solo en Nueva Orleans tuvo un hogar, y no le pertenecía a ella, sino a ambos, pero eso ya no existe.

Lo único de lo que no parece poder deshacerse es del anillo.

Hubo un tiempo en el que no soportaba la idea de volver a desprenderse de él. Un tiempo en el que había llorado su pérdida. Un tiempo en el que su corazón anhelaba sostenerlo, muchas décadas después de la última vez.

Ahora, no tolera su mera visión. Es un lastre desagradable en su bolsillo, un recordatorio involuntario de otra pérdida. Y cada vez que roza la madera, nota cómo la oscuridad le besa el nudillo mientras vuelve a ponerle la sortija en el dedo.

¿Ves? Ya estamos en paz.

Addie se estremece, haciendo temblar su copa, y unas gotas de vino tinto salpican el borde y aterrizan como sangre en el sofá color crema. No suelta ninguna palabrota, ni se incorpora para ir a buscar un refresco y una toalla. Simplemente observa cómo la mancha se reabsorbe y desaparece. Como si nunca hubiera estado ahí.

Como si *ella* nunca hubiera estado ahí. Addie se levanta y va a darse un baño; se limpia la mugre de la ciudad con aceite perfumado, se frota la piel con un jabón de cien dólares.

Cuando todo se te escurre entre los dedos, aprendes a disfrutar del tacto de las cosas agradables contra la palma de la mano.

Vuelve a recostarse en la bañera, inhalando el aroma de una bruma de lavanda y menta.

Ese día James y ella fueron a por un helado, y se lo comieron dentro de la tienda, con las cabezas inclinadas mientras rapiñaban la guarnición de la copa del otro. Él había dejado el gorro en la mesa y lucía sus rizos rubios en todo su esplendor; era un chico muy llamativo, sí, pero aun así a Addie le llevó un tiempo percatarse de las miradas.

Ella estaba acostumbrada a que le echaran ojeadas rápidas —sus rasgos son afilados pero femeninos y sus ojos resplandecen por encima de la constelación de pecas de sus mejillas; posee una especie de belleza atemporal, según le han dicho—, pero aquello era diferente. La gente giraba la cabeza. Lo contemplaban fijamente. Y cuando ella se preguntó por qué, él la miró con alegre sorpresa y le confesó que en realidad era actor y que formaba parte del elenco de una serie que era bastante popular en aquellos momentos. Se sonrojó al contárselo, apartó la mirada, y luego volvió a estudiar su rostro, como si esperara encontrar algún cambio fundamental. Pero Addie no había visto la serie, y aunque lo hubiera hecho, no es de las que se ruborizan ante la fama. Ha vivido durante demasiado tiempo y conocido a demasiados artistas. Y aun así, o mejor dicho, especialmente, prefiere a los que todavía no tienen las cosas claras, a los que siguen buscándose a sí mismos.

De modo que James y Addie siguieron conociéndose.

Ella se burló de sus mocasines, su suéter y sus gafas con montura de alambre.

Él le dijo que había nacido en la década equivocada.

Ella le contestó que había nacido en el siglo equivocado.

Él se rio y ella no, aunque *sí* había algo anticuado en su comportamiento. Solo tenía veintiséis años, pero al hablar adoptaba la cadencia calmada y la lenta precisión de un hombre que era consciente del peso de su propia voz, y pertenecía a esa generación de jóvenes que se vestían como sus padres: la pantomima de aquellos demasiado ansiosos por envejecer.

Hollywood también se había dado cuenta. Pues seguían ofreciéndole papeles de época.

«Tengo la cara idónea para el color sepia», bromeó.

Addie sonrió.

«Mejor que tener la cara idónea para la radio».

Era un rostro encantador, pero había algo que no encajaba, la sonrisa demasiado firme de un hombre que guarda un secreto. Lograron acabarse el helado antes de que él se desmoronara. Su entusiasmo se apaciguó y al final se esfumó, y James dejó caer la cuchara de plástico en la copa, cerró los ojos y dijo:

«Lo siento».

«¿Por qué?», preguntó ella, y él se recostó en su silla y se pasó los dedos por el pelo. Para los desconocidos de la calle podría haberse tratado de un ademán indiferente, de un gesto felino, pero ella pudo apreciar la angustia de su rostro mientras lo decía.

«Eres preciosa, y amable y divertida».

«¿Pero?», insistió ella, percibiendo lo que diría a continuación.

«Soy gay».

La palabra se le atascó en la garganta al tiempo que él le explicaba que estaba sometido a mucha presión y que detestaba la atención de los medios de comunicación y todas sus exigencias. La gente había empezado a susurrar, a hacerse preguntas, y él no estaba preparado para contar la verdad.

Addie se dio cuenta entonces de que se encontraban en un escenario. Se habían sentado frente a los ventanales de la heladería para que todos los vieran, y James seguía disculpándose, diciéndole que no debería haber flirteado con ella, que no debería haberla usado de esta manera, pero en realidad Addie no estaba prestando atención. Sus ojos azules se tornaron algo vidriosos mientras hablaba, y ella se preguntó si eso era lo que él evocaba cuando el guion requería lágrimas. Si dejaba que lo envolvieran esas emociones. Addie también tiene secretos, por supuesto, pero no puede evitar guardárselos.

Aun así, sabe lo que se siente cuando a alguien le arrebatan la verdad.

«Entenderé que te quieras marchar», estaba diciendo él, pero Addie no se levantó, no hizo amago de agarrar el abrigo. Solo se inclinó hacia él, y le robó un arándano del borde del cuenco.

«No sé tú», dijo de buen humor, «pero yo me lo estoy pasando estupendamente».

James dejó escapar un suspiro entrecortado, parpadeando para hacer desaparecer las lágrimas, y sonrió.

«Yo también», dijo él, y las cosas mejoraron después de eso.

Es mucho más fácil compartir un secreto que guardárselo, así que cuando volvieron a salir a la calle, tomados de la mano, adoptaron una actitud cómplice, aturdidos por la información íntima que compartían. No le preocupaba que repararan en ella, que la vieran, pues sabía que si les hacían fotos, estas jamás saldrían bien.

(Se publicaron fotos de ambos, pero el rostro de Addie siempre estaba oportunamente en movimiento o salía oscurecido, de modo que siguió siendo un misterio para las revistas del corazón durante la semana siguiente, hasta que los titulares se enfocaron de forma inevitable en noticias más jugosas).

Habían vuelto aquí, a su apartamento en el Baxter, para tomar una copa. Las mesas estaban cubiertas por una hecatombe de libros y papeles, todos relacionados con la Segunda Guerra Mundial. Le contó que se estaba preparando para un papel leyendo todos los relatos autobiográficos que había podido encontrar. Le mostró las crónicas impresas y Addie le dijo que aquel período le fascinaba y que conocía algunas historias; se las contó como si pertenecieran a otra persona, como si fueran las experiencias de un desconocido en vez de las suyas propias. James la escuchó, hecho un ovillo en un rincón del sofá color crema, con los ojos cerrados y un vaso de whisky apoyado en el pecho mientras ella hablaba.

Se quedaron dormidos en la enorme cama de James, a la sombra del calor del otro, y a la mañana siguiente, Addie se despertó antes del amanecer y se escabulló del apartamento, ahorrándoles a ambos la incomodidad de una despedida.

Tiene la sensación de que habrían sido amigos. Si él la hubiera recordado. Addie intenta no pensar en eso; está convencida de que a veces sus recuerdos se desplazan hacia delante y hacia atrás, extendiéndose para mostrarle todos los caminos que no llegará a recorrer. Pero esa senda solo alberga locura, y ella ha aprendido a no seguirla.

Ahora ha vuelto al apartamento, pero James no está allí.

Addie se envuelve en uno de los lujosos albornoces de felpa de James, y, tras abrir las puertas francesas, sale al balcón del dormitorio. El viento arrecia y el frío le congela las plantas de los pies descalzos. La ciudad se extiende a su alrededor como si se tratara de un firmamento nada distante, lleno de estrellas artificiales, y ella se mete las manos en los bolsillos del albornoz y nota el objeto que descansa en el fondo del pliegue vacío.

Un pequeño aro de madera lisa.

Suspira, cierra la mano alrededor del anillo y lo saca; apoya los codos en el balcón y se obliga a estudiar la sortija que reposa sobre su palma abierta, como si no hubiera memorizado ya todas sus tramas y espirales. Traza la curva con su mano libre, resistiendo el impulso de deslizárselo en el dedo. Ha pensado en ello, por supuesto, durante momentos más oscuros, en instantes de cansancio, pero no será ella la que se desmorone.

Inclina la mano y deja que el anillo caiga por el borde del balcón y se adentre en la oscuridad.

De vuelta en el interior del apartamento, se sirve otra copa de vino y se mete en la magnífica cama, se acurruca bajo el edredón de plumas y entre las sábanas egipcias, y desea haber entrado en el Alloway, desea haberse sentado en la barra y esperado a Toby, con sus rizos despeinados y su tímida sonrisa. Toby, que huele a miel, y toca a las personas con la misma habilidad que a los instrumentos, y ocupa un espacio enorme en la cama.

XIII

Villon-sur-Sarthe, Francia
30 de julio de 1714

Una mano despierta a Adeline.

Durante un momento, se encuentra desubicada, de lugar y tiempo. El cansancio se aferra todavía a ella, y con este, el sueño que ha tenido —debe de haber sido un sueño— sobre plegarias a dioses silenciosos y tratos en la oscuridad, sobre acabar olvidada.

Siempre ha tenido una imaginación muy vívida.

—Despierta —le dice una voz, una que conoce desde siempre.

La mano vuelve a posarse con firmeza sobre su hombro, y tras desprenderse de los últimos resquicios de sueño, Addie atisba las tablas de madera del techo de un granero, nota cómo el heno le pincha la piel, y ve a Isabelle arrodillada a su lado, con el pelo rubio trenzado en una corona, y las cejas contraídas por la preocupación. Su rostro se ha marchitado un poco con cada niño, cada nacimiento le ha robado algo más de vida.

—Levanta, boba.

Eso es lo que Isabelle *debería* decir, mientras la bondad de su voz suaviza su reprimenda. Pero tiene los labios fruncidos de preocupación y la frente arrugada debido a la inquietud. Siempre ha fruncido el ceño así, completamente, con toda la cara, pero cuando Adeline extiende el brazo para presionar con un pulgar el espacio entre las cejas de la otra chica (para disipar la preocupación, como ha hecho mil veces antes), Isabelle se aparta, alejándose del contacto de una desconocida.

No es un sueño, entonces.

—Mathieu —llama Isabelle por encima del hombro, y Adeline ve a su hijo mayor de pie en la puerta abierta del granero, con un cubo en la mano—. Ve a buscar una manta.

El chico se sumerge en la luz del sol y desaparece.

—¿Quién eres? —pregunta Isabelle, y Adeline comienza a responder, olvidando que el nombre no brotará de sus labios. Se le atasca en la garganta.

—¿Qué te ha pasado? —insiste Isabelle—. ¿Te has perdido?

Adeline asiente.

—¿De dónde eres?

—De aquí.

Isabelle arruga el ceño todavía más.

—¿De Villon? Es imposible, nos habríamos conocido. He vivido aquí toda la vida.

—Yo también —murmura ella, y a Isabelle la verdad debe de parecerle una ilusión, pues sacude la cabeza, como si estuviera apartando un pensamiento.

—¿Dónde se habrá metido ese chiquillo? —murmura.

Vuelve a posar la mirada sobre Adeline.

—¿Puedes ponerte de pie?

Se dirigen al jardín agarradas del brazo. Adeline está sucia, pero Isabelle no la suelta, y a Addie se le tensa la garganta ante ese sencillo gesto de bondad, ante la calidez de su contacto. Isabelle la trata como a un animal salvaje, se dirige a ella con suavidad y ejecutando movimientos lentos mientras la conduce al interior de la casa.

—¿Estás herida?

Sí, piensa. Aunque sabe que Isabelle habla de rasguños, cortes y heridas superficiales, y de eso está menos segura. Se contempla a sí misma. La oscuridad de la noche había ocultado la peor parte, pero a plena luz del día, todo queda expuesto. El vestido de

Adeline está hecho trizas. Sus sandalias, destrozadas. Y su piel, teñida del suelo del bosque.

Anoche sintió el rasguño de las zarzas, pero ahora no advierte moretones violáceos, ni cortes ni señales de sangre.

—No —dice con suavidad, mientras entran en la casa.

No hay rastro de Mathieu, o Henri, su segundo hijo; solo la bebé, Sara, está en su canasto durmiendo junto a la chimenea. Isabelle sienta a Adeline en una silla frente a la bebé, y deposita un recipiente con agua sobre el fuego.

—Eres muy amable —susurra Adeline.

—*Yo era un extraño y tú me invitaste a entrar* —repone Isabelle.

Es un versículo de la Biblia.

Lleva una palangana a la mesa, junto con un paño. Arrodillada a los pies de Adeline, le quita las sandalias sucias y las coloca junto a la chimenea, acto seguido le toma las manos y comienza a limpiarle la suciedad del bosque de los dedos y la tierra de debajo de las uñas.

Mientras tanto, Isabelle la abruma a preguntas, y Adeline trata de responderlas, de veras, pero su nombre sigue siendo una silueta que es incapaz de pronunciar, y cuando habla de su vida en el pueblo, de la sombra en el bosque, del trato que hizo, las palabras emergen de sus labios, pero se detienen antes de llegar a los oídos de la otra chica. Toda expresión desaparece del rostro de Isabelle, y su mirada permanece fija, y cuando Adeline guarda silencio al fin, su vieja amiga sacude la cabeza con rapidez, como para despertar de una ensoñación.

—Lo siento —le dice su amiga más antigua con una sonrisa de disculpa—. ¿Qué decías?

Con el tiempo aprenderá que puede mentir, y las palabras fluirán como el vino: las verterá con facilidad y los demás se las tragarán de la misma manera. Pero la verdad siempre se le atascará en el extremo de la lengua. Su historia acabará silenciada para todos, salvo para ella misma.

Adeline se encuentra con una taza entre las manos al tiempo que el bebé comienza a alborotarse.

—El pueblo más cercano está a una hora de camino —dice Isabelle, levantando a la niña arropada en mantas—. Has venido caminando, ¿verdad? —Habla con Adeline, por supuesto, pero utiliza una voz suave y dulce, y concentra la atención en Sara, respirando sobre su suave pelo, y Adeline debe admitir que su amiga parece haber nacido para ser madre, demasiado satisfecha como para advertir el interés que suscita.

»¿Qué vamos a hacer contigo? —la arrulla.

Se oyen las ponderosas pisadas de unas botas en el camino exterior, e Isabelle se endereza un poco, dándole a la bebé unas palmaditas en la espalda.

—Ese debe de ser mi marido, George.

Adeline conoce bien a George, lo besó una vez cuando tenían seis años, la época en que los niños intercambian besos como si fueran las piezas de un juego. Pero ahora su corazón se acelera por el pánico, y ella se incorpora de inmediato, mientras la taza golpea la mesa.

No es a George a quien teme.

Sino a la puerta, y lo que ocurrirá en cuanto Isabelle se encuentre al otro lado.

Agarra a Isabelle del brazo, de forma repentina y con fuerza, y el miedo se asoma en el rostro de la otra mujer. Pero entonces esta recupera la compostura y acaricia la mano de Adeline.

—No te preocupes —la tranquiliza—. Hablaré con él. Todo irá bien. —Y antes de que Adeline pueda negarse, Isabelle le pone a la bebé en brazos y se aleja.

»Espera aquí, por favor.

El miedo late en su interior, pero Isabelle se ha ido. La puerta permanece abierta y las voces suben y bajan en el patio trasero, mientras las palabras quedan reducidas a una melodía de viento. Sara murmura en sus brazos y Addie se balancea un poco, intentando apaciguarlas a ambas. La niña se tranquiliza, y en el instante en que se dispone a devolverla a su canasto, Addie oye un breve jadeo.

—Aléjate de ella.

Es Isabelle, y su voz brota aguda y tensa por el pánico.

—¿Cómo has entrado?

Su temor de madre elimina en un abrir y cerrar de ojos cualquier rastro de la bondad cristiana anterior.

—Tú me has dejado pasar —dice Adeline, y debe aguantarse las ganas de echarse a reír. El momento no resulta gracioso, sino demencial.

Isabelle la mira con horror.

—Estás mintiendo —contesta, avanzando hacia ella, pero la mano de su marido sobre su hombro la detiene. Él también ha visto a Adeline, pero piensa en ella como otro tipo de animal salvaje, como un lobo que se ha colado en su casa.

—No pretendía hacer nada malo —dice ella.

—Entonces, *vete* —le ordena George.

¿Y qué otra cosa puede hacer? Coloca a la bebé en el canasto, y deja atrás la taza de caldo, la palangana sobre la mesa y a su amiga más antigua.

Se apresura a salir al patio, echa la vista atrás, y ve a Isabelle abrazando a su hija contra el pecho antes de que George bloquee el umbral de la puerta hacha en mano, como si Adeline fuera un árbol al que hubiera que talar, una sombra que se cierne sobre su hogar.

Y un instante después, él también desaparece, cierra la puerta y echa el cerrojo.

Adeline permanece ahí plantada, sin saber qué hacer ni adónde ir. Su mente se encuentra llena de surcos, suaves y profundos debido al desgaste. Sus piernas la han conducido a este lugar demasiadas veces, y también la han alejado de allí. Su cuerpo conoce el trayecto. Si baja por este camino y gira a la izquierda, se topará con su propia casa, que ya ni siquiera es su hogar, a pesar de que sus pies empiezan a moverse en esa dirección.

Sus pies… Adeline sacude la cabeza. Se ha dejado las sandalias frente a la chimenea de Isabelle para que secaran.

Hay un par de botas apoyadas en la pared junto a la puerta que pertenecen a George, de modo que las toma y comienza a caminar. No hacia la casa donde creció, sino en dirección al río donde empezaron sus oraciones.

Ya hace calor, y el bochorno impregna el ambiente mientras ella deja caer las botas en la orilla y se mete en la corriente poco profunda.

El agua fría le corta el aliento al tiempo que el río se arremolina alrededor de sus pantorrillas, besando la parte posterior de sus rodillas. Baja la mirada, en busca de su reflejo deformado y casi espera no encontrarlo allí, vislumbrar solo el cielo detrás de su cabeza. Pero ella sigue allí, distorsionada por la corriente.

Su cabello, que su madre le trenzó el día anterior, fluye ahora de forma salvaje, y sus penetrantes ojos se encuentran abiertos de par en par. Siete pecas salpican su piel como manchas de pintura. Y el miedo y la ira surcan su rostro.

—¿Por qué no respondisteis a mis plegarias? —sisea a la luz del sol que resplandece en el arroyo.

Pero el río solo se ríe, a su manera suave y resbaladiza, con el agua burbujeando sobre la piedra.

Lucha con los cordones de su vestido de novia, se despoja del andrajo y lo hunde en el agua. La corriente arrastra la tela y sus dedos ansían soltarla, para dejar que el río se lleve este último vestigio de su vida, pero ahora posee demasiado poco como para renunciar a más.

Adeline se sumerge también, desprendiéndose de las últimas flores de su cabello, enjuagando la suciedad del bosque de su piel. Sale del agua con frío, quebradiza y renovada.

El sol brilla en lo alto y hace calor; ella deja el vestido sobre la hierba para que se seque, y se hunde a su lado en la ladera para que la luz del sol la bañe también. Permanecen en silencio, el vestido y ella, uno como un fantasma del otro. Y Adeline se da cuenta, al echar la vista hacia abajo, que esto es lo único que posee.

Un vestido. Unas enaguas. Un par de botas robadas.

Inquieta, toma un palo y comienza a dibujar patrones distraídos en el lodo de la orilla. Pero cada trazo que esboza se disuelve, con demasiada rapidez como para que sea cosa del río. Dibuja una línea, y ve cómo esta empieza a desaparecer antes de terminar la marca. Intenta escribir su nombre, pero su mano se queda inmóvil, atrapada bajo la misma losa que le sujeta la lengua. Traza una línea más profunda, excavando la arena, pero no sirve de nada: al cabo de un instante el surco se desvanece, y un sollozo disgustado brota de su garganta mientras arroja el palo a lo lejos.

Las lágrimas le abrasan los ojos, pero justo entonces oye el movimiento de unos pies pequeños; al parpadear se encuentra a un niño de rostro redondo de pie sobre ella. El hijo de cuatro años de Isabelle. Addie solía balancearlo en sus brazos, daba vueltas hasta que ambos se mareaban y estallaban en carcajadas.

—Hola —saluda el niño.

—Hola —contesta ella con la voz algo temblorosa.

—¡Henri! —lo llama su madre, y al cabo de un momento Isabelle aparece en la ladera, con un cesto de ropa sucia apoyado en la cadera. Ve a Adeline sentada en la hierba y alarga una mano, pero no se la tiende a su amiga sino a su hijo.

»Ven aquí —le ordena, con los ojos azules fijos en Adeline.

»¿Quién eres? —pregunta Isabelle, y a ella la embarga la sensación de estar al borde de una colina empinada, con el suelo hundiéndose bajo sus pies. Inclinándose hacia delante mientras el descenso comienza de nuevo.

»¿Te has perdido?

Déjà vu. Déjà su. Déjà vécu.

Ya visto. Ya conocido. Ya vivido.

Ya han pasado por esto. Ya han recorrido ese trayecto, o uno parecido, de modo que Adeline sabe dónde colocar los pies, sabe qué decir, qué palabras harán aflorar la bondad, sabe que si se lo pide de forma adecuada, Isabelle la llevará a casa y le envolverá los hombros con una manta, le ofrecerá una taza de caldo y todo irá bien hasta que las cosas se tuerzan.

—No —contesta—. Solo estoy de paso.

No son las palabras adecuadas, y la expresión de Isabelle se endurece.

—No es apropiado que una mujer viaje sola. Y desde luego no en ese estado.

—Lo sé —dice ella—. Llevaba más ropa, pero me han robado.

Isabelle palidece.

—¿Quién?

—Un desconocido en el bosque —contesta, y no se trata de ninguna mentira.

—¿Estás herida?

Sí, piensa. *Profundamente*. Pero se obliga a sacudir la cabeza y decir:

—Sobreviviré.

No le queda otra alternativa.

La otra mujer deja la colada en el suelo.

—Espera —le dice Isabelle, de nuevo amable y generosa—. Ahora mismo vuelvo.

Levanta a su hijo pequeño en brazos y se vuelve hacia su casa, y en el instante en que desaparece, Adeline recoge su vestido, que tiene el dobladillo todavía húmedo, y se lo pone.

Por supuesto, Isabelle volverá a olvidarse de ella.

A medio camino de su casa, aminorará la marcha y se preguntará por qué ha vuelto sin la ropa. Le echará la culpa a su mente cansada, creerá que su despiste se debe a que tiene que cuidar de tres hijos, al resfriado de la bebé, y volverá al río. Y esta vez, no habrá ninguna mujer sentada en la orilla, ningún vestido extendido al sol, solo un palo, abandonado en la hierba y un lienzo de lodo homogéneo.

✴ ✛ ✖ ✴ ✖ ✛ ✦

Adeline ha dibujado la casa de su familia cientos de veces.

Ha memorizado el ángulo del tejado, la textura de la puerta, la sombra del taller de su padre y las ramas del viejo tejo que se alza como un centinela en el extremo del patio.

Ahí es donde está ahora, escondida detrás del tronco, viendo cómo Maxime pasta junto al granero, viendo a su madre colgar la ropa de cama para que se seque, viendo a su padre cortar un bloque de madera.

Y mientras Adeline los observa, se da cuenta de que no puede quedarse.

Mejor dicho, podría encontrar una manera de saltar de casa en casa, como las piedras que brincan a través del río, pero no lo hará. Porque cuando piensa en ello, no se siente ni como el río ni como la piedra, sino como una mano, cansada de lanzar guijarros.

Primero, Estele le cerró la puerta.

Y luego apareció Isabelle, amable un momento y aterrorizada al siguiente.

Más adelante, mucho después, Addie convertirá estos ciclos en un juego, comprobará cuánto puede aguantar pasando de una rama a otra antes de caerse. Pero ahora mismo, el dolor es demasiado reciente, demasiado agudo, y no puede imaginarse a sí misma lidiando de ese modo con la situación, no puede soportar la mirada cansada de su padre, el reproche en los ojos de Estele. Adeline LaRue es incapaz de ser una extraña aquí, con las personas que conoce de toda la vida.

Su olvido le duele demasiado.

Su madre entra de nuevo en casa, y Adeline abandona la protección del árbol y atraviesa el jardín; no se dirige a la puerta principal, sino al taller de su padre.

Hay una sola ventana cubierta, una lámpara apagada, y la única luz proviene de una franja de sol que penetra por la puerta abierta, aunque le otorga la iluminación suficiente para desplazarse por la estancia. Se sabe de memoria los contornos de este lugar. El aire huele a savia, terroso y dulce, el suelo está cubierto de virutas y polvo, y cada superficie alberga la recompensa del trabajo de su padre. Un caballo de madera, inspirado en Maxime, por supuesto, pero aquí no es más grande que un gato. Un juego de cuencos, decorados únicamente con los anillos del tronco de donde fueron tallados. Una colección de pájaros del tamaño de la palma de la mano, con las alas expandidas, dobladas, o extendidas en pleno vuelo.

Adeline aprendió a dibujar el mundo con carbón y plomo prensado, pero su padre siempre ha usado el cuchillo para crear, tallando las formas a partir de la nada y otorgándoles amplitud, profundidad y vida.

Ahora ella extiende la mano y pasa el dedo por el hocico del caballo, igual que ha hecho cientos de veces antes.

¿Qué hace aquí?

Adeline desconoce la respuesta.

Tal vez esté despidiéndose de su padre, su persona favorita en el mundo.

Así es cómo ella lo recordará. No por la triste ignorancia de sus ojos, ni por la apariencia de su severo mentón mientras la llevaba a la iglesia, sino por las cosas que amaba. Por el modo en que le enseñó a sujetar una varilla de carbón, para esbozar formas y sombras con el peso de la mano. Por las canciones e historias, y los paisajes de los cinco veranos en los que ella lo acompañó al mercado, cuando fue lo bastante mayor como para viajar pero no tanto como para causar un revuelo. Por el delicado regalo que era el anillo de madera, y que talló cuando nació su primera y única hija, el mismo que ella luego ofreció a la oscuridad.

Incluso ahora, se lleva la mano a la garganta para acariciar el cordón de cuero con el pulgar, y algo en las profundidades de su interior se encoge cuando recuerda que ha desaparecido para siempre.

Hay trozos de pergamino desparramados por la mesa, cubierta de dibujos y proporciones, las señales de creaciones pasadas y futuras. Un lápiz descansa en el borde del escritorio, y Adeline alarga el brazo para alcanzarlo, incluso cuando un temible eco resuena en el interior de su pecho.

Lo lleva hasta la página y comienza a escribir.

Cher Papa...

Pero a medida que el lápiz de desliza sobre el papel, las letras se desvanecen a su paso. Para cuando Adeline ha terminado de escribir esas dos vacilantes palabras, estas han desaparecido, y al golpear la mesa con la mano, vuelca un pequeño bote de barniz y derrama el valioso aceite sobre las notas de su padre y la madera de abajo. Se apresura a recoger los papeles, manchándose las manos, y derriba uno de los pajaritos de madera.

Pero no hay cabida para el pánico.

El barniz ya está absorbiéndose, hundiéndose como una piedra en un río hasta perderse de vista. Resulta de lo más extraño intentar darle sentido a este momento, detallar lo que se ha perdido y lo que no.

El barniz se ha evaporado, pero no ha vuelto al bote, que reposa vacío a su lado, con su contenido perdido para siempre. El pergamino yace intacto, inmaculado, igual que la mesa de debajo. Solo sus manos están manchadas, pues el aceite traza las espirales de sus dedos y las líneas de sus palmas. Todavía sigue observándolas cuando retrocede y oye el terrible chasquido de la madera rompiéndose bajo su talón.

Se trata del pajarito de madera, una de sus alas se encuentra astillada sobre el suelo de tierra y grava. Adeline hace un gesto de dolor: era su favorito de la bandada, congelado en un movimiento ascendente, la primera maniobra del vuelo.

Se agacha para recogerlo, pero para cuando se endereza, ya no hay astillas en el suelo, y en su mano, el pajarito de madera yace otra vez intacto. Casi lo deja caer sorprendida; ignora el motivo por el cual es precisamente esto lo que se le antoja imposible. Se ha convertido en una extraña, ha visto cómo desaparecía de las mentes de aquellos que ha conocido y querido como el sol tras una nube, ha sido testigo de cómo cada huella que ha intentado dejar se ha borrado, como si nunca hubiera estado ahí.

Pero con el pájaro es diferente.

Tal vez porque puede sostenerlo en sus manos. Tal vez porque, durante un segundo, el hecho de poder enmendar un accidente, rectificar un error, parece una bendición, y no simplemente una extensión de su propia desaparición. De su incapacidad de dejar un rastro. Pero Adeline no piensa en ello de esa manera, aún no, no ha pasado meses analizando la maldición, memorizando su forma, estudiando sus superficies lisas en busca de grietas.

En este momento, se limita a agarrar el pajarito intacto, agradecida de que esté a salvo.

Se dispone a devolver la figura a su bandada cuando algo la detiene —tal vez la rareza del momento, tal vez el hecho de que ya extraña esta vida, incluso a pesar de que esta jamás advertirá su ausencia—, de modo que se mete el pájaro en el bolsillo de la falda, y se obliga a salir del cobertizo y alejarse de su casa.

Sigue el sendero, se aleja del tejo torcido y gira la curva, hasta llegar a las afueras del pueblo. Solo entonces se permite echar la vista atrás y dejar que su mirada se desvíe por última vez hacia la hilera de árboles que se encuentra al otro lado del campo, cuya densa sombra se extiende bajo el sol, antes de dar la espalda al bosque, al pueblo de Villon y a la vida que ya no es suya, y echar a andar.

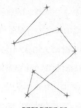

XIV

Villon-sur-Sarthe, Francia
30 de julio de 1714

Pierde de vista a Villon igual que a un carro que tuerce una curva, mientras los árboles y las colinas de los campos colindantes engullen los tejados del pueblo. Para cuando Adeline reúne el coraje de mirar hacia atrás, este ya no está ahí.

Suspira, se da la vuelta y camina, haciendo una mueca de dolor debido a la extraña forma de las botas de George.

Resultan demasiado grandes para ella, tienen casi dos veces el tamaño de su pie. Adeline encontró un par de calcetines en un tendedero y los metió dentro de las puntas de las botas para ajustarlas, pero tras caminar durante cuatro horas nota los lugares donde su piel está en carne viva, con la sangre acumulándose en las suelas de cuero. Le da miedo echar un vistazo, así que no lo hace, y se centra solo en el recorrido que tiene por delante.

Ha decidido dirigirse a la ciudad amurallada de Le Mans. Es lo más lejos que ha llegado, y aun así, nunca ha hecho el viaje sola.

Sabe que existe un mundo enorme más allá de las ciudades que se asientan a lo largo del Sarthe, pero ahora mismo no puede pensar en otra cosa que no sea el camino que se extiende ante ella. Cada paso que da la aleja de Villon, de una vida que ya no le pertenece.

Querías ser libre, dice una voz en su cabeza, pero no es la suya; no, es más profunda, más suave, y está recubierta de satén y humo de leña.

Bordea los pueblos y las granjas solitarias de los campos. Hay tramos enteros donde el mundo parece vaciarse a su alrededor. Como si un artista hubiera trazado las líneas generales de un paisaje, pero a continuación se hubiera vuelto, distraído.

En una ocasión, Adeline oye el traqueteo de un carro que circula por el camino, así que se agacha a la sombra de una arboleda cercana y espera a que pase. No quiere alejarse demasiado del sendero ni del río, pero por encima del hombro, a través de un bosquecillo de árboles, atisba el rubor amarillo de los frutos maduros, y su estómago gruñe de anhelo.

Un huerto.

La sombra resulta de lo más agradable, el aire es fresco, y ella arranca un melocotón maduro de una rama baja y hunde los dientes con avidez en la fruta; su estómago vacío se contrae ante el bocado azucarado. A pesar del dolor, se come también una pera y un puñado de ciruelas, y recoge una y otra vez con las palmas ahuecadas el agua de un pozo que se encuentra en el extremo del huerto, antes de forzarse a dejar atrás el cobijo de los árboles y adentrarse de nuevo en el bochorno veraniego.

Las sombras se extienden dilatadamente en el suelo cuando Adeline se hunde por fin en la orilla y se quita las botas para examinarse las heridas de los pies.

No tiene ninguna.

No hay rastro de sangre en los calcetines, y sus talones se encuentran intactos. No hay indicio alguno de los kilómetros recorridos, del desgaste producido tras tantas horas de peregrinaje a lo largo del camino de tierra, a pesar de que experimentó el dolor de cada paso. El sol tampoco le ha quemado los hombros, aunque sintió su calor durante todo el día. Su estómago se retuerce, codiciando algo más que fruta robada, pero cuando la luz disminuye y las colinas se oscurecen, no hay faroles ni casas a la vista.

Está tan exhausta que le dan ganas de acurrucarse en la orilla del río y sucumbir al sueño, pero los insectos flotan sobre el agua y le acribillan la piel, así que se retira a un campo abierto, y se hunde en medio de las hierbas altas igual que hizo tantas veces de pequeña, cuando ansiaba encontrarse en otro lugar. La hierba devoraba su casa, el taller, los tejados de Villon, todo excepto el cielo abierto sobre su cabeza, un cielo que podía pertenecer a cualquier lugar.

Ahora, mientras contempla fijamente el atardecer moteado, echa de menos su hogar. No a Roger, ni al futuro que ha rechazado, sino la forma en que Estele le sujetaba la mano para enseñarle cómo recoger frambuesas de los arbustos, y el suave tarareo de su padre cuando trabajaba en su cobertizo, mientras el aroma de la savia y el serrín colmaba el aire. Los fragmentos de su vida que nunca quiso perder.

Se mete la mano en el bolsillo de la falda, en busca del pajarito de madera. No se ha permitido tomarlo antes, casi convencida de que habría desaparecido, de que su robo no habría servido de nada, al igual que cualquier otro acto que haya llevado a cabo; pero el pajarito sigue ahí, y la madera es suave y cálida al tacto.

Adeline saca la figurita, la sostiene contra el cielo y se maravilla.

No ha podido romperla.

Pero sí llevársela.

Entre la creciente lista de inconvenientes —no puede escribir, ni decir su nombre ni dejar ningún rastro—, esto es lo primero que ha sido *capaz* de hacer. Puede *robar*. Pasará mucho tiempo antes de que conozca los límites de su maldición, y mucho más antes de que entienda el sentido del humor de la sombra, antes de que él la contemple con una copa de vino y afirme que un robo exitoso es un acto anónimo. La ausencia de una huella.

En este momento, se limita a agradecer la presencia del talismán.

Me llamo Adeline LaRue, se dice a sí misma, agarrando el pajarito de madera. *Soy hija de Jean y Marthe. Nací en Villon en el año 1691, en una casa de piedra justo al lado del antiguo tejo…*

Le cuenta la historia de su vida a la figurita, como si temiera olvidarse de sí misma tan fácilmente como los demás, sin saber que su mente es ahora una jaula infalible y su memoria, una trampa perfecta. Nunca olvidará, aunque deseará poder hacerlo.

Mientras la noche se desliza a su alrededor, con el violeta dando paso al negro, Adeline observa la oscuridad y comienza a sospechar que la oscuridad la observa también a ella, ese dios, o demonio, con su mirada cruel y su sonrisa burlona, y los rasgos contorsionados de una manera que ella nunca dibujó.

Mientras contempla el cielo fijamente con la cabeza erguida, cree reconocer en las estrellas las líneas de un rostro, los pómulos y el ceño; el espejismo se consolida hasta que casi espera que el manto de la noche se ondule y se retuerza igual que hicieron las sombras en el bosque, y el espacio entre las estrellas se divida para dejar al descubierto esos ojos esmeralda.

Se muerde la lengua para no llamarlo, no sea que otro ser decida responder.

No está en Villon, después de todo. No sabe qué dioses podría encontrarse aquí.

Más adelante, su fortaleza se tambaleará.

Más adelante, habrá noches en las que su necesidad la llevará a desprenderse de toda precaución, y Adeline gritará y maldecirá y lo retará a que salga y se enfrente a ella.

Más adelante…, pero esta noche está cansada y hambrienta, y no piensa gastar la poca energía que le queda en dioses mudos.

Así que se acurruca de costado, cierra los ojos y espera a que el sueño la abrace, y cuando este llega, sueña con antorchas que resplandecen en el campo al otro lado del bosque, y con voces que gritan su nombre.

Adeline, Adeline, Adeline.

Las palabras la golpean, tamborileando en su piel como la lluvia.

Se despierta al cabo de un rato, sobresaltada. A su alrededor, el mundo se encuentra teñido de negro azabache, y el aguacero ya le ha empapado el vestido, pues la tormenta es repentina e intensa.

Atraviesa el campo apresuradamente, arrastrando las faldas, hasta la hilera de árboles más cercana. En Villon, le encantaba oír el golpeteo de la lluvia contra las paredes de su casa, solía quedarse despierta y presenciar la manera en que el agua limpiaba el mundo. Pero aquí se halla desprovista de cama y refugio. Hace todo lo posible para escurrir el agua del vestido, pero esta ya está enfriándole la piel, por lo que se acurruca entre las raíces, temblando bajo el deteriorado follaje.

Me llamo Adeline LaRue, se dice a sí misma. *Mi padre me enseñó a ser una soñadora, mi madre a ser la esposa de alguien, y Estele me enseñó a hablar con los dioses.*

Sus pensamientos se detienen en Estele, quien solía permanecer bajo la lluvia, con las palmas abiertas como para atrapar la tormenta. Estele, quien siempre prefirió su propia compañía a la de los demás.

A quien probablemente no le habría importado estar sola en el mundo.

Trata de imaginar lo que diría la anciana si pudiera verla ahora, pero cada vez que intenta evocar esa mirada aguda y esa boca sabia, solo ve la forma en que Estele la miró durante esos últimos momentos, la manera en que su rostro se arrugó, y luego se relajó; tras toda una vida siendo su amiga, su recuerdo se evaporó como una lágrima.

No, no debería pensar en Estele.

Adeline se abraza las rodillas con los brazos e intenta dormir, y cuando se despierta de nuevo, la luz del sol la baña a través de los árboles. Hay un pinzón en el suelo musgoso cercano, picoteando el dobladillo de su vestido. Lo aparta y se hurga el bolsillo en busca del pajarito de madera al tiempo que se pone de pie; se balancea, mareada por el hambre, y se da cuenta de que no ha comido nada más que fruta en un día y medio.

Me llamo Adeline LaRue, se dice a sí misma mientras se dirige de nuevo al sendero. Se está convirtiendo en un mantra, algo para pasar el tiempo, para medir sus pasos, y lo repite, una y otra vez.

Tuerce una curva y se detiene, parpadeando con fiereza, como si el sol la deslumbrara. No es así y, sin embargo, el mundo que se despliega ante ella se ha sumido en un repentino y vívido amarillo; los campos verdes han sido devorados por un manto del color de la yema de huevo.

Mira por encima del hombro, pero el camino a su espalda sigue siendo verde y marrón, los tonos habituales del verano. El campo frente a ella es de semilla de mostaza, aunque entonces todavía no lo sepa. Es sencillamente precioso, de una manera abrumadora. Addie lo contempla, y durante un momento se olvida del hambre, de sus pies doloridos y de su pérdida repentina, y se maravilla ante la impactante intensidad, ante el color avasallador.

Avanza por el campo, mientras los capullos de las flores le rozan las palmas, sin temor a aplastar la vegetación bajo sus pies, pues las plantas ya se han enderezado a su paso, y sus huellas se han borrado. Cuando llega al otro extremo del campo, al sendero, y a la extensión de verde, el paisaje se le antoja apagado, y ella recorre el horizonte en busca de otra fuente de asombro.

Poco después, vislumbra una ciudad más grande, y ella se dispone a bordearla, antes de captar un olor en el aire que le provoca dolor de estómago.

Mantequilla y levadura, el dulce y suculento olor del pan.

Su aspecto es el de un vestido que se ha caído del tendedero, arrugado y sucio, y su pelo es un nido enmarañado, pero está demasiado hambrienta como para que le importe. Sigue el olor entre las casas, y sube por un estrecho camino hacia la plaza del pueblo; las voces se elevan con el aroma de los alimentos horneándose, y al torcer la esquina ve a un puñado de mujeres sentadas alrededor de un horno comunitario. Descansan en el banco de piedra que lo rodea, riendo y charlando como pájaros en una rama, mientras los panes se hinchan dentro de la boca abierta del horno. Su visión es estremecedora, tan corriente que le resulta dolorosa, y Adeline permanece durante un momento bajo una alameda, escuchando el trino y el chirrido de sus voces, antes de que el hambre la obligue a avanzar.

No tiene que palmearse los bolsillos para saber que no dispone de ninguna moneda. Tal vez podría hacer un trueque por el pan, pero lo único que posee es el pájaro, y cuando lo alcanza en el interior de los pliegues de su falda, sus dedos se niegan a soltar la madera. Podría mendigar, pero el rostro de su madre le viene a la mente, con los ojos entornados de desprecio.

Su única alternativa es el robo, lo cual está mal, por supuesto, pero el hambre la acucia demasiado como para meditar sobre el aspecto pecaminoso de su acción. Solo queda la cuestión de cómo llevarlo a cabo. El horno se encuentra vigilado, y a pesar de lo rápido que ella parece desvanecerse de la memoria, sigue siendo de carne y hueso, no un fantasma. No puede plantarse allí y birlar el pan sin causar un revuelo. Sí, la olvidarían poco después, pero ¿a qué peligros se enfrentaría antes de que lo hicieran? Si llegara hasta el pan y luego se alejara, ¿cuánto tendría que correr? ¿A qué velocidad?

Y entonces lo oye. El suave sonido de un animal, casi imperceptible bajo las voces de las mujeres. Le da la vuelta a la caseta de piedra y ve su oportunidad, al otro lado del camino.

Una mula permanece a la sombra, masticando de forma perezosa junto a un saco de manzanas y un montón de leña.

Lo único que hace falta es un único golpe fuerte y la mula se sacude, más debido a la conmoción que al dolor, o al menos eso espera ella. Se lanza hacia delante, volcando las manzanas y la madera mientras se pone en marcha. Y así sin más, la inquietud se propaga por la plaza durante un instante breve pero ruidoso, mientras el animal se aleja arrastrando un saco de grano y las mujeres se ponen en pie de un salto, y los trinos de sus risas se convierten en tensos gritos de consternación.

Adeline se escabulle hasta el horno como una nube y toma el pan más cercano de la boca de piedra. El dolor le recorre los dedos al agarrarlo, y casi lo deja caer, pero tiene demasiada hambre y el malestar, como bien está aprendiendo, no dura mucho. El pan es suyo y para cuando la mula se tranquiliza, el grano vuelve a su lugar, las manzanas se recogen y las mujeres regresan a su sitio junto al horno, ella ya se ha ido.

Se apoya a la sombra de un establo en las afueras de la ciudad, hincando los dientes en el pan mal cocido. La masa se desmorona en su boca, pesada, dulce y difícil de tragar, pero no le importa. Le llena la barriga lo suficiente y calmará su hambre durante un rato. Su mente comienza a despejarse. La opresión de su pecho se afloja, y por primera vez desde que dejó Villon, se siente, si no entera, algo más humana. Se impulsa desde la pared del establo y echa a andar de nuevo, siguiendo el movimiento del sol, y el cauce del río, hacia Le Mans.

Me llamo Adeline..., empieza de nuevo y se detiene.

Nunca le entusiasmó el nombre y ahora ni siquiera puede pronunciarlo. Cualquiera que sea el nombre que use para sí misma, permanecerá solo en su cabeza. Adeline es la mujer que dejó en Villon, en la víspera de una boda que no deseaba celebrar. Pero Addie... Addie fue un regalo de Estele, más corto, más afilado, el nombre de la niña que viajaba hasta el mercado y se esforzaba por ver por encima de los tejados, de la chica que dibujaba y soñaba con historias más grandes, con mundos más vastos, con una vida llena de aventuras.

Y así, mientras camina, comienza a narrar la historia de nuevo en su cabeza.

Me llamo Addie LaRue...

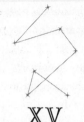

XV
Nueva York
11 de marzo de 2014

La casa está demasiado silenciosa sin James.

Addie nunca pensó que él fuera una persona ruidosa —alegre, encantador, aunque en absoluto estridente—, pero ahora se da cuenta de lo mucho que su presencia llenaba el espacio.

Esa noche, James puso un disco y cantó mientras cocinaba queso a la parrilla en el fogón de seis hornillas; se lo comieron de pie porque el apartamento era nuevo y aún no había comprado las sillas de la cocina. Sigue sin haber sillas, pero ahora tampoco hay ningún James —está de viaje, grabando—, por lo que el piso se extiende a su alrededor, demasiado silencioso y grande para una sola persona; la altura de la vivienda, además del doble acristalamiento de los ventanales, se combinan para bloquear los sonidos de la ciudad, y reducen Manhattan a una imagen, quieta y gris, al otro lado de las ventanas.

Addie reproduce disco tras disco, pero el sonido solo hace eco. Intenta ver la televisión, pero el zumbido de las noticias es más un ruido estático que otra cosa, al igual que el diminuto coro de voces de la radio, demasiado alejadas para parecer reales.

El cielo de fuera posee un tono gris invariable, y una fina neblina de lluvia difumina los edificios. Es uno de esos días perfectos para encender el fuego de leña, prepararse una taza de té y sumergirse en un buen libro.

Pero a pesar de que James tiene una chimenea, solo es de gas, y cuando inspecciona la alacena en busca de su té favorito, encuentra la caja al fondo, aunque vacía, y todos los libros que hay en el apartamento son de historia, no de ficción, y Addie sabe que no puede permanecer aquí, con nada más que su propia compañía.

Se viste de nuevo con su ropa, y hace la cama, aunque está segura de que el personal de limpieza ordenará y limpiará el piso antes de que James vuelva. Tras echar un último vistazo al deprimente día, toma una bufanda plisada de cachemira del armario, que todavía tiene la etiqueta puesta, y se encamina hacia la calle, con el panel de la puerta resonando tras ella.

Al principio, no sabe adónde se dirige.

Algunos días todavía se siente como un león enjaulado que pasea por su prisión. Sus pies tienen mente propia, y no tardan en conducirla hasta el centro.

Me llamo Addie LaRue, piensa mientras camina.

Han pasado trescientos años y una parte de ella todavía teme olvidarlo. Ha habido momentos, como es natural, en los que ha deseado que su memoria fuera más voluble, en los que hubiera dado cualquier cosa por sumergirse en la locura y desaparecer. Perderse a una misma supone tomar un camino más agradecido.

Igual que Peter en *Peter Pan*, de J. M. Barrie.

Al final del libro, cuando Peter se sienta en la roca, el recuerdo de Wendy Darling se desvanece de su mente. Olvidar es triste, desde luego.

Pero que te olviden resulta solitario.

Recordar cuando nadie más lo hace.

Yo me acuerdo, susurra la oscuridad, casi con amabilidad, como si no fuera él quien la maldijo.

Tal vez sea el mal tiempo, o quizá su estado de ánimo sensiblero, lo que conduce a Addie a lo largo del extremo oriental de

Central Park hasta la calle Ochenta y dos y el vestíbulo de mármol del Museo Metropolitano de Arte.

Addie siempre ha sido aficionada a los museos.

Son espacios donde la historia se recopila en un lugar ajeno, donde el arte se ordena y los objetos descansan en peanas. A veces, Addie se siente como si fuera un museo. Uno que solo ella puede visitar.

Cruza el gran vestíbulo, con sus arcos de piedra y sus columnatas, se abre paso entre el arte grecorromano y deja atrás Oceanía, exposiciones que ha contemplado cientos de veces, y continúa hasta llegar a la sala de escultura europea, con sus grandes figuras de mármol.

Una habitación más allá, lo encuentra, donde siempre está.

Reposa en una vitrina apoyada en la pared, flanqueada a ambos lados por piezas de hierro o de plata. No es demasiado grande para tratarse de una escultura, tiene la longitud de su brazo, desde el codo hasta las puntas de los dedos. Un zócalo de madera con cinco pájaros de mármol encaramados sobre él, cada uno a punto de alzar el vuelo. Es el cuarto el que atrae su mirada: la elevación del pico, el ángulo de sus alas, el suave plumaje, plasmado en otros tiempos en madera, y ahora en piedra.

Se llama *Revenir*. «Regresar».

Addie recuerda la primera vez que se topó con la obra, un pequeño milagro posado en una tarima blanca y pulcra.

El autor, Arlo Miret, es un hombre al que nunca conoció, y aun así, frente a ella se halla un fragmento de su historia, de su pasado. Ese artista lo encontró y lo convirtió en algo memorable, algo valioso, algo hermoso.

Desea poder tocar el pajarito, pasar el dedo a lo largo de su ala, como siempre hizo, aunque sabe que este no es el que perdió, sabe que este no fue tallado por las fuertes manos de su padre, sino por un desconocido. A pesar de todo, está ahí, es real, y, de alguna manera, le pertenece.

Un secreto guardado. Un registro. La primera huella que dejó en el mundo, mucho antes de saber la verdad: que las ideas son mucho más indómitas que los recuerdos, que anhelan y buscan formas de arraigarse.

XVI

Le Mans, Francia
31 de julio de 1714

Le Mans yace como un gigante dormido en los campos que se extienden a lo largo del Sarthe.

Han pasado más de diez años desde que a Addie se le permitió viajar a la ciudad amurallada, encaramada al lado de su padre en el carro de la familia.

Su corazón se acelera cuando atraviesa las puertas de la ciudad. Esta vez llega sin la yegua, sin su padre y sin el carro, pero a la luz vespertina el ajetreo y el bullicio vibran a través de la ciudad tanto como recordaba. Addie no se molesta en tratar de pasar desapercibida; si, de vez en cuando, alguien repara en la joven del vestido blanco manchado tras mirar en su dirección, esa persona se guarda sus opiniones para sí. Es más fácil estar sola entre tanta gente.

El único problema es que no sabe adónde ir. Se detiene un momento para pensar, pero de pronto oye el ruido de unas pezuñas demasiado cerca, y Addie se libra por poco de ser pisoteada por un carro.

—¡Aparta! —exclama el conductor mientras ella se lanza hacia atrás, solo para chocar con una mujer que lleva una cesta de peras. La cesta se inclina y caen tres o cuatro piezas de fruta en el camino empedrado.

—Mira por dónde vas —gruñe la mujer, pero cuando Addie se inclina para ayudarla a recoger las peras caídas, la mujer chilla y le pega un pisotón en los dedos.

Addie retrocede y se mete las manos en los bolsillos, se aferra al pajarito de madera mientras avanza por las sinuosas calles hacia el centro de la ciudad. Hay muchos caminos, pero todos parecen iguales.

Había creído que este lugar le resultaría más familiar, pero solo le produce una sensación de extrañeza. Se asemeja a una fantasía fruto de un sueño de hace mucho tiempo. Cuando Addie estuvo aquí por última vez, la ciudad le pareció una maravilla, un lugar enorme y lleno de vida: los mercados bullían, bañados por el sol; las voces resonaban en la piedra; y los anchos hombros de su padre ocultaban los lados más sombríos de la ciudad.

Pero ahora que está sola, una amenaza se ha deslizado a su alrededor como la niebla, eliminando el vigoroso encanto del ambiente, dejando solo los cantos afilados que sobresalen a través de la niebla.

Un palimpsesto.

Aún no conoce la palabra, pero dentro de cincuenta años, en un salón de París, escuchará por primera vez el concepto de un pasado que ha sido borrado y reemplazado por el presente, y recordará este momento en Le Mans.

Un lugar conocido y a la vez extraño.

Qué tontería pensar que seguiría igual, cuando todo lo demás ha cambiado. Cuando ella ha cambiado, ha pasado de ser una niña a una mujer, y luego se ha convertido en esto, en un fantasma, en un espectro.

Traga saliva con fuerza y se pone de pie, decidida a no crisparse ni desmoronarse.

Pero Addie no encuentra la posada donde ella y su padre se alojaron, y aunque lo hiciera, ¿qué planeaba hacer allí? No tiene forma de pagar, y aun si llevara dinero encima, ¿quién le alquilaría una habitación a una mujer que viaja sola? Le Mans es una ciudad, pero no es tan grande como para que algo así le pase desapercibido al posadero.

Addie agarra con más fuerza la talla de madera que lleva en el bolsillo al tiempo que recorre las calles. Hay un mercado nada más pasar el ayuntamiento, pero los comerciantes ya están recogiendo los puestos: las mesas se encuentran vacías y los carros se alejan; el suelo está plagado de restos de lechuga y un puñado de patatas mohosas, y antes de que se le ocurra siquiera acercarse a mendigar, otras manos, más pequeñas y rápidas, se llevan los desperdicios.

Hay una taberna en un extremo de la plaza.

Observa cómo un hombre desmonta de su caballo, una yegua moteada, y le pasa las riendas a un mozo de cuadra, volviéndose casi de inmediato hacia el ruido y el ajetreo de las puertas abiertas de la taberna. El mozo conduce a la yegua a un amplio establo de madera, y se adentra en la relativa oscuridad. Pero no es el establo lo que le llama la atención a Addie, ni el caballo, sino lo que carga sobre el lomo. Dos alforjas pesadas, abultadas como sacos de grano.

Addie cruza la plaza y se escabulle en el establo tras el hombre y la yegua, con los pasos más ligeros y rápidos que es capaz de dar. La luz del sol se filtra débilmente a través de las vigas del techo, moldeando el lugar con relieves suaves mientras algunas zonas destacan entre las capas de sombra; es el tipo de espacio que le habría encantado dibujar.

Varios caballos se revuelven en sus cuadras, y al otro lado del establo, el mozo tararea al tiempo que le quita la montura a la yegua, arroja la silla sobre el portillo de madera y cepilla al animal, siendo su propio pelo un nido de nudos y enredos.

Addie se agacha y se arrastra hacia las cuadras de la parte de atrás del establo; los sacos y las alforjas se hallan esparcidos en las barreras de madera que se elevan entre los caballos. Hambrienta, se abalanza sobre los arreos, buscando debajo de las hebillas y de las solapas. No hay ningún monedero, pero encuentra una pesada capa de montar, un pellejo de vino y un cuchillo para deshuesar de la longitud de su mano. Se envuelve los hombros con la capa, se guarda la cuchilla en un bolsillo profundo y el vino en otro, y sigue arrastrándose, silenciosa como un fantasma.

No ve el cubo vacío hasta que su zapato choca contra él con un fuerte estruendo. Cae con un golpe sordo sobre el heno, y Addie contiene el aliento y espera que el ruido haya quedado disimulado por el arrastre de los cascos. Pero el mozo de cuadra deja de tararear. Ella se hunde todavía más, se encoge en las sombras de la cuadra más cercana. Transcurren cinco segundos, luego diez, y por fin el tarareo comienza de nuevo, y Addie se endereza y se dirige a la última cuadra, donde un corpulento caballo de tiro descansa, mascando trigo, junto a una bolsa con correa. Acerca los dedos a la hebilla.

—¿Qué estás haciendo?

La voz suena justo detrás de ella. El mozo de cuadra, que ya no tararea ni cepilla a la yegua moteada, está en el pasillo entre los atracaderos, con un puñado de forraje en la mano.

—Disculpe, señor —contesta ella con la voz un poco entrecortada—. Busco el caballo de mi padre. Me ha pedido que le lleve algo que guarda en la bolsa.

La contempla fijamente, sin parpadear, con los rasgos medio ocultos por la oscura extensión de su cabello.

—¿Cuál es?

Desearía haber prestado la misma atención a los caballos que a las alforjas, pero no puede permitirse vacilar, pues eso destaparía su mentira, de modo que se vuelve con rapidez hacia el caballo de tiro y dice:

—Ese.

Para ser una mentira, es bastante buena, una que fácilmente podría haber sido verdad, si tan solo hubiera escogido otro caballo. El hombre esboza una severa sonrisa bajo la barba.

—Ah —dice él, golpeándose la mano con el forraje—, da la casualidad de que ese caballo es *mío*.

A Addie la invade el extraño y desagradable impulso de echarse a reír.

—¿Puedo elegir otra vez? —susurra, dirigiéndose a la puerta del establo.

En algún lugar cercano, una yegua relincha. Otra da un golpe con la pezuña. El hombre deja de atizarse la palma con el forraje, y Addie avanza entre las cuadras a trompicones, con el mozo pisándole los talones.

Es rápido, su agilidad proviene, sin duda, de la captura de animales, pero ella es más ligera y tiene mucho más que perder. Él le roza el cuello de la capa que ha robado con la mano, pero no consigue atraparla; los enérgicos pasos del hombre vacilan, aminorando la marcha, y Addie cree haber salido airosa antes de oír el claro y agudo sonido de una campana resonando en la pared del establo, seguido por el ruido de unas botas que se acercan desde el exterior.

Casi ha llegado a la entrada del granero cuando aparece un segundo hombre, que atraviesa el umbral como una extensa sombra.

—¿Se ha escapado algún caballo? —exclama antes de verla envuelta en la capa robada, con sus enormes botas atrapadas en el heno. Ella se tambalea hacia atrás y cae de lleno en los brazos del mozo de cuadra. Este cierra los dedos, tan pesados como grilletes, alrededor de sus hombros, y cuando Addie trata de liberarse, él la sujeta con tanta fuerza como para magullarla.

—La he pescado robando —dice él, raspándole la mejilla con las gruesas cerdas que cubren su rostro.

—Suéltame —suplica ella mientras él la aprieta con fuerza.

—Esto no es ningún puesto de mercado —se burla el segundo, sacándose un cuchillo del cinturón—. ¿Sabes lo que hacemos con los ladrones?

—Ha sido un error. Por favor. Dejadme ir.

El cuchillo se sacude como un dedo.

—No hasta que hayas pagado.

—No tengo dinero.

—No pasa nada —contesta el segundo hombre—. Las ladronas pagan con su cuerpo.

Ella intenta zafarse, pero los brazos del hombre parecen cadenas, y este acerca el cuchillo a los cordones de su vestido y empieza a cortárselos como si fueran hilos. Cuando Addie se retuerce de nuevo, ya no trata de liberarse, sino que intenta alcanzar el cuchillo para deshuesar que está dentro del bolsillo de su capa robada. Roza con los dedos la empuñadura de madera dos veces antes de poder agarrarla.

Conduce la hoja hacia abajo y hacia atrás y se la clava al primer hombre en el muslo, notando cómo se hunde en la carne de su pierna. Él deja escapar un grito antes de apartarla como a un avispón, lanzándola hacia delante, justo sobre el cuchillo del otro hombre.

El dolor le atraviesa el hombro al tiempo que el cuchillo se entierra en su piel y recorre su clavícula, dejando un rastro de calor abrasador. Su mente se queda en blanco, pero sus piernas comienzan a moverse y la conducen a través de las puertas del establo en dirección a la plaza. Se oculta tras un barril, y ve cómo los hombres salen unos instantes después, tambaleándose y maldiciendo, con los rostros retorcidos por la rabia y algo peor, algo primitivo y hambriento.

Y entonces, entre un paso y el siguiente, sus movimientos se apaciguan.

Entre un paso y el siguiente la presteza de ambos disminuye y se desvanece, y sus intenciones acaban deslizándose, igual que un pensamiento, fuera de su alcance. Los hombres miran a su alrededor y luego se contemplan el uno al otro. El que ella ha apuñalado se encuentra ahora erguido, sus pantalones no muestran signo alguno de desgarro, ni hay sangre empapando la tela. La huella que Addie ha dejado en su cuerpo ha desaparecido.

Los hombres se empujan, dándose codazos en las costillas, y se dirigen de nuevo al establo. Addie se desploma hacia delante, con la cabeza apoyada en el barril de madera. El pecho le palpita, al tiempo que el dolor traza una línea vívida a lo largo de su cuello, y cuando se presiona la mano contra la herida, sus dedos se manchan de sangre.

No puede quedarse allí, acurrucada detrás del barril, de modo que se obliga a levantarse. Se balancea, con sensación de mareo, pero las náuseas se desvanecen poco después, y ella sigue en pie. Echa a andar, presionándose el hombro con una mano y sujetando el cuchillo bajo la capa con la otra. No sabe cuándo decide abandonar Le Mans, pero no mucho después atraviesa el patio y se aleja del establo; recorre las sinuosas calles, dejando atrás las posadas y las tabernas de mala muerte, a la muchedumbre y sus risas estridentes, renunciando a la ciudad con cada paso.

El calor abrasador que siente en el hombro pasa a ser una pulsación sorda y después, desaparece por completo. Traza la herida con los dedos, pero esta ya no está ahí. Lo mismo ocurre con la sangre de su vestido, que se ha desvanecido como las palabras que garabateó en el pergamino de su padre, y las líneas que dibujó en el lodo de la orilla del río. Los únicos rastros de la herida se hallan en su piel: una costra de sangre seca a lo largo de su clavícula, un manchón rojo en la palma de su mano. Y muy a su pesar, Addie se maravilla durante un momento de la extraña magia que la envuelve, la prueba de que, en cierto modo, la sombra cumplió su palabra. Tergiversó sus plegarias, sí, deformó sus deseos hasta convertirlos en algo perverso y podrido. Pero le concedió esto al menos.

La vida.

Un ruidito disgustado emerge de su garganta, y ella percibe alivio en él, tal vez, pero también horror. Por lo auténtica que es su hambre, un hecho que acaba de empezar a descubrir. Por el dolor de sus pies, aunque sea incapaz de cortarse ni magullarse. Por el ardor que le ocasionó la herida de su hombro, antes de que esta se curara. Puede que la oscuridad la haya librado de la muerte, pero no de esto. No del sufrimiento.

Pasarán años antes de que aprenda el verdadero significado de esa palabra, pero en este momento, mientras camina hacia el espeso atardecer, todavía siente alivio por estar viva.

Un alivio que se tambalea cuando llega a las afueras de la ciudad.

Adeline nunca ha viajado más lejos.

Le Mans se erige a su espalda, y frente a ella los altos muros de piedra dan paso a pueblos dispersos, cada uno como un bosquecillo de árboles, y luego, a campo abierto, y luego, no sabe a qué más.

Cuando Addie era pequeña, subía por las laderas que se elevaban alrededor de Villon, corría hasta el mismo borde de la colina, el lugar donde el suelo desaparecía, y se detenía, con el corazón palpitando con fuerza, mientras su cuerpo se inclinaba hacia delante, anhelando caer.

El más leve empujón, y el peso haría el resto.

Ahora no hay ninguna colina empinada bajo sus pies, ninguna pendiente, pero aun así, nota cómo pierde el equilibrio.

Y entonces, la voz de Estele se eleva para encontrarse con ella en la oscuridad.

«¿Cómo se dirige una al fin del mundo?», le preguntó una vez. Y cuando Addie no supo responder, la anciana le sonrió con su característica sonrisa arrugada y respondió:

«Paso a paso».

Addie no llegará hasta el fin del mundo, pero debe dirigirse a algún lugar, y en ese momento, decide su destino.

Irá a París.

Es, junto con Le Mans, la única ciudad que conoce por su nombre, un lugar que su desconocido mencionó innumerables veces y que apareció en todos los cuentos de su padre, un lugar de dioses y reyes, de oro y de esplendor, de promesas.

XVII
Nueva York
12 de marzo de 2014

Hoy el día se presenta mejor.

Ha salido el sol, el aire no es tan frío, y Nueva York se encuentra repleta de cosas maravillosas.

La comida, el arte, la permanente oferta cultural… aunque lo que más le gusta a Addie es su tamaño. Los pueblos se exploran con facilidad. Una semana en Villon bastaba para recorrer cada centímetro, para descubrir todos sus secretos. Pero en ciudades como París, Londres, Chicago o Nueva York no tiene que contenerse, no tiene que dar pequeños bocados para que la novedad dure. Son ciudades que puede engullir con avidez, que puede devorar cada día y aun así nunca quedarse sin alimento.

Es la clase de lugar que alguien tarda años en conocer, y a pesar de ello, siempre parece haber otro callejón, otro conjunto de escalones, otra puerta.

Tal vez por eso no se ha dado cuenta antes.

Desde la acera, bajando un corto tramo de escaleras, hay una tienda medio escondida por el perfil de la calle. El toldo, sin lugar a duda, era púrpura en el pasado, pero hace ya mucho que se ha desvanecido y ha adoptado una tonalidad grisácea, aunque el nombre de la tienda, escrito en blanco, es todavía legible.

La Última Palabra.

Una librería de segunda mano, a juzgar por el nombre, con los ventanales rebosantes de lomos apilados. A Addie se le acelera un poco el pulso. Estaba segura de haberlas descubierto todas. Pero eso es lo maravilloso de Nueva York. Ha deambulado por buena parte de los cinco distritos, y a pesar de ello la ciudad sigue albergando sus secretos; algunos están escondidos en rincones —bares en sótanos, tabernas clandestinas, clubes exclusivos—, mientras que otros se encuentran situados a plena vista. Son como los huevos de pascua de una película, en los que nadie repara hasta un segundo o tercer visionado. Y a la vez se trata de algo totalmente diferente, porque no importa cuántas veces recorra estas manzanas, no importa cuántas horas, o días, o años pase memorizando los contornos de Nueva York, ya que en cuanto se da la vuelta es como si la ciudad volviera a moverse, a ensamblarse. Los edificios se levantan y se derriban, los negocios abren y cierran, la gente llega y se va, y el mazo sigue barajándose una y otra vez.

Addie entra en la librería, por supuesto.

Una tenue campanilla anuncia su llegada, pero el sonido queda sofocado de inmediato ante la aglomeración de libros en diversas condiciones. Algunas librerías están organizadas y son más una galería que una tienda. Otras son estériles, y en ellas solo los volúmenes nuevos e intactos tienen cabida.

Pero esta es diferente.

Esta tienda es un laberinto de estantes y pilas, con textos apilados a doble, e incluso triple, profundidad; una amalgama de cuero, papel y madera. Su clase de tienda favorita, una en la que resulta sencillo perderse.

Hay un mostrador junto a la puerta, pero está vacío, y Addie merodea, sin que la molesten por los pasillos, abriéndose camino a través de las entrañables estanterías. La librería parece bastante vacía, excepto por la presencia de un hombre blanco mayor que estudia una hilera de libros de suspense, y una preciosa chica negra sentada con las piernas cruzadas en una butaca de cuero al final de un pasillo, mientras unos abalorios de plata resplandecen en sus dedos y sus orejas, y un libro de arte gigante descansa abierto en su regazo.

Addie pasa frente a un cartel que reza: «Poesía», y la oscuridad susurra contra su piel, deslizando los dientes como una cuchilla sobre un hombro desnudo.

«Ven a vivir conmigo y sé mi amada».

Addie declina la invitación con unas palabras que ha repetido hasta el desgaste.

«No sabes lo que es el amor».

No se detiene, sino que tuerce la esquina, arrastrando los dedos a lo largo de la sección de Teología. Hace un siglo, se leyó la Biblia, los Upanishads y el Corán tras una especie de frenesí espiritual. Deja también atrás a Shakespeare, una religión en sí mismo.

Se detiene en la sección de Autobiografías, ojea los títulos de los lomos, que se encuentran llenos de «Yo» y «Mi», palabras posesivas para vidas posesivas. Qué lujo, poder contar la historia de uno mismo. Ser leído y recordado.

Algo golpea el codo de Addie y, al bajar la mirada, ve un par de ojos ámbar que se asoman por encima de su manga, rodeados de un montón de pelo naranja. El gato parece tan viejo como el libro que tiene en la mano. Abre la boca y deja escapar algo entre un bostezo y un maullido, un sonido hueco y silbante.

—Hola. —Rasca al gato entre las orejas, provocándole un ronroneo de placer.

—Vaya —dice una voz masculina detrás de ella—. Por lo general, Novela pasa de la gente.

Addie se da la vuelta, dispuesta a hacer un comentario sobre el nombre del gato, pero se queda en blanco en cuanto ve al chico, porque por un momento, solo un momento, antes de enfocarle bien el rostro, podría haber jurado que...

Pero no es él.

Por supuesto que no.

El pelo del chico, aunque negro, cae en rizos sueltos alrededor de su cara, y sus ojos, detrás de sus gafas de montura gruesa, poseen una tonalidad más gris que verde. Hay algo frágil en ellos, más parecido al cristal que a la piedra, y cuando habla, su voz es suave, cálida e innegablemente humana.

—¿Necesitas ayuda?

Addie sacude la cabeza.

—No —contesta aclarándose la garganta—. Solo estaba echando un vistazo.

—Muy bien —dice él con una sonrisa—. Pues sigue mirando.

Addie lo ve alejarse, y los rizos negros desaparecen en el laberinto de libros antes de que vuelva a dirigir su mirada al gato.

Pero el gato también se ha esfumado.

Addie devuelve el volumen que tiene en las manos a la estantería y continúa ojeando las baldas; enfoca su atención en los tomos que abarrotan las secciones de Arte e Historia de la Humanidad, mientras espera a que el chico reaparezca, para empezar el ciclo de nuevo, preguntándose qué dirá ella cuando lo haga. Debería haberle pedido ayuda, dejar que la guiara a través de los estantes, pero el joven no regresa.

La campanilla de la tienda vuelve a sonar, anunciando la llegada de un nuevo cliente, al tiempo que Addie llega a los Clásicos. *Beovulfo. Antígona. La Odisea.* Hay un montón de ediciones de esta última, y Addie está sacando una de ellas cuando oye un repentino estallido de risas, agudas y ligeras; curiosea a través de un hueco en los estantes y ve a una chica rubia apoyada en el mostrador. El chico se encuentra al otro lado, limpiándose las gafas con el dobladillo de la camisa.

Inclina la cabeza, y las pestañas oscuras le rozan las mejillas.

Ni siquiera mira a la chica, que se pone de puntillas para acercarse a él. Ella extiende el brazo y le pasa una mano por la manga, igual que acaba de hacer Addie por las estanterías, y entonces él esboza una sonrisa avergonzada y tranquila que borra cualquier parecido con la oscuridad.

Addie se mete el libro bajo el brazo, se dirige a la puerta y sale al exterior, aprovechando que el chico está distraído.

—¡Oye! —la llama una voz, la voz del dependiente, pero ella continúa subiendo los escalones hacia la calle. Dentro de un instante, la olvidará. Dentro de un instante, su mente se quedará en blanco y él…

Una mano aterriza en su hombro.

—Tienes que pagar.

Se da la vuelta y ve al chico de la tienda, con la respiración entrecortada y muy molesto. Ella desvía la mirada hacia los escalones, a la puerta abierta. Debe de haberla dejado entornada. Y él debe de haber estado pisándole los talones. Pero aun así, la ha seguido hasta afuera.

—¿Y bien? —exige él. Le suelta el hombro y extiende la palma de la mano. Podría correr, por supuesto, pero no vale la pena. Addie comprueba el precio en la parte posterior del libro. No es muy caro, pero vale más de lo que lleva encima.

—Lo siento —le dice, devolviéndoselo. Él frunce el ceño entonces, y un surco demasiado profundo cruza su rostro. Es una arruga fruto de décadas de repetición, aunque es imposible que tenga más de treinta años. El chico contempla el libro y alza una ceja oscura detrás de sus gafas.

—¿Una librería llena de libros antiguos y tú robas una edición de bolsillo destartalada de *La Odisea*? Sabes que no sacarás mucho por ella, ¿no?

Addie le sostiene la mirada.

—¿Quién dice que vaya a revenderlo?

—Además, está en griego.

Había ignorado ese detalle. Aunque da igual. Primero se leyó los clásicos en latín, aunque en las décadas posteriores aprendió griego.

—Qué idiota —dice con ironía—, debería haberlo robado en inglés.

El chico casi —*casi*— esboza una sonrisa, pero la mueca que asoma a sus facciones revela desconcierto. En vez de eso, sacude la cabeza.

—Llévatelo —dice alcanzándole el libro—. Creo que la tienda puede prescindir de él.

Addie tiene que luchar contra el impulso repentino de empujarlo hacia él.

Se parece demasiado a un gesto de caridad.

—¡Henry! —lo llama la atractiva chica negra desde la puerta—. ¿Quieres que llame a la poli?

—No —le responde, todavía mirando a Addie—. No pasa nada. —Entorna los ojos, como si estuviera estudiándola—. Ha sido un error.

Ella contempla al chico, a Henry. Y luego extiende la mano y recupera el libro, acunándolo contra ella mientras el dependiente vuelve a entrar en la tienda.

Parte dos:

La hora más oscura de la noche

Título: *Una noche olvidada.*

Autora: Samantha Benning.

Fecha: 2014.

Técnica: Acrílico en lienzo sobre madera.

Ubicación: En préstamo de la Galería Lisette Price de Nueva York.

Descripción: Una pieza en gran parte monocromática, pintada en capas hasta formar un relieve en negro y tonos de carbón y gris. Siete pequeños puntos blancos destacan sobre el fondo oscuro.

Contexto: Conocida en gran parte por sí sola, esta pintura desempeña también una función como frontispicio de una serie en curso titulada *Te admiro desde lejos*, en la que Benning concibe a su familia, amigos y amantes como diferentes versiones del cielo.

Valor aproximado: 11.500 dólares.

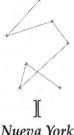

I

Nueva York
12 de marzo de 2014

Henry Strauss vuelve a entrar en la librería.

Bea se ha instalado de nuevo en el maltrecho sillón de cuero, con el resplandeciente libro de arte abierto en el regazo.

—¿Adónde has ido?

Henry mira hacia atrás, a través de la puerta abierta y frunce el ceño.

—A ninguna parte.

Ella se encoge de hombros, hojeando las páginas del volumen, una guía de arte neoclásico que no tiene ninguna intención de comprar.

Esto no es una biblioteca. Henry suspira y se dirige a la caja.

—Perdona —le dice a la chica que lo espera en el mostrador—. ¿Qué decías?

Ella se muerde el labio. Él cree recordar que se llama Emily.

—Iba a preguntarte si te apetece tomar algo conmigo.

Henry se ríe, un poco nervioso: una costumbre que empieza a pensar que nunca se quitará de encima. Lo cierto es que es guapa, pero un brillo inquietante asoma en sus ojos, una luz lechosa que conoce muy bien, de modo que se siente aliviado al no tener que mentir sobre sus planes de esta noche.

—En otra ocasión —dice ella con una sonrisa.

—En otra ocasión —repite él al tiempo que la chica toma el libro que ha comprado y se va. La puerta apenas se ha cerrado cuando Bea se aclara la garganta.

—¿Qué? —le pregunta Henry sin volverse.

—Podrías haberle pedido su número.

—Tenemos planes —contesta Henry, dando unos golpecitos en las entradas apoyadas sobre el mostrador.

Oye el suave ruido del cuero cuando Bea se levanta de la butaca.

—¿Sabes una cosa? —le dice, colocándole un brazo alrededor de los hombros—. Lo bueno de los planes es que los puedes dejar para otro día.

Henry se da la vuelta y levanta las manos hasta la cintura de ella, y de pronto están agarrados como si fueran dos chavales durante el baile de fin de curso, con sus extremidades formando amplios círculos, a modo de redes o cadenas.

—Beatrice Helen —la regaña.

—Henry Samuel.

Permanecen allí, en medio de la tienda, dos veinteañeros sumidos en un abrazo preadolescente. Y tal vez en el pasado Bea hubiera insistido un poco más y le hubiera soltado una perorata acerca de encontrar a alguien (nuevo), acerca de cómo ambos merecían ser felices (otra vez). Pero tienen un trato: ella no menciona a Tabitha, y Henry no menciona a la profesora. Todo el mundo ha librado batallas, todos tienen heridas de guerra.

—Disculpad —dice un hombre mayor, que parece apenado de verdad por tener que interrumpir. Tiene un libro en la mano, y Henry sonríe y se agacha, tras romper el abrazo, para volver al interior del mostrador y atender al señor. Bea recoge su entrada de la mesa y le dice que se reunirá con él en el teatro; Henry la despide con la cabeza, el hombre sigue su camino y el resto de la tarde es un silencioso borrón de agradables desconocidos.

Le da la vuelta al cartel de cerrado a las seis menos cinco y cierra la tienda de manera mecánica. La Última Palabra no es suya, pero bien podría serlo. Han pasado semanas desde que vio a la dueña de la tienda, Meredith, quien disfruta sus años de retiro viajando por el mundo con el seguro de vida de su difunto marido. Una mujer en pleno otoño que se permite una segunda primavera.

Henry deposita un puñado de bolitas de alimento en el platito rojo de detrás del mostrador para Novela, el vetusto gato de la tienda, y un momento después una desaliñada cabeza naranja se asoma por encima de los libros de poesía. Al gato le gusta acomodarse detrás de los montones y dormir durante días; lo único que delata su presencia es el plato de comida, que va vaciándose poco a poco, y los ocasionales gritos sofocados de los clientes cuando atisban un par de ojos amarillos impasibles al fondo de los estantes.

Novela es el único que lleva más tiempo que Henry en La Última Palabra.

Ha trabajado allí durante los últimos cinco años, pues empezó cuando todavía era un estudiante de posgrado de Teología. Al principio, no se trataba más que de un trabajo a tiempo parcial, una forma de complementar la beca que le había concedido la universidad, pero luego acabó sus estudios y la tienda continuó siendo una constante en su vida. Henry sabe que probablemente debería buscarse otro trabajo, porque el sueldo es una mierda, y él cuenta con veintiún años de carísima formación académica y porque, además, es incapaz de dejar de oír la voz de su hermano David, que es idéntica a la de su padre, preguntándole con tranquilidad qué futuro le aguarda y si de veras planea pasar su vida así. Pero Henry no sabe qué más hacer y no se atreve a dejar el trabajo; es lo único en lo que no ha fracasado todavía.

Y lo cierto es que le encanta la tienda. Adora el olor de los libros, y su sempiterno peso en las estanterías, la presencia de los volúmenes antiguos y la llegada de los nuevos y el hecho de que en una ciudad como Nueva York siempre habrá lectores.

Bea insiste en que todos los libreros quieren ser escritores, pero Henry jamás se ha imaginado como novelista. Ha intentado deslizar la pluma sobre el papel, desde luego, pero nunca funciona. Es incapaz de encontrar las palabras, la historia, la voz. No entiende qué podría añadir él a tantas estanterías.

Henry prefiere custodiar las historias a narrarlas.

Apaga las luces, recoge la entrada y el abrigo y se dirige a ver la obra de Robbie.

$$\star \; + \; \times \; \ast \; \times \; + \; +$$

Henry no ha tenido tiempo de cambiarse de ropa.

La obra comienza a las siete, y él ha cerrado La Última Palabra a las seis, y de todas formas, no está seguro de cuál es el código de vestimenta para un espectáculo alternativo sobre hadas en la calle Bowery, de modo que se presenta con los vaqueros oscuros y el suéter andrajoso que se ha puesto para trabajar. Es un atuendo que Bea ha bautizado como «Bibliotecario chic», aunque no trabaja en una biblioteca, un hecho que ella no parece acabar de comprender. Bea, en cambio, luce un aspecto de lo más vanguardista, como siempre, con una americana blanca arremangada hasta los codos, delgados aros de plata que le adornan los dedos y resplandecen en sus orejas y gruesas rastas enrolladas en una corona sobre su cabeza. Henry se pregunta, mientras hacen la fila, si el sentido de la moda es una característica innata en algunas personas o si simplemente poseen la disciplina necesaria para acicalarse todos los días.

La cola avanza y ellos presentan sus entradas en la puerta.

La obra es una de esas extrañas combinaciones de teatro y danza contemporánea que solo existen en lugares como Nueva York. Según Robbie, se trata de una adaptación libre de *El sueño de una noche de verano* en la que se ha suavizado la cadencia verbal de Shakespeare y se ha aumentado la saturación.

Bea le da un golpe en las costillas.

—¿Has visto cómo te miraba esa?

Henry parpadea.

—¿Qué? ¿Quién?

Bea pone los ojos en blanco.

—No tienes remedio.

El vestíbulo bulle a su alrededor, y mientras ambos se abren camino a través de la multitud, alguien toma a Henry del brazo. Es una chica ataviada con un vestido harapiento y bohemio; la pintura verde adorna sus sienes y mejillas en forma de enredaderas abstractas, señalándola como una de las actrices de la obra. Ha visto los restos de pintura en la piel de Robbie un montón de veces durante las últimas semanas.

Ella sostiene un pincel y un cuenco de polvo dorado en las manos.

—No estás maquillado —le dice con sobria sinceridad, y antes de que a él se le ocurra detenerla, le pinta las mejillas con polvo dorado. La caricia del pincel es suave como una pluma. A esta distancia, Henry puede ver ese tenue y familiar brillo en los ojos de la chica.

Henry inclina la barbilla.

—¿Qué tal estoy? —le pregunta, adoptando un mohín propio de un modelo, y aunque está bromeando, la chica le muestra una sonrisa sincera y contesta:

—Perfecto.

Un escalofrío lo recorre al oír la palabra, y de pronto se encuentra en otro lugar: alguien le sostiene la mano en la oscuridad y le roza la mejilla con el pulgar. Pero Henry se sacude la sensación.

Bea deja que la chica le pinte una raya brillante en la nariz y un punto dorado en el mentón, y se las arregla para flirtear con ella durante treinta segundos antes de que unas campanas suenen en el vestíbulo. La atractiva hada se desvanece entre la multitud y ellos avanzan hasta las puertas del teatro.

Henry entrelaza su brazo con el de Bea.

—Tú no crees que sea perfecto, ¿verdad?

Ella resopla.

—Por dios, no.

Y Henry sonríe, muy a su pesar, al tiempo que otro actor, un hombre de piel oscura con oro rosado en las mejillas, les entrega una rama a cada uno, con las hojas demasiado verdes como para ser reales. Su mirada se detiene en Henry, amable, triste y brillante.

Le muestran sus entradas a una acomodadora, una anciana de pelo blanco y de apenas un metro y medio de altura, que se agarra al brazo de Henry para mantener el equilibrio mientras los lleva hasta su fila; a continuación le da una palmadita en el codo y se aleja por el pasillo murmurando: «Qué buen chico».

Henry comprueba el número de asiento de su entrada, y ambos se dirigen de costado hasta un trío de butacas cercano al centro de la fila. Henry se acomoda, con Bea sentada a un lado y un asiento vacío al otro. Esa butaca estaba reservada para Tabitha, porque, naturalmente, habían comprado sus entradas hacía meses, cuando todavía salían juntos, cuando las frases se pronunciaban en plural, en vez de en singular.

Un dolor sordo inunda el pecho de Henry, y desea haber pagado diez dólares por una copa.

Las luces se apagan, y el telón se alza para dar paso a un reino de neón y acero pintado con spray, y allí está Robbie, en medio del escenario, descansando en un trono con la indolencia propia del rey de los goblins.

Su cabello se eleva en una elaborada onda, y unas vetas púrpuras y doradas transforman las líneas de su rostro en algo impresionante y extraño. Y cuando sonríe, a Henry le resulta sencillo recordar cómo se enamoró de él cuando tenían diecinueve años, sumidos en una maraña de lujuria, soledad y sueños lejanos. Al hablar, la voz de Robbie es clara y se proyecta a través del teatro.

—Los dioses son los protagonistas de nuestra historia —anuncia.

El escenario se llena de actores, la música comienza a sonar, y durante un rato, la vida se torna simple.

Durante un rato el mundo se detiene, todo a su alrededor se acalla y Henry desaparece.

★ ✦ ✳ ✳ ✳ ✦ ✦

Hacia el final de la obra hay una escena que quedará grabada en los oscuros recovecos de la mente de Henry, igual que la luz en el celuloide.

Robbie, el rey de Bowery, se levanta de su trono mientras la lluvia cae en una sola lámina a lo largo de un escenario que hace apenas unos momentos rebosaba de actores, pero donde ahora, de alguna manera, solo está él. Extiende la mano y roza la cortina de lluvia, que se divide alrededor de sus dedos, su muñeca y su brazo a medida que él avanza centímetro a centímetro, hasta que todo su cuerpo se encuentra bajo la cascada.

Echa la cabeza hacia atrás y la lluvia le limpia el oro y la purpurina de la piel, deshaciendo el elaborado peinado y aplastándoselo contra el cráneo, borrando todo rastro de magia, convirtiendo al lánguido y arrogante príncipe en un simple joven; mortal, vulnerable y solo.

Las luces se apagan, y durante un rato, lo único que se oye en el teatro es la lluvia; el ruido de un sólido muro de agua disminuye hasta adquirir el ritmo constante de un aguacero, para luego transformarse en un suave golpeteo de gotas sobre el escenario.

Hasta que, por fin, no se oye nada.

Las luces se encienden, los actores aparecen en el escenario y el público aplaude. Bea prorrumpe en vítores, pero al mirar a Henry, la alegría abandona su rostro.

—¿Qué ocurre? —le pregunta—. Pareces a punto de desmayarte.

Él traga saliva y sacude la cabeza.

La mano le palpita y cuando baja la mirada, se da cuenta de que se ha clavado las uñas en la cicatriz que se extiende a lo largo de su palma y se ha hecho sangre.

—¿Henry?

—Estoy bien —la tranquiliza, limpiándose la sangre en el asiento de terciopelo—. Es solo que… Ha estado bien.

Se levanta y sigue a Bea al vestíbulo.

La multitud se reduce hasta que prácticamente solo los amigos y familiares de los actores aguardan a que estos reaparezcan. Pero Henry percibe cómo las miradas y la atención de los demás se desvían hacia él como una corriente. Dondequiera que mire, se topa con un rostro amigable, una sonrisa cálida y, a veces, con algo más.

Por fin, Robbie llega entre saltos al vestíbulo, y los abraza a ambos.

—Mis estimados admiradores —dice, adoptando un poderoso registro vocal.

Henry resopla y Bea le tiende una rosa de chocolate, una broma privada que comparten desde hace mucho, cuando Robbie se lamentó de que uno tuviera que elegir entre el chocolate y las flores, y Bea le señaló que aquello era lo tradicional en San Valentín, y que en una obra de teatro lo típico era llevar flores, pero Robbie le dijo que no era así y, además, ¿no había pensado que quizá él tenía hambre?

—Has estado magnífico —lo felicita Henry, y es verdad. Robbie *es* magnífico, siempre lo ha sido. Posee el triplete de habilidades necesario (danza, música y actuación) para conseguir trabajo en Nueva York. Aún no ha dado el salto a Broadway, pero Henry está seguro de que lo conseguirá.

Le pasa la mano a Robbie por el pelo.

Cuando está seco, tiene el color del azúcar quemado, un tono leonado entre marrón y rojo, dependiendo de cómo le dé la luz. Pero ahora mismo sigue húmedo debido a la escena final, y durante un segundo, Robbie se inclina hacia la caricia, apoyando el peso de su cabeza en la mano de Henry. Este nota una opresión en el pecho, y tiene que recordarle a su corazón que no es real, ya no lo es…

Henry le da una palmadita a su amigo en la espalda, y Robbie se endereza, como si hubiera recuperado las fuerzas. Sostiene su rosa en alto como un bastón y anuncia:

—¡Es la hora del desmadre!

✦ ✦ ✦ ✦ ✦ ✦ ✦

En el pasado, Henry pensaba que las fiestas posteriores solo se llevaban a cabo durante las últimas representaciones de la obra, como una forma de despedirse del elenco, pero desde entonces ha aprendido que, para los actores de teatro, cada actuación es un motivo de celebración. Para apaciguar la euforia que produce el escenario, o en el caso de Robbie y sus compañeros, para seguir con los ánimos exaltados.

Es casi medianoche y se encuentran apiñados en el tercer piso de un edificio sin ascensor del Soho, con una iluminación suave y la lista de reproducción de alguien sonando a través de un par de altavoces inalámbricos. El elenco se desplaza a través de la estancia como la sangre a través de las arterias, con los rostros aún pintados pero ataviados con ropa de calle, a medio camino entre sus personajes sobre el escenario y sus identidades reales.

Henry se bebe una cerveza tibia y se frota con el pulgar la cicatriz que surca la palma de su mano, algo que parece estar convirtiéndose rápidamente en una costumbre.

Durante un rato, Bea le ha hecho compañía.

Bea, quien prefiere con mucho acudir a una cena que a una fiesta y sentarse a una mesa para conversar que tener que beber de vasos de plástico y gritar por encima de la música para que se la oiga. Se ha acurrucado con Henry en una esquina, gruñendo tanto como él, mientras examinaba el tapiz de actores, como si se tratara de uno de sus libros de historia del arte. Pero entonces otro duende se la ha llevado, y Henry la ha llamado traidora, aunque se alegra de volver a verla contenta.

Mientras tanto Robbie está bailando en medio de la habitación, siendo, como siempre, el alma de la fiesta.

Le hace un gesto a Henry para que se una a él, pero Henry sacude la cabeza, ignorando las ganas que tiene de dejarse llevar, la tentadora llamada de la gravedad, los brazos abiertos que le esperan al final de la caída. En su peor momento, formaban una pareja perfecta, pues las diferencias entre ellos eran únicamente gravitatorias. Robbie siempre se las arreglaba para mantenerse a flote, mientras Henry se derrumbaba.

—Hola, guapo.

Henry se da la vuelta, levantando la mirada de su cerveza, y ve a una de las protagonistas de la obra, una chica imponente con los labios pintados de un rojo óxido y una corona de lirios blancos; el brillo dorado de sus mejillas está estarcido para darle aspecto de grafiti. Lo mira con un ansia tan evidente que debería *sentirse* deseado, debería sentir algo más que tristeza, soledad y confusión.

—Tómate una copa conmigo.

Sus ojos azules resplandecen al tiempo que le tiende una pequeña bandeja: un par de chupitos con algo blanco y pequeño que se disuelve en el fondo. Henry piensa en todos esos cuentos que advierten sobre el riesgo de aceptar comida y bebida de las hadas, pero aun así alarga la mano y toma un vaso. Se lo bebe, y al principio la dulzura le inunda la boca, dejando a su paso un leve rastro a tequila, pero entonces la vista comienza a desenfocársele un poco.

Quiere sentirse más ligero y contento, pero la habitación se oscurece y Henry percibe una tormenta acercándose.

Tenía doce años cuando llegó la primera. No la vio venir. Un día los cielos eran azules; al siguiente, las nubes emergieron bajas y densas, y al siguiente, el viento arreció y comenzó a llover a cántaros.

Pasarían años antes de que Henry aprendiera a pensar en esos tiempos aciagos como tormentas, a creer que acabarían disipándose si era capaz de aguantar lo suficiente.

Sus padres tenían buenas intenciones, por supuesto, pero siempre le decían cosas como «anímate», o «todo mejorará», o lo que era aún peor: «tampoco es para tanto», lo cual resulta sencillo de decir cuando uno nunca ha experimentado un día de lluvia. El hermano mayor de Henry, David, es médico, pero sigue sin comprenderlo. Su hermana, Muriel, dice que lo entiende, que todos los artistas sufren a causa de sus tormentas, antes de ofrecerle una píldora del envase de menta que guarda en su bolso. Las llama «sus paragüitas rosas», siguiendo la metáfora que emplea Henry; como si fuera solo una expresión ingeniosa para referirse a ello y no la única manera de la que dispone Henry para intentar hacerles entender lo que se esconde en el interior de su cabeza.

No es más que una tormenta, piensa de nuevo, incluso mientras se aleja del tumulto, con la excusa de ir a tomar un poco el aire. La fiesta está demasiado abarrotada, y él quiere salir de allí, quiere ir a la azotea, contemplar el cielo y comprobar que no hay nubes, tan solo estrellas, aunque sabe perfectamente que no atisbará ninguna, no en el Soho.

Llega hasta la mitad del pasillo antes de detenerse, recordando la obra y la imagen de Robbie bajo la lluvia; se estremece, y decide bajar las escaleras en vez de subirlas, decide volver a casa.

Y casi ha alcanzado la puerta cuando ella le agarra la mano. La chica con la hiedra curvándose sobre su piel. La que lo pintó con polvo dorado.

—Eres tú —dice ella.

—Eres tú —dice él a su vez.

Ella alarga la mano y le limpia una mancha dorada de la mejilla, y su roce es como una descarga eléctrica, un chispazo de energía donde las pieles de ambos se tocan.

—No te vayas —le pide la chica, y Henry sigue pensando qué decir a continuación, cuando ella lo acerca hacia sí y él le da un beso, rápido y curioso, y luego se aparta, al oír su grito ahogado.

—Perdona —se disculpa él, y la palabra le sale automática, como «por favor», «gracias» y «estoy bien».

Pero ella alza el brazo y agarra un puñado de sus rizos.

—¿Por qué? —le pregunta, volviendo a acercar su boca a la de ella.

—¿Estás segura? —murmura él, aunque sabe lo que le va a contestar, porque ya ha visto la luz que cubre sus ojos, las pálidas nubes que se deslizan por su mirada—. ¿Estás segura de que es esto lo que quieres?

Henry quiere que le diga la verdad, pero eso ya no es posible, ya no, y la chica se limita a sonreír y lo empuja contra la puerta más cercana.

—Esto es exactamente lo que quiero —dice ella.

De pronto están en una habitación, la puerta se cierra tras ellos y sofoca los ruidos de la fiesta al otro lado de la pared; ella posa los labios sobre los suyos y él es incapaz de verle los ojos en la oscuridad, así que le resulta sencillo creer que es real.

Y durante un rato, Henry desaparece.

II
Nueva York
12 de marzo de 2014

Addie se aleja del centro mientras lee *La Odisea* a la luz de las farolas. Hacía ya tiempo que no leía nada en griego, pero la cadencia poética del poema épico hace que vuelva a sumergirse de lleno en el compás de la antigua lengua, y para cuando divisa el Baxter frente a ella, se encuentra prácticamente ensimismada con la imagen del barco en medio del mar, ansiosa por tomarse una copa de vino y darse un baño caliente.

Aunque no podrá hacer ninguna de esas cosas.

Llega al edificio en un mal momento, o en el momento oportuno, según se mire, pues Addie tuerce la esquina de la calle 56 justo cuando un sedán negro se detiene frente al Baxter y James St. Claire sale de él. Ha vuelto del rodaje, bronceado y aparentemente contento, y lleva puestas las gafas de sol a pesar de que es de noche. Addie aminora la marcha y se detiene; contempla la escena mientras el portero lo ayuda a descargar el equipaje y llevarlo al interior.

—Mierda —murmura, mientras sus planes se truncan frente a ella. Ya puede ir olvidándose del baño de burbujas y de la botella de merlot.

Suspira y retrocede hasta la intersección, intentando decidir qué hacer a continuación.

A su izquierda, el Central Park se despliega como un lienzo de color verde oscuro en el corazón de la ciudad.

A su derecha, Manhattan se eleva en líneas irregulares, una manzana tras otra de edificios abarrotados que se extienden desde el centro hasta el distrito financiero.

Opta por tomar el camino de la derecha, dirigiéndose al East Village.

Su estómago comienza a gruñir, pero al llegar a la segunda avenida, Addie divisa su cena. Un joven en bicicleta desmonta en la acera, saca un pedido de comida a domicilio de la mochila con cremallera que lleva detrás del asiento y se apresura a llevar la bolsa de plástico al edificio de en frente. Addie se acerca a la bicicleta y mete la mano en la mochila. Sospecha que se trata de comida china, por el tamaño y la forma de las cajas, que tienen los bordes de papel doblados y sujetos con finas asas de metal. Saca un cartón y un par de palillos desechables, y se escabulle antes de que el hombre de la puerta haya terminado de pagar.

Hubo un tiempo en el que se sentía culpable por robar.

Pero la culpa, como tantas otras cosas, se ha erosionado, y aunque el hambre no puede matarla, aún duele como si fuera a hacerlo.

Addie se encamina hacia Avenue C, atiborrándose de una ración de *lo mein* mientras sus piernas la conducen por el barrio hasta un edificio de ladrillos con una puerta verde. Tira el cartón vacío en una papelera de la esquina y llega a la entrada del edificio justo cuando un hombre está saliendo. Ella le sonríe y él le devuelve la sonrisa mientras sostiene la puerta abierta.

Una vez en el interior, sube cuatro tramos estrechos de escalones hasta llegar a una puerta de acero; alarga el brazo y busca a lo largo del polvoriento marco una llavecita de plata que descubrió el otoño pasado, cuando ella y una de sus amantes volvían a casa a trompicones, ambas formando una maraña de extremidades en las escaleras. Sam presionaba los labios bajo su mandíbula, mientras le deslizaba los dedos manchados de pintura por debajo de la cinturilla de sus vaqueros.

Para Sam, era un momento impulsivo poco habitual.

Para Addie, se trataba del segundo mes de una aventura amorosa.

Una aventura apasionada, desde luego, pero solo porque el tiempo es un lujo que ella no puede permitirse. Sí, sueña con holgazanear por las mañanas con una taza de café, con descansar las piernas sobre el regazo de la otra persona, con bromas privadas y carcajadas fáciles, pero esos gestos reconfortantes solo afloran con la familiaridad.

No pueden conocerse poco a poco ni experimentar una lujuria reposada, una intimidad construida durante días, semanas o meses. Ellas no. Así que anhela las mañanas, pero se conforma con las noches, y si el amor no es posible, bueno, al menos no está sola.

Cierra los dedos alrededor de la llave, y el metal raspa suavemente la madera mientras Addie la saca de su escondite. Le lleva tres intentos hacerla girar en la vieja y oxidada cerradura, igual que ocurrió durante aquella primera noche, pero luego la puerta se abre y Addie sale a la azotea del edificio. Se levanta una brisa y ella se mete las manos en el bolsillo de la chaqueta mientras atraviesa la azotea.

Está vacía, excepto por tres sillas de jardín, cada una de ellas imperfecta a su manera: asientos deformados, respaldos atascados en diferentes posturas de reclinación y un reposabrazos colgando en un ángulo roto. Hay una nevera manchada situada al lado de las sillas, y una guirnalda de lucecillas cuelga entre el tendedero, lo que transforma la azotea en un oasis destartalado y desgastado por el tiempo.

Allí arriba reina la tranquilidad, no el *silencio*, que es algo que aún no ha encontrado en ninguna ciudad, algo que empieza a pensar que ha quedado extraviado entre la maleza del viejo mundo, pero es un ambiente tranquilo, característico de esa parte de la ciudad. Y sin embargo, difiere de la tranquilidad que la abrumó en casa de James; no se trata del sosiego vacío e intrínseco de los espacios que resultan demasiado grandes para una persona. Es un sosiego vivo, lleno de gritos distantes, bocinas de coches y sonidos estéreos reducidos a ruido ambiental.

Un muro bajo de ladrillos rodea la azotea, y Addie se apoya en él, reposando los codos y contemplando el horizonte hasta que el edificio desaparece y todo lo que puede ver son las luces de Manhattan, que trazan patrones contra el vasto cielo sin estrellas.

Addie echa de menos las estrellas.

Conoció a un chico en el 65 y cuando le confesó aquello, este la llevó en coche hasta un lugar que se encontraba a una hora de Los Ángeles para que las viera. Recuerda la manera en que su rostro resplandeció con orgullo cuando se detuvo en la oscuridad y señaló el cielo. Addie había levantado la cabeza y contemplado la mísera ofrenda, una exigua cadena de luces que surcaban el firmamento, para después notar cómo un sentimiento se instalaba en su interior. Una profunda tristeza, como si hubiera perdido a alguien. Y por primera vez en un siglo, anheló estar de vuelta en Villon. En casa. En un lugar donde las estrellas brillaran tanto que formaran un río, un arroyo de luz plateada y púrpura que contrastara con la oscuridad.

Ahora levanta la mirada sobre los tejados y se pregunta si, después de todo este tiempo, la oscuridad sigue observándola. A pesar de que hayan pasado tantos años. A pesar de que él le dijera una vez que no sigue el rastro de cada vida que le pertenece, y señalara que el mundo era un lugar enorme y lleno de almas, y que tenía asuntos mucho más importantes de los que ocuparse que pensar en ella.

La puerta de la azotea se abre tras ella, y unas cuantas personas salen a trompicones.

Dos chicos. Dos chicas.

Y Sam.

Envuelta en un jersey blanco y unos vaqueros de color gris pálido, su cuerpo se asemeja a una pincelada: largo, esbelto y brillante contra el telón de fondo que es la azotea oscurecida. Ahora lleva el pelo más largo y un puñado de rizos rubios rebeldes despuntan de un moño despeinado. Restos de pintura roja le manchan los antebrazos donde se ha tocado para arremangarse, y Addie se pregunta, casi distraídamente, en qué está trabajando. Es pintora. Sus obras son en su mayoría abstractas. Los montones de lienzos apoyados en las paredes convierten su casa, ya pequeña de por sí, en un espacio todavía más reducido. Su nombre es delicado y fácil de pronunciar. Solo usa «Samantha» al firmar sus cuadros o la columna vertebral de sus amantes en plena madrugada.

Los otros cuatro atraviesan la azotea en un cúmulo de ruidos, pues uno de los chicos está contando una historia, pero Sam los sigue un paso por detrás, con la cabeza inclinada hacia el cielo para saborear el aire fresco de la noche, y Addie desearía tener otro lugar donde mirar. Un ancla que le impidiera sucumbir a la fácil gravedad de la órbita de la otra chica.

Sí lo tiene, por supuesto.

La Odisea.

Addie se dispone a enterrar la nariz en el libro cuando Sam aparta sus ojos azules del cielo y las miradas de ambas se encuentran. La pintora sonríe, y durante un instante, vuelve a ser agosto: las dos se ríen a carcajadas y toman una cerveza en la terraza de un bar. Addie se levanta el pelo de la nuca para mitigar el calor del verano y Sam se inclina para soplar sobre su piel. Es septiembre y están en la cama revuelta de Sam, con los dedos enredados en las sábanas y entre sí, mientras Addie traza con la boca la oscura calidez entre las piernas de Sam.

El corazón de Addie late con fuerza al tiempo que Sam se aleja de sus amigos y se acerca a ella de manera despreocupada.

—Perdona por molestarte.

—Tranquila, no pasa nada —contesta Addie, obligándose a desviar la mirada, como si estuviera contemplando la ciudad, a pesar de que Sam siempre la ha hecho sentirse como un girasol, pues se inclina de forma inconsciente hacia la luz de la otra chica.

—Últimamente, todos van mirándose los pies —reflexiona Sam—. Es agradable ver que alguien levanta la mirada.

El tiempo retrocede. Es lo mismo que le dijo la primera vez que se vieron. Y la sexta. Y la décima. Pero no es una frase sin más. Sam posee la mirada de una artista, siempre presente, en busca de inspiración, la clase de mirada que examina un objeto y ve algo más que formas.

Addie se da la vuelta y espera a que la otra chica se aleje, pero en su lugar oye el chasquido de un mechero y, de pronto, advierte que Sam se encuentra a su lado; por el rabillo del ojo percibe la danza de uno de sus rizos de color rubio platino. Se rinde y se gira hacia ella.

—¿Puedo robarte uno? —le pregunta, señalando el cigarrillo con la cabeza.

Sam sonríe.

—Podrías, pero no hace falta. —Saca otro cigarrillo de la caja y se lo alcanza, junto con un mechero de color azul neón. Addie los toma, se coloca el cigarrillo en los labios y arrastra el pulgar a lo largo de la rueda. Por suerte la brisa se levanta, y disimula su torpeza, mientras ella observa cómo la llama se apaga.

Se apaga. Se apaga. Se apaga.

—Te ayudo.

Sam se acerca, y roza a Addie con el hombro al arrimarse a ella para taparle el viento. Huele a las galletas con trocitos de chocolate que prepara su vecino cuando está estresado, al jabón de lavanda que usa para restregarse la pintura de los dedos, al acondicionador de coco que se aplica en los rizos por la noche.

A Addie nunca le ha gustado el sabor del tabaco, pero el humo le calienta el pecho, y le da algo que hacer con las manos, algo en lo que concentrarse además de Sam. Están muy cerca la una de la otra, el vaho de sus alientos se mezcla en el aire, y entonces Sam extiende la mano y toca una de las pecas de la mejilla derecha de Addie, igual que la primera vez que se vieron, un gesto simple y a la vez cargado de intimidad.

—Tienes estrellas —le dice, y Addie nota de nuevo una opresión en el pecho, nota cómo su interior se retuerce.

Déjà vu. Déjà su. Déjà vécu.

Tiene que luchar contra el impulso de reducir la distancia que las separa, de recorrer la larga pendiente que es el cuello de Sam, para después dejar reposar la mano en su nuca, donde Addie sabe que encaja a la perfección. Permanecen en silencio, exhalando nubes de humo pálido, y los otros cuatro ríen y gritan a sus espaldas, hasta que uno de los chicos —¿Eric? ¿Aaron?— llama a Sam, y así sin más, la chica se escabulle y cruza la azotea. Addie combate el deseo de agarrarla con fuerza, en vez de dejarla ir… otra vez.

Pero la deja marchar.

Se apoya en el muro bajo de ladrillos y los escucha hablar sobre la vida, sobre hacerse mayores, sobre la lista de cosas que aún les quedan por hacer y las malas decisiones que han tomado, y luego una de las chicas dice: «Mierda, vamos a llegar tarde», y así sin más, se terminan las cervezas, apagan los cigarrillos y se dirigen en grupo hasta la puerta de la azotea, retrocediendo como una marea.

Sam es la última en marcharse.

Se demora un instante, mira por encima del hombro y le dedica a Addie una última sonrisa antes de atravesar la puerta. Addie sabe que si echa a correr podría alcanzarla, podría llegar antes de que la puerta se cerrara.

Pero no se mueve.

El metal se cierra con un estruendo.

Addie se desploma contra el muro de ladrillo.

Cree que ser olvidada es un poco como volverse loca. Empiezas a preguntarte qué es real, si tú misma eres real. Después de todo, ¿cómo puede ser real algo si nadie es capaz de recordarlo? Es como ese *koan* Zen, el del árbol que cae en el bosque…

Si nadie lo oyó caer, ¿ocurrió?

Si alguien es incapaz de dejar una huella, ¿existe?

Addie apaga el cigarro en la cornisa de ladrillo, le da la espalda al horizonte, y se dirige a las sillas rotas y a la nevera situada entre ellas. Encuentra una sola cerveza flotando en medio del hielo medio derretido y desenrosca el tapón, hundiéndose en la silla de jardín que está mejor conservada.

Esta noche no hace tanto frío, y ella está demasiado cansada como para ir a buscar otra cama.

El brillo de las lucecitas ilumina la azotea lo suficiente, y Addie se tumba, abre *La Odisea*, y lee sobre tierras extrañas y monstruos y hombres que no pueden volver a casa, hasta que el frío la adormece.

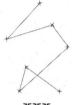

III
París, Francia
9 de agosto de 1714

El calor se cierne sobre París como un techo bajo.

El aire de agosto está cargado, y la sensación se multiplica aún más por la proliferación de los edificios de piedra, el hedor de la comida podrida y los desechos humanos, y el gran número de cuerpos que viven hombro con hombro.

En ciento cincuenta años, Haussman dejará su marca en la ciudad, levantará una fachada uniforme y pintará los edificios con la misma paleta pálida, creando un testamento al arte, a la uniformidad y a la belleza.

Este es el París con el que Addie soñaba, y uno que sin duda vivirá para ver.

Pero ahora mismo, los pobres se amontonan en estercoleros, mientras los nobles envueltos en seda se pasean por los jardines. Los carros tirados por caballos colman las calles, las plazas se encuentran atestadas de gente, y aquí y allá los capiteles atraviesan el tejido de lana de la ciudad. La riqueza adorna las avenidas y se eleva con las crestas de cada palacio y finca, mientras que las casuchas se agrupan en estrechos caminos, con sus piedras teñidas de suciedad y humo.

Addie está demasiado abrumada para advertir nada de eso.

Bordea el extremo de una plaza y observa cómo algunos hombres desmantelan los puestos del mercado y lanzan patadas a los niños que se agachan y zigzaguean entre ellos en busca de sobras de comida. Mientras camina, desliza la mano en el bolsillo del dobladillo de su falda, pero no toma el pajarito de madera sino los cuatro soles de cobre que encontró en el forro de la capa robada. Dispone de cuatro soles para construirse una vida.

Se está haciendo tarde, el cielo amenaza con llover, y ella tiene que encontrar un lugar donde dormir. No debería resultarle complicado —al parecer hay una casa de huéspedes en cada calle—, pero apenas ha cruzado el umbral de la primera cuando es rechazada.

—Esto no es ningún burdel —la regaña el dueño, dedicándole una mirada de desprecio.

—Y yo no soy ninguna ramera —le contesta ella, pero el hombre se limita a esbozar una expresión desdeñosa y a mover los dedos como para desprenderse de algún despojo desagradable.

La segunda posada está llena, y la tercera es demasiado cara, la cuarta solo hospeda a hombres. Para cuando atraviesa las puertas de la quinta, el sol se ha hundido en la tierra, al igual que su estado de ánimo, y Addie tiene asumido que volverán a rechazarla con alguna excusa de por qué es inadecuado que permanezca en el lugar.

Pero no le niegan la entrada.

Una mujer mayor la recibe en la puerta; es delgada y de porte rígido, con una nariz larga y los ojos pequeños y afilados de un halcón. Le echa una mirada a Addie y la conduce por el pasillo. Las habitaciones son pequeñas y están sucias, pero tienen paredes y puertas, una ventana y una cama.

—El pago de una semana —exige la mujer—, por adelantado.

A Addie se le cae el alma a los pies. Una semana es un lapso de tiempo imposible cuando los recuerdos parecen durar apenas un momento, una hora, un día.

—¿Y bien? —inquiere la mujer.

Addie cierra la mano alrededor de las monedas de cobre. Se asegura de sacar solo tres, y la mujer se las arrebata con la rapidez de un cuervo que afana cuscurros de pan.

—¿Le importa darme un resguardo? —le pregunta Addie—. ¿Alguna prueba, para demostrar que he pagado?

La posadera frunce el ceño, claramente insultada.

—Dirijo un negocio decente.

—Estoy segura de que sí —tantea Addie—, pero tiene muchas habitaciones de las que ocuparse. Imagino que no será fácil recordar cuáles han...

—Llevo treinta y cuatro años regentando esta posada —la interrumpe—, y nunca he olvidado una cara.

A Addie el comentario le parece una broma cruel, al tiempo que la mujer se da la vuelta y se aleja, dejándola en la habitación que ha alquilado.

Ha pagado una semana de estancia, pero sabe que tendrá suerte si consigue permanecer allí un día entero. Sabe que la desalojarán por la mañana; la posadera dormirá con tres monedas más en el bolsillo mientras ella acaba tirada en la calle.

Una pequeña llave de bronce descansa en la cerradura, y Addie la gira y se deleita con el sonido sólido que produce, semejante al de una piedra que se lanza a un arroyo. No tiene equipaje que deshacer ni muda de ropa, de modo que se despoja de su abrigo de viaje, se saca el pajarito de madera del bolsillo y lo coloca en el alféizar de la ventana. Un talismán contra la oscuridad.

Mira por la ventana, con la esperanza de ver los magníficos tejados y los deslumbrantes edificios de París, los altos capiteles, o al menos el Sena. Pero se ha alejado demasiado del río, y la pequeña ventana solo da a un estrecho callejón, por lo que las paredes de piedra del edificio de enfrente podrían pertenecer a cualquier lugar.

Su padre le contó muchísimas historias de París. La hizo parecer un lugar de esplendor y opulencia, rica en magia, donde los sueños aguardaban a la vuelta de la esquina. Ahora se pregunta si alguna vez vio la ciudad, o si no era más que un nombre, un telón de fondo adecuado para príncipes y caballeros, para aventureros y reinas.

Esas historias se han aglutinado en su mente, y las imágenes se han desdibujado y convertido en una gama de colores. Puede que la ciudad fuera menos espléndida. Puede que las sombras se entremezclaran con la luz.

Es una noche gris y húmeda, la suave lluvia que comienza a caer acalla los sonidos de los mercaderes y los carros de caballos, y Addie se acurruca en la estrecha cama e intenta dormir.

Pensó que al menos podría pasar allí la noche, pero antes de que la lluvia cese siquiera y la oscuridad se asiente completamente sobre París, la posadera golpea su puerta; una llave se introduce en la cerradura y su pequeña habitación queda invadida por el ruido. Unas manos sacan a Addie de la cama sin ninguna delicadeza. Un hombre la agarra del brazo al tiempo que la mujer se dirige a ella de forma despectiva:

—¿Quién te ha dejado entrar?

Addie se esfuerza por disipar los últimos vestigios de sueño.

—Usted —le contesta, deseando que la mujer se hubiera tragado el orgullo y le hubiera entregado un justificante de la transacción, pero lo único que Addie tiene es la llave, y antes de que pueda enseñársela, la mujer la abofetea con su mano huesuda.

—No mientas, muchacha —le dice, chasqueando los dientes—. Esto no es una casa de caridad.

—He pagado —dice Addie, sujetándose la mejilla, pero sus protestas carecen de sentido. Los tres soles que guarda la mujer en la bolsa no servirán como prueba—. Hablamos hace un rato. Me dijo que lleva regentando este lugar treinta y cuatro años...

Por un instante, la incertidumbre se refleja en el rostro de la mujer. Pero es demasiado breve, demasiado fugaz. Addie aprenderá un día a sonsacar secretos, detalles que solo un amigo o alguien cercano sabría, pero incluso entonces no siempre se ganará el favor de la gente. La llamarán embaucadora, bruja, espíritu y lunática. La expulsarán por una decena de razones diferentes, cuando en realidad, el motivo es siempre el mismo.

Que no la recuerdan.

—Fuera —le ordena la mujer, y ella apenas tiene tiempo de agarrar el abrigo antes de que la saquen de la habitación. A mitad del pasillo, recuerda que el pájaro de madera sigue apoyado en el alféizar de la ventana, así que trata de liberarse, de volver a por él, pero el hombre la sujeta con demasiada firmeza.

La echan a la calle, y Addie tiembla por la repentina violencia del momento. Su único consuelo es que antes de que cierren la puerta le arrojan la figura de madera. El pajarito aterriza a su lado, en los adoquines del suelo, con un ala rota debido a la fuerza del impacto.

Aunque en esta ocasión, el pájaro no se recompone solo.

Allí, junto a ella, yace un fragmento de madera astillada, igual que una pluma, y la mujer vuelve a desaparecer en el interior de la posada. Addie reprime el horrible impulso de echarse a reír, no porque la situación le haga gracia, sino porque le parece un disparate, por el absurdo e inevitable desenlace de su noche.

Es muy tarde, o muy temprano, la ciudad se ha sumido en el silencio y el cielo presenta un aspecto nuboso, húmedo y gris, pero ella es consciente de que la oscuridad la observa al tiempo que recoge la figurita y se la guarda en el bolsillo con la última moneda de cobre que le queda. Se pone en pie y se ajusta el abrigo alrededor de los hombros, y advierte que el dobladillo de sus faldas ya está empapado.

Exhausta, Addie se abre paso por la estrecha calle y se refugia bajo el borde de madera de una marquesina, hundiéndose en el recodo de piedra entre los edificios mientras aguarda al amanecer.

Se sumerge en un descanso febril, y sueña con su madre posándole la mano sobre la frente, con el tenue subibaja de su voz al tararear, mientras le cubre los hombros con una manta. En el sueño, está enferma; lo sabe porque es la única vez que ha visto a su madre ser amable. Addie permanece allí, aferrándose a la fantasía incluso cuando esta empieza a deshilacharse, pues el firme sonido de los cascos de los caballos y el impulso de los carros de madera invaden la canción que susurra su madre, enterrándola nota a nota hasta que Addie se despierta con un movimiento brusco hacia delante.

Sus faldas han quedado tiesas por la mugre, el breve pero inquieto reposo las ha manchado y arrugado.

La lluvia ha cesado, pero la ciudad parece tan sucia como cuando llegó.

En casa, una buena tormenta adecentaría el pueblo, lo dejaría como nuevo y con olor a limpio.

Pero parece que nada puede eliminar la porquería de las calles de París.

En todo caso, la tormenta solo ha empeorado las cosas, pues a su alrededor el mundo luce húmedo y aburrido, y los charcos emergen marrones de barro y suciedad.

Y entonces, en medio de toda esa inmundicia, le llega un olor dulce.

Sigue el olor hasta que se topa con un mercado en plena efervescencia; los mercaderes anuncian a gritos sus precios desde los puestos y las gallinas cacarean a medida que las sacan de la parte trasera de los carros.

Addie está famélica, ni siquiera recuerda la última vez que comió. El vestido no le sienta bien, pero lo cierto es que nunca fue de su talla: lo robó de un tendedero dos días antes de llegar a París, cansada del que se había puesto el día de su boda. Aun así, no le queda más grande ahora, a pesar de los días que lleva sin probar bocado ni beber nada. Imagina que no necesita comer, que no perecerá de hambre, pero su estómago acalambrado y sus piernas temblorosas parecen no opinar lo mismo.

Escudriña la concurrida plaza y acaricia con el pulgar la moneda que guarda en el bolsillo, reticente a gastarla. Tal vez no le haga falta. Con tanta gente en el mercado, no le resultará difícil robar lo que necesita. O eso cree, pero los comerciantes de París son tan astutos como sus ladrones, y vigilan la mercancía de forma aún más rigurosa de lo normal. Addie aprende la lección a las malas; pasarán semanas antes de que consiga sisar una manzana, y muchas más antes de que domine la técnica para robar sin que nadie lo advierta.

En esta ocasión, pone en práctica una maniobra bastante torpe, intenta robar un panecillo con semillas del carro de un panadero, pero se ve recompensada con una mano carnosa aferrada a su muñeca.

—¡Ladrona!

Atisba a unos hombres armados abriéndose paso a través de la multitud, y el pánico a acabar en una celda o en un calabozo la inunda. Sigue siendo de carne y hueso, aún no ha aprendido a abrir cerraduras ni a seducir a los hombres para que la dejen marchar, a que le quiten los grilletes con la misma facilidad con la que olvidan su rostro.

Así que implora clemencia a toda prisa, entregándole al mercader su última moneda.

Este se la arranca de la mano y despacha a los hombres con un gesto mientras se guarda el sol en la bolsa. Un panecillo no cuesta tanto, pero el mercader no le devuelve el cambio. Es el pago por intentar robarle, le dice él.

—Tienes suerte de que no te haya cortado los dedos —gruñe, apartándola de un empujón.

Y así es cómo Addie deambula por París, con un cuscurro de pan, un pájaro roto, y nada más.

Se apresura a salir del mercado, y solo aminora la marcha cuando llega a orillas del Sena. Y entonces, sin aliento, comienza a devorar el panecillo, intentando que dure, aunque este desaparece en pocos segundos, como una gota de agua en un pozo vacío, sin apenas haber saciado su hambre.

Piensa en Estele.

El año anterior, la anciana desarrolló un pitido en los oídos. Siempre estaba ahí, le confesó ella, día y noche, y cuando Addie le preguntó cómo podía soportar el ruido constante, Estele se encogió de hombros.

«Con el tiempo», le dijo, «una puede acostumbrarse a cualquier cosa».

Pero Addie cree que nunca se acostumbrará a esto.

Contempla los barcos del río y la catedral que se eleva a través de la cortina de niebla. Son destellos de belleza que resplandecen como piedras preciosas en contraste con el lúgubre escenario de los edificios, demasiado lejanos y planos como para resultar reales.

Se queda allí hasta que se da cuenta de que está esperando. Esperando a que alguien la ayude, a que arregle el lío en el que está metida. Pero nadie acude en su ayuda. Nadie se acuerda de ella. Y si se resigna a aguardar, permanecerá allí para siempre.

Así que se pone en marcha.

Y mientras camina, examina París. Repara en algunas de las casas, en algunos de los caminos, en los puentes, los carruajes de caballos y el portón de un jardín. Atisba unas rosas al otro lado del muro, vislumbra la belleza a través de las grietas.

Le llevará años aprenderse el funcionamiento de esta ciudad. Memorizar el mecanismo de los distritos, paso a paso, trazar el rumbo de cada mercader, tienda y calle. Estudiar los matices de los barrios y descubrir las fortalezas y debilidades, aprender a sobrevivir y prosperar en los huecos entre las vidas de otras personas, a crear un lugar para sí misma entre ellos.

Con el tiempo, Addie dominará París.

Se convertirá en una ladrona impecable, rápida e imposible de atrapar.

Se deslizará por las casas como un fantasma silencioso, atravesará salones, se encaramará a los tejados y beberá vino robado bajo el cielo abierto.

Sonreirá y se reirá de cada victoria conquistada.

Con el tiempo..., pero no hoy.

Hoy solo intenta distraerse del hambre perpetua y del miedo sofocante. Hoy está sola en una ciudad desconocida, sin dinero, sin pasado y sin futuro.

Alguien vacía un cubo desde la ventana de un segundo piso, sin avisar, y el agua marrón y espesa salpica los adoquines a sus pies. Addie retrocede de un salto, tratando de esquivar la peor parte del salpicón, solo para chocar con un par de mujeres vestidas de forma elegante, que la miran como si fuera una mancha.

Addie se aleja de ellas y se hunde en un escalón cercano, pero momentos después, una señora aparece y agita una escoba, acusándola de intentar robarle a los clientes.

—Ve a los muelles si lo que quieres es vender tu mercancía —la regaña.

Al principio, Addie no sabe a qué se refiere la mujer. Sus bolsillos están vacíos. No tiene nada que vender. Pero cuando se lo menciona, la mujer le echa una mirada jocosa y le suelta:

—¿Y qué hay de tu cuerpo?

Addie se ruboriza al comprender sus palabras.

—No soy una ramera —contesta Addie, y la mujer esboza una fría sonrisa.

—Menuda engreída —le dice, mientras Addie se levanta y se da la vuelta para marcharse—. Bueno —exclama la mujer a su espalda con un graznido parecido al de un cuervo—, ese orgullo tuyo no te llenará la barriga.

Addie se ajusta el abrigo sobre los hombros y obliga a sus piernas a seguir avanzando, con la sensación de que están a punto de fallarle, cuando ve las puertas abiertas de una iglesia. No se trata de las enormes e imponentes torres de Notre-Dame, sino de una pequeña construcción de piedra, encajonada entre dos edificios en una calle estrecha.

Nunca ha sido religiosa, no como sus padres. Siempre se ha sentido atrapada entre los antiguos dioses y los nuevos, pero su encuentro con el diablo en el bosque la ha hecho pensar. Por cada sombra, debe haber luz. Tal vez la oscuridad tenga un igual y Addie pueda equilibrar su deseo. Estele se burlaría de ella, pero fue un dios el que le concedió una maldición y nada más, así que la anciana no podría culparla por buscar refugio en otro todopoderoso.

La pesada puerta se abre, y ella entra, parpadeando ante la repentina oscuridad hasta que los ojos se le acostumbran y ve los paneles de vitral.

Addie toma una bocanada de aire, impresionada por la sosegada belleza de la estancia, el techo abovedado y los motivos de luz roja, verde y azul de las paredes. Es arte, piensa mientras da un paso hacia delante, pero entonces un hombre se interpone en su camino.

Abre los brazos, pero su gesto no es en absoluto hospitalario.

El sacerdote se ha acercado a ella para impedirle el paso. Sacude la cabeza ante su presencia.

—Lo lamento —dice alentándola a marcharse, como si fuera un pájaro perdido en el interior—. Aquí no hay espacio para ti. Estamos llenos.

Y entonces Addie vuelve a encontrarse en los escalones de la iglesia; oye cómo el pesado cerrojo se desliza, y en algún lugar de su mente, Estele suelta una carcajada.

«Ya ves», le dice con su áspero tono de voz, «solo los nuevos dioses echan el cerrojo».

✶ ✦ ✦ ✳ ✦ ✦ ✦

Addie no toma la decisión de ir a los muelles.

Sus pies eligen por ella y la conducen a lo largo del Sena a medida que el sol se oculta tras el río; la guían por las escaleras y Addie oye cómo sus botas robadas golpean los tablones de madera. La oscuridad es más profunda allí, a la sombra de los barcos, y un paisaje de cajas y barriles, de cuerdas y botes meciéndose se despliega frente a ella. Las miradas la siguen. Los hombres le lanzan vistazos rápidos y las mujeres la contemplan fijamente, reposando como gatos en la penumbra. Poseen un aspecto demacrado, con las mejillas demasiado sonrosadas y los labios pintados de rojo sangre. Sus vestidos lucen andrajosos y sucios, y aun así son más elegantes que el que lleva Addie.

Todavía no sabe qué es lo que pretende hacer, incluso cuando se quita el abrigo de los hombros. Incluso cuando un hombre se acerca a ella, sin perder un segundo en dejar vagar su mano sobre su carne, como si comprobara el estado de la fruta.

—¿Cuánto? —le pregunta con una voz ronca.

Y ella no tiene ni la más remota idea de lo que vale un cuerpo, ni si está dispuesta a venderlo. Al no responder, sus manos se tornan bruscas y su agarre, férreo.

—Diez soles —le responde ella, y el hombre suelta una carcajada semejante a un ladrido.

—¿Qué eres, una princesa?

—No —le dice ella—. Soy virgen.

Hubo noches, en Villon, en las que Addie soñaba con entregarse al placer, cuando evocaba al desconocido junto a ella en la oscuridad, notaba sus labios contra sus pechos e imaginaba que era su mano la que se zambullía entre sus piernas.

«Amor mío», le decía el desconocido, presionándola contra la cama, al tiempo que sus rizos negros le caían contra los ojos verde esmeralda.

«Amor mío», suspiraba Addie mientras él se introducía en ella y su cuerpo se dividía alrededor de su robusto vigor. Él se hundía más profundamente en su interior y ella jadeaba, mordiéndose la mano para no hacer demasiado ruido. Su madre decía que el placer de una mujer era un pecado mortal, pero en esos momentos, a Addie no le importaba. En esos momentos, solo existía el anhelo, la necesidad y el desconocido, que suspiraba contra su piel mientras la tensión de su cuerpo se intensificaba y el calor se acumulaba como una tormenta en el cuenco de sus caderas, y entonces, Adeline se imaginaba tirando de él, enterrándolo más y más en su interior, hasta que la tormenta se desataba y un trueno la recorría.

Pero esto no se parece en nada a aquello.

No hay poesía en los gruñidos de *este* desconocido, ni música o armonía, salvo el constante ruido de sus embestidas al hundirse en ella. No siente placer alguno, solo presión y dolor, y la rigidez de un cuerpo abriéndose camino a la fuerza en el interior de otro. Addie contempla el cielo nocturno para no tener que ver su cuerpo en movimiento, y siente que la oscuridad la contempla también a ella.

Vuelven a estar en el bosque, con la boca de él sobre la suya. La sangre brota de los labios de Addie al tiempo que él susurra:

«Trato hecho».

El hombre termina con una última embestida y se desploma sobre ella, pesado como el plomo, y a Addie la situación se le antoja imposible: esta no puede ser la vida por la que se desprendió de todo, este no puede ser el futuro que borró su pasado. El pánico se apodera de ella, pero a este desconocido no parece importarle, Addie ni siquiera cree que se dé cuenta. El hombre simplemente se endereza, y lanza un puñado de monedas sobre los adoquines a sus pies. Se marcha de allí y ella se arrodilla para recoger su recompensa, y acto seguido vacía su estómago en el Sena.

✕ ✦ ✕ ✦ ✕ ✦ ✦

Cuando le pregunten sobre sus primeros recuerdos de París, sobre esos meses horribles, dirá que fue un período de dolor empañado por una neblina. Dirá que no se acuerda.

Pero Addie se acuerda, por supuesto.

Recuerda el hedor de la comida podrida y la basura, las aguas salobres del Sena, las figuras de los muelles. Recuerda algunos momentos de bondad, que acabaron anulados por una puerta o un amanecer, recuerda echar de menos su hogar, con su pan recién hecho y su cálida chimenea, la tranquila melodía de su familia y el enérgico ritmo de Estele. La vida que tenía, a la que renunció por aquella que creía desear, y le fue arrebatada a cambio de esto.

Y sin embargo, también recuerda lo mucho que la cautivaba la ciudad, la forma en que la luz bañaba las mañanas y las tardes, el esplendor que se forjaba entre los edificios sin labrar; cómo, a pesar de toda la suciedad, la pena y la decepción, París estaba repleto de sorpresas. Fragmentos de belleza que se vislumbraban a través de las grietas.

Addie recuerda la breve tregua de ese primer otoño, el resplandeciente cambio de las hojas sobre los senderos, que pasaron del verde al dorado, igual que las alhajas del escaparate de una joyería, antes de la corta y brusca zambullida en el invierno.

Recuerda cómo el frío le mordisqueaba los dedos de las manos y de los pies antes de tragárselos por completo. El frío y el hambre. En Villon habían soportado meses de escasez, por supuesto, cuando la ola de frío se llevó los últimos frutos de la cosecha, o cuando una helada tardía arruinó los nuevos brotes…, pero nunca había sentido un hambre como esta. Es una sensación que la araña desde el interior, que arrastra sus uñas a lo largo de sus costillas. La desgasta, y aunque Addie sabe que no puede matarla, la certeza en nada contribuye a aliviar el apremiante dolor, el miedo. No ha perdido ni un gramo de carne, pero su estómago se retuerce, royéndose a sí mismo, y así como sus pies se niegan a albergar callos, sus nervios se niegan a aprender. Su sufrimiento no se atenúa y la costumbre no mitiga su necesidad. El dolor es siempre reciente, frágil e intenso, y la sensación, tan aguda como su memoria.

Addie recuerda también las peores partes.

Recuerda la repentina nieve, el frío brutal que se apoderó de la ciudad y la ola de enfermedad que se levantó después, como una brisa tardía de otoño que dispersa los montículos de hojas muertas y moribundas. El sonido y la apariencia de los carros que traqueteaban frente a ella, transportando fúnebres mercancías. Addie voltea la cara, intenta no mirar las formas óseas apiladas de cualquier manera en la parte de atrás. Se cierra el abrigo, avanza por la calle a trompicones, y sueña con el calor del verano, mientras el frío le cala hasta los huesos.

No cree que vuelva a entrar nunca en calor. Ha acudido a los muelles dos veces más, pero las inclemencias del tiempo han obligado a los clientes a cobijarse en la calidez de los burdeles y a su alrededor, la ola de frío ha convertido París en un lugar cruel. Los ricos se alojan en sus casas y se aferran a los fuegos de sus hogares, mientras que en las calles, el invierno maltrata a los pobres. No hay lugar dónde guarecerse, o mejor dicho, los únicos rincones disponibles ya han sido reclamados.

Ese primer año, Addie está demasiado cansada para luchar por un hueco libre.

Demasiado cansada para buscar refugio.

Otra ráfaga de aire la azota y la obliga a encogerse, con la vista nublándosele. Se dirige de costado hacia una calle estrecha para resguardarse del implacable viento, y la repentina tranquilidad, el plácido sosiego del callejón es como un penacho de plumas, suave y cálido. Se le doblan las rodillas. Se desploma en una esquina contra un tramo de escalones, y observa cómo sus dedos se tornan azules; le da la impresión de que la escarcha se extiende sobre su piel y se maravilla en silencio, adormilada, ante su propia transformación. El vaho de su aliento se eleva frente a ella y cada exhalación difumina brevemente el mundo al otro lado hasta que la plomiza ciudad se vuelve blanca, blanca, blanca. Es curioso cómo la neblina parece prolongarse un poco más con cada una de sus respiraciones, como si estuviera empañando un panel de cristal. Se pregunta cuántas de sus respiraciones harán falta para ocultar el mundo. Hasta que este se desvanezca, como ella.

Tal vez ese efecto sea producto de su vista nublada.

Pero le da igual.

Está cansada.

Está muy cansada.

Addie es incapaz de permanecer despierta, ¿y por qué debería intentarlo?

El sueño es una bendición.

Tal vez se despierte de nuevo en primavera, como la princesa de uno de los cuentos de su padre, y se encuentre tumbada en la hierba que se extiende a lo largo de las orillas del Sarthe, con Estele dándole un golpecito con su desgastado zapato y burlándose de ella por volver a sumergirse en otra de sus ensoñaciones.

✶ ✛ ✕ ✳ ✕ ✛ ✦

Está muerta.

Al menos, durante un instante, Addie piensa que debe de estarlo.

La oscuridad la envuelve, el frío es incapaz de camuflar el hedor de la putrefacción y ella no puede moverse. Pero entonces, recuerda que no puede morir. Percibe los tenaces latidos de su corazón, que se esfuerza por seguir palpitando, y el empeño de sus obstinados pulmones por llenarse de aire, y cae en la cuenta de que sus miembros no están inertes en absoluto, sino que algo los inmoviliza. Unos pesados sacos se extienden por encima y por debajo de ella, y aunque el pánico invade su interior, su mente sigue aletargada. Se retuerce, y los sacos que están por encima se mueven un poco. La oscuridad se divide y deja pasar una rendija de luz grisácea.

Addie se contorsiona y se arquea hasta que libera primero un brazo y luego el otro, y los acerca a su cuerpo. Se impulsa sirviéndose de los sacos, y solo entonces nota los huesos bajo la tela, solo entonces palpa la piel cerosa, solo entonces sus dedos se enredan en los mechones de otra persona. Y ahora está espabilada del todo, desde luego que sí, y se revuelve y desgarra, desesperada por liberarse.

Se abre camino a través de los cuerpos y consigue salir, con las manos extendidas sobre el montículo huesudo que conforma la espalda de un hombre. A su lado, unos ojos lechosos la contemplan fijamente. Una mandíbula cuelga abierta y Addie desciende a trompicones del carro y se desploma en el suelo, mareada, sollozando. Y con vida.

Un horrible sonido brota de su pecho, una tos áspera, algo a medio camino entre un quejido y una carcajada.

A continuación, oye un grito, y tarda un momento en darse cuenta de que este no proviene de sus labios agrietados. Una harapienta mujer se encuentra al otro lado del camino, cubriéndose la boca con las manos, horrorizada, pero Addie ni siquiera puede culparla.

Ver a un cadáver arrastrándose para salir del carro debe de ser una visión desconcertante.

La mujer se santigua y Addie exclama con una voz ronca y rota:

—¡No estoy muerta!

Pero la mujer se aleja y Addie dirige su furia al carro.

—¡No estoy muerta! —repite, dándole una patada a la rueda de madera.

—¡Oye! —grita un hombre, sujetando las piernas de un cadáver frágil y retorcido.

—¡No te acerques! —grita un segundo hombre, agarrando el cadáver por los hombros.

Como es de esperar, no se acuerdan de haberla arrojado dentro. Addie retrocede mientras suben el cuerpo al carro. Este aterriza con un ruido repugnante sobre los otros y a ella se le revuelve el estómago solo de pensar que se encontraba allí hace nada, aunque hubiera sido solo un instante.

Se oye el chasquido de un látigo, los caballos emprenden la marcha y las ruedas giran sobre los adoquines, pero solo después de que el carro se haya alejado y Addie se meta las temblorosas manos en los bolsillos del abrigo robado se da cuenta de que los tiene vacíos.

El pajarito de madera ha desaparecido.

Los muertos se llevan el último vestigio de su anterior vida.

Durante meses, seguirá buscando al pájaro, llevándose la mano al bolsillo constantemente, un movimiento nacido de la costumbre, como si estuviera apartándose un rizo rebelde de la frente. Parece incapaz de recordarle a sus dedos que ya no lo tiene, al igual que a su corazón, que sigue dando un vuelco cada vez que Addie halla su bolsillo vacío. Pero allí, floreciendo entre la pena, anida un terrible alivio. Cada segundo desde que dejó Villon, ha temido la pérdida de su último recuerdo.

Ahora que se lo han arrebatado, hay una alegría culpable oculta entre el dolor.

Este último y frágil hilo de su antigua vida se ha roto, y Addie ha obtenido la libertad a la fuerza y de una vez por todas.

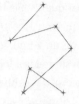

IV

París, Francia
29 de julio de 1715

Soñadora es una palabra demasiado delicada.

Evoca pensamientos de apacible reposo, de días perezosos en campos de hierba alta, de manchas de carboncillo en suaves pergaminos.

Addie todavía se aferra a los sueños, pero está aprendiendo a ser más aguda, a ser más el cuchillo que la mano del artista. A afilar el borde del lápiz.

—Ponme una copa —dice, tendiéndole la botella de vino al hombre que está frente a ella. Este le quita el corcho a la botella, llena dos vasos de la repisa de la habitación alquilada y le ofrece uno, aunque ella no toca el líquido. El hombre echa la espalda hacia atrás y se bebe el vino de un trago, y acto seguido, se toma una segunda copa antes de dejar el vaso y alargar la mano hacia su vestido.

—¿Por qué tanta prisa? —inquiere ella, guiándolo hacia atrás—. Has alquilado la habitación, tenemos toda la noche.

Pone especial cuidado en no empujarlo, en impedir su avance de forma tímida, pues ha descubierto que algunos hombres disfrutan al ignorar los deseos de una mujer. En cambio, Addie lleva su propio vaso hasta la boca hambrienta de él, inclina el contenido de color rojo óxido entre sus labios, e intenta hacer pasar el gesto como un intento de seducirlo y no de obligarlo a beber a la fuerza.

El hombre vacía el contenido del vaso y lo arroja a un lado. Unas manos torpes la manosean y forcejean con los lazos del corsé.

—Me muero de ganas de... —comienza a decir una obscenidad, pero la droga del vino ya está apoderándose de su cuerpo y él no tarda en enmudecer, pues su lengua se vuelve pesada en su boca.

Se hunde en la cama, todavía aferrándose al vestido de Addie, y un momento después, se le ponen los ojos en blanco y se desploma de costado, sumiéndose en el mundo de los sueños antes de que su cabeza golpee la almohada.

Addie se inclina y lo hace rodar hasta que lo tira de la cama, y el hombre golpea el suelo como un saco de grano. Lanza un gemido apagado, pero no se despierta.

Ella continúa la labor que ha empezado él y se afloja los lazos del vestido hasta que es capaz de volver a respirar con normalidad. La moda de París: el doble de ajustada que la indumentaria que se usa en el campo, y la mitad de práctica.

Se tiende en la cama, agradecida de tenerla para ella sola, al menos por esta noche. No quiere pensar en la mañana siguiente, cuando tenga que empezar de nuevo.

Por eso toda esta situación es una locura. Cada uno de sus días están hechos de ámbar, y Addie es la mosca atrapada en su interior. No hay forma de pensar en días o semanas cuando ella vive en momentos. El tiempo comienza a perder su significado... y aun así, no ha perdido la noción de él. No parece ser capaz de despojarse del tiempo (por mucho que lo intente), de modo que Addie sabe qué mes, qué día, qué noche es, y también sabe que ha pasado un año.

Un año desde que huyó de su propia boda.

Un año desde que se adentró en el bosque.

Un año desde que vendió su alma por *esto*. Por la libertad. Por el tiempo.

Un año, y lo ha pasado conociendo los límites que conlleva esta nueva vida.

Ha recorrido los confines de su maldición como un león enjaulado (ya ha visto leones de carne y hueso. Llegaron a París en primavera como parte de una exhibición. No se parecían en nada a las bestias de su imaginación. Eran mucho más imponentes, y a la vez menos, pues su majestuosidad quedaba disminuida por las dimensiones de sus jaulas. Addie fue a verlos muchas veces, estudió sus miradas lúgubres, que ignoraban a los visitantes y se dirigían al hueco de la carpa, su único fragmento de libertad).

Ha pasado un año confinada en el interior del prisma que constituye este trato, obligada a sufrir pero no a morir, a pasar hambre pero no a malograrse, a desear pero no a marchitarse. Cada momento ha quedado grabado en su memoria, mientras que ella misma se escurre de las mentes de los demás con el más leve esfuerzo: por culpa de una puerta que se cierra, por perderse de vista un segundo, por un instante de sueño. Es incapaz de dejar su huella en nadie, en nada.

Ni siquiera en el hombre tirado en el suelo.

Se saca la botella de láudano de las faldas y la sostiene a la escasa luz de la habitación. Tras tres intentos fallidos y dos frascos desperdiciados de la valiosa medicina, se dio cuenta de que no podía adulterar las bebidas ella misma, no podía ser su mano la que provocase el daño. Pero si la vertía en la botella de vino, volvía a poner el corcho y dejaba que los hombres se sirvieran su propia copa, la acción ya no le pertenecía.

¿Lo ves?

Está aprendiendo.

Aunque es un aprendizaje solitario.

Inclina la botella y las últimas gotas de la sustancia lechosa se mueven dentro del vaso; se pregunta si podrían proporcionarle una noche de reposo sin sueños.

—Menuda decepción.

Al oír la voz, Addie casi deja caer el láudano. Se da la vuelta en la pequeña habitación, escudriñando la oscuridad, pero es incapaz de localizar a su dueño.

—Te confieso, querida mía, que esperaba más de ti.

La voz parece brotar de cada sombra, y luego de una sola. Se congrega en el rincón más oscuro de la habitación, como el humo. Y entonces él da un paso adelante y se adentra en el círculo de luz que proyecta la llama de la vela. Unos rizos negros le caen sobre la frente. Las sombras inundan los recovecos de su rostro y un par de ojos verdes brillan con luz propia. Y durante un instante traicionero, su corazón se sacude ante la familiar visión de su desconocido, antes de recordar que solo se trata de él.

La oscuridad de los bosques.

Ha sufrido esta maldición durante un año, y en ese tiempo, lo ha llamado muchas veces. Le ha suplicado a la noche, ha sumergido monedas de las que no podía prescindir en las orillas del Sena, le ha rogado que respondiera solo para poder preguntarle por qué, por qué, por qué.

Así que ahora le lanza la botella de láudano directamente a la cabeza.

La sombra no hace amago de atraparla, no es necesario. Pasa directamente a través de él, y se rompe contra la pared a sus espaldas. Le dedica una sonrisa compasiva.

—Hola, Adeline.

Adeline. Un nombre que pensó que no volvería a oír. Un nombre que le duele como un moretón, incluso cuando su corazón da un vuelco al escucharlo.

—Tú —gruñe ella.

Una inclinación de cabeza casi imperceptible y el esbozo de una sonrisa.

—¿Me has echado de menos?

Se precipita hacia él igual que la botella de láudano. Se abalanza contra su torso, casi esperando caer a través de su figura y hacerse añicos. Pero sus manos se topan con carne y hueso, o al menos con la ilusión de estos. Le golpea el pecho y es como golpear un árbol: su cuerpo es igual de firme, y resulta igual de absurdo.

Él la mira, divertido.

—Ya veo que sí.

Se aparta de él y quiere gritar, desatar su ira, sollozar.

—Me abandonaste allí. Me lo arrebataste todo y te marchaste. ¿Sabes cuántas noches he suplicado…?

—Te oí —la interrumpe él, y pronuncia la frase con un deleite que resulta terrible.

Addie sisea con rabia.

—Pero nunca acudiste a mí.

La oscuridad extiende los brazos, como diciendo: «Ya estoy aquí». Y ella quiere atacarlo, aunque sea inútil, quiere echarlo de allí, expulsarlo de la habitación como a un espíritu, pero debe preguntárselo. Debe saberlo.

—¿Por qué? ¿Por qué me hiciste esto?

Él arruga las cejas oscuras con falsa preocupación.

—Te concedí tu deseo.

—Solo pedí más tiempo, vivir la vida siendo libre…

—Y te he proporcionado las dos cosas. —Arrastra los dedos a lo largo del poste de la cama—. Este último año no ha hecho mella en ti… —Un sonido sofocado escapa de su garganta, pero él continúa—: Estás de una pieza, ¿no es así? Ilesa. No envejeces. No te marchitas. Y en cuanto a tu libertad, ¿existe mayor independencia que la que te he regalado? Una vida en la que no tienes que responder ante nadie.

—Sabes que no me refería a esto.

—No sabías lo que querías —le dice él con brusquedad, caminando hacia ella—. Y si lo sabías, entonces deberías haber sido más cuidadosa.

—Me engañaste…

—Te *equivocaste* —dice la oscuridad, cerrando el espacio que queda entre ellos—. ¿No te acuerdas, Adeline? —Su voz se reduce a un susurro—. Fuiste tan temeraria, tan insolente... Tropezaste con tus palabras como si fueran las raíces de un árbol. Divagaste sobre todo aquello que no querías.

Ahora se encuentra muy cerca de ella, y una de sus manos repta por su brazo, pero Addie se niega a darle la satisfacción de retroceder, se niega a dejar que interprete el papel del lobo, mientras ella se ve obligada a ser la oveja. Pero es complicado. A pesar de tener el aspecto de su desconocido, no es un hombre. Ni siquiera es humano. No es más que una máscara que no encaja. Addie es capaz de ver el ser que habita debajo, al igual que en el bosque, sin forma e infinito, monstruoso y amenazador. La oscuridad brilla tras esa mirada color esmeralda.

—Me pediste la eternidad y me negué. Suplicaste una y otra vez, y luego, ¿recuerdas lo que dijiste? —Cuando vuelve a hablar, su voz sigue siendo la de siempre, pero Addie puede oír su propia voz, resonando a través del desconocido.

Arrebátame la vida cuando ya esté harta. Llévate mi alma cuando ya no la quiera.

Ella se aleja de sus palabras, de él, o al menos lo intenta, pero esta vez la sombra no se lo permite. La mano que le aferra el brazo la aprieta con más fuerza, mientras la otra descansa detrás de su cuello, igual que la caricia de un amante.

—¿No era mejor para mí, entonces, hacerte la vida imposible? ¿Empujarte hacia tu inevitable rendición?

—No tenías por qué —susurra, detestando el temblor de su voz.

—Mi querida Adeline —dice, deslizándole la mano desde el cuello hasta el pelo—. Me dedico al negocio de las almas, no a repartir misericordia. —Aprieta los dedos, y la obliga a echar la cabeza hacia atrás para que sus miradas se encuentren, pero no hay ni rastro de dulzura en su rostro, solo una especie de belleza salvaje.

»Vamos —dice—, dame lo que quiero, y nuestro acuerdo llegará a su fin, al igual que tu desdicha.

Un alma a cambio de un año de angustia y locura.

Un alma a cambio de un puñado de monedas de cobre en un muelle de París.

Un alma a cambio de nada más que esto.

Y aun así, mentiría si dijera que no vacila. Si dijera que ninguna parte de ella quiere rendirse, ceder, aunque sea solo por un momento. Tal vez sea esa parte la que formula la pregunta.

—¿Y qué será de mí?

La sombra se limita a encogerse de hombros; esos hombros que dibujó tantas veces, los mismos que ella imaginó.

—No serás nada, cariño —dice él sin más—. Pero es un vacío mucho más amable que esta existencia. Ríndete y te liberaré.

Si alguna parte de ella vaciló, si algún pequeño fragmento de su ser quería ceder, no fue durante más que un instante. Ser una soñadora supone mostrar cierto desafío.

—No quiero —gruñe ella.

La sombra frunce el ceño, y sus ojos verdes se oscurecen como una tela empapada.

Deja caer la mano.

—Te rendirás —dice él—. Tarde o temprano.

No da un paso atrás ni se da la vuelta para marcharse. Se desvanece sin más, devorado por la oscuridad.

V

Nueva York
13 de marzo de 2014

Henry Strauss nunca ha sido una persona madrugadora.

Le *gustaría* serlo, su sueño es levantarse con el sol y tomarse la primera taza de café mientras la ciudad aún no se ha despertado del todo, con el día entero por delante y colmado de promesas.

Ha *intentado* ser una persona madrugadora, y en las raras ocasiones en que ha logrado levantarse antes del amanecer, un estremecimiento lo ha recorrido de arriba abajo al presenciar el comienzo del día; al sentir, al menos durante un rato, que se anticipa a los demás, en vez de quedarse rezagado. Pero entonces sus noches empezaron a alargarse y el comienzo de sus días a demorarse, y ahora siente que no tiene tiempo para nada. Como si siempre llegara tarde a algún lado.

Hoy llega tarde para desayunar con su hermana, Muriel.

Henry recorre la manzana apresuradamente, con los oídos aún zumbándole de la noche anterior; le habría encantado cancelar los planes con su hermana, es más, debería haberlos cancelado. Pero ya lo ha hecho tres veces en el último mes, y no quiere ser un hermano de mierda; ella solo pretende estar ahí para él y eso resulta agradable. Es algo nuevo.

Nunca antes había estado en este local. No es uno de los lugares que frecuenta, aunque lo cierto es que Henry se está quedando sin cafeterías en su barrio. Vanessa le fastidió la primera. Milo, la segunda. Y el expreso de la tercera sabía a carbón. Así que dejó que Muriel escogiera el sitio, y ella se decantó por «un pintoresco escondrijo» llamado Girasol que al parecer no cuenta con ningún letrero ni dirección ni forma de encontrarlo, salvo que tengas una especie de radar hípster del que Henry obviamente carece.

Por fin divisa un único girasol estampado en una pared al otro lado de la calle. Trota para cruzar antes de que el semáforo se ponga en rojo, pero choca con un tipo en la esquina y murmura unas disculpas (a pesar de que el otro hombre le dice que no pasa nada, en serio, nada de nada). Cuando por fin encuentra la entrada, la recepcionista ya está diciéndole que no hay mesas libres, pero antes de terminar la frase, levanta la mirada del atril y sonríe, y le dice que logrará hacerle un hueco.

Henry mira a su alrededor en busca de Muriel, pero su hermana siempre ha considerado el tiempo como un concepto flexible, de modo que aunque él ha llegado tarde, ella va a llegar todavía más tarde, desde luego. Y en el fondo se alegra por una vez, porque le proporciona un momento para tomar aire, para arreglarse el pelo y librarse de la bufanda que intenta estrangularlo, incluso para pedir un café. Intenta que su apariencia sea lo más pulcra posible, aunque da igual lo que haga, pues no cambiará la forma en que ella lo ve. Pero aun así le importa. ¿Cómo no iba a importarle?

Cinco minutos después, Muriel aparece. Su aspecto es, como de costumbre, el de un tornado de rizos oscuros y una confianza inquebrantable.

Muriel Strauss, que a los veinticuatro años solo habla del mundo en términos de *autenticidad conceptual* y *verdad creativa*, que ha sido la niña bonita del panorama artístico de Nueva York desde su primer semestre en Tisch, donde se dio cuenta rápidamente de que se le daba mejor juzgar el arte que crearlo.

Henry quiere a su hermana, de veras. Pero Muriel siempre ha sido como un perfume intenso.

Mejor en pequeñas dosis. Y a distancia.

—¡Henry! —exclama ella, quitándose el abrigo y dejándolo caer en el asiento con una dramática floritura—. Tienes un aspecto estupendo —le dice, lo cual no es cierto, pero él se limita a responder:

—Tú también, Mur.

Ella esboza una sonrisa resplandeciente y pide un café con leche, y Henry se prepara para un silencio incómodo, porque la verdad es que no tiene ni idea de cómo hablar con ella. Pero si algo se le da bien a Muriel es mantener una conversación. Así que se bebe su café solo y se acomoda mientras ella comparte con él los últimos cotilleos sobre los artistas emergentes de la ciudad, luego le cuenta sus planes de Pascua, y habla entusiasmada sobre un festival de arte experimental en la High Line, a pesar de que todavía no ha abierto sus puertas al público. No es hasta después de que termine una perorata sobre una pieza de arte callejero que no era un montón de basura, sino una crítica al despilfarro capitalista, acompañada de los «mhm» de Henry y sus asentimientos de cabeza, cuando Muriel saca a relucir a su hermano mayor.

—Ha preguntado por ti.

Muriel jamás había dicho eso. No sobre David, y nunca a Henry.

Así que Henry no puede evitar preguntar:

—¿Por qué?

Su hermana pone los ojos en blanco.

—Me imagino que porque *se preocupa* por ti.

Henry casi se atraganta con el café.

A David Strauss le preocupan muchas cosas. Le preocupa mantener su posición como el cirujano jefe más joven del Sinaí. Se preocupa, es de suponer, por sus pacientes. Se preocupa por dedicar tiempo a leer el *Midrash*, incluso si eso significa que tiene que hacerlo durante la noche de un miércoles. Se preocupa por sus padres y de que sigan estando orgullosos de todos sus logros. Pero David Strauss no se preocupa por su hermano pequeño, a no ser que hablemos de las innumerables maneras en que está arruinando la reputación de la familia.

Henry se mira el reloj, aunque este no le dice la hora que es, es más, nunca da la hora.

—Lo siento, hermanita —dice, arrastrando la silla hacia atrás—. Tengo que abrir la tienda.

Se interrumpe a sí misma —algo que antes nunca hacía— y se levanta de la silla para envolverle la cintura con los brazos, apretándolo con fuerza. Parece una disculpa, una muestra de afecto, de amor. Muriel es por lo menos 10 centímetros más bajita que Henry, lo suficiente para que él pudiera apoyarle la barbilla en la cabeza si tuvieran una relación cercana, pero no la tienen.

—Espero que volvamos a vernos pronto —le dice ella, y Henry le promete que así será.

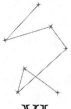

VI
Nueva York
13 de marzo de 2014

Addie se despierta cuando alguien le toca la mejilla.

Es un gesto tan dulce que al principio piensa que debe de estar soñando, pero luego abre los ojos y ve las lucecillas de la azotea, ve a Sam agachada junto a la silla de jardín, con una arruga de preocupación en la frente. Se ha soltado el pelo, una melena de rizos rubios salvajes que le enmarca el rostro.

—Hola, bella durmiente —la saluda, metiendo un cigarrillo sin encender en el paquete de tabaco.

Addie se incorpora y se estremece, cerrándose la chaqueta. La mañana se presenta fría y nublada y el cielo es una extensión blanca sin sol. No pretendía dormir tanto, hasta tan tarde. No es como si tuviera que ir a algún sitio, pero desde luego anoche, cuando todavía podía sentir los dedos, le pareció una idea mucho mejor.

La Odisea se le ha caído del regazo. Reposa bocabajo en el suelo y tiene la cubierta húmeda debido al rocío matutino. Extiende la mano para recogerlo y hace lo posible por secarlo, alisar las páginas que se han doblado y limpiar las manchas.

—Aquí hace un frío que pela —dice Sam, poniendo a Addie de pie—. Vamos.

Sam siempre habla así, afirma las cosas en lugar de preguntarlas, utiliza imperativos que suenan como invitaciones. Lleva a Addie hacia la puerta de la azotea, y Addie tiene demasiado frío como para protestar, así que la sigue escaleras abajo hasta su piso, fingiendo que desconoce el camino.

La puerta se abre y la locura se despliega ante ella.

El vestíbulo, el dormitorio y la cocina están abarrotados de lienzos y artefactos. Solo la espaciosa sala de estar, en la parte posterior de la vivienda, está vacía. No hay sofá ni mesas, solo dos grandes ventanas, un caballete y un taburete.

«Aquí es donde vivo», dijo Sam la primera vez que llevó a Addie a casa.

Y Addie contestó:

«Ya veo».

Ha amontonado todo lo que posee en tres cuartas partes del espacio, para así poder preservar la paz y la tranquilidad del resto. Su amiga le ofreció un estudio tirado de precio, pero Sam dijo que le parecía frío y que necesitaba calidez para pintar.

—Lo siento —se disculpa Sam, esquivando un lienzo que está sobre una caja—. Tengo el piso un poco desordenado.

Addie nunca lo ha visto de otra manera. Le encantaría ver en qué está trabajando ahora, cuál es la razón por la que tiene pintura blanca bajo las uñas y una mancha rosa justo debajo de la mandíbula. Pero en lugar de eso se obliga a seguir a la chica a través de todo ese desorden hasta la cocina. Sam se dirige a la cafetera, pero Addie desliza la mirada por la habitación, fijándose en los cambios. Un nuevo jarrón púrpura. Una pila de libros a medio leer, una postal de Italia. Su colección de tazas, que no para de crecer, con pinceles limpios asomándose de algunas de ellas.

—Eres pintora —le dice Addie, dirigiendo un gesto al montón de lienzos apoyados contra el fogón.

—Así es —dice Sam, esbozando una sonrisa—. Pinturas abstractas, sobre todo. Mi amigo Jake lo llama «arte sin sentido». Pero en realidad sí tiene sentido, es solo que… otros pintores pintan lo que ven. Yo pinto lo que siento. Tal vez resulte confuso utilizar otro sentido que no sea la vista, pero es un cambio que genera belleza.

Sam sirve dos tazas de café, una verde, tan honda y ancha como un tazón, y otra alargada y azul.

—¿Gatos o perros? —pregunta en lugar de «¿Verde o azul?», aunque ninguna de las dos tiene dibujos de gatos o perros; Addie contesta «gatos», y Sam le tiende la taza azul sin ninguna explicación.

Sus dedos se rozan, y ambas están más cerca de lo que ella creía, lo bastante como para que Addie advierta las vetas plateadas de los ojos azules de Sam, lo bastante como para que Sam pueda contar las pecas de su rostro.

—Tienes estrellas —le dice.

Déjà vu, piensa Addie de nuevo. Pretende alejarse, marcharse de allí, ahorrarse la locura fruto de la repetición y la introspección. En cambio, envuelve la taza con las manos y le da un buen sorbo. La primera impresión es fuerte y amarga, pero la segunda es rica en matices y dulce.

Suspira con placer y Sam le dedica una sonrisa resplandeciente.

—Está bueno, ¿verdad? —le dice—. El secreto está en las…

Virutas de cacao, piensa Addie.

—Virutas de cacao —finaliza Sam, tomando un largo sorbo de su taza, aunque Addie está convencida ahora de que es un tazón. Se sienta en la encimera, con la cabeza inclinada sobre el café como si fuera una ofrenda.

—Pareces una flor marchita —Addie le toma el pelo.

Sam le guiña un ojo y levanta su taza.

—Pues riégame, a ver si florezco.

Addie nunca ha visto a Sam así, por la mañana. Por supuesto, ha habido veces en las que se ha despertado a su lado, pero esos días estuvieron teñidos de disculpas, de inquietud. Las secuelas de la pérdida de memoria. Nunca resulta divertido recrearse en esos momentos. Pero esto es nuevo. Un recuerdo creado por primera vez.

Sam sacude la cabeza.

—Perdona. No te he preguntado cómo te llamas.

Esta es una de las cosas que le encantan de Sam, una de las primeras peculiaridades que advirtió. Sam vive y ama de forma increíblemente generosa, comparte con los demás una calidez que la mayoría solo reserva para sus más allegados. Las razones están supeditadas a las necesidades. La ha invitado a su casa y le ha ofrecido una bebida para que entre en calor antes de preguntarle su nombre.

—Madeline —contesta Addie, porque es lo que más se parece.

—*Mmm* —dice Sam—, mis pastas preferidas. Yo soy Sam.

—Hola, Sam —dice ella, como si saboreara su nombre por primera vez.

—Bueno —dice la otra chica, como si la pregunta se le acabara de ocurrir—. ¿Qué hacías en la azotea?

—Oh —contesta Addie con una risita de autodesprecio—. No pretendía quedarme dormida allí arriba. Ni siquiera recuerdo haberme sentado en la silla. Debo de haber estado más cansada de lo que creía. Acabo de mudarme, al 2F, y creo que no estoy acostumbrada a todo el ruido. No podía dormir, así que finalmente me di por vencida y subí a tomar el aire y a contemplar el amanecer sobre la ciudad.

La mentira brota con mucha facilidad, pues ya tiene el camino pavimentado con la práctica.

—¡Somos vecinas! —exclama Sam—. ¿Sabes? —añade, dejando su taza vacía a un lado—, me encantaría pintarte alguna vez.

Y Addie tiene que morderse la lengua para no decirle: «Ya lo has hecho».

—Es decir, no me refiero a tu físico —divaga Sam, dirigiéndose al pasillo. Addie la sigue, la observa detenerse y pasar los dedos sobre una pila de lienzos, rebuscando en el montón como si fueran los discos de una tienda de vinilos.

—Estoy trabajando en una serie de pinturas en las que retrato a la gente como si fueran diferentes cielos —le explica.

Una punzada sorda resuena en el pecho de Addie, y un recuerdo de hace seis meses la asalta: estaban tumbadas en la cama mientras Sam trazaba con los dedos las pecas de sus mejillas, y sus caricias eran tan ligeras y firmes como una brocha.

«¿Sabes qué?», le había dicho. «Dicen que las personas son como copos de nieve, cada una de ellas única, pero yo creo que se parecen más a los cielos. Algunos están nublados, otros son tormentosos y otros están despejados, pero no hay dos iguales».

«¿Y qué tipo de cielo soy yo?», le había preguntado Addie entonces, y Sam la había mirado fijamente, sin parpadear, y luego se le había iluminado el rostro, y era la clase de resplandor que había visto ya en cientos de artistas, un centenar de veces, el brillo de la inspiración, como si alguien hubiera encendido una luz bajo su piel. Y Sam, animada de pronto, cobrando vida, se había levantado de la cama y había llevado a Addie a la sala de estar.

Tras permanecer una hora sentada en el suelo de madera, envuelta tan solo con una manta y escuchando los delicados ruidos producidos al mezclar las pinturas y el siseo del pincel sobre el lienzo, la obra estaba lista, y cuando Addie se acercó a contemplarla lo que vio fue el cielo nocturno. No como lo hubiera pintado cualquier otra persona. Estaba compuesto de enérgicas franjas negras y de color carbón, y finas vetas de un tono grisáceo; la pintura era tan gruesa que se elevaba del lienzo. Y esparcidos a través de la superficie había un puñado de puntos plateados. Casi parecían fortuitos, como las salpicaduras de un pincel, pero había exactamente siete; pequeños, distantes y muy separados, igual que las estrellas.

La voz de Sam la transporta de nuevo a la cocina.

—Ojalá pudiera enseñarte mi pieza favorita —está diciendo ahora—. La primera de la colección. *Una noche olvidada.* Se la vendí a un coleccionista del Lower East Side. Fue mi primera venta importante. Pagué el alquiler de tres meses y conseguí exponer en una galería. Aun así, resulta complicado desprenderse de las piezas. Sé que tengo que hacerlo, todo ese rollo del artista muerto de hambre está sobrevalorado, pero la echo de menos cada día.

Su voz se torna más suave.

—Lo más curioso de todo es que cada una de las piezas de la colección están basadas en alguien. Amigos, vecinos del edificio, desconocidos con los que me he topado en la calle. Los recuerdo a todos. Pero por más que lo intento no recuerdo quién era ella.

Addie traga saliva.

—¿Crees que era una chica?

—La verdad es que sí. Desprendía una especie de energía femenina.

—Quizá soñaste con ella.

—Quizás —dice Sam—. Nunca se me ha dado bien recordar los sueños. Pero ¿sabes qué? —Se interrumpe y mira a Addie del mismo modo que la miró esa noche en la cama; un brillo surca sus facciones—. Me recuerdas a ese cuadro. —Se lleva una mano a la cara—. Mierda, esa debe de ser la peor frase para ligar del mundo. Lo siento. Voy a darme una ducha.

—Debería marcharme ya —le dice Addie—. Gracias por el café.

Sam se muerde el labio.

—¿Es necesario que te vayas?

No, no lo es. Addie sabe que podría seguirla hasta la ducha, envolverse con una toalla y sentarse en el suelo de la sala de estar para comprobar cómo la pintaría hoy Sam. Podría hacerlo. Desde luego. Podría revivir este momento eternamente, pero sabe que no alberga ningún futuro. Tan solo un número infinito de presentes, y ya ha vivido tantos de ellos con Sam como es capaz de soportar.

—Lo siento —le contesta Addie, y un dolor se apodera de su pecho, pero Sam solo se encoge de hombros.

—Ya volveremos a vernos —dice convencida—. Después de todo, somos vecinas.

Addie consigue esbozar una tenue imitación de una sonrisa.

—Es verdad.

Sam la acompaña a la puerta, y con cada paso, Addie resiste el impulso de mirar hacia atrás.

—Espero que volvamos a vernos pronto —le pide Sam.

—Descuida —promete Addie mientras la puerta se cierra.

Suspira, apoyándose en ella, y oye los pasos de Sam retrocediendo por el desordenado pasillo, antes de obligarse a apartarse de la puerta y alejarse de allí.

Fuera, el cielo de mármol blanco se ha agrietado, dejando pasar finas franjas azules.

Ya no hace tanto frío, y Addie encuentra una cafetería con terraza, tan abarrotada que el camarero solo puede atender las mesas del exterior cada diez minutos más o menos. Lleva la cuenta de los minutos, igual que un prisionero anota mentalmente los pasos de los guardias, y pide un café; no está tan bueno como el de Sam, es amargo, sin un ápice de dulzura, pero se encuentra lo bastante caliente como para mantener el frío a raya. Se levanta el cuello de la chaqueta de cuero, vuelve a abrir *La Odisea* e intenta leer.

En el libro, Odiseo cree que se dirige a casa para reunirse con Penélope por fin, tras soportar los horrores de la guerra, pero Addie ha leído la historia las veces suficientes como para saber que su viaje dista mucho de haber concluido.

Hojea las páginas, traduciendo las palabras en griego.

Temo que la alianza de la afilada escarcha y el suave rocío
Me derrote, pues estoy agotado y a punto de perecer,
Y una brisa helada sopla temprano desde el río.

El camarero vuelve a asomarse a la terraza, y Addie levanta la vista del libro y lo ve fruncir un poco el ceño al advertir una bebida ya en su mesa, pues hay un hueco en su memoria donde debería estar el recuerdo de ella. Pero Addie adopta una actitud confiada, y eso ya es un tanto a favor, en realidad, porque un momento después él dirige su atención a la pareja de la puerta, que espera a que alguna de las mesas se quede libre.

Addie vuelve a su libro, pero es inútil. No está de humor para las aventuras de un viejo perdido en el mar, para parábolas de vidas solitarias. Quiere alejarse del presente, quiere olvidar. Le apetece leer una fantasía, o tal vez un romance.

De todos modos se le ha enfriado el café, así que Addie se levanta, libro en mano, y se dirige a La Última Palabra en busca de algo nuevo.

VII
París, Francia
29 de julio de 1716

Addie se oculta tras un mercader de seda.

En frente, la sastrería está abarrotada, pues el ritmo de los negocios es frenético a lo largo de todo el día. El sudor le recorre el cuello mientras se desata y vuelve a atarse el sombrero, el cual rescató durante una ráfaga de viento, con la esperanza de conseguir hacerse pasar por la doncella de una dama y así lograr la invisibilidad reservada a los criados. Si la toma por una criada, Bertin no se fijará demasiado en ella. Si la toma por una criada, puede que no repare en su vestido, que es sencillo pero elegante, y que pertenecía al maniquí de un sastre antes de que ella lo birlara la semana pasada, en una tienda similar al otro lado del Sena. Al principio era una prenda bonita, hasta que Addie se enganchó las faldas en un clavo mal colocado y alguien arrojó un cubo de hollín demasiado cerca de sus pies; por no hablar de las gotas de vino tinto que de algún modo acabaron en una de sus mangas.

Desearía que su ropa fuera tan resistente al cambio como ella parece ser. Sobre todo porque solo dispone de un vestido: no tiene sentido acumular un vestuario entero, o cualquier otra cosa, cuando no puede guardarlo en ningún sitio (intentará, en años venideros, recolectar baratijas, esconderlas como una urraca en su nido, pero de alguna manera el destino siempre conseguirá arrebatárselas de nuevo. Igual que el pajarito de madera, que acabó perdido entre los cadáveres del carro. Addie parece no poder aferrarse a nada durante demasiado tiempo).

Por fin, el último cliente abandona la tienda —un mayordomo, con una caja adornada con cintas debajo de cada brazo— y antes de que nadie se le adelante, Addie cruza la calle y entra en la sastrería.

Se trata de una estancia estrecha: hay una mesa con una enorme pila de rollos de tela y un par de maniquíes que muestran las últimas tendencias. Son la clase de vestidos que requieren al menos cuatro manos para ponérselos a alguien, y otras tantas para quitárselos: todos con rellenos en la cadera, mangas con volantes y corpiños demasiado ceñidos como para respirar. En esta época la alta sociedad de París está envuelta como si fueran paquetes que, sin duda, no están pensados para ser abiertos.

La campanita de la puerta anuncia su llegada y el sastre, *Monsieur* Bertin, la mira bajo unas cejas gruesas como zarzas y pone cara de pocos amigos.

—Voy a cerrar —dice con brusquedad.

Addie agacha la cabeza, es la viva imagen de la prudencia.

—Vengo de parte de *Madame* Lautrec.

Es un nombre que le proporcionó la brisa, pues lo oyó en algunos de sus paseos, pero se trata de la respuesta correcta. El sastre se endereza, animado de golpe.

—Cualquier cosa para los Lautrec. —Toma una pequeña libreta y un lápiz de carbón, y los dedos de Addie cobran vida; un sentimiento de tristeza la inunda durante un momento, el anhelo de volver a dibujar como lo hacía tan a menudo en el pasado.

—No obstante, es curioso que haya enviado a una doncella en lugar de a su mayordomo —añade él, sacudiéndose la rigidez de las manos.

—Está enfermo —responde Addie rápidamente. Está aprendiendo a mentir, a adaptarse a la corriente de la conversación, a seguir su curso—. Así que ha enviado a su doncella en su lugar. La señora desea organizar un baile y necesita un vestido nuevo.

—Por supuesto —dice él—. ¿Tienes sus medidas?

—Así es.

Él se la queda mirando, a la espera de que le entregue un trozo de papel.

—No —le explica ella—. Tengo sus medidas… Son las mismas que las mías. Por eso me ha enviado a mí.

Considera que es una mentira bastante creíble, pero el sastre se limita a fruncir el ceño y se vuelve hacia una cortina que se encuentra en la parte trasera de la tienda.

—Iré a por el metro.

Addie le echa un breve vistazo a la habitación que está al otro lado, y atisba un puñado de maniquíes y una montaña de sedas antes de que la cortina vuelva a correrse. Pero mientras Bertin desaparece, ella hace lo mismo, deslizándose entre los maniquíes y los rollos de muselina y algodón apoyados contra la pared. No es la primera vez que visita la tienda, y ha memorizado con todo detalle las grietas y recovecos, cada rincón lo bastante grande como para esconderse. Addie se pliega en uno de esos espacios, y para cuando Bertin regresa a la parte delantera de la tienda, con el metro en la mano, se ha olvidado de *Madame* Lautrec y su peculiar criada.

Resulta sofocante permanecer entre los rollos de tela, por lo que Addie agradece oír el ruido de la campana, el sonido de Bertin al cerrar su tienda. El sastre subirá las escaleras y se dirigirá a su habitación, en el piso de arriba, cenará un poco de sopa, pondrá en remojo sus doloridas manos y se irá a la cama antes de que oscurezca del todo. Ella se mantiene a la espera, dejando que el silencio se asiente a su alrededor hasta que oye el crujido de los pasos sobre su cabeza.

Y entonces es libre de vagar y examinar sus alrededores.

Una débil luz grisácea se cuela por el escaparate mientras ella cruza la tienda, tira de la pesada cortina y la atraviesa.

La luz del atardecer se cuela a través de una sola ventana, pero resulta suficiente para moverse por la estancia. A lo largo de la pared trasera hay capas a medio terminar y ella toma nota mental para volver cuando el verano dé paso al otoño, y el frío haga su entrada triunfal. Pero en este momento enfoca su atención en el centro de la habitación, donde una decena de maniquíes se yerguen igual que las bailarinas al ocupar sus sitios, con sus estrechas cinturas envueltas en tonos verdes y grises; hay un vestido azul marino con ribetes blancos, y otro azul claro con ribetes amarillos.

Addie sonríe y deposita el sombrero sobre una mesa, dejando su cabello suelto.

Pasa la mano sobre madejas de seda estampada y de algodón suntuosamente teñido, y se deleita con la textura de los tejidos de lino y sarga. Toca las varillas de los corsés y el acolchado de las caderas, imaginándose con ellos. Ignora la muselina y la lana, sencilla y robusta, y en su lugar se recrea en las finas telas plisadas y en el satín en capas, más elegantes que cualquier otra cosa que haya visto en casa.

Casa... es una palabra de la que cuesta desprenderse, incluso ahora, cuando no hay nada que la ate a ella.

Examina uno de los corpiños, del color azul del verano, aunque se detiene y contiene la respiración al captar movimiento por el rabillo del ojo. Pero no es más que un espejo apoyado contra la pared. Se vuelve y se examina a sí misma en la superficie plateada, como si fuera el retrato de otra persona, aunque lo cierto es que posee su aspecto de siempre.

Estos dos últimos años han parecido diez y, aun así, no le han dejado huella alguna. Hace tiempo que su cuerpo debería haberse reducido a piel y hueso, sus ángulos deberían haberse endurecido y desgastado, pero su rostro sigue tan lleno como el verano en que dejó su hogar. Su piel, que no muestra ninguna evidencia del paso del tiempo y su sufrimiento, está desprovista de marcas, salvo por las familiares pecas que se extienden en la suave tonalidad de sus mejillas. Solo sus ojos reflejan el cambio: el atisbo de una sombra entretejido en los tonos marrones y dorados de su mirada.

Addie parpadea y se obliga a apartar la mirada de su reflejo y los vestidos.

Al otro lado de la habitación, vislumbra unas siluetas oscuras, tres figuras masculinas, con pantalones, chalecos y chaquetas. Bajo la tenue luz, sus formas sin cabeza parecen llenas de vida, inclinadas las unas con las otras. Addie estudia el corte de sus ropas, contempla la ausencia de corsés con varillas o faldas abultadas, y piensa, no por primera vez y desde luego no por última, lo sencillo que sería ser un hombre, con qué facilidad se mueven por el mundo y qué poco se les pide a cambio.

Y entonces, alarga la mano hacia la figura más cercana, despojándola del abrigo y desabrochándole los botones del chaleco. Siente una extraña intimidad al desvestir al maniquí, y disfruta el momento aún más debido al hecho de que el hombre bajo sus dedos no es real, y por lo tanto no puede manosearla ni abalanzarse sobre ella.

Se libera de los lazos de su propio vestido, se enfunda los pantalones y se los cierra debajo de la rodilla. Se pone la túnica y se abotona el chaleco, se cubre los hombros con el abrigo a rayas y se anuda la corbata de encaje a la garganta.

Se siente segura en la armadura que constituyen sus prendas, pero cuando se da la vuelta para mirarse en el espejo, se le cae el alma a los pies. Su busto es demasiado prominente, su cintura, demasiado estrecha; y sus caderas llenan los pantalones en los lugares equivocados. La chaqueta ayuda un poco, pero nada puede disimular su rostro. El arco de sus labios, el contorno de sus mejillas, la suavidad de su frente: todas sus facciones son demasiado delicadas y redondas para pasar por otra cosa que no sea una mujer.

Toma unas tijeras e intenta cortarse los bucles sueltos de su cabello a la altura de los hombros, pero apenas unos segundos después, estos vuelven a crecer, y una mano invisible se ha llevado los mechones que habían caído al suelo. Es incapaz de dejar ninguna huella, incluso en sí misma. Encuentra una horquilla y se sujeta las ondas de color castaño claro en la nuca, del mismo modo que ha visto que hacen los hombres, agarra el sombrero tricolor de uno de los maniquíes y se lo cala sobre la frente.

A lo lejos, tal vez; tras un vistazo rápido, quizá; o acaso de noche, cuando la oscuridad es lo bastante densa como para difuminar los detalles; pero incluso a la luz del farol, la farsa no se sostiene.

Los hombres de París son delicados, incluso bellos, pero siguen siendo hombres.

Suspira, se quita el disfraz y pasa la siguiente hora probándose vestido tras vestido, extrañando ya la libertad que le confieren los pantalones y la holgada comodidad de la túnica. Pero los vestidos son distinguidos y exuberantes. Su favorito es un precioso modelo verde y blanco, aunque aún no está terminado. El cuello y el dobladillo reposan abiertos, todavía sin coser. Tendrá que volver dentro de una semana o dos, y espera hacerse con él antes de que el sastre lo envuelva y lo envíe a casa de alguna baronesa.

Al final, Addie escoge un vestido de color azul zafiro oscuro con los bordes ribeteados de gris. Le recuerda a una tormenta nocturna, con las nubes ocultando el cielo. La seda, inmaculada y nueva, le besa la piel. Resulta demasiado elegante para ella, es un vestido propio de banquetes y bailes, pero le da igual. Y si la miran de forma rara, ¿qué más da? Se olvidarán de ella antes de que tengan oportunidad de chismorrear.

Addie envuelve el maniquí desnudo con su propio vestido, y no se molesta en colocarle el sombrero, que ha birlado de un tendedero esa mañana. Vuelve a atravesar la cortina y cruza la tienda, mientras sus faldas crujen a su alrededor; encuentra la llave de repuesto que Bertin guarda en el cajón de arriba de la mesa, y abre la puerta, asegurándose de inmovilizar la campanilla con los dedos para que no suene. Cierra la puerta tras ella y se agacha para volver a meter la llave de hierro por el hueco de debajo de la puerta; a continuación se incorpora y se da la vuelta, pero choca contra un hombre que está parado en la acera.

No es de extrañar que no haya reparado en él, pues va ataviado de negro desde los pies a la cabeza y se funde con la oscuridad. Addie ya está murmurando una disculpa y retrocediendo cuando levanta la mirada y distingue su mentón, sus rizos negro azabache, y sus ojos, de un verde intenso a pesar de la falta de luz.

Él le sonríe.

—Adeline.

El nombre es como una chispa en su lengua, y enciende una luz de esperanza tras las costillas de Addie. Él posa la mirada sobre su vestido nuevo.

—Tienes buen aspecto.

—Tengo el mismo aspecto de siempre.

—Una de las ventajas de la inmortalidad. Como tú querías.

Esta vez, Addie no muerde el anzuelo. No grita, ni blasfema, ni enumera todas las formas en que él la ha condenado, pero la sombra debe de ver el conflicto en su rostro, porque se ríe, y su risa es ligera y suave como una brisa.

—Ven —le dice él, ofreciéndole el brazo—. Te acompañaré.

No dice que vaya a acompañarla a *casa*. Y si fuera de día, Addie rechazaría la oferta solo para fastidiarlo (por supuesto, si fuera de día la oscuridad no se encontraría allí). Pero es tarde y solo una clase de mujeres caminan solas de noche.

Addie ha aprendido que las mujeres, al menos las de cierta alcurnia, nunca se aventuran solas, ni siquiera de día. Se las mantiene dentro de casa, como si fueran tiestos, ocultas tras los cortinajes de sus hogares. Y cuando salen, lo hacen en grupos, seguras dentro de las jaulas de su mutua compañía, y siempre a la luz del día.

Pasear sola de día supone un escándalo, pero hacer lo mismo de noche es harina de otro costal. Addie lo sabe bien. Ha sentido sus miradas, la forma en que la juzgan, desde cada ángulo. Las mujeres la desprecian desde sus ventanas; en la calle, los hombres tratan de comprarla, y los devotos intentan salvar su alma, como si ya no la hubiera vendido. Ha aceptado las palabras de la iglesia en más de una ocasión, pero solo para buscar refugio, nunca para conseguir la salvación.

—¿Y bien? —inquiere la sombra, ofreciéndole el brazo.

Tal vez esté más sola de lo que cree.

Tal vez la compañía de su enemigo sea mejor que vagar sin nadie a su lado.

Addie no se agarra de su brazo, pero sí que echa a andar, y no necesita volver la mirada para saber que él se ha colocado a su altura. Los zapatos de la oscuridad resuenan suavemente en los adoquines, y una leve brisa le presiona la espalda como si se tratara de la palma de una mano.

Caminan en silencio, hasta que ella ya no puede soportarlo más. Hasta que su determinación se desvanece. Se vuelve y ve que tiene la cabeza ligeramente inclinada hacia atrás; las pestañas oscuras le rozan las pálidas mejillas mientras él aspira el aire nocturno, a pesar de su fétido aroma. Una leve sonrisa le surca los labios, como si se encontrara perfectamente a gusto. Su mismísima presencia es una burla, incluso cuando sus contornos oscuros se desdibujan en la noche, como humo en las sombras, un recordatorio de lo que es y de lo que no es.

Addie rompe el silencio, y las palabras se vierten a través de sus labios.

—Puedes tomar la forma que quieras, ¿verdad?

Él inclina la cabeza.

—Así es.

—Pues cambia de aspecto —le pide ella—. No soporto mirarte.

Él esboza una sonrisa compungida.

—Me gusta bastante esta forma. Y creo que a ti también.

—Antes me gustaba —le dice ella—. Pero has conseguido que la deteste.

Se percata demasiado tarde de que es una brecha, una grieta en su propia armadura.

Ahora nunca cambiará.

Addie se detiene en una calle estrecha y sinuosa, frente a una casa, si es que se puede llamar así. Una estructura de madera en ruinas, semejante a un montón de leña, desierta, abandonada, pero no vacía.

Cuando él se marche, trepará a través del hueco de las tablas, intentando no estropearse el dobladillo del vestido nuevo, cruzará el suelo desigual y subirá un tramo de escaleras rotas hasta el ático, con la esperanza de que nadie se haya instalado antes.

Se quitará el vestido del color de la tormenta, lo envolverá con cuidado en un trozo de papel de seda y luego se acostará en un camastro de estopa y madera; contemplará el cielo a través de los tablones del techo, a medio metro sobre su cabeza, y esperará que no llueva, mientras las almas perdidas se arrastran por el deteriorado piso de abajo.

Mañana, la pequeña habitación estará ocupada, y en un mes, el edificio arderá, pero no tiene sentido preocuparse por el futuro ahora.

La oscuridad se desplaza como una cortina a su espalda.

—¿Cuánto más piensas seguir? —reflexiona él—. ¿Qué sentido tiene obligarte a soportar otro día más, cuando no habrá ningún tipo de alivio al final del camino?

Son preguntas que se ha hecho a sí misma en la oscuridad de la noche, en momentos de debilidad, como cuando el invierno le hundió los dientes en la piel o el hambre se apoderó de sus huesos; como cuando se quedó sin refugio, o los esfuerzos llevados a cabo durante el día fueron en vano, o cuando perdió una noche de reposo y no pudo soportar la idea de levantarse para volver a repetirlo todo de nuevo. Y aun así, al escuchar sus preguntas con la voz de él en vez de la suya, estas pierden una pizca de su veneno.

—¿No te das cuenta? —le dice él, con los ojos verdes afilados como un cristal roto—. No hay más fin que el que yo te ofrezco. Lo único que tienes que hacer es rendir…

—Vi un elefante —lo interrumpe Addie, y sus palabras son como arrojar agua fría a las brasas. La oscuridad se queda inmóvil a su lado, y ella prosigue con su historia, con la mirada fija en la destartalada casa, el tejado roto, y el cielo abierto sobre su cabeza—. Dos, en realidad. Estaban en los terrenos del palacio, como parte de alguna exhibición. No sabía que los animales pudieran ser tan grandes. Y el otro día había un violinista en la plaza —prosigue, con voz firme—, y su música me hizo llorar. Era la canción más bonita que había escuchado nunca. Tomé champán, me lo bebí directamente de la botella, y vi cómo el sol se ponía sobre el Sena mientras las campanas repicaban desde Notre-Dame, y nada de eso habría ocurrido en Villon. —Se vuelve para mirarlo—. Solo han pasado dos años —le dice—. Piensa en todo el tiempo que me queda por delante y en todo lo que veré.

Entonces, Addie le dedica una sonrisa a la sombra, una sonrisa salvaje, toda dientes, y se recrea en el modo en que su expresión se ensombrece.

Es un triunfo pequeño, pero aun así resulta exquisito verlo vacilar, incluso durante un instante.

Y entonces, de pronto, él está demasiado cerca de ella y el aire entre ambos se extingue como una vela. Huele a noches de verano, a tierra, a musgo y a hierba alta ondeando bajo las estrellas. Y a algo más oscuro. A sangre derramada en las piedras y a lobos acechando en el bosque.

Se inclina hasta que su mejilla roza la suya, y cuando vuelve a hablar, las palabras son poco más que susurros sobre la piel.

—Crees que con el tiempo será más fácil —le dice la sombra—. Pero te equivocas. Estás perdida y cada año que vivas te parecerá toda una vida, y en cada una de ellas, serás olvidada. Tu sufrimiento carece de sentido, al igual que tu vida. Los años serán pesadas piedras a tu espalda. Te aplastarán, poco a poco, y cuando no puedas soportarlo más, me *rogarás* que acabe con tu miseria.

Addie se aparta para mirarlo a la cara, pero él ya se ha marchado.

Permanece a solas en el estrecho camino. Toma una débil bocanada de aire y lo vuelve a soltar, luego se endereza, se alisa la falda y se encamina hacia la casa en ruinas que, al menos por esta noche, le sirve de hogar.

VIII
Nueva York
13 de marzo de 2014

La librería está más concurrida hoy.

Un niño juega al escondite con su amigo imaginario mientras su padre examina un libro de historia militar. Una estudiante universitaria se agacha, escudriñando las diferentes ediciones de Blake, y el chico que conoció ayer se encuentra detrás del mostrador.

Lo estudia, como si estuviera hojeando un libro.

El pelo negro le cae sobre los ojos, rebelde e indomable. Se lo aparta, pero pocos segundos después vuelve a caer hacia delante, haciéndolo parecer más joven de lo que es.

Cree que tiene uno de esos rostros que son incapaces de ocultar un secreto.

Hay algunas personas haciendo cola, de modo que Addie se queda entre las secciones de Poesía y Autobiografía. Arrastra las uñas a lo largo de un estante, y unos momentos después una cabeza anaranjada se asoma desde la oscuridad por encima de los lomos. Acaricia a Novela de forma distraída y espera a que la cola se reduzca de tres personas a dos y finalmente a una.

El chico —Henry— la ve deambular por allí cerca, y algo surca su rostro, aunque demasiado rápido como para que incluso ella pueda identificar el gesto, antes de volver a centrar su atención en la mujer que se encuentra delante del mostrador.

—Sí, señora Kline —está diciendo él—. No, no pasa nada. Si a su marido no le gusta, vuélvamelo a traer.

La mujer se aleja, agarrando la bolsa de la tienda, y Addie se acerca.

—Buenas —saluda alegremente.

—Hola —dice Henry, con un destello de cautela en su voz—. ¿Puedo ayudarte?

—Espero que sí —responde ella, con un encanto depurado con los años. Deposita *La Odisea* en el mostrador—. Mi amiga me compró este libro, pero resulta que ya lo tengo. Esperaba poder cambiarlo por otro.

Él la examina. Una ceja oscura se levanta detrás de sus gafas.

—¿Hablas en serio?

—Lo sé —dice soltando una carcajada—. Cuesta creer que tenga otro ejemplar en griego, pero...

Él la mira pasmado.

—Sí que hablas en serio.

Addie vacila, confundida por el tono de su voz.

—Solo pensé que valía la pena preguntar...

—Esto no es una biblioteca —la regaña—. No puedes intercambiar un libro por otro.

Addie se endereza.

—Es obvio que no —contesta ella, un poco indignada—. Pero como te acabo de decir, no lo he comprado yo, sino una amiga, y acabo de oír cómo le decías a la señora Kline que...

El rostro de él se endurece, y le lanza una mirada furibunda.

—Un consejo. La próxima vez que intentes devolver un libro, no se lo devuelvas a la misma persona a la que se lo robaste la primera vez.

Es como si a Addie le hubieran echado un jarro de agua fría.

—¿Qué?

Él sacude la cabeza.

—Estuviste aquí ayer.

—No…

—Me acuerdo de ti.

Cuatro palabras. Lo bastante pesadas como para inclinar el mundo.

Me acuerdo de ti.

Addie se tambalea, como si la hubieran golpeado. Intenta enderezarse.

—De eso nada —dice con firmeza.

Él entorna sus ojos verdes.

—Claro que sí. Viniste aquí ayer. Llevabas un jersey verde y vaqueros negros. Robaste ese ejemplar de segunda mano de *La Odisea*, aunque te lo devolví, porque ¿quién narices roba un ejemplar de segunda mano de *La Odisea* en griego? ¿Y encima tienes el descaro de volver a presentarte aquí e intentar intercambiarlo por otro libro? Si ni siquiera compraste el primero…

Addie cierra los ojos, se le ha nublado la vista.

No lo entiende.

No puede…

—Mira —dice él—, será mejor que te vayas.

Ella abre los ojos y lo ve señalando la puerta. Sus pies no se mueven. Se niegan a alejarla de esas cuatro palabras.

Me acuerdo de ti.

Trescientos años.

Trescientos años y nadie le ha dicho esas palabras, nadie se ha acordado de ella, jamás. Addie quiere agarrarlo por la manga, quiere tirar de él, quiere saber por qué, cómo, qué tiene de especial este chico que trabaja en la librería…, pero el hombre con el libro de historia militar está esperando para pagar, mientras su hijo se aferra a su pierna, y el chico de las gafas la mira, y esto no debería estar pasando. Se agarra al mostrador: tiene la sensación de que va a desmayarse. La mirada del chico se suaviza, solo una pizca.

—Por favor —dice él en voz baja—. Vete.

Addie lo intenta.

Pero no puede.

Llega hasta la puerta abierta y sube los cuatro escalones cortos que separan la tienda de la calle, antes de que algo en su interior se quiebre.

Se desploma sobre el último escalón, se sujeta la cabeza entre las manos y siente que podría llorar, o reír, pero en cambio, vuelve la vista atrás, hacia el cristal biselado de la puerta. Contempla al chico cada vez que este aparece en su campo de visión.

Me acuerdo de ti. Me acuerdo de ti. Me acuerdo de ti. Me acuerdo de ti. Me acuerdo de ti. Me acuerdo de ti. Me acuerdo de ti. Me acuerdo de ti. Me acuerdo de ti. Me acuerdo de ti. Me acuerdo de ti. Me acuerdo de ti. Me acuerdo de ti. Me acuerdo de ti. Me acuerdo de ti. Me acuerdo de ti…

—¿Qué haces?

Addie parpadea y lo ve plantado en la entrada, con los brazos cruzados. El sol ha descendido un poco y la luz se atenúa.

—Te estaba esperando —dice ella, encogiéndose tan pronto como las palabras abandonan sus labios—. Quería disculparme —continúa—. Por todo el asunto del libro.

—No pasa nada —responde él secamente.

—Sí que pasa —insiste ella, poniéndose de pie—. Deja que te invite a un café.

—No tienes por qué.

—Insisto. Para disculparme.

—Estoy trabajando.

—*Por favor*.

Y debe de ser la manera en que lo dice, la simple combinación de esperanza y apremio, el hecho evidente de que se trata de algo más que un libro, o una disculpa, lo que hace que el chico la mire a los ojos y ella se dé cuenta de que no lo había hecho hasta ahora, en realidad no. Hay algo extraño y penetrante que flota en su mirada, pero independientemente de lo que vea al contemplarla, cambia de opinión.

—Un café —dice él—. Y todavía tienes prohibida la entrada a la tienda.

Addie nota cómo el aire vuelve a llenar sus pulmones.

—Trato hecho.

IX
Nueva York
13 de marzo de 2014

Addie se queda esperando en las escaleras de la librería durante una hora hasta que cierra.

Henry echa el cerrojo y al volverse la ve allí sentada, y Addie se prepara de nuevo para divisar la expresión de vacío en su mirada, la confirmación de que su encuentro anterior no fue más que una extraña anomalía, una puntada mal dada en los siglos que ha durado su maldición.

Pero cuando la mira, la reconoce. Está segura de que la reconoce.

Alza las cejas por debajo de sus rizos enredados, como si le sorprendiera verla todavía allí. Pero su enfado se ha transformado en otra cosa, algo que la confunde todavía más. Su mirada es más recelosa que hostil y refleja más cautela que alivio, pero sigue siendo maravillosa, porque hay reconocimiento en ella. No es un primer encuentro, sino un segundo —o mejor dicho, un tercero— y por una vez, Addie no es la única que se acuerda.

—¿Y bien? —dice el chico extendiendo la mano, pero no para que ella se agarre de él sino para que le muestre el camino, y eso hace Addie. Caminan unas cuantas manzanas en un incómodo silencio, y entretanto, ella le lanza miradas de soslayo que no le revelan más que el contorno de su nariz o el ángulo de su mandíbula.

Es un chico delgado, con una constitución lobuna y esbelta, y aunque no es anormalmente alto, encorva los hombros para parecer más bajo, más pequeño, menos prominente. Tal vez, con la ropa adecuada, tal vez, con la actitud adecuada, tal vez, tal vez; pero cuanto más tiempo lo contempla, más débil es el parecido con ese otro desconocido.

Y sin embargo.

Hay algo en él que sigue llamándole la atención, que se aferra a ella del mismo modo en que un clavo se aferra a un suéter.

Él la descubre mirándolo en dos ocasiones, y frunce el ceño.

Ella lo sorprende robándole una mirada en una ocasión, y sonríe.

En la cafetería, Addie le dice que se siente mientras ella va a buscar las bebidas, y él vacila, como si se debatiera entre las ganas de pagar y el miedo a ser envenenado, antes de retirarse a una mesa de la esquina. Ella le pide un café con leche.

—Tres con ochenta —le dice la chica tras el mostrador.

Addie se encoge al oír el precio. Se saca unos cuantos billetes del bolsillo, lo que queda del dinero que le robó a James St. Clair. No tiene suficiente dinero para pagar dos bebidas y no puede tomarlas sin más y marcharse porque hay un chico que la espera. Y la recuerda.

Addie echa un vistazo en dirección a la mesa, donde él está sentado de brazos cruzados, mirando por la ventana.

—¡Eve! —llama la camarera—. ¡Eve!

Addie da un brinco, al percatarse de que la llaman a ella.

—Bueno —dice el chico cuando ella se sienta—, ¿Eve?

No, piensa ella.

—Sí —le contesta—. ¿Y tú eres…?

Henry, piensa Addie antes de que él lo diga en voz alta.

—Henry. —El nombre le queda como un guante. Henry: suave y poético. Henry: apacible y tenaz. Los rizos negros, los ojos claros tras el grueso marco de sus gafas. Ha conocido a multitud de Henrys, en Londres, en París, en Boston y en Los Ángeles, pero él no se parece a ninguno de ellos.

Baja la mirada a la mesa, a su taza, a las manos vacías de Addie.

—No te has pedido nada.

Ella hace un gesto con la mano.

—No tengo sed —miente.

—Es un poco raro.

—¿Por qué? —Addie se encoge de hombros—. Te dije que te invitaría a un café. —Vacila un momento—. He perdido la cartera, no tenía bastante dinero para dos cafés.

Henry frunce el ceño.

—¿Por eso robaste el libro?

—No lo robé. Quería hacer un trueque. Y ya te he dicho que lo siento.

—¿De veras?

—Con el café.

—Hablando de eso —dice él, levantándose—. ¿Cómo te gusta?

—¿Qué?

—El café. No puedo sentarme aquí y beber solo, me hace sentir como un cretino.

Ella sonríe.

—Chocolate caliente. Sin leche.

Él arquea las cejas de nuevo. Se dirige al mostrador para pedir, y le dice algo a la camarera que la hace reír e inclinarse un poco hacia él, como una flor hacia el sol. Regresa con una segunda taza y un *croissant*, y deposita ambas cosas frente a ella antes de sentarse. Ahora Addie vuelve a deberle algo. La balanza se inclina, se equilibra, y se vuelve a inclinar, y es la clase de juego al que ha jugado cientos de veces, un combate compuesto por pequeños gestos, y un desconocido sonriéndole al otro lado de la mesa.

Pero este no es su desconocido, y no le está sonriendo.

—Bueno —le dice Henry—. ¿De qué iba todo eso de hoy, lo del libro?

—¿La verdad? —Addie coloca las manos alrededor de la taza de café—. No creía que fueras a acordarte.

La pregunta resuena en su interior como un puñado de monedas sueltas, como guijarros en un cuenco de porcelana; se sacude dentro de ella, amenazando con derramarse.

¿Cómo te has acordado? ¿Cómo? ¿Cómo?

—La Última Palabra no tiene tantos clientes —le dice Henry—. Y muy pocos intentan marcharse sin pagar. Supongo que me dejaste huella.

Huella.

Le dejó huella.

Addie recorre la espuma de su café con los dedos y ve cómo la leche vuelve a igualarse de nuevo a su paso. Henry no se da cuenta, pero sí se ha fijado en ella. La ha recordado.

¿Qué es lo que ocurre?

—En fin… —dice él, pero deja la frase inacabada.

—En fin… —repite ella, en vez de decir lo que está pensando—. Háblame de ti.

¿Quién eres? ¿Por qué tú? ¿Qué sucede?

Henry se muerde el labio y dice:

—No hay mucho que contar.

—¿Siempre has querido trabajar en una librería?

El rostro de Henry se torna melancólico.

—No estoy seguro de que sea el trabajo de ensueño de nadie, pero a mí me gusta. —Se lleva el café con leche a los labios cuando de repente alguien pasa por su lado, golpeando la silla. Henry endereza la taza a tiempo, pero el hombre comienza a disculparse. Y no se detiene.

—Vaya, lo siento mucho. —Esboza una mueca culpable.

—No pasa nada.

—¿Te he derramado el café? —pregunta el hombre con auténtica preocupación.

—*Nop* —responde Henry—. No te preocupes.

Si Henry advierte la intensidad del hombre, no da muestras de ello. Su atención sigue enfocada firmemente en Addie, como si así pudiera alejar al hombre de allí.

—Eso ha sido raro —dice ella cuando por fin se marcha.

Henry se limita a encogerse de hombros.

—Ha sido un accidente.

Addie no se refería a eso, pero sus pensamientos son como trenes en marcha y ella no puede permitirse el lujo de desviarse de su destino.

—Bueno —dice ella—, ¿la librería es tuya?

Henry sacude la cabeza.

—No, aunque es como si lo fuera. Soy el único empleado, pero pertenece a una mujer llamada Meredith, que se pasa la mayor parte del tiempo en un crucero. Yo solo trabajo allí. ¿Y qué hay de ti? ¿A qué te dedicas cuando no robas libros?

Addie sopesa la pregunta, las muchas respuestas posibles, todas ellas son mentiras, y se decide a contarle lo más cercano a la verdad.

—Soy cazatalentos —responde—. De músicos, sobre todo, pero también de más tipos de artistas.

La expresión de Henry se endurece.

—Deberías conocer a mi hermana.

—Ah, ¿sí? —inquiere Addie, deseando haber mentido—. ¿Es artista?

—Creo que ella diría que se dedica a fomentar el arte, lo cual es un tipo de arte en sí. Tal vez. Le gusta… —hace una floritura con la mano— cultivar el potencial en bruto de la gente, moldear la historia de la futura creación.

Addie cree que le gustaría conocer a su hermana, pero no se lo dice.

—¿Tienes hermanos? —le pregunta él.

Ella niega con la cabeza y arranca una de las esquinas del *croissant*, ya que él no lo ha tocado, y su estómago gruñe de hambre.

—Debes de sentirte afortunada.

—Me siento sola —lo contradice ella.

—Pues te regalo a los míos. Tienes a David, que es médico e investigador, además de un idiota pretencioso, y luego está Muriel, que es, bueno, Muriel.

La observa y Addie vislumbra de nuevo esa extraña intensidad en su mirada, y tal vez sea porque en Nueva York la gente rara vez se mira a los ojos, pero no puede sacudirse la sensación de que escudriña su rostro en busca de algo.

—¿Qué ocurre? —le pregunta ella, y él empieza a decir algo, pero cambia de tema.

—Tus pecas parecen estrellas.

Addie sonríe.

—Eso me han dicho. Mi propia y diminuta constelación. Es lo primero en lo que se fija la gente.

Henry se remueve en su asiento.

—¿Qué ves cuando me miras a *mí*? —le pregunta.

Usa un tono de voz bastante desenfadado, pero hay algo oculto en el interior de la pregunta, un peso, como una piedra enterrada en una bola de nieve.

—Veo a un chico con el pelo oscuro, una mirada bondadosa y un rostro franco.

Él frunce el ceño.

—¿Eso es todo?

—Claro que no —responde ella—. Pero todavía no te conozco.

—*Todavía* —repite él, y en su voz se adivina algo parecido a una sonrisa.

Ella arruga los labios y vuelve a reflexionar.

Durante un momento, su mesa es la única en silencio en toda la cafetería.

Si vives lo suficiente, aprendes a leer a las personas. A abrirlas como a un libro; y te das cuenta de que algunos fragmentos están subrayados, y otros, escondidos entre líneas.

Addie estudia su rostro: el leve surco donde sus cejas se hunden y vuelven a elevarse, su boca, la forma en que se frota la palma de la mano como si le doliera, incluso mientras se inclina hacia delante, con la atención enfocada totalmente en ella.

—Veo a alguien que se preocupa por los demás —dice Addie lentamente—. Tal vez demasiado. Que siente demasiado. Veo a alguien perdido y hambriento. La clase de persona que cree estar consumiéndose en un mundo repleto de comida, porque no sabe lo que quiere.

Henry la contempla fijamente, cualquier atisbo de diversión ha abandonado su rostro, y ella sabe que se ha acercado demasiado a la verdad.

Addie se ríe con nerviosismo y el ruido los envuelve de nuevo.

—Lo siento —le dice sacudiendo la cabeza—. Ha sido un comentario demasiado profundo. Debería haberme limitado a decir que eras guapo.

Los labios de Henry se curvan, pero la sonrisa no le alcanza la mirada.

—Por lo menos crees que soy guapo.

—¿Y qué hay de mí? —inquiere ella, intentando disipar la súbita tensión.

Pero por primera vez, Henry no la mira a los ojos.

—Nunca se me ha dado bien leer a las personas. —Aparta la taza y se pone de pie, y Addie cree que lo ha estropeado todo. Henry se marcha.

Pero entonces él la mira y dice:

—Tengo hambre. ¿Tú tienes hambre?

Y el aire se precipita de nuevo a sus pulmones.

—Siempre.

Y esta vez, cuando él extiende la mano, ella sabe que es una invitación para que se la tome.

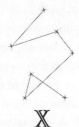

X

París, Francia
29 de julio de 1719

Addie ha descubierto el *chocolate*.

Es más difícil de conseguir que la sal, el champán o la plata, y aun así la marquesa guarda una lata repleta de virutas oscuras y dulces al lado de la cama. Addie se pregunta, mientras saborea un trocito derretido, si la mujer cuenta los copos cada noche, o si solo repara en el contenido cuando sus dedos rozan el fondo vacío de la lata. No está en casa para que pueda preguntárselo. Si estuviera, Addie no se encontraría tirada sobre su edredón de plumas.

Pero Addie y la señora de la casa nunca se han visto las caras.

Y con suerte, nunca lo harán.

El marqués y su esposa cuentan, después de todo, con una vida social bastante atribulada, y en los últimos años su casa de la ciudad se ha convertido en una de las guaridas favoritas de Addie.

Guarida… es la palabra adecuada para alguien que vive como un fantasma.

Dos veces a la semana cenan con amigos en su casa de la ciudad, y una vez cada quince días organizan allí una espléndida fiesta, y una vez al mes, que resulta ser esta noche, toman un carruaje hasta la otra punta de París para jugar a las cartas con otras familias nobles, y no regresan hasta el alba.

A estas alturas, los criados se han retirado a sus aposentos, sin duda para saborear su pequeña porción de libertad. Se turnarán entre todos para que siempre haya alguien montando guardia al pie de las escaleras, mientras los demás disfrutan de su tranquilidad.

Es posible que también jueguen a las cartas, o quizá simplemente se recreen en el sosiego que otorga una casa vacía.

Addie se mete otro trocito de chocolate en la boca y se hunde de nuevo en la cama de la marquesa, una nube de ligeras plumas. Está convencida de que hay más cojines aquí que en todo Villon, y cada uno de ellos, está el doble de abultado que los de su pueblo. Al parecer los nobles están hechos de cristal, y tienen una constitución excesivamente endeble que podría hacerse añicos si se posaran sobre una superficie demasiado dura. Addie extiende los brazos, como si fuera una niña haciendo ángeles en la nieve, y suspira con placer.

Ha pasado una hora más o menos examinando los muchos vestidos de la marquesa, pero le faltan manos para enfundarse alguno, así que se ha envuelto en una bata de seda azul más elegante que cualquier otra prenda que haya tenido. Su propio vestido, de un tono herrumbroso y con la puntilla de color crema, yace en el sofá, y al contemplarlo le viene a la memoria su vestido de novia, que dejó olvidado en la hierba que se extiende a lo largo del Sarthe y cuyo tejido claro de lino se asemejaba a una piel mudada.

El recuerdo se aferra a ella como la seda de una araña.

Addie se levanta el cuello de la bata e inhala el aroma a rosas que despide el dobladillo, cierra los ojos e imagina que esta es su cama, su vida, y durante unos minutos, resulta bastante agradable. Pero la habitación está demasiado caldeada y silenciosa, y tiene miedo de que si se queda en la cama, esta la devore. O peor aún, podría quedarse dormida y que por la mañana fuera la señora de la casa quien la despertase. Resultaría de lo más engorroso teniendo en cuenta que la habitación se encuentra en la segunda planta.

Tarda un minuto entero en salir de la cama; hunde las manos y las rodillas en las plumas y se arrastra hasta el borde, y acto seguido cae sin ninguna elegancia en la alfombra. Se apoya en un poste de madera que tiene delicadas ramas talladas en su superficie de roble, y piensa en los árboles mientras escudriña la habitación en busca de algún entretenimiento. Una puerta de cristal conduce al balcón, y una de madera, al vestíbulo. Hay una cómoda. Un diván. Y un tocador, coronado por un espejo pulido.

Addie se sienta en un taburete acolchado frente al tocador y deja que sus dedos dancen sobre los frascos de perfume y los botes de crema, sobre el suave penacho de una polvera y un cuenco de horquillas de plata.

Toma un puñado de horquillas y comienza a enroscar mechones de su pelo, sujetando las espirales hacia arriba y hacia atrás alrededor de su rostro, como si tuviera la menor idea de lo que está haciendo. El peinado de moda actual es un manojo de rizos que recuerda al nido de un gorrión. Pero al menos la sociedad no espera todavía que lleve una peluca, una de esas empolvadas monstruosidades parecidas a torres de merengue que se pondrán de moda dentro de 50 años.

Su nido de rizos está listo, pero necesita un toque final. Addie levanta una peineta de nácar en forma de pluma y entierra sus dientes en los mechones que reposan justo detrás de su oreja.

Es curiosa la forma en que un pequeño cambio mejora el conjunto.

Acomodada en el asiento almohadillado, rodeada de lujo, con la bata de seda azul que ha tomado prestada de la marquesa y el cabello recogido en rizos, Addie casi puede olvidarse de sí misma, casi puede ser otra persona. Una señorita, la dueña de la casa, capaz de moverse libremente con la salvaguarda de su reputación.

Solo las pecas de sus mejillas llaman la atención, un recordatorio de quién era Addie, de quién es y siempre será.

Pero las pecas pueden cubrirse con facilidad.

Toma la polvera, y la brocha se encuentra a medio camino de su mejilla cuando una leve brisa agita el aire, cargado no del aroma de París, sino de los campos abiertos, y una voz baja dice:

—Preferiría que fueran las nubes las que ocultaran las estrellas.

Addie dirige la mirada al espejo y al reflejo de la habitación a su espalda. Las puertas del balcón siguen cerradas, pero la alcoba ya no está vacía. La sombra se apoya en la pared con la soltura de alguien que ya lleva allí un rato. No le sorprende verlo —se ha presentado ante ella año tras año—, pero su presencia la perturba. Siempre lo hará.

—Hola, Adeline —la saluda la oscuridad, y a pesar de que está al otro lado de la habitación, las palabras le acarician la piel como si fueran hojas.

Addie se da la vuelta en el asiento, y lleva su mano libre hasta el cuello abierto de la bata.

—Lárgate.

Él chasquea la lengua.

—Hace un año que no nos vemos, ¿y eso es todo lo que tienes que decir?

—No.

—Continúa, entonces.

—Lo que digo es que *no* —repite ella—. Esa es mi respuesta a tu pregunta. La única razón por la que estás aquí. Has venido a preguntarme si pienso darme por vencida, y la respuesta es que no lo haré.

La sonrisa de la sombra se ondula, cambia: el caballero ha desaparecido, y un lobo vuelve a ocupar su lugar.

—Mi Adeline, te han crecido los dientes.

—No soy tuya —responde ella.

Hay un destello blanco de advertencia, y luego el lobo se retira, finge ser un hombre de nuevo al tiempo que se acerca a la luz. Y aun así las sombras se aferran a él, difuminando su figura en la oscuridad.

—Te concedo la inmortalidad y tú te pasas las noches comiendo bombones tumbada en la cama de otra persona. Esperaba más de ti.

—Y sin embargo, me condenaste a la irrelevancia. ¿Has venido a regodearte?

Él pasa una mano a lo largo del poste de madera, trazando las ramas.

—Cuánta rabia… Si es nuestro aniversario. Y pensar que solo había venido para invitarte a cenar.

—No veo comida por ningún lado. Y no deseo tu compañía.

La oscuridad se mueve como el humo. Primero está al otro lado de la habitación y al instante siguiente se encuentra a su lado.

—Yo no desdeñaría mi presencia tan rápido —dice, y roza la peineta de nácar con un largo dedo—. No disfrutarás de más compañía que de la mía.

Antes de que Addie pueda alejarse, el aire se vacía, y la sombra vuelve a estar al otro lado de la habitación, con la mano apoyada en la borla junto a la puerta.

—No lo hagas —le pide ella, que se pone de pie de un salto, pero es demasiado tarde. Él tira de la borla y un instante después suena la campana, perturbando el silencio de la casa—. Maldito seas —sisea, al tiempo que unos pasos resuenan en las escaleras.

Addie ya está volviéndose para recoger su vestido, para birlar lo poco que pueda antes de huir, pero la oscuridad la agarra del brazo. La obliga a permanecer a su lado, como si se tratara de una niña desobediente, mientras una de las doncellas abre la puerta.

El hecho de ver a dos desconocidos en casa de su señor debería sobresaltarla, pero el rostro de la mujer no refleja turbación alguna. No hay sorpresa, ira o miedo. No hay nada en absoluto. Tan solo una especie de vacío, una tranquilidad propia de personas aturdidas o inmersas en una ensoñación. La doncella permanece con la cabeza inclinada y las manos entrelazadas, a la espera de instrucciones, y Addie advierte con creciente horror y alivio que la mujer está hechizada.

—Esta noche cenaremos en el salón —dice la oscuridad, como si la casa le perteneciera. Hay un nuevo timbre en su voz, una membrana, que la recubre igual que una telaraña posada sobre la piedra. Se ondula en el aire y envuelve a la criada, y Addie siente cómo se desliza sobre su propia piel, a pesar de que no consigue apoderarse de ella.

—Sí, señor —dice la criada con una pequeña reverencia.

Se da la vuelta para guiarlos por las escaleras y la oscuridad mira a Addie y sonríe.

—Ven —dice, y su mirada, que desprende un regocijo arrogante, se vuelve esmeralda—. He oído que el cocinero del marqués es uno de los mejores de París.

Le ofrece su brazo, pero ella se niega a tomarlo.

—No esperarás en serio que cene contigo.

Él levanta el mentón.

—¿Rechazarías semejante banquete, solo porque estoy sentado a la mesa? Creo que tu estómago clama con más fuerza que tu orgullo. Pero haz lo que quieras, encanto. Permanece en tu habitación prestada y atibórrate a dulces robados. Cenaré sin ti.

Y dicho eso, él se aleja y Addie se debate entre el impulso de dar un portazo o aceptar que su noche se ha echado a perder, tanto si cena con él como si no; aceptar que incluso si se queda en la habitación, su mente lo seguirá escaleras abajo hasta el salón.

Así que lo sigue.

Dentro de siete años, Addie verá un espectáculo de marionetas en una plaza de París. Un carrito con un telón y un hombre detrás, con las manos levantadas para mantener en alto las pequeñas figuras de madera, cuyas extremidades bailan arriba y abajo gracias al hilo que las sostiene.

Y ella recordará esta noche.

Esta cena.

Los criados de la casa se mueven a su alrededor como sujetos por hilos, dóciles y silenciosos, mientras realizan cada gesto con esa misma y somnolienta facilidad. Retiran las sillas, alisan los manteles y descorchan y vierten las botellas de champán dispuestas sobre la mesa.

Pero la comida se sirve demasiado rápido, y el primer plato llega antes de que les hayan llenado las copas del todo. Independientemente del dominio al que la oscuridad tenga sometidos a los criados, este comenzó antes de su aparición en la habitación que Addie ha usurpado. Comenzó antes de que él hiciera sonar la campanilla, llamara a la doncella y la invitara a cenar.

La sombra debería parecer fuera de lugar en la ornamentada estancia. Pues es, después de todo, un ser salvaje, un dios nocturno del bosque, un demonio atado a la oscuridad, y aun así, está sentado con el aplomo y la gracia de un noble que disfruta de su cena.

Addie toca los cubiertos de plata y los adornos dorados de los platos.

—¿Se supone que debo estar impresionada?

La oscuridad la contempla desde el otro lado de la mesa.

—¿Acaso no lo estás? —pregunta al tiempo que los criados hacen una reverencia y se retiran contra las paredes.

Lo cierto es que está asustada. Alterada ante semejante exhibición. Conoce su poder, o al menos, eso creía, pero una cosa es hacer un trato y otra muy distinta ser testigo de tal control. ¿Qué podría obligarles a hacer? ¿Hasta dónde podría hacerlos llegar? ¿Le resulta tan sencillo como mover los hilos de una marioneta?

El primer plato descansa en la mesa ante ella, una sopa de crema del color anaranjado claro del amanecer. Huele de maravilla, y el champán resplandece en su copa, pero Addie no se permite probar ninguno de los dos.

La oscuridad advierte la cautela en su rostro.

—Vamos, Adeline —le dice—. No soy ningún hada y no he venido para atraparte con comida o bebida.

—Y aun así todo parece tener un precio.

Él suspira, y sus ojos brillan con un tono más claro de verde.

—Como prefieras —concede él, agarrando su copa y dando un buen sorbo.

Tras un largo momento, Addie se rinde, se lleva el cristal a los labios y le da un sorbo al champán. No se parece a nada que haya probado antes; miles de frágiles burbujas recorren su lengua, dulces e intensas, y ella se derretiría de placer si estuviera en cualquier otra mesa, acompañada de cualquier otro hombre y si fuera cualquier otra noche.

En vez de saborear cada sorbo, vacía la copa de golpe, y para cuando vuelve a dejarla en la mesa, Addie se encuentra ligeramente mareada, y la criada aparece a su lado para llenarle la copa de nuevo.

La oscuridad se bebe la suya poco a poco y la contempla sin decir nada mientras come. El silencio de la habitación se torna incómodo, pero ella permanece callada.

Se centra en la sopa, luego en el pescado, y finalmente le hinca el diente a un filete cubierto de hojaldre. Hace meses, *años*, que no come tanto, y nota una sensación de plenitud que va más allá del estómago. Y a medida que reduce el ritmo de su ingesta, examina al hombre, que no es un hombre en absoluto, al otro extremo de la mesa, y la manera en que las sombras se curvan tras él.

Este es el período más largo que han pasado juntos.

Hasta entonces, solo habían compartido esos breves instantes en el bosque, esos pocos minutos en una habitación de mala muerte y esa media hora paseando a lo largo del Sena. Pero ahora, por primera vez, él no se cierne tras ella como una sombra, no permanece como un fantasma en los límites de su visión. Ahora se sienta frente a ella en todo su esplendor, y aunque Addie conoce los detalles inmóviles de su rostro, tras haberlos dibujado cien veces, no puede evitar estudiarlo en movimiento.

Y él se lo permite.

No hay rastro de timidez en sus modales.

Parece, en todo caso, disfrutar de su atención.

Mientras corta la carne con el cuchillo y se lleva un bocado a los labios, sus cejas negras se alzan y las comisuras de su boca se curvan. Más que un hombre es un conjunto de rasgos, dibujados con todo lujo de detalles.

Con el tiempo, eso cambiará. Él se henchirá, crecerá para rellenar los huecos entre las líneas de su dibujo, le arrebatará la imagen de los dedos, hasta que ella olvide que una vez le perteneció.

Pero por ahora, el único rasgo que es suyo —suyo por completo— son esos ojos.

Addie se los imaginó cientos de veces, y sí, siempre eran verdes, pero en sus sueños poseían una única tonalidad: el verde intenso de las hojas en verano.

Los suyos son diferentes.

Sorprendentes y volubles, pues el más mínimo cambio de humor, de temperamento, se refleja en ellos, y solo en ellos.

Addie tardará años en aprender el lenguaje de esos ojos. En saber que el regocijo les otorga el color de la hiedra en verano, mientras que la irritación los aclara hasta que adquieren el matiz de las manzanas ácidas, y el placer…, el placer los oscurece hasta adoptar el tono casi negro de los bosques por la noche, donde el verde solo se aprecia en los contornos.

Esta noche, son del color resbaladizo de los hierbajos atrapados en la corriente de un arroyo.

Y para el final de la velada, su tonalidad habrá cambiado completamente.

Su postura refleja languidez. Está allí sentado, con un codo sobre el mantel, mientras su atención divaga; tiene la cabeza inclinada, como si estuviera escuchando un sonido lejano, y traza la línea de su barbilla con sus elegantes dedos, como si su propia forma le divirtiera.

—¿Cómo te llamas?

Él desvía la mirada desde un rincón de la habitación hasta posarla en ella.

—¿Por qué crees que tengo nombre?

—Todas las cosas tienen nombre —le responde Addie—. Los nombres albergan un propósito. Los nombres contienen poder.

Addie inclina su vaso hacia él.

—Ya lo sabes, o de lo contrario no me habrías robado el mío.

Una sonrisa se dibuja en la comisura de su boca, lobuna, divertida.

—Si eso es cierto —dice él—, y los nombres contienen poder, ¿por qué iba a darte el mío?

—Porque debo llamarte de algún modo, tanto cuando estás frente a mí como en mi cabeza. Y de momento solo uso insultos.

A la oscuridad no parece importarle.

—Llámame como quieras, da igual. ¿Cómo llamabas al desconocido en tus cuadernos, el hombre en cuya imagen te inspiraste para moldearme?

—Te moldeaste tú mismo para burlarte de mí, y preferiría que adoptaras *cualquier* otra forma.

—Percibes violencia en cada gesto —reflexiona él, recorriendo el vaso con su pulgar—. Adopté esta forma para acomodarme a ti. Para que te sintieras a gusto.

Addie nota cómo la ira crece en su pecho.

—Has arruinado lo único que me quedaba.

—Qué pena que tan solo fuera un sueño.

Ella resiste el impulso de lanzarle la copa, sabiendo que no servirá de nada. En su lugar, vuelve la vista hacia uno de los criados apoyados en la pared y levanta la copa para que se la llene. Pero el criado no se mueve, ninguno de ellos lo hace. Están atados a la voluntad de él, no a la de ella. Así que se levanta y toma la botella ella misma.

—¿Cómo se llamaba tu desconocido?

Addie regresa a su asiento, vuelve a llenarse la copa y centra su atención en las miles de burbujas brillantes que se elevan por el centro.

—No tenía nombre —le contesta ella.

Pero es mentira, por supuesto, y la oscuridad la mira como si lo supiera.

Lo cierto es que había probado unos cuantos nombres a lo largo de los años —Michel, Jean, Nicolas, Henri, Vincent— y ninguno de ellos le había parecido adecuado. Y entonces, una noche, este afloró en su lengua, mientras estaba acurrucada en la cama, arropada por la imagen del desconocido a su lado, que le acariciaba el pelo con sus dedos largos. El nombre se deslizó a sus labios, tan simple como un suspiro, tan natural como el aire.

Luc.

En su mente era el diminutivo de Lucien, pero ahora, sentada frente a esta sombra, frente a esta farsa, la ironía del nombre es como una bebida demasiado caliente, una brasa ardiendo en el interior de su pecho.

Luc.

De *Lucifer*.

Las palabras resuenan a través de ella, transportadas como una brisa.

¿Soy el diablo o la oscuridad?

Y Addie lo desconoce, nunca lo descubrirá. Pero el nombre ya está mancillado. Así que se lo cede.

—Luc —murmura ella.

La sombra sonríe, en una deslumbrante y cruel imitación de regocijo, y levanta su copa como para brindar.

—Pues que sea Luc.

Addie vuelve a vaciar la copa, regodeándose en el aturdimiento que le proporciona la bebida. Sus efectos no durarán demasiado, por supuesto, y percibe cómo sus facultades intentan alzarse victoriosas con cada vaso vacío, pero ella sigue perseverando, decidida a ganarles la partida, al menos durante un rato.

—Te odio —le suelta.

—Oh, Adeline —dice él, dejando su vaso en la mesa—. Sin mí, ¿dónde estarías ahora? —Mientras habla, gira el tallo de cristal entre sus dedos, y en su reflejo afacetado, ella vislumbra otra vida, la suya y a la vez una diferente, una versión donde Adeline no huyó a los bosques al anochecer, cuando los invitados de la boda comenzaban a reunirse, donde no invocó a la oscuridad para que la liberase.

En el cristal, se ve reflejada a sí misma: su antiguo yo, la persona que podría haber sido, con los hijos de Roger a su lado y sujetando un bebé recién nacido, mientras el cansancio apaga su familiar rostro. Addie se ve a su lado en la cama, sintiendo el frío espacio entre sus cuerpos, se ve a sí misma inclinada sobre la chimenea, como lo estaba siempre su madre, con las mismas arrugas en el ceño y los dedos demasiado doloridos como para coser sus agujeros en la ropa y sostener sus viejos lápices de dibujo; se ve a sí misma marchitándose en la enredadera de la vida, recorriendo el acostumbrado y corto trayecto de cada habitante de Villon, el estrecho camino desde la cuna hasta la tumba, y la iglesia que la espera, inmóvil y gris como una lápida.

Addie ve todo eso y agradece que él no le pregunte si volvería atrás en el tiempo, si cambiaría esto por aquello, porque a pesar de todo el sufrimiento y la locura, la pérdida, el hambre y el dolor, la imagen reflejada en el cristal sigue provocándole rechazo.

Han acabado de cenar, y los criados de la casa permanecen entre las sombras, a la espera de las próximas instrucciones de su señor. Y aunque tienen las cabezas inclinadas y los rostros inexpresivos, ella no puede evitar pensar en ellos como si fueran rehenes.

—Me gustaría que los despacharas.

—Se te han acabado los deseos —le contesta él. Pero Addie lo mira a los ojos y no aparta la mirada; es más sencillo, ahora que tiene un nombre, pensar en él como una persona, pues a las personas se las puede desafiar. Tras un momento, la oscuridad suspira, se vuelve hacia el criado más cercano y les dice que se queden con una de las botellas y que se marchen.

Y ahora se han quedado solos, y la habitación parece más pequeña de lo que era antes.

—Ya está —dice Luc.

—Cuando el marqués y su esposa lleguen a casa y encuentren a los criados borrachos, ellos pagarán por esto.

—¿Y a quién culparán, me pregunto, por el chocolate que falta en los aposentos de la señora? ¿O por la desaparición de la bata de seda azul? ¿Te crees que nadie sufre las consecuencias de tus robos?

Addie se indigna, y el calor tiñe sus mejillas.

—No me diste *elección*.

—Te di lo que pediste, Adeline. Tiempo sin restricción alguna. Una vida sin limitaciones.

—Me condenaste al olvido.

—Pediste la libertad. No hay mayor libertad que esa. Puedes moverte por el mundo sin obstáculos. Sin ataduras. Sin vínculos.

—Deja de fingir que me hiciste un favor en vez de una crueldad.

—Lo que hice fue *un trato*.

Golpea la mesa con fuerza mientras lo dice, y su mirada refleja un destello amarillo de irritación, breve como un relámpago.

—Fuiste tú la que acudió a mí. Me suplicaste. Me rogaste. Elegiste las palabras. Y yo hice lo propio con los términos. Ya no hay vuelta atrás. Pero si ya te has cansado de seguir adelante, no tienes más que decirlo.

Y el odio vuelve a invadirla, pues resulta más sencillo aferrarse a él.

—Cometiste un error al maldecirme. —Se le está soltando la lengua, y no sabe si es debido al champán o simplemente a la duración de su encuentro, a la comodidad que otorga el transcurso del tiempo, como cuando el cuerpo se adapta al agua demasiado caliente—. Si solo me hubieras concedido lo que te pedí, me habría consumido con el tiempo, me habría hartado de vivir, y ambos habríamos ganado. Pero ahora, por muy cansada que esté, nunca te entregaré mi alma.

Él sonríe.

—Eres de lo más terca. Pero incluso las piedras se erosionan hasta desaparecer.

Addie se sienta hacia delante.

—Te crees un gato, jugando con su presa. Pero yo *no* soy un ratón, y no me hincarás el diente.

—Eso espero. —Abre las manos—. Ha pasado demasiado tiempo desde el último desafío.

Un juego. Para él *todo* es un juego.

—Me subestimas.

—¿En serio? —Arquea una ceja mientras le da un sorbo a su bebida—. Supongo que ya lo descubriremos.

—Sí —dice Addie levantando la suya—. Así será.

Esta noche, él le ha dado un obsequio, aunque Addie duda de que se haya percatado de ello. El tiempo no tiene rostro, ni forma, nada contra lo que luchar. Pero con su sonrisa burlona, y sus palabras juguetonas, la oscuridad le ha otorgado lo único que realmente necesita: un enemigo.

Es aquí donde las líneas de batalla se trazan.

Puede que el primer disparo se llevara a cabo en Villon, cuando él le arrebató la vida junto con su alma, pero esto… Esto es el comienzo de la guerra.

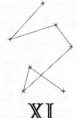

XI

Nueva York
13 de marzo de 2014

Addie sigue a Henry hasta un bar demasiado concurrido, demasiado ruidoso.

Todos los bares de Brooklyn son así, hay muy poco espacio para demasiados cuerpos, y según parece el Merchant no es ninguna excepción, aunque sea jueves. Addie y Henry se encuentran apiñados en una estrecha terraza en la parte de atrás, apretujados bajo un toldo, pero aun así, ella debe inclinarse para oír su voz por encima del ruido.

—¿De dónde eres? —le pregunta Addie.

—Del norte. Newburgh. ¿Y tú?

—Villon-sur-Sarthe —responde ella. Las palabras le abrasan un poco la garganta.

—¿De Francia? No tienes acento.

—He viajado bastante.

Están compartiendo un plato de patatas fritas y un par de cervezas aguadas porque el trabajo de librero, explica Henry, no está bien pagado y tiene que conformarse con pedir durante la *happy hour* del bar. Addie desearía poder volver a entrar y traer bebidas de verdad, pero ya le ha dicho que ha perdido la cartera y no quiere volver a hacer nada raro delante de él, no después del asunto de *La Odisea*.

Además, tiene miedo.

Miedo a dejar que se vaya.

Miedo a perderlo de vista.

Al margen de lo que sea, una anomalía, un error, un bonito sueño, o un golpe de suerte imposible, le da miedo renunciar a esto. Renunciar a él.

Un paso en falso y se despertará. Un paso en falso y el hilo se quebrará, la maldición volverá a ocupar su lugar y todo se habrá acabado; Henry desaparecerá y ella volverá a estar sola.

Se obliga a volver al presente. A disfrutarlo mientras dure. Es imposible que dure. Pero aquí y ahora...

—¿En qué piensas? —exclama Henry por encima de la multitud.

Addie sonríe.

—Me muero de ganas de que llegue el verano. —No es ninguna mentira. Este año, la primavera ha sido larga y húmeda, y ella se ha cansado de pasar frío. El verano trae consigo días calurosos y noches donde la luz se alarga un poco más. El verano trae consigo otro año de vida. Otro año sin...

—Si pudieras tener cualquier cosa —Henry interrumpe el hilo de sus pensamientos—, ¿qué sería?

Él la estudia, entornando los ojos como si ella fuera un libro, no una persona; algo que debe ser leído. Addie le devuelve la mirada como si él fuera un fantasma. Un milagro. Algo imposible.

Esto, piensa ella, pero levanta su vaso vacío y dice:

—Otra cerveza.

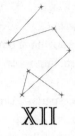

XII

Addie puede dar cuenta de cada segundo de su vida, pero esta noche, con Henry, los momentos parecen entremezclarse. El tiempo vuela a medida que deambulan de bar en bar; la *happy hour* da paso a la cena y luego a unas copas de última hora, pero cada vez que llegan al punto en que la noche se bifurca y uno de los caminos los conduce a tomar direcciones distintas y el otro a seguir adelante, eligen siempre la segunda opción.

Permanecen juntos, cada uno a la espera de que el otro diga: «Se está haciendo tarde» o «Debería marcharme» o «Ya nos veremos». Hay un pacto tácito entre ambos, una renuencia a terminar aquello, sea lo que sea, y Addie sabe por qué le asusta cortar el hilo, pero se pregunta los motivos de Henry. Medita sobre la soledad que atisba tras su mirada. Y también sobre el modo en que los camareros y los otros clientes lo miran, la calidez que él parece ignorar.

Levanta la mirada hacia el cielo, al igual que él, y por un momento, tan solo uno, Henry parece insoportable y abrumadoramente triste.

—Echo de menos las estrellas —le dice Henry.

—Yo también —contesta Addie, y Henry vuelve a mirarla y sonríe.

—¿Quién eres?

Su mirada se ha vuelto vidriosa y la manera en que formula la pregunta parece referirse menos al hecho literal de quién es ella y más al modo en que ha llegado allí, y Addie quiere preguntarle lo mismo, pero al contrario que Henry, tiene una buena razón para ello; él simplemente está un poco borracho.

Y es una persona perfectamente normal.

Pero *no puede* ser normal.

Porque las personas normales no la recuerdan.

Llegan al metro y Henry se detiene.

—Yo me quedo aquí.

Él le suelta la mano, y de pronto en ella aflora ese viejo y familiar miedo a los finales, a los encuentros que no dan paso a nada, a momentos no escritos y recuerdos borrados. No quiere que la noche termine.

No quiere que el hechizo se rompa. No…

—Quiero volver a verte —le dice Henry.

La esperanza le inunda el pecho hasta que le duele. Ha oído esas palabras un centenar de veces, pero por primera vez, se le antojan reales. Posibles.

—Yo también quiero que vuelvas a verme.

Henry sonríe, y es la clase de sonrisa que se apodera de todo un rostro.

Se saca el móvil y a Addie se le encoge el corazón. Le dice que se le ha estropeado el teléfono, cuando lo cierto es que nunca antes había necesitado uno. Incluso si tuviera a alguien a quien llamar, no podría hacerlo. Sus dedos se deslizarían en vano por la pantalla. Tampoco tiene correo electrónico, ni forma alguna de enviar un mensaje de ningún tipo, por culpa de todo ese rollo de «no escribirás» que forma parte de su maldición.

—No sabía que se podía pasar sin uno hoy en día.

—Estoy chapada a la antigua —responde ella.

Él se ofrece a pasar por su casa al día siguiente. ¿Dónde vive? Parece que el universo se estuviera burlando de ella en este momento.

—Me quedo en casa de un amigo mientras está de viaje —dice Addie—. ¿Por qué no nos encontramos en la librería?

Henry asiente.

—Nos vemos allí, entonces —dice retrocediendo—. ¿El sábado?

—El sábado.

—No desaparezcas.

Addie se ríe, y es un sonido tenue y frágil. Y luego él se aleja; ya ha puesto un pie en el primer escalón cuando el pánico se apodera de ella.

—Espera —dice ella llamándolo—. Tengo que decirte una cosa.

—Mierda —gime Henry—. Estás con alguien.

El anillo arde en su bolsillo.

—No.

—Trabajas en la CIA y mañana tienes que marcharte para una misión de alto secreto.

Addie se ríe.

—No.

—Eres…

—No me llamo Eve.

Él se echa hacia atrás, confundido.

—…bueno.

Addie no sabe si podrá decirle su nombre, si la maldición la dejará, pero tiene que intentarlo.

—No te dije mi verdadero nombre porque, bueno, es complicado. Pero me gustas y quiero que lo sepas… quiero decírtelo.

Henry se endereza, parece que se ha serenado.

—Bueno, ¿y cómo te llamas?

—A… —El sonido se paraliza en su garganta, solo durante un segundo, con la rigidez propia de un músculo que no se ha usado desde hace mucho tiempo. Un engranaje oxidado. Y entonces… se libera.

»Addie —ella traga con fuerza—. Me llamo Addie.

El nombre flota en el aire entre ellos.

Y luego Henry sonríe.

—Muy bien —repone—. Buenas noches, Addie.

Así de sencillo.

Dos sílabas fluyendo con soltura desde su lengua.

Y es el mejor sonido del mundo. Quiere rodear a Henry con los brazos, quiere volver a oír esa palabra imposible una y otra vez, llenándola como el aire, haciéndola sentir de carne y hueso.

Real.

—Buenas noches, Henry —le contesta Addie, deseando que se dé la vuelta y se marche, porque ella no cree que pueda separarse de él.

Permanece allí, petrificada en lo alto de los escalones del metro hasta que lo pierde de vista; contiene la respiración, a la espera de que el hilo se quiebre, de que el mundo vuelva a la normalidad, a la espera de que el miedo, la pérdida y la certeza de que no ha sido más que una casualidad, un error cósmico o una equivocación la envuelvan, de que todo haya terminado y nunca suceda de nuevo.

Pero no siente ninguna de esas cosas.

Lo único que siente es alegría y esperanza.

Los tacones de sus botas marcan el ritmo en la acera mientras camina, e incluso después de todos estos años, casi espera que un segundo par de zapatos se le una. Y oír la bruma ondulante de su voz, suave, dulce y burlona. Pero no hay ninguna sombra a su lado, no esta noche.

Es una noche tranquila, y ella está sola, aunque por una vez el sentimiento de soledad no acompaña a esa afirmación.

«Buenas noches, Addie», ha dicho Henry, y ella no puede evitar preguntarse si de alguna manera ha roto el hechizo.

Sonríe y susurra para sí:

«Buenas noches, Ad…».

Pero la maldición le aprieta la garganta, y el nombre se le atasca allí, como siempre.

Y sin embargo.

Y sin embargo.

Buenas noches, Addie.

A lo largo de trescientos años ha puesto a prueba los límites del trato, ha descubierto los lugares donde estos ceden un poco, la sutil ondulación alrededor de los barrotes, pero nunca ha encontrado la forma de escapar.

Y sin embargo.

De algún modo, increíblemente, Henry ha encontrado una forma de entrar.

De algún modo, la recuerda.

¿Cómo? ¿Cómo?

La pregunta resuena con los latidos de su corazón, pero ahora mismo, a Addie le da igual.

Ahora mismo se aferra al sonido de su nombre, su verdadero nombre, en la lengua de otra persona, y es suficiente, es suficiente, es suficiente.

XIII
París, Francia
29 de julio de 1720

El escenario está listo y los asientos, dispuestos.

Addie alisa el mantel de la mesa, coloca los platos de porcelana y las copas —no de cristal, pero aun así de vidrio— y saca la comida de la cesta. No es una cena de cinco platos, servida por distinguidos criados, pero los alimentos son frescos y deliciosos. Una hogaza de pan, todavía caliente. Una cuña de queso. Una terrina de cerdo. Una botella de vino tinto. Está orgullosa del surtido, y más aún del hecho de que no se ha servido de la magia, dejando de lado su maldición, para conseguirlo, pues ella es incapaz de dirigir una simple mirada o palabra y hacer que los demás cumplan sus órdenes.

No se trata solo de la mesa.

También de la habitación. No es ningún salón prestado. Ni la chabola de un mendigo. Sino un espacio que le pertenece, al menos de momento. Tardó dos meses en encontrarla y dos semanas en arreglarla, pero valió la pena. Desde fuera no es gran cosa: tiene los cristales agrietados y la madera deformada. Y es cierto, los suelos de la planta inferior se encuentran en mal estado y solo los habitan los roedores y algún que otro gato callejero —y en invierno, se abarrotan de cuerpos que buscan cualquier lugar donde resguardarse—, pero ahora están en pleno verano, los pobres de la ciudad han tomado las calles, y Addie se ha adueñado de la planta superior. Tapió las escaleras y trazó una entrada y una salida a través de una ventana superior, igual que hacen los niños con sus fuertes de madera. No es una entrada demasiado convencional, pero la compensa la habitación al otro lado, donde se ha construido un hogar.

Una cama repleta de mantas. Un cofre lleno de ropa robada. Y el alféizar rebosante de baratijas, hechas de vidrio, porcelana y hueso, reunidas y dispuestas como una hilera de pájaros que solo están de paso.

En el centro de la estrecha habitación, hay un par de sillas colocadas frente a una mesa cubierta con un mantel claro. Y en medio de esta, un ramo de flores, que recogió al caer la noche en un jardín real y sacó a escondidas entre los pliegues de su falda. Addie sabe que nada de esto durará, pues nunca dura: una brisa se apoderará, de algún modo, de los artículos sobre el mantel; habrá un incendio o una inundación; el suelo cederá o alguien descubrirá la habitación secreta y se la apropiará.

Pero ha custodiado cada elemento durante el último mes, los ha reunido y dispuesto uno por uno para otorgarle a la estancia una apariencia de cotidianidad, y si es sincera, no lo ha hecho solo por ella.

Lo ha hecho por la oscuridad.

Por *Luc*.

O más bien, para fastidiarlo, para demostrarle que está viva, que es libre. Que no tendrá ningún poder sobre ella, ninguna forma de burlarse mediante sus actos de caridad.

Él ganó la primera partida, pero la segunda la ganará ella.

Así que se ha procurado un hogar y lo ha acondicionado para recibir visitas, se ha recogido el pelo y se ha vestido de seda rojiza, del color de las hojas en otoño, incluso se ha enfundado en un corsé, a pesar de su aversión por las varillas de hueso.

Ha tenido un año para planearlo, para concebir la postura que va a adoptar, y mientras arregla la habitación, Addie ensaya en su mente los insultos que piensa dedicarle, afilando las armas de su discurso. Imagina las estocadas de él y sus propias fintas, la forma en que su mirada se iluminará u oscurecerá a medida que prosiga la conversación.

«Te han crecido los dientes», le dijo él, y Addie le demostrará lo afilados que se han vuelto.

El sol se ha puesto y lo único que debe hacer ahora es esperar. Tras una hora su estómago gruñe de anhelo mientras el pan se enfría en el interior del paño, pero Addie no se permite comer. En vez de eso, se asoma por la ventana y contempla la ciudad, las luces cambiantes de los faroles al encenderse.

Y él no aparece.

Addie se sirve una copa de vino y deambula por la habitación, mientras que las velas robadas gotean y forman un charco de cera en el mantel y la noche se torna pesada, pues primero se hace tarde y luego temprano.

Y él sigue sin aparecer.

Las velas se consumen y se apagan, y Addie se sienta en la oscuridad al tiempo que la certeza la embarga.

La noche transcurre, los primeros rayos de luz aparecen en el cielo y ya es por la mañana; su aniversario ha concluido, y cinco años se han convertido en seis sin la presencia de Luc, sin la visión de su rostro, sin que le pregunte si ha tenido suficiente, y el mundo sigue su curso, porque es injusto, es un engaño, y está mal.

Él debería haber venido, esa era la misma esencia de su baile. Ella no deseaba su presencia, nunca la ha deseado, pero sí la esperaba, él se había encargado de que así fuera. Le ha dado una cuerda donde mantener el equilibrio, un estrecho precipicio de esperanza, porque es un ser odioso, pero un ser odioso sigue siendo algo. Lo único que le queda a ella.

Y ese es el objetivo, por supuesto.

Esa es la razón de la copa vacía, del plato desnudo, de la silla sin usar.

Mira por la ventana y rememora la expresión de sus ojos al brindar con ella, la curva de sus labios cuando se declararon la guerra, y se da cuenta de lo tonta que es, lo fácil que ha caído en la trampa.

Y de pronto, toda la escena le parece espantosa y patética, y Addie no soporta mirarla. El abrazo de la seda roja la ahoga. Se arranca los cordones del corsé, se quita las horquillas del pelo y se despoja de las restricciones del vestido. Barre con el brazo los adornos de la mesa y estrella la botella de vino, ya vacía, contra la pared.

Las esquirlas de cristal se le clavan en la mano, y el dolor es agudo y real, como el repentino escozor de una quemadura pero sin que quede cicatriz, aunque a Addie le da igual. En pocos segundos, sus cortes se cierran y las copas y la botella vuelven a recomponerse. Hubo un tiempo en el que consideraba esta imposibilidad de romper cosas una bendición, pero ahora la impotencia le resulta enloquecedora.

Lo hace todo añicos, solo para ver los objetos estremecerse, burlarse de ella y volver a descansar intactos, como al principio de la velada.

Y Addie grita.

La ira se enciende en su interior, abrasadora y brillante; una ira dirigida a Luc, y a sí misma, pero esta deja paso al miedo, a la pena y al terror, porque debe afrontar otro año sola, un año sin oír su nombre, sin verse reflejada en los ojos de nadie, sin poder descansar una noche de la maldición; un año, o cinco, o diez, y entonces se da cuenta de lo mucho que contaba con su visita, con la promesa de su presencia, porque sin ella, Addie se desmorona.

Se hunde en el suelo, rodeada de los restos de su solitaria noche.

Pasarán años antes de que vea el mar, las olas chocando contra los blancos y escarpados acantilados, y entonces recordará las provocadoras palabras de Luc.

Incluso las piedras se erosionan hasta desaparecer.

Addie se duerme justo después del alba, pero es un reposo agitado, breve y lleno de pesadillas, y cuando se despierta y atisba el sol brillando en el cielo de París, no se atreve a levantarse. Duerme durante todo el día y parte de la noche, y al despertarse de nuevo, su espíritu quebrado se ha recompuesto, igual que un hueso roto que se endurece tras una fractura.

«Ya basta», se dice a sí misma, poniéndose de pie.

«Ya basta», repite, dándose un festín con el pan, que ya está duro, y el queso, que se ha ablandado por el calor.

Ya basta.

Habrá otras noches oscuras, por supuesto, otros amaneceres miserables, y su determinación siempre se debilitará un poco a medida que los días se alarguen, el aniversario se acerque y la esperanza traicionera la envuelva como una corriente de aire. Pero la pena se ha desvanecido, ha sido reemplazada por una rabia obstinada, y ella decide avivarla, proteger y alimentar la llama hasta que haga falta mucho más que un solo aliento para extinguirla.

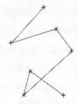

XIV
Nueva York
13 de marzo de 2014

Henry Strauss se dirige a casa solo en la oscuridad.

Addie, piensa, saboreando el nombre en su boca.

Addie, que lo miró y vio a un chico de pelo oscuro, mirada bondadosa y rostro franco. Solo eso. Nada más.

Una fría ráfaga de aire se levanta y él se cierra el abrigo y contempla el cielo sin estrellas.

Y sonríe.

Parte tres:

Trescientos años y dos palabras

Título: *Boceto de un salón sin título.*

Autor: Bernard Rodel.

Fecha: En torno a 1751-3.

Técnica: Tinta sobre pergamino.

Ubicación: En préstamo de la exhibición *Un salón parisino* de la Biblioteca Británica.

Descripción: Una representación del famoso salón de *Madame* Geoffrin, repleto de figuras en distintas etapas de conversación y reposo. Pueden distinguirse diversos personajes reconocibles —Rousseau, Voltaire, Diderot— entre el grupo, pero la incorporación más interesante es la de las tres mujeres que rodean el salón. Una es, indudablemente, *Madame* Geoffrin. Se cree que otra de ellas es Suzanne Necker. Pero la tercera, una elegante mujer con el rostro lleno de pecas, sigue siendo un misterio.

Contexto: Además de sus contribuciones a la Enciclopedia de Diderot, Rodel era un ávido dibujante, y parece haber hecho uso de su habilidad de representación durante muchas de sus visitas al salón de *Madame* Geoffrin. La mujer pecosa aparece en varios de sus bocetos, pero nunca se la nombra.

Valor aproximado: Desconocido.

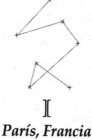

I

París, Francia
29 de julio de 1724

La libertad es un par de pantalones y un abrigo abotonado.

Una túnica de hombre y un sombrero de tres picos.

Si lo hubiera sabido antes…

La oscuridad se jactaba de haberle dado la libertad, pero en realidad, tal cosa no es posible para una mujer, no en un mundo que la constriñe con sus ropas y la confina al interior de su hogar, un mundo donde solo a los hombres se les permite deambular a su antojo.

Addie pasea por la calle con una cesta robada que lleva enganchada al codo de su abrigo. Cerca de allí, una anciana sacude una alfombra en un portal y varios jornaleros descansan en los escalones de una cafetería, y ninguno de ellos le dedica siquiera una mirada, porque no ven a una mujer caminando sola. Ven a un joven, que apenas ha comenzado su etapa adulta, vagando al atardecer; no piensan en lo extraño y escandaloso que es verla pasear. No piensan en nada en absoluto.

Y pensar que Addie pudo haber salvado su alma y pedir simplemente estas ropas.

Hace ya cuatro años que la oscuridad no la visita.

Cuatro años, y en los albores de cada uno, jura que no malgastará el tiempo que le queda esperándolo. Pero es una promesa que no puede cumplir del todo. A pesar de sus esfuerzos, Addie es como el mecanismo de un reloj que se tensa cada vez más al acercarse el día, un resorte con forma de espiral que es incapaz de relajarse hasta que el amanecer despunta. E incluso entonces, es un reposo sombrío, que viene acompañado de un sentimiento más parecido a la resignación que al alivio, pues sabe que el ciclo comenzará de nuevo.

Cuatro años.

Cuatro inviernos, cuatro veranos, cuatro noches sin visitas.

Las otras, al menos, son suyas para pasarlas como se le antoje, pero por mucho que intente matar el tiempo, esta noche le pertenece a Luc, incluso cuando no está aquí.

Aun así, no la dará por perdida, no sacrificará las horas como si ya se las hubiera arrebatado, como si ya fueran de él.

Addie pasa frente a un grupo de hombres e inclina el sombrero a modo de saludo, usa el gesto para calárselo hasta las cejas. El día aún no ha cedido su lugar a la noche, y bajo la luminosidad veraniega, procura mantener las distancias, sabiendo que la ilusión se tambaleará ante un escrutinio demasiado exigente. Podría haber esperado una hora más y haber estado a salvo bajo el velo de la oscuridad, pero lo cierto es que era incapaz de soportar el silencio, el sigiloso transcurso del reloj.

Esta noche, no.

Esta noche ha decidido celebrar su libertad.

Ha decidido subir a Notre-Dame, tener un pícnic allí, con la ciudad a sus pies.

La cesta se balancea desde su codo, rebosante de comida. Sus dedos se han vuelto ligeros y rápidos con la práctica, y ella ha pasado los últimos días preparando el festín: una hogaza de pan, un trozo de carne curada, una cuña de queso, e incluso un tarro de miel del tamaño de la palma de su mano.

Miel, un lujo que Addie no ha probado desde Villon, donde el padre de Isabelle administraba una hilera de colmenas y producía la jalea color ámbar para venderla en el mercado. Él las dejaba chupar la corteza de los panales hasta que sus dedos quedaban manchados de dulzura. Ahora, Addie alza su recompensa bajo la luz menguante, y deja que el sol poniente transforme su contenido en oro.

El hombre aparece de la nada.

Un hombro le golpea el brazo y el valioso frasco se desliza de su mano y se hace añicos en la calle adoquinada, y durante un instante, Addie piensa que la están atacando o asaltando, pero el desconocido ya ha comenzado a balbucear una disculpa.

—Idiota —sisea, y aparta la mirada del sirope dorado, que ahora brilla con esquirlas de cristal, para dirigir su atención al hombre responsable de su pérdida. Es joven, atractivo y encantador, de pómulos altos y con el cabello del color de la miel desperdiciada.

Y no está solo.

Sus acompañantes se quedan atrás, silbando y aplaudiendo su error —poseen la alegre disposición de aquellos que han empezado su velada al mediodía—, pero el desatinado joven se ruboriza furiosamente, sin duda avergonzado.

—Mis más sinceras disculpas —comienza a decir, pero entonces sus facciones se transforman. Primero aparece en su rostro una expresión de sorpresa, luego de diversión, y Addie advierte, demasiado tarde, lo cerca que se encuentran y con cuánta claridad se proyecta la luz sobre su cara. Advierte, demasiado tarde, que ha descubierto su engaño, que la mano del joven sigue en su manga, y por un momento tiene miedo de que la delate.

Pero cuando sus acompañantes lo llaman para que se dé prisa, él les dice que se adelanten, y ahora ambos se encuentran a solas en la calle adoquinada. Addie se dispone a zafarse de él, a huir, pero el rostro del joven no refleja oscuridad alguna, tan solo un extraño deleite.

—Suélteme —le dice ella, bajando el tono de su voz, lo cual solo parece complacerlo más, si bien le suelta el brazo con la velocidad de alguien que se ha abrasado la mano.

—Lo siento —vuelve a decirle él—. He olvidado quién soy por un momento. —Y luego, esboza una sonrisa maliciosa—. Y parece que usted también.

—En absoluto —responde ella, mientras sus dedos vagan hacia la pequeña daga que guarda en el interior de la cesta—. En mi caso, ha sido intencionado.

La sonrisa del joven se ensancha y al bajar la mirada, este ve la miel en el suelo y hace un gesto negativo con la cabeza.

—Debo compensárselo —dice él, y Addie se dispone a decirle que no se moleste, que no pasa nada, cuando él otea la calle y exclama «Ajá». A continuación se le cuelga del brazo, como si ya fueran amigos—. Venga —le dice, llevándola hacia el café de la esquina.

Nunca ha estado dentro de uno, nunca ha sido lo bastante valiente como para arriesgarse a entrar sola, con un disfraz tan endeble, pero él la conduce como si tal cosa, y en el último momento le pasa un brazo por los hombros; el peso le resulta tan repentino e íntimo que Addie se dispone a apartarse antes de atisbar el principio de una sonrisa y se da cuenta de que él ha convertido la situación en un juego y ha decidido ser partícipe de su secreto.

En el interior, el café es un lugar lleno de energía y vida, las voces se superponen unas con otras y el ambiente desprende un aroma delicioso y humeante.

—Atenta —le dice, y sus ojos destellan con picardía—. No se separe de mí y mantenga la cabeza gacha o nos descubrirán.

Ella lo sigue hasta el mostrador, donde él pide dos tazas poco profundas que contienen un líquido ligero y negro como la tinta.

—Siéntese allí —le indica el joven—. Apóyese contra la pared. La luz es bastante tenue.

Se apiñan en un rincón y él coloca las tazas entre ambos con una floritura, girando un poco las asas, mientras le explica que es café. Addie ha oído hablar del brebaje, por supuesto, pues se ha puesto muy de moda en París, pero cuando se lleva la porcelana a los labios, acaba bastante decepcionada.

Es intenso, fuerte y amargo, como las virutas de chocolate que probó por primera vez hace años, solo que sin ese regusto dulce. Pero el joven la mira fijamente, con el entusiasmo de un cachorro, así que Addie traga y sonríe, acuna la taza entre las manos y contempla el lugar, estudiando a los hombres sentados a las mesas; algunos tienen las cabezas inclinadas, mientras que otros ríen, juegan a las cartas o se pasan fajos de papeles de aquí para allá. Observa a esos hombres y vuelve a asombrarse ante lo accesible que es el mundo para ellos, ante lo fácil que les resulta cruzar los umbrales.

Vuelve a enfocar su atención en su acompañante, que la mira con la misma irrefrenable fascinación.

—¿En qué pensaba? —inquiere—. Ahora mismo.

No se presenta ni intercambia formalidades con ella, sino que se sumerge sin más en la conversación, como si se conocieran desde hace años en lugar de minutos.

—Pensaba en lo sencillo que resulta ser un hombre —responde ella.

—¿Es por eso que va disfrazada?

—Por eso —dice ella—, y porque odio los corsés.

El joven se ríe, y el sonido es tan genuino y simple que Addie no puede evitar esbozar una sonrisa.

—¿Cómo se llama? —le pregunta el joven, y Addie no sabe si se refiere a su nombre real o al que adopta bajo el disfraz, pero se decanta por «Thomas» y contempla cómo él paladea el nombre como un bocado de fruta.

—Thomas —musita—. Es un placer conocerlo. Yo me llamo Remy Laurent.

—Remy —repite ella, saboreando la suavidad, la vocal acentuada. El nombre le pega, más de lo que Adeline le ha pegado jamás a ella. Es tierno y dulce, y la perseguirá, igual que todos los nombres, meciéndose como manzanas en un arroyo. Por muchos hombres que conozca, el nombre de Remy siempre le recordará a él, a este chico alegre e inteligente, la clase de chico que podría haber amado, tal vez, de haber tenido la oportunidad.

Addie le da otro sorbo al café, asegurándose de no sostener la copa con demasiada cautela, de apoyar el peso en el codo, y se sienta de esa forma desinhibida que tienen los hombres cuando no esperan que nadie los estudie.

—Asombroso —se maravilla Remy—. Ha estudiado a mis congéneres con ahínco.

—Ah, ¿sí?

—Es una magnífica imitadora.

Addie podría contarle que ha tenido mucho tiempo para practicar, que se ha convertido en una especie de juego a lo largo de los años, una manera de entretenerse. Que a estas alturas ha representado una decena de personajes distintos, y conoce las diferencias exactas entre una duquesa y una marquesa, entre un estibador y un mercader.

Sin embargo, se limita a decir:

—Todos necesitamos algún pasatiempo.

Remy se ríe ante su ocurrencia y levanta su taza, pero entonces, entre un sorbo y el siguiente, dirige su atención al otro lado de la estancia, y su mirada se posa sobre algo que lo sobresalta. Se atraganta con el café y se le encienden las mejillas.

—¿Qué ocurre? —pregunta ella—. ¿Se encuentra bien?

Remy tose y casi deja caer la taza mientras hace un gesto hacia la puerta, donde un hombre acaba de entrar.

—¿Lo conoce? —inquiere ella.

—¿Usted *no*? —Remy escupe un poco de café—. Ese hombre de ahí es *Monsieur* Voltaire.

Addie sacude un poco la cabeza. Ese nombre no significa nada para ella.

Remy se saca un paquete del abrigo. Un librito, con algo impreso en la portada. Ella frunce el ceño ante el título en cursiva, pero solo consigue leer la mitad de las letras antes de que Remy abra el folleto para enseñarle un muro de palabras, impresas en elegante tinta negra. Ha pasado mucho tiempo desde que su padre intentó enseñarle a leer, y aquellas eran letras sencillas; amplias y escritas a mano.

Remy la ve estudiando la página.

—¿Sabe leer?

—Conozco las letras —admite Addie—, pero no he aprendido a darles mucho sentido, y para cuando consigo leer una frase, me temo que he perdido su significado.

Remy menea la cabeza.

—Es un crimen que a las mujeres no se les enseñe lo mismo que a los hombres —comenta Remy—. Soy incapaz de imaginar un mundo sin lectura. Una vida entera sin poemas, ni obras de teatro, ni filósofos. Shakespeare, Sócrates, ¡por no hablar de Descartes!

—¿Eso es todo? —le toma el pelo ella.

—Y Voltaire —continúa él—. Voltaire, desde luego. Y ensayos, y *novelas*.

Ella no conoce el término.

—Una historia larga —le explica él—. Totalmente ficticia. Llena de romance, comedia o aventuras.

Addie piensa en los cuentos de hadas que su padre le había contado de pequeña y en las historias sobre los dioses antiguos que Estele narraba. Pero las novelas de las que Remy habla parecen abarcar mucho más. Pasa los dedos por el librito, pero su atención sigue centrada en Remy, y la de este, de momento, en Voltaire.

—¿Vas a presentarte?

Remy vuelve la mirada, horrorizado.

—No, no, esta noche no. Es mejor así; piensa en la historia. —Se recuesta en su silla, resplandeciendo de alegría—. ¿Ves? Esto es lo que adoro de París.

—No eres de aquí, entonces.

—¿Acaso alguien lo es? —Ha vuelto a posar su atención en ella—. No, soy de Rennes. Mi familia tiene una imprenta. Pero soy el hijo menor y mi padre cometió el grave error de enviarme a la universidad. Cuanto más leía, más pensaba, y cuanto más pensaba, más claro tenía que debía estar en París.

—¿Y a tu familia no le importó?

—Claro que sí. Pero tenía que venir. Aquí es donde moran los filósofos. Aquí habitan los soñadores. No solo es el corazón del mundo, sino también su mente, y esta está cambiando. —Sus ojos bailan con la luz—. La vida es breve, y cada noche, en Rennes, me iba a la cama y permanecía despierto pensando que ya había dejado otro día atrás y que nadie sabía cuántos más me quedaban por delante.

Es el mismo miedo que había empujado a Addie a acudir al bosque aquella noche, el mismo anhelo que la había llevado a su destino.

—Así que aquí me tienes —dice alegremente—. Y no hay lugar donde preferiría estar. ¿No es maravilloso?

Addie piensa en los vitrales y las puertas cerradas, en los jardines y la verja que los rodea.

—Puede serlo —repone ella.

—Ah, crees que soy un idealista.

Addie se lleva el café a los labios.

—Creo que los hombres lo tienen más fácil.

—Así es —admite él antes de dirigir un gesto con la cabeza a su atuendo—. Y sin embargo —dice con una sonrisa pícara—, das la impresión de ser alguien difícil de refrenar. *Aut viam inveniam aut faciam*, etcétera.

Addie todavía no sabe latín, y él no le proporciona ninguna traducción, pero dentro de diez años buscará las palabras y aprenderá su significado.

Encontraré el camino o me lo abriré yo mismo.

Y entonces sonreirá, una reminiscencia de la sonrisa que él ha logrado arrancarle esta noche.

Remy se ruboriza.

—Debo de estar aburriéndote.

—En absoluto —responde ella—. Y dime, ¿están bien paga-dos los filósofos?

La risa escapa a borbotones de los labios de él.

—No, no demasiado. Pero sigo siendo hijo de mi padre. —Ex-tiende las manos, con las palmas hacia arriba, y ella advierte el rastro de tinta a lo largo de las líneas de sus palmas, manchando las espirales de sus dedos del mismo modo que solía hacer el car-bón con los suyos—. Es un buen trabajo.

Pero bajo sus palabras se aprecia un sonido más suave: el ru-gido de su estómago.

Addie casi había olvidado el tarro roto, la miel echada a per-der. Pero el resto del festín descansa a sus pies.

—¿Alguna vez has estado en Notre-Dame?

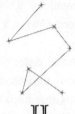

II
Nueva York
15 de marzo de 2014

Después de tantos años, Addie creía tener asumidas las peculiaridades del tiempo.

Creía haber hecho las paces con él, o haber encontrado una forma de coexistir; no es que fueran amigos íntimos, desde luego, pero al menos ya no eran enemigos.

Y sin embargo, el lapso de tiempo entre el jueves por la noche y el sábado por la tarde es implacable, pues cada segundo se sucede con el mismo sosiego con el que una anciana cuenta los centavos al comprar el pan. Ni una sola vez parece acelerarse, ni una sola vez pierde la noción de él. No parece que pueda emplearlo ni malgastarlo, ni siquiera perderlo. Los minutos se dilatan a su alrededor, en un océano de tiempo imbebible entre el ahora y el entonces, entre el ahora y la librería, entre ella y Henry.

Ha pasado las dos últimas noches cerca de Prospect Park, en un acogedor piso de dos dormitorios con una ventana salediza que pertenece a Gerard, un escritor de libros infantiles que conoció en invierno. Se acostó en una cama enorme, bajo una pila de mantas, con el suave e hipnótico ruido del radiador de fondo, y aun así fue incapaz de dormir. No pudo hacer otra cosa que no fuera contar los segundos y esperar, y desear haber quedado para el día siguiente, para así solo tener que soportar una jornada en lugar de dos.

Se las ha arreglado para sobrellevar el tiempo, pero ahora existe un presente y un futuro, ahora hay algo que la aguarda más allá, ahora se muere de ganas por ver la expresión del rostro de Henry, de oír su nombre en sus labios.

Addie permanece bajo la ducha hasta que se acaba el agua caliente, se seca el pelo y se lo peina de tres maneras diferentes; se sienta a la mesa de la cocina y lanza copos de cereales al aire, intentando recogerlos con la boca, mientras el reloj de la pared avanza lentamente de las 10:13 a. m. hasta las 10:14 a. m. Addie gime. Se supone que ha quedado con Henry a las 5:00 p. m., pero el tiempo se ralentiza un poco más con cada minuto que pasa, y ella cree que tal vez se vuelva loca.

Ha pasado mucho desde la última vez que se aburrió tanto, desde que sintió esa insoportable falta de concentración, y tarda toda la mañana en darse cuenta de que no está aburrida. Ni mucho menos.

Está *nerviosa*.

«Nerviosa», al igual que «mañana», es una palabra que se refiere a aquello que todavía no ha sucedido. Una palabra que pertenece al futuro, cuando durante tanto tiempo lo único que ha experimentado es el presente.

Addie no está acostumbrada a estar nerviosa.

No hay razón para estarlo cuando una está sola, cuando cualquier momento incómodo puede ser borrado gracias a una puerta cerrada o a un instante de separación, y cada encuentro es un nuevo comienzo. Borrón y cuenta nueva.

El reloj marca las 11:00 a. m. y ella decide que no puede quedarse en casa.

Barre los pocos trozos de cereal que han caído al suelo, vuelve a dejar el piso como lo encontró y se dirige a la calle, zambulléndose en la última hora de esa mañana de Brooklyn. Deambula entre las tiendas, desesperada por distraerse, y se agencia, una a una, las prendas de un nuevo atuendo, porque por una vez el que lleva puesto no le sirve. Es, después de todo, el mismo que ha llevado antes.

«Antes»… otra palabra que se ha deformado.

Addie escoge unos vaqueros claros, un par de bailarinas de seda negra y un top escotado, y se enfunda la chaqueta de cuero, aunque no combine con el resto. Sigue siendo la única prenda de la que es incapaz de desprenderse.

A diferencia del anillo, esta no volverá.

Addie deja que la emocionada dependienta de una tienda de maquillaje la siente en un taburete y se pase una hora aplicándole diferentes iluminadores, lápices de ojos y sombras. Cuando termina, el rostro reflejado en el espejo es atractivo, pero no encaja con ella: la sombra ahumada que le rodea los ojos enfría su cálida mirada marrón y su piel está demasiado lisa, ya que las siete pecas han quedado ocultas bajo una base de maquillaje mate.

La voz de Luc se alza como una neblina ante su reflejo.

Preferiría que fueran las nubes las que ocultaran las estrellas.

Addie envía a la chica en busca de un pintalabios color coral, y tras quedarse a solas, se limpia las nubes de las mejillas.

De algún modo, se las arregla para pasar las horas hasta las 4:00 p. m., pero ahora se encuentra delante de la librería, vibrando de esperanza y miedo. Así que se obliga a dar vueltas a la manzana, a contar los adoquines, a memorizar todos y cada uno de los escaparates de las tiendas hasta que llagan las 4:45 p. m. y es incapaz de soportarlo más.

Cuatro escalones. Una puerta abierta.

Y un único y sofocante miedo.

¿Y si…?

¿Y si han pasado demasiado tiempo separados?

¿Y si las grietas se han vuelto a cerrar, y la maldición se ha sellado a su alrededor una vez más?

¿Y si fue solo una casualidad? ¿Una broma cruel?

Y si y si y si…

Addie contiene la respiración, abre la puerta y entra.

Pero Henry no está allí, sino que hay alguien más detrás del mostrador.

Es la chica. La que el otro día estaba acurrucada en el sillón de cuero, la que llamó a Henry por su nombre cuando este salió corriendo para alcanzar a Addie en la calle. Ahora se apoya en la caja registradora mientras hojea un libro enorme lleno de fotos relucientes.

Es una chica que quita el aliento, arrebatadoramente guapa, con la piel oscura cubierta de hilos de plata y ataviada con un suéter que deja uno de sus hombros al descubierto. Levanta la mirada al oír el sonido de la campanilla de la puerta.

—¿Puedo ayudarte en algo?

Addie vacila, confundida cuando la embarga un vértigo lleno de anhelo y deseo.

—Espero que sí —contesta ella—. Estoy buscando a Henry.

La chica la mira fijamente, estudiándola.

Y entonces oye una voz familiar que proviene de la parte de atrás.

—Bea, ¿crees que esto parece...? —Henry aparece por la esquina, alisándose la camisa, y se detiene de golpe al ver a Addie. Durante un instante, una fracción de la fracción de un segundo, Addie piensa que todo ha acabado. Que él se ha olvidado de ella y vuelve a estar sola, y que el frágil hechizo del día anterior se ha desintegrado con la misma facilidad con la que alguien arranca un hilo suelto.

Pero entonces Henry sonríe y le dice:

—Llegas temprano.

Y el aire, la esperanza y la luz dejan a Addie mareada.

—Perdona —se disculpa, un poco sin aliento.

—No te preocupes. Veo que ya conoces a Beatrice. Bea, esta es Addie.

Le encanta el modo en que Henry pronuncia su nombre.

Luc solía blandirlo como un arma, igual que un cuchillo rozándole la piel, pero en la lengua de Henry tintinea como una campana, es un sonido ligero, brillante y encantador.

Addie. Addie. *Addie.*

—*Déjà vu* —dice Bea sacudiendo la cabeza—. ¿Alguna vez, al conocer a alguien por primera vez, has tenido la sensación de que ya has visto a esa persona antes?

Addie casi se ríe al oír eso.

—Sí.

—Ya he dado de comer a Novela —le dice Henry a Bea mientras se pone el abrigo—. Ni se te ocurra espolvorear más nébeda en la sección de terror.

Bea levanta las manos, y las pulseras de sus muñecas tintinean. Henry se vuelve hacia Addie con una sonrisa avergonzada.

—¿Estás lista?

A mitad de camino de la puerta, Bea chasquea los dedos.

—Barroco —dice—. O tal vez neoclásico.

Addie la mira confundida.

—¿Hablas de los períodos artísticos?

La otra chica asiente.

—Tengo la teoría de que cada rostro pertenece a uno de ellos. A una época. A un movimiento.

—Bea es estudiante de posgrado —interviene Henry—. Historia del arte, por si no te habías dado cuenta.

—El de Henry pertenece, sin lugar a dudas, al Romanticismo. El de nuestro amigo Robbie, al Posmodernismo, me refiero a la corriente vanguardista, claro, no a la minimalista. Pero tú… —Se lleva un dedo a los labios—. Tienes un aire atemporal.

—Deja de ligar con ella, que tenemos una cita —le dice Henry.

Cita. La palabra la hace estremecerse. Una cita es algo que se organiza, que se planea; no una oportunidad dejada al azar, sino un período de tiempo que se ha reservado en cierta ocasión para otro momento en el futuro.

—¡Que os divirtáis! —les desea Bea alegremente—. No volváis muy tarde.

Henry pone los ojos en blanco.

—Adiós, Bea —le dice, mientras sujeta la puerta.

—Me debes una —añade ella.

—Te proporciono acceso gratuito a los libros.

—¡Casi como una biblioteca!

—¡No es una biblioteca! —le grita él, y Addie sonríe mientras lo sigue hasta la calle. Es obvio que se trata de una broma privada, una pulla habitual que ambos comparten. A Addie la invade la nostalgia, y se pregunta qué se sentirá al conocer a alguien tan a fondo y ver que ese conocimiento se mueve en ambas direcciones. Se pregunta si ella y Henry podrían compartir una broma similar. Si es que llegan a conocerse el uno al otro lo suficiente.

La tarde es fría, y ambos caminan uno al lado del otro, no agarrados, sino rozándose con los codos, inclinándose un poco hacia el calor del otro. Addie se maravilla ante este chico que pasea a su lado, con la nariz enterrada en la bufanda que lleva alrededor de la garganta. Se maravilla al advertir una pequeña diferencia en su actitud, un cambio insignificante en la soltura con la que se mueve. Hace días, ella era una extraña para él, y ahora no lo es, y Henry la está conociendo al mismo ritmo que Addie lo conoce a él; no es más que el comienzo, y todo es nuevo, pero han avanzado un paso en el recorrido que separa lo desconocido de lo familiar. Un paso que nunca había podido dar con nadie más que con Luc.

Y sin embargo.

Aquí está ella, con este chico.

¿Quién eres?, piensa mientras las gafas de Henry se empañan por el vaho de su aliento. Él la sorprende mirándolo y le guiña un ojo.

—¿Adónde vamos? —pregunta ella cuando llegan a la boca del metro, y Henry la mira y esboza una sonrisa tímida y torcida.

—Es una sorpresa —responde él mientras descienden los escalones.

Toman la línea G y se bajan en Greenpoint, y retroceden media manzana hasta llegar a una tienda anodina con un cartel de «Lavandería» en la ventana. Henry sostiene la puerta, y Addie la atraviesa. Contempla las lavadoras a su alrededor, y repara en el zumbido del ciclo de aclarado, en el temblor de los tambores al centrifugar.

—Me has traído a una lavandería.

Pero los ojos de Henry brillan con picardía.

—Es una taberna clandestina.

Un recuerdo la asalta al oír la palabra, y de repente está en Chicago, hace casi un siglo, y el jazz flota como humo en el interior del bar clandestino. El ambiente está cargado por el aroma a ginebra y cigarrillos, el tintineo de los vasos y el aura de falso secretismo que envuelve al local. Se sientan bajo la vidriera de un ángel que levanta su copa, el champán le inunda la lengua y la oscuridad sonríe contra su piel y la arrastra hasta la pista de baile, y es el principio y el final de todo.

Addie se estremece y vuelve al presente. Henry mantiene abierta la puerta trasera de la lavandería y ella se prepara para encontrar al otro lado una habitación en penumbras, una visita obligada al pasado, pero es recibida, en cambio, por las luces de neón y el sonido electrónico de un juego arcade. En concreto, uno de *pinball*. Las máquinas recreativas llenan las paredes del local, apiñadas unas al lado de otras para dejar espacio a las mesas y taburetes y a la barra de madera.

Addie mira a su alrededor, desconcertada. No es una taberna clandestina en absoluto, no en el sentido estricto. Tan solo es un local oculto tras otro. Un palimpsesto al revés.

—¿Y bien? —le pregunta con una sonrisa tímida—. ¿Qué te parece?

Addie le devuelve la sonrisa, mareada de alivio.

—Me encanta.

—Muy bien —le dice él, sacándose una bolsa llena de monedas del bolsillo—. ¿Preparada para que te dé una paliza?

Es temprano, pero el local no está ni mucho menos vacío.

Henry la conduce a la esquina, donde ha colocado con orgullo una torre de monedas en un par de máquinas *vintage* para que nadie las ocupe. Addie contiene el aliento mientras introduce la primera moneda, y anticipa su inevitable tintineo al rodar de vuelta hacia el platito de la parte de abajo. Pero la máquina se la traga y el juego cobra vida, emitiendo una alegre cacofonía de color y sonido.

Addie deja escapar un suspiro que es una mezcla de placer y alivio.

Tal vez ella carezca de identidad, y el acto haya sido tan anónimo como un robo. Tal vez, pero en ese momento, le da igual.

Tira de la palanca y empieza a jugar.

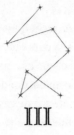

III

—¿Cómo es que se te da tan bien el *pinball*? —exige saber Henry mientras Addie acumula un punto tras otro.

No está segura. La verdad es que nunca antes ha jugado, y le ha costado un par de partidas acostumbrarse al juego, pero ya ha entendido cómo es.

—Aprendo rápido —dice justo antes de que la pelota se deslice entre sus palas.

«¡MÁXIMA PUNTUACIÓN!», anuncia el juego con una voz mecánica.

—Bien hecho —exclama Henry por encima del ruido—. Será mejor que anotes tu victoria.

La pantalla parpadea, a la espera de que ella introduzca su nombre. Addie vacila.

—Así —le explica Henry, enseñándole a seleccionar las letras dentro de la caja roja. Se hace a un lado, pero cuando ella lo intenta, el cursor permanece inmóvil. La luz parpadea sobre la letra «A», burlándose de ella.

—Da igual —dice Addie retrocediendo, pero Henry acude en su ayuda.

—Máquinas nuevas con los problemas de siempre. —Golpea la máquina con la cadera y la caja se queda fija alrededor de la letra «A»—. Ya está.

Se dispone a apartarse, pero Addie lo agarra del brazo.

—Pon mi nombre mientras voy a por la siguiente ronda.

Resulta más sencillo ahora que el local está abarrotado. Agarra un par de cervezas de uno de los extremos de la barra, y se abre paso a través de la multitud antes de que el camarero se haya dado la vuelta. Y al regresar con las bebidas en la mano, lo primero que ve son las letras, parpadeando en rojo brillante en la pantalla.

ADI.

—No sabía cómo deletrearlo.

Está mal escrito, pero ni siquiera importa, nada importa salvo esas tres letras, que resplandecen ante ella, casi como una huella, una firma.

—Cambiemos —dice Henry, apoyando las manos en las caderas de ella mientras la guía a su máquina—. A ver si puedo superar tu puntuación.

Ella aguanta la respiración y espera que nadie lo consiga nunca.

✳ ✦ ✕ ✴ ✕ ✦ ✦

Juegan hasta que se les acaban las monedas y la cerveza, hasta que el lugar se llena demasiado para su gusto, hasta que son incapaces de oírse el uno al otro por encima del ruido de los juegos y los gritos de los otros clientes, y entonces abandonan la oscura sala recreativa. Atraviesan la lavandería demasiado iluminada y salen a la calle, todavía burbujeantes de energía.

Ha oscurecido y el cielo sobre sus cabezas es una bóveda baja de nubes grises que auguran lluvia; Henry se mete las manos en los bolsillos y mira a un lado y al otro de la calle.

—¿Y ahora qué?

—¿Quieres que elija yo?

—Es una cita equitativa para ambos —dice, balanceándose sobre sus pies—. Yo me he encargado del primer capítulo. Ahora te toca a ti.

Addie emite un ruidito mirando a su alrededor, evocando una imagen mental del vecindario.

—Menos mal que he encontrado la cartera —dice palmeándose el bolsillo. No la ha encontrado, por supuesto, pero sí se hizo con unos cuantos billetes de veinte del cajón de la cocina del ilustrador antes de marcharse esa mañana. A juzgar por el reciente artículo que escribieron sobre él en *The Times* y la magnitud, según lo anunciado, de su último y suculento contrato editorial, Gerard no los echará de menos.

»Por aquí. —Addie comienza a caminar por la acera.

—¿Falta mucho? —le pregunta Henry quince minutos después, mientras siguen caminando.

—Menudo neoyorkino estás hecho —le toma el pelo ella.

Pero las zancadas de él son lo bastante largas como para igualar la velocidad de Addie, y cinco minutos después tuercen una esquina y ya han llegado. El Nitehawk ilumina la cada vez más oscurecida calle, las bombillas blancas trazan patrones en la fachada de ladrillo, y la palabra CINE resalta en luces rojas de neón en primera plana.

Addie ha estado en todos los cines de Brooklyn, tanto en los enormes multicines con sus asientos de estadio de deportes como en las maravillosas salas de cine independiente con sofás desgastados, ha sido testigo de cada amalgama de nuevos estrenos y nostalgia.

Y el Nitehawk es uno de sus favoritos.

Examina el tablón de los horarios, compra dos entradas para un pase de *Con la muerte en los talones*, ya que Henry dice que nunca la ha visto, y luego lo agarra de la mano y lo conduce por el pasillo al interior de la oscuridad.

Hay pequeñas mesas entre cada asiento con menús de plástico y hojas de papel para escribir el pedido. Nunca ha podido pedir nada, por supuesto, pues las marcas del lápiz se disuelven y el camarero se olvida de ella en cuanto la pierde de vista, de modo que se inclina para ver cómo Henry rellena la hoja, emocionada por el potencial que alberga un acto tan sencillo.

Los tráileres de las películas aparecen en pantalla al tiempo que los asientos se llenan a su alrededor y Henry le toma la mano, entrelazando sus dedos como los eslabones de una cadena. Ella lo mira, bañado en la tenue luz de la sala. Rizos negros. Pómulos altos. Y una boca sensual. Un destello de semejanza.

No es la primera vez que ve a Luc reflejado en un rostro humano.

—No me quitas ojo —susurra Henry bajo el sonido de los tráileres.

Addie parpadea.

—Lo siento. —Sacude la cabeza—. Te pareces a alguien que conocí.

—Espero que te gustara.

—En realidad, no. —Henry le lanza una mirada de ofensa fingida, y Addie casi suelta una carcajada—. Era algo más complicado.

—¿Amor, entonces?

Addie niega con la cabeza.

—No… —Pero lo dice de un modo más lento, menos enfático—. Pero era agradable a la vista.

Henry se ríe al tiempo que las luces se apagan y empieza la película.

Aparece otro camarero, que se acerca hasta ellos agachado, y Addie pesca las patatas fritas del plato una a una, sumergiéndose en la comodidad del cine. Vuelve la cabeza para comprobar si Henry está divirtiéndose, pero ni siquiera está mirando la pantalla. La expresión de su rostro, y toda la energía y luminosidad de hace una hora, se ha transformado en un rictus de tensión. Mueve una de sus rodillas de forma inquieta.

Ella se inclina hacia él y le susurra:

—¿No te gusta?

Henry le dedica una sonrisa vacía.

—No está mal —le contesta, removiéndose en su butaca—. Es un poco lenta.

«Es Hitchcock», quiere decirle ella, pero en cambio le susurra:

—Vale la pena, te lo prometo.

Henry se vuelve hacia Addie, con el ceño fruncido.

—¿Ya la has visto?

Claro que la ha visto.

Primero, en 1959, en un teatro de Los Ángeles, y luego en los años 70, en una sesión doble junto con la última película del director, *La trama*, y luego otra vez, hace unos años, en Greenwich Village, durante una retrospectiva. Hitchcock siempre encuentra la forma de ser resucitado, devuelto a las salas de proyección a intervalos regulares.

—Sí —le susurra ella—. Pero da igual.

Henry no dice nada, pero está claro que a él no le da igual. Vuelve a mover la rodilla con nerviosismo, y unos minutos después, se levanta de la butaca y se dirige al vestíbulo.

—Henry —lo llama ella, confundida—. ¿Qué pasa? ¿Algo va mal?

Ella lo alcanza al tiempo que él abre la puerta del cine y sale a la calle.

—Lo siento —murmura él—. Necesitaba tomar un poco el aire.

Pero es obvio que no se trata de eso. Ha empezado a caminar.

—Dime qué ocurre.

Henry aminora la marcha.

—Ojalá me lo hubieras contado.

—¿Contarte el qué?

—Que ya la habías visto.

—Pero tú no la habías visto —dice ella—. Y a mí no me importaba verla otra vez. Me gusta volver a ver las películas.

—Pues a mí no —le espeta, y luego dice abatido—: Lo siento.
—Sacude la cabeza—. Lo siento. No es culpa tuya. —Se pasa la

mano por el pelo—. Es solo que… —Vuelve a sacudir la cabeza y se da la vuelta para mirarla, y sus ojos verdes se ven vidriosos en la oscuridad—. ¿Alguna vez has sentido que se te agota el tiempo?

Addie parpadea, y de pronto viaja trescientos años atrás y está de nuevo de rodillas en el suelo del bosque, con las manos hundidas en la tierra musgosa mientras las campanas de la iglesia reverberan a su espalda.

—Y no me refiero a eso que dice la gente normalmente, ese dicho de «El tiempo vuela» —está diciendo Henry—. Sino a sentir que se esfuma como una estrella fugaz y tú intentas alcanzarlo, intentas aferrarte a él pero sigue alejándose de ti. Y cada segundo que pasa, el tiempo se agota un poco más y la atmósfera es más opresiva, y a veces cuando estoy sentado, empiezo a pensar en ello, y cuando eso ocurre, me falta el aire. Y tengo que levantarme y ponerme en marcha.

Tiene los brazos envueltos alrededor de sí mismo, con los dedos clavados en las costillas.

Ha pasado mucho tiempo desde que Addie experimentó esa sensación acuciante, pero la recuerda con todo detalle, recuerda el miedo, tan intenso que pensó que acabaría aplastada.

En un abrir y cerrar de ojos, media vida desaparece.

No quiero morir como he vivido.

No quiero nacer y ser enterrada en la misma parcela de diez metros.

Addie alarga la mano y le agarra el brazo.

—Venga —le dice, tirando de él—. Vámonos.

—¿Adónde? —le pregunta Henry, y Addie le sujeta la mano con fuerza.

—En busca de algo nuevo.

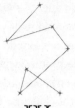

IV
París, Francia
29 de julio de 1724

Remy Laurent es risa embotellada en piel. Esta se derrama de su interior a cada paso.

Mientras se dirigen a Ile de la Cite, ladea el sombrero de Addie, se aferra al cuello de su abrigo, le rodea los hombros con el brazo e inclina la cabeza, como si quisiera susurrarle algún obsceno secreto. A Remy le deleita formar parte de su farsa y a ella, tener alguien con quien compartirla.

—Thomas, serás estúpido —se burla en voz alta cuando pasan al lado de un grupo de hombres.

»Thomas, serás sinvergüenza —grita mientras pasan por delante de un par de mujeres (chicas, en realidad, aunque envueltas en encajes rojos y andrajosos) en la boca de un callejón. Ellas se animan también a decirle cosas.

—Thomas —repiten, de forma burlona y dulce—. Ven a ser nuestro sinvergüenza, Thomas. Thomas, ven a divertirte.

Entran en la gran catedral, pegados a las sombras al tiempo que suben a la torre norte. Se detienen cuando llegan a la cima, con sus extremidades doloridas y sin aliento, tanto por la subida como por la vista que tienen. Remy deja su abrigo sobre la piedra y le hace un gesto a Addie para que se siente.

Se reparten la comida, y mientras comen, ella examina a su peculiar acompañante.

Remy es todo lo contrario a Luc. Su cabello es una corona de oro bruñido, y sus ojos poseen el tono azul del verano, pero la diferencia más importante se encuentra en su actitud: en la sonrisa genuina, en la risa alegre y la energía vibrante de la juventud. Si uno es la encarnación de la emocionante oscuridad, el otro personifica el resplandor del día, y si resulta que el chico no es tan guapo, bueno, eso se debe solo a que es humano.

Es *real*.

Remy la ve mirándolo fijamente y se ríe.

—¿Estás estudiándome para tu arte? Debo decir que has dominado la postura y los modales de un joven parisino.

Addie baja la mirada y se percata de que está sentada con una rodilla levantada, y el brazo colgando perezosamente de su pierna.

—Pero —agrega Remy— me temo que eres demasiado guapa, incluso en la oscuridad.

Se ha acercado a ella, agarrándola de la mano.

—¿Cómo te llamas de verdad? —le pregunta, y a Addie le encantaría poder decírselo. Lo intenta una y otra vez, pensando que quizá hoy los sonidos llegarán a su lengua. Pero su voz se atasca después de la «A», de modo que cambia de rumbo y dice:

—Anna.

—Anna —repite Remy, colocándole un mechón rebelde tras la oreja—. Te pega.

Adoptará un centenar de identidades a lo largo de los años, y en innumerables ocasiones oirá esas mismas palabras, hasta que empiece a reflexionar sobre la importancia de los nombres. La propia idea comenzará a perder su significado, del mismo modo que ocurre con una palabra cuando se pronuncia demasiadas veces, descomponiéndose en sonidos y sílabas sin sentido. La trillada frase le servirá de prueba de que los nombres carecen de importancia en realidad, incluso cuando anhela decir y oír el suyo.

—Dime, Anna —le pregunta Remy ahora—. ¿Quién *eres*?

Así que se lo cuenta. O al menos, lo intenta: vierte sobre él su extraño y sinuoso viaje, y luego cuando las palabras ni siquiera han llegado a sus oídos, comienza de nuevo, le cuenta otra versión de la verdad, una que bordea los límites de su historia, suavizando los ángulos más escarpados hasta transformarlos en algo más humano.

La historia de Anna es un pálido reflejo de la de Adeline.

Una chica que huye de la vida típica de una mujer.

Deja atrás todo lo que ha conocido y escapa a la ciudad, repudiada y sola, pero libre.

—Increíble —dice él—. ¿Y te marchaste sin más?

—No tuve más remedio —responde ella, y no es ninguna mentira—. Confiésalo, crees que estoy loca.

—Y tanto —dice Remy con una sonrisa juguetona—. Como una cabra. Pero también eres increíble. ¡Menuda valentía!

—No me pareció que estuviera siendo valiente —dice Addie, arrancando trozos de la corteza del pan—. Sino que no me quedaba otra opción, como si… —Las palabras se encallan en su garganta, pero no está segura de si es culpa de la maldición o del recuerdo—. Sentí como si fuera a morir allí.

Remy asiente pensativo.

—Los lugares pequeños dan lugar a vidas insignificantes. Y a algunas personas no les importa. Les gusta saber qué terreno pisan. Pero si solo caminas sobre los pasos de otras personas, nunca encontrarás tu propio camino. No serás capaz de dejar tu propia huella.

Addie nota una opresión en la garganta.

—¿Crees que la vida posee algún valor si uno no deja ninguna huella en el mundo?

La expresión de Remy se torna seria, y debe de advertir la tristeza de su voz porque dice:

—Creo que hay muchas maneras de ser importante. —Se saca el libro del bolsillo—. Aquí están escritas las palabras de un hombre: Voltaire. Pero no hay que olvidar las manos que prepararon las planchas. La tinta que las hizo legibles, el árbol del que se obtuvo el papel. Todo ello importa, aunque el mérito se lo lleve el nombre de la portada.

La ha malinterpretado, por supuesto, ha asumido que la pregunta era fruto de un temor diferente, más común. Aun así, son palabras valiosas, aunque pasarán años antes de que Addie descubra cuánto.

Permanecen en silencio, entonces, y la tranquilidad a su alrededor se impregna de sus pensamientos. El calor estival se ha aplacado, dando paso a una brisa apacible en los instantes más sombríos de la noche. El paso de las horas los envuelve como una sábana.

—Es tarde —le dice él cuando finalmente descienden y regresan a la calle—. Deja que te acompañe a casa.

Ella sacude la cabeza.

—No hace falta.

—Claro que sí —protesta Remy—. Puede que vayas disfrazada de hombre, pero yo sé la verdad, así que mi honor no me permitirá abandonarte. La oscuridad no es lugar para permanecer sola.

No sabe cuánta razón tiene. Se le encoge el pecho ante la idea de dejar atrás la continuidad de esta noche y la naturalidad que empieza a instalarse entre ellos; y aunque esa naturalidad es producto de las horas y no de los días o los meses, sigue siendo un vínculo, frágil y encantador.

—Muy bien —acepta ella, y la sonrisa que Remy esboza en respuesta no desprende más que alegría absoluta.

—Después de ti.

No tiene adónde llevarlo, pero se pone en marcha, en la vaga dirección de un lugar donde se quedó hace algunos meses. El pecho se le oprime un poco con cada paso, porque cada uno de ellos la acerca más al final de esto, de ambos. Y cuando tuercen la calle donde ella tiene ubicada su casa imaginaria y se detienen frente a su supuesto portal, Remy se inclina y la besa una vez en la mejilla. Incluso en la oscuridad puede verlo sonrojarse.

—Me gustaría volver a verte —le dice—, a plena luz del día o de noche. Como mujer, o como hombre. Por favor, deja que vuelva a verte.

Y a ella se le parte el corazón, porque, como no podría ser de otro modo, no disponen de un mañana, solo de esta noche, y Addie no está preparada para que el hilo se quiebre, para que la noche acabe, así que contesta:

—Deja que te acompañe a casa. —Y cuando él abre la boca para protestar, Addie insiste—: La oscuridad no es lugar para permanecer solo.

Él la mira a los ojos, y tal vez conozca el significado de sus palabras, o puede que sea tan reacio como ella a dejar esta noche atrás, porque le ofrece su brazo rápidamente y le dice: «Qué galante», y ambos vuelven a ponerse en marcha, aunque prorrumpen en risas cuando se percatan de que están volviendo sobre sus pasos, desandando lo andado. Y si el paseo hasta la casa imaginaria de Addie se llevó a cabo de manera relajada, la caminata hasta la de él es acuciante y está inundada de anticipación.

Cuando llegan a la pensión de Remy, no simulan despedirse. Él la conduce escaleras arriba, con sus dedos entrelazados con los de ella, tropezándose y sin aliento, y al llegar a su habitación alquilada, no se quedan en el umbral.

Addie nota una leve presión en el pecho ante la idea de lo que viene después.

El sexo nunca ha sido más que una molestia, una necesidad fruto de las circunstancias, una moneda de cambio, y hasta ahora, Addie ha estado dispuesta a pagar el precio. Incluso en estos momentos, está preparada para que él la arroje sobre la cama y le aparte las faldas. Está preparada para que el anhelo se desvanezca y quede sepultado por la tosquedad del acto.

Pero él no se abalanza sobre ella. Su actitud desprende apremio, sí, pero Remy lo mantiene tenso como una cuerda entre ellos. Extiende una mano con aplomo, le quita el sombrero de la cabeza, y lo coloca suavemente sobre la cómoda. Le desliza los dedos por la nuca y los enreda en su cabello al tiempo que sus bocas se encuentran y él deposita besos tímidos y curiosos en sus labios.

Por primera vez, ella no siente ninguna reticencia, ni temor, solo una especie de emoción nerviosa; la tensión que colma el aire está ligada a un hambre voraz.

Addie busca a tientas los cordones de sus pantalones, pero él mueve las manos de forma sosegada, deshaciendo las lazadas de su túnica, deslizando la prenda sobre su cabeza, desenrollando la muselina que envuelve sus pechos.

—Mejor que desabrochar un corsé —murmura mientras le besa la piel del cuello, y por primera vez desde esas noches en la cama de su casa en Villon, Addie siente cómo el calor se extiende por sus mejillas.

Remy la guía hacia la cama, y deposita besos a lo largo de su cuello y en la curva de sus pechos, antes de despojarse de sus pantalones y de su ropa interior y situarse sobre ella. Addie separa las piernas y contiene la respiración ante la primera embestida, y Remy se retira lo suficiente como para mirarla a los ojos y cerciorarse de que está bien; cuando ella asiente, él inclina la cabeza para besarla y solo entonces sigue adelante y se entierra en ella profundamente.

Addie arquea la espalda al tiempo que la presión se convierte en placer, en un arrebato profundo y ondulante. Sus cuerpos se funden y se mueven juntos, y ella desea poder borrar a esos otros hombres, esas otras noches, su aliento rancio, y su peso incómodo, las monótonas embestidas que terminaron con un repentino y abrupto espasmo antes de salir de su interior y apartarse de ella. A ellos solo les importaba hundirse en un cuerpo húmedo y cálido, y Addie no era más que un recipiente para su placer.

No puede borrar el recuerdo de esas otras noches, así que decide convertirse en un palimpsesto y dejar que Remy escriba sobre las otras líneas.

Así es cómo debería haber sido.

El nombre que Remy le susurra en el pelo no es el suyo, pero no importa. En este momento, puede ser Anna. Puede ser cualquiera.

La respiración de Remy se acelera a medida que su ritmo aumenta, a medida que se introduce más profundamente en su interior, y Addie nota cómo se le acelera el corazón a ella también, cómo su cuerpo se tensa alrededor de él, mientras el balanceo de sus caderas y el roce de sus rizos rubios sobre el rostro la llevan al borde del abismo. Se contrae más y más hasta que por fin estalla, y unos instantes después, él hace lo mismo.

Remy se desploma a su lado, pero no se aleja. Alarga la mano y le aparta un mechón de pelo de la mejilla, le besa la frente y se ríe; su risa es poco más que una sonrisa con sonido, pero hace que el calor la recorra de arriba abajo.

Él se recuesta contra la almohada y el sueño se apodera de ellos: el de él, pesado a consecuencia del clímax; el de ella, ligero y sosegado, pero libre de sueños.

Addie ya no sueña.

En realidad, lleva sin soñar desde aquella noche en el bosque. O si lo ha hecho, es lo único que nunca recuerda. Tal vez no haya espacio en su cabeza llena de recuerdos. Tal vez experimentar la vida solo de la manera en que ella lo hace sea otra faceta de su maldición. O tal vez se trate, de algún modo extraño, de una bendición, pues su reposo estaría plagado de pesadillas.

Pero ella permanece, feliz y abrigada, a su lado, y durante unas pocas horas casi es capaz de olvidar.

Remy se ha dado la vuelta mientras dormía, dejando al descubierto la esbelta amplitud de su espalda, y ella deja descansar su mano entre sus omóplatos y nota su respiración. Traza la pendiente de su columna vertebral con los dedos, estudiando sus contornos igual que él ha estudiado los suyos en plena pasión. El roce de su mano es tan ligero como el de una pluma, pero después de un momento, él se despierta y se da la vuelta hasta quedar cara a cara con ella.

Durante un breve instante, su rostro se muestra amplio, franco y cálido; es el mismo rostro que se inclinó hacia ella en la calle, que sonrió ante sus secretos compartidos en el café y rio a carcajadas mientras la acompañaba a casa, para acto seguido dirigirse a la de él.

Pero en el tiempo que tarda en espabilarse completamente, ese rostro se desvanece, al igual que sus recuerdos de ella. Una sombra se extiende por esos cálidos ojos azules y esa acogedora boca. Se sacude un poco y se levanta sobre un codo, turbado ante la visión de una desconocida en su cama.

Porque, naturalmente, ella ahora es una desconocida.

Por primera vez desde que se conocieron la noche anterior, frunce el ceño; luego balbucea un saludo y las palabras que le dirige son demasiado formales. Tiene el cuerpo rígido debido a la vergüenza, y a Addie se le parte un poco el corazón. Está intentando ser amable, pero ella es incapaz de soportarlo, de modo que se levanta y se viste lo más rápido que puede, de un modo totalmente opuesto a la parsimonia con la que él le quitó la ropa. No se molesta en abrocharse los cordones o las hebillas. No se vuelve hacia él de nuevo, no hasta que nota el calor de su mano en su hombro, casi como una caricia suave, y piensa, de forma desesperada y frenética, que tal vez —tal vez— haya una forma de recuperar su vínculo con él. Se da la vuelta, esperando toparse con su mirada, pero lo encuentra mirando hacia abajo, desviando los ojos, mientras presiona tres monedas contra la palma de su mano.

Y el frío lo invade todo.

El pago por sus servicios.

Pasarán muchos años antes de que aprenda a leer griego, y muchos más antes de que oiga el mito de Sísifo, pero cuando lo haga, asentirá con la cabeza en señal de comprensión, con las palmas doloridas de empujar el peso de las piedras ladera arriba, y el corazón apesadumbrado al verlas rodar hacia abajo otra vez.

En estos momentos, no hay ningún mito que pueda consolarla.

Solo este maravilloso chico que le da la espalda.

Solo Remy, que no hace amago de seguirla cuando ella se apresura a dirigirse a la puerta.

Algo le llama la atención, un conjunto de papeles doblados en el suelo. El libro del café. La última publicación de Voltaire. Addie no sabe qué la impulsa a recogerlo, tal vez solo quiere un recuerdo de su noche juntos, algo más que las terribles monedas de cobre que descansan en su mano, pero el texto, que estaba en el suelo hace un instante, tirado entre la ropa, se encuentra un momento después presionado contra su pecho, junto al resto de sus pertenencias.

Sus manos se han vuelto más ligeras, después de todo, y aunque se hubiera tratado de un robo torpe, Remy no se habría dado cuenta, sentado como está en la cama, con los ojos fijos en cualquier cosa que no sea ella.

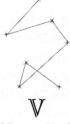

V

Nueva York
15 de marzo de 2014

Addie conduce a Henry por la calle hasta que tuercen en una esquina y llegan a una anodina puerta de acero con carteles antiguos. Hay un hombre haraganeando justo al lado que encadena un cigarrillo tras otro mientras contempla las fotos de su móvil.

—Júpiter —dice ella con seguridad, y el hombre se endereza y empuja la puerta, dejando al descubierto una estrecha plataforma y un tramo de escaleras que descienden hasta desaparecer.

—Bienvenidos al Cuarto Raíl.

Henry le lanza una mirada cautelosa, pero Addie lo agarra de la mano y tira de él. Henry se vuelve, echando la vista atrás mientras la puerta se cierra.

—El cuarto raíl no existe —dice él, y Addie le dedica una sonrisa.

—Exacto.

Esto es lo que le encanta de una ciudad como Nueva York. Está llena de salas ocultas, puertas infinitas que conducen a habitaciones infinitas, y si te sobra el tiempo, es posible dar con muchas de ellas. Ha encontrado unas cuantas por accidente, y otras durante el transcurso de alguna que otra aventura. Las mantiene escondidas, como trozos de papel entre las páginas de un libro.

Una escalera lleva a otra, la segunda es más ancha y está hecha de piedra. El techo se arquea sobre sus cabezas, el yeso se convierte en roca y luego en azulejo; la única iluminación del túnel proviene de una serie de faroles eléctricos, pero estos se encuentran lo bastante separados entre ellos como para apenas disipar la oscuridad. Son un rastro de migajas de pan que iluminan lo suficiente para ver por dónde van, razón por la cual Addie tiene el placer de ver la expresión de Henry cuando se da cuenta de dónde están.

El metro de la ciudad de Nueva York cuenta con casi quinientas estaciones activas, pero el número de túneles abandonados sigue siendo objeto de debate. Algunos de ellos están abiertos al público, y constituyen no solo un monumento al pasado sino también un guiño al futuro inacabado. Otros son poco más que vías cerradas, encajadas entre líneas en funcionamiento.

Y unos pocos son secretos.

—Addie… —murmura Henry, pero ella levanta un dedo e inclina la cabeza, atenta.

La música les llega como un eco, como una vibración lejana, y es, además de un sonido, también un sentimiento. Aumenta con cada paso descendente, y parece colmar el aire a su alrededor, primero como un zumbido, luego como una pulsación y, finalmente, como un latido.

Delante de ellos el túnel está tapiado y se encuentra señalizado solo por una flecha blanca que señala a la izquierda. A la vuelta de la esquina, la música se incrementa. Un callejón sin salida más, una vuelta más y…

El sonido los golpea.

Todo el túnel vibra con la fuerza del bajo y el eco de las cuerdas contra la piedra. Los focos parpadean en azul y blanco, y la luz estroboscópica reduce el local clandestino a fotogramas: una multitud retorciéndose, con los cuerpos saltando al ritmo de la música; un par de músicos empuñando guitarras eléctricas a juego en un escenario de hormigón; una hilera de camareros congelados mientras sirven las copas.

Las paredes del túnel están alicatadas con azulejos grises y blancos; franjas anchas que forman arcos por encima y se curvan de nuevo hacia abajo como si fueran costillas, como si estuvieran en el vientre de alguna enorme bestia olvidada, con el ritmo latiendo a través de su corazón.

El Cuarto Raíl es primitivo y embriagador. La clase de lugar que a Luc le encantaría.

Pero ¿esto? Esto le pertenece a ella. Addie descubrió el túnel por su cuenta. Se lo enseñó al músico reconvertido en mánager que buscaba un local. Más tarde aquella noche, incluso le sugirió el nombre, mientras hablaban con las cabezas inclinadas sobre una servilleta de papel. Las marcas de boli eran de él. La idea, de Addie. Está convencida de que el hombre se despertó a la mañana siguiente con resaca y los primeros esbozos del Cuarto Raíl en la cabeza. Seis meses después, vio al tipo frente a las puertas de acero. Vio una versión más pulida del logo que ambos habían diseñado, oculto bajo los carteles despegados y sintió el ya familiar estremecimiento que la embargaba cada vez que le susurraba una idea al mundo y la veía hacerse realidad.

Addie guía a Henry hacia la improvisada barra del bar.

Es sencillo, la pared del túnel se divide en tres secciones tras una amplia losa de piedra blancuzca que actúa como superficie donde servir las copas. Se puede elegir entre vodka, whisky o tequila, y un barman permanece delante de cada una de las opciones, esperando.

Addie se encarga de pedir por ambos. Dos vodkas.

La transacción se lleva a cabo en silencio, no tiene sentido intentar gritar por encima del muro de sonido. Un conjunto de dedos levantados en el aire, un billete de diez apoyado en la barra. El barman, un tipo negro y delgado que lleva sombra de ojos plateada, les sirve dos chupitos y extiende las manos como un crupier dejando los naipes sobre la mesa.

Henry levanta su vaso, al igual que Addie, y las bocas de ambos se mueven al unísono (a ella le parece que él brinda con un «chinchín» mientras ella responde con un «*salut*»), pero los sonidos quedan ahogados, y el tintineo de sus chupitos al chocar no es más que una vibración a través de sus dedos.

El vodka golpea el estómago de Addie como un fósforo, y el calor se extiende tras sus costillas.

Vuelven a dejar los vasos vacíos en la barra, y Addie ya se dispone a arrastrar a Henry hasta la masa de cuerpos junto al escenario cuando el tipo tras la barra extiende la mano y agarra la muñeca de Henry.

El barman sonríe, saca un tercer vaso y vuelve a servirles otro chupito. Se golpea el pecho con las manos en un gesto universal que significa «a esta invito yo».

Beben y el calor se propaga otra vez desde su pecho hasta sus extremidades; Henry la sujeta de la mano y la dirige hacia la multitud. Addie echa la vista atrás, ve al barman mirándolos, y una extraña sensación la envuelve, como los últimos vestigios de un sueño, y quiere decir algo, pero la música es atronadora y el vodka suaviza los límites de sus pensamientos hasta que estos se difuminan y ambos se internan en la multitud.

Puede que la primavera esté abriéndose paso sobre la superficie, pero allí abajo el ambiente, húmedo y pesado, es de finales de verano. La música es líquida y el aire resulta tan espeso como el almíbar a medida que se sumergen en la maraña de extremidades. El túnel está tapiado tras el escenario, lo que crea una atmósfera de reverberación, un lugar donde el sonido se pliega y retrocede, se multiplica, y cada nota se dispersa, debilitándose pero sin apagarse por completo. Los guitarristas tocan un complicado *riff* al unísono, incrementando el efecto de cámara de eco, agitando la marea de gente.

Y entonces una chica se convierte en el centro de todas las miradas.

Una aparición adolescente —un hada, diría Luc—, ataviada con un vestido negro de muñeca y botas militares. Lleva el pelo rubio platino recogido en dos moños, con las puntas de los mechones elevándose como una corona. El único toque de color lo brindan sus labios rojos y el arcoíris que se despliega como una máscara sobre sus ojos. El sonido de las guitarras se acelera, pues los dedos vuelan sobre las cuerdas. El aire se agita y el ritmo late a través de la piel, el músculo y el hueso.

Y la chica empieza a cantar.

Su voz asciende en un lamento que recuerda a los gritos de una *banshee*, si estos sonaran afinados. Las sílabas se agolpan unas con otras, las consonantes se difuminan y Addie se sorprende a sí misma inclinándose hacia el sonido, ansiosa por oír las palabras. Pero estas retroceden, se deslizan bajo el ritmo de la música y se pliegan en la salvaje energía del Cuarto Raíl.

Las guitarras tocan su hipnótico acompañamiento.

La cantante casi parece una marioneta movida por hilos.

Y Addie piensa que a Luc le encantaría, y se pregunta durante un instante si ha estado aquí abajo desde que ella encontró el lugar. Inhala como si pudiera captar el aroma de la oscuridad en el ambiente, como si fuera humo. Pero Addie se obliga a detenerse, lo aparta de su mente, y en su lugar deja espacio para el chico que se encuentra a su lado, brincando al ritmo de la música.

Henry, quien tiene la cabeza inclinada hacia atrás y las gafas grises empañadas mientras el sudor se desliza como lágrimas por sus mejillas. Durante un instante parece imposible e infinitamente triste, y ella recuerda el dolor que tiñó su voz al hablar de desperdiciar el tiempo.

Pero entonces la mira y sonríe, y la expresión de tristeza desaparece, como si no hubiera sido más que un efecto de la luz, y Addie se pregunta quién es y de dónde ha venido, convencida de que todo es demasiado bonito para ser verdad, aunque en este momento simplemente se alegra de que él esté allí con ella.

Addie cierra los ojos y se deja llevar por el ritmo de la música, y de pronto está en Berlín, en Ciudad de México y en Madrid, pero también aquí y ahora, con él.

Bailan hasta que les duelen las extremidades.

Hasta que el sudor les perla la piel y el aire se vuelve demasiado espeso.

Hasta que la música les da una tregua y otra conversación silenciosa brota entre ambos como una chispa.

Hasta que Henry vuelve a arrastrarla por donde vinieron, en dirección al túnel, dejando la barra atrás, a pesar de que el tránsito de personas fluye en una sola dirección, y las escaleras y la puerta de acero solo conducen al interior.

Hasta que ella ladea la cabeza hacia el otro lado, señalando un arco oscuro situado en la pared del túnel cercana al escenario, y lo conduce por unas estrechas escaleras, a medida que la música se desvanece con cada paso ascendente, y un ruido blanco invade sus oídos en su lugar.

Hasta que la fría noche de marzo los envuelve de nuevo, y llena sus pulmones de aire puro.

Y el primer sonido nítido que llega a los oídos de Addie es su risa.

Henry se vuelve hacia ella, con los ojos brillantes y las mejillas sonrojadas, más embriagado por la energía que desprende el Cuarto Raíl que por el tequila.

Aún sigue riéndose cuando la tormenta se desata.

Se oye el crujido de un trueno, y pocos segundos después, la lluvia se precipita hacia ellos. No se trata de una llovizna, ni tampoco de las escasas gotas de advertencia que caen antes de una lluvia constante, sino de la súbita tromba de agua de un chaparrón. La clase de lluvia que te golpea como un dique, que te empapa en segundos.

Addie deja escapar un grito ahogado ante el repentino impacto del agua fría.

Están a tres metros del toldo más cercano, pero ninguno de ellos corre para ponerse a cubierto.

Ella levanta la cabeza y sonríe bajo la lluvia, dejando que el agua le bese la piel.

Henry la mira y Addie le devuelve la mirada, y luego él extiende los brazos hacia la tormenta, a modo de bienvenida, mientras su pecho sube y baja agitado. El agua se aferra a sus pestañas negras y corre por su cara, elimina de su ropa todo rastro del local, y Addie se da cuenta de que, a pesar de los momentos en que ambos se parecen, Luc jamás ha tenido este aspecto.

Joven.

Humano.

Vivo.

Atrae a Henry hacia ella y se deleita con la presión de su cuerpo cálido, que contrarresta el frío del ambiente. Le pasa la mano por el pelo y por primera vez permanece hacia atrás, dejando al descubierto los afilados contornos de su rostro, los huecos hambrientos de su mandíbula y sus ojos, de un tono verde más intenso de lo que se los ha visto hasta ahora.

—Addie —suspira Henry, y el sonido hace que una descarga le recorra la piel, y cuando la besa, su boca sabe a sal y verano. Pero aquello se parece demasiado al punto final de la cita y Addie no está preparada para que la noche termine, de modo que le devuelve el beso, con más profundidad, convirtiendo el punto final en una pregunta, en una respuesta.

Y entonces echan a correr, no para resguardarse de la lluvia, sino para tomar el metro.

★ ✦ ✕ ✳ ✕ ✦ ✦

Entran en el apartamento de Henry a trompicones, con la ropa mojada pegándose a su piel.

Son una maraña de extremidades en el pasillo, incapaces de acercarse lo suficiente al otro. Addie le quita las gafas y las lanza a una silla cercana, y a continuación se despoja de su abrigo con dificultad, pues el cuero se le adhiere a la piel. Y luego vuelven a besarse. De forma desesperada, hambrienta y salvaje, mientras recorre las costillas de Henry con los dedos hasta engancharlos en la parte delantera de sus vaqueros.

—¿Estás segura? —pregunta Henry, y como respuesta ella acerca la boca de él a la suya, guía sus manos a los botones de su camisa mientras las de ella se dirigen a su cinturón. Él la presiona contra la pared y pronuncia su nombre, y este le recorre la piel como un relámpago, abrasando su interior y encendiendo el deseo entre sus piernas.

De pronto están en la cama, y durante un instante, solo uno, Addie se encuentra en otro lugar, en otra época, y la oscuridad se pliega a su alrededor, susurrando un nombre contra su piel desnuda.

Pero para él, ella era Adeline, solo Adeline. *Su* Adeline. *Mi Adeline.*

Aquí y ahora por fin es Addie.

—Dilo otra vez —le ruega ella.

—¿El qué? —murmura él.

—Mi nombre.

Henry sonríe.

—Addie —susurra contra su garganta.

»Addie. —Los besos le recorren el cuello.

»Addie. —El vientre.

»Addie. —Las caderas.

La boca de Henry se topa con el calor entre sus piernas y Addie enreda los dedos en sus rizos negros mientras arquea la espalda de placer. El tiempo se sacude y se desdibuja. Henry vuelve sobre sus pasos y la besa de nuevo, y entonces ella se coloca encima de él, presionándolo contra la cama.

Sus cuerpos no encajan a la perfección. No fue creado para ella como lo fue Luc, pero esto es mejor, porque Henry es real, amable y humano, y la *recuerda*.

Cuando acaban, ella se desploma sin aliento a su lado sobre las sábanas, y el sudor y la lluvia se enfrían en su piel. Henry la envuelve con sus brazos, la arrastra de nuevo hasta el cerco de su calidez, y ella nota cómo el corazón de él se ralentiza a través de sus costillas, como un metrónomo que vuelve a funcionar con normalidad.

La habitación se queda en silencio, interrumpido únicamente por la lluvia constante al otro lado de las ventanas, pues la pasión ha desembocado en una calma somnolienta, y poco después Addie advierte cómo Henry se sumerge en el mundo de los sueños.

Ella contempla el techo.

—No te olvides —le dice suavemente, y las palabras son mitad oración, mitad súplica.

Henry tensa los brazos a su alrededor, emergiendo de los sueños.

—¿De qué? —murmura, volviéndose a quedar dormido de inmediato.

Y Addie espera a que su respiración se estabilice antes de susurrar las palabras en la oscuridad.

—De mí.

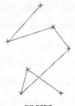

VI

París, Francia
29 de julio de 1724

Addie se adentra en la noche, limpiándose las lágrimas de las mejillas.

Se cierra la chaqueta a pesar del calor del verano, y se abre camino a solas a través de la ciudad durmiente. No se dirige a la casucha a la que ha llamado hogar estos meses, sino que deambula sin más, pues no puede soportar la idea de quedarse quieta.

De modo que camina.

Y en algún momento, se da cuenta de que ya no está sola. Hay un cambio en el aire, una brisa sutil que rezuma el olor frondoso de los bosques del campo, y de pronto él se encuentra a su lado, caminando junto a ella, paso a paso. Una elegante sombra, vestida a la última moda parisina, con el cuello y los puños ribeteados en seda.

Solo sus rizos negros ondean alrededor de su cara, salvajes y libres.

—Adeline, Adeline —dice Luc, con la voz teñida de deleite, y ella vuelve a estar en la cama con Remy, que le susurra «Anna, Anna» contra el pelo.

Han pasado cuatro años desde su última visita.

Cuatro años conteniendo la respiración, y aunque nunca lo admitirá, verlo es como subir a la superficie para tomar aire. Es una liberación terrible que se abre camino por su pecho. Por mucho que odie a esta sombra, a este dios, a este monstruo de carne robada, él sigue siendo el único que la recuerda.

Eso no hace que lo odie menos.

En todo caso, lo odia más.

—¿Dónde has estado? —espeta ella bruscamente.

Una mirada de satisfacción petulante brilla como la luz de las estrellas en sus ojos.

—¿Por qué? ¿Me has echado de menos? —Addie no confía en poder hablar sin perder los estribos—. Venga ya —insiste Luc—. No creerías que te lo iba a poner fácil.

—Han pasado cuatro años —dice Addie, haciendo una mueca por la rabia que destila su voz, ya que se parece demasiado al apremio.

—Cuatro años no son nada. Una bocanada de aire. Un pestañeo.

—Y aun así, has venido esta noche.

—Conozco lo que alberga tu corazón, cariño. Percibo cuando este vacila.

Remy cerrándole el puño sobre las monedas, el repentino peso de su tristeza, y la oscuridad, atraída por el dolor como un lobo a la sangre.

Luc contempla sus pantalones, atados bajo la rodilla, y la túnica de hombre, abierta a la altura de la garganta.

—Debo decir que me gustas más vestida de rojo —le dice.

El corazón se le acelera ante la mención de aquella noche de hace cuatro años, la primera vez que no apareció. Él saborea la visión de su sorpresa.

—Me viste.

—Soy la noche misma. Lo veo todo. —Se acerca a ella, portando el aroma de las tormentas de verano, el beso de las hojas del bosque—. Y te pusiste un vestido precioso para mí.

La vergüenza repta bajo su piel en forma de rubor, seguida por el ardor de su ira, al saber que la estaba mirando. Vio cómo su esperanza se consumía junto con las velas del alféizar, la vio desmoronarse sola en la oscuridad.

Addie lo odia, y deja que ese odio la envuelva como un abrigo, ciñéndoselo con firmeza mientras sonríe.

—Creías que me marchitaría sin tu atención. Pero no ha sido así.

La oscuridad deja escapar un murmullo.

—Solo han pasado cuatro años —reflexiona—. Tal vez la próxima vez tarde más tiempo en aparecer. O quizá… —Le roza la barbilla con la mano, volviéndole el rostro para que lo mire de frente—. No vuelva a visitarte y deje que vagues por la tierra hasta el fin de los tiempos.

Es un pensamiento escalofriante, pero Addie no permite que él vea lo mucho que le afecta.

—Si hicieras eso —dice con voz firme— jamás te entregaría mi alma.

Él se encoge de hombros.

—Tengo otras mil esperándome, y la tuya es solo una. —Ahora está más cerca de ella, demasiado cerca, trazándole la mandíbula con el pulgar mientras le desliza los dedos a lo largo de la parte posterior del cuello—. No me costaría nada olvidarte. Todos los demás ya lo han hecho. —Addie trata de apartarse, pero la mano de Luc es de piedra y la sostiene con fuerza—. Seré misericordioso. Será rápido. Di que sí, vamos —la insta—, antes de que cambie de opinión.

Durante un momento terrible no confía en su respuesta. El peso de las monedas en la palma de su mano todavía le resulta demasiado reciente, el dolor de la noche, desgarrador, y el triunfo danza como la luz en la mirada de Luc. Es suficiente para hacerla entrar en razón.

—No —contesta ella, pronunciando la palabra igual que un gruñido.

Y de pronto, como un regalo, un destello de ira surca su perfecto rostro.

Él deja caer la mano, su peso se desvanece como humo, y Addie se queda sola una vez más en la oscuridad.

✳ ✦ ✳ ✦ ✳ ✦ ✦

Llega un punto en que la noche se quiebra.

Cuando la oscuridad comienza por fin a atenuarse y a aflojar su dominio sobre el cielo. Es un proceso lento, tan lento que Addie no se percata hasta que la luz empieza a filtrarse, hasta que la luna y las estrellas se han desvanecido y el peso de la mirada de Luc abandona sus hombros.

Addie sube los escalones de Notre-Dame y se sienta en lo alto, con la basílica a sus espaldas y París a sus pies, y contempla cómo el 29 de julio se convierte en el 30, observa la salida del sol sobre la ciudad.

Casi se ha olvidado del libro que recogió del suelo de la habitación de Remy.

Lo ha agarrado con tanta fuerza que le duelen los dedos. Ahora, a la acuosa luz de la mañana, medita sobre el título, pronunciando en silencio las palabras. *La Place Royale*. Se trata de una novela, esa palabra nueva, aunque aún no lo sabe. Addie retira la cubierta e intenta leer la primera página, aunque solo consigue descifrar una frase antes de que las palabras se desmoronen en letras y las letras se emborronen, y tiene que reprimir el impulso de deshacerse del maldito libro, de arrojarlo por las escaleras.

En vez de eso, cierra los ojos, inspira profundamente y piensa en Remy, no en sus palabras, sino en la suave satisfacción de su voz cuando hablaba de la lectura, en el deleite que reflejaban sus ojos, la alegría, la esperanza.

Será un viaje agotador, lleno de comienzos y paréntesis e innumerables frustraciones.

Descifrar esta primera novela le llevará casi un año; un año que ocupará desentrañando cada línea, intentando dar sentido a una frase, luego a una página y más tarde a un capítulo. Y aun así, pasará una década antes de que pueda llevar a cabo el acto con naturalidad, antes de que la tarea en sí se disuelva, y ella sea capaz de encontrar el placer oculto de la historia.

Llevará tiempo, pero el tiempo es lo único que le sobra.

Así que abre los ojos y empieza de nuevo.

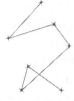

VII
Nueva York
16 de marzo de 2014

Addie se despierta con el olor de las tostadas al dorarse y el chisporroteo de la mantequilla en una sartén caliente. No hay nadie al otro lado de la cama y la puerta está entornada, pero puede oír a Henry trasteando en la cocina por debajo del suave murmullo de la radio. La habitación es fría y la cama, cálida; ella contiene la respiración e intenta conservar el momento, como ya ha hecho miles de veces, aferrándose al presente y ahuyentando el futuro, protegiéndose de la caída.

Pero hoy es diferente.

Porque alguien la recuerda.

Se quita las mantas de encima y explora el suelo del dormitorio en busca de su ropa, pero no hay ni rastro de los vaqueros ni de la camisa empapada por la lluvia; solo atisba su familiar chaqueta de cuero sobre una silla. Addie encuentra una bata debajo, se envuelve con ella y entierra la nariz en las solapas. Está gastada, es suave y desprende un olor a algodón limpio y a suavizante, con un ligero toque a champú de coco, un aroma que ella acabará asociando a Henry.

Entra descalza en la cocina, mientras Henry sirve el café de una cafetera francesa.

Él levanta la mirada y sonríe.

—Buenos días.

Dos pequeñas palabras que sacuden su mundo.

No dice «Lo siento». O «No me acuerdo». O «Debía de estar borracho».

Sino simplemente «Buenos días».

—He metido tu ropa en la secadora —le comenta—. No tardará. Elige una taza.

La mayoría de las personas tienen un estante para las tazas. Henry tiene una pared entera. Cuelgan de ganchos en un aparador. Algunas tienen dibujos y otras son lisas, y no hay dos iguales.

—Qué pocas tazas, ¿no?

Henry la mira de reojo. Su media sonrisa resulta curiosa. Es como la luz tras una cortina, como el contorno del sol tras las nubes, más una promesa que algo real, aunque el calor se filtra de todos modos.

—Era costumbre en mi familia —le explica él—. Cualquiera que viniera a tomar café podía elegir la taza que más le gustara ese día.

Su propia taza descansa en la encimera: es de color gris carbón y el interior está recubierto de algo que parece plata líquida. Una nube de tormenta y su membrana protectora. Addie examina la pared, tratando de decidirse. Alarga la mano hacia una gran taza de porcelana con hojitas azules, y la sopesa en la palma antes de ver otra que le gusta más. Se dispone a dejarla en su sitio cuando Henry la detiene.

—Me temo que la elección es definitiva —le explica, untando mantequilla en la tostada—. Tendrás que intentarlo de nuevo mañana.

Mañana. La palabra crece un poco en su pecho.

Henry sirve el café, y Addie apoya los codos en la encimera y envuelve la humeante taza con las manos, inhalando el aroma agridulce. Durante un segundo, solo uno, se encuentra en París, con el sombrero calado en un rincón de la cafetería mientras Remy empuja la taza hacia ella y le dice que beba. Así experimenta ella los recuerdos, el pasado se eleva hasta el presente, como un palimpsesto sostenido a la luz.

—Por cierto —le dice Henry, devolviéndola al ahora—. He encontrado esto en el suelo. ¿Es tuyo?

Addie levanta la mirada y ve el anillo de madera.

—No lo toques. —Se lo quita de la mano con demasiada rapidez. El interior del anillo le roza la punta del dedo, rueda alrededor de la uña como una moneda a punto de posarse, con la facilidad de una brújula para encontrar el norte.

»Mierda. —Addie se estremece y deja caer la sortija, que golpea el suelo y rueda varios metros antes de llegar al borde de una alfombra. Addie se agarra los dedos como si se hubiera quemado, con el corazón latiéndole con fuerza.

No se lo ha puesto.

Y aunque lo hubiera hecho… dirige la mirada a la ventana, pero es de día y la luz del sol atraviesa las cortinas. La oscuridad no vendrá a buscarla aquí.

—¿Qué ha pasado? —pregunta Henry, sin duda confundido.

—Nada —dice ella. Sacudiendo la mano—. Solo una astilla. Baratija ridícula. —Se arrodilla lentamente para recogerlo, asegurándose de tocar solo el exterior del anillo.

»Lo siento —le dice Addie, enderezándose. Deja el anillo en la encimera, apoyando las manos a cada lado. Bajo la luz artificial, la pálida madera se ve casi gris. Fulmina la sortija con la mirada.

»¿Alguna vez has tenido algo que adores y detestes al mismo tiempo, pero aun así no soportes la idea de deshacerte de ello? Algo que casi desearías perder, porque desaparecería, y no sería culpa tuya… —Intenta quitarle peso a sus palabras, trata de que suenen casi despreocupadas.

—Sí —contesta él en voz baja—. Esto. —Abre un cajón de la cocina y saca algo pequeño y dorado. La estrella de David. Un colgante sin cadena.

—¿Eres judío?

—Lo era. —Dos palabras, y no piensa decir nada más. Vuelve a dirigir su atención al anillo—. Parece antiguo.

—Lo es. —Exactamente tan antiguo como ella.

Ambos deberían haber desaparecido hace mucho.

Addie aprieta el anillo con la mano, y nota cómo el suave borde de madera se le clava en la palma.

—Pertenecía a mi padre —le explica, y no es ninguna mentira, aunque solo es el comienzo de la verdad. Cierra la mano alrededor del anillo y se lo guarda en el bolsillo. No pesa nada, pero ella es capaz de notar su presencia. Siempre la nota.

»En fin —dice ella, con una sonrisa demasiado radiante—. ¿Qué hay para desayunar?

✦ ✦ ✦ ✦ ✦ ✦ ✦

¿Cuántas veces ha soñado Addie con esto?

Con café caliente y tostadas con mantequilla, con la luz del sol filtrándose por las ventanas, con días nuevos que no conlleven un nuevo comienzo, con no experimentar el silencio incómodo propio de un desconocido, ya sea un chico o una chica, con unos codos apoyados frente a ella en la encimera, con la sencilla comodidad que acompaña a los recuerdos de la noche anterior.

—Te gusta mucho desayunar, ¿no? —le pregunta Henry, y ella cae en la cuenta de que está engullendo la comida.

—Es mi comida favorita del día —responde, pinchando un trozo de huevo.

Pero a medida que come, su esperanza comienza a menguar.

Addie no es idiota. Sea lo que sea esto, sabe que no durará.

Ha vivido demasiado como para considerarlo un suceso al azar, lleva maldita demasiado tiempo como para creer que es cosa del destino.

Ha empezado a preguntarse si es una trampa.

Una nueva forma de atormentarla. De salir del punto muerto en el que se encuentran, y volver a obligarla a jugar. Pero incluso después de todos estos años, la voz de Luc la envuelve, suave, grave y petulante.

Soy lo único que tienes. Lo único que tendrás jamás. El único que te recordará.

Luc no contaba con más recurso que aquel, el poder que le conferían sus atenciones hacia ella, y Addie no cree que se lo haya cedido a nadie más. Pero si no es una trampa, entonces, ¿qué es? ¿Un accidente? ¿Un golpe de suerte? Puede que se haya vuelto loca. No sería la primera vez. Puede que se haya congelado en la azotea del edificio de Sam y esté atrapada en un sueño.

Tal vez nada de esto sea real.

Y sin embargo, la mano que Henry posa sobre la suya, su suave aroma en la bata y el sonido de su nombre la traen de vuelta.

—¿En qué pensabas? —le pregunta, y Addie pincha otro bocado con el tenedor y lo sostiene entre ambos.

—Si solo pudieras comer una cosa durante el resto de tu vida —dice ella—, ¿qué escogerías?

—Chocolate —contesta Henry sin vacilar—. Ese que es tan puro que casi sabe amargo. ¿Y tú?

Addie sopesa la pregunta. Una vida es mucho tiempo.

—Queso —dice con seriedad; Henry asiente, y el silencio, más tímido que incómodo, se posa sobre ellos. Dejan escapar risitas nerviosas entre miradas furtivas, dos desconocidos que ya no lo son pero que apenas saben nada el uno del otro.

—Si pudieras vivir en un lugar con una sola estación, ¿cuál sería? —pregunta Henry.

—Primavera —responde Addie—, cuando todo empieza a florecer.

—Otoño —dice él—, cuando todo empieza a marchitarse.

Ambos han elegido períodos intermedios, costuras, líneas irregulares donde las cosas no están ni aquí ni allá, sino equilibradas en el borde. Y Addie reflexiona, casi para sí misma.

—¿Preferirías no sentir nada o sentirlo todo?

Una sombra cruza el rostro de Henry, que vacila y contempla primero su desayuno a medio terminar y luego el reloj de la pared.

—Mierda. Tengo que ir a la tienda. —Se endereza y deja caer su plato en el fregadero. La última pregunta queda sin respuesta.

—Debería irme a casa —dice Addie, levantándose también—. A cambiarme y trabajar un poco.

No hay ninguna casa, por supuesto, ni ropa ni trabajo. Pero está fingiendo ser una chica normal que lleva una vida normal y se acuesta con un chico que le desea los buenos días a la mañana siguiente en vez de preguntarle quién es.

Henry se termina el café de un trago.

—¿Qué haces para encontrar nuevos artistas? —le pregunta él, y Addie recuerda que le contó que era cazatalentos.

—Mantener los ojos abiertos —responde ella, rodeando la encimera.

Pero él le sujeta la mano.

—Quiero volver a verte.

—Y yo que me vuelvas a ver —repite ella.

—¿Sigues sin tener teléfono?

Ella asiente con la cabeza y él tamborilea con los dedos durante un momento, pensativo.

—Mañana habrá una feria gastronómica en Prospect Park. ¿Quedamos allí a las seis?

Addie sonríe.

—Suena bien. —Se cierra la bata—. ¿Te importa que me dé una ducha antes de marcharme?

Henry la besa.

—Para nada. Estás en tu casa.

Ella sonríe.

—Gracias.

Henry se va y la puerta de la calle se cierra tras él, pero por una vez el sonido no hace que a Addie se le revuelva el estómago. Es solo una puerta. No un punto final, sino tres puntos suspensivos. Un «continuará».

Se da una larga ducha de agua caliente, se envuelve en una toalla y deambula por el apartamento, fijándose en todas las cosas que no vio anoche.

El piso de Henry está desordenado del mismo modo que lo están muchos otros lugares de Nueva York, pues el espacio resulta demasiado reducido como para vivir y respirar. También está plagado con los restos de los hobbies que ha abandonado. Hay un armario de pinturas al óleo, donde los pinceles descansan tiesos y duros en el interior de una taza manchada. Cuadernos y diarios, vacíos en su mayoría. Unos cuantos bloques de madera y un cuchillo afilado, y en algún lugar, en el espacio descolorido que se halla junto a su memoria sin mácula, Addie oye a su padre tararear, de modo que sigue adelante y se aleja, deteniéndose solo cuando llega a las cámaras de fotos.

Una hilera de estos dispositivos la observan desde un estante, con sus lentes enormes, anchas y negras.

Vintage, piensa Addie, aunque la palabra nunca ha significado demasiado para ella. Vivió la época en la que las cámaras coronaban trípodes enormes y los fotógrafos se ocultaban bajo una pesada cortina. Presenció el paso del blanco y negro al color; fue testigo de cómo los fotogramas estáticos se convirtieron en vídeos, de cómo lo analógico dio paso a lo digital, permitiendo que historias enteras pudieran almacenarse en la palma de la mano.

Pasa los dedos por los armazones de las cámaras, que son como caparazones, y nota el polvo bajo las yemas. Pero hay fotografías por todas partes.

En las paredes, sobre las mesitas auxiliares y apoyadas en las esquinas, esperando a ser colgadas. Hay una de Beatrice en una galería de arte, y su silueta contrasta con la iluminada estancia del fondo. Una de Beatrice y Henry agarrados, con la mirada de ella levantada y la cabeza de él inclinada, ambos sorprendidos al comienzo de una carcajada. Una de un chico que Addie imagina que debe de ser Robbie. Bea tenía razón: parece salido de una fiesta en el *loft* de Andy Warhol. La multitud a su espalda es un borrón de cuerpos, pero la imagen de Robbie es nítida, y él está riéndose; la purpurina morada le recorre los pómulos mientras unas estelas verdes trazan la longitud de su nariz y la pintura dorada decora sus sienes.

Hay otra foto, en el pasillo. En esta, los tres están sentados en un sofá, Bea en medio, con las piernas de Robbie estiradas sobre su regazo, y Henry al otro lado, con la barbilla apoyada de forma perezosa en la mano.

Y al otro extremo del pasillo se encuentra la imagen opuesta. Un retrato familiar, donde la rigidez del posado contrasta con la naturalidad de los tres amigos. De nuevo, Henry está sentado en un extremo del sofá, aunque más erguido, y esta vez lo acompañan dos personas que son indudablemente su hermano y su hermana. La chica es un torbellino de rizos, y sus ojos danzan tras unas gafas con montura de ojos de gato; es la viva imagen de la madre, que tiene la mano apoyada en su hombro. El chico, más grande y serio, es una copia del padre, que se encuentra tras el sofá. Y el hijo más joven, con un aspecto esbelto y cauteloso, esboza una sonrisa que no le alcanza los ojos.

Henry le devuelve la mirada en las fotos donde aparece, pero Addie nota su presencia también en las demás, pues es evidente que las ha tomado él. Percibe al artista que aflora en las imágenes. Podría quedarse allí, examinando las fotos, intentando hallar en ellas la verdad que se oculta en el interior de Henry, el secreto, la respuesta a la pregunta que da vueltas y más vueltas en su cabeza.

Pero lo único que ve es a alguien triste, perdido, en busca de algo.

Dirige su atención a los libros.

Henry posee una colección ecléctica que se extiende por las superficies de todas las habitaciones. Una estantería en la salita de estar, y otra más estrecha en el pasillo, un montón de libros al lado de su cama, y otro en la mesita de café. Hay cómics apilados sobre un conjunto de libros de texto que llevan títulos como *Análisis de la Alianza* y *Teología judía para una época posmoderna*. Hay novelas y biografías, libros de bolsillo y de tapa dura mezclados, algunos viejos y desgastados y otros completamente nuevos. Los marcadores sobresalen de las páginas, señalando una decena de lecturas sin terminar.

Desliza los dedos por los lomos y los deja descansar sobre un grueso libro dorado. *La historia del mundo en 100 objetos*. Se pregunta si es posible reducir la vida de una persona, y no digamos de la civilización humana, a una lista de cosas; se pregunta si es siquiera una forma legítima de medir la valía de alguien: no por las vidas que cambia sino por los objetos que deja atrás. Intenta crear su propia lista. La historia de Addie LaRue.

El pájaro de su padre, que perdió entre los cadáveres de París.

La Place Royale, que robó de la habitación de Remy.

El anillo de madera.

Pero esos son los objetos han dejado una huella en ella. ¿Qué hay del legado de Addie? Su rostro aparece en un centenar de obras de arte. Y sus melodías moran en un centenar de canciones. Las ideas echan raíces y crecen de forma salvaje, pero las semillas pasan inadvertidas.

Addie continúa explorando el apartamento, y la simple curiosidad se transforma en una búsqueda más intencionada. Va tras la pista de algo, de cualquier cosa, que explique a Henry Strauss.

Un portátil reposa sobre una mesita de café. Arranca sin necesidad de introducir una contraseña, pero cuando Addie pasa el pulgar por el panel táctil, el cursor no se mueve. Toca unas cuantas teclas de forma despreocupada pero no pasa nada.

La tecnología cambia.

La maldición sigue siendo la misma.

Salvo que no es cierto.

No del todo.

De modo que va de habitación en habitación, en busca de pistas que la ayuden a resolver la pregunta para la que no parece tener respuesta.

¿Quién eres tú, Henry Strauss?

En el armario de las medicinas, un puñado de recetas con nombres atestados de consonantes cubren la repisa. Junto a ellas, hay un frasco de píldoras rosas sin más etiqueta que un *post it* con un paraguas diminuto dibujado a mano.

En el dormitorio encuentra otra estantería y una pila de cuadernos de varias formas y tamaños.

Examina las páginas, pero todos están en blanco.

Sobre el alféizar de la ventana hay otra foto, más antigua, de Henry y Robbie. En esta, ambos salen agarrados, y Robbie apoya su frente contra la sien de Henry. La pose destila intimidad: la forma en que Robbie tiene los ojos casi cerrados, la manera en que Henry acuna con la mano la parte posterior de su cabeza, como si lo estuviera sujetando o manteniéndolo cerca. La apacible curva que se dibuja en la boca de Robbie. Satisfecho. En casa.

Junto a la cama, un reloj pasado de moda descansa en la mesita de noche. No tiene minutero, y la hora señala que son pasadas las seis, a pesar de que el reloj de la pared marca las 9:32 a. m. Se lo lleva a la oreja, pero se le deben de haber acabado las pilas.

Y luego, en el cajón de arriba, encuentra un pañuelo manchado de sangre. Al recogerlo, un anillo cae de su interior. Un pequeño diamante engastado en una banda de platino. Addie contempla fijamente el anillo de compromiso y se pregunta para quién sería, se pregunta quién era Henry antes de conocerla, qué ocurrió para que sus caminos se cruzaran.

«¿Quién *eres*?», susurra en la habitación vacía.

Envuelve el anillo en el pañuelo manchado, lo devuelve a su sitio y cierra el cajón.

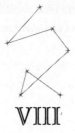

VIII

—Retiro lo dicho —dice ella—. Si solo pudiera comer una cosa durante el resto de mi vida, serían estas patatas fritas.

Henry se ríe y le birla algunas patatas del cono que tiene en la mano mientras hacen cola para comprar *gyros*. Los camiones de comida forman una colorida línea a lo largo de Flatbush, y hay una multitud de personas congregadas para comprar rollitos de langosta y queso a la parrilla, *banh mi* y kebabs. Incluso hay gente haciendo cola en el puesto de los sándwiches de helado, si bien el calor ha abandonado el aire de marzo y el ambiente augura una noche seca y fría. Addie se alegra de haberse llevado un sombrero y una bufanda, y de haber intercambiado sus bailarinas por botas altas, incluso mientras se recuesta en los cálidos brazos de Henry, pero este se percata del avance en la cola de los faláfeles y se dirige hacia allí para ponerse en la fila.

Addie lo ve acercarse a la ventanilla del mostrador y pedir, y se percata de cómo la mujer de mediana edad que atiende el camión se inclina hacia delante, con los codos en el mostrador; los observa hablar mientras Henry asiente de manera solemne. La cola se hace más larga detrás de él, pero la mujer no se da cuenta. No está sonriendo precisamente: en todo caso, parece al borde de las lágrimas, al tiempo que estira el brazo, agarra la mano de Henry y se la aprieta.

—¡Siguiente!

Addie parpadea, se coloca al principio de su cola y se gasta lo que le queda del dinero que ha robado en un *gyro* de langosta y un refresco de arándanos; y por primera vez en mucho tiempo, desea tener una tarjeta de crédito o poseer algo más que la ropa que lleva puesta y las monedas de su bolsillo. Desearía que las cosas no se le escurrieran de los dedos como la arena y poder conseguirlas sin tener que robarlas primero.

—Estás mirando el bocadillo como si te hubiera roto el corazón. —Addie levanta la mirada hasta Henry y sonríe.

—Es que tiene tan buena pinta que me he puesto a pensar en lo triste que me voy a poner cuando me lo acabe —responde ella.

Él suspira con un lamento fingido.

—Lo malo de la comida es que siempre se acaba.

Se llevan el botín a una ladera cubierta de hierba dentro del parque, un charco de luz que se atenúa con rapidez. Henry añade el faláfel y una ración de empanadillas al *gyro* y las patatas de Addie, y ambos comparten la comida, intercambiando bocados como si fueran las cartas de una partida de gin.

Henry alarga la mano para alcanzar el faláfel y Addie recuerda a la mujer de la ventanilla.

—¿Qué ha pasado antes? —pregunta ella—. La mujer que te ha atendido en el camión parecía a punto de echarse a llorar. ¿La conoces?

Henry niega con la cabeza.

—Me ha dicho que le recordaba a su hijo.

Addie se lo queda mirando. No cree que sea mentira, aunque tampoco que se trate de toda la verdad. Le está ocultando algo, pero Addie no sabe cómo preguntárselo. Pincha una empanadilla y se la mete en la boca.

La comida es una de las cosas que más le gustan de estar viva.

No la comida sin más, sino aquella que es deliciosa. Hay todo un abismo entre comer para subsistir y la satisfacción que provoca un bocado suculento, y aunque ha dedicado buena parte de estos trescientos años a alimentarse para acallar las punzadas de hambre, ha pasado los últimos cincuenta deleitándose con el descubrimiento de los sabores. La rutina se ha apoderado de una gran parte de la vida, pero la comida es como la música o el arte, está impregnada de la promesa de algo nuevo.

Addie se limpia la grasa de los dedos y se recuesta en la hierba junto a Henry, sintiéndose maravillosamente llena. Sabe que la sensación no durará. Es una plenitud idéntica a todo lo demás en su vida. Siempre se desvanece demasiado pronto. Pero aquí y ahora, Addie se encuentra… perfectamente.

Cierra los ojos y sonríe, y piensa que podría quedarse allí toda la noche, a pesar de que cada vez hace más frío, podría dejar que el crepúsculo diera paso a la oscuridad y acurrucarse junto a Henry con la esperanza de que se vieran las estrellas.

Un timbre agudo suena en el bolsillo del abrigo de Henry.

Henry contesta al teléfono.

—Hola, Bea —la saluda, y luego se sienta de golpe. Addie solo puede oír la mitad de la conversación, pero se imagina el resto—. No, claro que no se me ha olvidado. Lo sé, llego tarde, lo siento. Voy de camino. Sí, ya lo sé.

Henry cuelga y se cubre la cabeza con las manos.

—Bea daba hoy una cena y yo tenía que llevar el postre.

Echa la vista atrás, hacia los camiones de comida, como si alguno de ellos pudiera albergar la solución a su problema; levanta la mirada hacia el cielo, donde el atardecer se ha convertido en noche, se pasa las manos por el pelo y deja escapar, entre murmullos, un torrente de palabrotas. Pero no hay tiempo para que pueda regodearse en su autodesprecio, no cuando llega tarde.

—Venga —le dice Addie, ayudándolo a ponerse de pie—. Sé adónde podemos ir.

★ ✦ ✗ ✳ ✦ ✦ ✦

No hay ningún letrero que cuelgue de la mejor pastelería francesa de Brooklyn.

Coronada únicamente por un toldo de color amarillo mantequilla y con un estrecho ventanal de cristal situado entre dos amplias fachadas de ladrillo, pertenece a un hombre llamado Michel. Cada mañana antes del alba, llega y comienza la lenta elaboración de su artesanía culinaria. Pasteles de manzana, con las rodajas de la fruta cortadas tan finas como el papel; tartas ópera, con la parte superior espolvoreada con cacao, y *petit fours* recubiertos de mazapán y diminutas rosas de crema.

La tienda está cerrada, pero Addie atisba la silueta del dueño moviéndose en la cocina del fondo, por lo que golpea la puerta de cristal con los nudillos y espera.

—¿Estás segura de esto? —pregunta Henry mientras la figura se acerca hasta la puerta y la abre.

—Está cerrado —les dice con un marcado acento, pero Addie pasa del inglés al francés y le explica que es amiga de Delphine, y la expresión del dueño se suaviza ante la mención de su hija. El hombre se ablanda aún más al oír el sonido de su lengua materna, y Addie conoce el motivo. Sabe hablar alemán, tanto la variante estándar como la suiza, italiano y español, pero el francés es diferente, el francés es el pan de su madre al cocerse en el horno, las manos de su padre al tallar la madera, el francés son los murmullos de Estele en su jardín.

Hablar francés es como volver a casa.

—Haría cualquier cosa por Delphine —responde el hombre abriendo la puerta.

En el interior de la pequeña tienda, Nueva York se diluye y París ocupa su lugar, pues el sabor de la mantequilla y el azúcar todavía inunda el aire. Los expositores están casi vacíos y solo un puñado de las hermosas creaciones reposan en las baldas, tan brillantes y dispersas como las flores salvajes en un campo yermo.

Addie conoce a Delphine, aunque por supuesto la joven no la conoce a ella. También conoce a Michel, pues visita la pastelería del mismo modo en que alguien contempla de vez en cuando una fotografía, o desempolva un recuerdo.

Henry permanece apartado unos pasos mientras Addie y Michel conversan, ambos satisfechos con el breve respiro que les proporciona su lengua materna. El pastelero coloca cada uno de los pasteles sobrantes en una caja rosa y se la entrega a Addie. Y cuando ella se ofrece a pagar, preguntándose si podrá asumir el coste, Michel sacude la cabeza y le agradece que le haya permitido saborear un fragmento de su hogar. Ella le desea buenas noches y vuelve a la acera, y Henry la mira como si hubiera llevado a cabo un truco de magia, una extraña y maravillosa hazaña.

Henry tira de ella y la envuelve en un abrazo.

—Eres increíble —le dice, y ella se ruboriza, pues nunca antes había tenido público.

—Toma —le dice Addie, colocándole la caja de pasteles en las manos—. Disfruta de la cena.

La sonrisa de Henry se desmorona y su frente se arruga como una alfombra.

—¿Por qué no vienes conmigo?

Y ella no sabe cómo decirle que no puede, ya que es incapaz de explicarle el motivo, y antes estaba dispuesta a pasar la noche con él. Así que le dice «No debería» y él responde «Por favor», y ella sabe que es una idea terrible, que no puede ocultar el secreto de su maldición a tantas personas, sabe que no puede acaparar a Henry, que todo esto no es más que un juego y que se le acaba el tiempo.

Así es cómo se llega hasta el fin de los tiempos.

Así es cómo se vive para siempre.

Primero un día, y luego otro y otro, y te conformas con lo que tienes, saboreas cada segundo robado, te aferras a cada momento hasta que desaparece.

Así que le dice que sí.

$\times$ + $\times$ $\ast$ $\times$ + $\rightarrow$

Caminan agarrados del brazo, y el fresco de la noche se transforma en frío.

—¿Hay algo que deba saber? —pregunta Addie—. Sobre tus amigos, digo.

Henry frunce el ceño, pensativo.

—A ver, Robbie es actor. Es muy buena persona, pero puede ser un poquito... ¿difícil? —Deja escapar un fuerte suspiro—. Salimos juntos en la universidad. Fue el primer chico del que me enamoré.

—¿Y no funcionó?

Henry se ríe sin mucho humor.

—No. Me dejó. Pero, oye, fue hace años. Ahora solo somos amigos. —Sacude la cabeza, como si estuviera despejándose la mente—. Y ya conoces a Bea. Es fantástica. Está haciendo su doctorado y vive con un tipo llamado Josh.

—¿Salen juntos?

Henry resopla.

—No, Bea es lesbiana. Y él es gay... me parece. En realidad no lo sé con seguridad, siempre ha sido motivo de especulación. Y lo más probable es que Bea haya invitado también a Mel, o a Elsie, depende de con quién de las dos esté saliendo ahora, pasa de una a otra como un péndulo. Ah, y no le preguntes nada de la profesora. —Addie le lanza una mirada inquisitiva y él se explica—: Hace años, Bea se enrolló con una profesora de Columbia. Se enamoró de ella, pero la profesora estaba casada y todo acabó.

Addie repite los nombres para sí misma en voz baja y Henry sonríe.

—No es un examen —le dice él—. Todo irá bien.

Addie desearía que fuera verdad.

Henry se acerca un poco más a ella. Vacila, y deja escapar una exhalación.

—Hay algo más que deberías saber —dice por fin—. Sobre mí.

A Addie le da un vuelco el corazón mientras se prepara para oír su confesión, para que le cuente la verdad a regañadientes, algo que explique esto, la relación entre ambos. Pero Henry se limita a contemplar la noche sin estrellas y le dice:

—Había una chica.

Una chica. Eso no explica nada.

—Se llamaba Tabitha —le cuenta él, y ella advierte el dolor que tiñe cada sílaba. Piensa en el anillo que encontró en su cajón, en el pañuelo manchado de sangre que lo envolvía.

—¿Qué ocurrió?

—Le propuse matrimonio. Me dijo que no.

Dice la verdad, piensa ella, aunque no en su totalidad. Pero Addie ha empezado a percatarse de lo bien que se le da a Henry eludir las mentiras contando verdades a medias.

—Todos tenemos heridas de guerra —dice ella—. Personas que formaron parte de nuestras vidas en el pasado.

—¿Tú también? —pregunta él, y durante un momento, Addie se encuentra en Nueva Orleans, la habitación es un caos y esos ojos verdes se tornan negros de rabia al tiempo que el edificio comienza a arder.

—Sí —responde ella con suavidad. Y luego, tanteando cuidadosamente, añade—: Y todos tenemos secretos también.

Él la mira y ella ve lo que Henry se niega a decirle flotando en su mirada, pero Henry no es Luc, y el verde de sus ojos no revela nada.

Cuéntamelo, piensa ella. *Sea lo que sea.*

Pero no lo hace.

Llegan al edificio de Bea en silencio, la chica les abre el portal desde el interfono, y mientras suben las escaleras, Addie desvía sus cavilaciones a la fiesta y piensa que tal vez todo salga bien.

Tal vez la recuerden al final de la velada.

Tal vez, si él está con ella...

Tal vez...

Pero entonces la puerta se abre, y Bea se queda ahí plantada, con los guantes de cocina en las caderas; les llegan voces desde el interior del apartamento al tiempo que ella dice:

—Henry Strauss, llegas tardísimo. Más te vale que eso sea el postre.

Henry sujeta la caja de pasteles como si fuera un escudo, pero Bea se la quita de las manos y mira a Addie.

—¿Y esta quién es?

—Es Addie —responde él—. La conociste en la librería.

Bea pone los ojos en blanco.

—Henry, no tienes tantos amigos como para que nos confundas. Además —dice, dedicándole a Addie una sonrisa torcida—, me acordaría de una cara como la tuya. Tienes un aire... atemporal.

Henry arruga aún más el ceño.

—Ya os conocéis, y eso es exactamente lo que le dijiste. —Vuelve la mirada a Addie—. Tú te acuerdas de ella, ¿no?

Addie vacila, en medio de una encrucijada entre la verdad imposible y la mentira, que acude a sus labios con más facilidad, y empieza a sacudir la cabeza.

—Lo siento, no...

Pero la llegada de una chica con un vestido de verano amarillo hace que Addie se libre de tener que contestar. El atuendo de la chica supone todo un desafío al frío que se aloja al otro lado de las ventanas, y Henry le susurra al oído que se trata de Elsie. Esta le da un beso a Bea, le quita la caja de las manos y le dice que no encuentra el sacacorchos, y Josh aparece para encargarse de sus abrigos, y los hace pasar.

El apartamento es un *loft* reformado, y tiene uno de esos diseños de planta abierta donde el vestíbulo tropieza con la sala de estar y esta última con la cocina, por lo que la estancia entera carece, por suerte, de paredes y puertas.

El timbre vuelve a sonar, y segundos después aparece un chico que posee la intensidad de un cometa atravesando la atmósfera, con una botella de vino en una mano y una bufanda en la otra. Y aunque Addie solo lo ha visto en las fotos que cuelgan de las paredes de Henry, sabe inmediatamente que se trata de Robbie.

El chico recorre el pasillo de la entrada como una exhalación, le da un beso a Bea en la mejilla, saluda a Josh con la mano y abraza a Elsie, y luego se vuelve hacia Henry y repara en *ella*.

—¿Quién eres tú?

—No seas maleducado —le responde Henry—. Esta es Addie.

—La cita de Henry —agrega Bea, y Addie desearía que no hubiera dicho eso, porque las palabras le caen a Robbie como un jarro de agua fría, agriando su buen humor. Henry también debe de haberse dado cuenta porque la agarra de la mano y dice:

—Addie es cazatalentos.

—Vaya —dice Robbie, animándose un poco—. ¿De qué tipo?

—Arte. Música. De todo un poco.

Robbie arruga el ceño.

—¿No soléis especializaros en un área determinada?

Bea le da un codazo.

—Pórtate bien —le dice, alargando la mano hacia el vino.

—No sabía que había que traer acompañante —le dice Robbie, siguiéndola hasta la cocina.

Ella le da una palmadita en el hombro.

—Puedes tomar prestado a Josh.

La mesa de comedor se encuentra entre el sofá y la encimera de la cocina, y Bea pone un cubierto más mientras Henry abre las dos primeras botellas de vino, Robbie sirve las copas, Josh lleva la ensalada a la mesa, Elsie comprueba la lasaña en el horno y Addie procura no estorbar.

Está acostumbrada a ser el foco de atención o a que la ignoren. A ser el breve pero luminoso centro del universo de un desconocido. Pero esto es diferente. Es nuevo.

—Espero que tengáis hambre —dice Bea, colocando la lasaña y el pan de ajo en el centro de la mesa.

Henry hace una pequeña mueca al ver la pasta, y Addie casi se echa a reír, recordando el festín que se han dado antes junto a los puestos de comida. Ella siempre tiene hambre, y lo último que se ha llevado a la boca ahora no es más que un recuerdo, por lo que acepta su plato agradecida.

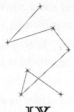

IX

París, Francia
29 de julio de 1751

La visión de una mujer sola supone todo un escándalo.

Y sin embargo, Addie ha llegado a deleitarse con los susurros. Se sienta en un banco en las *Tuileries*, con las faldas extendidas a su alrededor, y pasa con el pulgar las páginas de su libro, consciente de que los demás la miran. O mejor dicho, la contemplan fijamente. Pero ¿qué sentido tiene preocuparse? El hecho de que una mujer se siente sola al sol no constituye ningún *delito*, y no es como si los rumores fueran a extenderse más allá del parque. Puede que los transeúntes se sorprendan y reparen en lo insólito de la situación, pero se olvidarán de ella antes de tener la oportunidad de chismorrear.

Pasa la página, y deja que sus ojos viajen a través de las palabras impresas. Últimamente, Addie roba libros con la misma avidez que la comida, pues son una parte vital de su alimento diario. Y aunque prefiere las aventuras y evasiones de las novelas a la filosofía, este volumen en particular no es más que un accesorio, una llave diseñada para garantizarle el acceso a un lugar específico.

Ha planificado su presencia en el parque, sentándose en uno de los extremos del jardín que forma parte del recorrido que *Madame* Geoffrin tiende a preferir. Y cuando la mujer aparece deambulando por la calle, sabe exactamente qué hacer.

Pasa la página, fingiendo estar absorta en el libro.

Por el rabillo del ojo, Addie ve cómo la mujer se acerca; su criada camina un paso por detrás con los brazos repletos de flores, y ella se pone de pie, con la mirada todavía fija en el libro, se da la vuelta, y camina dos pasos antes de la inevitable colisión, asegurándose de no derribar a la mujer, sino simplemente sobresaltarla, al tiempo que deja caer el libro al suelo entre ellas.

—Serás insensata —le suelta *Madame* Geoffrin.

—Lo lamento mucho —dice Addie a su vez—. ¿Está herida?

—No —responde la mujer, desviando la mirada de su asaltante y bajándola al libro—. ¿Y qué es lo que te tiene tan distraída?

La criada recoge el libro del suelo y se lo entrega a su señora.

Geoffrin lee el título.

Pensées Philosophiques.

—Diderot —señala—. ¿Quién te ha enseñado a leer libros de este calibre?

—Mi padre.

—¿Él mismo? Eres afortunada.

—Fue un comienzo —responde Addie—, pero una mujer debe asumir la responsabilidad de su propia educación, pues ningún hombre se hará cargo realmente de ella.

—Muy cierto —opina Geoffrin.

Están siguiendo un guion, aunque la otra mujer no lo sabe. La mayoría de las personas solo disponen de una oportunidad para causar una primera buena impresión, pero por suerte, Addie ya ha dispuesto de varias.

La mujer de más edad frunce el ceño.

—Pero ¿estás en el parque sin una criada? ¿Sin acompañante? ¿No te preocupan los chismorreos de la gente?

Una sonrisa desafiante se dibuja en los labios de Addie.

—Supongo que valoro mi libertad por encima de mi reputación.

Madame Geoffrin deja escapar una breve risa, más sorprendida que divertida.

—Querida, existen maneras de rebelarte contra el sistema, y maneras de burlarlo. ¿Cómo te llamas?

—Marie Christine —contesta Addie—, La Trémoille —añade, deleitándose en la forma en que los ojos de la mujer se agrandan en respuesta. Ha pasado un mes aprendiéndose los apellidos de las familias nobles, dejando de lado los que podrían suscitar demasiadas preguntas, y estudiando su proximidad con París, y ha encontrado un árbol genealógico con las ramas lo bastante anchas como para que una prima pase desapercibida. Y por suerte, aunque la *salonnière* se enorgullece de conocer a todo el mundo, no puede conocerlos a todos por igual.

—La Trémoille. *Mais non!* —exclama *Madame* Geoffrin, pero sus palabras no desprenden incredulidad alguna, solo sorpresa—. Tendré que castigar a Charles por mantenerte en secreto.

—Hágalo —responde Addie con una sonrisa vergonzosa, sabiendo que eso no sucederá jamás—. Bueno, *madame* —continúa ella, extendiendo la mano para recuperar el libro—. Debería marcharme. No quisiera dañar su reputación también.

—Paparruchas —dice Geoffrin, y sus ojos brillan de placer—. Soy bastante inmune a los escándalos. —Le devuelve a Addie el libro, pero no es un gesto de despedida—. Debes venir a mi salón. Tu querido Diderot estará allí.

Addie vacila durante la más breve fracción de un segundo. La última vez que sus caminos se cruzaron cometió un error, cuando adoptó un aire de falsa humildad. Pero desde entonces ha aprendido que la *salonnière* prefiere a las mujeres que se mantienen firmes, por lo que esta vez sonríe encantada.

—Me encantaría.

—Magnífico —responde *Madame* Geoffrin—. Pásate dentro de una hora.

Y aquí, la trama de su artimaña debe ser impecable. Una puntada fuera de lugar y todo se desmoronará.

Addie se dirige una mirada a sí misma.

—Oh —dice ella, dejando que la decepción le recorra la cara—. Me temo que no tengo tiempo de ir a casa a cambiarme, y seguramente mi atuendo no resulte apropiado.

Contiene el aliento, esperando a que la otra mujer responda, y cuando lo hace, esta extiende el brazo.

—No sufras —la tranquiliza *Madame* Geoffrin—. Estoy segura de que mis doncellas encontrarán algo que puedas ponerte.

Atraviesan el parque juntas, con la criada a la zaga.

—¿Cómo es que nunca nos habíamos encontrado? Conozco a todas las personas dignas de mención.

—Yo no soy digna de mención —objeta Addie—. Y además, solo estoy de visita durante el verano.

—Tu acento parisino es impecable.

—Tiempo y práctica —responde ella, y es, naturalmente, cierto.

—Y, sin embargo, ¿sigues soltera?

Por cada jugada, una prueba más. En ocasiones anteriores, Addie ha estado viuda, y también casada, pero hoy ha decidido adoptar el rol de una mujer que no es apta para el matrimonio.

—Sí —contesta—. Confieso que no deseo tener dueño, y aún no he encontrado a nadie que sea mi igual.

Ese comentario le arranca una sonrisa a su anfitriona.

El interrogatorio se prolonga más allá del parque y hasta la calle Saint Honoré, cuando la mujer se retira finalmente para prepararse para la reunión en su salón.

Addie observa con cierto pesar cómo la *salonnière* se aleja.

A partir de aquí, debe apañárselas sola.

La criada la lleva arriba y extiende un vestido del armario más cercano sobre la cama. Está brocado en seda, es de corte recto y tiene una capa de encaje alrededor del cuello. No se trata de una prenda que ella escogería, pero es muy elegante. Addie ha visto cómo se bridan con hierbas los trozos de carne para meterlos en el horno, y le recuerdan a la moda francesa actual.

Addie se sienta frente a un espejo y se arregla el pelo mientras oye cómo las puertas se abren y cierran en el piso de abajo y la casa se agita con la llegada de los invitados. Debe esperar a que la reunión se encuentre en su máximo apogeo y las habitaciones estén lo bastante abarrotadas como para poder pasar desapercibida.

Se atusa el cabello por última vez y se alisa las faldas, y cuando el ruido proveniente del piso inferior se torna constante, con las voces de los invitados entremezclándose con el sonido de las copas, Addie desciende las escaleras y se dirige al salón principal.

La primera visita de Addie al salón fue fruto de la casualidad, no de la puesta en escena. Se sorprendió al hallar un lugar donde las mujeres tenían permitido hablar, o al menos escuchar, donde podía desplazarse por su cuenta sin que se la juzgase o tener que soportar actitudes condescendientes. Disfrutó de la comida, la bebida, la conversación y la compañía. Pudo fingir encontrarse entre amigos en vez de entre extraños.

Hasta que torció una esquina y vio a Remy Laurent.

Allí estaba él, encaramado en un taburete entre Voltaire y Rousseau, agitando las manos mientras hablaba, y con los dedos aún manchados de tinta gris.

Verlo fue como tropezarse, como engancharse las ropas en un clavo.

Un momento de turbación.

Los rasgos de su amante se habían vuelto más severos con la edad, y la diferencia entre los veintitrés y los cincuenta y uno se reflejaba en las arrugas de su rostro. Las horas de lectura habían fruncido su ceño y un par de gafas reposaban ahora sobre su nariz. Pero entonces uno de los temas de conversación encendió una chispa en su mirada y ella volvió a ver al chico que había sido, al joven apasionado que llegó a París en busca de esto, de mentes brillantes con ideas brillantes.

En esta ocasión no hay ni rastro de él.

Addie toma una copa de vino de una mesa baja y se desplaza de habitación en habitación como una sombra proyectada contra la pared, sin llamar la atención pero con soltura. Escucha, mantiene charlas agradables y se siente ella misma entre los pliegues de la historia. Conoce a un naturalista aficionado a la vida marina, y cuando ella le confiesa que nunca ha estado en el mar, él se pasa la siguiente media hora contándole cuentos de la vida de los crustáceos, y es una manera muy agradable de pasar la tarde, e incluso la noche... pues esta noche en concreto necesita tales distracciones más que nunca.

Han pasado seis años, pero ella no quiere pensar en ello, en él.

A medida que el sol se esconde, y el vino es sustituido por el oporto, Addie disfruta de una velada encantadora, gozando de la compañía de los científicos y los hombres de letras.

Debería haber sabido entonces que él lo echaría todo a perder.

Luc entra en la habitación como una ráfaga de viento frío, vestido en tonos grises y negros, desde sus botas hasta su corbata. La única nota de color la aportan sus ojos verdes.

Seis años, y alivio no es la palabra adecuada para describir los sentimientos de Addie al verlo, pero es la que más se le acerca. La sensación de librarse de un peso, de soltar el aire que estaba aguantándose, de un suspiro de tranquilidad. No le produce ningún placer más allá de la simple liberación física; el sosiego que le provoca el intercambio de lo desconocido por la certeza de lo familiar.

Lo estaba esperando, y ahora la espera ha terminado.

Está preparada para enfrentarse a los problemas, al dolor.

—*Monsieur* Lebois —dice *Madame* Geoffrin, saludando a su invitado, y Addie se pregunta por un momento si el cruce de sus caminos es solo una coincidencia, si a la sombra le complacen tales reuniones y las mentes que florecen en ellas, a pesar de que los hombres que acuden a los salones veneran el progreso por encima de los dioses. Y de inmediato, la atención de Luc se centra de lleno en ella, y una luz tenue y amenazadora baña su rostro.

—*Madame* —dice él en una voz lo bastante alta como para que se oiga por toda la estancia—, me temo que ha abierto sus puertas demasiado.

Addie nota un nudo en el estómago, y *Madame* Geoffrin se retira un poco, pues la conversación del salón parece haber decaído.

—¿A qué se refiere?

Addie trata de retroceder, pero el salón está atestado de gente y la aglomeración de sillas y piernas le dificultan la huida.

—Esa mujer de ahí. —Las cabezas comienzan a volverse en dirección a Addie—. ¿La conoce? —*Madame* Geoffrin no la conoce, desde luego, ya no, pero posee una educación demasiado refinada como para reconocer tal error.

—Mi salón está abierto a muchas personas, *Monsieur*.

—En esta ocasión ha sido demasiado generosa —dice Luc—. Esa mujer es una estafadora y una ladrona. Una criatura verdaderamente miserable. Fíjese. —Hace un gesto en su dirección—. Incluso lleva uno de sus vestidos. Será mejor que le revise los bolsillos y se asegure de que no le ha robado nada más que una de las prendas de su guardarropa.

Y así sin más, Luc se ha adueñado de la partida.

Addie comienza a dirigirse a la puerta, pero hay varios hombres rodeándola.

—Deténganla —anuncia Geoffrin, y a Addie no le queda más remedio que dejar todo aquello atrás y echar a correr; abrirse paso a empujones y abandonar el salón para adentrarse en la noche.

Nadie va tras ella, por supuesto.

Excepto Luc.

La oscuridad le pisa los talones, riéndose suavemente.

Ella se da la vuelta y se encara con él.

—Creía que tenías cosas mejores que hacer que atormentarme.

—Y sin embargo dicha tarea me entretiene sobremanera.

Ella sacude la cabeza.

—Esto no es nada. Me has estropeado un momento, has echado a perder una noche, pero gracias a mi don, podré disfrutar de un millón más; tengo posibilidades infinitas de reinventarme. Podría volver ahí dentro y tus desaires habrían quedado tan olvidados como mi rostro.

La malicia resplandece en sus ojos verdes.

—Te darás cuenta de que mis palabras no se desvanecen con tanta rapidez como las tuyas. —Se encoge de hombros—. No se acordarán de ti, por supuesto. Pero las ideas son mucho más indómitas que los recuerdos, y arraigan con más rapidez.

Pasarán cincuenta años antes de que Addie se dé cuenta de que tiene razón.

Las ideas son más indómitas que los recuerdos.

Y ella también puede sembrarlas.

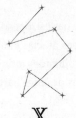

X
Nueva York
16 de marzo de 2014

Esta noche rezuma magia.

Y un gesto sencillo puede albergar un deleite provocador.

Addie se pasa la primera hora conteniendo la respiración, preparándose para la catástrofe, pero en algún momento entre la ensalada y el plato principal, entre la primera copa de vino y la segunda, deja escapar el aire. Sentada entre Henry y Elsie, entre la calidez y la risa, casi es capaz de creer que todo es real, que su lugar está allí, que es una chica normal que ha acompañado a un chico normal a una cena normal. Habla con Bea de arte, con Josh de París y con Elsie de vino; Henry le acaricia la rodilla por debajo de la mesa, y todo se le antoja maravillosamente simple y cálido.

Solo Robbie parece disgustado, a pesar de que Josh se ha pasado la velada intentando flirtear con él. Se remueve en su asiento, deseoso de ser el centro de atención, como todo buen actor. Bebe demasiado y muy rápido, y es incapaz de permanecer quieto más que unos pocos minutos. Posee la misma energía desenfrenada que Addie ha visto en Henry, aunque esta noche, este último parece encontrarse perfectamente a gusto.

Elsie se levanta para ir al baño en una ocasión, y Addie piensa que todo se irá al garete, que esa será la ficha de dominó que haga caer al resto. Y, efectivamente, cuando Elsie vuelve a la mesa, Addie advierte el gesto de confusión de la otra chica, pero es la típica expresión de vergüenza que uno oculta en lugar de mostrársela a los demás, así que no dice nada, sino que se limita a sacudir la cabeza, como intentando aclararse la mente, y sonríe, y Addie sospecha que está preguntándose si ha bebido demasiado, se la imagina llevándose a Bea aparte antes de que se sirvan los postres y susurrándole que es incapaz de acordarse de su nombre.

Mientras tanto, Robbie y la anfitriona mantienen una profunda conversación.

—Bea —se queja—. ¿Por qué no podemos...?

—Mi cena, mis reglas. Por tu cumpleaños fuimos a un club de *swingers* en Bushwick.

Robbie pone los ojos en blanco.

—Era una sala de conciertos con temática exhibicionista.

—Era un club de *swingers* —dicen Henry y Bea a la vez.

—Un momento. —Addie se inclina hacia delante en su asiento—. ¿Es tu cumpleaños?

—No —responde Bea con énfasis.

—Beatrice odia los cumpleaños —le explica Henry—. Se niega a decirnos cuándo es el suyo. Lo máximo que hemos conseguido sonsacarle es que es en abril. O en marzo. O en mayo. Así que podría decirse que cualquier cena que celebremos en primavera es la más cercana a su cumpleaños.

Bea toma un sorbo de vino y se encoge de hombros.

—No les encuentro el sentido. Es un día cualquiera. ¿Qué necesidad hay de convertirlo en un acontecimiento tan importante?

—Poder recibir regalos, obviamente —contesta Robbie.

—Ya lo entiendo —dice Addie—. Los mejores días siempre son aquellos que no se planean.

Robbie le lanza una mirada furiosa.

—¿Cómo has dicho que te llamabas? ¿Andy?

Addie se dispone a corregirlo, pero las letras se le atascan en la garganta. La maldición se enrosca con fuerza alrededor de la palabra, estrangulándola.

—Es Addie —dice Henry—. Y estás comportándote como un imbécil.

Una sensación de nerviosismo se instala en la mesa y Elsie, con el evidente objetivo de calmar los ánimos, prueba uno de los pastelitos y dice:

—El postre está increíble, Henry.

Y él le contesta:

—Ha sido cosa de Addie.

Ese comentario es la gota que colma el vaso y hace que Robbie pierda los estribos. Se levanta de la mesa soltando un bufido.

—Necesito fumarme un cigarro.

—Aquí no —le dice Bea—. Vete a la azotea.

Y Addie sabe que en cuanto la puerta se cierre de un golpe, esta magnífica noche habrá llegado a su fin, porque es incapaz de detenerlos, y una vez la pierdan de vista...

Josh se pone en pie.

—A mí también me vendría bien uno.

—Solo intentas escaparte para no lavar los platos —le dice Bea, pero los dos se dirigen ya a la puerta, apartándola de su vista y de sus recuerdos; y Addie se da cuenta de que ha llegado su medianoche, de que la magia se le ha agotado y vuelve a ser una calabaza.

—Debería marcharme —comenta.

Bea trata de convencerla para que se quede, le dice que no deje que los comentarios de Robbie le afecten, y Addie le contesta que no es culpa suya, que ha sido un día largo, y le agradece la deliciosa comida y la compañía; y lo cierto es que ha tenido suerte de poder llegar hasta aquí y disfrutar de estas horas, de esta noche, de este pequeño atisbo de normalidad.

—Espera, Addie —le dice Henry, pero ella lo besa con rapidez y se escabulle del apartamento, baja las escaleras y se adentra en la oscuridad.

Addie suspira y aminora el paso, con los pulmones doloridos por el frío repentino. Y a pesar de las puertas y paredes que los separan, es capaz de sentir el peso de lo que ha dejado atrás y desea poder haberse quedado, desea poder haberle contestado a Henry «Ven conmigo», pero sabe que no es justo hacerlo elegir. Henry está lleno de raíces, mientras que ella solo tiene ramas.

Y entonces oye unos pasos a su espalda y se detiene; se estremece, incluso ahora, después de tantos años, esperando toparse con Luc.

Luc, quien siempre percibía su fragilidad emocional.

Pero no es la oscuridad la que se acerca a ella, sino un chico con las gafas empañadas y el abrigo abierto.

—Te has marchado muy rápido —le dice Henry.

—Pero me has alcanzado —contesta Addie.

Y quizá debería sentirse culpable, pero solo está agradecida.

Se le da bien perder cosas.

Pero Henry sigue aquí.

—A veces los amigos no dan más que quebraderos de cabeza, ¿no crees?

—Sí —contesta ella, aunque no tiene ni idea.

—Lo siento —se disculpa Henry, dirigiendo un gesto con la cabeza al edificio—. No sé qué le ha pasado.

Pero Addie sí lo sabe.

Si vives lo suficiente, la gente se abre a ti como un libro. Robbie es una novela romántica. La historia de un corazón roto. Es obvio que está enamorado.

—Me habías dicho que solo erais amigos.

—Y así es —insiste él—. Lo quiero como a alguien de mi familia, y siempre será así. Pero no… Nunca…

Piensa en la foto que vio en su casa, en la cabeza inclinada de Robbie contra la mejilla de Henry, piensa en la expresión de su rostro cuando Bea le dijo que Addie era su cita, y se pregunta cómo es que él no se da cuenta.

—Sigue enamorado de ti.

Henry esboza un gesto apesadumbrado.

—Ya lo sé —le dice—. Pero no puedo corresponder sus sentimientos.

Ha dicho que no puede. No que no quiera. O que no deba.

Addie mira a Henry a los ojos.

—¿Hay algo más que quieras contarme?

Addie no sabe qué espera que diga, qué verdad podría expli-
car su presencia permanente, pero durante un segundo, cuando
Henry le devuelve la mirada, su rostro deja entrever una breve y
turbadora tristeza.

Pero entonces la acerca a él, suelta un gemido y dice con voz
de derrota:

—Voy a reventar.

Y Addie no puede evitar reírse.

Hace demasiado frío para quedarse allí de pie, así que pasean
juntos a través de la oscuridad, y ella ni siquiera se percata de que
han llegado a su casa hasta que ve la puerta azul. Está tan cansada
y la piel de Henry desprende tanta calidez, que Addie no quiere
marcharse y él no le pide que se vaya.

XI
Nueva York
17 de marzo de 2014

Addie se ha despertado de cien maneras distintas.

Con la escarcha formándose en su piel, y bajo un sol tan abrasador que debería haberla achicharrado. En lugares vacíos y en los que deberían haberlo estado. Con los estallidos de la guerra a su alrededor, y el océano meciéndose contra el casco de su barco. Con el sonido de las sirenas, el ruido de la ciudad, y el silencio, y una vez, con una serpiente enroscada en la cabeza.

Pero Henry Strauss la despierta con besos.

Los siembra uno a uno, como bulbos de flor, y los deja brotar en su piel. Addie sonríe, rueda contra él y se envuelve en su cuerpo con sus brazos, como si fueran una capa.

La oscuridad le susurra en el interior de su cabeza: *Sin mí siempre estarás sola.*

Pero en su lugar, ella oye los latidos de Henry y el suave murmullo de su voz en su pelo cuando le pregunta si tiene hambre.

Es tarde y debería estar en el trabajo, pero él le dice que La Última Palabra cierra los lunes. No sabe que ella recuerda el pequeño cartel de madera y el horario que aparece junto a cada uno de los días de la semana. La librería solo cierra los jueves.

Pero Addie no le lleva la contraria.

Se visten y bajan a la tienda de la esquina, donde Henry compra panecillos de huevo y queso en el mostrador, mientras Addie se dirige a los estantes en busca de zumo.

Y es entonces cuando oye la campana de la puerta.

Es entonces cuando ve una cabellera rojiza y un rostro familiar al tiempo que Robbie entra en la tienda. Es entonces cuando le da un vuelco el corazón, como ocurre cuando alguien se tropieza y pierde el equilibrio.

A Addie se le da bien perder cosas...

Pero no está preparada.

Y quiere detener el tiempo, esconderse, desaparecer.

Pero por una vez, no puede. Robbie ve a Henry, y Henry la ve a ella, y los tres se hallan en un triángulo de calles de un solo sentido. Se sumen en una pantomima de recuerdos, vacío y de muy mala suerte mientras Henry le rodea la cintura con el brazo y Robbie le lanza una mirada gélida y pregunta:

—¿Quién es esta?

—No tiene gracia —le dice Henry—. ¿Sigues borracho?

Robbie retrocede un poco, indignado.

—¿Que si... qué? No. Es la primera vez que veo a esta chica. No me habías contado que habías conocido a alguien.

Es como ver un accidente de tráfico a cámara lenta, y Addie sabía que sucedería: una inevitable colisión de personas, lugares, tiempo y circunstancias.

La existencia de Henry es imposible; Henry es un oasis extraño y maravilloso. Pero también es humano, y los humanos tienen amigos y familia, y un millar de hilos que los atan a otras personas. A diferencia de ella, él siempre ha estado vinculado a los demás, nunca ha existido en el interior de un vacío.

De modo que era inevitable.

Pero sigue sin estar preparada.

—Joder, Rob, si la conociste ayer.

—Estoy bastante seguro de que me acordaría. —Los ojos de Robbie se oscurecen—. Pero bueno, últimamente, es difícil llevar la cuenta.

La distancia entre ellos se reduce después de que Henry se abalance contra él con el puño en alto, pero Addie es más rápida: le sujeta la mano y tira de él hacia atrás.

—Henry, basta.

Los había mantenido a todos en un frasco precioso. Pero ahora el cristal se resquebraja. Y el agua comienza a filtrarse.

Robbie mira a Henry aturdido, traicionado. Y Addie lo entiende. No es justo. Nunca lo es.

—Vamos —le dice ella a Henry, apretándole la mano.

Henry centra por fin su atención en ella.

—Por favor —dice Addie—. Ven conmigo.

Salen a la calle, dejando atrás el zumo de naranja y los bocadillos, junto con la tranquilidad de la mañana.

Henry tiembla de ira.

—Lo siento —se disculpa—. Robbie puede ser un idiota a veces, pero eso ha sido…

Addie cierra los ojos y se apoya contra la pared.

—No es culpa suya. —Podría justificar su comportamiento, sujetar el frasco roto, cubrir las grietas con los dedos. Pero ¿durante cuánto tiempo? ¿Cuánto tiempo puede quedarse a Henry para ella sola? ¿Cuánto pasará antes de que él descubra la maldición?—. No creo que se acuerde de mí.

Henry entorna los ojos, claramente confundido.

—¿Cómo no va a acordarse?

Addie vacila.

Resulta sencillo ser sincera cuando no hay palabras erróneas, pues estas no permanecen en la memoria. Cuando lo que dices te pertenece solo a ti.

Pero Henry es diferente, la oye y la recuerda, y de repente cada palabra cobra suma importancia y la sinceridad se vuelve una carga de lo más pesada.

Solo dispone de una oportunidad.

Podría mentirle, igual que hace con todo el mundo, pero si empieza no será capaz de parar, y lo que es más importante: no quiere hacerlo. Lleva esperando demasiado tiempo a que alguien la escuche y la conozca realmente.

Así que se lanza de lleno a la verdad.

—¿Sabes que hay gente que sufre de ceguera facial? ¿Que contemplan a sus amigos, a su familia y a personas que han conocido durante toda su vida y no son capaces de reconocerlos?

Henry frunce el ceño.

—En teoría, sí…

—Bueno, pues a mí me pasa lo contrario.

—¿Te acuerdas de todo el mundo?

—No —contesta Addie—. Es decir, sí. Pero no estoy hablando de eso. Sino de que… la gente se olvida de mí. Aunque nos hayamos encontrado cientos de veces. Se olvidan.

—Eso no tiene ningún sentido.

No lo tiene. Desde luego que no.

—Ya lo sé —repone Addie—. Pero es verdad. Si volviéramos a entrar en la tienda ahora mismo, Robbie no se acordaría de mí. Podrías presentarnos, pero en cuanto me marchara, en cuanto me perdiera de vista, volvería a olvidarse.

Henry sacude la cabeza.

—¿Cómo? ¿Por qué?

Son preguntas sencillas. Pero la respuesta es sumamente significativa.

Porque fui una idiota.

Porque estaba asustada.

Porque no tuve cuidado.

—Porque estoy maldita —suelta Addie, desplomándose de nuevo contra la pared de cemento.

Henry la mira fijamente, con la frente arrugada tras sus gafas.

—No lo entiendo.

Addie respira profundamente, intentando tranquilizarse. Y como ha decidido contarle la verdad, eso es lo que hace.

—Me llamo Addie LaRue. Nací en Villon en el año 1691, y soy hija de Jean y Marthe. Vivíamos en una casa de piedra justo al lado de un antiguo tejo...

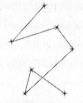

XII
Villon-sur-Sarthe, Francia
29 de julio de 1764

El carro se detiene con una sacudida junto al río.

—Puedo acercarte un poco más —le dice el conductor, agarrando las riendas—. Todavía estamos a casi dos kilómetros de distancia.

—No pasa nada —contesta ella—. Conozco el camino.

Un carro y un conductor desconocidos podrían llamar la atención, y Addie preferiría volver igual que abandonó el pueblo, del mismo modo en que memorizó cada centímetro del lugar: a pie.

Le paga al hombre y se baja del carro, con el dobladillo de su capa gris rozando la suciedad del suelo. No se ha molestado en llevar equipaje, ha aprendido a viajar ligera, o más bien, a desprenderse de las cosas con la misma rapidez que se topa con ellas. Es más fácil así. Aferrarse a las cosas es demasiado complicado.

—Entonces, ¿eres de aquí? —le pregunta él, y Addie entorna los ojos por el sol.

—Así es —contesta ella—. Pero llevo fuera mucho tiempo.

El conductor la mira de arriba abajo.

—Tampoco será para tanto.

—Le sorprendería —dice ella, y entonces él hace sonar el látigo y el carro se aleja, dejándola de nuevo sola en una tierra que conoce al dedillo. Un lugar en el que no ha estado en cincuenta años.

Es extraño, lleva fuera el doble de tiempo del que vivió allí, pero aun así sigue sintiéndose como en casa.

Ignora cuándo, o cómo, tomó la decisión de volver; solo sabe que la determinación había estado creciendo en su interior como una tormenta desde el momento en que la primavera comenzó a parecer verano. Había notado la pesadez del ambiente envolviéndola como una promesa de lluvia, hasta que fue capaz de vislumbrar las nubes oscuras en el horizonte y oír los truenos en su cabeza, instándola a marcharse.

Tal vez este regreso sea una especie de ritual. Una forma de purificarse, de dejar Villon en el pasado de una vez por todas. Puede que esté intentando despedirse del pueblo. O tal vez esté tratando de aferrarse a él.

Lo único que sabe es que no se quedará mucho tiempo.

La luz del sol brilla en la superficie del Sarthe, y por un instante, piensa en rezar, hundiendo las manos en la corriente poco profunda, pero no tiene nada que ofrecer a los dioses del río ni nada que decirles. No contestaron cuando ella los necesitó.

Al torcer la curva, y al otro lado de un bosquecillo de árboles, Villon se eleva entre las pequeñas colinas, con sus casas de piedra gris anidadas en la cuenca del valle. Ha crecido un poco, dilatándose como la panza de un hombre de mediana edad, pero sigue siendo Villon. Divisa la iglesia y la plaza, y más allá del centro del pueblo, la linde del bosque, de color verde oscuro.

No atraviesa la ciudad sino que la bordea hacia el sur.

En dirección a su casa.

Al final del sendero, el viejo tejo sigue custodiando el patio. El transcurso de estos cincuenta años ha añadido algunos nudos a sus ramas y un poco de anchura a su base, pero por lo demás, tiene el mismo aspecto que antes. Y durante un segundo, cuando lo único que atisba es uno de los extremos de la casa, el tiempo se tambalea y se desliza, ella vuelve a tener veintitrés años y es como si regresara desde el centro del pueblo o desde el río o de casa de Isabelle, con la colada apoyada en la cadera, o su cuaderno de dibujo bajo el brazo; en cualquier momento, verá a su madre en el umbral de la puerta, con la harina manchándole las muñecas, y oirá los firmes golpes del hacha de su padre y el suave murmullo de su yegua, Maxime, moviendo la cola mientras pasta.

Pero entonces se acerca a la casa y la ilusión se desmorona y vuelve a convertirse en un recuerdo. La yegua ya no está allí, por supuesto, y en el jardín, el taller de su padre se inclina pesadamente hacia un costado, mientras al otro lado de la hierba, la casita de sus padres descansa oscura e inmóvil.

¿Qué esperaba?

Cincuenta años. Addie sabía que ya no estarían allí, pero aun así, la imagen de este lugar, en decadencia y abandonado, la desconcierta. Sus pies se mueven por voluntad propia, la conducen por el camino de tierra a través del jardín hasta los restos inclinados del taller de su padre.

Abre la puerta —la madera está podrida y se desmorona— y entra al cobertizo.

La luz del sol atraviesa las tablas rotas, iluminando la oscuridad, y el aire huele a podredumbre en vez de a madera recién tallada, terrosa y dulce; cada superficie está cubierta de moho, humedad y polvo. Las herramientas que su padre afilaba cada día ahora yacen abandonadas, con el color pardo y rojizo del óxido. Los estantes están casi todos vacíos, y no hay ni rastro de los pájaros de madera, pero un cuenco enorme se encuentra, a medio terminar, bajo una cortina de telarañas y suciedad.

Pasa la mano por el polvo, y ve cómo este se acumula de nuevo a su paso.

¿Cuánto tiempo lleva muerto su padre?

Se obliga a salir otra vez al jardín y se detiene.

La casa ha cobrado vida, o al menos, ha empezado a despertarse. Una delgada columna de humo se eleva de la chimenea.

Hay una ventana abierta, y las finas cortinas ondean suavemente con la brisa.

Alguien sigue viviendo allí.

Sabe que debería marcharse, esta ya no es su casa, pero antes de darse cuenta ya está atravesando el jardín, ya está alargando la mano para llamar a la puerta. Sus dedos se mueven despacio, recordando esa noche, la última de su otra vida.

Permanece allí, en el escalón, deseando que su mano se decida, pero su presencia ya ha sido detectada. La cortina se agita, una sombra cruza la ventana, y Addie solo puede retroceder dos pasos, tres, antes de que la puerta se entreabra ligeramente. Lo suficiente para dejar ver parte de una mejilla arrugada y un ojo azul ceñudo.

—¿Quién anda ahí?

La voz de la mujer es frágil y quebradiza, pero aun así se hunde como una piedra en el pecho de Addie, arrebatándole el aire de los pulmones, y ella está convencida de que incluso aunque fuera mortal y el tiempo le hubiera reblandecido la mente, seguiría recordando esto: el sonido de la voz de su madre.

La puerta se abre con un chirrido, y allí está ella, marchita como una planta en invierno, agarrándose el harapiento chal con los dedos nudosos. Es muy anciana, pero sigue viva.

—¿Te conozco? —le pregunta su madre, pero en su voz no se adivina reconocimiento alguno, solo las dudas de una mujer vieja e insegura.

Addie niega con la cabeza.

Más tarde se preguntará si debería haber respondido que sí, si la mente de su madre, vacía de recuerdos, podría haberle dejado un hueco a esa única verdad. Si la anciana habría invitado a su hija a entrar, a sentarse junto a la chimenea y a compartir con ella un plato de comida sin muchas pretensiones, para que cuando Addie se fuera, tuviera algo a lo que aferrarse además de la versión de su madre cerrándole la puerta en las narices.

Pero no lo hace.

Intenta convencerse de que esta mujer dejó de ser su madre el mismo día que ella dejó de ser su hija, pero por supuesto, no es tan sencillo. Aunque debe serlo. Ya ha llorado por ello, y aunque la conmoción que surca las facciones de la mujer es intensa, el dolor que siente Addie resulta superficial.

—¿Qué es lo que quieres? —exige saber Marthe LaRue.

Y esa es otra pregunta que no puede responder, porque no lo sabe. Contempla por encima del hombro de la anciana la estancia en penumbras que en el pasado fue su casa, y solo entonces una extraña esperanza se eleva en su interior. Si su madre está viva, entonces tal vez, tal vez..., pero lo sabe. Lo sabe por las telarañas en la puerta del taller, por el polvo que cubre el cuenco a medio terminar. Lo sabe por la mirada cansada en el rostro de su madre y el estado descuidado y oscuro de la vivienda.

—Lo siento —dice retrocediendo.

Y la mujer no pregunta por qué se disculpa, solo la mira fijamente, sin pestañear, mientras se marcha.

La puerta se cierra con un chirrido, y Addie es consciente, mientras se aleja, de que no volverá a ver a su madre.

XIII

Nueva York
17 de marzo de 2014

Pronunciar las palabras es bastante fácil.

Después de todo, la historia nunca ha sido la parte más complicada.

Es un secreto que ha intentado compartir en innumerables ocasiones: con Isabelle y Remy, con amigos y extraños, y cualquiera que se dignara a escucharla, y todas las veces, ha sido testigo de cómo sus rostros perdían toda expresión y se quedaban en blanco, de cómo las palabras flotaban frente a ella como humo antes de desvanecerse.

Pero Henry la mira y la escucha.

La escucha mientras ella le habla de la boda y de las plegarias que nadie contestó, de las ofrendas que llevó a cabo al amanecer, y también al caer la noche. De la oscuridad de los bosques, que se presentó ante ella con aspecto de hombre, de su deseo y la negación de él, del error que cometió.

Llévate mi alma cuando ya no la quiera.

La escucha mientras ella le cuenta lo que es vivir eternamente, ser olvidada y rendirse. Cuando termina, contiene la respiración, esperando que Henry emerja de entre la bruma con un parpadeo y le pregunte qué es lo que estaba a punto de contarle. En cambio, él entorna los ojos de un modo tan peculiar que ella se da cuenta, con el corazón desbocado, que ha oído cada palabra.

—¿Hiciste un trato? —le pregunta. Su voz desprende indiferencia y una calma desconcertante.

Y, naturalmente, parece una locura.

Naturalmente, no le cree.

Así es cómo va a perderlo, no por culpa del olvido, sino del escepticismo.

Y entonces, sin venir a cuento, Henry se ríe.

Se hunde contra un soporte para bicicletas, con la cabeza apoyada en la mano, y se ríe, y ella cree que se ha vuelto loco, que algo se ha quebrado en su interior; cree, incluso, que se está burlando de ella.

Pero no es la clase de risa que acompaña a una broma.

Es demasiado frenética, demasiado jadeante.

—Hiciste un trato —repite él.

Addie traga saliva.

—Oye, ya sé que parece...

—Te creo.

Addie parpadea, confundida de repente.

—¿Qué?

—Te creo.

Dos pequeñas palabras, tan inusuales como «Me acuerdo de ti», y deberían ser suficientes, pero no lo son. Nada tiene sentido, ni Henry, ni esto; no lo ha tenido desde el principio y ella ha estado demasiado asustada como para preguntar, para descubrirlo, como si el hecho de saberlo pudiera hacer añicos el sueño, pero Addie es capaz de ver las grietas en los hombros de Henry, y puede sentirlas en su pecho.

«¿Quién eres?», quiere preguntarle. «¿Por qué eres diferente? ¿Por qué te acuerdas de mí cuando nadie más puede? ¿Por qué me crees cuando te digo que hice un trato?».

Al final, solo le pregunta una cosa.

—¿Por qué?

Y Henry se aparta las manos de la cara, levanta la mirada hacia ella, con los ojos verdes resplandeciendo intensamente, y dice:

—Porque yo también hice uno.

Parte cuatro:

El hombre
que permaneció
seco bajo la lluvia

Título: *Abierto al amor.*

Autor(es): Muriel Strauss (diseño) y Lance Harringer (elaboración).

Fecha: 2011.

Técnica: Escultura de aluminio, acero y vidrio.

Ubicación: En préstamo de la Escuela de las Artes Tisch.

Descripción: Expuesta originalmente como un montaje interactivo, en el que el corazón de aluminio, perforado por pequeños agujeros, colgaba suspendido sobre un cubo. En una mesa junto al corazón de metal, había frascos de diferentes formas y tamaños que contenían líquidos de diversos colores, algunos con agua, otros con alcohol y otros con pintura. Se animaba a los participantes a seleccionar uno de los frascos de vidrio y vaciar el contenido en el corazón. El líquido comenzaba a filtrarse de forma instantánea, con una velocidad que dependía de la viscosidad de la sustancia vertida.

Contexto: Esta escultura constituyó la pieza principal del portafolio del último año de carrera de Strauss, una colección de trabajos que abordaba el tema de la familia. En ese momento, Strauss no especificó a qué pieza estaba vinculado cada miembro de su familia, pero insistió en que *Abierto al amor* fue diseñada como «un homenaje al agotamiento de la monogamia en serie y un testamento a los peligros del afecto unilateral».

Valor aproximado: Desconocido; la autora cedió la escultura a Tisch para su instalación permanente.

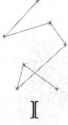

I

Nueva York
4 de septiembre de 2013

Un niño nace con el corazón roto.

Los médicos entran en el quirófano y lo reconstruyen, vuelven a unir los trozos, y el bebé es enviado a casa. Tiene suerte de seguir vivo. Dicen que se ha recuperado, que puede llevar una vida normal, y sin embargo, a medida que crece, él está convencido de que algo sigue yendo mal en su interior.

La sangre fluye, las válvulas se abren y se cierran, y en los escáneres y pantallas, todo funciona como debería. Pero algo no va bien.

Le dejaron el corazón demasiado expuesto.

Se olvidaron de volver a cerrarle la armadura que conformaba su pecho.

Y ahora siente... demasiado.

Otras personas dirían que es sensible, pero se trata de algo más que eso. El dial está roto y el volumen, subido al máximo. Experimenta los momentos de alegría como breves pero exultantes. Y los momentos de dolor se dilatan y resultan insoportablemente intensos.

Cuando muere su primer perro, Henry llora durante una semana. Cuando sus padres discuten, no puede soportar la violencia que destilan sus palabras y huye de casa. Tarda más de un día en volver. Cuando David se deshace de su osito de peluche, cuando su primera novia, Abigail, lo deja plantado en el baile, cuando tienen que diseccionar un cerdo en clase, cuando pierde la tarjeta que le escribió su abuelo antes de morir, cuando descubre a Liz engañándolo durante el viaje de fin de curso del instituto, cuando Robbie rompe con él antes de empezar su tercer año de universidad... todas las veces, sin importar lo trascendental o insignificante de la situación, siente como si su corazón volviera a hacerse pedazos en el interior de su pecho.

Henry tiene catorce años la primera vez que se bebe a escondidas un trago del licor de su padre, solo para amortiguar el volumen. Tiene dieciséis cuando le roba a su madre dos píldoras del cajón, solo para aliviar el dolor. Tiene veinte cuando se coloca tanto que cree que puede verse las grietas a lo largo de la piel, las partes donde su cuerpo se viene abajo.

Su corazón tiene una fisura.

Deja entrar la luz.

Deja entrar las tormentas.

Lo deja entrar todo.

$$\star + \times \ast \times + \star$$

El tiempo transcurre demasiado rápido, joder.

En un abrir y cerrar de ojos ya has cursado la mitad de la carrera, y la idea de que tu elección significa dejar de lado cien cosas diferentes te paraliza, de modo que cambias de especialidad media docena de veces antes de acabar en Teología, y durante un tiempo parece el camino correcto, pero no es más que una reacción al orgullo que se refleja en el rostro de tus padres, pues dan por sentado que se encuentran ante un rabino en ciernes, pero lo cierto es que no tienes ningún deseo de ejercer, los textos sagrados se te antojan como fábulas, epopeyas arrolladoras, y cuando más estudias, menos fe albergas.

En un abrir y cerrar de ojos, ya tienes veinticuatro años y estás de viaje por Europa; crees que el cambio encenderá una chispa en tu interior, o al menos eso esperas, que un vistazo a la inmensidad y magnificencia del mundo te hará tomar las riendas de tu vida. Y durante un tiempo, lo consigues. Pero no tienes trabajo ni expectativas de futuro, solo dispones de ese paréntesis, y cuando se acaba, has vaciado la cuenta bancaria y sigues en el mismo lugar donde estabas.

En un abrir y cerrar de ojos tienes veintiséis años y el decano te llama a su despacho porque es consciente de que has perdido la ilusión; te aconseja buscar otro camino y te asegura que encontrarás tu vocación, pero ahí está el problema, nunca has sentido inclinación por nada. No sientes ningún arrebato impetuoso que te empuje en una sola dirección, sino un impulso suave que te dirige en un centenar de rumbos distintos, aunque ahora todos parecen estar fuera de tu alcance.

En un abrir y cerrar de ojos tienes veintiocho años, y aunque hace ya mucho que todos los demás te dejaron atrás, tú sigues intentando encontrar el camino, y no se te escapa la ironía de que por culpa de tu deseo de vivir, de aprender, de encontrarte a ti mismo, has acabado perdido.

✶ ✦ ✕ ✳ ✕ ✦ ✦

En un abrir y cerrar de ojos conoces a una chica.

✶ ✦ ✕ ✳ ✕ ✦ ✦

La primera vez que Henry vio a Tabitha Masters, ella estaba bailando.

Debía de haber diez personas más sobre el escenario. Henry había ido para ver actuar a Robbie, pero las extremidades de Tabitha lo fascinaban y su figura ejercía sobre él una especie de atracción gravitatoria. Era incapaz de apartar la mirada de ella. Poseía la clase de belleza que quita el aliento y resulta imposible de inmortalizar en una fotografía, pues su magia reside en el movimiento. Por el modo en que se movía, se trataba de una historia contada con nada más que una melodía y la flexión de su columna vertebral, una mano extendida y el lento descenso hacia el oscurecido suelo.

Se conocieron en una fiesta posterior a la obra.

Sobre el escenario, sus rasgos eran una máscara, un lienzo sobre el que otras personas exhibían su arte. Pero allí, en la habitación abarrotada de gente, lo único que Henry podía ver era su sonrisa. Se apoderaba de todo su rostro, desde su barbilla puntiaguda hasta la línea de su cabello, y reflejaba una felicidad arrolladora de la que no podía apartar la vista. Estaba riéndose de algo —nunca llegó a enterarse de qué— y fue como si alguien hubiera encendido todas las luces de la habitación.

Y de inmediato, comenzó a dolerle el corazón.

Henry tardó treinta minutos y tres copas en armarse de valor para ir a saludarla, pero a partir de ese momento, la cosa fluyó como la seda. Tenían el ritmo y la dinámica de dos frecuencias sincronizadas. Y antes de que acabara la noche, estaba enamorándose de ella.

Se había enamorado antes.

De Sophia en el instituto.

De Robbie en la universidad.

De Sarah, Ethan y Jenna…, pero siempre fueron relaciones complicadas y desastrosas. Llenas de comienzos y paréntesis, de giros equivocados y callejones sin salida. Pero con Tabitha era fácil.

✦ ✦ ✦ ✦ ✦ ✦ ✦

Dos años.

Ese es el tiempo que estuvieron juntos.

Dos años de cenas, y desayunos, y helados en el parque, de ensayos de danza y ramos de rosas, de pasar la noche en casa del otro, de almuerzos de fin de semana y maratones de series de televisión y viajes al norte del estado para conocer a sus padres.

Dos años en los que limitó la ingesta de alcohol y dejó las drogas por ella, en los que se vistió bien y compró cosas que no podía permitirse porque quería verla sonreír, quería hacerla feliz.

Dos años y ni una sola pelea, y ahora cree que, después de todo, aquello no era muy buena señal.

Dos años... y en algún momento entre una pregunta y una respuesta, todo se vino abajo.

Se arrodilló en medio del parque con un anillo, y Henry es un idiota redomado, porque ella dijo que no.

Dijo que no, pero eso ni siquiera fue lo peor.

—Eres fantástico —le dijo—. De verdad que sí. Pero no eres...

Y no terminó la frase, pero no tuvo que hacerlo, porque él sabía lo que iba a decir a continuación.

No eres el adecuado.

No eres suficiente.

—Creía que querías casarte.

—Así es. Algún día.

Las palabras, claras como el agua, a pesar de no pronunciarlas.

Pero no contigo.

Y después se marchó, y ahora Henry está en el bar, borracho, aunque no lo suficiente, ni mucho menos.

Lo sabe porque el mundo aún no se ha desvanecido, porque la noche sigue pareciéndole demasiado real y porque todavía le duele. Está inclinado hacia delante, con la barbilla apoyada en sus brazos cruzados, mirando a través de la colección de botellas vacías sobre la mesa. Su reflejo deformado le devuelve la mirada desde media docena de lugares.

El Merchant está atestado, y un muro de ruido blanco los rodea, así que Robbie tiene que gritar por encima del estruendo.

—Que la jodan.

Y por alguna razón, el hecho de que su exnovio pronuncie esas palabras no hace que Henry se sienta mejor.

—Estoy bien —dice él de forma automática, igual que contestan aquellos cuyo corazón cuelga abierto de par en par, cuando les preguntan cómo se encuentran.

—Ha sido para bien —añade Bea, y si cualquier otro hubiera pronunciado aquellas palabras, ella misma lo habría mandado a la otra punta del bar por utilizar una expresión tan manida. Castigado durante diez minutos sin soltar ningún tópico. Pero eso es lo único que pueden ofrecerle esta noche.

Henry apura el vaso frente a él y alarga la mano para beberse la siguiente ronda.

—Despacio, amigo —le dice Bea frotándole el cuello.

—Estoy bien —repite él.

Y ambos lo conocen lo bastante bien como para saber que es mentira. Ambos saben lo de su corazón roto. Los dos lo han apoyado durante sus tormentas. Son sus mejores amigos en el mundo, y los que lo han mantenido de una pieza, o al menos, los que han evitado que se desmorone. Pero ahora mismo, hay demasiadas grietas. Ahora, hay un abismo entre sus palabras y los oídos de Henry, entre sus manos y la piel de Henry.

Están justo ahí, pero los siente demasiado lejanos.

Él levanta la mirada y estudia sus expresiones, que solo desprenden pena, y ni un atisbo de sorpresa, y una revelación lo recorre, como un escalofrío.

—Sabíais que diría que no.

El silencio dura una fracción de segundo más de la cuenta. Bea y Robbie intercambian una mirada, como si estuvieran decidiendo quién de los dos hablará primero, y luego Robbie alarga el brazo para tomarle la mano.

—Henry…

Él se aparta.

—Lo *sabíais*.

Se levanta y casi tropieza con la mesa de atrás.

Bea arruga la cara.

—Venga, vuelve a sentarte.

—No. No. No.

—Oye —le dice Robbie sujetándolo—, te acompaño a casa.

Pero Henry detesta la manera en que él lo mira, así que niega con la cabeza, a pesar de que la sacudida le emborrona la vista.

—No —contesta Henry—. Solo quiero estar solo.

Es la mayor mentira que ha dicho nunca.

Pero Robbie aparta la mano y Bea sacude la cabeza, y ambos dejan que Henry se marche.

✕ ✦ ✕ ✳ ✕ ✦ ✦

Henry no está lo bastante borracho.

Entra en una licorería y le compra una botella de vodka a un tipo que lo mira como si ya hubiera bebido suficiente, pero también como si fuera evidente que necesita otra copa. Quita el tapón con los dientes al tiempo que se pone a llover.

Su móvil vibra en su bolsillo.

Es probable que sea Bea. O Robbie. Nadie más lo llamaría.

Lo deja sonar, y contiene la respiración hasta que se detiene. Se dice a sí mismo que si vuelven a llamar, responderá al teléfono. Si vuelven a llamar, les dirá que no está bien. Pero el teléfono no vuelve a sonar.

No los culpa por ello, ni en ese momento ni después. Sabe que no es fácil ser su amigo, sabe que debería haberlo visto venir, debería…

La botella se desliza entre sus dedos y se hace añicos en la acera, y él debería dejarla ahí, pero no lo hace. Intenta recogerla, y pierde el equilibrio. Y al apoyarse en el suelo para incorporarse, se corta la mano.

Duele, claro que sí, pero el dolor queda atenuado por el vodka, la inmensa angustia, su corazón hecho pedazos, y todo lo demás.

Henry hurga en su bolsillo en busca del pañuelo, cuya seda blanca tiene cosida una «T» plateada. No había querido meter el anillo en una caja —un estuche clásico e impersonal que siempre le revela la pregunta a la otra persona—, pero ahora, mientras tira del pañuelo, el anillo se le cae y rebota en la húmeda acera.

Las palabras resuenan en su cabeza.

Eres fantástico, Henry. De veras que sí. Pero no eres...

Se presiona la mano herida con el pañuelo. En cuestión de segundos, la seda se tiñe de rojo y se echa a perder.

No eres suficiente.

Con las manos pasa igual que con las cabezas: siempre sangran abundantemente.

Su hermano, David, fue quien se lo contó. David, el médico, que desde los diez años ha tenido claro a qué quería dedicarse.

Es fácil no desviarse del camino cuando este se despliega en línea recta y los pasos están numerados.

Henry observa cómo el pañuelo se vuelve rojo, contempla fijamente el anillo de diamantes en el suelo y piensa en dejarlo allí, pero no puede permitírselo, así que se obliga a agacharse y lo recoge.

✶ ✦ ✳ ✴ ✳ ✦ ✦

Bebe cada vez que alguien te diga que no eres suficiente.

Que no encajas.

Que tu aspecto no es el adecuado.

Que tu enfoque no es el adecuado.

Ni tampoco tu tesón.

Que no es el momento adecuado.

Que no tienes el trabajo adecuado.

Que no has tomado el camino adecuado.

Que no has elegido el regalo adecuado.

Ni eres la versión adecuada de ti mismo.

No eres tú.

(¿No soy yo?).

Falta algo.

(Falta…).

Nos falta algo.

¿Qué podría haber hecho?

Nada. Es tu…

(Forma de ser).

No creía que lo nuestro fuera en serio.

(Eres demasiado…

… dulce.

… débil.

… sensible).

No creo que estemos hechos el uno para el otro.

He conocido a alguien.

Lo siento.

No es culpa tuya.

Trágatelo.

No estamos en el mismo punto.

No estamos en el mismo lugar.

No es culpa tuya.

No podemos elegir de quién nos enamoramos.

(Y de quién no).

Eres muy buen amigo.

Harás feliz a la chica adecuada.

Te mereces algo mejor.

Seamos amigos.

No quiero perderte.
No es culpa tuya.
Lo siento.

II
Nueva York
4 de septiembre de 2013

Y ahora sabe que ha bebido demasiado.

Intentaba llegar a ese punto donde uno no siente nada, pero cree que tal vez lo ha sobrepasado y ahora se encuentra en otro mucho peor. La cabeza le da vueltas, y hace ya un buen rato que la sensación dejó de ser agradable. Encuentra un par de pastillas en su bolsillo trasero: su hermana Muriel se las metió en su última visita. «Paragüitas rosas», le dijo. Se las traga sin agua al tiempo que la llovizna se convierte en un aguacero.

El agua le cae en el pelo, le salpica las gafas y le empapa la camisa.

Pero le da igual.

Tal vez la lluvia lo purgue.

Tal vez lo haga desaparecer.

Henry llega a su edificio, pero es incapaz de subir los seis escalones del portal, y los veinticuatro más hasta su apartamento, pues todo ello pertenece a un pasado en el que tenía un futuro por delante, así que se hunde en las escaleras, se recuesta y contempla el lugar donde la azotea y el cielo se encuentran, y se pregunta cuántos pasos son necesarios para llegar hasta el borde. Se obliga a dejar de pensar en eso, se presiona los ojos con las palmas de las manos y se dice a sí mismo que no es más que una tormenta.

Cierra las escotillas y espera.

Es solo una tormenta.

Es solo una tormenta.

Es solo…

✕ ✦ ✕ ✦ ✕ ✦ ✦

No está seguro de cuándo el hombre se sienta a su lado en las escaleras.

Al principio, Henry está solo, y un instante después, ya no lo está.

Oye el chasquido de un mechero y ve una pequeña llama danzando con el rabillo del ojo. Y entonces se alza una voz. Por un segundo, parece provenir de todas partes, pero luego la oye justo a su lado.

—Mala noche. —Una pregunta sin signo de interrogación.

Henry vuelve la mirada y ve a un hombre vestido con un elegante traje color carbón bajo una gabardina negra abierta, y durante un instante horrible, cree que es su hermano, David. Que ha venido para recordarle las muchas maneras en las que decepciona a todo el mundo.

Los dos tienen el mismo pelo negro y la misma mandíbula afilada, pero David no fuma, no vendría ni muerto a esta parte de Brooklyn y no es ni la mitad de guapo. Cuanto más contempla Henry al desconocido, más débil es el parecido entre ambos, y más se percata él de que el hombre no está mojándose.

A pesar de que la lluvia sigue cayendo con fuerza, sigue empapándole a Henry la chaqueta de lana y la camisa de algodón, acariciándolo con sus fríos dedos. El desconocido de traje elegante no hace ningún amago por resguardar la pequeña llama de su mechero, o el propio cigarrillo. Da una larga calada, recuesta los codos contra los escalones empapados y levanta la barbilla, como acogiendo la lluvia.

El agua no llega a tocarlo.

Cae a su alrededor, pero él se mantiene seco.

Henry piensa, entonces, que el hombre es un fantasma. O un mago. O, lo más probable, una alucinación.

—¿Qué es lo que quieres? —pregunta el desconocido, que sigue examinando el cielo, y Henry se estremece por instinto, pero la voz del desconocido no desprende ira. Sí, en cambio, está teñida de curiosidad, de intriga. Vuelve a bajar la cabeza y mira a Henry con los ojos más verdes que él haya visto jamás. Tan brillantes que resplandecen en la oscuridad.

»Ahora mismo, en este momento —dice el desconocido—. ¿Qué es lo que quieres?

—Ser feliz —responde Henry.

—Ah —dice el desconocido, mientras el humo se desliza entre sus labios—, nadie puede darte eso.

A ti no.

Henry no tiene la menor idea de quién es este hombre, ni siquiera si es real, y sabe, incluso a través de la bruma de la bebida y de las drogas, que debería levantarse y entrar en casa. Pero no consigue que sus piernas se muevan, el peso del mundo lo aplasta y las palabras siguen vertiéndose de su interior.

—No sé qué quieren de mí —le dice—. No sé qué persona quieren que sea. Todo el mundo te dice que seas tú mismo, pero no lo dicen en serio, y yo ya me he cansado… —Se le quiebra la voz—. Estoy cansado de no cumplir con las expectativas. Cansado de estar… no es que esté solo. No me importa estar solo. Pero esto… —Aferra la parte delantera de su camisa con los dedos—, me duele.

Una mano se posa bajo su barbilla.

—Mírame, Henry —le dice el desconocido, que no le ha preguntado el nombre.

Henry levanta la mirada y se topa con esos ojos luminosos. Ve que algo se enrosca en ellos, como humo. El desconocido es hermoso de una manera lobuna. Hambrienta y penetrante. Su mirada esmeralda se desliza sobre él.

—Eres perfecto —murmura el hombre, acariciándole a Henry la mejilla con el pulgar.

Su voz es sedosa, y Henry se inclina hacia ella, hacia su caricia, y casi pierde el equilibrio cuando el hombre aparta la mano.

—El dolor puede ser hermoso —dice el hombre, exhalando una nube de humo—. Es capaz de transformar, de crear.

—Pero no quiero sufrir —dice Henry con voz ronca—. Quiero...

—Quieres ser amado.

Henry emite un ruidito hueco, mitad tos, mitad llanto.

—Sí.

—Pues, entonces, sé amado.

—Haces que parezca sencillo.

—Lo es —contesta el desconocido—. Si estás dispuesto a pagar el precio.

Henry deja escapar una risa ahogada.

—No busco esa clase de amor.

El oscuro destello de una sonrisa se asoma en el rostro del desconocido.

—Y yo no hablo de dinero.

—¿Y de qué si no?

El desconocido alarga la mano y la apoya en el esternón de Henry.

—Lo único que todo ser humano posee.

Durante un momento, Henry cree que el desconocido desea su corazón, a pesar de lo roto que está; y entonces entiende sus palabras. Trabaja en una librería, ha leído las suficientes epopeyas, ha devorado alegorías y mitos. Joder, Henry se pasó los dos primeros tercios de su vida estudiando las escrituras sagradas, y creció engullendo las obras de Blake, Milton y Fausto. Pero ha pasado mucho tiempo desde la última vez que sintió que se trataban de algo más que simples historias.

—¿Quién eres? —le pregunta.

—Soy aquel que ve leña y la transforma en fuego. El nutriente de todo potencial humano.

Henry mira fijamente al desconocido, que sigue seco a pesar de la tormenta y cuyo rostro familiar posee una belleza diabólica; contempla sus ojos, que se han vuelto más sinuosos de repente, y reconoce lo que ocurre: está soñando despierto. Le ha pasado una o dos veces antes, como consecuencia de su agresiva automedicación.

—No creo en el diablo —dice levantándose—. Y tampoco en la existencia de las almas.

El desconocido levanta la cabeza.

—Entonces, no tienes nada que perder.

La profunda tristeza, que ha mantenido a raya en los últimos minutos gracias a la tranquila compañía del desconocido, lo embarga de nuevo. Ejerce presión contra el cristal agrietado. Henry se balancea un poco, pero el desconocido lo sujeta con firmeza.

Henry no recuerda haber visto al otro hombre levantarse, pero ahora están cara a cara. Y cuando el diablo vuelve a hablar, su voz destila una nueva profundidad, una calidez perpetua, como una manta que le envuelve los hombros. Y Henry se deja llevar.

—Quieres que te amen —dice el desconocido—. Todos ellos. Quieres sentir que eres suficiente para todos. Y yo puedo concederte tu deseo a cambio de algo que ni siquiera echarás de menos. —El desconocido extiende la mano—. ¿Y bien, Henry? ¿Qué me dices?

Y él no cree que nada de esto sea real.

Así que no importa.

O puede que el hombre bajo la lluvia tenga razón.

No le queda nada que perder.

Al final, resulta sencillo.

Tanto como tirarse del borde.

Y caer.

Henry le estrecha la mano y el desconocido se la aprieta, lo bastante fuerte como para abrirle de nuevo la herida de la palma. Pero finalmente, no siente dolor. No siente nada, y la oscuridad sonríe y pronuncia dos únicas palabras:

—Trato hecho.

III
Nueva York
17 de marzo de 2014

Hay cien tipos de silencios.

Está el silencio denso de los lugares que llevan mucho tiempo sellados, y el silencio amortiguado de cuando se te taponan los oídos. El silencio vacío de los muertos, y el silencio pesado de aquellos que agonizan.

Está el silencio hueco de un hombre que ha dejado de rezar, el silencio diáfano de una sinagoga vacía, y el silencio contenido de alguien que se esconde de sí mismo.

Está el silencio incómodo que llena el espacio entre dos personas que no saben qué decir. Y el silencio tenso de aquellos que sí, pero no saben por dónde empezar.

Henry desconoce qué clase de silencio es este, pero lo está matando.

Empezó a hablar frente a la tienda de la esquina, y continuó hablando mientras caminaban, porque le resultaba más sencillo contarle su historia si podía mirar a cualquier otra parte que no fuera su rostro. Las palabras se vertieron de su interior al tiempo que llegaban a la puerta azul de su edificio, subían las escaleras y entraban en su apartamento, y ahora la verdad flota entre ellos, pesada como el humo, y Addie no dice nada.

Se sienta en el sofá, con la barbilla en la mano.

Al otro lado de la ventana, el día sigue su curso, como si nada hubiera cambiado, pero parece que ahora todo es diferente, porque Addie LaRue es inmortal y Henry Strauss está maldito.

—Addie —dice él, cuando es incapaz de soportarlo más—. Por favor, di algo.

Y ella lo mira con los ojos brillantes, no debido a ningún hechizo sino por las lágrimas, y al principio Henry no sabe si está desconsolada o feliz.

—No lo entendía —dice ella—. Nadie me había recordado jamás. Pensé que era un accidente, o una trampa. Pero tú no eres ningún accidente, Henry. Ni una trampa. Me recuerdas porque hiciste un trato. —Sacude la cabeza—. He pasado trescientos años intentando romper esta maldición, pero fue Luc quien hizo lo único que nunca hubiera esperado. —Se limpia las lágrimas y esboza una sonrisa—. Cometió un *error*.

El triunfo surca su mirada. Pero Henry no lo entiende.

—¿Así que nuestros tratos se contrarrestan? ¿Por eso somos inmunes a ellos?

Addie sacude la cabeza.

—No soy inmune, Henry.

Él se encoge un poco, como si ella lo hubiera golpeado.

—Pero mi trato no funciona contigo.

La expresión de Addie se suaviza y le agarra la mano.

—Claro que sí. Tu trato y el mío se alojan en el interior de un caparazón, igual que las muñecas rusas. Te miro y veo *exactamente* lo que quiero. Lo que ocurre es que mis deseos no están ligados al aspecto, al encanto o al éxito de una persona. En otra vida esto sonaría fatal, pero lo que deseo, lo que necesito, no tiene nada que ver contigo. Lo que quiero, lo que más anhelo, es tener a alguien que se acuerde de mí. Por eso puedes pronunciar mi nombre. Por eso puedes marcharte y volver, y seguir recordando quién soy. Y por eso puedo contemplarte, y verte tal como eres. Y es suficiente. Siempre será suficiente.

Suficiente. La palabra se despliega entre ellos, abriéndose en la garganta de Henry. Permitiendo que el aire inunde su interior.

Suficiente.

Se hunde junto a ella en el sofá. Addie desliza la mano sobre la suya, entrelazando sus dedos.

—Me dijiste que habías nacido en 1691 —reflexiona él—. Entonces, tienes…

—Trescientos veintitrés años —dice Addie.

Henry emite un silbido.

—Nunca había estado con una mujer mayor que yo. —Addie se echa a reír—. Te conservas muy muy bien para tu edad.

—Pues muchas gracias.

—Cuéntamelo.

—¿El qué?

—No lo sé. Todo. Trescientos años es mucho tiempo. Viviste las guerras y revoluciones. Viste el nacimiento del tren, del coche, del avión y la televisión. Fuiste testigo de la historia mientras sucedía.

Addie frunce el ceño.

—Supongo —dice ella—, pero no sé; la historia es algo que se examina con el tiempo, no algo que experimentes de verdad en su momento. En el momento, te limitas a… *vivir*. Yo no quería vivir para siempre. Tan solo quería *vivir*.

Se acurruca junto a él y ambos se recuestan en el sofá con las cabezas juntas, entrelazados como los amantes de una fábula, y un nuevo silencio se posa sobre ellos, ligero como una sábana de verano.

Y luego ella dice:

—¿Por cuánto tiempo?

Él vuelve la cabeza hacia ella.

—¿Qué?

—Cuando hiciste el trato —explica ella, con una voz ligera y cuidadosa, como sacando un pie para comprobar la firmeza del suelo congelado—. ¿Por cuánto tiempo lo hiciste?

Henry vacila y contempla el techo en vez de mirarla a ella.

—Toda una vida —dice él, y no es mentira, pero una sombra surca el rostro de Addie.

—¿Y él estuvo de acuerdo?

Henry asiente y la acerca hacia él, agotado por todo lo que ha dicho, y todo lo que se ha guardado.

—Toda una vida —susurra ella.

Las palabras flotan entre ellos en la oscuridad.

IV
Nueva York
18 de marzo de 2014

Addie es muchas cosas, piensa Henry. Pero no es una persona fácil de olvidar.

¿Cómo podría alguien olvidar a esta chica, cuando ocupa tantísimo espacio? Llena la habitación con historias, con risas, con calor y luz.

Henry la ha puesto a trabajar, o más bien, se ha puesto ella, reponiendo y recolocando los libros mientras él atiende a los clientes.

Se ha referido a sí misma como un fantasma, y puede que para los demás lo sea, pero Henry es incapaz de apartar la vista de ella.

Se desliza entre los libros como si estos fueran sus amigos. Y tal vez, en cierto modo, lo sean. Son, supone él, una parte de su historia, pues ha influido en ellos también. Este, dice ella, es un escritor a quien conoció una vez; y esta, una idea que tuvo; aquí hay un libro que leyó en el momento de su publicación. De vez en cuando, Henry vislumbra tristeza en sus rasgos, vislumbra anhelo, pero son solo destellos, y acto seguido ella se fortalece y se ilumina, sumergiéndose en otra historia.

—¿Conociste a Hemingway? —le pregunta Henry.

—Nos vimos una o dos veces —responde Addie con una sonrisa—, pero Collette era más inteligente que él.

Novela sigue a Addie como una sombra. Henry nunca ha visto al gato tan interesado en otro humano, y cuando se lo menciona, ella se saca un puñado de golosinas para gatos del bolsillo con una sonrisa avergonzada.

Sus miradas se encuentran desde extremos opuestos de la tienda, y él es consciente de que ella le dijo que no es inmune, que sus tratos simplemente funcionan conjuntamente, pero el caso es que no ve resplandor alguno en sus ojos marrones. Su mirada es clara. Un faro a través de la niebla.

Ella sonríe y el mundo de Henry se ilumina. Se da la vuelta, y este vuelve a oscurecerse de nuevo.

Una mujer se acerca a la caja, y Henry vuelve al mostrador sin muchas ganas.

—¿Ha encontrado lo que buscaba? —En los ojos de la mujer ya se asoma un brillo lechoso.

—Oh, desde luego —responde la mujer con una cálida sonrisa, y Henry se pregunta a quién ve cuando lo mira. ¿A un hijo, un amante, un hermano o un amigo?

Addie apoya los codos en el mostrador.

Le da unos golpecitos al libro que Henry ha estado hojeando cuando no había clientes que atender. Una colección de fotografías espontáneas en Nueva York.

—Vi las cámaras de fotos en tu casa —dice ella—. Y los retratos. Son tuyos, ¿verdad?

Henry asiente con la cabeza y resiste el impulso de decir: «No es más que un pasatiempo», o mejor dicho: «Antes era mi pasatiempo».

—Eres muy bueno —le dice Addie, lo cual resulta agradable, sobre todo viniendo de ella. Y él sabe que es un fotógrafo decente; y algunas veces, quizá, un poco mejor que decente.

Cuando estaban en la universidad, le hizo algunos retratos a Robbie, pero eso fue porque no podía permitirse pagar a un fotógrafo de verdad. Muriel decía que sus fotos eran «monas». Subversivas a su modo convencional.

Pero Henry no intentaba subvertir nada. Solo trataba de plasmar *algo*.

Dirige la mirada al libro.

—Nos hicimos una foto de familia —le cuenta él—, no la que viste en el pasillo, sino otra, cuando tenía seis o siete años. Aquel día fue horrible. Muriel pegó un chicle en uno de los libros de David, yo estaba resfriado y mis padres no dejaron de discutir hasta que se disparó el *flash* de la cámara. Pero en la foto, todos parecemos tan... *felices*. Recuerdo contemplar ese retrato y darme cuenta de que las fotografías no son reales. Carecen de contexto, tan solo dan la impresión de estar mostrando una instantánea de la vida, pero la vida no es una sucesión de instantáneas, sino que es fluida. Así que las fotos son fantasías. Eso es lo que me encantaba de ellas. Todo el mundo cree que la fotografía refleja la verdad, pero no es más que una mentira muy convincente.

—¿Por qué dejaste de hacerlas?

Porque el tiempo no funciona como las fotos.

Estas permanecen inmóviles tras un *clic*.

Pero en un abrir y cerrar de ojos, el tiempo da un paso adelante.

Siempre consideró la fotografía como una afición, una asignatura de bellas artes, y para cuando descubrió que era algo a lo que uno se podía dedicar, ya era demasiado tarde. O, al menos, a él se lo pareció.

Se encontraba demasiado lejos de los demás.

Así que se rindió. Colocó las cámaras en la estantería junto al resto de pasatiempos que dejó a medias. Pero hay algo en Addie que lo hace querer volver a retomar la fotografía.

No lleva ninguna cámara de fotos consigo, desde luego, solo su teléfono móvil, aunque en los tiempos que corren no hace falta más. Lo levanta, enfocando a Addie en un estado relajado, con las estanterías alzándose a su espalda.

—No funcionará —le dice ella, justo cuando Henry toma la foto. O lo intenta. Presiona la pantalla, pero no oye ningún *clic* ni ve que el móvil haga ninguna captura. Vuelve a intentarlo, y esta vez, el móvil hace la foto, pero sale borrosa.

—Te lo he dicho —explica ella con suavidad.

—No lo entiendo —murmura él—. Fue hace mucho tiempo. ¿Cómo podía haber predicho el celuloide o los teléfonos?

Addie logra esbozar una sonrisa triste.

—No manipuló la tecnología, sino a mí.

Henry se imagina al desconocido, sonriendo en la oscuridad.

Y baja el móvil.

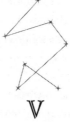

V

Nueva York
5 de septiembre de 2013

Henry se despierta con el estruendo del tráfico matutino.

Se estremece con el sonido de los cláxones de los coches, mientras la luz del sol atraviesa la ventana. Intenta recordar lo sucedido la noche anterior, y durante un momento, nada le viene a la cabeza, sus recuerdos son una pizarra negra y lisa, un silencio mullido. Pero al cerrar los ojos, la oscuridad se resquebraja, y da paso a una oleada de dolor y tristeza, a una amalgama de cristales rotos y lluvia intensa, a un desconocido vestido con un traje negro, y una conversación que debe de haber sido un sueño.

Henry sabe que Tabitha rechazó su proposición de matrimonio; esa parte fue real, pues el recuerdo es demasiado doloroso para no ser auténtico. Después de todo, es la razón por la que empezó a beber. La bebida es la que lo hizo dirigirse a casa bajo la lluvia y sentarse en los escalones antes de entrar, y allí fue donde el desconocido…, pero no, esa parte no sucedió.

El desconocido y la conversación que mantuvieron estaban confeccionados con el mismo tejido con el que se hacen las historias y eran una clara invención de su subconsciente, sus demonios cobrando vida en un estado de desesperación mental.

Un dolor de cabeza sacude con fuerza el cráneo de Henry, que se frota los ojos con el dorso de la mano. Un objeto de metal le golpea la mejilla. Él entorna los ojos y ve una correa de cuero oscuro alrededor de su muñeca. Se trata de un elegante reloj analógico, cuyos números dorados se despliegan por encima de un fondo de color ónix. Sobre su esfera reposa una mano dorada, apenas una fracción pasada la medianoche.

Henry nunca ha llevado reloj.

La mera visión del pesado y extraño objeto en su muñeca le recuerda a un grillete. Se incorpora, tirando del cierre, consumido por el repentino terror que le produce la idea de que esté unido a él y no pueda quitárselo; pero ante la más leve presión, el cierre se desabrocha y el reloj cae sobre el arrugado edredón.

Aterriza boca abajo, y allí, en el reverso, Henry atisba cuatro palabras grabadas con finas letras.

Disfruta de la vida.

Se levanta de la cama, alejándose del reloj, y contempla el objeto como si este fuera a saltar sobre él en cualquier momento. Pero simplemente reposa allí, en silencio. El corazón le golpea el pecho, con tanta fuerza que puede oír sus latidos, y de repente vuelve a encontrarse en la oscuridad, con el agua goteándole del pelo debido a la lluvia, mientras el desconocido sonríe y extiende la mano.

Trato hecho.

Pero aquello no sucedió.

Henry se mira la palma de la mano y ve los cortes superficiales, cubiertos de sangre. Advierte las gotas de color rojo pardo que salpican las sábanas. Y la botella rota. Entonces, aquello también fue real. Pero el apretón de manos del diablo no fue más que un sueño febril. El dolor no solo invade las horas de vigilia, sino que es capaz de colarse en los sueños. Una vez, a los nueve o diez años, Henry tuvo amigdalitis, y el dolor era tan intenso que cada vez que se quedaba dormido soñaba que tragaba brasas ardientes, o que estaba atrapado en un edificio en llamas y el humo le rasgaba la garganta. La mente, intentando encontrarle sentido al sufrimiento.

Pero el reloj…

Henry oye un golpeteo bajo y rítmico al llevárselo a la oreja. No emite ningún otro sonido (una noche, dentro de poco, desmontará el reloj y no encontrará ningún engranaje en el interior, no encontrará nada que explique el sigiloso movimiento de las agujas).

Y sin embargo lo nota sólido, e incluso pesado, en su mano. Parece real.

El golpeteo se hace más fuerte, y entonces Henry se percata de que no proviene del reloj. Es el ruido sordo de unos nudillos golpeando la madera, de alguien llamando a la puerta. Henry contiene la respiración y espera a que los golpes cesen, pero estos continúan. Se aleja del reloj y de la cama, y toma una camisa limpia del respaldo de una silla.

—Ya voy —murmura, metiéndose la camisa por la cabeza. El cuello se le engancha en las gafas y se golpea el hombro con el marco de la puerta; maldice en voz baja y desea, mientras se dirige desde el dormitorio hasta la puerta principal, que la persona que está al otro lado se rinda y se marche. No lo hace, de modo que Henry abre la puerta, esperando ver a Bea o a Robbie o tal vez a su vecina Helen, buscando de nuevo a su gato.

Pero es su hermana, Muriel.

Muriel, quien ha ido a ver a Henry a su casa exactamente dos veces en los últimos cinco años. Y una de ellas fue porque tomó demasiadas infusiones de hierbas durante la comida y no consiguió llegar hasta Chelsea.

—¿Qué haces aquí? —le pregunta Henry, pero ella ya ha atravesado el umbral y está desenrollándose una bufanda que es más decorativa que funcional.

—Soy tu hermana, ¿necesito un motivo?

La pregunta es evidentemente retórica.

Ella se vuelve y lo recorre con la mirada, del mismo modo en que él imagina que examina las exposiciones de arte, mientras espera a que le ofrezca su valoración habitual, alguna variante de: «Estás hecho mierda».

En cambio, su hermana le dice: «Tienes buen aspecto», lo cual es extraño, porque Muriel nunca ha sido de las que mienten (no le gusta «fomentar las falacias en un mundo plagado de palabras vacías») y un rápido vistazo al espejo del pasillo es suficiente para confirmar que Henry, en realidad, parece casi tan hecho polvo como se siente.

—Beatrice me envió un mensaje anoche cuando no contestaste al teléfono —prosigue ella—. Me contó lo de Tabitha y el fiasco de la propuesta de matrimonio. Lo siento, Hen. —Muriel lo abraza, pero Henry no sabe dónde colocar las manos. Decide dejarlas flotar alrededor de sus hombros hasta que ella lo suelta—. ¿Qué ha pasado? ¿Te estaba poniendo los cuernos?

Y Henry desearía que la respuesta a esa pregunta fuera afirmativa, porque la verdad es peor, la verdad es que simplemente no era lo bastante interesante.

—Da igual —sigue diciendo Muriel—. Que le den, te mereces algo mejor.

Y él casi suelta una carcajada, porque ha perdido la cuenta de las veces que Muriel le ha señalado que Tabitha es demasiado buena para él.

Su hermana echa un vistazo a su alrededor.

—¿Has redecorado el piso? Tiene un aspecto de lo más acogedor.

Henry examina la sala de estar, salpicada de velas, cuadros y otros vestigios de Tabitha. El desorden es suyo. El estilo le pertenecía a ella.

—No.

Su hermana sigue de pie. Muriel nunca se sienta, nunca se acomoda, ni siquiera se apoya en ningún lugar.

—Bueno, ya veo que estás bien —dice ella—, pero la próxima vez, contesta al teléfono. Por cierto —añade, recogiendo la bufanda, ya a medio camino de la puerta—. Feliz Año Nuevo.

Tarda un momento en acordarse.

Rosh Hashaná.

Muriel ve la confusión en su rostro y sonríe.

—Habrías sido un rabino horrible.

Él no le lleva la contraria. Por lo general, Henry habría ido a visitar a sus padres —ambos lo habrían hecho—, pero este año David no pudo librarse de su turno en el hospital, así que sus padres hicieron otros planes.

—¿Vas a ir al templo? —le pregunta Henry.

—No —contesta Muriel—. Pero esta noche hay una actuación en la zona residencial de Manhattan, un híbrido de cabaret y espectáculo degenerado, y estoy segura de que llevarán a cabo algún que otro juego con fuego. Usaré a alguien para encender una vela.

—Mamá y papá estarían muy orgullosos —ironiza él, pero lo cierto es que sospecha que sí lo estarían. Muriel Strauss nunca hace nada mal.

Ella se encoge de hombros.

—Cada uno lo celebra a su manera. —Vuelve a ponerse la bufanda en su sitio con una floritura—. Nos vemos para el Yom Kippur.

Muriel alarga la mano hacia la puerta, y luego se vuelve y le revuelve el pelo a Henry.

—Mi pequeño nubarrón —le dice—. No dejes que oscurezca mucho ahí dentro.

Y entonces se marcha y Henry se apoya contra la puerta, aturdido, cansado y totalmente confundido.

★ ✦ ✕ ✳ ✕ ✦ ✦

Henry ha oído que el dolor está compuesto de etapas.

Se pregunta si con el amor ocurre lo mismo.

Si es normal sentirse perdido, enfadado, vacío, y, de algún modo horrible, aliviado. Tal vez el malestar de la resaca es lo que está trastocando las emociones que *debería* estar sintiendo, haciéndolo experimentar *otras*.

Hace una parada en Tostados, la bulliciosa cafetería que se encuentra a una manzana de la tienda. Sirven *muffin*s bastante buenos, bebidas medio decentes y tiene un servicio horrible, lo que resulta bastante normal en esta zona de Brooklyn. Ve a Vanessa en la caja.

Nueva York está plagada de gente atractiva, actores y modelos que trabajan como camareros y baristas, preparando bebidas para pagar el alquiler hasta que consigan hacerse un hueco en la industria. Siempre ha supuesto que Vanessa, una rubia menuda con un pequeño símbolo del infinito tatuado en la muñeca, es una más. También supone que se llama Vanessa —es el nombre que aparece en la chapa de su delantal—, pero ella no le ha dicho nunca su nombre. Es más, nunca le ha dicho nada aparte de: «¿Qué te pongo?».

Normalmente, Henry se sitúa frente al mostrador, y ella le toma el pedido y le pregunta el nombre (a pesar de que ha estado yendo a la cafetería seis días a la semana durante los últimos tres años, y ella lleva dos trabajando allí), y desde el momento en que ella aporrea las teclas de la caja para anotar su café con leche hasta que escribe su nombre en la taza y atiende al siguiente cliente, no le dirige ni una sola vez la mirada. Sus ojos revolotean desde su camiseta a la caja, y de esta a su barbilla, y a Henry le da la impresión de que es invisible.

Eso es lo que ocurre habitualmente.

Pero no hoy.

Hoy, cuando le toma el pedido, Vanessa levanta la mirada.

La diferencia de cuatro, o quizá cinco, centímetros, supone un cambio minúsculo pero ahora Henry puede verle los ojos, que son de un azul asombroso; la barista lo mira a él, no a su barbilla. Le sostiene la mirada y sonríe.

—Hola —lo saluda Vanessa—, ¿qué te pongo?

Él pide un café con leche, le dice su nombre y ahí es donde debería acabar todo.

Pero no esta vez.

—¿Tienes planes divertidos para hoy? —le pregunta con interés al tiempo que escribe su nombre en la taza.

Hasta ahora Vanessa nunca había charlado con él.

—Tengo que trabajar —contesta Henry, y la chica vuelve a enfocar su atención en su rostro.

Esta vez él atisba un leve brillo —algo *ajeno*— en sus ojos. Es un truco de la luz, debe de serlo, pero por un segundo, tiene el aspecto de la escarcha, o de la bruma.

—¿A qué te dedicas? —le pregunta Vanessa, mostrando verdadero interés; él le habla de La Última Palabra y la mirada de ella se ilumina un poco. Siempre le ha gustado mucho leer y cree que no hay lugar mejor que una librería. Cuando Henry paga el café, sus dedos se rozan, y ella le lanza otra mirada:

—Hasta mañana, Henry.

La barista pronuncia su nombre como si acabara de arrebatárselo, y la picardía se asoma en su sonrisa.

Y Henry no sabe si está coqueteando con él hasta que ella le entrega su bebida y él ve la flechita negra que le ha dibujado, apuntando hacia abajo; cuando Henry levanta la taza para ver la parte inferior, su corazón se agita un poco, como si fuera un motor poniéndose en marcha.

Vanessa le ha escrito su nombre y su número de teléfono en el fondo de la taza.

✶ ✦ ✕ ✳ ✶ ✦ ✦

Al llegar a La Última Palabra, Henry abre la reja y la puerta mientras se termina el café. Le da la vuelta al letrero y a continuación le pone la comida a Novela, prepara la tienda y coloca los volúmenes nuevos en sus estanterías de forma mecánica, hasta que la campanita de la entrada anuncia la llegada del primer cliente.

Henry serpentea entre las pilas de libros y se topa con una mujer mayor que está recorriendo los pasillos: se mueve entre la sección de Historia y la de Misterio, entre esta última y la de Romance, y vuelve a empezar. Le da unos minutos, pero cuando ella inicia el recorrido por tercera vez, Henry decide abordarla.

—¿Puedo ayudarla?

—No lo sé, no lo sé —murmura la señora, casi para sí misma, pero luego se da la vuelta para mirarlo y algo en su expresión cambia—. Es decir, sí, por favor, espero que sí. —Un leve brillo se asoma en sus ojos, un resplandor legañoso, al tiempo que ella le explica que está buscando un libro que ya ha leído.

»Últimamente no soy capaz de recordar qué he leído y qué no —aclara, sacudiendo la cabeza—. Todo me resulta familiar. Todas las cubiertas parecen iguales. ¿Por qué lo hacen? ¿Por qué todo es una copia de lo demás?

Henry imagina que es cosa del marketing y de las modas, pero sabe que decir eso no ayudará en nada a la señora. En su lugar, le pregunta si recuerda algo del libro.

—Veamos… Era un libro enorme. Trataba sobre la vida y la muerte y era histórico.

Esa descripción no acota la búsqueda precisamente, pero Henry está acostumbrado a la falta de detalles. Ha perdido la cuenta de la gente que ha entrado en busca de algo que han visto, incapaces de proporcionarle nada más que «La cubierta era roja» o «Creo que la palabra "chica" aparecía en el título».

—Era triste y maravilloso —le explica la anciana—. Estoy segura de que estaba ambientado en Inglaterra. Oh, cielos. Menuda cabeza la mía. Creo que aparecía una rosa en la cubierta.

Ella examina los estantes, juntando sus apergaminadas manos. Y es evidente que no va a decidirse por ningún libro, así que

Henry lo hace por ella. Sumamente incómodo, saca una gruesa novela histórica de la estantería de ficción más cercana.

—¿Era este? —pregunta él, mostrándole *En la corte del lobo*. Pero en cuanto lo tiene entre las manos Henry se percata de que no es el indicado. Hay una amapola en la cubierta, no una rosa, y la vida de Thomas Cromwell no posee ningún elemento particularmente triste o maravilloso, a pesar de que la prosa de la novela es preciosa y conmovedora—. No importa —dice él, y ya está alargando la mano para devolver el volumen a su sitio cuando el rostro de la mujer se ilumina de placer.

—¡Ese es! —Ella lo agarra del brazo con los dedos huesudos—. Es exactamente lo que estaba buscando.

A Henry le cuesta creérselo, pero la alegría de la mujer es tan aparente que el chico comienza a albergar dudas.

Se dispone a cobrarle el libro cuando lo recuerda. Atkinson. *Una y otra vez*. Una novela histórica sobre la vida y la muerte, triste y maravillosa, ambientada en Inglaterra, con una rosa duplicada en la cubierta.

—Espere —le dice él, doblando la esquina del pasillo y agachándose para sacar el libro—. ¿Es este?

El rostro de la mujer se ilumina, exactamente igual que antes.

—¡Sí! Chico listo, ese es justo el que buscaba —le dice ella con la misma convicción.

—Me alegro de haberla ayudado —le contesta Henry, no muy seguro de haberlo hecho.

La mujer decide llevarse los dos libros, asegurándole que le encantarán.

El resto de la mañana transcurre del mismo modo extraño.

Un hombre de mediana edad entra buscando una novela de suspense y abandona la tienda con los cinco títulos que Henry le recomienda. Una estudiante universitaria pregunta por un libro de mitología japonesa y cuando Henry se disculpa por no tenerlo, la chica se desvive por asegurarle que no es culpa suya e insiste en dejarlo encargado, a pesar de que no sabe si seguirá cursando la asignatura. Un tipo con el cuerpo de un modelo y la mandíbula más afilada que una navaja entra y recorre la sección de Fantasía, y al pagar, le escribe su correo electrónico en el recibo, debajo de su firma.

Henry se siente desorientado, igual que cuando Muriel le dijo que tenía buen aspecto. Es como un *dejà vu*, y a la vez se trata de algo completamente diferente, porque la sensación le resulta nueva del todo. Parece como el día de los inocentes, cuando las reglas cambian, todo se convierte en un juego, y la gente se compincha para gastar bromas. Sigue dándole vueltas a su último encuentro con uno de los clientes, maravillado y con la cara algo sonrojada, cuando Robbie irrumpe por la puerta, mientras la campana suena a su paso.

—Cielo santo —exclama abrazándolo, y por un momento, Henry cree que debe de haber sucedido algo horrible, antes de darse cuenta de que ese algo horrible le ha sucedido a él.

—Estoy bien —le dice Henry, y por supuesto que no lo está, pero el día de hoy ha sido tan raro que todo lo anterior se asemeja un poco a un sueño. ¿O quizá sea esto el sueño? Si es así, no tiene demasiadas ganas de despertarse—. Estoy bien —le repite.

—No tienes que hacerte el fuerte —le dice Robbie—. Solo quiero que sepas que puedes contar conmigo. Anoche también querría haberte levantado el ánimo. Al no contestar al teléfono pensé en presentarme en tu casa, pero Bea dijo que debíamos darte espacio, y no sé por qué le hice caso. Lo siento.

Pronuncia las palabras de un tirón.

Robbie se aferra a él con más fuerza a medida que habla, y Henry disfruta del abrazo. Sus cuerpos encajan con la acostumbrada comodidad de un abrigo viejo y desgastado. El abrazo se prolonga demasiado. Henry se aclara la garganta y se separa de él, y Robbie deja escapar una risa incómoda y se vuelve; la luz baña su rostro y Henry advierte una delgada línea color púrpura que se extiende a lo largo de su sien hasta toparse con su cabellera arenosa.

—Te brilla la piel.

Robbie se frota el maquillaje sin demasiado entusiasmo.

—Ah, es del ensayo.

La mirada de Robbie posee un halo extraño, un aspecto vítreo que Henry conoce muy bien, y se pregunta si su amigo está colocado o simplemente lleva varios días sin dormir. Cuando estaban en la universidad, Robbie acababa tan fuera de sí debido a las drogas, a sus sueños o a alguna de sus grandes ideas, que no le quedaba más remedio que desfogarse hasta caer rendido.

Oyen la campanilla de la puerta.

—Hijo de puta —exclama Bea golpeando el mostrador con su mochila—. Cabrón descerebrado.

—Hay clientes —le advierte Henry, aunque la única persona que se encuentra cerca de ellos es un anciano sordo, un cliente habitual llamado Michael que suele frecuentar la sección de Terror.

—¿A qué viene este berrinche? —le pregunta Robbie alegremente. El jaleo siempre lo anima.

—Al capullo de mi tutor —responde ella, dirigiéndose como un basilisco hacia la sección de Arte y de Historia del arte. Robbie y Henry intercambian una mirada y van tras ella.

—¿No le ha gustado tu propuesta? —le pregunta Henry.

Bea lleva buena parte del año intentando que su tutor le dé el visto bueno al tema de su tesis doctoral.

—¡La ha rechazado! —Se adentra en uno de los pasillos hecha una furia, casi derribando a su paso una pila de revistas. Henry la sigue pisándole los talones, hace todo lo posible por enmendar la destrucción a su paso.

»Me ha dicho que era un tema demasiado *esotérico*. No sabría el significado de esa palabra ni aunque le metiera el diccionario por el culo.

—Formula una frase con ella —le dice Robbie, pero Bea lo ignora y se pone de pie para sacar un libro.

—Ese viejo bobo…

Y otro.

—Decrépito…

Y otro.

—Y obtuso.

—Esto no es una biblioteca —le dice Henry mientras ella se lleva el montón de libros a la butaca de cuero de la esquina y se desploma en ella, sorprendiendo a la bola de pelo anaranjada que se encuentra acomodada entre dos almohadones desgastados.

—Lo siento, Novela —murmura Bea, colocando al gato con cuidado sobre el respaldo de la vieja butaca, donde el felino lleva a cabo su mejor imitación de una malhumorada hogaza de pan. Bea continúa maldiciendo por lo bajo mientras pasa las páginas.

—Sé exactamente lo que necesitamos —dice Robbie volviéndose hacia el almacén—. ¿No guardaba Meredith una botella de whisky en la parte de atrás?

A pesar de que son solo las tres de la tarde, Henry no se opone a la propuesta. Se sienta en el suelo, con la espalda apoyada en la estantería más cercana y las piernas estiradas, sintiéndose de repente insoportablemente cansado.

Bea lo mira y suspira.

—Lo siento —comienza a decir, pero Henry le dirige un gesto de disculpa con la mano.

—Por favor, sigue diciendo pestes de tu tutor y poniendo patas arriba la sección de Historia del arte. Uno de nosotros tiene que comportarse de manera normal.

Pero ella cierra el libro, lo vuelve a poner en el montón y se sienta junto a Henry en el suelo.

—¿Te importa que te diga algo? —Su tono de voz se eleva al final de la frase, pero Henry sabe que no se trata de una pregunta—. Me alegro de que hayas roto con Tabitha.

Henry nota una punzada de dolor, como cuando se cortó la palma.

—Fue ella quien me dejó.

Bea hace un gesto con la mano, como si ese pequeño detalle no tuviera importancia.

—Te mereces a alguien que te quiera tal y como eres. Que acepte lo bueno, lo malo y los demonios que te atormentan.

Quieres ser amado. Quieres sentir que eres suficiente.

Henry traga saliva.

—Ya, bueno, ser yo mismo no ha funcionado del todo bien.

Bea se inclina hacia él.

—Pero ahí está el problema, Henry, no has sido tú mismo. Malgastas mucho tiempo con personas que no te merecen. Personas que no te conocen, porque tú no se lo permites. —Bea le toma el rostro entre las manos, y Henry ve ese extraño brillo en su mirada—. Henry, eres listo, amable y exasperante. Odias las aceitunas y que la gente hable en el cine. Te encantan los batidos y las personas que lloran de risa. Crees que saltarse las páginas de los libros para leer el final directamente debería ser delito. Guardas silencio cuando te enfadas, levantas la voz cuando estás triste y tarareas cuando eres feliz.

—¿Y qué?

—Pues que hace *años* que no te oigo tararear. —Bea le aparta las manos del rostro—. Pero te he visto comer una puta tonelada de aceitunas.

Robbie vuelve del almacén con la botella de whisky y tres tazas. El único cliente de la librería se marcha, y entonces Robbie cierra la puerta tras él y cuelga el cartel de «cerrado». Se acerca a ellos, se sienta entre ambos y descorcha la botella con los dientes.

—¿Por qué brindamos? —pregunta Henry.

—Por los nuevos comienzos —dice Robbie con los ojos resplandecientes mientras llena las tazas.

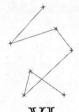

VI
Nueva York
18 de marzo de 2014

La campana de la puerta suena y Bea entra en la tienda de manera enérgica.

—Robbie quiere saber si estás evitándolo —le dice ella a modo de saludo. A Henry se le encoge el pecho. La respuesta es que sí, por supuesto, y que no. Es incapaz de quitarse de la cabeza la mirada de dolor en los ojos de Robbie, pero eso no excusa su comportamiento, o quizá sí.

—Lo tomaré como un sí —dice Bea—. No se te ve el pelo últimamente.

Henry quiere responderle «Nos vimos en tu casa para cenar», pero se pregunta si ha olvidado la noche entera o solo las partes que incluyen a Addie.

A propósito de la susodicha.

—Bea, esta es Addie.

Beatrice se vuelve hacia ella, y durante un segundo, solo uno, Henry cree que la recuerda. Es por la forma en que contempla a Addie, como si fuera una obra de arte, aunque una que ya ha visto con anterioridad.

A pesar de todo, Henry espera que su amiga asienta con la cabeza y le diga: «Vaya, me alegro de volver a verte»; pero en su lugar, Bea sonríe y le dice: «¿Sabes qué? Tu rostro tiene un aire atemporal», y él se estremece por lo extraño del eco, por la intensidad del *déjà vu*.

Pero Addie se limita a sonreír y contesta:

—Eso me han dicho.

Mientras Bea continúa estudiando a Addie, Henry la estudia a ella.

Siempre presenta un aspecto despiadadamente impecable, pero hoy tiene pintura fluorescente en los dedos, la huella dorada de un beso en la sien y lo que parece ser azúcar glasé en la manga.

—¿Qué has estado haciendo? —le pregunta.

Bea baja la mirada.

—¡Oh, he ido al Artefacto! —contesta la chica, como si aquello lo explicara todo. Al ver su confusión, Bea le da más detalles. El Artefacto es, según la joven, mitad feria y mitad exposición de arte, un popurrí interactivo de instalaciones ubicado en la High Line.

A medida que Bea habla de los laberintos de espejos y las cúpulas de cristal llenas de estrellas, del algodón de azúcar, de las plumas que flotaban en el aire tras las peleas de almohadas y de los murales hechos con las notitas de un millar de desconocidos, a Addie se le ilumina el rostro, y Henry piensa que debe de resultar difícil sorprender a una chica que ha vivido trescientos años.

De modo que cuando se vuelve hacia él con los ojos brillantes y le dice: «Tenemos que ir», no hay nada que le apetezca más. Por supuesto, la tienda se interpone en sus planes, pues él es el único empleado y no cierran hasta dentro de cuatro horas. Pero se le ocurre una idea.

Henry agarra un marcapáginas, el único artículo de *merchandise* de la librería y comienza a escribir en el dorso.

—Oye, Bea —le dice él, pasándole la tarjeta improvisada por encima del mostrador—. ¿Te importa cerrar?

—Tengo vida —contesta la chica, pero luego dirige la mirada a la letra apretada de Henry.

La biblioteca de La Última Palabra.

Bea sonríe y se guarda el marcapáginas.

—Que os divirtáis —les dice mientras hace un gesto de despedida con la mano.

VII
Nueva York
5 de septiembre de 2013

A veces Henry desearía tener un gato.

Imagina que podría adoptar a Novela, pero el felino parece un elemento intrínseco de La Última Palabra, y él es incapaz de sacarse de encima la supersticiosa creencia de que si intentara sacar al vetusto gato de la librería de segunda mano, el animal se convertiría en polvo antes de que llegara a su casa.

Lo cual, y Henry lo sabe muy bien, es una manera morbosa de relacionar lugares y personas, o en este caso, lugares y mascotas, pero está anocheciendo y se ha pasado un poco con el whisky, Bea tenía que dar una clase y Robbie iba a ver la obra de un amigo, así que vuelve a estar solo, dirigiéndose de vuelta a su piso vacío y deseando que hubiera un gato o algo más esperándolo en casa.

Prueba a pronunciar la frase al entrar en el apartamento.

«Hola, gatito, estoy en casa», dice él, antes de darse cuenta de que se ha convertido en un soltero de veintiocho años que habla con una mascota imaginaria, y eso hace que se sienta infinitamente peor.

Saca una cerveza de la nevera, contempla el abrebotellas, y cae en la cuenta de que es de Tabitha. Un cachivache rosa y verde de la lucha libre mexicana que compró en un viaje a Ciudad de México el mes pasado. Lo tira a un lado, abre un cajón de la cocina en busca de otro y encuentra una cuchara de madera, un imán de una compañía de danza y un puñado de pajitas flexibles y ridículas; entonces mira a su alrededor y ve un montón de cosas suyas esparcidas por el apartamento. Saca una caja llena de libros, la vacía y comienza a llenarla de nuevo con fotografías, notitas, libros de bolsillo, un par de zapatillas de ballet, una taza, una pulsera, un cepillo del pelo y una foto.

Se termina la primera cerveza, abre una segunda con el borde de la encimera y prosigue su búsqueda, yendo de habitación en habitación, aunque es más un recorrido caótico que una marcha metódica. Una hora más tarde, la caja solo está medio llena, pero Henry ya está cansado. No quiere seguir con la tarea, ni siquiera quiere permanecer allí, en un apartamento que, de algún modo, le resulta a la vez vacío y abarrotado. Hay demasiado espacio para pensar. Y demasiado poco para no sentirse abrumado.

Se queda sentado entre las botellas de cerveza vacías y la caja medio llena durante varios minutos, moviendo la pierna de forma nerviosa, y luego se incorpora y abandona el apartamento.

✳ ✦ ✳ ✳ ✳ ✦ ✦

El Merchant está a rebosar.

Como siempre: es uno de esos bares de barrio cuyo éxito se debe más a su proximidad que a la calidad de sus bebidas. Una institución local. La mayoría de la gente que frecuenta El Merchant se refiere al establecimiento simplemente como «el bar».

Henry serpentea entre la clientela, y se sienta en un taburete en un extremo de la barra, con la esperanza de que el ruido ambiental del local lo haga sentirse menos solo.

Esta noche le toca trabajar a Mark, un cincuentón con las patillas llenas de canas y una sonrisa de revista. Henry suele tardar por lo menos diez minutos en conseguir que se acerque a tomarle nota, pero esta noche el camarero se dirige directamente a él, haciendo caso omiso de la cola. Henry pide un tequila, y Mark vuelve con una botella y un par de vasos de chupito.

—Invita la casa —le dice, sirviéndose uno él también.

Henry consigue esbozar una sonrisa triste.

—¿Tan mal me ves?

Pero la mirada de Mark no desprende pena, sino una luz extraña y sutil.

—Tienes un aspecto genial —le dice, igual que Muriel, y es la primera vez que le dirige más de una frase, pues sus respuestas por lo general se limitan a repetir los pedidos y a asentimientos de cabeza.

Hacen chocar sus vasos y Henry pide un segundo chupito y un tercero. Sabe que está bebiendo demasiada cantidad y demasiado rápido, añadiendo más alcohol a las cervezas que se ha tomado en casa y al whisky que se ha servido en el trabajo.

Una chica se acerca a la barra y le lanza una mirada a Henry.

Aparta la vista y luego vuelve a mirarlo, como si lo viera por primera vez. Y cuando se inclina hacia él, Henry atisba de nuevo ese brillo, esa membrana de luz que ha visto en todos los demás; no consigue entender el nombre de la chica, pero da igual.

Hacen lo posible por conversar por encima del ruido, y ella descansa su mano primero en su antebrazo y luego en su hombro, antes de deslizársela por el pelo.

—Ven a mi casa —le dice la chica, y el anhelo de su voz y su deseo evidente se apoderan de Henry. Pero entonces llegan sus amigas y la alejan de allí, y sus propias miradas resplandecen al tiempo que le dicen: «Perdona», y «Eres un buen tipo», y «Que pases una buena noche».

Henry se baja del taburete y se dirige al baño, y esta vez, es capaz de notar la oleada de cabezas que se vuelven en su dirección.

Un tipo lo agarra del brazo y le dice algo acerca de un proyecto de fotografía y que él sería la persona indicada para participar en este, antes de ofrecerle su tarjeta.

Dos mujeres intentan hacerlo partícipe de su conversación.

—Ojalá tuviera un hijo como tú —dice una de ellas.

—¿Hijo? —dice la otra con una risa estridente mientras Henry se libera de su agarre y huye por el pasillo hasta llegar a los baños.

Se apoya contra el lavabo.

No tiene ni idea de lo que está pasando.

Piensa en lo sucedido en la cafetería esa mañana, en el número de Vanessa en el fondo de su taza. En los clientes de la tienda, todos impacientes por recibir su ayuda. En Muriel, que le dijo que tenía buen aspecto. En la pálida bruma, similar al humo de una vela, que cubría todas sus miradas.

Contempla el reloj de su muñeca, brillando bajo la luz del cuarto de baño, y por primera vez, está convencido de que es real.

Que el hombre bajo la lluvia era real.

Que el trato que hicieron fue real.

—Hola.

Levanta la vista y ve a un tipo con los ojos vidriosos que le sonríe como si fueran amigos íntimos.

—Parece que no te vendría mal un pellizquito de esto.

Le ofrece un botecito de cristal y Henry contempla la pequeña columna de polvo del interior.

Tenía doce años la primera vez que se colocó.

Alguien le pasó un porro detrás de las gradas; el humo le abrasó los pulmones y Henry estuvo a punto de vomitar, pero entonces los sentidos se... le amortiguaron un poco. La hierba le proporcionó espacio en el interior del cráneo, alivió el terror nervioso de su corazón. Pero no le permitía controlar los pensamientos que le sobrevenían. El Valium y el Xanax eran mejores en ese aspecto, pues lo anestesiaban de golpe, pero siempre se ha mantenido alejado de las drogas duras por miedo, aunque no por temor a que algo saliera mal. Sino todo lo contrario: por miedo a que lo hicieran sentir bien. Por miedo a la caída, a dejarse llevar, a la certeza de que no sería lo bastante fuerte como para detenerse.

Sin embargo, no era la euforia lo que anhelaba, no exactamente. Sino el sosiego.

Ese afortunado efecto secundario.

Intentó ser un hombre mejor por Tabitha.

Pero Tabitha ya no forma parte de su vida, y de todos modos, no importa.

Ya no.

Lo único que Henry desea ahora es sentirse bien.

Se coloca el polvillo en el pulgar, y aunque no sabe si lo está haciendo bien, lo aspira; una sensación fría y brusca lo golpea, y entonces… el mundo se abre ante él. Los detalles se aclaran, los colores se iluminan, y de alguna manera, todo se vuelve nítido y borroso al mismo tiempo.

Henry debe de haber dicho algo, porque el tipo se ríe. Y luego alarga la mano y le limpia una mancha de la mejilla, y su roce es como una descarga eléctrica, una chispa de energía donde sus pieles se encuentran.

—Eres perfecto —le dice el desconocido deslizando los dedos por su mandíbula, y Henry se ruboriza con una turbación que lo obliga a apartarse.

—Lo siento —le dice retrocediendo hacia el pasillo.

Se desploma contra la pared oscura y aguarda a que el mundo deje de sacudirse.

—Hola.

Levanta la mirada y ve a un tipo rodeando a una chica por los hombros, ambos tienen un aspecto esbelto y felino.

—¿Cómo te llamas? —le pregunta el chico.

—Henry.

—Henry —repite la chica con una sonrisa ladina.

Ella lo mira con un deseo tan manifiesto que Henry se queda pasmado. Nadie lo había mirado nunca de ese modo. Ni Tabitha. Ni Robbie. Nadie… ni en la primera cita, ni manteniendo relaciones sexuales, ni al arrodillarse con un anillo…

—Soy Lucía —se presenta ella—. Y este es Benji. Estábamos buscándote.

—¿Qué he hecho?

La chica ladea la sonrisa.

—Aún nada.

Se muerde el labio y el chico contempla a Henry, con el rostro relajado por el deseo, y en un primer momento no entiende de qué están hablando.

Pero luego cae en la cuenta.

La risa lo recorre, y es un regocijo extraño y desenfrenado.

Nunca ha hecho un trío, a menos que cuente aquella vez en la que él, Robbie y uno de sus amigos se emborracharon en la universidad, y no está del todo seguro de hasta dónde llegó la cosa.

—Ven con nosotros —le ofrece la chica, extendiendo la mano.

Y a Henry se le ocurren una decena de excusas, pero se desvanecen de nuevo al tiempo que los sigue hasta su casa.

VIII
Nueva York
7 de septiembre de 2013

Dios santo, qué agradable resulta sentirse deseado.

Dondequiera que vaya es capaz de percibir la onda expansiva, la atención de los demás dirigiéndose hacia él. Henry se recrea en el interés que suscita, en las sonrisas, la calidez y la luz. Por primera vez comprende realmente el concepto de estar ebrio de poder.

Es como dejar caer un peso enorme mucho después de que se le hayan cansado los brazos. Nota una ligereza repentina y arrolladora, como si sus pulmones se llenaran de aire, igual que los rayos del sol asomándose tras la lluvia.

Es agradable ser el cazador en lugar de la presa.

Ser el que consigue las cosas en lugar del que las pierde.

Lo hace sentir bien. Sabe que no debería, pero así son las cosas.

Hace cola en la cafetería Tostados, ardiendo en deseos de tomarse un café.

Los recuerdos de los últimos días se han vuelto confusos, las juergas de madrugada han dado paso a mañanas extrañas, y cada momento se acentúa con el embriagador placer que supone ser el objeto de deseo de los demás, consciente de que sea lo que sea lo que ven, es bueno, maravilloso y perfecto.

Él es perfecto.

Y no se trata del mero poder de atracción de la lujuria; no siempre. Ahora embelesa a aquellos que lo rodean, y cada uno de ellos se ve arrastrado a su órbita, aunque el motivo siempre difiere. A veces no es más que simple deseo, y otras, un apetito más sutil. En ocasiones es un anhelo evidente, y otras veces, ignora qué es lo que ven cuando lo contemplan.

Eso es lo único que lo inquieta en realidad… sus miradas. La bruma que cubre sus ojos, espesándose hasta convertirse en escarcha, en hielo. Un recordatorio constante de que su nueva vida no es exactamente normal; no es del todo real.

Pero es *suficiente*.

—¡Siguiente!

Da un paso adelante, levanta la mirada y ve a Vanessa.

—Vaya, hola.

—No me llamaste.

Pero no parece enfadada ni molesta, en todo caso, su voz suena demasiado alegre y provocadora; aunque es la clase de provocación que se usa para ocultar la vergüenza. Henry lo sabe bien; ha usado ese tono un montón de veces para esconder su propio dolor.

—Lo siento —le dice él sonrojándose—. No estaba seguro de si debía hacerlo.

Vanessa sonríe con picardía.

—¿Crees que lo de anotarte mi nombre y número de teléfono fue una jugada demasiado sutil?

Henry se ríe y le pasa el móvil por encima del mostrador.

—Llámame tú después —le dice, y ella teclea su número y aprieta el botón de llamar—. Ya está —prosigue Henry, recuperando el móvil—, ya no tengo excusa.

Se siente como un imbécil, incluso mientras pronuncia las palabras, como un muchacho que recita de memoria las frases de una película, pero Vanessa se ruboriza y se muerde el labio inferior, y Henry se pregunta qué ocurriría si le pidiera que saliera con él en ese mismo instante; si se quitaría el delantal y pasaría por debajo del mostrador, pero no hace la prueba y se limita a decirle:

—Te llamaré.

Y ella responde:

—Más te vale.

Henry sonríe y se da la vuelta para marcharse. Casi ha llegado a la puerta cuando oye su nombre.

—Señor Strauss.

A Henry se le encoge el estómago. Conoce esa voz, y es capaz de vislumbrar la imagen del hombre, con su chaqueta de *tweed*, su cabellera canosa y la mirada de decepción en su rostro mientras aconsejaba a Henry que dejara el departamento de Teología y la universidad, e intentara averiguar dónde residía su auténtica pasión, pues era evidente que no se encontraba allí.

Henry intenta esbozar una sonrisa, pero nota cómo su intento fracasa.

—Decano Melrose —dice, volviéndose para contemplar al hombre que lo apartó del camino.

Y ahí está: de carne y hueso y *tweed*. Pero en lugar de la expresión desdeñosa que Henry se acostumbró a contemplar en su rostro, el decano parece satisfecho. Una sonrisa divide su barba gris, que lleva pulcramente recortada.

—Menuda suerte la mía —le dice—. Es justo el hombre que quería ver.

A Henry le cuesta creerlo, hasta que advierte el pálido humo que serpentea en la mirada del hombre. Y sabe que debería ser educado, pero está deseando mandar al decano a la mierda, así que opta por una opción intermedia y simplemente le pregunta:

—¿Por qué?

—Hay una vacante en la facultad de Teología, y creo que sería la persona idónea para el puesto.

Henry casi suelta una carcajada.

—Debe de ser una broma.

—En absoluto.

—No llegué a terminar el doctorado. Usted me suspendió.

El decano levanta un dedo.

—No lo suspendí.

Henry se indigna.

—Me amenazó con hacerlo si no abandonaba la facultad.

—Lo sé —se lamenta, y parece arrepentido de verdad—. Me equivoqué.

Henry está convencido de que el decano nunca antes había pronunciado esas dos palabras. Desea deleitarse en ellas, pero no es capaz.

—No —le responde—, tenía razón. No encajaba bien allí, y no era feliz. No tengo intención de volver.

Es mentira. Echa de menos la organización, echa de menos seguir el camino, echa de menos tener un propósito. Y puede que aquel lugar no encajara a la perfección con él, pero nada puede encajar al cien por cien.

—Acérquese para una entrevista —le dice el decano Melrose, extendiéndole su tarjeta—. Permítame que lo haga cambiar de opinión.

✳ ✦ ✳ ✴ ✳ ✦ ✦

—Llegas tarde.

Bea lo espera en los escalones de la librería.

—Lo siento —se disculpa, abriendo la puerta—. Te recuerdo que no es una biblioteca —añade mientras ella deja un billete de cinco dólares enérgicamente sobre el mostrador y desaparece en la sección de Arte. Bea emite un «ajá» que no la compromete a nada, y Henry la oye sacar algunos libros de las estanterías.

Su amiga es la única que no ha cambiado, la única que no parece tratarlo de manera diferente.

—Oye —le dice siguiéndola por el pasillo—. ¿Me ves algo raro?

—No —responde mientras examina los estantes.

—Bea, *mírame*.

Ella se da la vuelta y lo estudia de arriba abajo.

—¿Aparte de la marca de pintalabios del cuello?

Henry se sonroja, frotándose la piel.

—Sí —dice él—. Aparte de eso.

Su amiga se encoge de hombros.

—En realidad no.

Pero en sus ojos se asoma ese brillo inconfundible, esa membrana tenue e iridiscente que parece extenderse mientras lo examina.

—¿En serio? ¿Nada?

Bea saca un libro de la estantería.

—Henry, ¿qué quieres que te diga? —le pregunta, buscando algo fuera de lugar durante un instante—. Tienes el *mismo* aspecto de siempre.

—Así que no… —No sabe cómo preguntárselo—. No te excito, ¿verdad?

Bea se da la vuelta, se lo queda mirando durante un buen rato, y luego se echa a reír.

—Lo siento, bombón —le dice ella cuando logra recuperar el aliento—. No te lo tomes a mal. Eres muy guapo. Pero sigo siendo lesbiana.

Y en cuanto le dice aquello, Henry se siente ridículo y ridículamente aliviado.

—¿A qué viene esto? —le pregunta ella.

Hice un trato con el diablo y ahora cuando la gente me mira solo ve lo que desea.

Sacude la cabeza.

—A nada. Olvídalo.

—Pues mira tú por dónde, creo que he encontrado otro tema para mi tesis —dice añadiendo otro libro al montón.

Se lleva la pila de volúmenes al mostrador y los extiende sobre los libros de contabilidad y los recibos. Henry la observa pasar las páginas hasta que encuentra lo que busca en cada uno de los títulos, y luego se aparta para que él pueda ver su hallazgo.

Tres retratos, todos ellos representaciones de una joven, aunque es evidente que provienen de épocas y escuelas diferentes.

—¿Qué es esto?

—Yo la llamo «el fantasma del lienzo».

Uno es un boceto a lápiz, con los contornos poco definidos y sin terminar. En él, la mujer yace boca abajo, enredada en las sábanas. Su cabello forma una cascada a su alrededor, y su rostro es poco más que un tapiz de sombras, con unas suaves pecas diseminadas a lo largo de sus mejillas. El título de la obra está escrito en italiano.

Ho portato le stelle a letto.

La traducción se encuentra debajo.

Me llevé las estrellas a la cama.

La segunda pieza es francesa y se trata más bien de un retrato abstracto. Está pintado con los intensos tonos azules y verdes del impresionismo. En él, la mujer se encuentra sentada en una playa, y un libro descansa boca abajo a su lado en la arena. Mira al artista por encima del hombro y solo una parte de su rostro es visible; sus pecas son poco más que manchas de luz, ausencias de color.

Esta obra se llama *La sirène.*

La sirena.

La última es una talla poco profunda. Una escultura en forma de silueta atravesada por la luz, gracias a unas perforaciones milimétricas realizadas en el panel de madera de cerezo.

Constelación.

—¿Lo ves?

—Son retratos.

—No —dice ella—, son retratos de la *misma* mujer.

Henry arquea una ceja.

—Alucinas.

—Fíjate en el ángulo de la mandíbula, en el contorno de su nariz y en las pecas. Cuéntalas.

Henry las cuenta. En cada retrato, hay exactamente siete.

Bea toca la primera y la segunda imagen.

—La italiana es de finales del siglo xix. Y la francesa, de cincuenta años más tarde. Y esta… —dice ella, tocando la foto de la escultura— es de los años sesenta.

—Puede que cada una estuviera inspirada en la anterior —dice Henry—. ¿Acaso no existía la costumbre de…? Se me ha olvidado cómo se llamaba, pero básicamente es como el juego de «teléfono de papel». Un artista se inspiraba en cierto elemento, y luego otro artista se inspiraba en ese artista anterior y así sucesivamente. Se seguía un patrón.

Pero Bea desestima su comentario con la mano.

—Claro, en enciclopedias y bestiarios, pero no en escuelas formales de arte. Esto es como colocar a una chica con un pendiente de perlas en un Warhol y en un Degas sin haber visto el Vermeer original. Y aunque ella se convirtiera en un patrón, lo cierto es que ese «patrón» influyó en siglos de arte. Es un fragmento de tejido conjuntivo entre épocas. De modo…

—De modo…

—De modo que ¿quién era?

A Bea le brillan los ojos, igual que a Robbie cuando clava una actuación o se toma una raya de coca, y Henry no quiere desanimarla, pero es obvio que su amiga está esperando que diga algo.

—Bueno… —comienza a decir él con delicadeza—. Pero, Bea, ¿y si no fuera una persona real? Aunque las piezas estén basadas en la misma mujer, ¿y si el primer artista simplemente se la inventó? —Bea frunce el ceño, sacudiendo la cabeza—. Mira —continúa Henry—, nadie tiene más ganas que yo de que encuentres el tema de tu tesis. No solo por el bien de la tienda, sino también por el tuyo propio, para que no pierdas el norte. Y todo el asunto parece fascinante. Pero ¿no rechazó tu tutor tu última propuesta por ser demasiado extravagante?

—*Esotérica.*

—Pues eso —dice Henry—. Y si un tema como «El posmodernismo y sus efectos en la arquitectura de Nueva York» le parecía demasiado esotérico, ¿qué crees que opinará el decano Parrish de *esto*?

Henry dirige un gesto a los libros abiertos, a los rostros pecosos que los contemplan desde cada uno de los volúmenes.

Bea lo observa en silencio durante un buen rato y luego desvía la mirada a los libros.

—¡Mierda! —grita, haciéndose con uno de los enormes ejemplares y sale de la tienda hecha una furia.

Henry la ve marcharse y suspira.

—Esto no es una biblioteca —exclama a sus espaldas, y devuelve el resto de los libros a sus estantes.

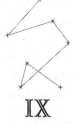

IX
Nueva York
18 de marzo de 2014

Henry guarda silencio al tiempo que aquel episodio con Bea cobra sentido.

Había olvidado el intento de Bea ese día por encontrar una nueva tesis, un detalle que le había pasado desapercibido por producirse en una época caótica, pero que ahora resulta evidente.

La chica del boceto, la pintura y la escultura está apoyada a su lado en la barandilla, con el rostro teñido de placer.

Se encuentran recorriendo Chelsea en dirección al High Line, cuando él se detiene en medio de un paso de peatones, percatándose de la verdad indiscutible, del rayo de luz, como una lágrima, en su historia.

—Eras tú.

Addie esboza una sonrisa deslumbrante.

—Era yo.

Un coche toca el claxon, las luces intermitentes del semáforo se tornan fijas en señal de advertencia y ambos corren hasta el otro lado.

—Aunque es curioso —dice ella mientras suben los escalones de hierro—. Desconocía la existencia de la pintura francesa. Recuerdo estar sentada en esa playa, y recuerdo al hombre en el muelle con su caballete, pero nunca llegué a toparme con la obra terminada.

Henry sacude la cabeza.

—Creía que no podías dejar ninguna huella.

—Y así es —responde Addie, levantando la mirada—. Soy incapaz de utilizar un bolígrafo o de narrar una historia. Soy incapaz de empuñar un arma o hacer que alguien me recuerde. Pero el arte… —dice con una sonrisa más sutil—. El arte tiene que ver con las ideas. Y las ideas son más indómitas que los recuerdos. Son como las malas hierbas, siempre encuentran la forma de desarrollarse.

—Pero no puedes salir en las fotos. O en un vídeo.

Ella vacila apenas un instante.

—No —responde, y la palabra no es más que una forma en sus labios. Henry se siente culpable por mencionarlo, por meterla de nuevo tras los barrotes de su maldición, en lugar de dejarla permanecer en los huecos que ha encontrado entre ellos. Pero entonces Addie se endereza, levanta la barbilla y sonríe con una alegría casi desafiante.

»Pero ¿no te parece maravilloso ser una idea? —le pregunta.

Llegan al High Line justo cuando se levanta una ráfaga de viento; el frío del invierno sigue alojado en el aire, pero en lugar de encogerse y resguardarse de la brisa, Addie deja que el viento la golpee, con las mejillas sonrojadas por el frío y el pelo azotándole el rostro, y en ese momento, Henry es capaz de vislumbrar lo que vieron cada uno de los artistas, lo que los inspiró a emplear sus lápices y sus pinturas: una chica imposible e inalcanzable.

Y aunque está a salvo y tiene ambos pies posados firmemente en el suelo, Henry se siente caer.

X

Nueva York
13 de septiembre de 2013

La gente habla mucho sobre sus hogares.

Dicen que el hogar está donde se encuentra el corazón. No hay nada como estar en casa. Si se pasa mucho tiempo fuera, uno comienza a sentirse afligido.

Afligido... Henry es consciente de que cuanto más se acerca a casa, más afligido se siente, cuando debería ser al revés, pero no puede hacer nada por evitarlo. Quiere a su familia, en serio. Es solo que no siempre le caen bien. Detesta a la persona en la que se convierte cuando está con ellos.

Y sin embargo, aquí está, conduciendo noventa minutos en dirección norte, con la ciudad hundiéndose tras él mientras el coche alquilado zumba bajo sus manos. Henry sabe que podría tomar el tren, pues es sin duda más barato, pero lo cierto es que le encanta conducir. O más bien, le gusta el ruido blanco que lo envuelve mientras conduce, el aspecto específico del acto de ir de un lugar a otro, las indicaciones, tener el control. Pero sobre todo, le gusta la imposibilidad de hacer otra cosa que no sea conducir, con las manos sobre el volante, la mirada fija en la carretera y la música sonando a todo volumen por los altavoces.

Se ofreció a llevar a Muriel, aunque en el fondo se alegró cuando ella le dijo que ya estaba en el tren, que David ya había llegado y la recogería en la estación, lo que significa que Henry será el último en llegar.

De algún modo, Henry siempre acaba llegando el último.

Cuanto más se acerca a Newburgh, más cambia la atmósfera en el interior de su cabeza; oye un estruendo de advertencia en el horizonte y atisba una tormenta que se aproxima. Respira profundamente y se prepara para una cena en familia.

Ya se imagina el panorama: los cinco sentados alrededor de la mesa cubierta de lino en una torpe imitación asquenazí de un cuadro de Rockwell, una escena de lo más tensa, con sus padres situados en extremos opuestos, y sus hermanos sentados uno al lado del otro frente a él.

David, el eje de la familia, con su mirada severa y su postura rígida.

Muriel, el tornado, con sus salvajes y oscuros rizos y su incesante energía.

Y Henry, el fantasma (ni siquiera su nombre encaja: no es, ni mucho menos, judío, se lo pusieron en deferencia a uno de los amigos más antiguos de su padre).

Por lo menos sí parecen pertenecer a la misma familia: si alguien echara un rápido vistazo a la mesa, podría distinguir con facilidad las similitudes entre algunas de las mejillas, mandíbulas o cejas de los comensales. David lleva las gafas como su padre, se las coloca en la punta de la nariz para que el marco superior divida su mirada. Muriel sonríe como su madre, a menudo y de manera franca, y se ríe también como ella, con la cabeza inclinada hacia atrás y emitiendo un sonido radiante y enérgico.

Henry ha heredado los rizos sueltos y negros de su padre y los ojos verdes grisáceos de su madre, aunque algunas de las características de sus progenitores han quedado extraviadas por el camino. Le falta la firmeza de uno y la alegría del otro. Sus hombros y el contorno de su boca conforman detalles sutiles que siempre lo hacen parecer más un invitado que un miembro de la familia.

La cena transcurrirá de la siguiente manera: su padre y su hermano hablarán de medicina, y su madre y su hermana de arte mientras Henry aguarda con horror el momento en que las preguntas se dirijan a él. El momento en que su madre exprese sus preocupaciones en voz alta, su padre encuentre un pretexto para usar la palabra «desarraigado», David le recuerde que ya casi tiene treinta años y Muriel lo anime a ser responsable, responsable de verdad... como si sus padres no estuvieran pagándole a ella todavía las facturas del móvil.

Henry sale de la autopista y nota cómo el viento se levanta en sus oídos.

Atraviesa el centro de la ciudad y oye un trueno en el interior de su cráneo.

La energía estática que produce la tensión.

Sabe que llega tarde.

Siempre llega tarde.

Este hecho ha sido el inicio de muchas disputas, y hubo un tiempo en que creía que no era más que un despiste por su parte, antes de darse cuenta de que se trataba de un extraño instinto de supervivencia, un descuido intencionado aunque subconsciente, una forma de retrasar la inevitable e incómoda necesidad de presentarse en casa de su familia. De sentarse a la mesa, acorralado entre sus hermanos y situado frente a sus padres como un criminal ante un pelotón de fusilamiento.

Así pues Henry llega tarde, y cuando su padre abre la puerta, él se prepara para que le eche en cara su retraso con el ceño fruncido, para que señale de manera mordaz que sus hermanos siempre se las arreglan para llegar cinco minutos antes...

Pero su padre se limita a sonreír.

—¡Aquí estás! —le dice, con una mirada resplandeciente y cálida.

Y cubierta de bruma.

Puede que esta cena familiar difiera de las demás.

—¡Mirad quién ha llegado! —exclama su padre, conduciendo a Henry hasta el estudio.

—Cuánto tiempo sin vernos —le dice David estrechándole la mano, porque aunque ambos viven en la misma ciudad (joder, sus casas se encuentran incluso en la misma línea de metro), la última vez que Henry vio a su hermano fue aquí, durante la primera noche de Janucá.

—¡Henry! —Ve un borrón de rizos oscuros antes de que Muriel le arroje los brazos alrededor del cuello. Le besa la mejilla, y le deja una mancha de pintalabios color coral que luego tiene que limpiarse frente al espejo del pasillo.

Y en ningún momento entre que salen del estudio y se dirigen al comedor se hace mención alguna a la longitud de su pelo, que, de algún modo, siempre está demasiado largo, o al aspecto del jersey que lleva puesto, que tiene el tejido desgastado pero también es la prenda más cómoda que posee.

Nadie le dice ni una sola vez que está demasiado delgado, o que le sentaría bien tomar más el sol, o que parece cansado, a pesar de que todos esos comentarios suelen venir acompañados de observaciones punzantes sobre cómo no debe de ser demasiado difícil estar al frente de una librería en Brooklyn.

Su madre sale de la cocina, quitándose un par de manoplas de horno. Le toma la cara con las manos, sonríe y le dice que se alegra mucho de verlo.

Henry le cree.

—Por nuestra familia —brinda su padre cuando se sientan a comer—, reunida de nuevo.

Es como si se encontrara en otra versión de su vida; no en una versión futura o pasada, sino en una paralela. Una en la que su hermana lo admira y su hermano no lo menosprecia; en la que sus padres están orgullosos de él y toda censura se ha evaporado, como el humo tras un incendio. No se había dado cuenta de lo mucho que la culpa estaba presente en sus lazos familiares. Sin su carga, se siente mareado y ligero.

Eufórico.

Su familia no menciona a Tabitha o la proposición de matrimonio fallida, aunque están al tanto de su ruptura; la silla vacía pone en evidencia el desenlace de los acontecimientos ocurridos hace unos días, pero nadie hace el amago de fingir que forma parte de una tradición familiar.

Hace un mes, cuando Henry llamó a David por teléfono para contarle lo del anillo, su hermano le preguntó, casi distraídamente, si pensaba que ella aceptaría su proposición. A Muriel no le caía bien, pero nunca le caían bien ninguna de las parejas de Henry. No porque fueran demasiado buenas para él, aunque seguro que también lo pensaba, sino simplemente porque le parecían *aburridas*, una extensión de lo que sentía por el propio Henry.

En ocasiones los llamaba «la tele por cable». Sí, tal vez estos canales sean una alternativa mejor a quedarse contemplando el techo, pero no ponen más que reposiciones. Al único que vio ligeramente con buenos ojos fue a Robbie, e incluso entonces, Henry sabía que era debido al escándalo que se armaría si alguna vez se le ocurría llevarlo a casa de sus padres. Muriel es la única que está al tanto de que su relación con Robbie había ido más allá de la simple amistad. Es el único secreto que ha conseguido guardarle.

La cena resulta de lo más desconcertante.

La actitud de David es cálida y curiosa.

Muriel es atenta y amable.

Su padre presta atención a todo lo que dice y parece verdaderamente interesado en sus palabras.

Su madre le dice que está orgullosa.

—¿De qué? —le pregunta él, sinceramente confundido, y ella se ríe, como si la pregunta se le antojara absurda.

—De ti.

La ausencia de críticas hacia su persona es sorprendente, le provoca una especie de vértigo existencial.

Les cuenta que se encontró con el decano Melrose, y aguarda a que David le señale lo obvio: que no está cualificado para el puesto; aguarda a que su padre le pregunte dónde está la trampa. Su madre guardará silencio mientras su hermana pone el grito en el cielo, recalcando que eligió tomar un rumbo diferente por algún motivo, y exigiendo saber qué sentido tuvo todo aquello si al final decide volver a la universidad.

Pero nada de eso ocurre.

—Fantástico —dice su padre.

—Tendrían suerte de contar contigo —opina su madre.

—Serías un buen profesor —añade David.

La única que expresa una leve discrepancia es Muriel.

—Nunca fuiste feliz allí…

Pero sus palabras no desprenden ningún reproche, sino un intenso sentimiento de protección.

Tras acabar de cenar, todos se retiran a sus respectivos rincones: su madre a la cocina, su padre y su hermano al estudio, y su hermana afuera, para contemplar las estrellas y sentirse conectada con el entorno, que suele ser sinónimo de fumarse un porro.

Henry se dirige a la cocina para ayudar a su madre a lavar los platos.

—Yo friego y tú secas —le dice ella pasándole un paño. Se sumen en un ritmo agradable y entonces su madre se aclara la garganta—: Siento lo de Tabitha —comenta en voz baja, como si supiera que el tema es tabú—. Siento que malgastaras tanto tiempo con ella.

—No lo malgasté —responde Henry, aunque en realidad sí lo siente así.

Su madre enjuaga un plato.

—Solo quiero que seas feliz. Te lo mereces. —Sus ojos resplandecen, y Henry no está seguro de si es debido a la extraña escarcha

398

que cubre su mirada, o si son meras lágrimas de madre—. Eres fuerte e inteligente, y tienes éxito.

—No sé, yo… —dice Henry, secando uno de los platos—. Sigo pensando que os he decepcionado.

—No digas eso —lo regaña su madre, que parece herida de verdad. Le acaricia la mejilla—. Henry, te quiero tal como eres. —Deja caer la mano hasta el plato—. Ya termino yo —le dice ella—. Ve a buscar a tu hermana.

Henry sabe perfectamente dónde se encuentra.

Sale al porche trasero y ve a Muriel sentada en el columpio, fumándose un porro y contemplando los árboles en una postura pensativa. Siempre se sienta de la misma manera, como si estuviera esperando a que alguien le saque una foto. Es algo que él ha hecho en una o dos ocasiones, pero ella siempre acaba teniendo un aspecto rígido y poco natural. Muriel consigue que las fotos espontáneas parezcan preparadas.

Los tablones de madera crujen un poco bajo sus pies y ella sonríe sin levantar la mirada.

—Hola, Hen.

—¿Cómo sabías que era yo? —le pregunta sentándose a su lado.

—Siempre caminas de forma sigilosa —responde ella pasándole el porro.

Henry da una larga calada y aguanta sin exhalar el humo hasta que nota cómo se le sube a la cabeza. Es una sensación suave y vibrante. Se pasan el porro mientras estudian a sus padres a través del cristal. Bueno, a sus padres y a David, quien va pegado a su padre, adoptando sus mismas poses.

—Me dan escalofríos —murmura Muriel.

—Es inquietante, en serio.

Ella suelta una risita.

—¿Por qué no quedamos más a menudo?

—Estás muy ocupada —responde él, pues es mejor que decirle que en realidad no se llevan muy bien.

Ella le apoya la cabeza en el hombro.

—Para ti siempre tengo tiempo.

Fuman en silencio hasta que se les consume el porro y su madre les grita que es la hora del postre. Henry se incorpora, con la cabeza dándole vueltas de un modo agradable.

—¿Quieres un caramelo? —le pregunta Muriel ofreciéndole una lata, pero al abrirla, Henry ve el montón de píldoras rosas. Los paraguas. Piensa en el aguacero y en el desconocido sentado a su lado, totalmente seco, y cierra la lata.

—No, gracias.

Vuelven a entrar para tomarse el postre y se pasan la siguiente hora conversando de todo y de nada a la vez, y la situación le resulta tan agradable, tan intensamente agradable, sin tener que soportar observaciones sarcásticas, disputas ridículas y comentarios pasivo-agresivos, que a Henry le parece estar todavía conteniendo la respiración, aferrándose al subidón de la marihuana, con los pulmones en llamas pero con el corazón pletórico.

Se pone en pie, dejando el café a un lado.

—Debería marcharme.

—Puedes quedarte a dormir —le ofrece su madre, y por primera vez en diez años, le dan ganas de quedarse; se pregunta cómo sería despertarse aquí y encontrarse con esto, con la calidez, la tranquilidad y la sensación de que encaja en su familia, pero lo cierto es que ha sido una velada demasiado perfecta. Es como si se hallara recorriendo esa fina línea existente entre estar contento y acabar a cuatro patas en el suelo del baño, y no quiere que nada incline la balanza.

—Debo volver —le responde él—. Tengo que abrir la tienda a las diez.

«Trabajas muy duro» son unas palabras que su madre no le ha dicho jamás. Aunque al parecer ahora sí se las dice.

David le agarra el hombro, le dirige esa dichosa mirada impregnada de bruma, y le dice:

—Te quiero, Henry. Me alegro de que te vaya tan bien.

Muriel le envuelve la cintura con los brazos.

—Espero que nos veamos pronto.

Su padre lo acompaña hasta el coche y cuando Henry alarga la mano, lo envuelve en un abrazo y le dice:

—Estoy orgulloso de ti, hijo.

Y una parte de él quiere preguntarle el motivo, para provocarlo, para poner a prueba los límites del hechizo, para obligar a su padre a vacilar, pero es incapaz de hacerlo. Sabe que no es real, no en un sentido estricto, pero le da igual.

Aun así lo hace sentir bien.

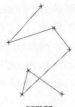

XI

Nueva York
18 de marzo de 2014

Las carcajadas se oyen desde lo alto del High Line.

Construido sobre una antigua vía ferroviaria, el parque elevado se extiende a lo largo del borde oeste de Manhattan desde la calle 30 hasta la 12. Es, por lo general, un lugar agradable, con puestos de comida y jardines, túneles y bancos, caminos sinuosos y vistas a la ciudad.

Hoy, es algo totalmente distinto.

El Artefacto se ha adueñado de uno de sus tramos y lo ha transformado en un parque temático de ensueño, colmado de luz y color. Un paisaje tridimensional de fantasías e ilusiones.

En la entrada, una de las voluntarias les entrega unas gomas elásticas de colores para que las lleven alrededor de las muñecas. Las gomas crean un arcoíris sobre su piel, y cada una les proporciona acceso a diferentes partes de la exposición.

—Esta os llevará al Cielo —les explica la chica, como si las obras de arte fueran atracciones de feria.

»Esta os conducirá a la Voz.

»Con esta podréis entrar en los Recuerdos.

Le sonríe a Henry mientras habla, con una mirada azul lechosa. Pero a medida que atraviesan el festival de exposiciones gratuitas, todos los artistas se vuelven para contemplar a Addie.

Puede que él sea una estrella, pero ella es un cometa brillante y arrastra las miradas a su paso como meteoros ardientes.

Cerca de allí, un tipo esculpe trozos de algodón de azúcar como si fueran globos, y luego reparte entre los presentes las obras de arte comestibles. Algunas de ellas tienen formas reconocibles: un perro, una jirafa, un dragón…, mientras que otras son abstractas: un atardecer, un sueño, o la nostalgia.

A Henry todas le saben a azúcar.

Y cuando Addie lo besa, también sabe a azúcar.

La goma de color verde los lleva a los Recuerdos, que resulta ser una especie de caleidoscopio tridimensional hecho de cristales de colores: una escultura que se eleva a cada lado, y gira con cada paso.

Se agarran el uno al otro mientras el mundo a su alrededor se curva y se endereza, y vuelve a curvarse en torno a ellos; ninguno de los dos lo dice en voz alta, pero Henry cree que ambos se alegran de salir de allí.

Las obras de arte convergen en el espacio entre exposiciones. Un campo de girasoles de metal. Una piscina de crayones derretidos. Una cortina de agua, tan fina como el papel, que lo único que hace es empañarle las gafas y dejar un brillo iridiscente sobre la piel de Addie.

Y resulta que el Cielo reside en el interior de un túnel.

Es obra de un artista lumínico y está compuesto por un conjunto de habitaciones interconectadas. Desde fuera, no parece gran cosa, la estructura de madera es básica y anodina, poco más que clavos y tachuelas, pero el interior… el interior es sobrecogedor.

Ambos avanzan tomados de la mano para no perder al otro. Se topan con un espacio deslumbrantemente brillante, y luego con otro tan oscuro que el mundo parece haberse desvanecido, y Addie tiembla a su lado, apretándole el brazo con los dedos. La siguiente habitación está repleta de niebla, como el interior de una nube, y en la siguiente, unos filamentos tan finos como la lluvia suben y bajan a cada lado. Henry pasa los dedos por la extensión de gotas de plata, y estas suenan como campanas.

La última habitación está repleta de estrellas.

Es una sala opaca, idéntica a la anterior, solo que esta vez, un millar de diminutos puntos de luz se abren paso a través de la oscuridad, y crean una vía láctea al alcance de la mano; una constelación majestuosa. E incluso en la oscuridad casi cerrada, Henry puede ver el rostro alzado de Addie y la curva de su sonrisa.

—Después de trescientos años todavía pueden descubrirse cosas nuevas —susurra ella.

Cuando salen por el otro extremo, parpadeando bajo la luz del atardecer, Addie no pierde ni un segundo en tirar de él, alejándolo del Cielo y conduciéndolo al siguiente conjunto de puertas, ansiosa por descubrir qué más los espera al otro lado.

XII

Nueva York
19 de septiembre de 2013

Por una vez, Henry llega temprano.

Lo cual, se imagina él, es mejor que llegar tarde, pero no quiere presentarse allí demasiado pronto porque eso es aún peor y resulta todavía más raro y... tiene que dejar de darle vueltas al asunto.

Se alisa la camisa, se mira el pelo en uno de los lados de un coche aparcado y entra.

En el interior de la abarrotada taquería reina un ambiente animado; el local tiene el aspecto de una caverna de hormigón, con las ventanas típicas de las puertas de garaje y un carrito de comida aparcado en un rincón. Y no importa que Henry haya llegado temprano, porque Vanessa ya está allí esperándolo.

Ha intercambiado el delantal de barista por unos *leggings* y un vestido estampado, y su pelo rubio, que él solo ha visto recogido, cae en ondas sueltas alrededor de su rostro. Al verlo llegar, la chica esboza una sonrisa.

—Me alegro de que me llamaras —dice ella.

Y Henry le sonríe a su vez.

—Yo también.

Piden la comida usando unos trozos de papel y unos lápices diminutos que Henry no había visto desde que jugó al minigolf cuando tenía diez años. Sus dedos se encuentran mientras ella señala los tacos y él los anota. Las manos de ambos vuelven a toparse al alcanzar los nachos, y debajo de la mesa de metal, sus piernas se rozan con las del otro, y cada vez, Henry nota como si un destello de luz lo recorriera.

Y por primera vez, Henry no reprime sus comentarios, no se reprende a sí mismo por cada cosa que hace, no se convence de que tiene que decir lo correcto; no hay ninguna necesidad de encontrar las palabras adecuadas cuando las palabras erróneas no existen. No tiene que mentir ni esforzarse, no tiene que ser nadie más que sí mismo, porque es suficiente.

La comida está deliciosa, pero el local es bastante ruidoso, ya que las voces resuenan en los altísimos techos, y Henry se estremece cuando alguien arrastra la silla por el suelo de cemento.

—Lo siento —se disculpa él—. Sé que no es un lugar muy elegante.

Henry, quien escogió el local, es consciente de que deberían haber ido a tomar una copa, pero están en Nueva York, las bebidas cuestan el doble que la comida, y él apenas puede permitirse esta cena con su sueldo de librero.

—Oye, amigo —dice Vanessa, removiendo su copa de agua fresca—, trabajo en una cafetería.

—Por lo menos te dan propina.

Vanessa finge sorprenderse.

—¡No fastidies! ¿A los libreros no os dan propina?

—*Nop*.

—¿Ni aunque recomendéis un buen libro?

Él niega con la cabeza.

—Qué injusto —responde ella—. Deberías poner un tarro de propinas en el mostrador.

—¿Y qué les diría a los clientes? —Golpea la mesa con los dedos—. ¿Los libros alimentan las mentes hambrientas, y las propinas al gato?

De pronto, Vanessa se echa a reír alegremente.

—Eres la bomba.

—Ah, ¿sí?

Ella le saca la lengua.

—Quieres seguir oyendo cumplidos, ¿no es cierto?

—No —responde él—. Solo por curiosidad, ¿qué es lo que ves en mí?

Vanessa sonríe, tímida de repente.

—Eres... bueno, te parecerá cursi, pero eres exactamente lo que he estado buscando.

—¿Y qué es?

Si hubiera dicho «alguien sincero, sensible y considerado» tal vez se lo habría tragado.

Pero no es así.

Utiliza palabras como «extrovertido», «divertido» y «ambicioso», y cuanto más habla de él, más gruesa es la escarcha que cubre sus ojos y más se extiende, hasta que llega un momento en que Henry apenas puede distinguir el color de debajo. Y él se pregunta cómo es posible que la bruma le permita ver, pero no lo hace.

De eso se trata.

✶ ✦ ✶ ✳ ✶ ✦ ✦

Una semana después, Bea, Robbie y él se encuentran en El Merchant, con tres cervezas y una ración de patatas fritas para compartir.

—¿Cómo está Vanessa? —le pregunta ella mientras Robbie contempla su bebida fijamente.

—Está bien —responde Henry.

Y lo está. Igual que él. Les va bien.

—Últimamente no te despegas de ella.

Henry frunce el ceño.

—Fuiste tú la que me dijo que tenía que olvidarme de Tabitha.

Bea levanta las manos.

—Ya, ya lo sé.

—Acabamos de empezar. Ya sabes cómo son estas cosas. Es...

—Un clon —murmura Robbie.

Henry se vuelve hacia él.

—¿Qué has dicho? —le pregunta, molesto—. Habla más alto, sé que sabes cómo proyectar la voz.

Robbie le da un buen trago a la cerveza, con una expresión miserable.

—Solo digo que es una copia exacta de Tabby. Menuda, rubia...

—¿Y mujer?

Aquel es un asunto delicado entre ambos desde hace tiempo, el hecho de que Henry no sea *gay*, de que se sienta atraído primero por la persona y luego por su género.

Robbie se avergüenza pero no se disculpa.

—Además —argumenta Henry—, no fui yo el que persiguió a Vanessa. Ella se interesó por mí. Le gusto.

—¿Y ella te gusta a *ti*? —le pregunta Bea.

—Pues claro —responde Henry demasiado rápido. Ella le gusta. Bueno, también le gusta que Vanessa esté loquita por él (por la versión de él que ve), y entre esas dos afirmaciones hay un diagrama de Venn, una zona donde ambas se superponen. Está convencido de que él se encuentra en el área convergente. No se está aprovechando de ella, ¿verdad? Al menos, no es el único con una actitud egoísta: ella también se aprovecha de él, está retratando a otra persona en el lienzo de su vida. Y si se trata de algo mutuo, entonces, no es culpa suya... ¿o sí?

—Solo queremos que seas feliz —está diciéndole Bea—. Y después de todo lo ocurrido, es mejor que... te tomes las cosas con calma.

Pero por una vez, Henry no es el que necesita ir más despacio.

Al despertarse esa mañana, Henry se encontró un plato de tortitas con pepitas de chocolate, un vaso de zumo de naranja y una notita escrita a mano sobre la encimera de la cocina al lado del plato, con un corazón y una «V». Vanessa lleva tres días quedándose a dormir, y cada una de las veces, se ha dejado algo en su casa. Una blusa. Un par de zapatos. Un cepillo de dientes en el recipiente junto al lavabo.

Sus amigos lo observan mientras la pálida bruma aún se arremolina en sus miradas, y él sabe que se preocupan por él, sabe que lo quieren y que solo desean lo mejor para él. Gracias al trato, no les queda más remedio.

—No os preocupéis —les asegura, dándole un sorbo a la cerveza—. Me lo tomaré con calma.

★ ✦ ✕ ✴ ✕ ✦ ✦

—Henry...

Está medio adormilado cuando nota cómo ella le recorre la espalda con una de sus uñas pintadas.

Una tenue luz grisácea atraviesa las ventanas.

—¿*Hm?* —dice él dándose la vuelta.

Vanessa tiene la cabeza apoyada en una mano, con el pelo rubio cayéndole sobre la almohada, y Henry se pregunta cuánto tiempo ha pasado en esa posición, esperando a que se despertara, antes de decidirse a intervenir.

—Tengo que decirte algo. —Ella lo contempla con los ojos bañados en esa luz lechosa. Henry está empezando a aborrecer ese brillo, ese humo pálido que lo sigue de rostro en rostro.

—¿Qué? —le pregunta él, alzándose sobre un codo—. ¿Qué ocurre?

—Nada. Es que... —Ella esboza una sonrisa—. Te quiero.

Y lo más aterrador es que parece decirlo en serio.

—No tienes que decírmelo tú también. Sé que es pronto. Solo quería que lo supieras.

Ella se acurruca junto a él.

—¿Estás segura? —le pregunta él—. Es decir, solo ha pasado una semana.

—¿Y qué? —responde Vanessa—. Eso se sabe. Estoy segura.

Henry traga saliva y le da un beso en la sien.

—Voy a darme una ducha.

Permanece bajo el agua caliente todo lo posible, preguntándose qué debe responder él, cómo puede convencer a Vanessa, si es que es posible convencerla, de que aquello no es amor, sino una obsesión; aunque naturalmente, eso no es del todo cierto tampoco. Fue él quien hizo el trato y estableció las condiciones. Esto es lo que quería.

¿No es así?

Tras cerrar el grifo y envolverse en una toalla, le llega un olor a humo.

No el aroma que desprende una cerilla al encender una vela, o el de un guiso hirviendo en el fogón, sino el olor chamuscado de algo que no debería estar en llamas, y que aun así está ardiendo.

Henry se apresura a salir al pasillo y ve a Vanessa frente a la encimera de la cocina, con una caja de cerillas en una mano mientras la caja de cartón con las cosas de Tabitha arde en el fregadero.

—¿Qué estás haciendo? —exige saber él.

—Estás aferrándote al pasado —le dice ella al encender otra cerilla y lanzarla al interior de la caja—. Y cuando digo «aferrándote» hablo de forma literal. Has guardado esta caja todo el tiempo que hemos estado juntos.

—¡Te conozco desde hace solo una semana! —grita Henry, pero ella sigue hablando.

—Y te mereces algo mejor. Mereces ser feliz. Mereces vivir el presente. Esto es bueno. Te permitirá seguir adelante. Te...

Él le da un manotazo a las cerillas, la aparta a un lado y abre el grifo.

Un chorro de agua golpea la caja, y provoca que una nube de humo se eleve en el aire mientras se apagan las llamas.

—Vanessa —le dice Henry apretando los dientes—, tienes que marcharte.

—¿A casa?

—Donde quieras, pero lárgate.

—Henry —le dice ella tocándole el brazo—. ¿Qué he hecho mal?

Podría señalar los restos humeantes del fregadero, o el hecho de que su relación está yendo demasiado deprisa, o que cuando lo mira, ve a una persona completamente diferente. Pero en cambio, se limita a decir:

—No eres tú, soy yo.

—No es cierto —dice ella, con las lágrimas resbalándole por la cara.

—Necesito algo de espacio, ¿sí?

—Lo siento —solloza ella, agarrándose a él—. Lo siento. Te quiero.

Vanessa le ha rodeado la cintura con los brazos y tiene la cabeza enterrada en su costado, y por un instante, Henry cree que tendrá que quitársela de encima a la fuerza.

—Vanessa, suéltame.

Él la aparta y ella parece desolada, hecha polvo. El aspecto de Vanessa coincide con el estado de ánimo que tenía Henry el día que hizo el trato, y la idea de que se marche de su casa con ese sentimiento de pérdida y soledad le parte el corazón.

—Me importas mucho —le dice agarrándola de los hombros—. De verdad que sí.

El rostro de Vanessa se ilumina un poco. Como si hubiera regado una planta marchita.

—Entonces, ¿no estás enfadado?

Pues claro que lo está.

—No, no estoy enfadado.

Ella entierra la cabeza en su pecho y él le acaricia el pelo.

—Te importo.

—Así es. —Se aparta de ella—. Te llamaré. Te lo prometo.

—Me lo prometes —repite ella mientras Henry la ayuda a recoger sus cosas.

—Te lo prometo —le asegura mientras la conduce por el pasillo hasta el rellano.

La puerta se cierra entre ambos y Henry se apoya en ella al tiempo que la alarma de humo comienza por fin a sonar.

XIII
Nueva York
23 de octubre de 2013

—¡Noche de pelis!

Robbie se lanza al sofá de Henry como una estrella de mar, con sus largas extremidades colgando del respaldo y los lados. Bea pone los ojos en blanco y lo hace a un lado.

—Apártate.

Henry saca la bolsa de palomitas del microondas y se la pasa de una mano a otra para evitar quemarse con el vapor que desprende. Vierte las palomitas en un cuenco.

—¿Qué peli vamos a ver? —pregunta rodeando la encimera.

—*El resplandor*.

Henry lanza un quejido. Nunca le han entusiasmado las películas de terror, pero a Robbie le encanta tener una excusa para desgañitarse, se lo toma como otra de sus actuaciones, y esta semana le toca elegir a él.

—¡Es Halloween! —se defiende Robbie.

—Estamos a día veintitrés —le dice Henry, pero Robbie celebra las fiestas del mismo modo que celebra los cumpleaños, alargándolas de días a semanas, y a veces a estaciones.

—¿De qué os vais a disfrazar? —les pregunta Bea.

Henry opina que disfrazarse es como ver dibujos animados, algo que se disfruta de pequeño antes de atravesar esa tierra de nadie llamada «angustia adolescente» hasta llegar a la etapa en la que uno se disfraza de forma irónica, con ventipocos. Y luego, de alguna forma milagrosa, vuelve a pertenecer al reino de lo genuino y lo nostálgico. Un lugar reservado para soñar.

Robbie hace una pose desde el sofá.

—Ziggy Stardust —responde, lo cual tiene sentido. Ha pasado los últimos años disfrazándose de las diferentes encarnaciones de Bowie. El año pasado escogió su alter ego, The Thin White Duke.

Bea les hace saber que va a disfrazarse, nunca mejor dicho, del temible pirata Roberts, y Robbie alarga el brazo y toma la cámara de fotos de la mesita de café de Henry, una Nikon *vintage* que usa últimamente como pisapapeles. Echa la cabeza hacia atrás y contempla a Henry boca abajo a través del visor.

—¿Y qué hay de ti?

A Henry siempre le ha gustado Halloween, no la parte aterradora, sino la que le da una excusa para convertirse en alguien más. Robbie dice que debería haberse dedicado a la interpretación, pues los actores pueden disfrazarse todo el año, pero a Henry la idea de vivir la vida sobre un escenario le provoca náuseas. Se ha disfrazado de Freddie Mercury y del Sombrerero Loco, del Señor del Antifaz y del Joker.

Pero en este momento, ya se siente como otra persona.

—Ya voy disfrazado —les dice, señalando sus vaqueros negros habituales y su camisa entallada—. ¿No adivináis quién soy?

—¿Peter Parker? —se aventura a decir Bea.

—¿Un librero?

—¿Harry Potter en plena crisis de los 25?

Henry se echa a reír y sacude la cabeza.

Bea entorna los ojos.

—Aún no has escogido el disfraz, ¿verdad?

—No —admite él—, pero lo haré.

Robbie sigue jugando con la cámara. Le da la vuelta, frunce los labios y saca una foto. La cámara emite un ruido hueco. No tiene carrete. Bea se la quita de las manos.

—¿Por qué no haces más fotos? —pregunta Bea—. Se te da genial.

Henry se encoge de hombros, sin saber si su amiga lo dice en serio.

—Tal vez en otra vida —responde, dándoles a cada uno una cerveza.

—Aún podrías dedicarte a la fotografía, ¿sabes? —insiste ella—. No es demasiado tarde.

Tal vez, pero si empezara ahora, ¿serían las fotos algo ajeno a él? ¿Se considerarían buenas o malas por mérito propio? ¿O todas y cada una de las fotos que hiciera se verían afectadas por su deseo? ¿Verían los demás las fotos que quieren ver, en lugar de las que él sacó? ¿Confiaría en sus habilidades si fuera así?

La película empieza, Robbie insiste en apagar todas las luces, y los tres se apiñan en el sofá. Obligan a Robbie a dejar el cuenco de palomitas en la mesa para que no las lance por los aires con el primer susto y para que Henry no tenga que recoger los granos de maíz después de que se hayan marchado, así que se pasa la siguiente hora desviando la mirada cada vez que la banda sonora gime en señal de advertencia.

Cuando el niño de la película recorre el pasillo con el triciclo, Bea murmura: «No, no, no», Robbie se sienta hacia delante, anticipándose al susto, y Henry entierra la cara en su hombro. Las gemelas aparecen agarradas de la mano y Robbie le aprieta la pierna a Henry.

Y cuando el momento pasa y el terror les da una tregua, la mano de Robbie sigue descansando sobre su muslo. Y es como si una taza rota se recompusiera y sus trozos hechos añicos encajaran a la perfección, lo cual, naturalmente, no debería ser así.

Henry se pone en pie, toma el cuenco de palomitas vacío y se dirige a la cocina.

Robbie pasa la pierna sobre el respaldo del sofá.

—Te ayudo.

—Son palomitas —le dice Henry por encima del hombro mientras se mete en la cocina. Abre el envoltorio de plástico y sacude la bolsa—. Tampoco tienen mucho misterio, solo hay que poner la bolsa en el microondas y apretar el botón.

—Siempre las dejas demasiado tiempo —dice Robbie justo detrás de él.

Henry lanza la bolsa al interior del microondas y lo cierra. Aprieta el botón de encendido y se vuelve hacia la puerta.

—Así que ahora eres el guardián de las palo...

No le da tiempo a terminar la frase antes de que Robbie le cubra la boca con la suya. Henry ahoga un jadeo, sorprendido por el inesperado beso, pero Robbie no se aparta de él. Lo empuja contra la encimera de la cocina, mientras las caderas de ambos chocan, y su amigo desliza los dedos a lo largo de su mandíbula a medida que el beso se hace más profundo.

Y no hay ni punto de comparación con cualquiera de las otras noches.

Aquello es mejor que el interés de un centenar de desconocidos.

Es como la diferencia entre acostarse en la cama de un hotel y pasar la noche en casa.

Henry nota la erección de Robbie y el pecho le arde de deseo. No le costaría nada dejarse llevar, volver a experimentar la cálida familiaridad de sus besos, de su cuerpo, el fácil consuelo de algo real.

Pero ahí está el problema.

Su relación fue real. Ambos albergaron sentimientos auténticos por el otro. Pero igual que todo lo demás en la vida de Henry, se terminó. Fracasó.

Se aparta de Robbie cuando los primeros granos de maíz empiezan a estallar.

—Llevaba semanas esperando hacer eso —susurra Robbie con las mejillas sonrojadas y los ojos brillantes. Pero su mirada no está despejada, la bruma serpentea en ella, enturbiando el intenso azul.

Henry deja escapar un suspiro tembloroso, y se frota los ojos por debajo de las gafas.

Las palomitas truenan y estallan, y Henry conduce a Robbie al pasillo, alejándolo de Bea y de la música de la película; Robbie vuelve a acercarse a él, tomando el gesto como una invitación, pero Henry extiende la mano y lo detiene.

—Esto es un error.

—No, no lo es —le dice Robbie—. Te quiero. Siempre te he querido.

Y parece una afirmación tan sincera y real que Henry tiene que cerrar los ojos para concentrarse.

—Entonces, ¿por qué terminaste conmigo?

—¿Qué? No lo sé. Eras diferente, no encajábamos.

—¿Por qué? —insiste Henry.

—No sabías lo que querías.

—Te quería a ti. Quería hacerte feliz.

Robbie sacude la cabeza.

—No puedes enfocarte solo en la otra persona. También tienes que hallar tu identidad. Tienes que saber quién eres. En aquel momento no lo sabías. —Sonríe—. Pero ahora sí.

Pero ese es el asunto.

No lo sabe.

Henry no tiene ni idea de quién es, y ahora, tampoco la tiene nadie más.

Se siente perdido, pero no piensa tomar este camino.

Robbie y él eran amigos antes de convertirse en algo más, y mantuvieron su amistad después de que Robbie decidiera terminar su relación, mientras Henry seguía enamorado de él; ahora es al revés y a Robbie no le quedará más remedio que seguir adelante, o al menos, encontrar la forma de aplacar su interés romántico en él y transformarlo en un sentimiento de amistad, igual que hizo Henry en su momento.

—¿Cuánto se tarda en hacer palomitas? —les grita Bea.

Un olor a chamuscado sale del microondas, y Henry se apresura a entrar en la cocina, chocando con Robbie a su paso; presiona el botón de apagado y saca la bolsa.

Pero es demasiado tarde.

Las palomitas se han quemado de forma irremediable.

XIV
Nueva York
14 de noviembre de 2013

Es una suerte que Brooklyn esté repleto de cafeterías.

Henry no ha vuelto a pasarse por el Tostados, no desde el Gran Incendio de 2013, que es como llama Robbie al incidente con Vanessa (usando un tono demasiado jovial). La cola avanza, y cuando llega su turno, le pide un café con leche a un tipo muy agradable llamado Patrick, que es, afortunadamente, hetero; y que aunque lo mira con ojos neblinosos, parece que al contemplarlo no ve más que al cliente perfecto: alguien simpático, breve y...

—¿Henry?

El corazón le da un vuelco. Porque conoce esa voz aguda y dulce, conoce la forma en que se curva alrededor de su nombre, y Henry vuelve a esa noche en la que se arrodilló como un estúpido y ella le dijo que no.

Eres fantástico. De veras que sí. Pero no eres...

Se da la vuelta y allí está ella.

—Tabitha.

Se ha dejado crecer un poco el pelo, el flequillo rubio está lo bastante largo como para que pueda peinárselo de lado, y se curva contra su mejilla, y ella está plantada ante él con la elegancia propia de una bailarina entre una pose y otra. Henry no la había visto desde esa noche; había logrado, hasta ahora, evitarla, evitar esta

419

situación. Y quiere marcharse y alejarse de ella todo lo posible. Pero sus piernas se resisten a obedecer.

Ella le sonríe de forma alegre y cálida. Y Henry recuerda estar enamorado de su sonrisa, en una época en la que cada vez que conseguía que esta asomara a sus labios, él se sentía triunfante. Ahora Tabitha se la regala sin más, pues sus ojos marrones se encuentran envueltos en la bruma.

—Te he echado de menos —le dice ella—. Te he echado tanto de menos.

—Yo también a ti —responde él, porque es la verdad. Pero los dos años que estuvieron juntos han sido sustituidos por una vida que tendrán que pasar alejados del otro, y siempre habrá un hueco vacío con su forma—. Tenía una caja con tus cosas —le explica—, pero hubo un incendio.

—Oh, cielos. —Tabitha le toca el brazo—. ¿Estás bien? ¿Hubo heridos?

—No, no. —Henry sacude la cabeza, mientras piensa en Vanessa frente al fregadero—. Fue posible… contenerlo.

Tabitha se acerca a él.

—Me alegro.

De cerca, desprende un aroma a lilas. Su olor tardó una semana en desvanecerse de sus sábanas y otra más en desaparecer de los cojines del sofá y las toallas del baño. Ella se inclina hacia él, y a Henry no le costaría nada acercarse también a ella, dejarse llevar por ese peligroso impulso que lo empujó hacia Robbie, por la familiar atracción que le provoca una persona a la que ha amado y perdido y luego recuperado.

Pero no es real.

No es real.

—Tabitha —le dice, alejándola de él—. Terminaste conmigo.

—No —ella sacude la cabeza—. No estaba lista para dar el siguiente paso. Pero nunca quise que lo nuestro se acabara. Te quiero, Henry.

Y a pesar de todo, Henry vacila. Porque cree en sus palabras. O al menos, está convencido de que ella se las cree, y eso es peor, porque aun así siguen sin ser reales.

—¿Podemos volver a intentarlo? —le pregunta ella.

Henry traga saliva y niega con la cabeza.

Desea preguntarle qué es lo que ve, desea entender el abismo que en el pasado lo separaba de lo que ella quería. Pero no se lo pregunta.

Porque en el fondo, da igual.

La bruma serpentea en su mirada. Y Henry sabe que sea quien sea la persona que ve Tabitha, no es él.

Nunca lo fue.

Nunca lo será.

Así que la deja marchar.

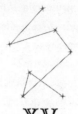

XV

Nueva York
18 de marzo de 2014

Henry y Addie entregan sus gomas elásticas al Artefacto, desprendiéndose de un color por vez.

La goma púrpura les permite caminar a través de unas charcas de varios centímetros de grosor que se ondulan alrededor de sus pies. Bajo el agua, el suelo está hecho de espejos resplandecientes que lo reflejan todo y a todos. Al bajar la mirada, Addie contempla los sinuosos movimientos de la superficie y cómo las ondulaciones se desvanecen, pero resulta difícil saber si las suyas se apaciguan antes que las de él.

La goma amarilla los conduce a unos cubos insonorizados del tamaño de armarios; algunos de ellos amplifican el ruido mientras que otros parecen tragarse cada uno de sus suspiros. Es como un laberinto de espejos, si las superficies curvas de estas salas deformasen las voces en lugar de los reflejos.

El primer mensaje los insta a SUSURRAR, y la palabra aparece escrita en la pared con una tipografía pequeña y negra. Addie susurra: «Tengo un secreto» y a continuación las palabras se pliegan, se curvan y se enroscan a su alrededor.

El siguiente mensaje los anima a GRITAR, y esta vez la palabra ocupa toda la pared. Henry no consigue emitir más que un tímido y débil grito, pero Addie respira hondo y brama, igual que haría alguien debajo de un puente mientras pasa un tren; su acción resulta tan liberadora y audaz que Henry nota cómo sus pulmones se llenan de aire, y de repente, se encuentra desgañitándose, y el sonido que brota de su interior es gutural y roto, tan salvaje como un alarido.

Pero Addie no se amedrenta, sino que alza la voz, y juntos vociferan hasta perder el aliento, aúllan hasta quedarse afónicos, y luego abandonan los cubos sintiéndose mareados y ligeros. A Henry le dolerán los pulmones al día siguiente, pero habrá valido la pena.

Para cuando salen a trompicones de allí, el sonido vuelve a invadir sus oídos, el sol se oculta en el horizonte y las nubes arden; es una de esas extrañas noches de primavera que lo bañan todo en una luz anaranjada.

Se dirigen a la barandilla más cercana y contemplan la ciudad, observan cómo la luz se refleja en los edificios y traza el atardecer sobre el acero. Henry acerca la espalda de Addie a él, le besa la curva de la nuca y sonríe contra su cuello.

Está un poco borracho y animado por el subidón de azúcar, y nunca antes se había sentido tan feliz.

Addie es mejor que cualquier paraguas rosa.

Mejor que una copa de whisky en una noche fría.

Mejor que cualquier sentimiento que lo haya embargado en años.

Cuando está a su lado, el tiempo se acelera y no le asusta.

Cuando está con Addie, se siente vivo y no le duele.

Addie se apoya en él, como si Henry fuera el paraguas y ella la que necesita resguardarse. Y Henry contiene la respiración, como si así pudiera conseguir que el cielo no se viniera abajo. Como si pudiera evitar que los días siguieran transcurriendo.

Como si así pudiera evitar que todo se desmoronara.

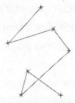

XVI
Nueva York
9 de diciembre de 2013

Bea siempre dice que volver al campus es como volver a casa.

Pero Henry no lo siente así. Por otra parte, en *su casa* tampoco se ha sentido nunca como en casa, sino que tan solo experimentaba una vaga sensación de horror, como si estuviera atravesando un campo de minas debido al miedo a decepcionar a los demás. Y así es más o menos cómo se siente ahora, por lo que tal vez, después de todo, Bea tenga razón.

—Señor Strauss —lo saluda el decano alargando la mano sobre el escritorio—. Me alegro de que haya podido venir.

Se dan la mano y Henry se acomoda en la silla del despacho. Es la misma silla en la que se sentó hace tres años, cuando el decano Melrose amenazó con suspenderlo si se negaba a abandonar la universidad. Y ahora...

Quieres sentir que eres suficiente.

—Disculpe que haya tardado tanto en venir —le dice él, pero el decano descarta su disculpa con un gesto de la mano.

—Estoy seguro de que es un hombre ocupado.

—Ya —responde Henry, removiéndose en el asiento. El traje le raspa la piel, pues se ha pasado demasiados meses en el fondo del armario entre bolas de naftalina. No sabe qué hacer con las manos.

»Bueno —dice Henry de forma incómoda—, me comentó que había un puesto vacante en la Facultad de Teología, pero no especificó si era como profesor adjunto o auxiliar.

—Es un puesto fijo.

Henry contempla al hombre canoso sentado al otro lado de la mesa, y tiene que resistir el impulso de echarse a reír. Un puesto fijo no es solo algo codiciado, sino que el proceso para conseguirlo es despiadado. La gente se pasa años compitiendo por ellos.

—Y pensó en mí.

—En el mismo instante en el que lo vi en la cafetería —le dice el decano con la sonrisa que emplea para recaudar fondos.

Quieres ser lo que ellos anhelan.

El decano se sienta hacia delante en su silla.

—La pregunta, señor Strauss, es simple. ¿Qué es lo que quiere usted?

Las palabras reverberan en su cabeza, creando un ritmo terrible y ensordecedor.

Es la misma pregunta que Melrose le hizo ese día de otoño cuando llamó a Henry a su despacho, tres años después de empezar el doctorado, y le dijo que se había acabado. De alguna manera, Henry sabía que iba a ocurrir. Ya había abandonado el seminario de Teología y se había trasladado a un programa de estudios religiosos más amplio, en el que alternó su atención entre temas que ya habían explorado un centenar de personas antes que él, sin ser capaz de hallar perspectivas nuevas, o de tener fe.

«¿Qué es lo que quiere usted?», le había preguntado el decano entonces, y Henry había considerado contestar: «Que mis padres estén orgullosos de mí», aunque aquella no le parecía una respuesta apropiada, de modo que dijo lo siguiente que más se acercaba a la verdad: que en realidad no estaba seguro. Que de alguna manera, en un abrir y cerrar de ojos habían transcurrido demasiados años, todos los demás se habían abierto camino y labrado un futuro, y sin embargo él seguía en el mismo lugar, sin saber adónde dirigirse.

El decano lo había escuchado, había apoyado los codos en la mesa y le había dicho que tenía talento.

Pero el talento solo no era suficiente.

Lo que significaba, naturalmente, que *él* no era suficiente.

—¿Qué es lo que quiere usted? —le pregunta el decano ahora. Y Henry sigue sin tener ninguna otra respuesta.

—No lo sé.

Y aquí es donde el decano sacude la cabeza, donde se percata de que Henry Strauss se encuentra tan perdido como siempre. Solo que no es eso lo que ocurre, por supuesto. Sonríe y dice:

—No pasa nada. Es bueno estar abierto a varias opciones. Pero quiere volver aquí, ¿no?

Henry guarda silencio. Reflexiona acerca de la pregunta.

Siempre le gustó aprender. Le encantaba, en serio. Si hubiera podido pasar toda la vida sentado en un aula tomando apuntes, o de departamento en departamento, estudiando diferentes especialidades, empapándose de idiomas, historia y arte, tal vez se hubiera sentido pleno y feliz.

Así es cómo pasó los dos primeros años.

Y durante esos dos años, fue feliz. Bea y Robbie estaban con él, y lo único que Henry debía hacer era aprender. Asentar los cimientos. Fue en el resto de la casa, la que se suponía que tenía que construir encima, donde halló el problema.

Era algo tan... permanente.

Escoger una clase significaba escoger una especialidad, y escoger una especialidad significaba escoger una trayectoria profesional, y esta última significaba escoger un camino en la vida, ¿y cómo iba nadie a hacer tal cosa, si solo había una vida?

Pero enseñar puede ser una forma de dedicarse a lo que él quería.

Enseñar es una extensión de aprender, una manera de ser un estudiante perpetuo.

Y sin embargo.

—No estoy cualificado para el puesto, señor.

—Es usted una opción poco convencional —admite el decano—, pero eso no significa que sea la persona equivocada.

Salvo que en este caso significa exactamente eso.

—No he acabado el doctorado.

La escarcha se extiende hasta convertirse en un brillo helado en la mirada del decano.

—Usted proporcionará un nuevo punto de vista.

—¿No hay requisitos?

—Los hay, pero existe cierto margen para poder tener en cuenta diferentes perfiles.

—No creo en Dios.

Las palabras son como una losa, y aterrizan pesadamente en el escritorio entre ambos.

Y Henry advierte, ahora que las ha hecho brotar, que no son del todo ciertas. No sabe en lo que cree, no lo sabe desde hace mucho, pero resulta difícil descartar la existencia de un poder superior cuando no hace mucho vendió su alma a uno inferior.

Henry se percata de que el despacho sigue en silencio.

El decano lo contempla durante un buen rato, y él piensa que lo ha conseguido, ha logrado abrirse paso.

Pero entonces Melrose se inclina hacia delante y dice, en un tono comedido:

—Yo tampoco. —Vuelve a apoyarse en el respaldo de su silla—. Señor Strauss, somos una institución académica, no una iglesia. Las discrepancias son la esencia de la divulgación.

Pero ahí está el problema. Nadie *discrepará* con él. Henry contempla al decano Melrose e imagina encontrarse esa misma aceptación ciega en los rostros de cada miembro de la facultad, cada profesor, cada estudiante, y se le pone la piel de gallina. Lo mirarán y verán exactamente aquello que desean. La persona que anhelan. E incluso si se topa con alguien que se *oponga* a él, alguien que disfrute con el conflicto o el debate, no será real.

Nada volverá a ser real.

Al otro lado de la mesa, los ojos del decano son de un gris lechoso.

—Puede tener todo lo que desee, señor Strauss. Ser quien quiera ser. Y nos gustaría que formara parte de la universidad. —Se pone en pie y extiende la mano—. Piénselo.

Henry responde:

—Lo haré.

Y eso hace.

Piensa en ello al atravesar el campus, y en el metro, a medida que cada estación lo aleja cada vez más de esa vida. Piensa en ello mientras abre la tienda, se quita el abrigo, que le queda grande, y lo arroja al estante más cercano, y también cuando se desanuda la corbata. Piensa en ello mientras alimenta al gato y desembala la última caja de libros que ha llegado; se aferra a los volúmenes hasta que le duelen los dedos, pero al menos estos son robustos y reales. Nota cómo las nubes de tormenta se forman en el interior de su cabeza, así que se dirige al almacén, agarra la botella de whisky de Meredith, a la que aún le quedan un par de dedos que sobraron el día después del trato, y se la lleva de nuevo a la parte delantera de la tienda.

Aún no son ni las doce del mediodía, pero a Henry le da igual.

Le quita el tapón a la botella y se sirve una copa en una taza de café al tiempo que los clientes comienzan a llegar, y Henry aguarda a que alguien le lance una mirada censuradora, sacuda la cabeza con desaprobación o murmure algo desagradable, o incluso se marche. Pero todos prosiguen con sus compras y sonríen, y siguen mirando a Henry como si fuera un santo.

Por fin, un policía fuera de servicio entra en la tienda, pero Henry ni siquiera intenta hacer el amago de esconder la botella tras la caja registradora. En vez de eso, mira fijamente al hombre y le da un buen sorbo a la taza, convencido de estar violando alguna ley, ya sea por tener la botella de whisky abierta o por encontrarse en un estado de embriaguez en un lugar público.

Pero el policía se limita a sonreír y a levantar un vaso imaginario.

—Salud —le dice, y su mirada se torna de escarcha mientras habla.

✦ ✦ ✦ ✦ ✦ ✦ ✦

Bebe cada vez que oigas una mentira.

La cocina se te da genial.

(Dicen mientras se te quema una tostada).

Eres genial.

(Jamás has contado un chiste).

Eres tan…

… guapo.

… ambicioso.

… exitoso.

… fuerte.

(*¿Estás bebiendo ya?*).

Eres tan…

… encantador.

… inteligente.

… sexy.

(*Bebe*).

Tan seguro de ti mismo.

Tan tímido.

Tan enigmático.

Tan transparente.

Eres un ser imposible, una paradoja, un puñado de características en conflicto.

Lo eres todo para todo el mundo.

El hijo que nunca tuvieron.

El amigo con el que siempre soñaron.

Un bondadoso desconocido.

Un hijo triunfador.

Un perfecto caballero.

Una pareja perfecta.

Un perfecto…

Perfecto.

(Bebe).

Les encanta tu cuerpo.

Tus abdominales.

Tu aroma.

El sonido de tu voz.

Te desean.

(Aunque no a ti).

Te necesitan.

(Aunque no a ti).

Te aman.

(Aunque no a ti).

Eres quien ellos quieren que seas.

Eres más que suficiente, porque no eres real.

Eres perfecto, porque *tú* no existes.

(No te quieren a ti).

(Nunca te han querido a ti).

Al mirarte ven lo que más anhelan…

Porque no te ven en absoluto.

XVII
Nueva York
31 de diciembre de 2013

La cuenta atrás continúa, el reloj marca los últimos minutos del año. Todo el mundo afirma que hay que vivir el presente, que hay que disfrutar el momento, pero es complicado cuando el momento incluye a cien personas hacinadas en un piso de alquiler controlado que Robbie comparte con otros dos actores en el barrio de Bedford-Stuyvesant. Henry está arrinconado en un extremo del pasillo, donde el perchero y uno de los armarios convergen. Sujeta una cerveza con una mano mientras que con la otra se aferra a la camisa del tipo con el que se está enrollando, un tipo que sin duda está demasiado bueno para él, o lo hubiera estado en otra época, antes de que Henry fuera capaz de ligarse a cualquiera.

Cree que se llama Mark, pero no ha podido escuchar bien su nombre debido a todo el ruido. Podría llamarse Max, o Malcolm. Henry lo ignora. Y le gustaría decir que es la primera persona a la que ha besado esta noche, o incluso el primer tipo, pero la verdad es que tampoco está demasiado seguro de eso. No está seguro de cuántas copas se ha tomado o de si la sustancia que se deshace en su lengua es azúcar o algo más.

Henry ha bebido mucho, y demasiado rápido, en un intento por desaparecer, y hay demasiadas personas en El castillo.

Así es cómo llaman al piso de Robbie, aunque Henry es incapaz de recordar con exactitud quién le puso ese nombre, o por qué. Busca a Bea con la mirada, pues le perdió la pista hace una hora, cuando se abrió paso entre la multitud para dirigirse a la cocina y la vio encaramada en la encimera, en plan barman, siendo el centro de atención de un grupo de chicas y...

De pronto, el chico intenta desabrocharle el cinturón.

—Espera —le dice Henry, pero la música está tan alta que tiene que gritar, tiene que acercarse la oreja de Mark/Max/Malcolm a la boca, lo que Mark/Max/Malcolm toma como una señal para seguir besándolo.

»¡Espera! —le grita, haciéndolo retroceder—. ¿Seguro que quieres seguir con esto?

Lo cual es una pregunta absurda. O al menos, no es la adecuada.

El pálido humo se arremolina en los ojos del desconocido.

—¿Por qué no iba a querer? —le pregunta arrodillándose. Pero Henry lo agarra del codo.

—Para. Para de una vez. —Lo levanta—. ¿Qué es lo que ves en mí?

Una pregunta que le ha hecho a todo el mundo, esperando escuchar algo que se parezca a la verdad. Pero el chico lo mira, con los ojos opacos por la escarcha, y le dice, igual que ya le han dicho mil veces:

—Eres guapísimo, sexy y listo.

—¿Cómo lo sabes? —grita Henry por encima de la música.

—¿Qué? —grita también el otro chico.

—¿Cómo sabes que soy listo? Apenas hemos hablado.

Pero Mark/Max/Malcolm simplemente se limita a esbozar una sonrisa torpe y pesada, con los labios irritados tras el besuqueo, y le dice: «Lo sé, y punto», y eso ya no resulta suficiente, no está bien, y Henry se dispone a zafarse de él cuando Robbie dobla la esquina y ve a Mark/Max/Malcolm prácticamente montándolo en el pasillo. Robbie lo mira como si le hubiera arrojado una cerveza a la cara.

Se da la vuelta y se marcha, y Henry suelta un gemido, aunque el tipo que está frotándose contra él parece creer que es el causante de tal ruidito. Hace demasiado calor para que Henry pueda pensar con claridad, le falta el aliento.

La habitación empieza a dar vueltas y Henry murmura que tiene que ir a orinar, pero se escabulle directamente a la habitación de Robbie, sin pasar por el baño, y cierra la puerta tras él. Se dirige hasta la ventana, y al empujar el cristal hacia arriba, una ráfaga de frío helado le golpea el rostro. El aire gélido le hace arder las mejillas al tiempo que sale por la escalera de incendios.

Toma una bocanada de aire frío y deja que esta le abrase los pulmones; tiene que apoyarse en la ventana para volver a cerrarla, pero en el momento en el que el cristal desciende, el mundo se sosiega.

No enmudece, pues el silencio no reina jamás en Nueva York, y las celebraciones de año nuevo han provocado que un torrente de energía se extienda por toda la ciudad, pero al menos es capaz de tomar el aire, es capaz de pensar y de despedir la noche —el año— relativamente en calma.

Se dispone a tomar un trago de cerveza, pero la botella está vacía.

«Mierda», murmura a nadie más que a sí mismo.

Está congelándose, ya que su abrigo se encuentra enterrado en algún lugar del montón que descansa sobre la cama de Robbie, pero se siente incapaz de volver para buscarlo o ir a por otra bebida. No puede soportar la marea de cabezas volviéndose en su dirección, mientras el humo enturbia sus miradas, no desea cargar con el peso que supone ser el centro de atención. Y la verdad es que no se le escapa la ironía de todo el asunto. Ahora mismo daría cualquier cosa por tomarse uno de los paragüitas rosas de Muriel, pero se le han acabado, de modo que se sienta en las gélidas escaleras de metal y se dice a sí mismo que es feliz y que esto es lo que quería.

Deja la botella vacía al lado de una maceta que antes era el hogar de una planta. Ahora solo contiene una pequeña montaña de colillas.

A veces Henry desearía fumar, solo para tener una excusa que le permitiera salir a tomar el aire.

Lo intentó una o dos veces, pero no pudo acostumbrarse al sabor del alquitrán ni al olor rancio que le dejaba en la ropa. De pequeño tenía una tía que fumó hasta que sus uñas se volvieron amarillas y su piel se cuarteó como el cuero viejo, hasta que cada una de sus toses empezaron a sonar como si tuviera el pecho repleto de monedas. Cada vez que le daba una calada a un cigarro, pensaba en ella y le entraban arcadas, y no estaba seguro de si era debido a su recuerdo o al sabor, solo sabía que no valía la pena.

La marihuana era otra opción, claro, pero se supone que la gracia de los porros está en compartirlos con los demás, no en escabullirse para fumárselos a solas, y de todos modos, siempre le abrían el apetito y lo entristecían. O más bien, lo entristecían aún más. No suavizaba ninguno de los pliegues de su cerebro, tras demasiadas caladas solo los convertía en espirales, y sus pensamientos comenzaban a dar vueltas y más vueltas, replegándose en sí mismos indefinidamente.

Recuerda con absoluta claridad colocarse con Bea y Robbie durante el último año de universidad, los tres tirados a las tres de la mañana en el campus de Columbia formando una maraña de extremidades, puestos hasta arriba de marihuana y contemplando el cielo. Y a pesar de que tenían que entornar los ojos para distinguir las estrellas, y que puede que sus miradas acabaran perdidas en la oscura inmensidad, Bea y Robbie no dejaron de mencionar lo grande, maravilloso y silencioso que era el universo, y lo pequeños que los hacía sentir, mientras Henry permanecía callado porque estaba demasiado ocupado conteniendo la respiración para no ponerse a gritar.

—¿Qué mierda haces aquí fuera?

Bea se ha asomado a la ventana. Levanta una pierna por encima del alféizar y se sienta junto a él en la escalera, dejando escapar un siseo cuando sus *leggings* se topan con el frío metal. Las nubes están bajas y reflejan las luces del Times Square.

—Robbie está enamorado de mí —dice él.

—Robbie siempre ha estado enamorado de ti —repone Bea.

—Pero esa es la cuestión —le explica Henry, sacudiendo la cabeza—. No estaba enamorado de la persona que era, en realidad no. Sino de la persona que podría haber sido. Quería que cambiara, pero yo no lo hice y…

—¿Por qué deberías cambiar? —Su amiga se vuelve para mirarlo, y la escarcha se arremolina en sus ojos—. Eres perfecto tal y como eres.

Henry traga saliva.

—¿Y cómo soy? —pregunta él—. ¿Qué soy yo?

Ha tenido miedo de preguntárselo, miedo de saber lo que significa el brillo que se asoma en sus ojos, de lo que ve cuando lo mira. Incluso ahora, desearía poder retirar la pregunta. Pero Bea se limita a sonreír y decir:

—Eres mi mejor amigo, Henry.

La opresión de su pecho se aligera un poco. Porque lo que ha dicho es real.

Es verdad.

Pero entonces Bea continúa hablando.

—Eres dulce, sensible y se te da genial escuchar a los demás.

Y esa última parte hace que se le encoja el estómago, porque a Henry nunca se le ha dado bien escuchar a los demás. Ha perdido la cuenta de todas las veces que han discutido porque él no estaba prestando atención.

—Siempre estás ahí cuando te necesito —prosigue ella, y a Henry se le arruga el corazón, porque sabe que no ha sido así. Esta mentira no es como las demás, como cuando la gente alaba sus supuestos abdominales marcados, o su mandíbula perfectamente cincelada, o su voz profunda; no es como cuando le dicen que es ingenioso, o el hijo que siempre han querido, o el hermano al que echan de menos; esta no es como ninguna de las mil cosas que otras personas ven al mirarlo, cosas sobre las que él no tiene ningún tipo de control.

»Ojalá te vieras del modo en que yo te veo a ti.

Lo que Bea ve es a un buen amigo.

Y Henry no tiene excusa alguna para no haberlo sido.

Se apoya la cabeza entre las manos, se presiona los ojos hasta que empieza a ver estrellitas y se pregunta si puede solucionar esto, solo esto; si puede convertirse en la versión de Henry que Bea ve, si eso hará que la escarcha de su mirada vuelva a desaparecer, si ella, al menos, lo verá tal y como es.

—Lo siento —susurra Henry en el espacio que separa sus rodillas y su pecho.

Nota cómo Bea le pasa los dedos por el pelo.

—¿Por qué?

¿Qué se supone que debe decir?

Henry deja escapar un suspiro tembloroso y levanta la mirada.

—Si pudieras tener cualquier cosa —le dice—, ¿qué pedirías?

—Eso depende del precio —responde ella.

—¿Cómo sabes que hay que pagar un precio?

—Siempre hay que dar para recibir.

—Bueno —prosigue Henry—, ¿a cambio de qué venderías tu alma?

Bea se muerde el labio.

—De la felicidad.

—¿Qué es la felicidad? —pregunta él—. Es decir, ¿es solo sentirse feliz sin motivo? ¿O es hacer feliz a otros? ¿Es estar contento con tu trabajo, con tu vida, o…?

Bea se ríe.

—Siempre le das demasiadas vueltas a las cosas, Henry. —Contempla la vista al otro lado de la escalera de incendios—.

No lo sé, supongo que me refiero a que solo quiero estar feliz conmigo misma. Satisfecha. ¿Qué hay de ti?

Henry considera contarle una mentira, pero no lo hace.

—Me gustaría que los demás me quisieran.

Bea lo mira entonces, con la escarcha arremolinándose en sus ojos, e incluso a través de la bruma, parece, de repente, inmensamente triste.

—No puedes obligar a la gente a que te quiera, Hen. Si no sale de ellos, no es real.

A Henry se le seca la boca.

Bea tiene razón. Por supuesto que la tiene.

Y él es idiota y está atrapado en un mundo donde nada es real.

Bea le golpea el hombro con el suyo.

—Vuelve adentro —le dice ella—. Ve a buscar a alguien a quien darle un beso a medianoche. Da buena suerte.

Ella se levanta y lo espera, pero Henry es incapaz de ponerse de pie.

—No pasa nada —le dice—. Ve tú.

Y Henry sabe que es debido al trato, sabe que es debido a lo que ella ve y no a quien es él de verdad, pero aun así el alivio lo embarga cuando Bea vuelve a sentarse y se apoya en su hombro. Su mejor amiga permanece con él en la oscuridad. Y pronto la música se atenúa, las voces se elevan y Henry oye la cuenta atrás a sus espaldas.

Diez, nueve, ocho.

Oh, cielos.

Siete, seis, cinco.

¿Qué ha hecho?

Cuatro, tres, dos.

El tiempo pasa demasiado rápido.

Uno.

El aire se colma de silbidos, vítores y deseos, y Bea presiona sus labios contra los suyos; es un momento de calidez en medio del frío. Y así sin más, el año ha llegado a su fin, la cuenta atrás vuelve a empezar, el tres se ve reemplazado por el cuatro y Henry es consciente de que ha cometido un terrible error.

Le pidió el deseo equivocado al dios equivocado, y ahora Henry resulta suficiente porque no es nadie. Es perfecto, porque no está allí.

—Va a ser un año estupendo —dice Bea—. Lo sé. —Suspira y una columna de vaho se eleva en el aire que los separa—. Joder, hace un frío que pela. —Se levanta, frotándose las manos—. Volvamos adentro.

—Ve tú primero —le dice él—. No tardaré en entrar.

Ella cree en sus palabras, y sus pasos tintinean sobre el metal al tiempo que cruza la escalera de incendios y se desliza de nuevo por la ventana, dejándola abierta para él.

Henry permanece allí sentado, solo en la oscuridad, hasta que ya no puede soportar más el frío.

XVIII
Nueva York
Invierno de 2014

Henry se rinde.

Se resigna a vivir con el prisma que conforma su trato, el cual ha llegado a considerar como una maldición. Intenta ser un amigo mejor, un hermano mejor, un hijo mejor, intenta olvidar el significado de la bruma que asoma en las miradas de los demás, intenta fingir que todo es real, que él es real.

Y de repente, un día, conoce a una chica.

La chica entra en la tienda y roba un libro, y cuando Henry la alcanza en la calle y ella se da la vuelta para mirarlo, no hay escarcha en su mirada, ni una membrana, ni un muro de hielo. Solo se topa con un par de nítidos ojos marrones en un rostro con forma de corazón, mientras siete pecas salpican sus mejillas como si fueran estrellas.

Y Henry piensa que debe de ser un efecto de la luz, pero la chica regresa al día siguiente y ahí está de nuevo: la ausencia de la bruma. Y no se trata solo de una ausencia, sino que hay algo más que ocupa su lugar.

Una presencia, un peso sólido, el primer tirón firme que ha sentido en meses. La fuerza de atracción de otra persona.

Otra órbita.

Y cuando la chica lo mira, no ve a alguien perfecto. Ve a alguien que se preocupa demasiado, que siente demasiado, que está perdido y hambriento, y marchitándose en el interior de su maldición.

Ella ve la verdad, y Henry no sabe cómo ni por qué, solo sabe que no quiere que se termine.

Porque por primera vez en meses, en años, en toda su vida, quizá, Henry no siente que esté maldito en absoluto.

Por primera vez, siente que alguien lo ve tal y como es.

XIX
Nueva York
18 de marzo de 2014

Solo les queda una exposición por ver.

Mientras la luz se atenúa, Henry y Addie entregan sus gomas azules a la persona de la entrada y se adentran en un espacio compuesto solo de plexiglás. Las paredes transparentes se alzan en hileras. A Henry le recuerdan a las estanterías de una biblioteca, o a las de la tienda, pero no hay libros a la vista, solo un rótulo sobre sus cabezas que reza:

VOSOTROS SOIS EL ARTE.

Unos cuencos con pintura fluorescente descansan en cada uno de los pasillos y, como era de esperar, las paredes se encuentran cubiertas de marcas. Firmas y garabatos, huellas de manos y diferentes formas.

Algunas se extienden a lo largo de la pared, mientras que otras permanecen anidadas, como secretos, en el interior de marcas más grandes. Addie sumerge un dedo en pintura verde y lo aproxima a la pared. Dibuja una espiral, una única línea en expansión. Pero cuando llega al cuarto bucle, el primero ya se ha desvanecido, sumergido como un guijarro en aguas profundas.

Una huella imposible, borrada de toda existencia.

La expresión de su rostro permanece inalterable, no vacila ni un instante, pero Henry es capaz de atisbar la tristeza antes de que esta también desaparezca y se oculte.

«¿Cómo logras no desmoronarte?», quiere preguntarle él. En su lugar, hunde la mano en la pintura verde y alarga el brazo hacia la pared, pero no dibuja nada, sino que aguarda inmóvil, con la mano flotando sobre el cristal.

—Pon tu mano sobre la mía —le dice él, y ella duda solo un momento antes de presionar la palma contra el dorso de su mano, colocando los dedos sobre los suyos—. Ya está —le dice él—, ahora podemos dibujar.

Ella curva su mano, curva la de él y guía su dedo índice hasta el cristal y deja una sola marca: una línea de color verde. Henry advierte cómo a Addie se le atasca el aire en el pecho, siente la repentina rigidez de sus extremidades mientras aguarda a que la línea desaparezca.

Pero no lo hace.

Permanece frente a ellos, desplegando esa tonalidad audaz.

Entonces, algo se quiebra en el interior de Addie.

Dibuja una segunda marca, y una tercera, deja escapar una risa entrecortada, y entonces, con su mano sobre la de Henry, y la de Henry sobre el cristal, comienza a dibujar. Por primera vez desde hace trescientos años dibuja pájaros y árboles, dibuja un jardín, dibuja un taller, dibuja una ciudad, dibuja un par de ojos. Las imágenes brotan de su interior y se vierten a través de él en la pared con una urgencia torpe y frenética. Addie se echa a reír, mientras las lágrimas le caen por las mejillas, y Henry quiere secárselas pero sus manos ahora le pertenecen a ella y en este momento Addie está dibujando.

Y entonces Addie le hunde el dedo en la pintura y lo lleva hasta el panel de cristal, y esta vez, comienza a escribir letras lentamente, una a una.

Su nombre.

El nombre descansa anidado entre los muchos dibujos. Cinco letras, una palabra. No es distinto al otro centenar de marcas que ambos han dibujado, piensa él, pero en realidad sí lo es. Lo sabe perfectamente.

Addie le suelta la mano, extiende los dedos y recorre las letras, y por un momento, su nombre se borra y en el cristal no quedan más que unas pocas rayas verdes. Pero para cuando aparta los dedos el nombre vuelve a aparecer, sin mácula e intacto.

De pronto, algo en ella cambia. La envuelve, igual que a él lo envuelven las tormentas, pero se trata de algo diferente; no es oscuro, sino deslumbrante, una ocurrencia repentina y penetrante.

Y entonces Addie se lo lleva de allí. Lo aleja del laberinto y de las personas que permanecen desperdigadas bajo la noche sin estrellas, lo aleja de ese carnaval de arte y de la isla, y él se percata de que en realidad no está alejándolo, sino llevándolo en dirección a algún lugar.

Al ferry.

Al metro.

A Brooklyn.

A casa.

Durante todo el camino, ella se agarra a Henry con firmeza, ambos con los dedos entrelazados y las manos manchadas de pintura, y así permanecen mientras suben las escaleras del edificio y cuando él abre la puerta; pero entonces Addie lo suelta, entra en casa y cruza el apartamento. Henry la encuentra en el dormitorio, sacando un cuaderno azul de la estantería y tomando un bolígrafo de la mesa. Addie le entrega ambas cosas y Henry se sienta en el borde de la cama y abre la tapa del cuaderno, uno de tantos que tiene sin usar. Ella se arrodilla, sin aliento, a su lado.

—Otra vez —le dice.

Y él coloca el bolígrafo sobre la página en blanco y escribe su nombre, con letras estrechas pero pulcras.

Addie LaRue.

No se disipa ni se desvanece, sino que permanece allí, en el centro de la página. Y Henry la mira, a la espera de que ella diga algo más, de que le dicte las palabras que vienen a continuación, pero Addie no le devuelve la mirada, sino que contempla las palabras escritas en el papel.

Addie se aclara la garganta.

—Así comienza la historia —le dice ella.

Y él empieza a escribir.

✦ ✦ ✦ ✦ ✦ ✦ ✦

Parte cinco:

La sombra que
sonrió y la chica
que le devolvió
la sonrisa

Título: *Ho Portato le Stelle a Letto.*

Autor: Matteo Renati.

Fecha: Entre 1806-08.

Técnica: Dibujo a lápiz sobre pergamino de 20 cm x 35 cm.

Ubicación: En préstamo de la Galería de la Academia de Venecia.

Descripción: Una ilustración de una mujer en la que las sábanas retorcidas de la cama reproducen las líneas de su cuerpo. Su rostro está compuesto de poco más que algunos ángulos y queda enmarcado por su cabello despeinado, pero el autor le ha otorgado un rasgo muy específico: siete pequeñas pecas que se extienden a lo largo de sus mejillas.

Contexto: Este boceto, que fue hallado en el cuaderno que Renatti utilizó de 1806 hasta 1808, es considerado por algunos como la inspiración de su posterior obra maestra *La musa.* A pesar de que la pose de la modelo y los materiales son diferentes, el número de pecas y su posición resultan lo bastante notables como para que muchos especulen sobre la permanente importancia de la modelo en la obra de Renatti.

Valor aproximado: 267.000 dólares.

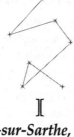

II

Villon-sur-Sarthe, Francia
29 de julio de 1764

Addie se encamina hacia la iglesia.

Esta se encuentra cerca del centro de Villon, achaparrada, gris e igual que siempre, con un campo al lado bordeado por un pequeño muro de piedra.

No tarda mucho en encontrar la tumba de su padre.

Jean LaRue.

Es una tumba austera, no aparece nada más que su nombre, las fechas de su nacimiento y defunción y un versículo de la Biblia: «Todos los que invoquen el nombre del Señor, alcanzarán la salvación». No hay mención alguna al hombre que fue su padre, ni a su oficio, ni siquiera a su bondad.

Su vida ha quedado reducida a un bloque de piedra y a una parcela de hierba.

Mientras se dirigía hacia allí, Addie ha recogido un puñado de las flores salvajes que crecen al borde del camino, brotes amarillos y blancos que afloran entre la maleza. Se arrodilla para depositarlas en la tierra, pero se detiene cuando ve las fechas debajo del nombre de su padre.

1670-1714.

El año que Addie se marchó.

Rebusca en su memoria y trata de recordar cualquier signo de enfermedad. La tos que no acababa de curársele, la sombra de debilidad que mostraban sus extremidades. Los recuerdos de su segunda vida permanecen atrapados en ámbar, perfectamente preservados. Pero los de antes, cuando era Adeline LaRue —aquellos en los que amasaba pan sentada en un taburete junto a su madre, veía cómo su padre tallaba rostros en bloques de madera y seguía a Estele por las aguas poco profundas del Sarthe—, están desdibujándose. Los veintitrés años que vivió antes de adentrarse en el bosque, antes del trato, se han consumido casi por completo.

Más adelante, Addie será capaz de rememorar casi trescientos años con todo lujo de detalles, y conservará en su cabeza cada momento de cada día que ha vivido.

Pero el sonido de la risa de su padre ya está desvaneciéndose.

No recuerda el color exacto de los ojos de su madre.

Y ha olvidado la forma que tenía la mandíbula de Estele.

Año tras año, permanecerá despierta y se contará historias de la niña que fue, con la esperanza de conservar cada fragmento fugaz, pero su acción tendrá el efecto contrario: igual que ocurre con los talismanes, se aferrará a los recuerdos con demasiada frecuencia, y sucederá lo mismo que sucede con las monedas de los Santos, cuyo uso desgasta los detalles hasta convertir las piezas en fina plata y tenues imágenes.

En cuanto a la enfermedad de su padre, debió de suceder entre una estación y otra, y por primera vez, Addie agradece la naturaleza ocultadora de su maldición y haber llevado a cabo el trato, no por su propio bienestar, sino por el de su madre. Agradece que Marthe LaRue solo tuviera que lamentar una pérdida en vez de dos.

Jean está enterrado con los demás miembros de su familia. Una hermana menor que solo vivió dos años. Una madre y un padre, ambos fallecidos antes de que Addie cumpliera los diez. Y una hilera más allá, los padres de estos y sus hermanos solteros. La parcela junto a la suya permanece vacía, aguardando a su esposa.

No hay lugar para ella, por supuesto. Pero esta sucesión de tumbas, una línea temporal que traza el progreso del pasado hasta el futuro, es la que la condujo al bosque aquella noche; el miedo a llevar una vida idéntica y a acabar en la misma pequeña parcela de hierba.

Al contemplar la tumba de su padre, Addie siente la abrumadora tristeza de lo irrevocable, el peso de un objeto que reposa por fin. La pena ya la ha abandonado: perdió a este hombre hace cincuenta años y lloró su ausencia, y aunque aún le duele, no se trata de un dolor reciente. Hace tiempo que el pesar se ha atenuado y que la herida se ha convertido en una cicatriz.

Coloca las flores en la tumba de su padre, se pone en pie y se adentra entre las parcelas, retrocediendo en el tiempo con cada paso, hasta que ya no es Addie, sino Adeline; hasta que ya no es un fantasma, sino un ser mortal de carne y hueso. Sigue atada a este lugar, pues sus raíces la hostigan como si fueran extremidades fantasma.

Lee los nombres de las lápidas, los conoce a todos y cada uno de ellos, pero la diferencia es que hubo un tiempo en que esos nombres la conocían también a ella.

Aquí yace Roger, enterrado junto a su primera y única esposa, Pauline.

Aquí descansan Isabelle y su hija pequeña, Sara, que fallecieron el mismo año.

Y aquí, casi en el centro del camposanto, se encuentra la persona más importante de todas. La que le tomó la mano innumerables veces y le enseñó que la vida tenía muchas más cosas que ofrecerle.

Estele Magritte, reza su lápida. *1642-1719.*

Las fechas están grabadas sobre una sencilla cruz, y a Addie casi le parece oír a la mujer siseando entre dientes.

Estele, enterrada bajo la sombra de un templo al que no rendía culto.

Estele, quien diría que las almas son solo semillas devueltas a la tierra y no deseaba más que un árbol que cubriera sus huesos. Deberían haberla enterrado en la linde del bosque, o en el huerto de su jardín. O al menos, deberían haberla dejado descansar en uno de los rincones del cementerio, donde las ramas de un viejo tejo se extienden sobre el pequeño muro y proporcionan sombra a las tumbas.

Addie se dirige al pequeño cobertizo que se halla en un extremo del cementerio, encuentra una pala entre las herramientas y se encamina hacia el bosque.

Están en pleno verano, pero el aire es fresco bajo el resguardo de los árboles. A pesar de ser mediodía, el olor de la noche permanece en las hojas. El aroma de este lugar es universal y específico. Con cada bocanada de aire nota el sabor de la tierra en la lengua y evoca el recuerdo de su desesperación, el recuerdo de una joven hundiendo las manos en la tierra mientras reza.

Ahora, hunde la pala en lugar de las manos y extrae un retoño del suelo. Es un arbolito frágil que probablemente se desmorone con el próximo temporal, pero lo lleva de vuelta al cementerio, acunado en sus brazos como un bebé, y si a alguna persona le parece una visión extraña, se olvidarán de ella antes de que tengan ocasión de decírselo a alguien más. Y si en el futuro advierten que un árbol crece sobre la tumba de la anciana, tal vez se detengan para contemplarlo y piensen de nuevo en los dioses antiguos.

Cuando Addie se aleja de la iglesia, las campanas comienzan a repicar, llamando a los aldeanos para que acudan a misa.

Recorre el camino a medida que ellos salen de sus casas, mientras los niños se agarran a las manos de sus madres y los hombres y las mujeres avanzan juntos. Algunos de los rostros son nuevos para ella, aunque sí reconoce otros.

Distingue a George Therault, a la hija mayor de Roger y a los dos hijos de Isabelle, aunque la próxima vez que Addie visite el pueblo, todos habrán muerto; los últimos resquicios de su antigua vida —la primera de sus vidas— se encontrarán enterrados en la misma parcela de diez metros.

✶ ✦ ✶ ✦ ✶ ✦ ✦

La cabaña yace abandonada en la linde del bosque.

La cerca se ha caído y el jardín de Estele muestra un aspecto muy descuidado; la casa misma cede lentamente y se hunde debido al paso del tiempo y al abandono. La puerta está cerrada a cal y canto, pero hay una ventana cuyos postigos cuelgan de sus bisagras rotas y dejan al descubierto el cristal, como un párpado cansado.

La próxima vez que Addie visite el pueblo, la vegetación habrá ocultado la estructura de la casa, y la siguiente, el bosque habrá avanzado y la habrá devorado por completo.

Pero en esta ocasión la vivienda sigue en pie, y ella se abre camino a través del sendero repleto de maleza con un farol robado en la mano. Sigue esperando a que la anciana salga del bosque, con los arrugados brazos llenos de ramitas, pero los únicos ruidos provienen de las urracas y del crujido que producen sus propios pies.

El interior de la cabaña está húmedo y vacío, y el oscuro espacio se halla cubierto de escombros —los fragmentos de arcilla de una taza rota, una mesa en ruinas—, pero los cuencos donde mezclaba sus bálsamos han desaparecido, al igual que el bastón que usaba cuando hacía mal tiempo, los manojos de hierbas que colgaban de las vigas y la olla de hierro que reposaba en la chimenea.

Addie está convencida de que las posesiones de Estele están repartidas por el pueblo, al igual que lo estuvo su vida, que fue considerada un bien público simplemente porque no se casó. Al no tener hijos, Estele se hizo cargo de Villon.

Se dirige al jardín y recolecta lo que puede del huerto abandonado, mete el desastrado botín de zanahorias y judías espárrago en la casa y las coloca sobre la mesa. Abre los postigos de la ventana y se encuentra cara a cara con el bosque.

Los árboles forman una hilera sombría mientras sus enmarañadas ramas arañan el cielo. Sus raíces avanzan a pasos agigantados, adentrándose en el jardín y el césped. Es un progreso lento y paciente.

El sol está poniéndose, y aunque es verano, la humedad se ha filtrado por los huecos del techo de paja, entre las piedras y por debajo de la puerta, y un aire frío flota sobre los huesos de la pequeña cabaña.

Addie lleva el farol hasta la chimenea. Ha llovido mucho este mes y la madera está húmeda, pero ella se arma de paciencia y persevera hasta que la llama del farol prende por fin la leña.

Han pasado cincuenta años y aún no ha descubierto del todo el modo en que funciona su maldición.

No puede crear ningún objeto, pero sí darles uso.

No puede romper nada, pero sí robar.

No puede encender un fuego, pero sí mantenerlo encendido.

No sabe si es fruto de la misericordia o si simplemente hay alguna grieta en el entramado de su maldición, una de las pocas fisuras que ha hallado en los muros de esta nueva vida. Puede que a Luc se le hayan pasado por alto. O puede que las haya colocado ahí a propósito, para atraparla, para darle esperanza.

Addie saca una ramita humeante de la chimenea y la lleva de forma despreocupada hasta la desgastada alfombra. Está lo bastante seca como para prenderse y arder, pero no lo hace. Alejada de la seguridad del hogar, se debilita y se enfría con demasiada rapidez.

Se sienta en el suelo y tararea suavemente mientras arroja un palo tras otro al fuego hasta que el calor se extiende por la estancia, como el viento esparce el polvo.

Nota su presencia como si fuera una corriente de aire.

Él no llama a la puerta.

Nunca lo hace.

Tan pronto está sola como ya no lo está.

—Adeline.

Detesta el sentimiento que la embarga cuando Luc pronuncia su nombre, detesta el modo en que su cuerpo claudica ante la palabra, como si esta fuera un toldo bajo el que resguardarse en un día de tormenta.

—Luc.

Addie se da la vuelta, esperando encontrarlo con el mismo aspecto que lucía en París, ataviado con las elegantes ropas de los salones, pero en cambio se presenta ante ella exactamente igual que la noche en que se conocieron, desaliñado y envuelto en sombras, vestido con una sencilla túnica negra con el cuello entreabierto. La luz de las llamas danza en su rostro y ensombrece los contornos de su mandíbula, mejillas y frente como el carbón.

La oscuridad desliza la mirada sobre el escaso botín que descansa sobre el alféizar antes de volver a posar la mirada en ella.

—Has vuelto al punto de partida.

Addie se pone en pie para que él no pueda mirarla desde arriba.

—Cincuenta años ya —comenta Luc—. Qué rápido han pasado.

No han pasado rápido en absoluto, no para ella, y él lo sabe.

Anda buscando un tramo de piel desnuda, un lugar blando donde hundir el cuchillo, pero Addie no piensa ser una presa fácil.

—Y que lo digas —lo imita ella con frialdad—. Una vida nunca sería suficiente.

Luc esboza el amago de una sonrisa.

—Menuda imagen, verte avivar el fuego. Casi podrías pasar por Estele.

Es la primera vez que Addie escucha ese nombre brotar de sus labios, y hay algo casi melancólico en el modo en que lo dice. Luc cruza la estancia hasta la ventana y contempla la hilera de árboles.

—Cuántas noches se paró aquí y susurró a los bosques.

La mira por encima del hombro y una sonrisa tímida se asoma en sus labios.

—Por mucho que hablara sobre lo libre que se sentía, pasó sus últimos días sola.

Addie sacude la cabeza.

—No.

—Deberías haber estado aquí con ella —le dice Luc—. Deberías haber aliviado su dolor cuando enfermó. Deberías haber sido la que tendiera su cuerpo en la tierra. Se lo debías.

Addie retrocede, como si él la hubiera golpeado.

—Fuiste una egoísta, Adeline. Y por tu culpa, murió sola.

Todos morimos solos. Eso es lo que Estele diría… o al menos, eso cree. Eso espera. En otra época, habría estado convencida, pero su confianza se ha desvanecido junto con el recuerdo de la voz de la mujer.

Al otro lado de la habitación, la oscuridad se mueve. Si hace un momento se encontraba junto a la ventana, al instante siguiente está detrás de ella, y su voz se enreda en su pelo.

—Anhelaba morir —le dice Luc—. Ansiaba encontrarse en ese lugar a la sombra. Se colocó frente a esa ventana y rogó y rogó. Yo podría habérselo concedido.

El recuerdo de unos dedos viejos aferrándole la muñeca la envuelve.

Nunca reces a los dioses que responden tras caer la noche.

Addie se vuelve hacia él.

—Ella nunca te habría rezado.

Una sonrisa aparece en el rostro de él.

—No. —Le dirige una mueca despectiva—. Pero piensa en lo triste que se pondría al saber que tú sí.

Addie pierde la compostura. Su mano sale volando antes de que pueda contenerse, e incluso entonces, casi espera toparse con nada más que aire y humo. Pero toma a Luc por sorpresa y su

palma choca con su piel, o algo parecido. Su cabeza se mueve ligeramente con la fuerza del golpe. La sangre no aflora a sus labios y
el rubor no tiñe sus mejillas, pero al menos le ha quitado la sonrisa
de la cara.

O eso cree ella.

Hasta que él se echa a reír.

El sonido es espeluznante e irreal, y cuando la oscuridad
vuelve el rostro hacia ella, Addie se queda inmóvil.

Sus rasgos han perdido toda humanidad. Sus huesos son demasiado afilados; sus sombras, demasiado profundas; y sus ojos,
demasiado brillantes.

—Has olvidado quién eres —dice él, y su voz se disuelve hasta desvanecerse en humo de leña—. Has olvidado quién soy *yo*.

El dolor trepa por los pies de Addie, de forma repentina y
aguda. Ella baja la mirada, en busca de la herida, pero el dolor la
irradia desde dentro. Es un tormento profundo e interno, la presión de cada paso que ha dado.

—Tal vez he sido demasiado misericordioso.

El dolor le recorre las extremidades, emponzoñándole la rodilla y la cadera, la muñeca y el hombro. Se le doblan las piernas, y
es lo único que puede hacer para no ponerse a gritar.

La oscuridad baja la mirada con una sonrisa.

—Te lo he puesto demasiado fácil.

Addie observa horrorizada cómo sus manos comienzan a
arrugarse y unas finas venas azules sobresalen bajo la avejentada
piel.

—Solo pediste más vida. Te concedí salud, y también juventud.

El cabello se le suelta del moño y cuelga, fino, ante sus ojos;
los mechones se han tornado secos, quebradizos y grises.

—Te has vuelto arrogante.

Su vista se debilita, y su visión se vuelve borrosa hasta que la
habitación no es más que un conjunto de manchas y formas vagas.

—Tal vez necesites sufrir.

Addie cierra los ojos y el pulso se le acelera debido al pánico.

—No —le dice Addie, y es lo más cerca que ha estado de suplicar.

Percibe cómo él se acerca. Percibe su sombra cerniéndose sobre ella.

—Calmaré estos dolores. Te dejaré descansar. Incluso levantaré un árbol sobre tus huesos. Lo único que tienes que hacer... —La voz atraviesa la oscuridad— es rendirte.

La palabra desgarra el velo que la cubre. Y a pesar del dolor y el terror que siente en este momento, Addie sabe que no cederá.

Ha sobrevivido a cosas peores. Sobrevivirá a cosas peores. Esto no es más que un dios con un arrebato de mal genio.

Cuando encuentra el aliento para hablar, las palabras brotan de ella en un murmullo irregular.

—Vete al infierno.

Se prepara para su contrataque, se pregunta si la oscuridad pudrirá hasta el último centímetro de su cuerpo; si lo doblegará hasta dejar tan solo un cadáver y la abandonará allí, como una cáscara rota en el suelo de la cabaña de una anciana. Pero él se limita a reír, con carcajadas graves y estruendosas, y la noche se extiende hasta tornarse silenciosa.

Addie tiene miedo de abrir los ojos, pero cuando lo hace, está sola.

El dolor de sus huesos ha desaparecido. Su pelo suelto ha recuperado su tono castaño. Sus manos, marchitas hace un momento, vuelven a ser jóvenes, suaves y fuertes.

Se levanta, temblando, y se vuelve hacia la chimenea.

Pero el fuego, que había avivado ella de forma tan cuidadosa, se ha apagado.

Esa noche, Addie se acurruca en el enmohecido camastro, bajo una andrajosa manta que nadie ha reclamado para sí, y piensa en Estele.

Cierra los ojos y toma aire hasta que casi es capaz de oler las hierbas que se adherían al cabello de la anciana, el jardín y la savia de su piel. Se aferra al recuerdo de la sonrisa torcida de Estele, a su risa de cuervo, a la voz que usaba cuando hablaba con los dioses y a la que empleaba con Addie. En la época en la que era joven, cuando Estele le enseñó a no tener miedo a las tormentas, ni a las sombras, ni a los sonidos de la noche.

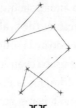

II

Nueva York
19 de marzo de 2014

Addie se apoya contra la ventana y contempla cómo el sol sale sobre Brooklyn.

Envuelve una taza de té con los dedos, disfrutando del calor que se extiende por sus palmas. El frío del ambiente empaña el cristal, pues los últimos resquicios del invierno se aferran a los márgenes del día. Lleva puesta una de las sudaderas de algodón de Henry, adornada con el logo de Columbia. Huele a él. A libros viejos y café recién hecho.

Vuelve descalza al dormitorio, donde Henry yace boca abajo, con los brazos doblados bajo la almohada y la cara vuelta hacia el otro lado. Y en ese momento, se parece muchísimo a Luc, pero al mismo tiempo, no se parece en nada. El parecido entre ellos oscila, como si viera doble. Sus rizos, esparcidos como plumas negras en la almohada blanca, se desvanecen hasta convertirse en una suave pelusa en la nuca. Su espalda sube y baja con firmeza con las suaves y superficiales pisadas del sueño.

Addie deja la taza en la mesilla de noche, entre las gafas de Henry y un reloj de cuero. Traza el borde de metal oscuro con el dedo y contempla los números dorados que yacen sobre el fondo negro. La esfera se mece bajo su caricia y deja al descubierto la pequeña inscripción en la parte de detrás.

Disfruta de la vida.

Un pequeño escalofrío la recorre, y cuando Addie se dispone a tomar el reloj, Henry emite un gemido desde su almohada a modo de protesta porque ya es de día.

Addie desvía la atención del reloj y vuelve a meterse en la cama con él.

—Hola.

Henry busca a tientas sus gafas, se las pone, la mira y sonríe, y Addie nunca se cansará de esta sensación. Del reconocimiento que asoma a sus ojos. Del presente doblándose sobre el pasado en lugar de borrarlo y reemplazarlo. Henry la coloca de espaldas a él.

—Hola —le susurra en el pelo—. ¿Qué hora es?

—Casi las ocho.

El chico lanza un quejido y se agarra a ella con fuerza. Su piel desprende calidez, y Addie desea que pudieran permanecer en la cama todo el día. Pero él ya se ha espabilado y esa energía inquieta serpentea a su alrededor como una cuerda. Addie es capaz de notarla en la tensión de sus brazos y en el sutil desplazamiento del peso de su cuerpo.

—Debería marcharme —le dice ella, porque asume que eso es lo que una debe decir cuando está en la cama de otra persona. Cuando esa persona recuerda cómo llegaste hasta allí. No le dice «Debería marcharme a casa», pero Henry adivina la palabra omitida.

—¿Dónde vives? —le pregunta él.

En ninguna parte, piensa ella. *En todas partes.*

—Me las arreglo. Nueva York está llena de camas.

—Pero no tienes casa propia.

Addie se mira la sudadera que ha tomado prestada, la totalidad de sus posesiones actuales se encuentra tirada en la silla más cercana.

—No.

—Entonces, puedes quedarte aquí.

—¿Tres citas y ya estás pidiéndome que venga a vivir contigo?

Henry se echa a reír, porque resulta de lo más absurdo, desde luego. Pero no es ni mucho menos lo más extraño que ha sucedido en sus vidas.

—¿Y si te pido que te quedes aquí… por ahora?

Addie no sabe qué decir, y antes de que se le ocurra algo, Henry se levanta de la cama y abre el cajón de debajo de la cómoda. Empuja el contenido hacia un lado, haciéndole hueco.

—Puedes dejar tus cosas aquí.

Él la contempla de repente con incertidumbre.

—¿Tienes cosas?

Con el tiempo, ella le contará los detalles de su maldición, la forma en que esta se retuerce y se enrosca a su alrededor. Pero él todavía desconoce los pormenores, no le hace falta saberlos. Para él, su historia acaba de comenzar.

—No tiene sentido acaparar más cosas de las que puedes sujetar con las manos cuando no dispones de ningún lugar donde guardarlas.

—Bueno, en caso de que te apetezca empezar a hacerlo, puedes guardarlas aquí.

Y con eso se dirige adormilado hacia la ducha; Addie contempla el hueco que le ha dejado en el cajón y se pregunta qué pasaría si tuviera cosas que guardar ahí dentro. ¿Desaparecerían de inmediato? ¿O se extraviarían lentamente, como quien no quiere la cosa, igual que ocurre con los calcetines, que acaban devorados por la secadora? Nunca ha sido capaz de aferrarse a nada durante demasiado tiempo. Solo a la chaqueta de cuero y al anillo de madera, y siempre ha sabido que es porque Luc quería que se quedara con ambos, los ha vinculado a ella bajo la apariencia de regalos.

Se da la vuelta y examina la ropa tirada sobre la silla.

Está manchada de pintura de su visita a la High Line. Hay un manchón verde en su camisa y otro púrpura en la rodilla de sus vaqueros. Sus botas están salpicadas también de amarillo y azul. Sabe que la pintura acabará desapareciendo, puede que gracias al agua de un charco, o tal vez simplemente se desvanezca con el tiempo, pero así es cómo se supone que funcionan los recuerdos.

Primero son nítidos, y luego, poco a poco, se disipan.

Se viste con el atuendo del día anterior, y a continuación agarra la chaqueta de cuero, pero en lugar de ponérsela, la dobla cuidadosamente y la guarda en el cajón. Descansa allí, rodeada de un espacio que espera a ser llenado.

Addie rodea la cama y por poco pisa el cuaderno.

Se encuentra abierto en el suelo —debe de haberse caído de la cama durante la noche— y ella lo levanta con cuidado, como si estuviera encuadernado con cenizas y tela de araña en vez de papel y pegamento. Casi espera que se desmorone al tocarlo, pero este permanece de una pieza, y cuando Addie abre la tapa, descubre que las primeras páginas están escritas. Traza las palabras ligeramente con los dedos, nota la incisión del bolígrafo, los años ocultos detrás de cada palabra.

Así comienza la historia, ha escrito él debajo de su nombre.

Lo primero que ella recuerda es el viaje al mercado. Su padre está sentado a su lado y el carro rebosa con sus piezas de artesanía...

Contiene la respiración a medida que lee, y el sonido de la ducha envuelve la habitación en un murmullo silencioso.

Su padre le cuenta historias. No recuerda las palabras, pero sí la forma en que se las contaba...

Addie permanece allí, leyendo hasta que se le acaban las palabras; las letras dan paso a una página tras otra de espacio vacío, esperando a ser escrito.

Cuando oye a Henry apagar el grifo del agua, se obliga a sí misma a cerrar el libro, y vuelve a depositarlo suavemente, casi con reverencia, sobre la cama.

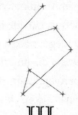

III
Fécamp, Francia
29 de julio de 1778

Y pensar que podría haber vivido y muerto, y nunca haber visto el mar.

Pero no importa, ahora Addie se encuentra aquí. A su derecha, unos pálidos acantilados se alzan como centinelas de piedra en la playa donde está sentada, mientras sus faldas se extienden a su alrededor en la arena. Contempla el horizonte, cómo la costa da paso al agua, y esta, a su vez, da paso al cielo. Ha visto mapas, desde luego, pero la tinta y el papel no pueden compararse con esto. Con el olor de la sal, el murmullo de las olas y la hipnótica atracción de la marea. Con el alcance y la magnitud del océano, y la certeza de que en algún lugar, al otro lado del horizonte, hay más.

Pasará un siglo antes de que cruce el Atlántico, y cuando lo haga, se preguntará si los mapas están equivocados, comenzará a dudar de que exista tierra más allá, pero aquí y ahora, Addie está simplemente encantada.

Hubo un tiempo en el que su mundo se reducía a un pequeño pueblo en el centro de Francia. Pero cada vez es más grande. El mapa de su vida se despliega mostrándole colinas y valles, pueblos y ciudades. Mostrándole Le Mans. Mostrándole París. Mostrándole esto.

Lleva casi una semana en Fécamp, pasando sus días entre el muelle y el mar, y si alguien repara en la extraña mujer que permanece sola en la arena, no han considerado oportuno molestarla. Addie observa los barcos que vienen y van, y se pregunta adónde se dirigen; se pregunta también qué pasaría si subiera a bordo de uno, adónde la llevarían. En París, la escasez de alimentos se agrava cada vez más, las sanciones son cada vez mayores y la situación empeora constantemente. Las tensiones de la ciudad se han propagado a otros puntos y el ambiente de incertidumbre ha llegado hasta aquí, hasta la costa. *Razón de más para zarpar lejos*, se dice Addie a sí misma.

Y aun así.

Siempre hay algo que la retiene.

En esta ocasión, es la tormenta que se avecina. Se cierne sobre el mar, dejando el cielo cubierto de magulladuras. El sol se filtra en algunos puntos y unos rayos de luz anaranjada se precipitan hacia el agua de color gris pizarra. Addie vuelve a tomar el libro, que yace a su lado en la arena, y comienza de nuevo a leer.

> *Los festejos han concluido. Los actores,*
> *como ya te dije, eran espíritus*
> *y se han disuelto en el aire sin dejar rastro.*

Se trata de *La tempestad*, de Shakespeare. De vez en cuando todavía le cuesta leer la cadencia del dramaturgo, pues el estilo le resulta extraño y la rima y la métrica inglesas siguen pareciéndole desconocidas. Pero está aprendiendo y de tanto en tanto las palabras fluyen con facilidad.

> *Y cual tela sin trama de esta fantasía,*
> *las altas torres, los opulentos palacios,*
> *los templos solemnes, el inmenso mundo…*

Sus ojos comienzan a agotarse debido a la escasa luz.

Sí, y todo cuanto en él descansa, se disipará
e, igual que se ha esfumado este etéreo entretenimiento,
no quedará el más leve vestigio.

—«Estamos hechos de la misma sustancia que los sueños» —Una voz familiar suena tras ella—, «y nuestra breve vida culmina en un reposo sin fin». —Oye un sonido suave, parecido a una risa jadeante—. Bueno, no todas las vidas.

Luc se eleva sobre ella como una sombra.

No lo ha perdonado por la violencia de aquella noche en Villon. Se prepara para volver a sufrirla incluso ahora, a pesar de que se han visto varias veces en los años transcurridos desde entonces, tras forjar una especie de tregua cautelosa.

Pero Addie sabe mejor que nadie que no debe confiar en él. Luc se sienta a su lado en la arena y apoya un brazo de forma perezosa sobre la rodilla; es la viva imagen de la elegancia lánguida, incluso en este lugar.

—Estuve presente cuando escribió ese verso, ¿sabes?

—¿Shakespeare? —Addie es incapaz de ocultar su sorpresa.

—¿A quién crees que llamó en mitad de la noche, cuando las palabras se negaron a acudir a él?

—Estás mintiendo.

—Estoy *jactándome* —responde él—. No es lo mismo. Nuestro querido William solicitó la ayuda de un mecenas, y yo accedí raudo.

La tormenta se aproxima y una cortina de lluvia se desliza hacia la costa.

—¿Es esa la imagen que tienes de ti mismo? —le pregunta Addie, sacudiendo la arena del libro—. ¿La de un generoso mecenas?

—No me fastidies solo porque escogiste mal.

—¿Eso crees? —replica ella—. Al fin y al cabo, soy libre.

—Y te han olvidado.

Pero ella está lista para responder a su provocación.

—Igual que sucede con la mayoría de cosas.

Addie contempla el océano.

—Adeline —la regaña él—, eres de lo más terca. Y aun así, no han pasado ni cien años. Me pregunto cómo te sentirás dentro de otros cien.

—No lo sé —dice ella suavemente—. Supongo que tendrás que preguntármelo entonces.

La tormenta llega a la costa. Las primeras gotas comienzan a caer y Addie se presiona el libro contra el pecho, protegiendo las páginas para que no se mojen.

Luc se incorpora.

—Pasea conmigo —le dice, extendiendo la mano. Más que una invitación es una orden, pero la lluvia pasa rápidamente de ser una promesa a un chaparrón constante, y Addie no tiene más que el vestido que lleva puesto. Se levanta sin su ayuda y se sacude la arena de las faldas.

—Por aquí.

La conduce a través de la ciudad hacia la silueta de un edificio, cuyo campanario abovedado perfora las nubes bajas. Se trata, de entre todas las cosas, de una iglesia.

—Debes estar de broma.

—No soy yo quien se está mojando —responde Luc. Y es cierto. Para cuando se ponen a cubierto bajo la marquesina de piedra, Addie está empapada, pero Luc permanece seco. La lluvia ni siquiera lo ha rozado.

Él sonríe, alargando el brazo hacia la puerta.

No importa que la iglesia esté cerrada. Aunque estuviera cubierta de cadenas, la puerta se abriría para él. Addie ha aprendido que dichos límites no significan nada para la oscuridad.

En el interior, el ambiente está cargado y los muros de piedra conservan el calor del verano. Está demasiado oscuro para ver algo más que los contornos de los bancos y la figura encaramada en la cruz.

Luc extiende los brazos.

—He aquí la casa de Dios.

Su voz, suave y siniestra, resuena a través de la estancia.

Addie siempre se ha preguntado si Luc podría pisar suelo sagrado, pero el sonido de sus zapatos sobre el pavimento de la iglesia responde a su pregunta.

Avanza por el pasillo, pero no puede sacudirse de encima la sensación de extrañeza que le provoca este lugar. Sin las campanas, el órgano y los cuerpos hacinándose para las misas, la iglesia parece abandonada. Se asemeja más a una tumba que a un templo de culto.

—¿Quieres confesar tus pecados?

Luc se ha movido con la misma facilidad con la que las sombras se mueven en la oscuridad. Ya no se encuentra tras ella, sino sentado en la primera fila, con los brazos extendidos a lo largo del respaldo del banco, las piernas estiradas y los tobillos cruzados en perezoso reposo.

A Addie la criaron para arrodillarse en la pequeña capilla de piedra del centro de Villon, y pasó días encogida en los bancos de París. Ha oído las campanas, el órgano y las llamadas a la oración. Y aun así, a pesar de todo, nunca ha entendido su atractivo. ¿Cómo es posible que un techo te acerque más al cielo? Si Dios es tan magno, ¿por qué construir muros que lo retengan?

—Mis padres eran creyentes —reflexiona ella, recorriendo los bancos con los dedos—. Siempre hablaban de Dios. De su fuerza, su misericordia y su luz. Decían que estaba en todas partes, en todas las cosas. —Addie se detiene frente al altar—. Se lo creían todo con tanta facilidad...

—¿Y tú?

Addie contempla las vidrieras de colores; sin el sol para iluminarlas, las imágenes son poco más que fantasmas. Ella quería creer. Escuchó y esperó a oír su voz, a sentir su presencia, del mismo modo en que sentía la calidez del sol en los hombros o la caricia del trigo bajo las manos. Del mismo modo en que sentía la presencia de los viejos dioses que tanto le gustaban a Estele. Pero allí, en el frío templo de piedra, nunca sintió nada.

Sacude la cabeza y dice en voz alta:

—Nunca entendí por qué debía creer en algo que no podía sentir, oír o ver.

Luc arquea una ceja.

—Creo que eso es lo que los demás llaman *fe* —afirma Luc.

—Dice el diablo en la casa de Dios. —Addie lo mira al pronunciar las palabras y capta un destello amarillo en el eterno verde de sus ojos.

—Una casa no es más que una casa —responde Luc, molesto—. Esta pertenece a todo el mundo, o a nadie. ¿Y ahora me tomas por el diablo? No lo tenías tan claro en el bosque.

—Tal vez me hayas convertido en creyente —le dice ella.

Luc echa la cabeza hacia atrás, con una sonrisa maliciosa asomándose en sus labios.

—Y crees que si yo soy real, él también lo es. ¿La luz de mi sombra, el día de mi oscuridad? Y estás convencida de que si le hubieras rezado a él en vez de a mí, te habría mostrado bondad y misericordia.

Addie se lo ha preguntado cientos de veces, aunque por supuesto, no lo dice en voz alta.

Las manos de Luc se deslizan por el respaldo del banco al tiempo que él se inclina hacia delante.

—Y ahora —añade—, nunca lo sabrás. Pero en cuanto a mí... —dice levantándose—. En fin, «diablo» no es más que una palabra nueva para referirse a una idea muy antigua. Y bueno, en lo que a Dios respecta, si lo único que hace falta es un don para el dramatismo y un par de aderezos dorados...

Chasquea los dedos y de pronto los botones de su abrigo, las hebillas de sus zapatos y el bordado de su chaleco ya no son negros, sino dorados. Estrellas bruñidas con una noche sin luna de fondo.

Él sonríe y luego se sacude la filigrana como si fuera polvo.

Addie la ve caer y al levantar de nuevo la mirada encuentra a Luc frente a ella, a centímetros de su rostro.

—Pero existe una diferencia entre ambos, Adeline —susurra él, rozándole la barbilla con los dedos—. *Yo* siempre respondo.

Addie se estremece, muy a su pesar. Por el roce demasiado familiar contra su piel, por el espeluznante verde de su mirada, por la sonrisa lobuna y salvaje.

—Además —prosigue, apartando los dedos de su rostro—, todos los dioses tienen un precio. No soy el único que comercia con almas, ni mucho menos. —Luc extiende la mano a un lado y la luz florece justo por encima de su palma—. Él deja que las almas se marchiten en sus estantes. Yo las riego.

La luz se deforma y se enrosca.

—Él hace promesas. Yo pago por adelantado.

La luz destella una vez, repentina y brillante, y luego se acerca a ella, adquiriendo una forma sólida.

Addie siempre se ha preguntado qué aspecto tienen las almas.

Alma es una palabra grandilocuente. Al igual que *dios*, *espacio* y *tiempo*, y cuando ha tratado de imaginársela, Addie ha evocado imágenes de relámpagos, de rayos de sol que atraviesan el polvo, o de tormentas con forma humana, de un blanco inmenso y sin bordes.

La realidad es mucho más insignificante.

La luz que Luc tiene en la mano es una canica cristalina y brillante, y posee un tenue fulgor interno.

—¿Eso es todo?

Y sin embargo, Addie es incapaz de apartar la mirada del frágil orbe. Se halla a sí misma intentando alcanzarla, pero él la aparta de su alcance.

—No te dejes engañar por su apariencia. —Hace girar la brillante esfera entre sus dedos—. Cuando me miras ves a un hombre, aunque sabes que no soy nada parecido a eso. Esta forma es tan solo una fachada, y está diseñada para quien la observa.

La luz se retuerce y cambia, y el orbe se aplana hasta tomar la forma de un disco. Y luego de un anillo. Su anillo. La madera de fresno resplandece, y su corazón anhela contemplarlo, sujetarlo, notar la desgastada superficie contra su piel. Pero en cambio Addie cierra los puños para evitar alargar la mano de nuevo.

—¿Qué aspecto tiene en realidad?

—Puedo mostrártela —ronronea él, dejando que la luz se pose en su palma—. No tienes más que decirlo y dejaré tu alma al descubierto. Ríndete y te prometo que lo último que verás será la verdad.

Otra vez la misma cantinela.

Sus palabras son unas veces amargas y otras, dulces, pero todas están diseñadas para ocultar el veneno.

Addie contempla el anillo, se deja llevar una última vez, y luego se obliga a apartar la mirada de la luz y a dirigirla a la oscuridad.

—¿Sabes qué? —le dice—. Me parece que prefiero vivir sin saberlo.

Luc contrae la boca, y Addie no sabe si es debido a la ira o a la diversión.

—Como prefieras, querida —responde él, derramando la luz entre sus dedos.

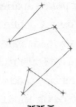

IV

Nueva York
23 de marzo de 2014

Addie se acurruca en una butaca de cuero en un rincón de La Última Palabra; en algún lugar detrás de su cabeza, oye cómo el gato emite su suave ronroneo desde los estantes, mientras ella observa a los clientes inclinarse hacia Henry igual que las flores se inclinan hacia el sol.

En cuanto descubres algo, comienzas a verlo en todas partes.

Alguien pronuncia las palabras «elefante púrpura» y de repente los ves en los escaparates y las camisetas de la gente, en peluches y vallas publicitarias, y te preguntas cómo no te habías dado cuenta hasta ahora.

Lo mismo ocurre con Henry y su trato.

Un hombre encuentra gracioso todo lo que dice.

Una mujer esboza una sonrisa radiante de alegría.

Una adolescente aprovecha la mínima oportunidad para tocarle el hombro o el brazo, mientras se ruboriza debido a su evidente atracción por él.

A pesar de todo, Addie no está celosa.

Ha vivido mucho tiempo y perdido demasiado; ya fuera a causa de un robo o de un préstamo, sus escasas posesiones siempre han acabado en manos de alguien más, y nunca ha podido conservarlas. Ha aprendido a compartir, y sin embargo, cada vez que Henry lanza una mirada en su dirección, ella nota cómo un agradable calor la recorre, que resulta tan bienvenido como la repentina aparición de la luz del sol entre las nubes.

Addie sube las piernas a la butaca, con un libro de poemas abierto en su regazo.

Ha intercambiado la ropa manchada de pintura por un nuevo par de vaqueros negros y un jersey extragrande que agarró de una tienda de segunda mano mientras Henry estaba trabajando. Sin embargo, Addie ha decidido quedarse con las botas, pues las pequeñas salpicaduras amarillas y azules son un recordatorio de la noche anterior, lo más cercano que tiene a una foto, a un recuerdo material.

—¿Estás lista?

Ella levanta la mirada, advierte que el cartel de la tienda ha pasado de «Abierto» a «Cerrado» y ve a Henry de pie junto a la puerta, con la chaqueta colgada del brazo. Él extiende la mano y la ayuda a levantarse de la butaca de cuero, que, según le explica el chico, tiende a engullir a la gente.

Abandonan la tienda y suben los cuatro escalones que los separan de la calle.

—¿Adónde vamos? —le pregunta Addie.

Todavía es temprano y Henry vibra con una energía inquieta. Esta parece empeorar al atardecer, ya que la puesta de sol constituye una señal indiscutible de que otro día ha llegado a su fin, del transcurso del tiempo a medida que mengua la luz.

—¿Has estado en la fábrica de helados?

—Parece un plan divertido.

El entusiasmo abandona el rostro de Henry.

—Ya has estado.

—No me importa volver a ir.

Pero Henry niega con la cabeza y dice:

—Quiero enseñarte algo nuevo. ¿Hay algún lugar donde *no* hayas estado? —le pregunta, y después de un buen rato, Addie se encoge de hombros.

—Estoy convencida de que sí —responde—. Pero aún no lo he encontrado.

Quería que sus palabras sonaran como una ocurrencia divertida, trivial, pero Henry frunce el ceño y mira a su alrededor.

—Bueno —le dice él tomándole la mano—. Ven conmigo.

Una hora más tarde, se encuentran en Grand Central.

—Siento decírtelo —dice ella mirando la bulliciosa estación—, pero ya he estado aquí antes. Al igual que la mayoría de la gente.

Pero Henry le lanza una sonrisa llena de picardía.

—Ven por aquí.

Lo sigue por la escalera mecánica hasta el nivel inferior de la estación. Tomados de la mano, se abren paso a través del constante torrente de viajeros nocturnos en dirección a los bulliciosos puestos de comida, pero Henry se detiene de golpe bajo una confluencia de arcos alicatados, mientras los pasillos se ramifican en todas direcciones. La guía hasta una de las esquinas formadas por columnas, donde los arcos se separan, curvándose por encima hasta el otro extremo, y la voltea hacia una pared de azulejos.

—Espera aquí —le dice él, y se aleja.

—¿Adónde vas? —pregunta Addie dándose la vuelta para seguirlo.

Pero Henry vuelve a acercarse a ella, y la coloca mirando al arco.

—Quédate aquí, así —le dice—. Y escucha.

Addie vuelve la oreja a la pared alicatada, pero no es capaz de oír nada debido al ruido de las pisadas y al bullicio de los viajeros que se congregan en la estación al anochecer. Lo mira por encima del hombro.

—Henry, no…

Pero Henry ya no está allí, sino que se dirige apresuradamente hacia el lado opuesto del arco, a unos diez metros de distancia. Vuelve la mirada hacia ella, y luego se da la vuelta y entierra el rostro en la esquina, igual que un niño que juega al escondite y cuenta hasta diez.

Addie se siente ridícula, pero se inclina hacia la pared de azulejos, aguarda y escucha.

Y a continuación, de forma increíble, oye su voz.

—Addie.

Ella se sobresalta. Oye su nombre en voz baja pero de manera nítida, como si Henry estuviera justo a su lado.

—¿Cómo lo haces? —le pregunta al arco. Y es capaz de oír la sonrisa en la voz de Henry cuando le responde.

—El sonido sigue la curva del arco. Es un fenómeno que ocurre cuando los espacios se curvan de cierta manera. Se llama «galería de los susurros».

Addie se queda pasmada. Trescientos años y aún hay cosas nuevas que aprender.

—Di algo —le pide la voz que resuena contra el azulejo.

—¿El qué? —le susurra ella a la pared.

—Bueno —le dice Henry con suavidad en el oído—. ¿Por qué no me cuentas una historia?

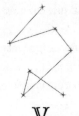

V
París, Francia
29 de julio de 1789

París está en llamas.

En la calle, el aire huele a pólvora y a humo, y aunque la ciudad nunca se ha caracterizado por su tranquilidad, durante los últimos quince días el ruido ha sido constante. Se oyen los disparos de los mosquetes y los cañones, las órdenes a voz en cuello de los soldados y las réplicas trasladadas de boca en boca.

Vive la France. Vive la France. Vive la France.

Han pasado dos semanas desde la toma de la Bastilla y la ciudad parece decidida a partirse en dos. Y aun así, debe perdurar, debe resistir, mientras a sus habitantes no les queda más remedio que encontrar un modo para soportar la tormenta diaria.

En cambio, Addie ha elegido moverse de noche.

Serpentea en la oscuridad, con un sable a la cadera y un tricornio bien calado en la frente. Despojó de sus ropas a un hombre al que le dispararon en la calle, y ocultó los desgarros de la tela y la mancha oscura del estómago bajo un chaleco que le quitó a otro cadáver. La necesidad tiene cara de hereje, y viajar sola es demasiado peligroso para una mujer. Aunque resultaría aún peor hacerse pasar por un miembro de la nobleza, de modo que lo mejor es pasar desapercibida de otras formas.

Un torbellino, triunfante y embriagador al mismo tiempo, ha barrido la ciudad, y con el tiempo, Addie aprenderá a saborear los cambios en el ambiente, a percibir el límite entre el ímpetu y la violencia. Pero esta noche, la rebelión sigue siendo reciente, y los ánimos se muestran extraños e ilegibles.

En cuanto a la ciudad, las avenidas de París se han convertido en un laberinto, y el repentino levantamiento de barreras y barricadas transforman cualquier camino en una sucesión de callejones sin salida. No le sorprende, pues, encontrarse una pila de cajas y escombros ardiendo al torcer una esquina.

Addie maldice en voz baja, pero cuando se dispone a darse la vuelta, unas botas resuenan tras ella y el disparo de un arma alcanza la barricada sobre su cabeza.

Al volverse se topa con media docena de hombres que le cortan el paso, vestidos con el sucio atuendo de la rebelión. Sus mosquetes y sables brillan débilmente a la luz del atardecer. En ese momento, Addie agradece que sus ropas pertenecieran a un plebeyo.

Addie se aclara la garganta y se asegura de adoptar un tono áspero y profundo al tiempo que exclama:

—*Vive la France!*

Los hombres le devuelven el saludo, pero para su consternación, no se retiran. En su lugar, siguen avanzando hacia ella, con las manos apoyadas en sus armas. A la luz del fuego, Addie es capaz de vislumbrar que tienen las miradas vidriosas debido al vino y la indescriptible energía de la noche.

—¿Qué haces aquí? —exige saber uno de ellos.

—Puede que sea un espía —dice otro—. Hay muchos soldados deambulando con las ropas de los civiles. Usurpando los cuerpos de los valientes muertos.

—No busco problemas —exclama ella—. Simplemente me he perdido. Dejadme pasar y me marcharé.

—Y luego volverás con diez hombres más —murmura el segundo hombre.

—No soy un espía, ni un soldado ni un cadáver —insiste ella—. Solo quería...

—Boicotearnos —la interrumpe un tercero.

—O asaltar nuestras tiendas —sugiere otro.

Ya no están gritando. No es necesario. Se han acercado lo suficiente como para hablar con un tono de voz tranquilo, haciéndola retroceder contra la barricada en llamas. Si consiguiera pasar a través de ellos, alejarse y desaparecer de su vista y su mente…, pero no hay ningún lugar donde esconderse. Se ha prohibido el paso a las callejuelas, y los escombros arden a su espalda.

—Si estás con nosotros, entonces demuéstralo.

—Bajad las espadas.

—Quítate el sombrero. Deja que te veamos la cara.

Addie traga saliva y tira el sombrero a un lado, con la esperanza de que la oscuridad la ayude a esconder la suavidad de sus rasgos. Pero entonces la barricada crepita debido a algún tablón que acaba de ser pasto de las llamas, y durante un instante, el fuego se aviva, y ella sabe que la luz es lo bastante intensa como para que puedan contemplarla sin problemas. Se da cuenta por el modo en que sus rostros cambian.

—Dejadme pasar —repite Addie llevándose la mano a la espada que cuelga de su cadera. Sabe cómo blandirla, pero también sabe que ellos son cinco y ella solo una, y si desenvaina, no tendrá más remedio que luchar con ellos. La certeza de que saldrá indemne no es demasiado alentadora frente a la perspectiva de lo que podrían hacerle primero.

Se acercan a ella, y Addie desenvaina la espada.

—Atrás —gruñe.

Y, sorprendentemente, los hombres se detienen. Una sombra se extiende por sus rostros y los despoja de toda expresividad. Sueltan las armas, sus cabezas se mecen sobre sus hombros, y el silencio se apodera de la noche, salvo por el crujido de las cajas en llamas y el sonido de una voz despreocupada a su espalda.

—Los humanos no están hechos para vivir tiempos de paz.

Se da la vuelta, con la espada aún levantada, y se topa con Luc, cuyos contornos negros contrastan con el fuego.

Él no se aparta de la espada, sino que se limita a alargar la mano y recorrer el acero con la elegancia de un amante que roza la piel, de un músico acariciando un instrumento. Addie casi espera que la hoja cante bajo sus dedos.

—Mi Adeline —dice la oscuridad—, se te da de fábula meterte en líos. —Desvía su intensa mirada verde a los hombres inmóviles—. Menos mal que pasaba por aquí.

—Eres la noche misma —responde ella repitiendo sus palabras—. ¿No deberías ser omnipresente?

Una sonrisa se asoma a su rostro.

—Qué buena memoria tienes. —Enrosca los dedos alrededor de la hoja, y esta comienza a oxidarse—. Debe de ser un fastidio.

—Ni mucho menos —dice Addie secamente—. Es un don. Piensa que hay muchas cosas que aprender. Y yo tengo todo el tiempo del mundo para…

El sonido de una ráfaga de disparos a lo lejos la interrumpe, y luego, se oye la réplica de un cañón, pesado como un trueno. Luc frunce el ceño con desagrado, y a Addie la divierte verlo inquieto. El cañón vuelve a dispararse, y él la toma por la muñeca.

—Ven —le dice—. No soy capaz de oír mis propios pensamientos.

Se vuelve rápidamente y tira de ella. Pero en lugar de dar un paso adelante, da un paso hacia un lado, dirigiéndose a las profundas sombras de la pared más cercana. Addie retrocede, pensando que va a chocar con la piedra, pero la pared se divide y el mundo les abre camino, y antes de que ella pueda tomar aliento y apartarse, París desaparece, al igual que Luc.

Mientras Addie se sumerge en la más absoluta oscuridad.

No es un lugar tan apacible como la muerte ni tan vacío ni silencioso. Este vacío negro y ciego rezuma violencia. Son las alas de los pájaros que le golpean la piel. Es la ráfaga del viento que le revuelve el pelo. Son un millar de voces susurrantes. Es el miedo y la caída, y un sentimiento feroz y salvaje, y para cuando a Addie se le ocurre ponerse a gritar, la oscuridad se ha disipado de nuevo, la noche vuelve a extenderse ante ella, y Luc está, una vez más, a su lado.

Addie se balancea y se apoya en la puerta, sintiéndose mareada, vacía y confundida.

—¿Qué ha sido eso? —pregunta ella, pero Luc no responde. Ahora se encuentra a unos metros de distancia, con las manos extendidas sobre la barandilla de un puente mientras contempla el río.

Aunque no se trata del Sena.

No hay ni rastro de las barricadas en llamas. Ni se oyen los cañonazos. No hay hombres aguardando con armas a los costados. Solo un río desconocido que fluye bajo un puente desconocido, y edificios desconocidos que se alzan a lo largo de orillas desconocidas, con tejados recubiertos de tejas rojas.

—Mucho mejor —dice él, ajustándose los puños. De alguna manera, mientras se encontraban en el vacío, ha tenido oportunidad de cambiarse de ropa: el cuello de su indumentaria es más alto y la seda posee un corte más suelto, mientras Addie lleva la misma túnica mal ajustada que rescató de una calle de París.

Una pareja pasa tomada del brazo, y ella capta tan solo los tonos altos y graves de una lengua extranjera.

—¿Dónde estamos? —exige saber.

Luc la mira por encima del hombro y le dice algo empleando el mismo ritmo entrecortado antes de volver a repetir sus palabras en francés.

—Estamos en Florencia.

Florencia. Addie ha oído el nombre antes, pero sabe muy poco acerca de la ciudad, además de lo obvio… que no se encuentra en Francia, sino en *Italia*.

—¿Qué has hecho? —exclama—. ¿Cómo has…? No, da igual. Llévame de vuelta.

Luc arquea una ceja.

—Adeline, para alguien con todo el tiempo del mundo, siempre tienes prisa. —Y con eso se aleja, mientras Addie lo sigue unos pasos por detrás.

Ella repara en lo peculiar que le resulta esta nueva ciudad. Florencia está formada por siluetas extrañas y bordes afilados, por cúpulas y agujas, y paredes de piedra blanca y tejados de cobre. Es un lugar pintado con una paleta de colores diferente, donde la música es interpretada con distintos acordes. Su corazón revolotea ante su belleza, y Luc sonríe como si fuera capaz de sentir su deleite.

—¿Prefieres las calles en llamas de París?

—Te tenía por alguien aficionado a la guerra.

—Aquello no es ninguna guerra —responde él bruscamente—. Tan solo una escaramuza.

Lo sigue hasta llegar a un patio abierto, una plaza con bancos de piedra y el aire impregnado con el aroma de las flores de verano. Camina por delante de ella, y su imagen es la de un caballero que ha salido a disfrutar de la brisa nocturna; solo aminora la marcha cuando ve a un hombre con una botella de vino bajo el brazo. Flexiona los dedos y el hombre cambia su rumbo y se acerca a él, tan obediente como un perro. Luc adopta ese otro lenguaje, una lengua que Addie llegará a conocer como «florentino», y aunque todavía desconoce el significado de las palabras, sí reconoce la tentación que tiñe la voz de Luc, ese resplandor vaporoso que invade el aire que los rodea. Reconoce también la mirada soñadora en los ojos del italiano cuando le entrega la botella con una plácida sonrisa y se aleja distraídamente.

Luc se sienta en uno de los bancos y hace aparecer dos vasos de la nada.

Addie permanece de pie, observando cómo descorcha la botella y sirve el vino, mientras él le dice:

—¿Por qué iba a sentir inclinación por la guerra?

Es la primera vez, advierte ella, que le formula una pregunta sincera, una sin intención de provocarla, exigirle algo o coaccionarla.

—¿Acaso no eres un dios del caos?

La expresión de Luc se oscurece.

—Soy el dios de la promesa, Adeline, y las guerras no favorecen mis tratos. —Le ofrece uno de los vasos, y al ver que ella no hace amago alguno de tomarlo, Luc lo levanta, como si estuviera brindando—. Por una vida larga.

Addie no puede evitarlo. Sacude la cabeza, desconcertada.

—Algunas noches te encanta verme sufrir para que sucumba ante ti. Y otras, pareces empeñado en ahorrarme el dolor. Me gustaría que te decidieras de una vez.

Una sombra se extiende por el rostro de Luc.

—Confía en mí, encanto, es mejor que no lo haga. —Un pequeño escalofrío la recorre al tiempo que él se lleva la copa a los labios—. No confundas lo ocurrido esta noche, ni ninguno de mis gestos, con amabilidad, Adeline. —Sus ojos destellan con picardía—. Tan solo quiero ser el que te doblegue.

Ella contempla la plaza arbolada a su alrededor, iluminada por los faroles mientras la luz de la luna resplandece en los tejados revestidos de rojo.

—Bueno, tendrás que esforzarte un poco…

Pero se interrumpe al volver la atención al banco de piedra.

—Mierda —murmura, observando la plaza vacía.

Porque Luc, naturalmente, se ha marchado.

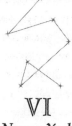

VI
Nueva York
6 de abril de 2014

—¿Y te dejó allí sin más? —le pregunta Henry horrorizado.

Addie pesca una patata frita, haciéndola girar entre sus dedos.

—Hay lugares peores donde podría haberme dejado.

Están sentados en una mesa alta en un supuesto *pub* —lo que se entiende por *pub* fuera de Gran Bretaña—, compartiendo una ración de *fish and chips* con vinagre y una pinta de cerveza tibia.

Un camarero pasa por allí y le sonríe a Henry.

Dos chicas rondan por su lado mientras se dirigen al baño sin ninguna prisa, y se lo quedan mirando al salir.

Un torrente de palabras les llega desde una mesa cercana, y una sonrisa asoma a los labios de Addie al captar en ellas el bajo y acelerado staccato del alemán.

—¿Qué ocurre? —le pregunta Henry.

Ella se inclina hacia él.

—¿Ves a esa pareja de allí? —Ladea la cabeza en su dirección—. Están discutiendo. Al parecer, el tipo se acostó con su secretaria. Y su ayudante. Y su profesora de pilates. La mujer estaba al tanto de los dos primeros engaños, pero se ha enfadado por el tercero porque ambos hacen pilates en el mismo gimnasio.

Henry la contempla, maravillado.

—¿Cuántos idiomas hablas?

—Los suficientes —responde ella, pero es obvio que él quiere saber el número exacto, así que ella los cuenta con los dedos—. Francés, por supuesto. E inglés. Griego y latín. Alemán, italiano, español, la variante del alemán que se habla en Suiza, y portugués, aunque no lo domino del todo.

—Habrías sido una espía genial.

Ella arquea una ceja tras la pinta.

—¿Cómo sabes que no lo fui?

Tras devorar la ración de patatas, Addie mira a su alrededor y ve al camarero entrar en la cocina.

—Vamos —le dice ella, agarrándolo de la mano.

Henry frunce el ceño.

—Aún no hemos pagado.

—Ya lo sé —responde Addie bajándose del taburete—. Pero si nos vamos ahora, pensará que se le ha olvidado limpiar la mesa. No se acordará.

Este es el problema de una vida como la de Addie.

Ha pasado tanto tiempo sin echar raíces en ningún sitio, que ya no sabe cómo dejarlas crecer.

Está tan acostumbrada a perder las cosas, que ya no sabe cómo aferrarse a ellas.

Cómo dejar espacio para alguien más en un mundo del tamaño de sí misma.

—No —dice Henry—. No se acordará de ti. Pero sí de mí. No soy invisible, Addie. Sino todo lo contrario.

Invisible. La palabra le araña la piel.

—Yo tampoco soy invisible —responde ella.

—Ya sabes lo que quiero decir. Yo no puedo ir y venir. Y aunque pudiera... —dice él sacando la cartera—, seguiría estando *mal.*

La palabra la golpea como un puñetazo, y de pronto se encuentra de nuevo en París, encogida por el hambre. Está cenando en casa del marqués, envuelta con ropas que no le pertenecen, y el estómago se le revuelve cuando Luc señala que alguien pagará las consecuencias de cada bocado que tome.

Su rostro arde de vergüenza.

—Bueno… —dice ella sacándose un puñado de billetes de veinte del bolsillo. Deja dos sobre la mesa—. ¿Mejor? —Pero cuando mira a Henry, el ceño de este solo se ha arrugado más.

—¿De dónde has sacado el dinero?

No quiere contarle que tras salir de una tienda de ropa exclusiva se metió en una casa de empeños, trasladando el botín de un lugar a otro. No quiere explicarle que todo lo que posee, todo excepto él, es robado. Y que de alguna manera, él también lo es. Addie no quiere contemplar la acusación en su rostro, no quiere pensar en el hecho de que tal vez se la merezca.

—¿Acaso importa?

Y Henry responde que sí con tanta convicción que Addie se pone aún más roja.

—¿Crees que quiero vivir así? —Addie aprieta los dientes—. ¿Sin trabajo, sin ataduras, sin modo de aferrarme a nada ni a nadie? ¿Crees que me gusta estar sola?

Henry parece dolido.

—No estás sola —le dice—. Me tienes a mí.

—Lo sé, pero no tendrías que asumir la responsabilidad de todo… ni serlo todo para mí.

—No me impor…

—Pero a mí sí —contesta ella bruscamente, sorprendida por la ira que destila su voz—. Soy una persona, no una mascota, Henry, y no quiero que te hagas el digno conmigo ni que te ocupes de todo. No tengo más remedio que hacer lo que hago, y no siempre es agradable, ni justo, pero así es cómo logro sobrevivir. Siento que no te parezca bien. Pero esta soy yo. Y a mí me funciona.

Henry sacude la cabeza.

—Pero no hará que lo nuestro funcione.

Addie se toma aquello como si le hubiera dado una bofetada. De pronto el ambiente es demasiado bullicioso y el *pub* está demasiado lleno, y ella es incapaz de permanecer allí y estarse quieta, así que se da la vuelta y sale corriendo.

En cuanto el aire de la noche la golpea, empieza a encontrarse mal.

El mundo se mece y se estabiliza de nuevo... y en algún momento entre un paso y el siguiente, la ira se evapora, y lo único que siente es cansancio y tristeza.

No entiende cómo la noche ha podido torcerse.

No entiende la opresión repentina que nota en el pecho hasta que se da cuenta de lo que es: miedo. Miedo de haber metido la pata y haber echado a perder lo único que siempre ha querido. Miedo de que fuera algo tan frágil, de que se haya desmoronado con tanta facilidad.

Pero entonces oye unas pisadas y advierte que Henry se acerca a ella.

No dice nada, tan solo camina medio paso por detrás, y Addie se percata de que el silencio que se posa sobre ellos es nuevo. El sosegado período posterior a una tormenta, cuando los daños todavía no han sido contabilizados.

Addie se seca una lágrima de la mejilla.

—¿Lo he estropeado?

—¿El qué? —pregunta él.

—Lo nuestro.

—Addie. —Él la agarra del hombro, y ella se da la vuelta, esperando ver su rostro teñido de ira, pero su expresión es tranquila y serena—. Solo ha sido una pelea. No es el fin del mundo. Y desde luego no es el fin de lo nuestro.

Ha soñado con esto durante trescientos años.

Siempre pensó que sería sencillo.

Lo contrario a Luc.

—No sé cómo mantener una relación con alguien —susurra ella—. No sé cómo ser una persona normal.

Henry esboza una sonrisa de costado.

—Eres increíble y fuerte, y obstinada y brillante, pero creo que podemos afirmar que nunca vas a ser una persona normal.

Caminan tomados del brazo mientras el frío aire nocturno los envuelve.

—¿Volviste a París?

Se trata de una rama de olivo, un puente entre ambos, y ella se lo agradece.

—Con el tiempo —responde.

Sin la ayuda de Luc o su propia e ingenua determinación para llegar a la ciudad, le llevó mucho más tiempo volver a París, y le avergüenza decir que no se apresuró en regresar. Aunque la intención de Luc fuera abandonarla allí y dejarla atrapada en Florencia, al hacerlo abrió una especie de puerta. De algún modo exasperante, la liberó a la fuerza.

Hasta ese momento, Addie nunca había pensado en dejar Francia. Ahora le resulta absurdo, pero el mundo le parecía mucho más pequeño en aquella época. Y entonces, de repente, se volvió inmenso.

Tal vez Luc pretendiera sumergirla en el caos.

Tal vez pensó que se encontraba demasiado cómoda, que se estaba volviendo demasiado terca.

Tal vez quería que ella volviera a llamarlo. Que le rogara que volviera.

Tal vez tal vez tal vez… pero nunca lo sabrá.

VII
Venecia, Italia
29 de julio de 1806

Addie se despierta bañada por la luz del sol y envuelta en sábanas de seda.

Siente las extremidades pesadas como el plomo y la cabeza embotada. Es la clase de sensación aletargada que embarga a alguien tras tomar el sol en exceso y haber dormido demasiado.

En Venecia hace un calor de mil demonios, mucho más que en París.

La ventana está abierta, pero ni la débil brisa ni las sábanas de seda son suficientes para disipar el sofocante calor. Es por la mañana y el sudor ya está acumulándose en su piel desnuda. Teme la llegada del mediodía mientras se espabila del todo y ve a Matteo sentado a los pies de la cama.

Bronceado y fuerte, resulta igual de atractivo a la luz del día, pero lo que a Addie le impresiona no son tanto sus encantadores rasgos como la extraña calma del momento.

Las mañanas suelen estar colmadas de disculpas y confusión a consecuencia del olvido. A veces resultan dolorosas, pero siempre son incómodas.

Sin embargo, Matteo parece completamente imperturbable.

Por supuesto, es obvio que no se acuerda de ella, pero la presencia de una desconocida en su cama no parece asustarlo ni molestarlo. Su atención se centra únicamente en el cuaderno de dibujo que tiene apoyado en la rodilla, mientras desliza con elegancia el carbón sobre el papel. Addie solo se percata de que la está dibujando después de que Matteo desvíe la mirada en su dirección y a continuación la baje de nuevo al boceto.

Addie no hace amago alguno de cubrirse, no alarga el brazo en busca de la enagua que está tirada sobre la silla o de la delgada bata que descansa a los pies de la cama. Hace mucho tiempo que no se avergüenza de su cuerpo. De hecho, ha llegado a disfrutar de la admiración de los demás. Tal vez sea el abandono natural que se desarrolla con el tiempo, o quizá tenga que ver con la inmutabilidad de sus formas, o puede que se trate del sentimiento librador que acompaña a la certeza de que sus observadores no se acordarán de ella.

El hecho de ser olvidada le otorga, después de todo, cierta libertad.

Y aun así, Matteo continúa dibujándola con movimientos rápidos y ágiles.

—¿Qué haces? —le pregunta ella con suavidad, y él aparta la mirada del pergamino.

—Lo siento —se disculpa—. Si hubieras visto el aspecto que tenías ahí tumbada… Tenía que dibujarte.

Addie frunce el ceño y comienza a incorporarse, pero él deja escapar un ruidito ahogado y le dice: «Espera», y ella debe hacer acopio de todas sus fuerzas para permanecer allí, en la cama, con las manos enredadas en las sábanas, hasta que él suspira y deja la ilustración a un lado, mientras su mirada desprende el resplandor propio de los artistas.

—¿Puedo verlo? —le pregunta Addie con el melódico italiano que ha aprendido.

—No está terminado —responde él, pero aun así le alcanza el cuaderno.

Addie contempla el dibujo. Los trazos son sencillos e imprecisos, es un esbozo rápido fruto de una mano habilidosa. Su rostro está apenas dibujado, resulta casi abstracto entre las zonas de luz y sombra.

Es ella… y a la vez se trata de alguien completamente diferente.

Es una imagen distorsionada por el filtro del estilo de otra persona. Pero puede verse a sí misma. Tanto en la curva de su mejilla como en la forma de sus hombros, en el pelo despeinado y en los puntos de carboncillo esparcidos por su rostro. Siete pecas dispuestas como estrellas.

Addie arrastra el carboncillo hacia el borde inferior de la página, donde sus extremidades se funden con las sábanas, y nota cómo este le mancha la piel.

Pero cuando levanta la mano, su pulgar está teñido de carbón y el trazo, intacto. No ha dejado ninguna marca. Y aun así, lo ha hecho. Ha dejado una huella en Matteo y él la ha trasladado al papel.

—¿Te gusta? —le pregunta.

—Sí —murmura ella, resistiendo el impulso de arrancar el dibujo del cuaderno para llevárselo. Cada centímetro de ella quiere quedárselo, conservarlo, para contemplar la imagen, igual que Narciso en el estanque. Pero si se lo lleva, el boceto desaparecerá de una forma u otra, o le pertenecerá solo a ella, y entonces será como si se hubiera perdido: acabará olvidado.

Si Matteo se queda el dibujo, olvidará su origen pero no el boceto en sí. Tal vez lo contemple cuando ella se haya marchado, fascinado por la mujer tumbada en sus sábanas, y aunque crea que es fruto de algún delirio de borrachera, de algún sueño febril, su imagen permanecerá allí, dibujada en carboncillo sobre un pergamino, un palimpsesto oculto bajo una obra terminada.

Será real, al igual que ella.

De modo que Addie observa el dibujo, agradecida de contar con el prisma de su memoria, y se lo devuelve al artista. Se levanta, en busca de su ropa.

—¿Nos lo pasamos bien? —le pregunta Matteo—. He de confesarte que no me acuerdo.

—Yo tampoco —miente ella.

—Vaya, vaya —dice él con una sonrisa de oreja a oreja—. Entonces, tuvimos que pasárnoslo estupendamente.

Le besa el hombro desnudo y el pulso de Addie se acelera; la temperatura de su cuerpo sube con el recuerdo de la noche anterior. Ahora, ella es una desconocida para él, pero Matteo se apasiona con facilidad, igual que cualquier artista prendado de su musa más reciente. Sería bastante sencillo quedarse allí con él y empezar de nuevo, disfrutar de un día más de su compañía; pero sus pensamientos siguen enfocados en el dibujo, en el significado de los trazos, en su importancia.

—Debo marcharme —le dice Addie, inclinándose para besarlo por última vez—. Intenta recordarme.

Matteo se echa a reír de forma alegre y relajada mientras la atrae hacia él, dejando un rastro de carbón en su piel.

—Como si pudiera olvidarte.

✴ ✦ ✴ ✴ ✴ ✦ ✦

Esa noche, el atardecer convierte los canales en oro.

Addie se encuentra en un puente que se eleva sobre el agua, se frota la mancha de carbón que todavía le ensucia el pulgar y piensa en el boceto, en la interpretación del artista, que es como un eco de la verdad; piensa en las palabras que pronunció Luc largo tiempo atrás, cuando la echó del salón de Geoffrin.

Las ideas son más indómitas que los recuerdos.

Fue una pulla, desde luego, pero ella debería haberlo interpretado como una pista, una clave.

Los recuerdos están arraigados, pero los pensamientos son elementos más libres. Echan raíces, se extienden y se enredan, y se desvinculan de su origen. Son astutos y obstinados, y tal vez —tal vez— no resulten inalcanzables.

Porque a dos manzanas de distancia, en ese pequeño estudio que se encuentra sobre el café, vive un artista, y en una de las páginas de su cuaderno hay un dibujo de ella. Y ahora Addie cierra los ojos, echa la cabeza hacia atrás y sonríe, mientras la esperanza crece en su interior. Es una grieta en las paredes de esta maldición inquebrantable. Pensó que había examinado cada centímetro, pero ante ella hay una puerta entreabierta que da a una habitación nueva y desconocida.

A su espalda, percibe un cambio en el aire, que ahora se halla impregnado del fresco aroma de los árboles, algo imposible y fuera de lugar en el desagradable calor veneciano.

Addie abre los ojos.

—Buenas noches, Luc.

—Adeline.

Se vuelve para mirar al hombre al que ella convirtió en real, a la oscuridad, a este demonio que cobró vida. Y cuando él le pregunta si ya ha tenido suficiente, si ya se ha cansado, si se rendirá ante él esta noche, ella sonríe y le dice:

—Esta noche no.

Vuelve a frotarse el pulgar, nota la mancha de carbón y piensa en contarle su descubrimiento, simplemente para saborear su sorpresa.

«He encontrado la manera de dejar una huella», quiere decirle. «Pensaste que podías hacerme desaparecer del mundo, pero no puedes. Sigo aquí. Siempre seguiré aquí».

El sabor de las palabras —de esta victoria— es tan dulce como el azúcar. Pero esta noche hay un destello de advertencia en la mirada de Luc, y conociéndolo, encontraría el modo de volver el hallazgo en su contra, de arrebatarle este pequeño consuelo antes de que tenga la ocasión de servirse de él.

Así que no dice nada.

VIII
Nueva York
25 de abril de 2014

Una ola de aplausos se extiende por la hierba.

Es un precioso día de primavera, uno de los primeros en los que el calor no los abandona a medida que se pone el sol. Ambos están sentados sobre una manta en un extremo de Prospect Park mientras los artistas entran y salen del escenario provisional.

—Es increíble que te acuerdes de todo —le dice él mientras un nuevo cantante sube los escalones.

—Es como experimentar un *déjà vu* constante —responde ella—, solo que sabes exactamente dónde has visto, oído o sentido algo antes. Sabes dónde y cuándo han sucedido las cosas, ya que todas estas permanecen apiladas una encima de la otra como las páginas de un libro muy largo y complicado.

Henry sacude la cabeza.

—Yo me habría vuelto loco.

—Me volví loca, créeme —comenta Addie alegremente—. Pero cuando vives lo suficiente, llega un punto en que la locura desaparece.

El nuevo cantante es... bastante malo.

Es un adolescente que gruñe y lloriquea al mismo tiempo. Addie no ha sido capaz de captar más que una o dos palabras de la letra, y aún menos de distinguir la melodía. Pero el césped está

491

plagado y el público rebosa entusiasmo, aunque más por la oportunidad de agitar sus tarjetas numeradas que por la actuación.

Es la respuesta de Brooklyn a un micro abierto de artistas: un concierto benéfico en el que la gente paga por actuar y otros pagan para juzgar las actuaciones.

«Me parece un poco cruel», señaló ella cuando Henry le entregó las tarjetas.

«Es por una buena causa», dijo él estremeciéndose ante las notas finales de un saxofón desafinado.

La canción termina con una ola de aplausos desganados.

El público es una marea de doses y treses. Henry levanta un nueve.

—No puedes ponerles a todos un nueve o un diez —dice ella.

Henry se encoge de hombros.

—Me sabe mal. Hacen falta muchas agallas para subirse a un escenario y actuar. ¿Tú qué opinas?

Ella contempla las tarjetas.

—No lo sé.

—Me dijiste que eras cazatalentos.

—Ya, bueno, resultaba más sencillo que decirte que era un fantasma de trescientos veintitrés años cuyo único pasatiempo consiste en servir de inspiración a artistas.

Henry alarga la mano y le pasa un dedo por la mejilla.

—No eres un fantasma.

La siguiente canción comienza y termina, y los escasos aplausos resuenan sobre la hierba como gotas de lluvia.

Henry le da un siete.

Addie levanta un tres.

Henry se la queda mirando, horrorizado.

—¿Qué? —se defiende ella—. No era muy bueno.

—¿Teníamos que juzgar el *talento*? Vaya cagada.

Addie se echa a reír, y hay una pausa antes de la siguiente actuación, pues los artistas no se ponen de acuerdo sobre quién se supone que debía tocar a continuación. La música ambiental reverbera desde los altavoces, y ambos se recuestan en la hierba. Addie apoya la cabeza en el estómago de Henry y nota el vaivén de su respiración como una débil ola.

Un nuevo silencio, más extraño que los anteriores, los envuelve. Se trata de la simple tranquilidad que otorgan los espacios conocidos, los lugares que se llenan simplemente porque alguien más te acompaña. Un cuaderno descansa a su lado sobre la manta. No el azul, que ya está lleno. Este nuevo cuaderno es de color verde esmeralda, casi del mismo tono que adoptan los ojos de Luc cuando está presumiendo.

Un bolígrafo sobresale de entre las páginas, indicando dónde terminó Henry de escribir la última vez.

Cada día, Addie le ha contado historias.

Mientras desayunaban café y huevos, le habló del tortuoso camino hasta Le Mans. Una mañana en la librería, mientras desembalaban una caja con novedades, le relató ese primer año en París. Anoche, enredada entre las sábanas, le habló de Remy. Henry le ha pedido que le cuente la verdad, su verdad, de modo que eso es lo que está haciendo. Poco a poco, introduciendo fragmentos como si fueran marcadores de páginas entre el transcurso de sus días.

Henry es como la encarnación de un relámpago, rebosante de energía e incapaz de quedarse quieto durante demasiado tiempo, pero cada vez que lo embarga la calma, que lo envuelve un instante de paz y tranquilidad, toma el cuaderno más reciente y un bolígrafo, y comienza a escribir. Y aunque a Addie siempre la emociona ver las palabras —sus palabras— derramándose sobre las páginas, no puede evitar tomarle el pelo por la urgencia con la que las escribe.

«Tenemos tiempo», le recuerda Addie mesándole el pelo.

Addie se despereza encima de él y contempla la luz mortecina del atardecer en el cielo teñido de morado y azul. Casi ha anochecido, y ella es consciente de que un techo no serviría de nada si la oscuridad decidiera observarla, pero aun así, el hecho de encontrarse tumbada bajo las estrellas la hace sentir expuesta.

Han sido muy afortunados, pero lo malo de la suerte es que siempre se acaba.

Y tal vez solo se trate del nervioso golpeteo de Henry con los dedos sobre el cuaderno.

Tal vez solo sea el cielo sin luna.

Tal vez lo único que ocurre es que la felicidad resulta aterradora.

El siguiente grupo sube al escenario.

Pero mientras la música resuena en el césped, Addie es incapaz de apartar la mirada de la oscuridad.

IX

Londres, Inglaterra
26 de marzo de 1827

Addie podría *vivir* en la National Gallery.

Es más, ha pasado una buena temporada vagando de habitación en habitación, dándose un festín con las pinturas y los retratos, las esculturas y los tapices. Una vida entre amigos, entre ecos.

Recorre los pasillos de mármol y cuenta las obras que ha inspirado, las huellas que otras manos han dejado, guiadas por la suya propia.

La última vez contó seis en esta colección en particular.

Seis pilares que la sostienen en pie.

Seis voces que la inmortalizan para la posteridad.

Seis espejos que reflejan fragmentos de sí misma al mundo.

No hay rastro del boceto de Matteo, no entre las obras terminadas, pero Addie atisba aquellos primeros trazos plasmados en su obra maestra, *La musa*, y vuelve a vislumbrarlos en la escultura de un rostro apoyado en una mano y en la pintura de una mujer sentada junto al mar.

Addie es un fantasma, una telaraña que cubre su obra como un manto.

Pero está allí.

Está allí.

Un miembro del personal le informa de que no tardarán en cerrar, y Addie le da las gracias y continúa con su ronda. Podría quedarse allí, pero los amplios salones no resultan tan acogedores como el piso de Kensington, un tesoro que sus dueños dejan desatendido durante los meses de invierno.

Se detiene frente a su pieza favorita, un retrato de una chica ante un espejo. La protagonista le da la espalda al artista, y tanto ella como la habitación se encuentran representadas con gran detalle, aunque su reflejo está formado por apenas unos pocos trazos. El rostro de la chica solo es visible en las manchas plateadas del espejo. Pero aun así, de cerca, cualquiera sería capaz de ver las pecas diseminadas, igual que estrellas flotantes contra el distorsionado cielo gris.

—Qué astuta eres —dice una voz a su espalda.

Addie se encontraba a solas en la galería, y ahora ya no lo está.

Desvía la vista a su izquierda y ve a Luc contemplando el cuadro, con la cabeza de costado, como si estuviera admirando la obra, y durante un momento, Addie tiene la sensación de ser un armario con las puertas abiertas. No está tensa ni ansiosa debido a la espera, pues todavía faltan meses para su aniversario.

—¿Qué haces aquí? —le pregunta ella.

Él contrae la boca, deleitándose con su sorpresa.

—Estoy en todas partes.

Nunca se le había ocurrido que él pudiera presentarse ante ella a su antojo, que no estuviera atado de alguna manera a la fecha en la que se llevó a cabo su trato. Que sus visitas, al igual que sus ausencias, hayan sido siempre a propósito, por decisión *propia*.

—Veo que has estado ocupada —dice Luc, y sus ojos verdes se deslizan por el retrato.

Así es. Se ha desgranado a sí misma como migas de pan, se ha esparcido en cientos de obras de arte. A Luc no le resultará fácil borrarlas todas. Y sin embargo, la oscuridad se asoma a su mirada, un estado de ánimo del que ella desconfía.

Él alarga la mano y recorre el marco con el dedo.

—Si lo destruyes —dice ella—, haré más.

—Es irrelevante —responde Luc, apartando la mano—. *Eres* irrelevante, Adeline.

Las palabras la lastiman, incluso ahora.

—Quédate con tus ecos y finge que son una voz.

Conoce bien el temperamento de Luc, sus arrebatos de mal humor, que son tan breves e intensos como un relámpago. Pero esta noche la violencia tiñe el tono de su voz, que se alza como una arista; Addie no cree que sea su astucia la que lo ha molestado, la imagen de ella plegada entre las capas de las obras de arte.

No, este sombrío estado de ánimo ya lo acompañaba.

Igual que una sombra que se arrastra a su paso.

Pero ha pasado casi un siglo desde que ella lo abofeteó aquella noche en Villon, cuando él le devolvió el golpe y la redujo a un maciliento despojo en casa de Estele. De modo que en lugar de retroceder tras ver sus dientes al descubierto, Addie muerde el anzuelo.

—Tú mismo lo dijiste, Luc. Las ideas son más indómitas que los recuerdos. Y yo puedo ser indómita. Puedo ser tan terca como las malas hierbas, y no serás capaz de eliminarme. Y creo que en el fondo te alegras. Creo que por eso has venido. Porque tú también estás solo.

Los ojos de Luc resplandecen de un verde débil y tormentoso.

—No seas ridícula —se burla él—. *Todo el mundo* conoce a los dioses.

—Pero muy pocos los recuerdan —replica ella—. ¿Cuántos mortales se han tropezado contigo más de dos veces: una al hacer el trato y otra al pagar el precio? ¿Cuántos han formado parte de tu vida durante tanto tiempo como yo? —Addie esboza una sonrisa triunfante—. Tal vez por eso me maldijiste. Para no estar solo. Para que alguien se acordase de ti.

Luc se abalanza sobre ella en un instante, presionándola de espaldas contra la pared.

—Te maldije porque fuiste una necia.

Y Addie se echa a reír.

—¿Sabes qué? Cuando me imaginaba a los dioses antiguos de pequeña, pensaba en vosotros como en seres extraordinarios e inmortales, por encima de las insignificantes preocupaciones que atormentaban a vuestros adoradores. Pero me equivocaba. Sois tan volubles y estáis tan desamparados como los humanos de los que tanto renegáis. —Él la aprieta con más fuerza, pero ella no se estremece ni se acobarda, sino que le sostiene la mirada—. No somos tan diferentes, ¿verdad?

La ira de Luc se endurece, se enfría, y el verde de sus ojos se torna negro.

—Presumes de conocerme a la perfección. Veamos si es así... —Su mano desciende desde su hombro hasta su muñeca, y ella advierte, demasiado tarde, lo que él pretende hacer.

Han pasado cuarenta años desde la última vez que la arrastró a través de la oscuridad, pero ella no ha olvidado el sentimiento que la invadió entonces, el miedo primitivo, la salvaje esperanza y la imprudente sensación de libertad que le provocaron unas puertas abiertas de par en par a la noche.

Es infinito...

Y entonces todo termina y ella se encuentra de rodillas sobre un suelo de madera, con las extremidades temblando debido a la singularidad del viaje.

Hay una cama, revuelta y vacía, situada ante ella, las cortinas están abiertas de par en par, el suelo se halla cubierto de partituras musicales y en el ambiente flota el aire rancio de la enfermedad.

—Qué desperdicio —murmura Luc.

Addie se incorpora con dificultad.

—¿Dónde estamos?

—Me confundes con un mortal solitario —le dice—. Con un ser humano desconsolado que anhela compañía. No soy ninguna de las dos cosas.

Algo se mueve al otro lado de la habitación y ella se percata de que no están solos. Un hombre consumido, de cabellos blancos y mirada salvaje, está sentado en la banqueta de un piano, de espalda a las teclas.

Está suplicando en alemán.

—Todavía no —dice, apretándose contra el pecho un puñado de partituras—. Todavía no. Necesito más tiempo.

Su voz suena extraña, demasiado fuerte, como si no pudiera oír. Pero la de Luc, cuando responde, posee una suavidad pétrea, un timbre grave que no solo se oye, sino que también se siente.

—Lo exasperante del tiempo es que nunca es suficiente —dice él—. Las vidas terminan siempre antes de lo que nos gustaría, ya sea una década demasiado pronto, o tan solo un instante.

—Por favor —suplica el hombre postrándose de pies y manos ante la oscuridad, y Addie se estremece, pues sabe que las súplicas no funcionarán.

—¡Déjame hacer otro trato!

Luc obliga al hombre a ponerse de pie.

—Los tratos se han acabado, Herr Beethoven. Ahora debe pronunciar las palabras.

El hombre niega con la cabeza.

—No.

Y Addie no ve la mirada de Luc, pero es capaz de percibir cómo cambia su temperamento. El aire se ondula a su alrededor, igual que una ráfaga de viento, y algo más poderoso.

—Entrégame tu alma —le ordena Luc—. O la tomaré por la fuerza.

—¡No! —grita el hombre, que se ha puesto histérico—. Desaparece, diablo. Desaparece y…

Es lo último que dice antes de que Luc *se despliegue*.

Es el único modo de describirlo.

Su pelo negro se eleva desde su rostro, trepando por el aire como la maleza; su piel se ondula y se divide, y lo que mana del interior no es un hombre. Es un monstruo. Un dios. Es la noche misma, y algo más, algo que Addie no había visto antes, algo que no soporta mirar. Algo más antiguo que la oscuridad.

—*Ríndete*.

Y ahora su voz no es en absoluto una voz, sino una amalgama que combina el crujido de las ramas y el viento de verano, el grave gruñido de un lobo y el repentino movimiento de las piedras bajo los pies.

El hombre gorgotea y suplica.

—¡Ayuda! —grita, pero no sirve de nada. Si hay alguien al otro lado de la puerta, no oirá sus ruegos—. ¡Ayuda! —vuelve a gritar, de forma inútil.

Y entonces el monstruo hunde la mano en su pecho.

El hombre se tambalea, pálido y gris, mientras la oscuridad le arranca el alma como si se tratara de una pieza de fruta. Esta se desprende con un sonido desgarrador, y el compositor se tropieza y cae al suelo. Pero Addie es incapaz de apartar la mirada de la eclosión de luz, irregular e inestable, que tiene la sombra en la mano. Y antes de que pueda examinar los flecos de colores que se retuercen en su superficie, antes de que pueda admirar las imágenes que se enroscan en el interior, la oscuridad cierra los dedos en torno al alma y esta crepita a través de él como un rayo y desaparece.

El compositor yace desplomado contra el banco del piano, con la cabeza hacia atrás y la mirada hueca.

Addie aprenderá que Luc siempre lleva a cabo su cometido de forma sutil. Los demás contemplarán el resultado de su labor y lo llamarán enfermedad, lo llamarán paro cardíaco, lo llamarán locura, suicidio, sobredosis o accidente.

Pero esta noche, solo sabe que el hombre tirado en el suelo está muerto.

La oscuridad se vuelve hacia Addie, pero no queda rastro alguno de Luc en el sinuoso humo. Ni sus ojos verdes. Ni su sonrisa juguetona. No hay nada más que un vacío amenazador, una sombra llena de dientes.

Ha pasado mucho tiempo desde que Addie sintió miedo de verdad. No es ajena a la tristeza. Ni a la soledad ni a la pena. Pero el miedo pertenece a aquellos que más tienen que perder.

Y sin embargo.

Addie contempla esta oscuridad y tiene miedo.

Obliga a sus piernas a permanecer inmóviles, se obliga a sí misma a mantenerse firme, y lo consigue, mientras la oscuridad da un paso en su dirección y luego otro, aunque tras dar el tercero, Addie no puede evitar retroceder. Alejarse de la ondulante oscuridad, de la monstruosa noche, hasta que choca de espaldas contra la pared.

Pero la oscuridad sigue acercándose a ella.

Se aglutina con cada paso y sus contornos se vuelven más sólidos hasta que, más que una tormenta, es humo embotellado. Su rostro recupera la forma, las sombras se retuercen hasta convertirse en sueltos rizos negros, sus ojos —vuelve a tener ojos— se suavizan como cantos rodados, y las cavernosas fauces se estrechan hasta que el arco de cupido vuelve a aflorar en sus labios, que se curvan en una expresión satisfecha y ladina.

Vuelve a ser Luc, envuelto en un disfraz de carne y hueso, y está lo bastante cerca de ella como para que Addie pueda notar el frío aire nocturno que emana de él como una brisa.

Y esta vez, cuando habla, emplea esa voz que ella conoce tan bien.

—En fin, querida mía… —dice levantando una mano hasta su mejilla—. ¿Aún crees que nos parecemos tanto?

A Addie no le da tiempo a responder.

Con el más suave de los empujones, la pared se abre tras ella, y Addie no está segura de si cae, o de si las sombras se extienden a su alrededor y la arrastran hacia abajo, solo sabe que Luc ha desaparecido, al igual que la habitación del compositor, y durante un instante, la oscuridad lo envuelve todo, hasta que Addie se encuentra sobre las orillas empedradas del río. El ambiente nocturno está colmado de risas, las luces resplandecen en el agua y se oye a un hombre cantar en algún lugar a lo largo del Támesis.

X

Nueva York
15 de mayo de 2014

La idea de llevarse el gato a casa se le ocurre a Addie.

Tal vez siempre haya querido tener una mascota.

Tal vez piense que Henry debe de sentirse solo.

Tal vez crea que será bueno para él.

Addie lo ignora. Pero da igual. Lo único que importa es que un día, mientras él está cerrando la librería, ella aparece junto a él en el umbral de la puerta, con un libro bajo un brazo y el vetusto gato en el otro, y no hay nada más que hablar.

Se llevan a Novela a casa de Henry, atraviesan la puerta azul y suben hasta el estrecho apartamento ubicado en Brooklyn, y a pesar de las supersticiones de Henry, el gato no se convierte en polvo al abandonar la tienda. Simplemente deambula durante una hora antes de acomodarse contra una pila de libros de filosofía, y ya se siente como en casa.

Al igual que ella.

Ambos se encuentran acurrucados en el sofá cuando Addie oye el ruido de la Polaroid y vislumbra el repentino *flash*, y durante un momento se pregunta si funcionará, si Henry será capaz de sacarle una foto, igual que consiguió escribir su nombre.

Pero ni siquiera los escritos de los diarios le pertenecen del todo. Es su historia narrada con el bolígrafo de Henry, su vida con las palabras de ambos.

Y como era de esperar, cuando la imagen se revela y sale la instantánea, no es ella la que aparece en la foto, no realmente. La chica retratada tiene su mismo cabello ondulado de color marrón. La chica retratada lleva su misma camisa blanca. Pero esa chica carece de rostro. Si lo tiene, este sale desdibujado, como si le hubieran sacado la foto mientras volvía la cabeza.

Y Addie sabía que no funcionaría, pero aun así se le encoge el corazón.

—Qué raro —dice Henry, dándole la vuelta a la cámara—. ¿Me dejas probar otra vez? —le pregunta, y ella comprende el impulso que se apodera de él. Es más difícil de controlar cuando lo imposible resulta tan obvio. La mente es incapaz de encontrarle un sentido, así que prueba una y otra y otra vez, convencido de que está vez, será diferente.

Así es cómo uno pierde la cabeza, ella lo sabe bien.

Pero Addie deja que Henry lo intente una segunda y una tercera vez. Observa cómo la cámara se atasca, cómo escupe una sucesión de fotografías: en blanco, con la imagen sobreexpuesta, subexpuesta, y borrosa, hasta que su visión acaba inundada de destellos de luz.

Deja que pruebe diferentes ángulos e iluminación, y finalmente las instantáneas cubren el suelo bajo sus pies. Addie está allí, y a la vez no lo está; es real y al mismo tiempo, un fantasma.

Debe de haberla visto desmoronarse un poco más con cada destello del flash, debe de haberse percatado de la tristeza que brota a través de las grietas, pues se obliga a bajar la cámara.

Addie contempla las fotos y piensa en el cuadro de Londres, y oye la voz de Luc en el interior de su cabeza.

Es irrelevante.

Eres irrelevante.

Recoge del suelo la última instantánea que Henry ha sacado, examina la figura de la chica que aparece en la fotografía y advierte cómo sus rasgos se han desdibujado y son ahora irreconocibles.

Cierra los ojos y se recuerda a sí misma que hay muchas maneras de dejar una huella, se recuerda a sí misma que las imágenes mienten.

Y de pronto, nota el peso de la cámara en sus manos, así que toma aire para decirle que no funcionará de ningún modo, pero entonces Henry se sitúa tras ella, le coloca los dedos sobre los de él y levanta el visor hasta su ojo. Deja que sea ella la que controle la presión de sus manos, igual que hizo al pintar la pared de cristal. A Addie se le acelera el corazón mientras apunta a las fotos del suelo, con sus pies descalzos asomándose por la parte inferior del encuadre.

Contiene la respiración y alberga una esperanza en su interior.

Se oye un *clic* y se ve el destello de un *flash*.

En esta ocasión, la instantánea sale.

★ ✦ ✕ ✦ ✦ ✦ ✦

Ante ellos se despliega una vida compuesta de fotogramas.

De momentos que son como instantáneas. Como pinturas. Como flores prensadas entre las páginas de un libro. Pues están perfectamente conservados.

Los tres echándose una siesta al sol.

Addie acariciándole el pelo a Henry mientras le cuenta historias y él escribe, y escribe, y escribe.

Henry presionándola contra la cama, los dedos de ambos entrelazados y su respiración agitada, mientas Addie oye su nombre entre su pelo.

Los dos juntos en la larga y estrecha cocina, con los brazos enredados en los del otro y las manos de Addie sobre las de Henry mientras preparan una bechamel, mientras amasan el pan.

Tras meterlo en el horno, él le toma la cara con las manos llenas de harina y deja su rastro en cada centímetro que toca.

La cocina acaba hecha un desastre y el aire se llena con el aroma del pan recién hecho.

Y a la mañana siguiente, parece que unos fantasmas han bailado en la cocina, y ambos fingen que eran dos en vez de uno.

XI

Villon-sur-Sarthe, Francia
29 de julio de 1854

Se suponía que Villon no tenía que cambiar.

De pequeña, era un lugar dolorosamente inerte, igual que el aire de verano antes de una tormenta. Un pueblo tallado en piedra. Y aun así, ¿qué fue lo que dijo Luc?

Incluso las piedras se erosionan hasta desaparecer.

Villon no se ha erosionado. En su lugar, ha cambiado y se ha desarrollado, ha echado raíces nuevas y se ha deshecho de las antiguas. Ha obligado al bosque a retroceder, pues los árboles que se hallaban en sus extremos han sido talados para alimentar los fuegos de las chimeneas y dar paso a los campos y cultivos. Ahora hay más muros que antes. Más edificios. Más caminos.

Mientras Addie recorre el pueblo, con el pelo metido bajo un sombrero bien ajustado, distingue algún que otro nombre y rostro, y los fantasmas de los fantasmas de las familias que conoció en su día. Pero el Villon de su juventud se ha desvanecido finalmente, y ella se pregunta si es así como funcionan los recuerdos de los demás, si los detalles desaparecen poco a poco.

Por primera vez, no reconoce todos los senderos.

Por primera vez, no está segura de cómo moverse por el pueblo.

Tuerce una esquina, esperando encontrar una casa, pero en cambio tropieza con dos, divididas por un pequeño muro de piedra. Se dirige a la izquierda, pero en lugar de campo abierto, se topa con un establo rodeado por una valla. Por fin, reconoce el camino a casa; contiene la respiración al tiempo que recorre el sendero y nota cómo algo en su interior se apacigua al ver el viejo tejo, que sigue encorvado y lleno de nudos en un extremo de la propiedad.

Pero más allá del árbol, el lugar ha cambiado. Y los viejos huesos se encuentran recubiertos de una indumentaria nueva.

El taller de su padre ya no está en pie, y el único indicio de la antigua existencia de la cabaña lo conforma la sombra que se extiende en el suelo: la maleza, de un tono ligeramente distinto, que lleva mucho tiempo creciendo allí. Y aunque Addie se había preparado para toparse con una anquilosada serenidad, se encuentra en cambio con voces, risas y movimiento.

Alguien se ha mudado a la casa de su niñez, unos recién llegados al floreciente pueblo. Se trata de una familia formada por una madre que sonríe más, un padre que no sonríe en absoluto y un par de niños con el cabello del color de la paja que corretean por el patio. El mayor persigue a un perro que huye con un calcetín, mientras el pequeño trepa al viejo tejo, apoyando los pies descalzos en los mismos nudos y recovecos en los que se apoyaba ella cuando era pequeña, con el cuaderno de dibujo bajo el brazo. En aquel entonces Addie debía de tener su misma edad… ¿o era mayor que él?

Cierra los ojos e intenta evocar la imagen, pero esta se desliza y se escurre entre sus dedos. Esos primeros recuerdos no se encuentran atrapados en el interior del prisma. Aquellos años anteriores han acabado perdidos en esa otra vida. Sus ojos permanecen cerrados tan solo un instante, pero al abrirlos, no hay ni rastro del niño en el árbol.

—Hola —dice una voz a sus espaldas.

Es el hermano pequeño, con el rostro sincero y levantado hacia ella.

—Hola —lo saluda Addie.

—¿Te has perdido?

Ella vacila, dividida entre el sí y el no, sin saber cuál de las respuestas se acerca más a la verdad.

—Soy un fantasma —le dice. El niño abre los ojos con sorpresa y satisfacción, y le pide que se lo demuestre. Ella le dice que cierre los ojos, y a continuación se escabulle.

✴ ✦ ✴ ✳ ✴ ✦ ✦

En el cementerio, el árbol que Addie trasladó de un lugar a otro ha echado raíces.

Se cierne sobre la tumba de Estele, bañando sus huesos en un charco de sombra.

Addie recorre la corteza con la mano, asombrada por cómo el retoño se ha convertido en un árbol de tronco ancho, con sus raíces y ramas extendidas a cada lado. Han pasado cien años desde que lo plantó: un lapso de tiempo que en el pasado resultaba inconcebible y ahora, demasiado complicado de medir. Hasta la fecha, ha contado el transcurso del tiempo en segundos, en estaciones, en olas de frío y en deshielos, en revueltas y en los períodos subsiguientes. Ha visto edificios desmoronarse y levantarse, ciudades arder y ser reconstruidas, el pasado y el presente entremezclándose hasta convertirse en algo efímero y cambiante.

Pero esto resulta tangible.

El paso de los años grabado en la madera y la corteza, en las raíces y en la tierra.

Addie se sienta apoyada contra la tumba de la mujer, descansa sus propios huesos envejecidos bajo la moteada sombra del árbol y narra lo ocurrido desde su última visita. Le cuenta a Estele historias sobre Inglaterra, Italia y España, sobre Matteo y la galería, sobre Luc, y las obras de arte donde aparece ella, y le detalla todas las formas en las que el mundo ha cambiado. Y a pesar de que no recibe una respuesta, salvo el crujido de las hojas, sabe perfectamente lo que la anciana le contestaría.

«Todas las cosas se transforman, niña tonta. Es la naturaleza del mundo. Nada permanece igual para siempre».

Excepto yo, piensa ella. Pero Estele responde, seca como la leña.

«Ni siquiera tú».

Ha echado de menos los consejos de la anciana, incluso en su cabeza. La voz se ha vuelto quebradiza, se ha erosionado con el paso de los años; ha quedado mancillada, igual que todos sus recuerdos mortales.

Pero al menos, aquí la oye con toda claridad.

Para cuando Addie se incorpora, el sol ya ha atravesado el cielo, y ella camina hasta los límites del pueblo, hasta la linde del bosque, hasta el lugar que la anciana llamó una vez hogar. Pero el tiempo también ha reclamado para sí este lugar. El jardín, antes exuberante, ha sido engullido por el bosque invasor, y la naturaleza ha ganado su batalla contra la cabaña, enterrándola mientras los árboles jóvenes sobresalen entre sus huesos. La madera se ha podrido, las piedras se han deslizado, el tejado ha desaparecido, y la hierba y las vides se encargan de desmantelar el resto poco a poco.

La próxima vez que Addie aparezca por allí, no quedará ni rastro, pues el avance del bosque habrá devorado los restos. Aunque por ahora, el esqueleto sigue visible, mientras el musgo lo sepulta lentamente.

Addie se encuentra a medio camino de la cabaña en ruinas cuando se da cuenta de que no está abandonada del todo.

Capta un atisbo de movimiento en el ruinoso montículo, y entorna los ojos, esperando avistar un conejo, o quizá un cervatillo. En cambio, vislumbra a un niño. Está jugando entre las ruinas, escalando los restos de las viejas paredes de piedra y aplastando las malas hierbas con una vara que ha sacado del bosque.

Lo conoce. Es el hijo mayor de la familia que se ha trasladado a la que era su casa, el niño que perseguía al perro en el jardín. Puede que tenga nueve o diez años. Es lo bastante mayor como para entornar su mirada con recelo al advertir su presencia.

Levanta la vara como si fuera una espada.

—¿Quién eres? —exige saber.

Y esta vez, Addie no se conforma con ser un fantasma.

—Soy una bruja.

No sabe por qué lo dice. Tal vez para entretenerse. Tal vez porque cuando no es posible decir la verdad, la imaginación alza el vuelo. O quizá porque es lo que Estele habría dicho si estuviera aquí.

Una sombra cruza el rostro del niño.

—Las brujas no existen —replica, pero su voz tiembla al decirlo, y cuando ella da un paso adelante, y las ramitas secas por el sol crujen bajo sus zapatos, el niño retrocede.

—Estás jugando sobre mis huesos —le advierte ella—. Te sugiero que bajes de ahí antes de que te caigas.

El niño tropieza debido a la sorpresa y casi se resbala con un trozo de musgo.

—A menos que prefieras quedarte —murmura ella—. Seguro que también hay espacio para los tuyos.

El niño vuelve al suelo y sale corriendo. Addie lo ve marcharse y oye la risa de cuervo de Estele.

No se siente culpable por asustar al niño, pues sabe que no la recordará. Y sin embargo, mañana volverá a este lugar, mientras ella permanece escondida en la linde del bosque y lo observa comenzar a subir las ruinas, solo para vacilar a continuación, con una sombra nerviosa inundándole la mirada. Addie lo verá alejarse y se preguntará si está pensando en brujas y huesos medio enterrados. Si la idea ha crecido en el interior de su cabeza como una mala hierba.

Pero hoy, Addie está sola y Estele es la única que habita sus pensamientos.

Pasa la mano a lo largo de una pared medio derruida y piensa en quedarse allí, en convertirse en la bruja del bosque, el personaje imaginario de los sueños de otra persona. Se imagina reconstruyendo la casa de la anciana, incluso se arrodilla para amontonar algunas piedras pequeñas. Pero con la cuarta, el montón se desmorona, y las piedras vuelven a ocupar el mismo lugar exacto donde estaban antes de que ella las levantara.

La tinta se borra.

Las heridas se cierran.

La casa se descompone.

Addie suspira mientras un puñado de pájaros levantan el vuelo desde los bosques cercanos, riéndose a carcajadas. Se vuelve hacia los árboles. Todavía hay luz, queda tal vez una hora hasta que anochezca y, sin embargo, al contemplar el bosque, es capaz de sentir cómo la oscuridad le devuelve la mirada. Se abre camino entre las piedras semienterradas y se adentra en la sombra que se extiende bajo los árboles.

Un escalofrío la recorre.

Es como atravesar un velo.

Serpentea entre los árboles. Antaño, le habría dado miedo perderse. Ahora, los pasos están grabados en su memoria. No podría perderse ni aunque lo intentara.

Aquí el aire es más fresco, y la noche se aproxima más rápido bajo el dosel de los árboles. Es fácil ver ahora cómo perdió la noción del tiempo ese día. Cómo los límites entre el crepúsculo y la oscuridad se desdibujaron tanto. Y se pregunta: ¿habría llamado a los dioses si hubiera sabido la hora que era?

¿Habría rezado, de saber qué dios le respondería?

No responde a las preguntas.

No hace falta.

Addie ignora cuánto tiempo lleva él allí, detrás de ella, si la ha seguido un rato en silencio. Solo se percata de su presencia al oír el crujido de las ramas a sus espaldas.

—Insistes en llevar a cabo un peregrinaje de lo más extraño.

Addie sonríe para sí.

—¿Eso crees?

Al darse la vuelta, ve a Luc apoyado contra un árbol.

No es la primera vez que lo ve desde la noche en que segó el alma de Beethoven. Pero aún no ha olvidado lo que vio en aquella ocasión. Ni tampoco que él quería que estuviera presente, que lo contemplara y descubriera la verdadera magnitud de su poder. Pero fue una insensatez. Igual que descubrir las cartas cuando las apuestas más altas están sobre la mesa.

Sé quién eres, piensa ella mientras él se aparta del árbol. *He visto tu forma verdadera, y ya no me das miedo.*

Luc se sitúa en un charco de luz tenue.

—¿Qué te trae de vuelta por aquí? —le pregunta.

Addie se encoge de hombros.

—Considéralo nostalgia.

Él levanta la barbilla.

—Lo considero debilidad. Caminas en círculos cuando podrías crear caminos nuevos.

Addie frunce el ceño.

—¿Y cómo quieres que los cree cuando ni siquiera puedo levantar un montón de piedras? Libérame y verás lo lejos que llego.

Él suspira y se disuelve en la oscuridad.

Cuando vuelve a hablar, lo hace situado a sus espaldas, y su voz es como una brisa que le atraviesa el pelo.

—Adeline, Adeline —la regaña, y ella sabe que si vuelve a girarse, él ya no estará allí, de modo que permanece inmóvil, sin apartar la mirada del bosque. Y ni siquiera se inmuta cuando las manos de él se deslizan sobre su piel. Cuando su brazo serpentea alrededor de sus hombros.

De cerca, desprende un olor a roble, a hojas y a campos empapados por la lluvia.

—¿No estás cansada? —le susurra.

Y ella se estremece ante las palabras.

Se había preparado para su arremetida, para sus insultos, pero no para esa pregunta, ni para el tono, casi amable que emplea.

Han pasado *ciento cincuenta años*. Lleva un siglo y medio viviendo como un eco, como un fantasma. Pues claro que está cansada.

—¿No te gustaría descansar, cariño mío?

Las palabras se aferran a su piel como una telaraña.

—Podría enterrarte aquí, junto a Estele. Plantar un árbol y hacerlo crecer sobre tus huesos.

Addie cierra los ojos.

Sí, está cansada.

Puede que no note cómo el transcurso de los años debilita sus huesos, o cómo su cuerpo se vuelve quebradizo con la edad, pero el cansancio afecta de verdad a su alma, la carcome. Hay días en los que la idea de vivir otro año, otra década, otro siglo, resulta desoladora. Hay noches en las que es incapaz de conciliar el sueño, momentos en los que sueña con morir.

Pero entonces se despierta y vislumbra el amanecer rosado y anaranjado tras las nubes, o escucha el lamento de un solitario violín, su música y su melodía, y recuerda que el mundo es un lugar repleto de belleza.

Y se niega a perderse un instante.

Addie se da la vuelta, con los brazos de él aun rodeándola y levanta la mirada hacia su rostro.

Ignora si es debido a la noche, cada vez más oscura, o a la naturaleza de los bosques, pero Luc tiene un aspecto distinto. Estos últimos años, lo ha visto envuelto en terciopelo y encaje, ataviado a la última moda. Y también lo ha visto adoptar una apariencia desbocada y violenta, como un vacío. Pero aquí, es totalmente diferente.

Aquí es la misma oscuridad que conoció esa noche. Es magia indómita con forma de amante.

Su silueta se difumina hasta convertirse en sombra, su piel es del color de la luz de la luna, y sus ojos, de la misma tonalidad del musgo a su espalda. Es salvaje.

Pero ella también.

—¿Cansada? —dice Addie esbozando una sonrisa—. Acabo de despertarme.

Se prepara para vislumbrar su disgusto, la sombra inhumana, el destello de los dientes.

Pero no hay ni rastro de amarillo en su mirada.

Es más, sus ojos han adquirido un espeluznante tono verde que no había visto hasta ahora.

Addie tardará años en descubrir el significado de ese color, en entender que denota *diversión*.

Esta noche, solo atisba ese breve destello y nota el roce de sus labios contra su mejilla.

—Incluso las piedras… —murmura él, y luego desaparece.

XII
Nueva York
13 de junio de 2014

Un chico y una chica pasean tomados del brazo.

Se dirigen a la Knitting Factory, que como la mayor parte de locales en Williamsburgh, no es lo que parece, no se trata de una tienda de manualidades ni de una mercería, sino de una sala de conciertos situada en el extremo norte de Brooklyn.

Es el cumpleaños de Henry.

Hace un rato, cuando él le preguntó cuándo era el suyo y ella le contestó que había sido en marzo, una expresión sombría cruzó su rostro.

—Siento habérmelo perdido.

—Lo bueno de los cumpleaños es que suceden cada año —había respondido ella apoyándose en él.

Y entonces se había echado a reír, al igual que él, aunque algo hueco había teñido la voz de Henry, una tristeza que ella había tomado por simple distracción.

Los amigos de Henry ya se han sentado a una mesa cerca del escenario, y sobre ella hay unos cuantos regalos amontonados.

—¡Henry! —grita Robbie, que ya tiene delante un par de botellas vacías.

Bea le revuelve el pelo.

—Eres nuestro dulce niño de verano, literalmente.

Sus amigos desvían la mirada y centran la atención en Addie.

—Buenas —saluda él—. Esta es Addie.

—¡Ya era hora! —exclama Bea—. Nos moríamos de ganas de conocerte.

Ya se conocen, por supuesto.

Llevan semanas pidiéndole a Henry que les presente a su nueva novia. No dejan de echarle en cara que está escondiéndola, pero Addie ha ido a tomar una cerveza con ellos al Merchant, ha estado en casa de Bea varias veces para ver la peli de los viernes y ha coincidido con ellos en galerías y parques. Y todas y cada una de las veces, Bea menciona la sensación de *déjà vu* y habla de movimientos artísticos, mientras Robbie se enfurruña, a pesar de los esfuerzos de Addie por aplacar su mal genio.

Henry parece más molesto que ella con la situación. Debe de creer que después de tanto tiempo aquello ya no le afecta, pero lo cierto es que no se trata de eso. El ciclo interminable de: «hola, quién es esta, encantada de conocerte, hola» la desgasta igual que el agua desgasta las piedras: los daños son lentos pero inevitables. Addie ha aprendido simplemente a vivir con ello.

—¿Sabes qué? —le dice Bea examinándola—. Me suena mucho tu cara.

Robbie se levanta para ir a buscar otra ronda, y la idea de que la olvide y tenga que volver a empezar le provoca a Addie una opresión en el pecho, pero Henry interviene, dándole a Robbie un toquecito en el brazo.

—Yo invito.

—¡El cumpleañero no paga! —protesta Bea, pero Henry hace un gesto con la mano y desaparece entre la multitud, que es cada vez mayor.

Y Addie se queda sola con sus amigos.

—Me alegro mucho de conoceros —les dice—. Henry no para de hablar de vosotros.

Robbie entorna los ojos con recelo.

Addie puede sentir cómo vuelve a levantarse un muro entre ellos, pero, después de tanto tiempo, está acostumbrada al mal humor de Robbie, así que insiste:

—Eres actor, ¿verdad? Me encantaría ver alguna de tus actuaciones. Henry dice que eres buenísimo.

Robbie juguetea con la etiqueta de la cerveza.

—Ya, claro... —murmura, pero Addie atisba un amago de sonrisa cuando lo dice.

Y entonces Bea toma el testigo.

—Henry parece feliz. Feliz de verdad.

—Lo soy —responde Henry mientras deja en la mesa una ronda de cervezas.

—Felices veintinueve —dice Bea, levantando la copa.

A continuación, se disponen a debatir las ventajas de cumplir veintinueve años y llegan a la conclusión de que es un número bastante insustancial en cuanto a cumpleaños se refiere, pues los colosales treinta se encuentran a la vuelta de la esquina.

Bea le pasa el brazo a Henry por el cuello.

—Pero el año que viene serás oficialmente un adulto.

—Estoy bastante seguro de que llevo siendo adulto desde los dieciocho.

—No seas ridículo. A los dieciocho eres lo bastante mayor para votar, a los veintiuno para beber, pero al cumplir los treinta ya puedes tomar decisiones.

—Y estás más cerca de la crisis de la mediana edad que de la de los veintipico —bromea Robbie.

El micrófono chirría un poco al tiempo que un hombre sube al escenario y presenta al telonero.

—Es un artista prometedor, estoy seguro de que habéis oído hablar de él, pero si no es así, no tardaréis en hacerlo. ¡Un fuerte aplauso para Toby Marsh!

A Addie le da un vuelco el corazón.

El público grita y aplaude, Robbie lanza un silbido, y Toby sale al escenario. Es el mismo chico atractivo y de mejillas ruborizadas, pero al saludar al público, levanta la barbilla y esboza una sonrisa firme y orgullosa. Es como contemplar la diferencia entre los primeros trazos de un boceto y el dibujo terminado.

Se sienta al piano y comienza a tocar, y las primeras notas hacen que la envuelva una sensación de nostalgia. Y entonces comienza a cantar.

Me he enamorado de una chica que nunca he conocido.

El tiempo retrocede y ella se encuentra de nuevo en su sala de estar, sentada al piano y con una taza de té humeante en el alféizar de la ventana mientras toca distraídamente cada nota.

Aunque me parece verla cada noche…

Está en su cama, y las amplias manos de Toby tocan la melodía en su piel. El recuerdo le incendia las mejillas al tiempo que él continúa cantando.

Y me aterra olvidarla, aunque solo la haya visto en mis sueños.

Addie no llegó a regalarle las palabras, pero él las encontró de todos modos.

Su voz es más clara, más potente, y su tono desprende más seguridad. Solo le hacía falta la canción adecuada. Algo que llamara la atención del público.

Addie cierra los ojos y el pasado y el presente se entremezclan en su cabeza.

Todas esas noches que pasó en el Alloway viéndolo tocar.

Todas las veces en que él se acercó a la barra y le sonrió.

Todas esas primeras veces que para ella no lo eran.

El palimpsesto filtrándose a través del papel.

Toby levanta la vista del piano, y es imposible que la vea en un lugar tan grande como este, pero Addie está segura de que sus miradas se encuentran. De pronto, todo comienza a dar vueltas, y no sabe si es debido a las cervezas que se ha bebido demasiado rápido o al vértigo que le provocan los recuerdos, pero entonces la canción se termina y el público estalla en aplausos, y ella se pone en pie y se dirige hacia la puerta.

—Addie, espera —la llama Henry, pero ella es incapaz de detenerse, aunque es consciente de lo que significa alejarse de allí, sabe que Robbie y Bea se olvidarán de ella, y tendrá que empezar de nuevo, igual que Henry, pero en este momento, le da igual.

No puede respirar.

La puerta se abre, la noche la abraza y Addie resuella, obligando al aire a introducirse en sus pulmones.

Escuchar su música debería hacerla sentir bien, debería parecerle natural.

Después de todo, ha ido muchas veces a los museos a contemplar las obras que ha inspirado.

Pero no eran más que creaciones despojadas de todo contexto. Pájaros esculpidos en zócalos de mármol y cuadros tras una barrera. Cartelitos con información adheridos a las paredes blancas y urnas de cristal que mantienen el pasado y el presente separados.

Es una cuestión muy distinta cuando el cristal se rompe.

Es su madre en el umbral de la puerta, ajada y marchita.

Es Remy en el salón de París.

Es Sam, invitándola a quedarse en su casa cada una de las veces.

Es Toby Marsh, tocando la canción de ambos.

La única forma en que Addie sabe cómo seguir adelante es continuar avanzando. Ellos son Orfeo, y ella es Eurídice, y cada vez que echan la vista atrás, está perdida.

—¿Addie? —Henry le pisa los talones—. ¿Qué ocurre?

—Lo siento —responde ella. Se seca las lágrimas y sacude la cabeza, porque es una historia demasiado larga, aunque también demasiado corta—. No puedo volver a entrar. Ahora no.

Henry mira por encima del hombro, y debe de haberse fijado en cómo el color abandonaba su rostro durante la canción, porque le pregunta:

—¿Conoces a ese tipo? ¿A Toby Marsh?

No le ha contado esa historia... aún no han llegado a esa parte.

—Lo conocía —responde ella, lo cual no es totalmente cierto, porque lo hace parecer algo del pasado, cuando el pasado es lo único a lo que Addie no puede aspirar, y Henry debe de advertir la mentira enterrada entre las palabras, porque frunce el ceño. Se entrelaza las manos detrás de la cabeza.

—¿Todavía sientes algo por él?

Y quiere ser sincera, para decirle que por supuesto que sí. Nunca puede pasar página, ni despedirse de ellos; no hay puntos finales, ni signos de exclamación, sino una vida entera de puntos suspensivos. Todos los demás empiezan de nuevo, en una página en blanco, pero las páginas de Addie están repletas de texto. La gente dice que donde hubo fuego cenizas quedan, y aunque las llamas de su pasión se apagaron hace tiempo, las manos de Addie se encuentran repletas de cenizas. ¿Cómo va a librarse de ellas? Se ha quedado sin aire para soplar y enviarlas lejos.

Pero no es amor.

No es amor, y eso es lo que él le está preguntando.

—No —dice ella—. Es solo que... me ha tomado desprevenida. Lo siento.

Henry le pregunta si quiere marcharse a casa, y Addie no sabe si habla de ambos o si se refiere a ella sola, pero no le apetece averiguarlo, así que sacude la cabeza y vuelven a entrar. La iluminación del local ha cambiado, el escenario está vacío y la música *house* llena el ambiente hasta que dé comienzo la actuación principal; Bea y Robbie están charlando en la misma posición que cuando entraron por primera vez, y Addie hace todo lo posible para esbozar una sonrisa mientras se acercan a la mesa.

—¡Hola otra vez! —exclama Robbie.

—¿Adónde ibas con tanta prisa? —pregunta Bea, desviando la mirada hacia Addie—. ¿Y esta quién es?

Henry desliza un brazo alrededor de su cintura.

—Chicos, esta es Addie.

Robbie la mira de arriba abajo, pero Bea sonríe.

—¡Ya era hora! —exclama—. Nos moríamos de ganas de conocerte.

XIII

De camino a Berlín, Alemania
29 de julio de 1872

Los vasos vibran suavemente sobre la mesa mientras el tren atraviesa la campiña alemana. Addie está sentada en el vagón restaurante, tomándose un café y mirando por la ventana, maravillada por la velocidad con la que pasa el mundo.

Los seres humanos son capaces de cosas extraordinarias. De la crueldad y la guerra, pero también del arte y el ingenio. Esta idea le rondará la cabeza una y otra vez conforme pasen los años, cuando vea las bombas caer y los edificios se derrumben, cuando el terror devore países enteros. Pero también cuando las primeras imágenes se impriman en celuloide, cuando los aviones se eleven en el aire, cuando las películas pasen de ser en blanco y negro a color.

Está impresionada.

Siempre lo estará.

Absorta en sus pensamientos, no oye al revisor hasta que se encuentra a su lado y posa con suavidad una mano sobre su hombro.

—*Fraülein* —se dirige a ella—, su billete, por favor.

Addie sonríe.

—Por supuesto.

Baja la mirada hasta la mesa y finge revolver su bolso.

—Lo siento —responde levantándose—. Debo de habérmelo dejado en mi cabina.

No es la primera vez que han bailado al son de esta música, pero sí la primera que el revisor ha decidido seguirla, arrastrándose tras ella como una sombra, mientras Addie se dirige a un compartimiento que no tiene para buscar un billete que no ha comprado.

Addie acelera el paso, con la esperanza de que una puerta acabe separándolos, pero es inútil: el revisor le pisa los talones, de modo que aminora la marcha y se detiene frente a una habitación que sin duda no es la suya, esperando que al menos esté vacía.

No lo está.

Al alargar la mano para alcanzar el pomo de la puerta, esta se abre a un compartimiento oscuro, donde un hombre elegante, con las sienes cubiertas de rizos negros como la tinta, se apoya en el umbral.

Una sensación de alivio la recorre.

—Herr Wald —lo saluda el revisor mientras se endereza, como si el hombre de la puerta fuera un duque y no la oscuridad.

Luc sonríe.

—Estaba buscándote, Adeline —dice él con una voz tan suave y dulce como la miel de verano. Aparta sus ojos verdes de ella y los posa en el revisor—. Mi esposa siempre encuentra el modo de escabullirse de mí. Bueno —dice, con una sonrisa pícara en los labios—, ¿qué es lo que te ha traído de vuelta?

Addie consigue devolverle la sonrisa, empalagosamente dulce.

—Amor mío —dice—, me había olvidado el billete.

Luc se ríe entre dientes y saca un trozo de papel del bolsillo de su abrigo.

—Qué olvidadiza eres, querida mía.

Su comentario la irrita, pero consigue morderse la lengua, apoyándose en él.

El revisor examina el billete y les desea una noche agradable, y en el instante en que se marcha, Addie se aparta de Luc.

—Mi Adeline. —Chasquea la lengua—. Esa no es forma de tratar a tu marido.

—No soy tuya —responde ella—. Y no necesitaba tu ayuda.

—Por supuesto que no —repone él secamente—. Vamos, no discutamos en el pasillo.

Luc la arrastra al interior del compartimiento, o al menos, eso le parece a ella, pero en lugar de adentrarse en los familiares confines del habitáculo, Addie se topa solo con la vasta y profunda oscuridad. El traspié, la repentina caída, le acelera el corazón al tiempo que el tren y el mundo a su alrededor desaparecen: vuelven a encontrarse en el interior del vacío, ese espacio hueco entre lugares, y Addie sabe que nunca descubrirá la verdad, que nunca será capaz de entender la naturaleza de la oscuridad. Pues ahora se da cuenta de lo que es este lugar.

Es él.

Su verdadera forma, la inmensa y salvaje noche, la oscuridad, llena de promesas y violencia, de miedo y de libertad.

Y cuando la noche se recompone de nuevo a su alrededor con una sacudida, ya no están en el tren, sino en la calle, en el centro de una ciudad que aún no sabe que es Múnich.

Debería estar enfadada por el repentino cambio de rumbo que ha tomado la noche, por el rapto, pero es incapaz de reprimir la curiosidad que surge en su interior fruto de la confusión. De la repentina aparición de algo nuevo. De la emoción que le provoca la aventura.

El pulso se le acelera, pero Addie decide no dejar que Luc advierta su asombro.

Aunque tiene la sospecha de que lo percibe igualmente.

En sus ojos se adivina un destello satisfecho, una hebra de un verde más oscuro.

Se encuentran en los escalones de un teatro de ópera con columnas en la entrada, la ropa que llevaba ha sido sustituida por una vestimenta mucho más elegante, y Addie se pregunta si el vestido es real, tanto como puede serlo cualquier cosa, o si se trata de un conjuro de humo y sombra. Luc está a su lado, con una bufanda gris alrededor del cuello y los ojos verdes danzando bajo el ala de una chistera de seda.

La noche bulle de actividad, y hombres y mujeres suben los escalones tomados del brazo para ir a ver el espectáculo. Descubre que se trata de una ópera de Wagner llamada *Tristán e Isolda*, aunque esos nombres todavía no significan nada para ella. Desconoce que el compositor se encuentra en la cima de su carrera. Desconoce que la pieza se ha convertido en su obra maestra. Pero Addie puede saborear el ambiente prometedor, como azúcar en el aire, a medida que atraviesan un vestíbulo de columnas de mármol y arcos pintados y se adentran en un auditorio de oro y terciopelo.

Luc le apoya una mano en la parte baja de la espalda y la guía hacia la primera fila de un palco, un compartimento bajo con perfecta visibilidad del escenario. El pulso se le acelera de emoción, antes de que el recuerdo de Florencia la asalte.

«No confundas lo ocurrido esta noche con amabilidad», le había dicho él. «Solo quiero ser el que te doblegue».

Pero no hay ni rastro de maldad en sus ojos mientras toman asiento. Y tampoco le dedica ninguna sonrisa cruel. Su rostro solo refleja la lánguida expresión de placer de un gato tumbado al sol.

El personal de la ópera les lleva dos copas rebosantes de champán, y él le ofrece una a Addie.

—Feliz aniversario —le desea, al tiempo que las luces se atenúan y el telón se alza.

La música da comienzo.

Y la creciente tensión de una sinfonía los envuelve: las notas se extienden como una marea por la sala y chocan contra las paredes. Es como el azote de una tormenta en el interior de un barco.

Y entonces aparece Tristán. E Isolda.

Y sus portentosas voces alcanzan cada rincón del teatro.

Addie ha asistido a musicales, por supuesto, ha escuchado sinfonías y presenciado obras de teatro, donde la pureza de las voces le han llenado los ojos de lágrimas. Pero nunca antes había oído nada como esto.

Su forma de cantar. El alcance y la escala de sus emociones.

La cruda intensidad de su alegría y su sufrimiento.

La pasión desesperada de sus movimientos.

Quiere embotellar el sentimiento que la recorre, llevárselo consigo a través de la oscuridad.

Pasarán años antes de que escuche una grabación de esta sinfonía y suba el volumen hasta que le duelan los oídos y el sonido la envuelva, aunque nunca llegará a sentir lo mismo que aquí.

Addie desvía la vista del escenario en una ocasión y se percata de que Luc está contemplándola a ella en lugar de a los actores. Su mirada ha vuelto a adoptar ese peculiar tono verde. Un color que no refleja timidez, ni desaprobación ni crueldad, sino *satisfacción*.

No se dará cuenta hasta más tarde de que es la primera noche que él no le pide que se rinda.

La primera vez que no hace mención alguna a su alma.

Pero en ese momento, solo puede pensar en la música, en la sinfonía, en la historia que se desarrolla ante ella. El escenario vuelve a captar su atención con una nota llena de angustia. Con un abrazo desesperado, con la mirada que se dedican los amantes.

Se inclina hacia delante y deja que la ópera la inunde hasta que le duele el pecho.

El telón cae tras el primer acto y Addie se incorpora y prorrumpe en aplausos.

Luc deja escapar una risa suave como la seda, al tiempo que ella se hunde de nuevo en su butaca.

—Te lo estás pasando bien.

Addie no miente, ni siquiera para fastidiarlo.

—Es maravilloso.

Una sonrisa se dibuja en el rostro de Luc.

—¿Puedes adivinar cuáles me pertenecen?

Al principio, Addie no entiende la pregunta, pero luego, naturalmente, cae en la cuenta y se le ensombrece el ánimo.

—¿Has venido a reclamar sus almas? —le pregunta, pero el alivio la invade cuando Luc niega con la cabeza.

—No —responde él—. Esta noche no. Pero dentro de poco.

Addie sacude la cabeza.

—No lo entiendo. ¿Por qué acabar con sus vidas cuando se encuentran en lo más alto?

Él la mira.

—Hicieron un trato conmigo. Eran conscientes del precio a pagar.

—¿Por qué iba alguien a cambiar una vida entera de talento por unos pocos años de gloria?

La sonrisa de Luc se oscurece.

—Porque el tiempo es cruel con todos, y más cruel aún con los artistas. Porque la vista se debilita, las voces se marchitan y el talento se desvanece. —Se acerca a ella y se enrosca un mechón de su pelo alrededor del dedo—. Porque la felicidad es efímera, pero la historia perdura en el tiempo, y al final —continúa—, todo el mundo quiere ser *recordado*.

Las palabras son como un puñal, y se hunden profunda e implacablemente en su interior.

Addie le aparta la mano con brusquedad y vuelve a centrar su atención en el escenario cuando la ópera se reanuda.

★ ✦ ✘ ✳ ✘ ✦ ✦

Es una representación larga, y aun así, termina demasiado pronto.

Las horas transcurren en apenas unos instantes. Addie desearía poder quedarse acurrucada en la butaca, y volver a ver la ópera, plegarse entre los amantes y su tragedia, y perderse en la belleza de sus voces.

Y sin embargo, no puede evitar preguntarse si todas las cosas que ha amado, las ha amado por sí mismas, o debido a él.

Luc se pone de pie y le ofrece el brazo.

Pero ella ignora el gesto.

Pasean uno al lado del otro, arropados por la noche de Múnich; Addie todavía nota las placenteras sensaciones que le ha provocado la ópera, y oye cómo las voces reverberan en su interior como una campana.

Pero la pregunta de Luc también.

¿Cuáles me pertenecen?

Contempla la elegante figura que camina a su lado en la oscuridad.

—¿Cuál es el trato más extraño que has hecho?

Luc echa la cabeza hacia atrás y considera su pregunta.

—Juana de Arco —responde—. Me ofreció su alma a cambio de una espada bendita, para que nadie pudiera abatirla.

Addie frunce el ceño.

—Pero sí la mataron.

—Ah, pero no en el campo de batalla. —La sonrisa de Luc se torna astuta—. La semántica puede parecer algo insignificante, Adeline, pero el poder de un trato radica en la formulación de sus palabras. Pidió la protección de un dios mientras tuviera la espada en las manos. Pero no la habilidad de poder conservar el arma.

Addie sacude la cabeza con perplejidad.

—Me niego a creer que Juana de Arco hiciera un trato con la oscuridad.

La sonrisa de Luc se agranda, dejando sus dientes al descubierto.

—Bueno, tal vez le hice creer que mi naturaleza era algo más… ¿angelical? Pero en el fondo, creo que lo sabía. La grandeza requiere sacrificios. Importa menos a quién le ofreces tu sacrificio que el motivo por el que te sacrificas. Y al final, se convirtió en lo que quería ser.

—¿Una mártir?

—Una leyenda.

Addie sacude la cabeza.

—Pero los *artistas*… Piensa en todo lo que podían haber conseguido. ¿Acaso no lamentas su pérdida?

El rostro de Luc se ensombrece. Y ella recuerda su estado de ánimo la noche que fue a buscarla a la National Gallery, recuerda las primeras palabras que pronunció en la habitación de Beethoven.

Qué desperdicio.

—Por supuesto que sí —responde—. Toda gran obra de arte tiene un precio. —Aparta la mirada—. Deberías saberlo. Después de todo, ambos somos mecenas, a nuestra manera.

—No me parezco en nada a ti —le dice, pero sus palabras no destilan demasiado veneno—. Soy una musa, y tú, un ladrón.

Él se encoge de hombros.

—Hay que dar para recibir —dice, y nada más.

Pero más tarde, cuando Luc ya se ha marchado, y ella deambula a solas, la ópera se reproduce en su cabeza, perfectamente conservada dentro del prisma de sus recuerdos, y Addie se pregunta en silencio si sus almas fueron pago suficiente a cambio de tan fino arte.

XIV
Nueva York
4 de julio de 2014

El cielo de Nueva York se llena de un estallido de luces.

Se han reunido en la azotea del edificio de Robbie con otras veinte personas para ver cómo los fuegos artificiales tiñen el horizonte de rosa, verde y oro.

Addie y Henry permanecen juntos, por supuesto, pero hace demasiado calor para tocar al otro. Henry, que tiene los cristales de las gafas empañados, parece menos interesado en beberse la cerveza que en apoyarse la lata contra el cuello.

Una brisa se levanta y les proporciona el mismo alivio que una secadora, y todos los allí reunidos emiten sonidos exagerados, dejando escapar «oohs» y «aahs» que podrían referirse a los fuegos artificiales o simplemente a la débil ráfaga de aire.

En el centro de la azotea hay una piscina hinchable rodeada de sillas de jardín, y unas cuantas personas remojan sus pies en el agua tibia.

Los fuegos artificiales terminan y Addie mira a su alrededor en busca de Henry, que se ha alejado.

Lleva todo el día de un humor extraño, pero ella asume que es debido al calor, que se posa sobre todo el mundo como una losa. La librería estaba cerrada, y habían pasado la mayor parte del día tirados en el sofá frente a un ventilador portátil, mientras veían la tele y Novela jugueteaba con un cubito de hielo. El calor había aplacado incluso la energía desbordante de Henry.

Ella estaba demasiado cansada para contarle historias.

Y él, demasiado cansado para escribirlas.

La puerta de la azotea se abre y Robbie aparece con aspecto de haber asaltado un camión de helados, pues lleva los brazos repletos de paletas heladas derretidas. El grupo estalla en silbidos y vítores, y él recorre la azotea repartiendo lo que una vez fueron helados.

A la duodécima va la vencida, piensa Addie al tiempo que Robbie le ofrece un helado, pero aunque no se acuerde de ella, es evidente que Henry lo ha puesto al día, o quizá simplemente lo que ocurre es que reconoce a los demás y deduce el resto.

Igual que en ese juego de ingenio: una de las figuras es diferente a las otras.

Addie no pierde ni un segundo. Esboza una sonrisa repentina.

—Madre mía, tú debes de ser Robbie. —Le echa los brazos al cuello—. Henry me ha hablado mucho de ti.

Robbie se aparta de ella.

—¿En serio?

—Eres actor. Me ha contado que eres *buenísimo*. Que solo es cuestión de tiempo que acabes en Broadway. —Robbie se ruboriza un poco y aparta la mirada—. Me encantaría ver alguna de tus actuaciones. ¿En qué obra sales ahora?

Robbie titubea y ella sabe que se debate entre soltarle una tontería o hablarle de la obra.

—Estamos haciendo una versión de *Fausto* —le cuenta él—. Ya sabes, la obra del tipo que hace un pacto con el diablo.

Addie le da un bocado al helado, lo que provoca una sensación de dolor intenso en sus dientes. Es suficiente para enmascarar su mueca mientras Robbie sigue hablando.

—Aunque la puesta en escena se va a parecer más a *Dentro del Laberinto*. Imagínate a Mefistófeles con la pinta del rey de los Goblins. —Se señala a sí mismo al decirlo—. Va a ser una pasada. Y los disfraces son increíbles. Pero bueno, no se estrena hasta septiembre.

—Suena genial —dice ella—. Me muero de ganas de verla.

Al decir eso, Robbie *casi* sonríe.

—Creo que será una pasada.

—Por Fausto —dice ella levantando el helado.

—Por el diablo —responde Robbie.

Addie tiene las manos pegajosas por el helado, de modo que las sumerge en la piscina hinchable y va en busca de Henry. Finalmente, lo encuentra a solas en un rincón de la azotea, en un tramo donde las luces no llegan. Está asomado al muro, pero no mira hacia arriba, sino hacia abajo.

—Creo que por fin he conquistado a Robbie —le dice Addie, secándose las manos en los pantalones cortos.

—¿*Mmm?* —murmura Henry sin prestarle atención. Una gota de sudor resbala por su mejilla, y cierra los ojos ante la débil brisa de verano y se balancea un poco.

Addie lo aparta del borde.

—¿Qué pasa?

Su mirada es oscura, y durante un momento parece embrujado, perdido.

—Nada —dice él con suavidad—. Solo estaba pensando.

Addie ha vivido lo bastante como para saber cuándo le están contando una mentira. Las mentiras son un lenguaje en sí mismo, igual que el lenguaje de las estaciones, o de los gestos, o de los tonos de la mirada de Luc.

De modo que sabe que Henry está mintiéndole.

O al menos, que no está diciendo la verdad.

Y tal vez solo sea una de sus tormentas, piensa ella. *Tal vez sea el calor del verano.*

No se trata de eso, por supuesto, y a su debido tiempo, descubrirá la verdad, y deseará haberle preguntado, haber insistido, haberlo sabido.

A su debido tiempo…, pero esta noche Henry la arrima hacia él. Esta noche, la besa profundamente, con ansia, como si pudiera hacerla olvidar lo que acaba de ver.

Y Addie deja que lo intente.

✶ ✦ ✕ ✳ ✕ ✦ ✦

Esta noche, cuando llegan a casa, hace demasiado calor para pensar o dormir, así que llenan la bañera con agua fría, apagan las luces y se meten dentro; el piadoso y repentino alivio hace que un escalofrío los recorra.

Yacen en la oscuridad, con las piernas desnudas entrelazadas bajo el agua. Henry toca con los dedos una melodía a lo largo de su rodilla.

—Cuando nos conocimos —reflexiona—, ¿por qué no me dijiste tu verdadero nombre?

Addie contempla las baldosas del techo, oscurecidas por la falta de luz, y recuerda los ojos vacíos de Isabelle ese último día que se vieron, mientras estaba sentada a la mesa. Recuerda a Remy en el café, con la mirada perdida e incapaz de oír sus palabras.

—Porque no creí que pudiera —responde, pasando los dedos por el agua—. Cuando intento contarle la verdad a la gente, sus rostros se quedan en blanco. Cuando intento decir mi nombre, siempre se me atasca en la garganta. —Sonríe—. Excepto contigo.

—Pero ¿por qué? —pregunta él—. Si te van a olvidar, ¿qué importancia tiene que les cuentes la verdad?

Addie cierra los ojos. Es una buena pregunta, una que se ha hecho cientos de veces.

—Creo que quería borrarme de la faz de la Tierra. Para asegurarse de que me sintiera invisible, desconocida, irreal. Uno no sabe el poder que posee un nombre hasta que este desaparece. Antes de conocerte, él era el único que podía pronunciarlo.

La voz se retuerce como el humo dentro de su cabeza.

Oh, Adeline.

Adeline, Adeline.

Mi Adeline.

—Menudo idiota —dice Henry, y ella se echa a reír, recordando las noches en que echó la vista al cielo y llamó a la oscuridad cosas mucho peores entre gritos.

Y a continuación él pregunta:

—¿Cuándo lo viste por última vez?

Y Addie vacila.

Durante un instante, está tumbada en la cama, enredada en sábanas de seda negra. El calor de Nueva Orleans resulta opresivo incluso en la oscuridad, pero Addie nota el frío cuerpo de Luc envuelto alrededor de sus extremidades, mientras él desliza los dientes a lo largo de su hombro y susurra una palabra contra su piel.

Ríndete.

Addie traga saliva y empuja el recuerdo hacia su interior, como si fuera bilis en su garganta.

—Hace casi treinta años —dice, como si no contara los días. Como si su aniversario no estuviera a la vuelta de la esquina.

Echa la cabeza a un lado y observa la ropa amontonada en el suelo, el bulto en el bolsillo de sus pantalones cortos que revela la presencia del anillo de madera.

—Tuvimos una pelea —le cuenta Addie, y es la versión más simple de la verdad.

Henry la mira con curiosidad evidente, pero no le pregunta por lo ocurrido, y ella se siente agradecida por ello.

La historia tiene un orden cronológico.

Se lo contará cuando llegue a esa parte.

Por ahora, Addie alarga la mano, abre el grifo de la ducha y el agua cae sobre ellos como si fuera lluvia, relajante y constante. Los invade un silencio perfecto. Tranquilo y hueco. Se sientan uno frente al otro bajo el chorro de agua helada, y Addie cierra los ojos, apoya la cabeza en la bañera y escucha la improvisada tormenta.

XV

Los Cotswolds, Inglaterra
31 de diciembre de 1899

Está nevando.

No es que haya una fina capa de escarcha, ni que estén cayendo unos pocos e insignificantes copos, sino que el suelo se encuentra cubierto por un manto blanco.

Addie está acurrucada en la ventana de la pequeña cabaña, con el fuego encendido a sus espaldas y un libro abierto sobre la rodilla, mientras contempla caer el cielo.

Ha celebrado el inicio del año nuevo de muchas maneras.

Se ha encaramado a los tejados de Londres con una botella de champán, y recorrido los caminos empedrados de Edimburgo antorcha en mano. Ha bailado en los salones de París, y visto cómo los fuegos artificiales tornaban blanco el cielo de Ámsterdam. Ha besado a desconocidos y entonado canciones sobre amigos a los que nunca conocerá. Ha acabado el año a lo grande y entre susurros.

Pero esta noche se conforma con sentarse y ver cómo el mundo se viste de blanco al otro lado de la ventana, con la nieve ocultando cada línea y curva del paisaje.

La cabaña no es suya, desde luego. No exactamente.

Se la ha encontrado más o menos intacta, pues es un lugar abandonado, o simplemente olvidado. Los muebles estaban desgastados y los armarios, casi vacíos. Pero ha tenido unos cuantos meses para hacerla suya, para recoger madera de la arboleda al otro lado del campo. Para encargarse del jardín silvestre, y robar aquello que no podía cultivar.

No es más que un lugar donde descansar sus huesos.

Afuera, la tormenta ha amainado.

La nieve yace plácidamente en el suelo. Tan suave y limpia como el papel en blanco.

Tal vez sea eso lo que la impulsa a ponerse de pie.

Se ajusta la capa alrededor de los hombros y sale al exterior, donde las botas se le hunden de inmediato en la nieve. Esta es ligera, igual que una capa de azúcar, y le permite degustar el sabor del invierno.

Una vez, cuando tenía cinco o seis años, nevó en Villon. Fue una imagen insólita, y un manto pálido de varios centímetros de profundidad lo cubrió todo. En cuestión de horas, la nieve quedó arruinada por los carros y los caballos y la gente yendo de un lado a otro, pero Addie encontró una pequeña extensión blanca intacta. Se dirigió hasta allí apresuradamente, dejando un rastro de huellas tras ella. Pasó las manos desnudas por los pliegues congelados y dejó la marca de sus dedos. Destrozó cada centímetro del lienzo.

Y cuando acabó, contempló el campo a su alrededor y lamentó que ya no quedara más nieve virgen. Al día siguiente, la escarcha se quebró, el hielo se derritió, y fue la última vez que jugó en la nieve.

Hasta ahora.

Ahora, sus pisadas hacen crujir la nieve inmaculada, que se eleva a su paso.

Ahora, al pasar los dedos por las suaves colinas, la superficie se alisa tras su roce.

Ahora, juega en los campos sin dejar ninguna huella.

El mundo permanece intacto, y por una vez, se siente agradecida.

Addie da vueltas y más vueltas, y baila sin acompañante sobre la nieve, riendo por la extraña y sencilla magia del momento, antes de que un mal paso la hunda en una zona más profunda de lo que creía.

Pierde el equilibrio y cae de bruces contra el montón blanco; la nieve se le mete dentro de la capucha y ella suelta un jadeo ante la repentina sensación de frío en el cuello. Levanta la mirada. Ha empezado a nevar de nuevo, aunque de forma ligera, y los copos caen como estrellas fugaces. El mundo se sumerge en una especie de silencio de algodón, y si no fuera por la gélida humedad que se cuela a través de su ropa, cree que podría quedarse aquí para siempre.

Decide que permanecerá en este lugar al menos por ahora.

Se hunde en la nieve y deja que esta devore los bordes de su visión, hasta que no hay nada más que un marco rodeando el cielo abierto. Es una noche fría, clara y llena de estrellas. Addie vuelve a tener diez años y se encuentra tendida en la hierba alta que se extiende detrás del taller de su padre, mientras sueña que está en cualquier lugar salvo en casa.

Resulta llamativa la manera sinuosa en la que los sueños se hacen realidad.

Pero ahora, contemplando la interminable oscuridad, no piensa en la libertad, sino en él.

Y entonces, él aparece.

Se encuentra de pie sobre ella, con un aura de oscuridad, y Addie cree que tal vez se haya vuelto loca. No sería la primera vez.

—Doscientos años —dice Luc arrodillándose a su lado—, y sigues comportándote como una niña.

—¿Qué haces aquí?

—Podría hacerte la misma pregunta.

Luc extiende la mano y ella se agarra a él, permitiendo que la levante de la superficie helada, y juntos regresan a la pequeña cabaña, aunque solo las huellas de Luc permanecen en la nieve.

En el interior, el fuego de la chimenea se ha apagado, y Addie deja escapar un pequeño gemido mientras alcanza el farol, con la esperanza de que sea suficiente para revivir las llamas.

Pero Luc se limita a observar los restos humeantes y chasquea los dedos de forma distraída; a continuación las llamas, en una explosión de calor, renacen en el interior de la chimenea y proyectan sus sombras sobre toda la estancia.

Addie piensa en lo sencillo que le resulta a él moverse por el mundo.

Y en lo difícil que le ha puesto las cosas a ella.

Luc examina la cabaña, la vida que Addie ha tomado prestada.

—Mi Adeline —le dice—, sigues anhelando hacerte mayor y convertirte en Estele.

—No soy tuya —responde ella, aunque a estas alturas las palabras han perdido todo su veneno.

—Tienes el mundo entero a tu disposición y sigues insistiendo en interpretar el papel de la bruja del bosque, de la anciana que reza a los dioses antiguos.

—No te he rezado. Y sin embargo, aquí estás.

Ella lo contempla, vestido con un abrigo de lana y una bufanda de cachemira, con el cuello totalmente abrigado, y se percata de que es la primera vez que ha visto a Luc en invierno. Le sienta tan bien como el verano. La piel clara de su rostro se ha tornado blanca como el mármol, y sus rizos negros son del color del cielo sin luna. Sus ojos verdes son tan fríos y brillantes como las estrellas. Y al ver el aspecto que tiene, de pie frente a la chimenea, Addie desearía poder dibujarlo. Incluso después de todo este tiempo, sus dedos anhelan el carboncillo.

Luc pasa una mano por la chimenea.

—Vi un elefante en París.

Son las mismas palabras que ella le dijo a él hace tantos años. Es una respuesta de lo más extraña, llena de significados tácitos. *Vi un elefante, y pensé en ti. Yo estaba en París, y tú no.*

—Y pensaste en mí —responde ella.

Es una pregunta, aunque él no responde. En cambio, mira a su alrededor y dice:

—Qué manera más lamentable de despedir el año. Seguro que podemos hacerlo mejor. Ven conmigo.

Y sus palabras despiertan la curiosidad en Addie —siempre lo hacen—, pero esta noche, sacude la cabeza.

—No.

Él levanta su orgulloso mentón. Y arruga sus cejas oscuras.

—¿Por qué no?

Addie se encoge de hombros.

—Porque aquí soy feliz. Y no confío en que vayas a traerme de vuelta.

Una sonrisa destella en el rostro de Luc, como la luz del fuego. Y ella espera que ese sea el final de la conversación.

Espera girarse y descubrir que se ha marchado, de vuelta a la oscuridad.

Pero él sigue allí, una sombra en la casa que ha tomado prestada.

Luc se acomoda en la otra silla.

Saca un par de copas de vino de la nada, y ambos se sientan frente al fuego como dos viejos amigos, o al menos, como dos rivales en medio de una tregua, y él le habla de París en pleno final de década, del comienzo del nuevo siglo. Le habla de los escritores, que brotan como flores, del arte, de la música y de la belleza. Siempre ha sabido cómo tentarla. Afirma que es una edad de oro, una época de luz.

—Lo disfrutarías.

—Estoy segura de que sí.

Addie visitará la ciudad en primavera, verá la Exposición universal de París, y contemplará la torre Eiffel, la escultura de hierro que se eleva hacia el cielo. Recorrerá edificios hechos de cristal, unas construcciones efímeras, y todo el mundo hablará del viejo y del nuevo siglo, como si el pasado y el presente estuvieran divididos por una línea en la arena. Como si no formaran parte de un todo.

La historia está diseñada para contemplarla en retrospectiva.

Por ahora, Addie lo escucha hablar, y es suficiente.

No recuerda haberse quedado dormida, pero cuando se despierta es muy temprano, la cabaña está vacía, y el fuego es poco más que brasas. Tiene una manta echada sobre los hombros, y al otro lado de la ventana, el mundo vuelve a ser blanco.

Y Addie se preguntará si de verdad él estuvo allí.

Parte seis:

No finjas que
esto es amor

Título: *Chica de ensueño.*

Autor: Toby Marsh.

Fecha: 2014.

Técnica: Partitura.

Ubicación: En préstamo de la familia Pershing.

Descripción: Este fragmento de partitura original, firmado por el cantautor Toby Marsh, recoge el principio de la canción *Chica de ensueño* y fue subastado como parte de una recaudación de fondos en la gala anual de Notas de Música para financiar los programas de arte de los colegios públicos de la ciudad de Nueva York. Aunque parte de la letra difiere de la versión final de la canción, los versos más famosos «Y me aterra olvidarla, aunque solo la haya visto en mis sueños», son perfectamente legibles en el centro de la página.

Contexto: Esta es considerada en gran parte como la canción que lanzó la carrera de Marsh. El músico no ha hecho más que contribuir al misterio que envuelve el asunto al afirmar que la canción se le ocurrió en el transcurso de varios sueños. «Me despertaba con compases de música en la cabeza», dijo en una entrevista con *Paper Magazine* en 2016. «Encontraba letras garabateadas en cuadernos y recibos, pero no recordaba haberlas anotado. Era como si las hubiera escrito sonámbulo. Todo el proceso fue como un sueño».

Marsh niega haber estado bajo la influencia de ninguna droga en aquellos momentos.

Valor aproximado: 15.000 dólares.

I

Villon-sur-Sarthe
29 de julio de 1914

Está lloviendo a cántaros en Villon.

El caudal del Sarthe aumenta y la lluvia convierte los senderos en afluentes fangosos. El agua se derrama sobre los portales de
las casas e inunda los oídos de Addie con el constante ruido blanco de un torrente. Cuando cierra los ojos, el tiempo se disuelve y
ella vuelve a tener diez años, quince, veinte, con las faldas empa-
padas y el cabello al viento mientras corre descalza por los campos lavados por la lluvia.

Pero entonces vuelve a abrir los ojos, y han pasado doscientos
años, y es incapaz de negar que el pequeño pueblo de Villon ha
cambiado. Cada vez reconoce menos cosas y se le hace todo más
extraño. De vez en cuando todavía puede vislumbrar el lugar que
una vez conoció, pero sus recuerdos se han erosionado, y los años
que vivió antes de hacer el trato con la oscuridad están destinados
a marchitarse y desvanecerse.

Y aun así, hay cosas que no cambian.

El sendero que atraviesa el pueblo.

La pequeña iglesia situada en el centro.

El pequeño muro del cementerio, inmune al lento paso de los
cambios.

Addie se queda en el umbral de la puerta de la capilla, observando la tormenta. Tenía un paraguas, pero una fuerte ráfaga de

viento dobló las varillas, y sabe que debería esperar a que la lluvia amaine, pues solo dispone de un vestido. Pero mientras está ahí de pie, con una mano extendida para recoger el agua que cae, piensa en Estele, quien solía permanecer bajo la tormenta con los brazos abiertos en señal de bienvenida.

Addie abandona su refugio y se dirige a la puerta del cementerio.

Al cabo de unos instantes, está empapada, pero la lluvia es cálida, y ella no va a derretirse ni mucho menos. Deja atrás unas cuantas lápidas nuevas y muchas viejas, deposita una rosa silvestre en cada una de las tumbas de sus padres, y va a buscar a Estele.

Ha echado de menos a la anciana durante todos estos años; ha echado de menos su consuelo y su consejo, ha echado de menos la fuerza de sus apretones, su risa leñosa y la forma en que creía en Addie cuando era Adeline, cuando vivía en Villon y aún era humana. Y aunque todavía se aferra a lo que puede, la voz de Estele se ha desvanecido casi por completo con el paso de los años. Este es el único lugar en el que aún puede evocarla; siente su presencia en las piedras viejas, en la tierra llena de maleza y en el árbol desgastado sobre su cabeza.

Pero el árbol no está allí.

La tumba yace abatida en su parcela, la piedra se enmohece y se agrieta, pero el magnífico árbol, con sus anchas ramas y profundas raíces, ha desaparecido.

En su lugar no queda más que un muñón irregular.

Addie deja escapar un jadeo, mientras cae de rodillas y pasa las manos por la madera muerta y astillada. No. No, esto no. Ha perdido muchas cosas y llorado su ausencia, pero por primera vez en años, la pérdida la golpea de forma tan intensa que le quita el aliento, la fuerza y la voluntad.

La pena, tan profunda como un pozo, se abre camino en su interior.

¿Qué sentido tiene plantar semillas?

¿Por qué molestarse en cuidarlas? ¿Por qué ayudarlas a crecer?

Todo se desmorona al final.

Todo muere.

Y ella es lo único que queda, un espectro solitario que mantiene una vigilia por las cosas olvidadas. Cierra los ojos e intenta evocar la imagen de Estele, intenta recordar la voz de la anciana para que le diga que todo saldrá bien, que solo es madera..., pero la voz se ha desvanecido, se ha perdido bajo la furiosa tormenta.

Addie sigue allí sentada al anochecer.

La lluvia se ha convertido en una llovizna, en un golpeteo ocasional de agua contra las piedras. Está empapada, pero ya no lo nota, es incapaz de sentir gran cosa, hasta que percibe el movimiento del aire y la llegada de la sombra a su espalda.

—Lo siento —le dice él, y es la primera vez que ha oído esas palabras pronunciadas con su sedosa voz, la única vez que sonarán sinceras.

—¿Has sido tú? —susurra ella sin levantar la mirada.

Y para su sorpresa, Luc se arrodilla junto a ella en la tierra empapada. Sus ropas no parecen humedecerse.

—No puedes echarme la culpa de cada pérdida —le responde.

No se da cuenta de que está temblando hasta que él le rodea los hombros con el brazo, hasta que nota el temblor de sus propias extremidades contra el cuerpo firme de Luc.

—Sé que puedo ser cruel —le dice—. Pero la naturaleza puede serlo aún más.

Addie advierte ahora la línea carbonizada que se extiende por el centro del muñón de madera. La rápida y ardiente brecha fruto de un rayo. No alivia el dolor de la pérdida.

No soporta mirar el árbol.

No soporta permanecer aquí por más tiempo.

—Vamos —dice él, poniéndola de pie, y ella no sabe adónde se dirigen, pero le da igual, siempre y cuando se marchen de allí. Addie le da la espalda al muñón destrozado, a la lápida totalmente desgastada. *Incluso las piedras*, piensa ella al tiempo que se aleja con Luc del cementerio, del pueblo y del pasado.

Nunca volverá allí.

✳ ✦ ✳ ✸ ✳ ✦ ✦

París, por supuesto, ha cambiado mucho más que Villon.

A lo largo de los años, ha visto cómo se llevaba a cabo una renovación de la ciudad, en la que los edificios de piedra blanca han sido revestidos con tejados de color carbón. Las fachadas exhiben grandes ventanales y balcones de hierro y las amplias avenidas están bordeadas de floristerías y cafés bajo toldos rojos.

Se sientan en un patio, con una botella de oporto abierta entre ambos, mientras su vestido se seca con la brisa de verano. Addie bebe con ganas, intentando disipar la imagen del árbol, aunque sabe que sus recuerdos no desaparecerán por mucho vino que beba.

Pero eso no le impide intentarlo.

En algún lugar a lo largo del Sena, un violín comienza a sonar. Bajo las notas más agudas, Addie oye cómo el motor de un coche se pone en marcha con una sacudida. El obstinado sonido de los cascos de un caballo. La peculiar música de París.

Luc levanta su copa.

—Feliz aniversario, mi Adeline.

Ella lo mira y separa los labios para devolverle su contestación habitual, pero entonces se detiene en seco. Si ella le pertenece, a estas alturas él debe de pertenecerle a ella también.

—Feliz aniversario, mi Luc —contesta, solo para ver la cara que pone.

Luc la recompensa arqueando una ceja y curvando la boca hacia arriba, al tiempo que el verde de sus ojos cambia debido a la sorpresa.

Y entonces…

Baja la mirada y hace girar la copa de oporto entre sus dedos.

—Una vez me dijiste que nos parecíamos —repone, casi para sí mismo—. Que los dos estábamos… solos. Te odié por decir aquello. Pero supongo que en cierto modo tenías razón. Supongo… —prosigue con cautela—, que la idea de estar acompañado posee cierto atractivo.

Es lo más cerca que ha estado de parecer *humano*.

—¿Me echas de menos cuando no estás aquí? —le pregunta Addie.

Luc eleva su mirada verde, que incluso en la oscuridad tiene un tono esmeralda.

—Estoy aquí contigo más a menudo de lo que crees.

—Pues claro —dice ella—, vas y vienes a tu antojo. A mí no me queda más remedio que esperarte.

Los ojos de él se oscurecen de placer.

—¿Esperas mi llegada?

Y ahora es Addie la que mira hacia otro lado.

—Tú mismo lo has dicho. Todos ansiamos la compañía de alguien.

—¿Y si pudieras invocar mi presencia, al igual que yo decido presentarme ante ti?

A Addie se le acelera un poco el corazón.

No levanta la mirada, y por eso ve el objeto rodar hacia ella. Un aro fino, tallado en madera clara de fresno.

Es un anillo.

Su anillo.

La ofrenda que le entregó a la oscuridad aquella noche.

La ofrenda que él despreció y convirtió en humo.

Cuya imagen conjuró en una iglesia junto al mar.

Pero si ahora no es más que una ilusión, esta es sin duda excepcional. Addie es capaz de ver la muesca donde el cincel de su padre se hundió apenas una fracción más de la cuenta. Y también la curva suavemente pulida tras años de preocupaciones.

Es real. Debe de serlo. Y sin embargo…

—Lo destruiste.

—Te lo quité —responde Luc, mirándola por encima de su copa—. No es lo mismo.

La ira se enciende en su interior.

—Me dijiste que era una baratija.

—Te dije que no era pago *suficiente*. Pero no destruyo las cosas bellas sin razón. Durante un tiempo me perteneció, pero siempre fue tuyo.

Addie se maravilla ante la visión del anillo.

—¿Y qué debo hacer?

—Ya sabes cómo invocar a los dioses.

Debes mostrarte humilde ante ellos.

—Póntelo y acudiré a ti. —Luc se apoya en el respaldo de su silla, y la brisa nocturna agita sus rizos color azabache—. Ya está —dice él—, ahora estamos en paz.

—Nunca estaremos en paz —replica ella, haciendo girar el anillo entre el dedo índice y el pulgar y tomando la decisión de no recurrir a él.

Es un desafío. Un juego con forma de regalo. Más una apuesta que una declaración de guerra. Una lucha de voluntades. Para ella, ponerse el anillo, llamar a Luc, sería como retirarse y admitir la derrota.

Como rendirse.

Se guarda el obsequio en el bolsillo de la falda y obliga a sus dedos a soltar el talismán.

Solo entonces se da cuenta de la tensión que colma el ambiente esa noche. Es una energía que ha notado con anterioridad, pero que es incapaz de ubicar, hasta que Luc dice:

—Está a punto de estallar una guerra.

Addie lo ignoraba. Luc le cuenta el asesinato del archiduque, y su rostro es una máscara de desagrado.

—Odio la guerra —dice de forma sombría.

—Creía que eras aficionado a los conflictos.

—La posguerra fomenta el arte —dice él—. Pero la guerra convierte a los incrédulos en creyentes, en aduladores desesperados por alcanzar la salvación, y de pronto todo el mundo se aferra a sus almas, igual que hacen las damas con sus mejores perlas. —Luc sacude la cabeza—. Prefiero la *Belle Époque*.

—¿Quién iba a decir que los dioses eran tan nostálgicos?

Luc apura su copa y se levanta.

—Deberías marcharte antes de que estalle la guerra.

Addie se echa a reír. Casi parece que a Luc le importe lo que pueda ocurrirle. Nota el peso repentino de la sortija en el bolsillo, y él extiende la mano.

—Puedo llevarte.

Addie debería haber aceptado su oferta y haberle dicho que sí. Debería haber dejado que la guiara a través de esa horrible oscuridad hasta llegar al otro lado, pues se habría ahorrado la travesía a lo largo del océano y no habría tenido que pasar una semana miserable oculta en el vientre de un barco, mientras la belleza del agua quedaba empañada por su naturaleza interminable.

Pero ha aprendido demasiado bien a no dar ni un paso atrás.

Luc niega con la cabeza.

—Sigues siendo una idiota testaruda.

Juega con la idea de permanecer allí, pero después de que él se haya marchado, no puede evitar recordar las sombras que cubrían su mirada, el tono sombrío que había empleado para hablar del conflicto en ciernes. El hecho de que incluso los dioses y los demonios teman la llegada de un enfrentamiento es una señal.

Una semana después, Addie claudica y se sube a un barco que zarpa hacia Nueva York.

Para cuando la embarcación atraca, el mundo ya está en guerra.

II

Nueva York
29 de julio de 2014

No es más que un día cualquiera.

Eso es lo que Addie se dice a sí misma.

Es un día más, igual que el resto, aunque naturalmente, no es así.

Hace trescientos años que debía haberse casado: un futuro que le fue impuesto en contra de su voluntad.

Hace trescientos años que se arrodilló en el bosque e invocó a la oscuridad, y lo perdió todo excepto la libertad.

Trescientos años.

Debería haber una tormenta, un eclipse. Algo que señalase la importancia del momento.

Pero amanece un día perfecto, azul y sin nubes.

A su lado, la cama está vacía, pero Addie puede oír el suave murmullo de Henry trasteando en la cocina. Debe de haberse aferrado a las mantas mientras dormía, porque nota un malestar en los dedos y un nudo de dolor en el centro de su palma izquierda.

Al abrir la mano, el anillo de madera cae sobre el colchón.

Lo aparta de un manotazo, como si fuera una araña, un mal augurio, y oye cómo aterriza, rebota y rueda por el suelo de madera. Addie levanta las rodillas, deja que su cabeza caiga hacia delante sobre ellas e inhala en el espacio que las separa de sus costillas, recordándose a sí misma que no es más que un anillo, y que aquel es un día cualquiera. Pero hay una soga en su interior, un temor sordo que se enrosca cada vez más fuerte a su alrededor y le dice que se marche, que se aleje de Henry tanto como sea posible, por si acaso él aparece.

No lo hará, se dice a sí misma.

Ha pasado mucho tiempo, se dice a sí misma.

Pero no quiere correr el riesgo.

Henry golpea la puerta abierta con los nudillos, y ella levanta la mirada y lo ve sosteniendo un plato con un dónut y tres velas encima.

Y a pesar de todo, se echa a reír.

—¿Qué es eso?

—Oye, mi novia no cumple trescientos años todos los días.

—No es mi cumpleaños.

—Lo sé, pero no sabía cómo llamarlo exactamente.

Y de pronto, una voz se eleva como el humo en el interior de su cabeza.

Feliz aniversario, amor mío.

—Pide un deseo —dice Henry.

Addie traga saliva y sopla las velas.

Henry se hunde en la cama junto a ella.

—Tengo el día libre —le dice—. Bea está haciéndome el turno en la tienda, así que había pensado que podíamos tomar el tren y... —Pero se detiene al ver su cara—. ¿Qué?

El terror le clava las garras en el estómago, de forma más profunda que el hambre.

—No creo que debamos pasar el día juntos —responde Addie—. Hoy no.

La decepción se refleja en los rasgos de Henry.

—Ah.

Addie le pone la mano en la mejilla y miente.

—Es un día como cualquier otro, Henry.

—Tienes razón —repone él—. Es un día cualquiera. Pero ¿cuántos te ha estropeado ya? No dejes que te lo arrebate. —La besa—. Que nos lo arrebate.

Si Luc los encuentra juntos, les arrebatará mucho más.

—Vamos —insiste Henry—, te traeré de vuelta mucho antes de que te conviertas en calabaza. Y luego, si prefieres que pasemos la noche separados, lo entenderé. Ya te preocuparás por él cuando oscurezca, pero aún faltan horas para eso, y mereces pasar un buen día. Crear buenos recuerdos.

Y tiene razón. Se lo merece.

El temor se debilita un poco en su pecho.

—Bueno —dice ella, y no es más que una palabra sin importancia, pero el rostro de Henry se ilumina de deleite—. ¿Qué tenías pensado?

Henry se mete en el baño y vuelve a salir con un bañador amarillo puesto y una toalla tirada sobre el hombro. Le lanza un bikini azul y blanco.

—En marcha.

✕ ✛ ✕ ✴ ✕ ✛ ✦

La playa de Rockaway es un océano de toallas de colores y sombrillas hundidas en la arena.

Las risas se propagan con la marea al tiempo que los niños construyen castillos de arena y los adultos se relajan bajo el resplandeciente sol. Henry extiende las toallas en una zona estrecha que nadie ha reclamado y coloca las zapatillas encima para que no salgan volando. A continuación, Addie lo agarra de la mano y ambos echan a correr playa abajo, con las plantas de los pies ardiéndoles hasta que llegan a la húmeda orilla y se sumergen en el agua.

Addie suelta un grito ahogado ante el agradable roce de las olas, frío incluso en pleno verano, y sigue adentrándose hasta que el océano le envuelve la cintura. A su lado, Henry se sumerge y vuelve a salir a la superficie con el agua goteándole de las gafas. La acerca a él y besa la sal que cubre sus dedos. Ella le aparta el pelo de la cara, y ambos permanecen allí, enredados en medio del oleaje.

—¿Lo ves? —dice él—. ¿Acaso este plan no es mejor?

Y lo es.

Lo es.

Nadan hasta que les duelen las extremidades y se les arruga la piel, y luego regresan a las toallas, que aguardan en la arena, y se tumban para secarse al sol. Hace demasiado calor para permanecer allí mucho tiempo, y no tardan en ponerse de nuevo en pie, atraídos por el olor de la comida que flota en el paseo marítimo.

Henry recoge sus cosas y se pone en marcha, y Addie se incorpora para ir tras él, no sin antes sacudir la arena de la toalla.

Y entonces, el anillo de madera sale volando.

Yace en la playa, de un tono apenas más oscuro que la arena, como una gota de lluvia sobre la acera seca. Un recordatorio. Addie se agacha frente al anillo y lo entierra bajo un puñado de arena, antes de echar a correr tras Henry.

Se dirigen al tramo de chiringuitos con vistas a la playa, piden unos tacos y una jarra helada de margaritas y se deleitan con el sabor y los matices dulces y salados. Henry se seca el agua de los cristales de las gafas, y Addie observa el océano y nota cómo el pasado se pliega sobre el presente, igual que las olas.

Déjà vu. Déjà su. Déjà vécu.

—¿Qué ocurre? —pregunta Henry.

Addie vuelve la vista hacia él.

—¿*Mmm*?

—Siempre pones esa cara cuando estás acordándote de algo —le dice él.

Addie echa la mirada hacia el Atlántico y contempla el borde infinito de la playa, mientras sus recuerdos se extienden por el horizonte. Durante la comida, le cuenta a Henry todas las costas que ha visto, le habla de aquella vez que cruzó el canal de la mancha, de los blancos acantilados de Dover surgiendo de entre la bruma. De la vez que recorrió la costa de España como polizón en las entrañas de un barco robado, y cómo, tras cruzar a Estados Unidos y que la tripulación al completo enfermara, tuvo que fingir indisposición para que no la tomaran por una bruja.

Y cuando se cansa de hablar y ambos se han acabado las bebidas, dedican las siguientes horas a alternar entre la sombra que proporcionan los puestos de comida y el frío beso de las olas, permaneciendo en la arena solo el tiempo necesario para secarse.

El día transcurre con demasiada rapidez, como suele ocurrir con los días llenos de felicidad.

Y cuando llega la hora de marcharse, se dirigen al metro y se hunden en los asientos, ebrios de sol y agotados, mientras el tren se aleja de la playa.

Henry saca un libro, pero a Addie le arden los ojos, de modo que se apoya en él y saborea su aroma a sol y papel, y aunque los asientos son de plástico y el aire está viciado, nunca se ha sentido tan cómoda. Nota cómo se hunde en Henry, mientras la cabeza rebota en su hombro.

Y entonces él le susurra dos palabras en el pelo.

—Te amo —le dice, y Addie se pregunta si el delicado sentimiento que la invade es amor.

Si se supone que debe ser así de suave, así de apacible.

La diferencia entre el ardor y la calidez.

Entre la pasión y la satisfacción.

—Yo también te amo —responde.

Y desea que sus palabras sean ciertas.

III
Chicago, Illinois
29 de julio de 1928

Hay un ángel sobre la barra.

Se trata de una vidriera retroiluminada compuesta por una única figura, que tiene un cáliz levantado y una mano extendida, como si invitara a la oración.

Pero no está en una iglesia.

Hoy en día las tabernas clandestinas son como las malas hierbas, brotan entre las grietas de la Prohibición. Esta no tiene nombre, salvo por el ángel que sujeta el cáliz; el número xii corona la puerta —doce, la hora que marca el mediodía, así como la medianoche—, el interior está adornado con cortinas de terciopelo y divanes dispuestos como camas alrededor del suelo de madera, y al entrar, los clientes son obsequiados con máscaras.

Es, como la mayoría, tan solo un rumor, un secreto transmitido de boca embriagada en boca.

Y a Addie le *encanta*.

Este lugar destila un fervor salvaje.

Baila, a veces sola, y otras, en compañía de desconocidos. Se pierde en el *jazz* que choca contra las paredes y rebota, llenando el local abarrotado de música. Baila hasta que las plumas de su máscara se le adhieren a las mejillas, hasta que se queda sin aliento, con el rostro acalorado, y solo entonces se retira y se acomoda en uno de los sillones de cuero.

Es casi medianoche, y Addie desliza los dedos, como las manecillas de un reloj, hasta su garganta, donde el anillo de madera, caliente contra su piel, cuelga de una cadena de plata.

Siempre está al alcance de su mano.

Una vez, cuando se le rompió la cadena, creyó haber perdido el anillo, solo para descubrir que estaba a salvo en el bolsillo de su blusa. En otra ocasión, lo dejó en el alféizar de la ventana, y volvió a encontrarlo horas después alrededor de su cuello.

Es el único objeto que nunca pierde.

Addie juguetea con él, algo que se ha convertido en una costumbre perezosa, igual que enroscarse un mechón de pelo alrededor de un dedo. Roza el borde de la sortija con la uña y lo hace girar, asegurándose de no dejar nunca que el anillo se deslice sobre su nudillo.

Se ha aferrado a él un centenar de veces: cuando se sentía sola, cuando se aburría, cuando vislumbraba algo hermoso y pensaba en Luc. Pero ella es demasiado cabezota y él, demasiado orgulloso, y Addie está decidida a ganar esta partida.

Ha resistido el impulso de ponérselo durante catorce años.

Y hace catorce años que él no se presenta ante ella.

De modo que Addie tenía razón… se trata de un juego. De otro tipo de estrategia, de un sometimiento más suave.

Catorce años.

Addie se siente sola, y está un poco achispada, y se pregunta si esta será la noche en que claudique. Sería un traspié, aunque no caería desde demasiada altura. Tal vez… Tal vez… Para mantener las manos ocupadas, decide tomarse otra copa.

Se dirige a la barra y pide un gin fizz, pero el hombre de la máscara blanca deposita en su lugar una copa de champán frente a ella. Un único pétalo de rosa confitado flota entre las burbujas, y cuando Addie pregunta de parte de quién es la bebida, el camarero dirige un gesto a una sombra en un reservado de terciopelo. Su máscara está elaborada para parecerse a las ramas, y las hojas forman un marco perfecto para unos ojos perfectos.

Y Addie sonríe al verlo.

Estaría mintiendo si dijera que el sentimiento que la recorre es mero alivio. Un peso menos sobre los hombros. La exhalación de un suspiro.

—Yo gano —dice ella sentándose en el reservado.

Y aunque él ha sucumbido primero, sus ojos brillan de triunfo.

—¿En qué sentido?

—No te he invocado, y aun así has acudido a mí.

Luc levanta la barbilla y la contempla con desdén.

—Asumes que estoy aquí por ti.

—Olvidaba que esto está lleno de humanos exasperantes a los que estafarles el alma —responde ella adoptando su cadencia grave y delicada.

Una sonrisa irónica curva sus labios perfectos.

—Te lo juro, Adeline, hay pocos que sean tan exasperantes como tú.

—¿Pocos? —bromea ella—. Tendré que esforzarme más.

Luc levanta su copa y la inclina hacia la barra.

—La realidad es que eres tú la que ha venido a mí. Este local es mío.

Addie mira a su alrededor, y de pronto, resulta obvio.

Ve las señales por todas partes.

Se da cuenta, por primera vez, que el ángel expuesto encima de la barra no tiene alas. Que los rizos que le rodean el rostro son negros. Que lo que ella pensaba que era un halo podría ser también la luz de la luna.

Y se pregunta qué fue lo que la atrajo a la taberna la primera vez.

Se pregunta si Luc y ella son como imanes.

Si han dado tantas vueltas en torno al otro que ahora comparten la misma órbita.

Este tipo de clubs se convertirán en el pasatiempo de Luc. Los sembrará en decenas de ciudades, se ocupará de ellos como si fueran jardines y los hará crecer de forma salvaje.

«Tan numerosos como las iglesias», dirá él, «y el doble de populares».

Y mucho después de que finalicen los días de la Prohibición, seguirán floreciendo y satisfaciendo los gustos de innumerables personas, y ella se preguntará si es la energía que invade el interior de estas tabernas lo que alimenta a Luc, o son un terreno de cultivo para las almas. Un lugar en el que husmear, negociar y hacer promesas. Y en cierto modo, un lugar en el que rezar, si bien a un culto diferente.

—Así que ya ves —dice Luc—, quizá *yo* he ganado.

Addie sacude la cabeza.

—Ha sido una casualidad —le dice—. No te he invocado.

Él sonríe y su mirada recae en el anillo que reposa contra su piel.

—Conozco lo que alberga tu corazón. He percibido cómo vacilaba.

—Pero yo no he vacilado.

—No —responde él, y la palabra no es más que un susurro—. Pero me he cansado de esperar.

—Así que me echabas de menos —dice Addie con una sonrisa, y los ojos verdes de él destellan durante un instante. Un atisbo de luz.

—La vida es muy larga y los seres humanos, un tedio. Tu compañía resulta mucho mejor.

—Olvidas que también *soy* humana.

—Adeline —dice él con un rastro de compasión en la voz—. Dejaste de ser humana la noche en que nos conocimos. Nunca volverás a serlo.

Un ardor la recorre al oír esas palabras. Ya no es un calor agradable, sino un estallido de ira.

—Sigo siendo humana —insiste ella, y su voz se tensa alrededor de las palabras, como si estuviera intentando pronunciar su nombre.

—Te deslizas entre ellos como un fantasma —le dice Luc, inclinando su frente contra la de ella—, porque eres diferente. No puedes vivir como ellos. Ni amar como ellos. Tu lugar no está junto a los seres humanos.

Su boca flota sobre la de ella, y su voz se reduce hasta convertirse en nada más que una brisa.

—Eres mía.

Del fondo de su garganta brota un ruido parecido a un trueno.

—Tu lugar está junto a mí.

Y cuando ella lo mira a los ojos, advierte un nuevo tono de verde, y sabe exactamente cuál es su significado. Es el color de alguien en vilo. Su pecho sube y baja como si fuera humano.

Es el lugar idóneo para hundir el cuchillo.

—Prefiero ser un fantasma.

Y por primera vez, la oscuridad se estremece. Se retira igual que las sombras ante la luz. Sus ojos palidecen de ira, y el dios que ella conoce vuelve a hacer acto de presencia, el monstruo con el que ha aprendido a lidiar.

—Como quieras —murmura Luc, y ella aguarda a que se desvanezca en la oscuridad, se prepara para el repentino y avasallador vacío, espera a que él la engulla y la expulse al otro lado del mundo.

Pero Luc no desaparece, y ella tampoco.

Él dirige un gesto al local.

—Pues venga —le dice—, vuelve con ellos.

Y ella hubiera preferido que la hubiera expulsado de allí. En cambio, Addie se incorpora, a pesar de que ha perdido las ganas de seguir bebiendo, de bailar y de disfrutar de la compañía de alguien más.

Mientras él permanece allí sentado en su reservado de terciopelo y ella prosigue con su velada de forma mecánica, tiene la sensación de estar alejándose de la luz del sol, con la humedad del local enfriándosele en la piel, y por primera vez, percibe la distancia entre los humanos y ella, y teme que él tenga razón.

Al final, es ella quien abandona el lugar.

Al día siguiente, la taberna clandestina ha sido clausurada y no hay rastro de Luc por ninguna parte. Y de ese modo, un nuevo frente se abre entre ambos, cada una de las piezas ocupa su lugar y otra batalla da comienzo.

Addie no volverá a verlo hasta la guerra.

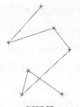

IV
Nueva York
29 de julio de 2014

El tren que recorre la línea A del metro da una sacudida y despierta a Addie.

Abre los ojos justo cuando las luces del techo parpadean y se apagan, sumiendo el vagón en la oscuridad. Al contemplar el mundo en penumbras al otro lado de la ventana, una oleada de pánico la invade, pero Henry le aprieta la mano.

—Solo es el metro —le dice, mientras las luces se encienden de nuevo y el tren vuelve a recuperar sus movimientos suaves. Al oír la voz de los altavoces, Addie se da cuenta de que han vuelto a Brooklyn, donde el último tramo del recorrido se realiza bajo tierra, pero al salir del metro, el sol sigue coronando el cielo.

Caminan de regreso a casa de Henry, asados de calor y adormilados, y al llegar, se duchan para limpiarse la arena y la sal y se desploman sobre las sábanas, con el pelo húmedo enfriándoles la piel. Novela se enrosca alrededor de los pies de Addie y cuando Henry la acerca hacia sí, Addie nota el contraste entre la frescura de la cama y la calidez de él, y si aquello no es amor, al menos resulta suficiente.

—Cinco minutos —murmura Henry contra su pelo.

—Cinco minutos —responde Addie, y las palabras son mitad súplica, mitad promesa, al tiempo que se acurruca con él.

Afuera, el sol se cierne sobre los edificios.

Todavía hay tiempo.

✳ ✦ ✳ ✦ ✳ ✦ ✦

Addie se despierta sumida en la oscuridad.

Cuando cerró los ojos, el sol seguía en lo alto. Ahora, la habitación está repleta de sombras, y al otro lado de la ventana, el cielo ha adoptado un intenso color añil.

Henry sigue durmiendo, pero en la habitación reina un silencio demasiado pesado, y, al incorporarse, el miedo se apodera de Addie.

No pronuncia su nombre, ni siquiera lo piensa mientras se pone en pie conteniendo el aliento y se dirige al oscuro pasillo. Escudriña la sala de estar y se prepara para verlo sentado en el sofá, con los largos brazos estirados sobre el respaldo acolchado.

Adeline.

Pero no está allí.

Por supuesto que no.

Han pasado casi cuarenta años.

No va a venir. Y Addie está harta de esperar su llegada.

Regresa al dormitorio y ve a Henry de pie, buscando sus gafas bajo las almohadas; su pelo es un nido de sueltos rizos negros.

—Lo siento —se disculpa—. Debería haber puesto la alarma. —Abre una mochila y mete una muda de ropa en el interior—. Puedo quedarme en casa de Bea. Me…

Pero Addie le agarra la mano.

—No te vayas.

Henry vacila.

—¿Estás segura?

No está segura de nada, pero ha pasado un día estupendo y no quiere desperdiciar la noche, no quiere entregársela a él.

Ya le ha arrebatado suficiente.

No hay comida en casa, así que se visten y se dirigen al Merchant envueltos en un aura de tranquilidad, y la desorientación causada por haberse despertado de noche se suma a los efectos de haber pasado tanto tiempo al sol. Le otorga a todo un aire de ensueño, es el final perfecto para un día perfecto.

Le dicen a la camarera que se trata de una ocasión especial, y cuando ella les pregunta si están celebrando un cumpleaños o su compromiso, Addie levanta la cerveza y dice:

—El aniversario.

—Felicidades —responde la camarera—. ¿Cuántos años celebráis?

—Trescientos —responde ella.

Henry se atraganta con la bebida, y la camarera se echa a reír, suponiendo que es una broma privada entre ambos. Addie se limita a sonreír.

De pronto suena una canción, de esas que se elevan por encima del ruido, y ella obliga a Henry a levantarse.

—Baila conmigo —le pide Addie, y Henry intenta explicarle que no sabe bailar, a pesar de que ambos estuvieron juntos en el Cuarto Raíl, moviéndose frenéticamente al ritmo de la música; él le dice que esto es diferente, pero Addie no se lo traga, porque aunque los tiempos cambien, todo el mundo baila, y ella ha sido testigo de cómo la gente llevaba a cabo el váls y la contradanza, el *fox-trox*, el *swing* y muchos más bailes, y está convencida de que él es capaz de poner en práctica al menos uno de ellos.

Así que lo arrastra por entre las mesas, y aunque Henry ignoraba que el Merchant tenía pista de baile, esta se despliega ante ellos, sin nadie más que los acompañe. Addie le enseña cómo alzar la mano y moverse al unísono con ella. Le enseña cómo llevarla al son de la música, cómo hacerla girar y reclinarla hacia atrás. Le enseña dónde colocar las manos, y cómo sentir el ritmo en sus caderas, y durante un rato, todo es perfecto, sencillo y adecuado.

Se dirigen, entre risas y trompicones, a la barra para pedir otra copa.

—Dos cervezas —pide Henry, y el barman asiente con la cabeza, se aleja unos pasos y vuelve unos instantes después con sus bebidas.

Pero solo una de ellas es cerveza.

La otra es una copa de champán, con un pétalo de rosa confitado flotando en el centro.

Addie nota cómo el mundo se inclina y la oscuridad se cierne a su alrededor.

Hay una nota bajo la copa, escrita en francés con letra elegante.

Para mi Adeline.

—Perdona —está diciendo Henry—. No hemos pedido esto.

El barman señala al otro extremo de la barra.

—Cortesía del caballero de... —empieza a decir, pero se detiene—. Vaya —dice—. Pero si estaba justo allí.

A Addie le da una sacudida el corazón. Agarra a Henry de la mano.

—Tienes que irte.

—¿Qué? Espera...

Pero no hay tiempo. Addie lo arrastra hacia la puerta.

—Addie.

Luc no puede verlos juntos, no puede descubrir que se han encontrado...

—*Addie*. —Finalmente vuelve la mirada, y nota cómo el mundo se hunde bajo sus pies.

El bar se ha quedado completamente inmóvil.

No está *vacío*, no; sigue atestado de gente.

Pero nadie se mueve.

Todos se han detenido entre un paso y el siguiente, en plena conversación, en pleno trago. No se encuentran congelados exactamente, pero han sido inmovilizados a la fuerza. Son como títeres colgando de sus hilos. La música sigue sonando, ahora un poco más suave, pero es lo único que se oye además de la temblorosa respiración de Henry y de los latidos de su propio corazón.

Y de la voz que se alza en la oscuridad.

—*Adeline*.

El mundo entero contiene la respiración, se reduce al suave eco de unas pisadas sobre el suelo de madera, y entonces una figura emerge de entre las sombras.

Cuarenta años, y aquí está él, con el mismo aspecto de siempre, igual que ella, con los mismos rizos negros, los mismos ojos color esmeralda y la misma sonrisa coqueta reflejada en su sensual boca. Lleva una camisa negra arremangada hasta los codos y se ha echado la chaqueta del traje sobre el hombro, mientras su otra mano cuelga de forma despreocupada del bolsillo de sus pantalones.

Es la mismísima imagen de la tranquilidad.

—Amor mío —dice él—, tienes buen aspecto.

Algo se agita en ella al oír el sonido de su voz, del mismo modo en que lo ha hecho siempre. Algo se despliega en su interior, una liberación que no la alivia en lo más mínimo. Porque ha esperado su llegada, por supuesto que sí, ha contenido la respiración no solo con temor sino también con esperanza. Y ahora el aire emerge precipitadamente de sus pulmones.

—¿Qué haces aquí?

Luc tiene el descaro de parecer ofendido.

—Es nuestro aniversario. Imagino que no lo habrás olvidado.

—Han pasado cuarenta años.

—¿Y de quién es la culpa?

—Completamente tuya.

Una sonrisa se dibuja en los contornos de su boca. Y entonces su mirada esmeralda se desliza hacia Henry.

—Supongo que debería tomarme el parecido entre ambos como un halago.

Addie no muerde el anzuelo.

—Él no tiene nada que ver con esto. Deja que se vaya. Se olvidará de mí.

La sonrisa de Luc desaparece.

—Por favor. Nos avergüenzas a ambos. —Luc traza un círculo alrededor de ellos, como un tigre acorralando a su presa—. Como si no llevara la cuenta de todos los tratos que hago. Henry Strauss, un chico que buscaba tan desesperadamente sentirse apreciado que terminó vendiendo su alma para conseguir el amor de los demás. Debéis de formar una pareja de ensueño.

—Pues déjanos en paz.

Él arquea una de sus cejas oscuras.

—¿Crees que pretendo separaros? En absoluto. El tiempo se encargará de ello muy pronto. —Vuelve la mirada hacia Henry—. *Tic, tac*. Dime, ¿sigues contando la vida en días, o has empezado a medirla en horas? ¿O eso solo lo hace más difícil?

Addie pasa la mirada de uno a otro, vislumbra el verde triunfante en los ojos de Luc y cómo el color abandona el rostro de Henry.

No lo entiende.

—Oh, Adeline.

El nombre la hace volverse de nuevo hacia Luc.

—Las vidas de los humanos son extremadamente cortas, ¿no es así? Algunas más que otras. Disfrutad del tiempo que os queda. Y ten por seguro que fue decisión *suya*.

Tras esas palabras, Luc gira sobre sus talones y se disuelve en la oscuridad.

A su paso, el local vuelve a cobrar vida. El ruido recorre la estancia y Addie se queda mirando fijamente las sombras hasta cerciorarse de que están vacías.

Las vidas de los humanos son extremadamente cortas.

Se vuelve hacia Henry, que ya no está detrás de ella, sino desplomado en una silla.

Algunas más que otras.

Tiene la cabeza inclinada, y se sujeta con una mano la muñeca donde debería estar su reloj.

Donde vuelve a estar, de alguna manera. Addie sabe que no se lo puso al salir de casa. Sabe que no lo llevaba.

Pero ahí está, brillando como un grillete alrededor de su muñeca.

Fue decisión suya.

—Henry —le dice, arrodillándose ante él.

—Quería decírtelo —murmura él.

Addie acerca el reloj hacia ella y examina la esfera. Lleva cuatro meses con Henry, y durante ese tiempo, las manecillas han pasado de las seis y media a las diez y media. Cuatro meses, y cuatro horas más cerca de la medianoche; siempre supuso que al llegar a las doce, volverían a dar otra vuelta.

«Toda una vida», dijo él, y ella *sabía* que era mentira.

Tenía que serlo.

Luc nunca le concedería tanto tiempo a ningún otro humano, no después de lo ocurrido con ella.

Lo sabía, debería haberlo sabido. Pero creía que quizá Henry había vendido su alma a cambio de cincuenta, o treinta o incluso diez años... eso habría sido suficiente.

Pero un reloj solo tiene doce horas, y un año, solo doce meses, y es imposible, Henry *no podría* haber sido tan estúpido.

—Henry —le dice ella—, ¿cuánto tiempo pediste?

—Addie —suplica él, y por primera vez, su nombre suena horrible en sus labios. Está repleto de grietas. Se está desmoronando.

—¿Cuánto tiempo? —insiste ella.

Henry guarda silencio durante un buen rato.

Y luego, al fin, le cuenta la verdad.

V

Nueva York
4 de septiembre de 2013

Hay un chico harto de su corazón roto.

Harto de su cerebro atestado de tormentas.

De modo que bebe hasta que es incapaz de sentir los fragmentos raspándose unos con otros en el interior de su pecho, hasta que es incapaz de oír los truenos que azotan su cabeza. Bebe cuando sus amigos le dicen que todo irá bien. Bebe cuando le dicen que las cosas mejorarán. Bebe hasta vaciar la botella, hasta que los bordes del mundo se difuminan. No es suficiente para aliviar el dolor, así que se marcha, y ellos no se lo impiden.

Y en algún momento, mientras vuelve a casa, comienza a llover.

En algún momento, su móvil empieza a sonar, y él no responde la llamada.

En algún momento, la botella se le resbala y Henry se hace un corte en la mano.

En algún momento, se encuentra frente a su edificio, se sienta en las escaleras, se presiona las palmas de las manos contra los ojos y se dice a sí mismo que no es más que otra tormenta.

Pero esta vez, no parece que vaya a remitir. Esta vez, no hay ningún claro entre las nubes, ni atisbo de luz en el horizonte, y el trueno que sacude el interior de su cabeza es ensordecedor.

Se recuesta en las escaleras mojadas por la lluvia y contempla el lugar donde la azotea y el cielo se encuentran, y se pregunta, no por primera vez, cuántos pasos tiene que dar para llegar al borde.

No está seguro de cuándo se decide a saltar.

Tal vez nunca lo haga.

Tal vez decida entrar y subir las escaleras, y cuando llegue a la puerta de su casa, decida seguir subiendo, y luego, al llegar a la última puerta, decida salir a la azotea… y en algún momento, estando allí de pie bajo la lluvia, decida que ya no quiere decidir nada más.

Un camino en línea recta se despliega ante él. Un tramo de pavimento vacío, sin nada más que unos escalones que lo separen del borde. Las píldoras están surtiendo efecto: amortiguan el dolor y dejan en su lugar un silencio de algodón que de algún modo resulta aún peor. Se le cierran los ojos y nota las extremidades sumamente pesadas.

No es más que una tormenta, se dice a sí mismo, pero se ha cansado de buscar refugio.

No es más que una tormenta, pero siempre hay otra acechando en el horizonte.

No es más que una tormenta, solo una tormenta, pero esta noche es incapaz de soportarlo, y él no es suficiente, de modo que cruza la azotea y no aminora la marcha hasta que puede ver lo que hay al otro lado, no se detiene hasta que las puntas de sus zapatos rozan el aire vacío.

Y es allí donde el desconocido se encuentra con él.

Allí es donde la oscuridad le hace una oferta.

No por toda una vida, sino por un único año.

No le resultará complicado echar la vista atrás y preguntarse cómo pudo hacerlo, cómo pudo entregar tanto a cambio de tan poco. Pero en aquel momento, con los zapatos acariciando la noche, lo cierto es que habría vendido su alma por menos, habría intercambiado una vida entera de sufrimiento por un solo día —una hora, un minuto, un instante— de paz.

Simplemente para adormecer el dolor de su interior.

Simplemente para apaciguar la tormenta dentro de su cabeza.

Está harto de herir a los demás, harto de que le hagan daño. Y por eso, cuando el desconocido extiende la mano y se ofrece a apartar a Henry del borde, él no vacila ni un instante.

Dice que sí sin más.

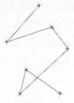

VI
Nueva York
29 de julio de 2014

Ahora todo tiene sentido.

Henry tiene sentido.

Un chico que es incapaz de quedarse quieto, de perder el tiempo, de dejar nada para más tarde. Un chico que escribe cada palabra que Addie pronuncia, para que cuando él ya no esté, ella tenga algo suyo; un chico que no quiere desperdiciar ni un solo día, porque no le quedan demasiados.

Un chico del que se está enamorando.

Un chico que no tardará en marcharse para siempre.

—¿Cómo? —le pregunta ella—. ¿Cómo pudiste renunciar a tanto por tan poco?

Henry la mira con expresión cansada.

—En aquel momento —le dice—, lo habría aceptado por menos.

Un año. Una vez, le pareció mucho tiempo.

Ahora es un plazo insignificante.

Un año que ya casi ha terminado, y lo único que Addie puede ver es la curva de la sonrisa de Luc, el color triunfante de sus ojos. No fueron astutos, ni tuvieron suerte, no pasaron desapercibidos. Luc lo sabía, por supuesto que lo sabía, y dejó que llegaran a este punto.

La dejó caer.

—Addie, por favor —le dice Henry, pero ella ya se ha levantado y está cruzando el bar.

Él intenta agarrarle la mano, pero es demasiado tarde.

Ya está fuera de su alcance.

Ya se ha marchado.

✶ ✦ ✶ ✦ ✶ ✦ ✦

Trescientos años.

Ha sobrevivido trescientos años, y durante esos siglos, hubo innumerables ocasiones en las que el suelo cedió bajo sus pies, incontables momentos en los que no pudo recobrar el equilibrio o el aliento. Cuando el mundo la hizo sentir perdida, rota y desengañada.

De pie frente a la casa de sus padres, la noche en que hizo el trato.

En los muelles de París, donde descubrió lo que valía su cuerpo.

Con Remy, cuando este presionó las monedas contra la palma de su mano.

Empapada, junto al tronco hecho pedazos del roble de Estele.

Pero en este momento, Addie no se siente perdida, ni rota, ni desengañada.

Sino *furiosa*.

Se mete la mano en el bolsillo, y como no podría ser de otro modo, encuentra el anillo ahí guardado. Siempre está ahí. Unos granos de arena se desprenden de la superficie lisa de la madera al tiempo que ella introduce el dedo en la sortija.

Han pasado cuarenta años desde la última vez que se lo puso, pero el anillo se desliza sin esfuerzo.

Nota el viento, igual que un aliento frío a su espalda, y se da la vuelta, con la esperanza de hallar a Luc.

Pero la calle está vacía, no hay rastro, al menos, de sombras, promesas o dioses.

Hace girar el anillo alrededor del dedo.

Nada.

—¡Da la cara! —grita calle abajo.

La gente gira la cabeza en su dirección, pero a Addie le da igual. La olvidarán en un santiamén, y aunque no fuera un fantasma, está en Nueva York, un lugar indiferente a las acciones de los desconocidos en la calle.

—Mierda —maldice. Se quita el anillo con ímpetu y lo lanza a la acera, lo oye rebotar y rodar. Y entonces el sonido desaparece de repente. La farola más cercana a ella se apaga y una voz se eleva en la oscuridad.

—Después de todos estos años sigues teniendo muy mal genio.

Algo le roza la garganta, y entonces un hilo de plata, tan fino como el destello del rocío, el mismo que se rompió hace tanto tiempo, resplandece en su cuello.

Luc traza un sendero con sus dedos a lo largo de su piel.

—¿Me has echado de menos?

Ella se vuelve para empujarlo, pero sus manos lo atraviesan, y Luc se encuentra de pronto a su espalda. Cuando Addie intenta empujarlo por segunda vez, el cuerpo de él es tan sólido e inflexible como una roca.

—Anúlalo —le espeta ella, lanzándole un golpe al pecho, pero su puño apenas logra rozar la parte delantera de su camisa antes de que él le agarre la muñeca.

—¿Quién te crees que eres para darme órdenes, Adeline?

Addie intenta zafarse, pero su agarre es firme como la piedra.

—¿Sabes? —le dice él casi con indiferencia—. Hubo un tiempo en el que te arrastraste, en el que te derrumbaste en el suelo húmedo del bosque y me suplicaste que intercediera.

—¿Quieres que suplique? De acuerdo. Te lo suplico. Anúlalo, por favor.

Él da un paso hacia ella, obligándola a retroceder.

—Henry hizo un trato.

—No era consciente de…

—Siempre lo son —la interrumpe Luc—. Lo que ocurre es que no quieren pagar el precio. El alma es lo más fácil de intercambiar. Es el *tiempo* lo que nadie tiene en cuenta.

—Luc, por favor.

Sus ojos verdes brillan, no con maldad o triunfo, sino con poder. Es la expresión de alguien que sabe que tiene el control.

—¿Por qué debería anularlo? —le pregunta él—. ¿Por qué *iba* a anularlo?

Addie podría ofrecerle una decena de respuestas, pero se esfuerza por encontrar las palabras adecuadas, las que sean capaces de aplacar a la oscuridad. Sin embargo, antes de dar con ellas, Luc alarga la mano y le levanta la barbilla, y Addie espera que repita sus trilladas frases de siempre, que se burle de ella o que le pida que le entregue su alma, pero no lo hace.

—Pasa la noche conmigo —le dice él—. Mañana. Celebremos nuestro aniversario de verdad. Si me concedes eso, consideraré la posibilidad de eximir al señor Strauss de sus obligaciones. —Tuerce la boca—. Eso si eres capaz de persuadirme.

Es mentira, por supuesto.

Es una trampa, pero Addie no tiene elección.

—De acuerdo —le dice, y la oscuridad sonríe y a continuación se disuelve a su alrededor.

Addie permanece en la acera, a solas, hasta que los latidos de su corazón se apaciguan, y luego regresa al Merchant.

Pero Henry ya no está allí.

★ ✦ ✸ ✦ ✦

Lo encuentra en casa, sentado en penumbras.

Está en el borde de la cama, donde las sábanas siguen todavía revueltas de la siesta que se han echado por la tarde. Tiene la mirada perdida, fija al frente, como aquella noche en el tejado, tras los fuegos artificiales.

Y Addie se da cuenta de que va a perderlo, igual que ha perdido a todos los demás.

¿Acaso no ha perdido ya suficiente?

—Lo siento —susurra él al tiempo que ella se acerca.

»Lo siento —repite, mientras ella le pasa los dedos por el pelo.

—¿Por qué no me lo dijiste? —inquiere Addie.

Henry guarda silencio durante un momento, y luego dice:

—¿Cómo se dirige uno al fin del mundo? —Levanta la mirada—. Quería aprovechar cada instante.

Deja escapar un suave y estremecedor suspiro.

—A mi tío le diagnosticaron un cáncer cuando yo todavía estaba en la universidad. Era terminal. Sus médicos le dieron unos pocos meses de vida, y ¿sabes qué ocurrió cuando se lo contó a los demás? No supieron cómo lidiar con ello. Se encontraban tan inmersos en su dolor que lloraron su pérdida antes incluso de que muriera. Cuando le cuentas a alguien que te estás muriendo, ya no hay marcha atrás. La noticia devora la normalidad del día a día, y deja en su lugar una sensación corrupta y perversa. Lo siento, Addie, no quería que sintieras eso al mirarme.

Addie se sube a la cama y lo tumba junto a ella.

—Lo siento —dice él, con la suavidad y constancia de una plegaria.

Permanecen allí acostados, cara a cara y con los dedos entrelazados.

—Lo siento.

Addie se obliga a preguntar:

—¿Cuánto tiempo te queda?

Henry traga saliva.

—Un mes.

Sus palabras son como un golpe sobre la piel sensible.

—Un poco más —añade—. Treinta y seis días.

—Ya es más de medianoche —susurra Addie.

Henry exhala.

—Entonces, treinta y cinco.

Ambos se abrazan con más fuerza y se aferran al otro hasta que les duele, como si en algún momento alguien pudiera intentar separarlos, como si el otro pudiera escurrirse y desaparecer.

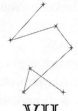

VII
La Francia ocupada
23 de noviembre de 1944

Golpea la tosca pared de piedra con la espalda.

La puerta de la celda se cierra, y los soldados alemanes profieren una carcajada al otro lado de los barrotes al tiempo que Addie se desploma en el suelo tosiendo sangre.

Hay un puñado de hombres apiñados en un rincón de la celda, tienen la espalda encorvada y hablan entre susurros. Al menos no parece importarles que sea mujer. Los alemanes se han dado cuenta. A pesar de que cuando la sorprendieron iba vestida con un par de pantalones anodinos y un abrigo, a pesar de que llevaba el pelo recogido, supo por la forma en que fruncieron el ceño y le lanzaron miradas lascivas que habían descubierto su secreto. Les dijo en una decena de lenguas diferentes lo que haría si se acercaban, y ellos se echaron a reír y se conformaron con golpearla hasta dejarla sin sentido.

«Levántate», ordena a su agotado cuerpo.

«Levantaos», ordena a sus cansados huesos.

Addie se obliga a incorporarse y se dirige a trompicones hasta la parte frontal de la celda. Rodea el acero congelado con las manos y tira de él hasta que sus músculos claman, hasta que los barrotes gimen, aunque estos permanecen en su sitio. Hace palanca en los pernos hasta que le sangran los dedos y un soldado le golpea la mano contra los barrotes y la amenaza con usar su cuerpo como leña.

Es una idiota.

Es una idiota por pensar que saldría bien. Por pensar que la imposibilidad de ser recordada es lo mismo que ser invisible, que la protegería durante la guerra.

Debería haberse quedado en Boston, donde sus mayores preocupaciones eran el racionamiento y el frío del invierno. No debería haber vuelto nunca. La había embargado un absurdo sentido del honor y un orgullo obstinado debido a que en la última guerra había huido, había cruzado el Atlántico en vez de enfrentarse al peligro en casa. Porque de alguna manera, a pesar de todo, eso es lo que Francia siempre sería para ella.

Su casa.

Y en algún momento, decidió que podía ayudar. No de manera oficial, por supuesto, pero los secretos no tienen dueño. Cualquiera es capaz de apoderarse de ellos e intercambiarlos, incluso un fantasma.

Lo único que debía hacer era asegurarse de que no la atraparan.

Ha pasado tres años llevando y trayendo secretos por toda la Francia ocupada.

Tres años, solo para acabar aquí.

En una prisión a las afueras de Orleans.

Y da igual que olviden su cara. Da igual, porque estos soldados no tienen ningún interés en recordar. Aquí, los rostros son extraños y desconocidos, y todos carecen de nombre, y si ella no consigue escapar, terminará desapareciendo.

Addie se apoya en la gélida pared y se cierra la andrajosa chaqueta que lleva puesta. No reza, no exactamente, pero sí piensa en él. Quizá incluso desea que sea verano, cierta noche de julio en la que de vez en cuando Luc aparece frente a ella.

Los soldados la han registrado bruscamente y le han arrebatado cualquier objeto que pudiera emplear para herirlos o huir. También se han quedado con el anillo, le arrancaron el cordón de cuero del que colgaba y se deshicieron de la alhaja de madera.

Y aun así, cuando Addie hurga entre sus harapientas ropas, el anillo sigue en el pliegue de su bolsillo, como si fuera una moneda. Agradece, entonces, el hecho de que no parece poder perderlo. Lo agradece, mientras se lo lleva al dedo.

Vacila durante un instante. El anillo lleva con ella veintinueve años, junto con todas las condiciones que lo acompañan.

Veintinueve años, y no se lo ha puesto ni una vez.

Pero ahora mismo, hasta la engreída satisfacción de Luc sería mejor que pasar la eternidad en una celda, o peor.

Si es que aparece.

Esas palabras brotan como un susurro en el fondo de su mente. Un miedo del que no puede desprenderse. El recuerdo de Chicago se eleva como la bilis en su garganta.

La ira que invadió su pecho. El veneno que reflejaron los ojos de él.

Preferiría ser un fantasma.

Estaba equivocada.

No quiere ser esta clase de fantasma.

Y así, por primera vez en siglos, Addie reza.

Se desliza el anillo de madera sobre el dedo, contiene la respiración, y espera percibir cualquier cosa, un golpe de magia, o una ráfaga de viento.

Pero no ocurre nada.

Nada en absoluto, de modo que se pregunta si, después de todo este tiempo, aquello no era más que otro truco, una manera de darle esperanza, solo para arrebatársela de inmediato, en un intento por hacer añicos sus ilusiones.

Tiene un insulto ya preparado en los labios, cuando nota la brisa, no helada, sino cálida, que atraviesa la celda y transporta el lejano aroma del verano.

Los hombres al otro lado del calabozo dejan de hablar.

Se encuentran encorvados en su rincón, despiertos aunque inertes, mirando fijamente al vacío, como si estuviesen elucubrando alguna idea ensimismados. Al otro lado de la prisión, las botas de los soldados dejan de resonar en las piedras, y las voces de los alemanes se desvanecen como un guijarro en el interior de un pozo.

El mundo se queda, de forma imposible y misteriosa, en silencio.

Hasta que el único sonido que se oye es el suave y casi rítmico golpeteo de unos dedos que se arrastran a lo largo de los barrotes.

La última vez que lo vio fue en Chicago.

—Oh, Adeline —dice él, haciendo descender su mano por las gélidas barras—. En menudo lío te has metido.

Ella logra emitir una risita apenada.

—La inmortalidad causa una gran tolerancia al riesgo.

—Hay cosas mucho peores que la muerte —le dice él, como si ella no lo supiera ya.

Él echa un vistazo a la prisión con la frente arrugada de desdén.

—Las guerras —murmura.

—Dime que no los estás ayudando.

Luc casi parece ofendido.

—Hasta yo tengo mis límites.

—Una vez te oí presumir de los triunfos de Napoleón.

Luc se encoge de hombros.

—Una cosa es la ambición, y otra muy distinta la maldad. Y a pesar de que me encantaría elaborar una lista de mis hazañas pasadas, tu vida es lo que ahora mismo está en juego. —Apoya los codos en los barrotes—. ¿Cómo planeas salir de este lío?

Addie sabe qué es lo que busca. Quiere que le suplique. Como si ponerse el anillo no fuera suficiente. Como si no hubiera ganado ya esta ronda, este juego. Tiene un nudo en el estómago, le duelen las costillas, y está tan sedienta que podría llorar solo para tener algo que beber. Pero Addie es incapaz de doblegarse.

—Ya me conoces —le dice ella con una sonrisa agotada—. Siempre acabo encontrando el modo.

Luc suspira.

—Como quieras —le dice dándole la espalda, pero es demasiado: Addie no soporta la idea de que la deje aquí sola.

—Espera —lo llama desesperadamente agarrándose a los barrotes, solo para encontrar la cerradura abierta y la puerta de la celda cediendo al peso de su cuerpo.

Luc la mira por encima del hombro y casi sonríe; se vuelve hacia ella solo lo necesario para ofrecerle la mano.

Sale de la celda a trompicones, avanzando hacia la libertad y hacia a él. Y por un momento, su abrazo no es más que eso, y el cuerpo de Luc es sólido y cálido y la envuelve en la oscuridad; en ese instante, no resultaría difícil creer que él es real y humano, que él es su hogar.

Pero entonces el mundo se divide y las sombras los devoran.

La celda deja paso al vacío, a las tinieblas, a la salvaje oscuridad. Y cuando esta se repliega, Addie vuelve a encontrarse en Boston, donde el sol apenas ha comenzado a ponerse, y ella podría besar el suelo de alivio. Se cierra la chaqueta y se desploma en el bordillo de la calle con las piernas temblorosas y el anillo de madera todavía en el dedo. Lo ha llamado y él ha acudido. Ha rezado y él ha respondido a sus plegarias. Y Addie sabe que se lo echará en cara, pero ahora mismo, le da igual.

No quiere estar sola.

Pero para cuando Addie levanta la vista para agradecérselo, Luc ya se ha ido.

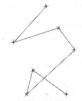

VIII
Nueva York
30 de julio de 2014

Henry la sigue por el apartamento mientras ella se prepara.

—¿Por qué has accedido a verlo? —le pregunta.

Porque conoce a la oscuridad mejor que nadie; conoce, sino su corazón, su mente.

—Porque no quiero perderte —responde Addie recogiéndose el pelo.

Henry parece cansado, totalmente extenuado.

—Es demasiado tarde —le dice.

Pero no es demasiado tarde.

Aún no.

Addie se mete la mano en el bolsillo y encuentra el anillo en el mismo lugar de siempre, esperando, con la madera caliente debido a la proximidad de su cuerpo. Lo saca, pero Henry le agarra la mano.

—No lo hagas —le suplica.

—¿Quieres morir? —dice ella, y su pregunta atraviesa la habitación.

Las palabras lo hacen retroceder un poco.

—No, pero tomé una decisión, Addie.

—Cometiste un error.

—Hice un trato —le dice él—. Y lo siento. Siento no haber pedido más tiempo. Siento no haberte dicho la verdad antes. Pero así son las cosas.

Addie sacude la cabeza.

—Puede que tú hayas hecho las paces con todo esto, Henry, pero yo no.

—No servirá de nada —le advierte él—. No se puede razonar con él.

Addie se zafa de su agarre.

—Estoy dispuesta a intentarlo —dice ella, poniéndose el anillo.

No hay ninguna oleada de oscuridad.

Tan solo un silencio, un sosiego vacío, y luego...

Una llamada a la puerta.

Addie agradece que al menos Luc no haya entrado en casa sin invitación previa. Pero Henry se interpone entre ella y la puerta, con las manos apoyadas en las paredes del estrecho pasillo. Permanece inmóvil, lanzándole una mirada de súplica. Addie alarga el brazo y le acaricia la cara.

—Necesito que confíes en mí —le dice.

Algo se quiebra dentro de Henry y deja caer una mano. Ella lo besa, pasa por su lado y le abre la puerta a la oscuridad.

—Adeline.

Luc debería parecer fuera de lugar en el vestíbulo del edificio, pero su presencia nunca llama la atención.

Las luces de las paredes se han atenuado un poco, se han suavizado hasta convertirse en una bruma amarillenta que rodea los rizos que enmarcan su rostro, y Addie atisba algunas esquirlas doradas en el verde de sus ojos.

Va vestido de negro, con pantalones hechos a medida y una camisa abotonada arremangada hasta los codos; un alfiler de esmeraldas prende de la corbata de seda que lleva anudada a la garganta.

Hace demasiado calor para llevar semejante atuendo, pero Luc no da señales de percatarse de ello. El calor, al igual que la lluvia, o el mismísimo mundo, no parecen tener influencia alguna sobre él.

Luc no alaba su aspecto.

No le dice nada.

Sino que se vuelve sin más, esperando que ella lo siga.

Y mientras Addie sale al pasillo, Luc le echa una mirada a Henry. Y le guiña un ojo.

Addie debería haberse detenido justo ahí.

Debería haberse dado la vuelta y permitido que Henry la metiera en casa. Deberían haberle cerrado la puerta en las narices a la oscuridad, y después haber echado el cerrojo.

Pero no lo han hecho.

No lo hacen.

Addie mira por encima del hombro a Henry, que permanece inmóvil en el umbral de la puerta, con una expresión sombría en el rostro. Le gustaría que cerrase la puerta, pero no lo hace, de modo que a ella no le queda más remedio que alejarse y seguir a Luc, mientras Henry los observa.

En la planta baja, Luc le sujeta la puerta para que pase, pero Addie se detiene y contempla el umbral. La oscuridad se retuerce en el marco de la entrada y resplandece entre ellos y los escalones que conducen a la calle.

Addie no confía en las sombras, es incapaz de ver adónde llevan, y lo último que quiere es que Luc la abandone en algún lugar remoto cuando las cosas se tuerzan.

—Esta noche habrá reglas —dice ella.

—Ah, ¿sí?

—No dejaré la ciudad —continúa, haciendo un gesto con la cabeza hacia la puerta—. Y no pienso atravesar eso.

—¿La puerta?

—La oscuridad.

Luc arquea sus cejas.

—¿No confías en mí?

—Nunca lo he hecho —responde Addie—. No tiene sentido empezar ahora.

Luc se echa a reír, de forma suave y silenciosa, y sale a la calle para hacerle señas a un coche. Segundos después, un elegante sedán negro se acerca a la acera. Luc extiende su mano para ayudarla a entrar, pero Addie rechaza su gesto de cortesía.

No le da ninguna dirección al conductor.

El conductor no se la pide.

Y cuando Addie le pregunta adónde se dirigen, Luc no se molesta en responder.

Poco después se encuentran sobre el puente de Manhattan.

El silencio entre ellos debería ser incómodo, fruto de la conversación vacilante de dos examantes que han pasado mucho tiempo separados, y aún así no el suficiente para haber perdonado al otro.

¿Qué son cuarenta años cuando se conocen desde hace trescientos?

Pero este es un silencio nacido de la estrategia.

Este es el silencio característico de una partida de ajedrez.

Y esta vez, Addie debe ganar.

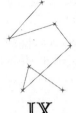

IX
Los Ángeles, California
7 de abril de 1952

—Cielo santo, eres preciosa —le dice Max, levantando su copa.

Addie se ruboriza y baja la mirada a su martini.

Se habían encontrado esta mañana en la calle frente al bulevar Wilshire, y ella aún llevaba marcados los pliegues de las sábanas de Max en la piel. Addie había permanecido en la acera con el vestido favorito de él, de color vino, y cuando el chico salió de casa para dar su paseo matutino, se detuvo frente a ella y le preguntó si no le resultaría demasiado atrevido que la acompañara adondequiera que fuera, y cuando llegaron allí, a un bonito edificio escogido al azar, él le besó la mano y se despidió de ella, pero no hizo ningún amago de marcharse, al igual que tampoco lo hizo Addie. Pasaron todo el día juntos, caminando desde una tetería hasta un parque y luego hasta un museo de arte, buscando cualquier pretexto para seguir gozando de la compañía del otro.

Y cuando ella le dijo que hacía años que no disfrutaba tanto del día de su cumpleaños, él parpadeó horrorizado ante la idea de que una chica como ella no tuviera a nadie con quién celebrarlo, de modo que aquí están, bebiendo martinis en el Roosevelt.

(No es su cumpleaños, desde luego, y no está segura de por qué le dijo que lo era. Quizá para ver su reacción. O quizá porque incluso ella empieza a estar aburrida de tener que vivir la misma noche una y otra vez).

—¿Alguna vez, al conocer a alguien, te ha dado la sensación de que conoces a esa persona desde hace mucho? —le pregunta él.

Addie sonríe.

Max siempre dice las mismas cosas, pero no hay ni una sola vez en que no las diga en serio. Addie juguetea con la cadena de plata que lleva alrededor de la garganta, el anillo de madera se encuentra metido en el escote de su vestido. Es una costumbre de la que parece no poder desprenderse.

Un camarero aparece a su lado con una botella de champán.

—¿Y esto?

—En honor a la cumpleañera en esta noche tan especial —le dice Max alegremente—. Y para el afortunado caballero que tiene la oportunidad de pasarlo con ella.

Addie contempla las burbujas que se elevan por la copa, y sabe incluso antes de tomar un sorbo que es champán de verdad: añejo y caro. Sabe, también, que Max puede permitirse ese lujo.

Es escultor —Addie siempre ha tenido debilidad por las bellas artes— y de mucho talento, sí, pero desde luego no pasa hambre. A diferencia de muchos de los artistas con los que Addie ha estado, proviene de un entorno adinerado, y los recursos de su familia son lo bastante abundantes como para soportar las guerras y los períodos de vacas flacas entre ellas.

Max alza su copa justo cuando una sombra se cierne sobre su mesa.

Addie supone que es el camarero, pero entonces él levanta la mirada y frunce un poco el ceño.

—¿Puedo ayudarlo?

Y Addie oye una voz hecha de seda y humo.

—Me parece que sí.

Luc se encuentra a su lado, vestido con un elegante traje negro. Es hermoso. Siempre lo ha sido.

—Hola, querida.

Max frunce aún más el ceño.

—¿Os conocéis?

—No —dice ella al tiempo que Luc responde con un: «Sí», y a Addie le parece de lo más injusta la forma en que la voz de él se eleva y la de ella no—. Es un viejo amigo —admite Addie, con un tono mordaz—. Pero…

Él la vuelve a interrumpir.

—Pero hacía tiempo que no nos veíamos, así que si no te importa…

Max se ofende.

—Menuda impertinencia…

—*Vete.*

Se trata solo de una palabra, pero el aire se ondula con su fuerza, y las dos sílabas se envuelven como una gasa alrededor de su acompañante. Toda resistencia abandona el rostro de Max. Su fastidio se suaviza y sus ojos adoptan una apariencia vidriosa al tiempo que se levanta de la mesa y se marcha. Ni siquiera mira hacia atrás.

—Mierda —maldice ella, hundiéndose en su asiento—. ¿Por qué tienes que ser tan cretino?

Luc se sienta en la silla vacía, toma la botella de champán y rellena las copas de ambos.

—Tu cumpleaños es en marzo.

—Cuando llegues a mi edad —dice ella—, lo celebrarás tan a menudo como quieras.

—¿Cuánto tiempo has estado con él?

—Dos meses. Tampoco supone demasiado problema —dice ella tomando un sorbo de su copa—. Se enamora de mí todos los días.

—Y te olvida cada noche.

Las palabras son punzantes, pero no se hunden en ella tan profundamente como en el pasado.

—Al menos me hace compañía.

Los ojos esmeralda de Luc se deslizan sobre su piel.

—Como lo haría yo —responde—, si tú quisieras.

Un rubor se extiende por las mejillas de Addie.

Luc ignora que lo ha echado de menos. Ha pensado en él, del mismo modo en que solía pensar en su desconocido, sola en su cama de noche. Ha pensado en él cada vez que ha jugueteado con el anillo que cuelga de su garganta, y todas las veces que no lo ha hecho.

—Bueno —le agrega ella apurando su copa—, me has dejado sin cita. Lo mínimo que puedes hacer es intentar ocupar su lugar.

Y con esas palabras, los ojos verdes de Luc brillan con más intensidad.

—Ven —le dice él levantándola de la silla—. La noche es joven, y podemos ir a un lugar mejor.

※ ✦ ✕ ✳ ✕ ✦ ✦

El club Cicada bulle de vida.

Unas lámparas de araña *art decó* cuelgan bajas y resplandecen contra el techo bruñido. Hay una alfombra roja y unas escaleras que conducen a las tribunas. Las mesas están cubiertas con manteles de lino y una brillante pista de baile se despliega frente a un escenario poco elevado.

Llegan justo cuando una charanga termina de tocar, con el sonido de las trompetas y los saxos dispersándose por el club. El local está abarrotado, y sin embargo, cuando Luc la guía a través de la multitud, Addie ve una mesa vacía en la parte delantera. La mejor de la casa.

Toman asiento y, momentos después, aparece un camarero con dos martinis sobre su bandeja. Addie piensa en la primera cena que ambos compartieron en casa del marqués, hace siglos; recuerda cómo la comida estaba lista antes de que ella hubiera aceptado su invitación, y se pregunta si él ha planeado la velada con antelación o si el mundo simplemente se pliega ante sus deseos.

La multitud estalla en vítores al tiempo que un nuevo intérprete sube al escenario.

Un hombre angosto con el rostro pálido y unas cejas estrechas arqueadas bajo un sombrero de fieltro gris.

Luc exhibe la expresión orgullosa de alguien que observa algo que le pertenece.

—¿Cómo se llama? —le pregunta ella.

—Sinatra —responde él, mientras la banda se pone de pie y el hombre comienza a cantar. La melódica canción se extiende, suave y dulce, por el local. Addie escucha con atención, hipnotizada, y entonces hombres y mujeres se levantan de sus asientos y se dirigen a la pista de baile.

Addie se incorpora y alarga la mano.

—Baila conmigo.

Luc la mira, pero permanece sentado.

—Max habría bailado conmigo —dice ella.

Ella espera que Luc rehúse su invitación, pero se pone de pie, le toma la mano y la conduce hasta la pista de baile.

Ella espera que los movimientos de él sean rígidos e inflexibles, pero Luc se mueve con la fluidez y gracia del viento que sopla por los campos de trigo, de las tormentas que surcan los cielos de verano.

Addie intenta recordar algún momento en el que ambos estuvieran tan cerca del otro, pero es incapaz de hacerlo.

Siempre han mantenido la distancia.

Ahora, el espacio entre ellos se derrumba.

El cuerpo de Luc la envuelve como una sábana, como una brisa, como la misma noche. Pero en esta ocasión, no lo siente como un ser de sombra y humo. En esta ocasión, nota los brazos sólidos de él contra su piel. Su voz serpentea a través de su cabello.

—Incluso aunque todas las personas que has conocido se acordaran de ti —dice Luc—, yo seguiría siendo el que mejor te conoce.

Ella examina su rostro.

—¿Y yo te conozco a ti?

Él inclina la cabeza sobre la de ella.

—Eres la única que me conoce.

Sus cuerpos se encuentran, y uno de ellos está diseñado para que encaje perfectamente con el otro.

El hombro de Luc se amolda a la mejilla de Addie.

Y sus manos, a su cintura.

La voz de él se amolda a los espacios huecos de ella al tiempo que dice:

—Te deseo. —Y luego, de nuevo—: Siempre te he deseado.

Luc la observa, sus ojos verdes se oscurecen de placer, y Addie lucha por mantenerse firme.

—Para ti solo soy un trofeo —le dice ella—. Me deseas del mismo modo en que deseas una cena exquisita, o una copa de vino. No soy más que otro plato en el menú.

Luc inclina la cabeza, y presiona los labios contra la clavícula de ella.

—¿Tan malo es eso?

Addie reprime un escalofrío mientras él le besa la garganta.

—¿Tan mal te parece… —Recorre su mandíbula con la boca—… dejar que alguien te saboree? —Su aliento le roza la oreja—. ¿Que disfrute de ti?

Su boca flota sobre la de ella, y Addie está segura de que los labios de Luc están perfectamente moldeados para encajar con los suyos.

Nunca sabrá con seguridad qué ocurrió primero: si ella lo besó a él, o si él la besó a ella, quién de los dos tomó la iniciativa y quién se aproximó para recibir al otro. Solo sabrá que había un espacio entre ellos y que este se desvaneció. Addie ha pensado otras veces en besar a Luc, desde luego; primero, cuando tan solo era un producto de su imaginación, y luego cuando se convirtió en algo más. Pero en cada una de sus fantasías, él había asaltado su boca como si se tratara de un botín. Después de todo, así es cómo la besó la noche en que se conocieron, cuando él selló el trato con la sangre de sus labios. Así es cómo ella supuso que la besaría siempre.

Pero ahora la besa como si estuviera probando un veneno.

Curioso, con cautela, casi con miedo.

Y solo después de que Addie reaccione y le devuelva el beso del mismo modo, él profundiza el contacto, deslizando los dientes a lo largo de su labio inferior mientras presiona contra ella el peso y el calor de su cuerpo.

El sabor de Luc es como el aire nocturno, está impregnado con la intensidad de las tormentas de verano. Sabe a las débiles y lejanas trazas del humo de leña, sabe a una hoguera agonizante en la oscuridad. Sabe al bosque, e increíblemente, de algún modo, también a su hogar.

Y entonces la oscuridad se extiende alrededor de ella, alrededor de ambos, y el club Cicada se desvanece; la suave música y la melódica canción acaban devoradas por el imperioso vacío, el fuerte viento y sus acelerados corazones. Addie comienza a caer, y tras una eternidad y un solo paso atrás, sus pies se topan con el liso suelo de mármol de una habitación de hotel; y cuando Luc avanza hacia ella, Addie tira de él, retrocediendo hacia la pared más cercana.

Los brazos de Luc se levantan a su alrededor, formando una jaula holgada y abierta.

Si lo intentara, Addie podría zafarse.

Pero no lo intenta.

Él la vuelve a besar, y esta vez, no es como si probara veneno. Esta vez, no hay precaución en sus gestos, y tampoco se aleja de ella; el beso es repentino, intenso y profundo, le arrebata el aire de los pulmones y sofoca cualquier amago de raciocinio, dejando solo anhelo en su lugar, y por un instante, Addie es capaz de sentir la inmensa oscuridad abriéndose a su alrededor, a pesar de que el suelo sigue bajo sus pies.

Addie ha besado a mucha gente. Pero nadie la besará nunca como él. La diferencia no radica en los detalles físicos. No es que la boca de Luc esté mejor adaptada para ello, sino que es el modo en que la emplea lo que la hace única.

Es como la diferencia que existe entre probar un melocotón fuera de temporada y ese primer mordisco a una fruta madurada al sol.

Como la diferencia entre ver solo en blanco y negro y una vida a todo color.

Esa primera vez es una especie de batalla, y ninguno de los dos tiene la intención de bajar la guardia; cada uno permanece atento ante el posible destello revelador de alguna cuchilla escondida con intención de hundirse en la carne.

Cuando por fin confluyen, es con la fuerza de dos cuerpos que han estado demasiado tiempo separados.

Su batalla se libra entre las sábanas.

Y a la mañana siguiente, toda la habitación muestra los signos de la guerra acontecida entre ambos.

—Hacía mucho tiempo que no sentía el deseo de permanecer en un sitio —le confiesa Luc.

Ella contempla la ventana y vislumbra los primeros indicios de luz.

—Pues quédate.

—No puedo —responde él—. Soy un ser de las tinieblas.

Addie apoya su cabeza en una mano.

—¿Te desvanecerás con el sol?

—Simplemente me retiraré a la oscuridad.

Addie se pone en pie, se dirige a la ventana y cierra las cortinas, sumiendo la habitación de nuevo en una negrura sin luz.

—Ya está —dice ella, volviendo a tientas a la cama—. Mira cuánta oscuridad hay ahora.

Luc deja escapar una risa suave y hermosa, y tira de ella hacia la cama.

X

En cualquier parte, En ningún lugar
1952-1968

Solo es sexo.

Al menos, empieza siendo eso.

Él es una espinita que Addie tiene que sacarse.

Y ella es para Luc una novedad de la que disfrutar.

Addie casi espera que ambos se consuman en una sola noche, que derrochen toda la energía que han acumulado después de tantos años de dar vueltas alrededor del otro.

Pero dos meses después, él se presenta de nuevo ante ella, aparece de la nada y vuelve a su vida, y Addie piensa en lo extraño que resulta verlo rodeado de los tonos rojizos y dorados del otoño, de sus hojas cambiantes, con un pañuelo color carbón envuelto holgadamente alrededor de la garganta.

Pasan semanas hasta su siguiente visita.

Y luego, solo unos días.

Han sido muchos años de noches solitarias, de horas de espera, de odio y de esperanza. Y ahora, él está aquí.

Aun así, Addie se hace pequeñas promesas en el lapso entre sus visitas.

No permanecerá en sus brazos.

No se quedará dormida a su lado.

No sentirá nada más que los labios de él sobre su piel, las manos de ambos enredándose, el peso de su cuerpo.

Son promesas pequeñas, pero no las cumple.

Solo es sexo.

Y luego se convierte en algo más.

«Cena conmigo», le pide Luc al tiempo que el invierno da paso a la primavera.

«Baila conmigo», le pide al comienzo de un nuevo año.

«Quédate conmigo», le dice, por fin, mientras una década acaba y comienza la siguiente.

Y una noche, la despierta la suave caricia de Luc dibujando patrones sobre su piel con los dedos, y ella se queda impresionada por su mirada. No, no por su mirada, sino por el *reconocimiento* que percibe en ella.

Es la primera vez que se despierta en la cama con alguien que no la ha olvidado ya. La primera vez que oye su nombre tras el paréntesis del sueño. La primera vez que no se ha sentido sola.

Y algo en su interior se hace pedazos.

Addie ya no lo odia. Hace ya mucho tiempo que no lo odia.

Ignora cuándo tuvo lugar el cambio, si sucedió en algún momento específico, o si este, tal y como le advirtió Luc una vez, ha sido gradual, al igual que la lenta erosión de las costas.

Lo único que sabe es que está cansada y él es el lugar sobre el que quiere reposar.

Y que, de alguna manera, es feliz.

Pero no es amor.

Siempre que a Addie le da la sensación de estar olvidando ese hecho, coloca la oreja contra su pecho para oír el tambor de la vida y notar su respiración, pero solo percibe el murmullo del bosque por la noche, el silencio del verano. Un recordatorio de que él no es más que una farsa, de que su rostro y su carne son simplemente un disfraz.

De que no es humano, y de que esto no es amor.

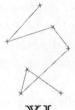

XI

Nueva York
30 de julio de 2014

La ciudad se desliza tras ella al otro lado de la ventana, pero Addie no vuelve la cabeza, no contempla el horizonte de Manhattan, ni los edificios que se elevan a cada lado. En vez de eso, examina a Luc, reflejado en el oscuro cristal, examina el contorno de su mandíbula, la curvatura de su frente, los ángulos que ella misma dibujó hace tantísimos años. Lo observa igual que se observa a un lobo en la linde del bosque, a la espera de cuál será su siguiente movimiento.

Él es el primero en romper el silencio.

El primero en mover ficha.

—¿Recuerdas la ópera de Múnich?

—Lo recuerdo todo, Luc.

—El modo en que mirabas a los actores en el escenario, como si nunca antes hubieras asistido a ningún espectáculo.

—Nunca había asistido a un espectáculo *como ese*.

—La expresión de asombro en tus ojos al presenciar algo nuevo. Supe entonces que nunca sería capaz de ganar.

Addie quiere saborear las palabras, igual que si estuviera dándole un sorbo a un vino exquisito, pero las uvas se le agrían en la boca. No confía en ellas.

El coche se detiene frente a Le Coucou, un encantador restaurante francés situado en la parte baja del Soho en el que la hiedra trepa por la fachada exterior. Addie ha estado allí antes, fueron dos de las mejores comidas que ha disfrutado en Nueva York, y se pregunta si Luc sabe cuánto le agrada, o si sencillamente comparte su gusto por el restaurante.

De nuevo, él le ofrece su mano.

De nuevo, ella la rechaza.

Addie observa a una pareja que se acerca a la entrada del restaurante, solo para encontrar la puerta cerrada, y los ve alejarse mientras murmuran algo sobre una reserva. Pero cuando Luc tira del picaporte, la puerta se abre con facilidad.

En el interior, unas enormes lámparas de araña cuelgan de los elevados techos, y los ventanales de cristal brillan negros. El local es enorme, lo bastante grande como para sentar a un centenar de personas, pero esta noche está vacío, excepto por dos cocineros que se encuentran en la cocina abierta al salón, dos camareros y el *maître*, que hace una reverencia al tiempo que Luc se acerca.

—*Monsieur* Dubois —lo saluda con voz aletargada—. *Mademoiselle*.

Los conduce hasta su mesa, donde hay una rosa roja frente a cada plato. El *maître* le retira la silla, y Luc espera a que ella tome asiento antes de sentarse él. El hombre abre una botella de merlot y les sirve una copa a cada uno; Luc levanta su copa hacia ella y dice:

—Por ti, Adeline.

No hay carta. Nadie les toma nota. Los platos simplemente llegan.

Foie gras con cerezas y terrina de conejo. Fletán con salsa *beurre blanc*, pan recién horneado y media docena de quesos diferentes.

La comida es exquisita, naturalmente.

Pero mientras comen, su anfitrión y los camareros permanecen apoyados contra las paredes, con los ojos abiertos y vacíos, y una expresión anodina en el rostro. Addie siempre ha detestado esta faceta de su poder, y la manera indiferente con la que Luc hace ostentación de ella.

Addie inclina su copa en dirección a los títeres.

—Haz que se marchen —le pide, y Luc lo hace. Con un gesto silencioso, los camareros desaparecen y ellos se quedan solos en el restaurante vacío.

»¿Me harías eso a mí? —pregunta ella cuando se han marchado.

Luc niega con la cabeza.

—No podría —responde, y Addie cree que lo que Luc quiere decir es que ella le importa demasiado, pero luego añade—: No tengo poder sobre las almas prometidas. Su voluntad solo les pertenece a ellas.

Es un triste consuelo, piensa ella, *pero algo es algo*.

Luc contempla el vino. Hace girar el tallo de la copa entre sus dedos, y allí, en el cristal oscurecido, Addie los ve a los dos, enredados en sábanas de seda, ve sus propios dedos enterrados en el pelo de él y las manos de Luc tocando melodías en su piel.

—Dime, Adeline —dice él—. ¿Me has echado de menos?

Por supuesto que lo ha echado de menos.

Puede decirse a sí misma, igual que le ha dicho a él, que solo echaba de menos estar con alguien que la conociera, o que echaba de menos la intensidad de su interés por ella, su intoxicante presencia... pero es más que eso. Lo ha extrañado del mismo modo en que alguien podría extrañar el sol en invierno, a pesar de temer la llegada del excesivo calor. Ha extrañado el sonido de su voz, sus caricias expertas, la chispeante fricción de sus conversaciones, el modo en que ambos encajan.

Él es su *centro de gravedad*.

Es trescientos años de historia.

Es la única constante de su vida, el único que, independientemente de lo que pase, siempre la recordará.

Luc es el hombre con el que soñaba cuando era joven, que luego se convirtió en la persona que más odiaba, y más tarde en el hombre del que se enamoró; Addie lo echó de menos cada noche que pasaron separados, a pesar de que no se mereció que sufriera ni un ápice por él, pues todo fue culpa suya; fue culpa suya que nadie la recordara, fue culpa suya que perdiera, perdiera y perdiera, pero Addie se guarda sus comentarios porque estos no cambiarán nada, y porque aún le queda algo que no ha perdido.

Un fragmento de su historia que puede proteger.

Henry.

De modo que Addie lleva a cabo su jugada.

Alarga el brazo por encima de la mesa, le toma la mano a Luc y le dice la verdad.

—Te he echado de menos.

Sus ojos verdes brillan y cambian al oír sus palabras. Luc le roza el anillo, que lleva en el dedo, trazando las espirales de la madera.

—¿Cuántas veces has estado a punto de ponértelo? —le pregunta—. ¿Cuántas veces has pensado en mí? —Y ella da por sentado que Luc la está provocando, pero su voz se suaviza hasta convertirse en un susurro, en el más leve trueno, que flota en el aire que los separa—. Porque yo he pensado en ti. Constantemente.

—No viniste a verme.

—No me llamaste.

Addie contempla las manos de ambos entrelazadas.

—Dime una cosa, Luc —dice ella—. ¿Algo de aquello fue real?

—¿Qué significa *real* para ti, Adeline? Ya que por lo visto mi amor no cuenta para nada.

—No eres capaz de amar.

Luc frunce el ceño, y sus ojos destellan de color esmeralda.

—¿Porque no soy humano? ¿Porque no me marchito y muero?

—No —responde ella, retirando la mano—. No eres capaz de amar porque no entiendes lo que supone que alguien te importe más que tú mismo. Si me quisieras, ya me habrías dejado marchar.

Luc mueve sus dedos.

—Qué tontería —dice—. Precisamente porque te quiero no te dejo marchar. El amor es anhelo. El amor es egoísta.

—Estás describiendo la posesión.

Él se encoge de hombros.

—¿Tan diferentes son? He visto lo que los humanos hacen con las cosas que aman.

—Las personas no son cosas —dice ella—. Y nunca los entenderás.

—Te entiendo a ti, Adeline. Te conozco mejor que nadie en este mundo.

—Porque no me has dejado tener a nadie más. —Toma una bocanada de aire para tranquilizarse—. Sé que no me dejarás marchar, Luc, y tal vez tengas razón, quizá nuestro destino sea estar juntos. Así que si me amas, libera a Henry Strauss. Si me amas, déjalo marchar.

Una expresión de cólera recorre el rostro de Luc.

—Esta noche era para nosotros, Adeline. No la estropees poniéndote a hablar de alguien más.

—Pero me *dijiste*…

—Ven —le pide mientras se aparta de la mesa—. Este lugar ya no me gusta.

El camarero deposita un pastel de pera en la mesa, pero este se transforma en cenizas a medida que Luc habla, y Addie se queda fascinada, igual que siempre, ante los cambios de humor de los dioses.

—Luc —empieza ella, pero él ya se ha levantado y lanzado la servilleta sobre la comida echada a perder.

XII

Nueva Orleans, Luisiana
29 de julio de 1970

—Te amo.

Están en Nueva Orleans cuando él pronuncia las palabras, cenando en un bar recóndito del barrio francés, uno de los muchos locales de Luc.

Addie sacude la cabeza, sorprendida de que las palabras no se conviertan en ceniza en su boca.

—No finjas que esto es amor.

La irritación se refleja en el rostro de Luc.

—¿Qué es el amor, entonces? Ilústrame. Dime que tu corazón no se acelera cuando oyes mi voz. Que no arde de anhelo al oír tu nombre en mis labios.

—Es mi nombre lo que anhelo, no tus labios.

Luc curva los contornos de su boca, sus ojos son ahora de color esmeralda. Un destello fruto del deleite.

—En el pasado, quizá —dice él—. Pero ahora hay algo más.

Addie teme que tenga razón.

Y entonces, Luc deposita una caja frente a ella.

Es discreta y negra, y si Addie alargara la mano para tomarla, comprobaría que es lo bastante pequeña como para caber en la palma de su mano.

Pero no lo hace, al principio no.

—¿Qué es? —le pregunta.

—Un regalo.

Aun así, no alarga la mano.

—En serio, Adeline —dice él, tomando la caja de la mesa—. No muerde.

Luc la abre y vuelve a ponerla frente a ella.

En el interior, hay una sencilla llave de latón, y cuando ella le pregunta qué es lo que abre, él le responde:

—Tu casa.

Addie se pone rígida.

No ha tenido un hogar, no desde que dejó Villon. Es más, nunca ha tenido una casa propia, y casi se siente agradecida, antes de recordar, naturalmente, que él es el culpable.

—No te burles de mí, Luc.

—No me estoy burlando de ti.

Él la toma de la mano y la conduce a través del barrio francés hasta un edificio que se encuentra situado al final de la calle Bourbon, una casa amarilla con un balcón y ventanales tan altos como puertas. Addie desliza la llave en la cerradura y tras oír el pesado sonido que emite al girar, se da cuenta de que si la casa perteneciera a Luc, la puerta se abriría sin más. Y de repente la llave de latón le parece algo sólido y real, un objeto valioso.

La puerta se abre y revela una casa con techos altos y suelos de madera, con muebles, armarios y espacios listos para ser llenados. Addie sale al balcón y los diferentes sonidos del barrio se elevan en el aire húmedo hasta ella. El *jazz* se vierte a través de las calles, choca y se superpone, igual que una melodía caótica, viva y en constante transformación.

—Es tuya —dice Luc—, tu hogar. —Y una antigua advertencia reverbera en la angosta profundidad de sus huesos.

Pero últimamente es una atalaya cada vez más pequeña, un faro demasiado lejano.

Luc la coloca de espaldas a él, y Addie vuelve a percatarse de que sus cuerpos encajan a la perfección.

Como si él estuviera hecho para ella.

Lo cual, por supuesto, es así. Su cuerpo, su rostro y sus rasgos están hechos para hacerla sentir a gusto.

—Salgamos un rato.

Addie quiere quedarse y estrenar la casa, pero él le dice que ya tendrán oportunidad para eso, que disponen de todo el tiempo del mundo. Y por una vez, a ella no le horroriza pensar en la eternidad. Por una vez, el transcurso de los días y las noches no le parece interminable, sino que la embarga un sentimiento de anticipación.

Addie sabe que, sea lo que sea, no durará.

No puede durar.

Las cosas nunca duran.

Pero ahora mismo, es feliz.

Recorren el barrio tomados del brazo, y cuando Luc se enciende un cigarrillo, ella le dice que fumar es malo para la salud, y él deja escapar una risa entrecortada y silenciosa, mientras el humo mana de sus labios.

Addie se detiene frente a un escaparate.

La tienda está cerrada, por supuesto, pero incluso a través del oscurecido cristal, es capaz de vislumbrar la chaqueta de cuero, negra y con hebillas plateadas, que cuelga de un maniquí.

El reflejo de Luc destella a su espalda al tiempo que él sigue su mirada.

—Estamos en verano —le dice.

—No lo estaremos por siempre.

Luc le desliza las manos sobre los hombros y ella nota cómo la suave prenda de cuero, que ya no envuelve al maniquí, se posa sobre su piel, y trata de no pensar en todos los años en los que le faltó abrigo y estuvo obligada a soportar el frío, en todas las veces que tuvo que esconderse, luchar y robar. Intenta no pensar en ello, pero lo hace igualmente.

Se encuentran a medio camino de la casa amarilla cuando Luc se separa de ella.

—Tengo trabajo —le dice él—. Vuelve a casa.

Casa… la palabra repiquetea en su interior al tiempo que él se aleja.

Pero ella no se marcha.

Observa cómo Luc tuerce la esquina y cruza la calle, y luego permanece oculta en las sombras mientras él se aproxima a una tienda que tiene una palma luminiscente pintada en la puerta.

En la acerca, una anciana se encuentra cerrando la tienda, encorvada sobre un manojo de llaves y con un bolso enorme colgado del codo.

Debe de oírlo llegar, ya que comienza a murmurar en la oscuridad algo sobre que está cerrado, algo sobre que tiene que volver al día siguiente. Pero entonces se da la vuelta y lo ve.

En el cristal del escaparate, Addie ve también a Luc, no con el aspecto que muestra ante ella, sino con la forma que debe de adoptar frente a la mujer. Ha conservado los rizos oscuros, pero posee un rostro más enjuto y afilado, similar al de un lobo, con los ojos hundidos y unas extremidades demasiado delgadas para ser humanas.

—Un trato es un trato —dice él, y las palabras se curvan en el aire—. Y yo ya he cumplido mi parte.

Addie los observa, esperando que la mujer se ponga a suplicar, que huya.

Pero esta deja el bolso en el suelo y levanta la barbilla.

—Un trato es un trato —dice—. Y estoy cansada.

Y de algún modo, esto resulta peor.

Porque Addie lo entiende a la perfección.

Porque también está cansada.

Y mientras los observa, la oscuridad se despliega de nuevo.

Han pasado más de cien años desde que Addie vio por última vez su forma verdadera, la turbulenta noche, con todos sus dientes. Solo que en esta ocasión, no hay desgarro alguno ni horror.

La oscuridad simplemente se pliega alrededor de la anciana como una tormenta, disipando la luz.

Addie se da la vuelta.

Regresa a la casa amarilla en la calle Bourbon y se sirve una reconfortante y fría copa de vino blanco. Hace un calor abrasador y las puertas del balcón se encuentran abiertas para aliviar la sofocante noche veraniega. Está apoyada en la barandilla de hierro cuando lo oye llegar, no por la calle, como haría un enamorado intentando cortejarla, sino por la habitación que se extiende a su espalda.

Y cuando sus brazos le rodean los hombros, Addie recuerda la forma en que sostuvo a la mujer bajo el umbral de la puerta, el modo en que se plegó a su alrededor, y la devoró por completo.

XIII
Nueva York
30 de julio de 2014

Luc recupera un poco el buen humor mientras pasean.

La noche es cálida y el cielo sobre sus cabezas exhibe apenas una media luna. Luc echa la cabeza hacia atrás y toma una bocanada de aire, como si este no estuviera impregnado del calor del verano; hay demasiada gente para un espacio tan reducido.

—¿Cuánto tiempo llevas aquí?

—Voy y vengo —responde él, pero Addie ha aprendido a leer el espacio entre sus palabras, y supone que lleva en Nueva York casi tanto tiempo como ella, acechando como una sombra.

Addie no sabe adónde se dirigen y por primera vez, se pregunta si Luc lo sabe, o si simplemente ha echado a andar, intentando mantener la distancia entre ellos y el final de su velada.

Mientras se encaminan hacia las afueras de la ciudad, Addie nota cómo el tiempo se curva alrededor de ellos, e ignora si es debido a la magia de Luc o a sus propios recuerdos, pero con cada manzana que dejan atrás, se ve a sí misma marchándose hecha una furia tras pasear con él por el Sena; ve a Luc alejándola del mar; y a ella siguiéndolo a través de Florencia. Se ve a su lado en Boston y a ambos tomados del brazo por la calle Bourbon.

Ahora están juntos en Nueva York, y ella se pregunta qué es lo que habría ocurrido si él no hubiera dicho aquello, si no hubiera mostrado sus cartas. Si no lo hubiera estropeado todo.

—La noche es nuestra —le dice volviéndose hacia ella, y sus ojos resplandecen de nuevo—. ¿Adónde vamos?

A casa, piensa ella, aunque es incapaz de decirlo.

Addie contempla los rascacielos que se elevan a cada lado.

—¿Cuál de todos tiene las mejores vistas? —se pregunta.

Al cabo de un momento, Luc sonríe, enseñándole los dientes, y dice:

—Sígueme.

★ ✦ ✕ ✦ ✕ ✦ ✦

A lo largo de los años, Addie ha descubierto muchos de los secretos de la ciudad.

Pero hay uno que ella desconocía.

No se encuentra bajo tierra, sino sobre una azotea.

Suben ochenta y cuatro pisos por medio de dos ascensores: el primero de ellos, sin ninguna característica distintiva, llega solamente hasta la planta ochenta y uno; el segundo, que es una réplica exacta de *La puerta del Infierno* de Rodin, en el que los cuerpos se retuercen y arañan el marco en un intento por escapar, se encarga del resto del trayecto.

Si es que uno dispone de la llave.

Luc se saca una tarjeta negra del bolsillo de la camisa y la desliza a lo largo de una boca en pleno bostezo que adorna el marco del ascensor.

—¿Es uno de tus locales? —pregunta ella al tiempo que las puertas se abren.

—Nada me pertenece realmente —le responde mientras se meten dentro.

Es un ascenso breve, de solo tres pisos, y cuando el ascensor se detiene, las puertas se abren y muestran unas vistas privilegiadas de la ciudad.

El nombre del bar serpentea en letras negras a sus pies.

Addie pone los ojos en blanco.

—¿«La perdición» ya no estaba disponible?

—La perdición es otro tipo de local —dice él, con los ojos resplandecientes de malicia.

Los suelos son de bronce, las barandillas, de cristal y el techo está abierto al cielo; los clientes se arremolinan en sofás de terciopelo, sumergen los pies en piscinas poco profundas y contemplan la ciudad desde los balcones que rodean la azotea.

—Señor Green —lo saluda la encargada—. Bienvenido de nuevo.

—Gracias, Renee —dice él suavemente—. Te presento a Adeline. Sírvele lo que quiera.

La encargada la mira, pero en sus ojos no se percibe ningún rastro de coacción ni indicio alguno de que su mente haya sido embrujada, su mirada solo refleja la disposición de una empleada a la que su trabajo se le da estupendamente. Addie pide la bebida más cara y Renee sonríe a Luc.

—Ha encontrado a su igual.

—Así es —afirma Luc, apoyando la mano en la parte baja de la espalda de Addie mientras la guía hacia delante. Ella acelera el paso hasta que él deja caer la mano y se abre paso a través de la multitud hasta llegar a la barandilla de cristal, donde contempla Manhattan. No hay estrellas visibles, como es natural, pero Nueva York se extiende a cada lado, conformando una galaxia de luz en sí misma.

Al menos, aquí arriba, Addie puede respirar.

Son las risas fáciles de la multitud. El ruido ambiental de un grupo de personas que se divierte resulta mucho más agradable que el silencio sofocante del restaurante vacío o el silencio enclaustrado del coche. Es el cielo que se extiende sobre su cabeza. La belleza que colma cada rincón de Nueva York y el hecho de que no están a solas.

Renee vuelve con una botella de champán; una película visible de polvo recubre el cristal.

—Dom Perignon, cosecha de 1959 —les explica ella, con la botella en alto para que Luc la examine—. De su reserva privada, señor Green.

Luc hace un gesto con la mano y ella abre la botella, vertiendo la bebida en dos copas; las burbujas son tan diminutas que parecen motas de diamantes en el cristal.

Addie bebe un sorbo y saborea el modo en que el líquido chisporrotea en su lengua.

Examina a la multitud: está repleta de los típicos rostros que resultan familiares aunque uno no sepa con seguridad dónde los ha visto antes. Luc le indica quiénes son cada uno de ellos; hay senadores y actores, escritores y críticos, y ella se pregunta si alguno de ellos ha vendido su alma. Si alguno de ellos está a punto de hacerlo.

Addie contempla su copa, las burbujas siguen subiendo suavemente hasta la superficie, y cuando habla, sus palabras son poco más que un susurro, pues el sonido queda ahogado bajo la parlanchina multitud. Aunque sabe que Luc la está escuchando, sabe que puede oírla.

—Déjalo marchar, Luc.

Él tensa levemente la boca.

—Adeline —le advierte.

—Dijiste que escucharías lo que tuviera que decir.

—De acuerdo. —Se apoya contra la barandilla y extiende los brazos—. Dime, ¿qué es lo que ves en él, en este último amante humano?

Henry Strauss es considerado y amable, quiere decirle. *Es inteligente y magnífico, gentil y cálido.*

Es todo lo que tú no eres.

Pero Addie sabe que debe proceder con cautela.

—¿Qué veo en él? —repite ella—. Me veo a mí misma. Tal vez no a la persona que soy ahora, pero sí a la que era antes, la noche que acudiste en mi ayuda.

Luc frunce el ceño.

—Henry Strauss quería morir. Tú querías vivir. No os parecéis en nada.

—No es tan sencillo.

—Ah, ¿no?

Addie sacude la cabeza.

—Tú solo ves defectos y fallos, debilidades de las que aprovecharte. Pero los seres humanos son complicados, Luc. Eso es lo maravilloso de ellos. Viven la vida, aman y cometen errores, y sienten con una intensidad enorme. Y tal vez… tal vez yo ya no sea como ellos.

Las palabras la desgarran al pronunciarlas, porque sabe que son ciertas. Para bien o para mal.

—Pero me acuerdo —insiste Addie—. Me acuerdo de cómo es ser humana. Y Henry está…

—Perdido.

—Está buscando su camino —replica ella—. Y lo encontrará si lo dejas marchar.

—Si lo hubiera dejado marchar —dice Luc—, habría saltado de la azotea.

—Eso no lo sabes —responde Addie—. Y nunca lo sabrás, porque interviniste.

—Me dedico al negocio de las almas, Adeline, no al de las segundas oportunidades.

—Y yo te suplico que lo dejes marchar. No me concederás mi libertad, así que en vez de eso concédeme la suya.

Luc exhala y hace un gesto que abarca la azotea.

—Elige a alguien —le dice.

—¿Qué?

Luc la coloca de cara a la multitud.

—Elige un alma que ocupe su lugar. Escoge a un desconocido y condénalo. —La voz de Luc es suave y grave y está llena de determinación—. Siempre hay un coste —dice con delicadeza—. Hay que pagar un precio. Henry Strauss vendió su alma. ¿Venderías la de alguien más para recuperarla?

Addie contempla la azotea repleta de gente, los rostros que reconoce y los que no. Jóvenes y ancianos, acompañados y solos.

¿Alguno de ellos es inocente?

¿Alguno es cruel?

Addie no sabe si es capaz de hacerlo… hasta que alza la mano.

Hasta que señala a un hombre de la multitud, con un nudo en el estómago, mientras espera a que Luc la suelte y vaya a cobrarse su alma.

Pero Luc permanece inmóvil.

Y simplemente se echa a reír.

—Mi Adeline —le dice besándole el pelo—. Has cambiado más de lo que crees.

Addie se da la vuelta para mirarlo mareada e indispuesta.

—Basta de juegos —le dice.

—De acuerdo —responde él antes de conducirla a la oscuridad.

La azotea se desvanece y el vacío se alza a su alrededor, devorándolo todo excepto el cielo sin estrellas, una extensión negra, infinita y violenta. Y un instante después, cuando este se repliega, el mundo está sumido en el silencio, Nueva York se ha desvanecido y ella está sola en el bosque.

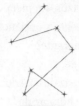

XIV

Nueva Orleans, Luisiana
1 de mayo de 1984

Así es cómo termina.

Con velas encendidas en el alféizar de la ventana que proyectan, con su titilante luz, largas sombras sobre la cama. Con las horas más oscuras de la noche extendiéndose al otro lado de la ventana abierta, con el primer rubor del verano colmando el aire, y Addie en brazos de Luc, mientras la oscuridad la envuelve como una sábana.

Y este, piensa ella, es su hogar.

Esto, tal vez, sea amor.

Y eso es lo peor de todo. Finalmente ha olvidado algo. Pero ha olvidado lo que no debía. Ha olvidado lo único que tenía que recordar. Que el hombre que está con ella en la cama no es un hombre. Que esta vida no es vida. Que hay juegos y batallas, pero al final, todo forma parte de una especie de guerra.

Percibe el roce de unos dientes a lo largo de su mandíbula.

Y a la oscuridad susurrándole en la piel.

—Mi Adeline.

—No soy tuya —responde Addie, pero él se limita a esbozar una sonrisa contra su garganta.

—Y sin embargo —replica él—, estamos juntos. Nuestro destino está unido.

Tu lugar está junto a mí.

—¿Me quieres? —le pregunta Addie.

Luc le recorre las caderas con los dedos.

—Sabes que sí.

—Entonces, déjame marchar.

—No estás aquí retenida.

—No me refiero a eso —dice ella levantándose sobre un brazo—. Libérame.

Él se aparta de ella lo suficiente como para mirarla a los ojos.

—No puedo incumplir el trato. —Inclina la cabeza y sus rizos negros rozan la mejilla de Addie—. Pero quizá... —susurra contra su cuello—... podría alterarlo.

A Addie le da una sacudida el corazón.

—Tal vez podría modificar las condiciones.

Contiene la respiración mientras las palabras de Luc revolotean sobre su piel.

—Puedo mejorarlo —murmura él—. Lo único que tienes que hacer es rendirte.

La palabra es como un jarro de agua fría.

Un telón que cae sobre el escenario: los espléndidos decorados, la puesta en escena y los magníficos actores se desvanecen tras la oscura tela.

Ríndete.

Una orden susurrada en la oscuridad.

Una advertencia dirigida a un hombre destrozado.

Una exigencia que le formuló una y otra y otra vez a lo largo de los años... hasta que dejó de hacerlo. ¿Cuánto tiempo hace que dejó de pedírselo? Como no podía ser de otro modo, Addie conoce la respuesta: cuando cambió de estrategia, cuando suavizó su actitud hacia ella.

Es una necia. Es una necia por pensar que aquello significaba la paz en vez de la guerra.

Ríndete.

—¿Qué ocurre? —le pregunta él, fingiendo confusión, hasta que ella le lanza la palabra de vuelta.

—¿Que me *rinda*? —gruñe Addie.

—No es más que una palabra —dice Luc. Pero él le enseñó el poder que alberga una palabra. Una palabra lo es todo, y la suya es una serpiente, un truco encubierto, una maldición.

»Forma parte de la naturaleza misma del trato —le explica Luc.

»Para poder cambiarlo —continúa.

Pero Addie retrocede, se aleja y se aparta de él.

—¿Y se supone que debo fiarme de ti? ¿Debo rendirme y confiar en que me devuelvas el favor?

Han pasado muchos años y le ha preguntado lo mismo de innumerables maneras.

¿Te das por vencida?

—Debes de tomarme por idiota, Luc. —Su rostro arde de rabia—. Me sorprende que hayas tenido tanta paciencia. Aunque, después de todo, siempre te ha gustado jugar al gato y al ratón.

Él entorna sus ojos verdes en la oscuridad.

—Adeline.

—No te atrevas a pronunciar mi nombre. —Addie se levanta, hecha una furia—. Sabía que eras un monstruo, Luc. Vi muestras de ello a menudo. Y aun así, después de todo este tiempo creía que, de algún modo… pero está claro que no era amor, ¿no es así? Ni siquiera era bondad. No era más que otro *juego*.

Durante un instante piensa que tal vez se haya equivocado.

Hay una fracción de segundo en la que Luc parece herido y confundido, y ella se pregunta si sus palabras no escondían ningún significado oculto, si, si…

Pero entonces su semblante cambia.

La expresión de dolor abandona su rostro, se transforma en una sombra con un movimiento tan fluido como el de una nube que cruza el cielo. Una sonrisa amarga se asoma a sus labios.

—Y un juego de lo más tedioso, además.

Sabe que le ha sonsacado la verdad, pero aun así esta la atraviesa.

Si antes estaba cubierta de grietas, ahora se hace pedazos.

—No puedes culparme por intentar una maniobra diferente.

—Te culpo por *todo*.

Luc se incorpora y la oscuridad se torna seda a su alrededor.

—Te lo he dado todo.

—¡Pero nada era real!

No piensa llorar.

No piensa darle la satisfacción de verla sufrir.

Nunca jamás volverá a darle nada.

Así es cómo empieza la pelea.

O más bien, así es cómo acaba.

Después de todo, la mayor parte de las peleas no son obra de un instante, sino que se gestan durante días o semanas, a medida que cada lado del conflicto reúne la leña y aviva las llamas.

Pero esta es una pelea forjada a lo largo de los siglos.

Tan antigua e inevitable como el giro incesante del mundo, el fin de una era, la confrontación entre una chica y la oscuridad.

Debería haber sabido que ocurriría.

Tal vez sí lo sabía.

Pero incluso a día de hoy, Addie ignora cómo se desató el incendio. Si fueron las velas que ella misma barrió de la mesa o la lámpara que arrancó de la pared, si fueron las luces que Luc destrozó, o si simplemente fue un último acto de despecho.

Addie sabe que no tiene el poder de estropear nada, y aun así lo ha hecho. Los dos lo han hecho. Quizá Luc la dejó encender las llamas. Tal vez simplemente dejó que todo ardiera.

Al final, no importa.

Addie permanece en la calle Bourbon y contempla cómo la casa se incendia, y para cuando llegan los bomberos no queda nada que salvar. Todo está reducido a cenizas.

Otra vida convertida en humo.

A Addie ya no le queda nada, ni siquiera la llave de la casa. La tenía en el bolsillo, pero cuando se dispone a agarrarla, ha desaparecido. Se lleva la mano al anillo de madera que aún cuelga de su garganta.

Se lo arranca de un tirón, lo arroja a los escombros humeantes de su casa y se marcha.

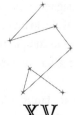

XV

Nueva York
30 de julio de 2014

Addie está rodeada de árboles.

Del musgoso aroma veraniego que desprende el bosque.

El miedo se apodera de ella y la invade la repentina y horrible certeza de que Luc ha quebrantado ambas normas en vez de una, que la ha arrastrado a través de la oscuridad, que se la ha llevado de Nueva York y la ha abandonado en un lugar muy alejado de casa.

Pero entonces sus ojos se ajustan a la oscuridad y al volverse vislumbra el horizonte que se eleva por encima de los árboles, y se da cuenta de que debe de encontrarse en el Central Park.

Un sentimiento de alivio la recorre.

Y acto seguido la voz de Luc se abre paso a través de la oscuridad.

—*Adeline, Adeline...* —dice él, y ella es incapaz de distinguir cuáles de sus llamadas son un eco y cuáles nacen de él, un ser despojado de toda carne, hueso y forma mortal.

—Me lo prometiste.

—Ah, ¿sí?

Luc emerge de la oscuridad, igual que hizo aquella noche, cobrando forma a partir del humo y la sombra. Es una tormenta embotellada en piel.

«¿Soy el demonio o la oscuridad?», le preguntó una vez. «¿Soy un monstruo o un dios?».

Ya no lleva puesto el elegante traje negro, sino que va ataviado igual que el día en que Addie lo invocó por primera vez, cuando era un desconocido vestido con pantalones y una túnica clara abierta a la altura de la garganta, mientras sus rizos negros caían sobre sus sienes.

El sueño que conjuró hace tantos años.

Pero algo ha cambiado. Sus ojos ya no reflejan triunfo. Están desprovistos de todo color, tan pálidos que son casi grises. Y aunque Addie nunca los había visto de esa tonalidad, sospecha que esta evidencia su tristeza.

—Te daré lo que deseas —dice él—. Si haces a cambio una cosa.

—¿Qué…? —pregunta ella.

Luc extiende la mano.

—Bailar conmigo.

Su voz está teñida de anhelo y pérdida, y ella piensa que, tal vez, este sea el fin de su tira y afloja, de ellos. Que la partida ha concluido por fin, y la guerra ha acabado sin ganadores.

De modo que baila con él.

No hay música, pero no importa.

Al tomar su mano, escucha una melodía suave y tranquilizadora en su cabeza. No es exactamente una canción, sino el sonido del bosque en verano, el constante susurro del viento a través de los campos. Cuando él la acerca hacia sí, Addie oye un violín, apagado y triste, junto al Sena. Luc le acaricia la mano, y el sempiterno murmullo de las olas los envuelve, al igual que la sinfonía que se extendió aquel día por Múnich. Addie apoya la cabeza en su hombro y oye la lluvia sobre Villon, la charanga del club de Los Ángeles y el sonido de un saxofón a través de las ventanas abiertas en la calle Bourbon.

Dejan de bailar.

La música se desvanece.

Una lágrima recorre la mejilla de Addie.

—Lo único que tenías que hacer era dejarme libre.

Luc suspira y le alza la barbilla.

—No pude.

—Por el trato.

—Porque eres *mía*.

Addie se zafa de él.

—Nunca fui tuya, Luc —le dice dándose la vuelta—. Ni en el bosque aquella noche ni cuando me llevaste a la cama. Fuiste tú el que dijo que no era más que un juego.

—Mentí. —Las palabras se hunden en su interior como un cuchillo—. Tú me querías —le dice—. Y yo te quería a ti.

—Y aun así —replica Addie—, no has venido a buscarme hasta que he encontrado a alguien más.

Ella se vuelve hacia Luc, esperando ver cómo sus ojos se tornan amarillos de envidia. Pero en vez de eso, su mirada ha adquirido un tono verde oscuro y arrogante que reproduce la expresión de su rostro, el leve arqueamiento de una de sus cejas, la suave curva de la comisura de su boca.

—Oh, Adeline —dice—. ¿Pensabas que os habíais encontrado el uno al otro?

Sus palabras son un tropiezo.

Un batacazo.

—¿De veras creías que iba a dejar que eso ocurriera?

El suelo se inclina bajo los pies de Addie.

—¿Que con todos los tratos que hago, algo así me pasaría desapercibido?

Addie cierra los ojos, y de repente se encuentra tumbada junto a Henry en la hierba, con los dedos de ambos entrelazados. Está contemplando el cielo. Riéndose ante la idea de que Luc haya cometido por fin un error.

—Debéis de haberos creído muy astutos —le dice—. Una pareja de amantes desventurados reunida por el azar. ¿Qué posibilidades había de que os conocierais, de que ambos estuvierais ligados a mí, de que hubierais vendido vuestra alma a cambio de algo que solo el otro podía proporcionarle? Cuando la realidad es mucho más sencilla: yo hice que Henry se cruzara en tu camino. Te lo puse en bandeja.

—¿Por qué? —le pregunta Addie, y la garganta se le cierra alrededor de la palabra—. ¿Por qué hiciste eso?

—Porque es lo que querías. Estabas tan concentrada en tu necesidad de amor, que no podías ver más allá. Te concedí esto, te di a Henry, para que vieras que el amor no era merecedor del espacio que le reservabas. El espacio que mantuviste alejado de *mí*.

—Sí lo era. Sí lo *es*.

Luc extiende la mano para acariciarle la mejilla.

—No lo será cuando él ya no esté.

Addie se aleja de él. De sus palabras. De su caricia.

—Es una crueldad, Luc. Incluso para ti.

—No —gruñe—. Una crueldad serían diez años en lugar de uno. Una crueldad sería dejarte pasar la vida con él y que luego sufrieras aún más su pérdida.

—¡Aun así lo preferiría! —Sacude la cabeza—. Nunca tuviste la intención de dejarlo vivir, ¿verdad?

Luc inclina la cabeza.

—Un trato es un trato, Adeline. Y los tratos son vinculantes.

—Pensar que has hecho todo esto para atormentarme...

—No —espeta—. Lo he hecho para demostrártelo. Para hacértelo entender. Tienes a los humanos en un pedestal, pero son seres breves y burdos, como también lo es su amor. Este es superficial y no dura. Anhelas el amor humano, pero no eres humana, Adeline. Hace siglos que dejaste de serlo. Tu lugar no está con ellos, sino conmigo.

Addie retrocede y la ira se endurece como el hielo en su interior.

—Qué duro debe de ser para ti descubrir que no puedes tener todo lo que deseas —suelta Addie.

—¿Lo que deseo? —se burla Luc—. El deseo es cosa de niños. Si esto fuera deseo ya me habría librado de ti. Te habría olvidado hace siglos —dice con un odio amargo en la voz—. Esto es necesidad. Y la necesidad es dolorosa pero paciente. ¿Me oyes, Adeline? Te necesito. Como tú me necesitas a mí. Te quiero, como tú me quieres a mí.

Ella percibe el dolor en su voz.

Tal vez por eso quiere hacerle todavía más daño.

Luc le enseñó bien, le enseñó a encontrar el punto débil en la armadura del otro.

—Pero esa es la cuestión, Luc —dice ella—. Yo no te quiero.

Pronuncia las palabras de manera suave y tranquila, y aun así estas retumban en la oscuridad. Los árboles murmullan, las sombras se espesan y los ojos de Luc arden de un tono que Addie no había visto nunca. Un color venenoso. Y por primera vez en siglos, tiene miedo.

—¿Tanto significa él para ti? —le pregunta Luc con la voz tan plana y dura como las piedras de un río—. Pues vete. Pasa tiempo con tu amor humano. Entiérralo, llora por él y planta un árbol sobre su tumba. —Sus contornos comienzan a desdibujarse en la oscuridad—. Yo seguiré aquí. Y tú también.

Luc se da la vuelta y desaparece.

Addie se hunde de rodillas en la hierba.

Permanece allí hasta que los primeros rayos de luz se filtran en el cielo, y entonces, por fin, se obliga a sí misma a levantarse de nuevo y se dirige hacia el metro sumida en una neblina, oyendo las palabras de Luc una y otra vez en su cabeza.

No eres humana, Adeline.

¿Pensabas que os habíais encontrado el uno al otro?

Debéis de haberos creído muy astutos.

Pasa tiempo con tu amor humano.

Yo seguiré aquí.

Y tú también.

Para cuando llega a Brooklyn, el sol está saliendo.

Hace una parada para comprar el desayuno: un obsequio, una disculpa, por pasar la noche fuera. Y es entonces cuando ve los periódicos apilados en el quiosco. Es entonces cuando ve la fecha impresa en la esquina superior.

6 de agosto de 2014.

Addie dejó el apartamento el 30 de julio.

«Pasa tiempo con tu amor humano», le había dicho él.

Pero Luc se lo ha arrebatado. No solo le ha robado una noche, sino una semana entera. Ha eliminado siete valiosos días de su vida... y de la de Henry.

Addie echa a correr.

Atraviesa la puerta a trompicones y sube las escaleras, vacía su bolso, pero no encuentra la llave por ningún sitio, así que golpea la puerta, asustada de que el mundo haya cambiado, de que Luc, de algún modo, haya reescrito algo más que el tiempo, que le haya arrebatado más cosas, que se lo haya llevado todo.

Pero entonces oye la cerradura y la puerta se abre; Henry aparece ante ella exhausto y desaliñado, y Addie sabe, por su mirada, que no esperaba que ella volviera. Que en algún momento entre la primera mañana que Addie pasó fuera y las siguientes, Henry pensó que se había marchado.

Ahora, Addie le echa los brazos al cuello.

—Lo siento muchísimo —le dice, y no se refiere solamente a la semana perdida.

Se disculpa por el trato, por la maldición, por el hecho de que es culpa suya.

—Lo siento —se lamenta una y otra vez, y Henry no grita, no se enfurece, ni siquiera le dice: «Te lo dije». Tan solo la abraza con fuerza.

—Ya basta —repone—. Prométemelo —le pide—. Quédate conmigo.

Y no formula ninguna pregunta, pero ella sabe que se lo está pidiendo, le está suplicando que lo deje estar, que deje de luchar e intentar cambiar el destino de ambos, que simplemente siga con él hasta el final.

Y Addie no soporta la idea de rendirse, de ceder, de darse por vencida sin luchar.

Pero Henry se está desmoronando, y la culpa es suya, así que, al final, accede.

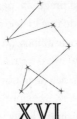

XVI
Nueva York
Agosto de 2014

Estos son los días más felices de la vida de Henry.

Sabe que resulta extraño decir eso.

Pero están teñidos de una libertad insólita, de un peculiar confort fruto de la certeza. El final se encuentra a la vuelta de la esquina, pero aun así, no siente que se esté precipitando hacia él.

Sabe que debería estar asustado.

Cada día se prepara para experimentar un terror persistente, aguarda la llegada de las nubes de tormenta, espera que la inevitable angustia lo invada y lo haga pedazos.

Pero por primera vez en meses, en años, desde que tiene memoria, no está asustado. Le preocupan sus amigos, por supuesto, la librería y el gato. Pero más allá del leve zumbido de su inquietud, solo siente una insólita calma, una estabilidad que lo cubre todo y el asombroso alivio de haber encontrado a Addie, de haber tenido la oportunidad de conocerla, de amarla y de tenerla a su lado.

Es feliz.

Está listo.

No tiene miedo.

Eso es lo que se dice a sí mismo.

No tiene miedo.

✳ ✦ ✳ ✴ ✳ ✦ ✦

Deciden irse al norte.

Salir de la ciudad y alejarse del invariable calor veraniego.

Contemplar las estrellas.

Henry alquila un coche y se ponen en marcha, y cuando ya han recorrido la mitad del Hudson, se da cuenta de que Addie nunca ha conocido a su familia, y luego se percata, con un sentimiento repentino y pesado que le oprime el pecho, que en casa no lo esperan hasta Rosh Hashaná, y que para entonces él ya se habrá ido. Sabe que si no toma esta salida, nunca tendrá la oportunidad de despedirse.

Y entonces comienzan a formarse nubes y el miedo intenta irrumpir en su interior, porque no sabe qué debería decirles a sus padres, no sabe de qué serviría.

Pero se pasa la salida y ya es demasiado tarde, y Henry puede respirar de nuevo con normalidad; Addie le señala un cartel que anuncia fruta fresca, de modo que salen de la autopista, compran unos melocotones del puesto de frutas y unos bocadillos del mercado, y conducen una hora en dirección norte hasta llegar a un parque estatal, donde el sol quema pero la sombra bajo los árboles resulta balsámica; dedican el día a vagar por los senderos del bosque y cuando cae la noche, hacen un pícnic en el techo del coche alquilado y se tienden entre la maleza salvaje y las estrellas.

Hay tantas que la noche no parece tan oscura.

Henry sigue siendo feliz.

Y todavía es capaz de respirar.

No se han traído una tienda de campaña, pero aun así hace demasiado calor como para dormir cubiertos.

Tumbados sobre una manta en la hierba, mientras contemplan las estrellas, Henry piensa en la exposición del cielo que vieron en el Artefacto del High Line, en lo cerca que parecían estar entonces las estrellas y lo lejanas que se le antojan ahora.

—Si pudieras volver atrás —dice él—, ¿harías el trato de nuevo?

Y Addie contesta que sí.

Le cuenta que su vida ha sido dura y solitaria, aunque también maravillosa. Ha vivido guerras y luchado en ellas, ha sido testigo de revoluciones y resurgimientos. Ha dejado su rastro en un millar de obras de arte, como una huella dactilar en el fondo de un cuenco recién pintado. Ha visto cosas asombrosas y se ha vuelto loca, ha bailado en la nieve y se ha muerto de frío junto al Sena. Se enamoró de la oscuridad muchas veces, y en una ocasión de un humano.

Y está cansada. Insoportablemente cansada.

Pero no cabe duda de que ha vivido.

—No hay nada que sea bueno o malo del todo —suelta Addie—. La vida es mucho más complicada.

Y allí, en la oscuridad, él le pregunta si realmente valió la pena.

¿Compensaron los instantes de alegría los períodos de tristeza?

¿Compensaron los momentos hermosos los años de sufrimiento?

Y ella gira la cabeza, lo mira y le dice:

—Y tanto.

Se quedan dormidos bajo las estrellas, y cuando despiertan, el calor ha abandonado el ambiente y el aire es frío; son los primeros susurros de otra estación que aguarda a lo lejos, la primera de la que no será testigo.

Y aun así, se dice a sí mismo, no tiene miedo.

★ ✦ ✕ ✷ ✶ ✦ ✦

Y entonces las semanas se convierten en días.

Tiene que despedirse de algunas personas.

Se encuentra con Bea y Robbie una noche en el Merchant. Addie se sienta al otro lado del bar, tomando un refresco, dejándole espacio. Henry quiere que esté allí con él, necesita que lo acompañe, como un ancla silenciosa en la tormenta. Pero ambos saben que si estuviera en la mesa con él, puede que Bea y Robbie olvidaran la velada, y él necesita que la recuerden.

Durante un rato, todo es maravilloso y dolorosamente normal.

Bea habla de su última propuesta de tesis, y al parecer, a la novena va la vencida, porque le han dado luz verde; Robbie habla del estreno de su obra, previsto para la semana siguiente, y Henry no le cuenta que el día anterior se coló en el ensayo general, que Addie y él se ocultaron en la última fila de asientos, completamente encogidos, para poder verlo sobre el escenario, deslumbrante, hermoso y en su salsa, acomodado en el trono con el encanto de Bowie, una sonrisa propia del diablo y un aura de magia, aunque esta última, totalmente suya.

Y finalmente, Henry les cuenta una mentira y les dice que se marcha de la ciudad.

Que se va al norte, a ver a sus padres. No, aún no ha llegado esa época del año, les dice, pero sus primos han venido de visita y su madre le ha pedido que se acerque a verlos. Solo estará fuera el fin de semana, les asegura.

Le pregunta a Bea si puede cubrir el turno en la librería.

Y a Robbie si puede darle de comer al gato.

Y los dos le dicen que sí, así sin más, pues ignoran que se trata de un adiós. Henry paga la cuenta, Robbie bromea y Bea echa pestes de sus estudiantes, y luego él les dice que los llamará cuando vuelva.

Al ponerse de pie para marcharse, Bea le da un beso en la mejilla y Henry acerca a Robbie hacia sí para darle un abrazo, y este le dice que más le vale no perderse su obra; Henry le promete que no se la perderá y entonces se alejan de él, y para cuando quiere darse cuenta, ya se han marchado.

Y así, decide Henry, es cómo deberían ser las despedidas.

No un punto final, sino unos puntos suspensivos, una frase inacabada, hasta que alguien aparezca para terminarla.

Es una puerta abierta.

Es como irse a dormir.

Se dice a sí mismo que no tiene miedo.

Se dice a sí mismo que no pasa nada, que él está bien.

Y justo cuando comienza a dudar, Addie posa la mano, suave y firme, en su brazo y lo conduce de vuelta a casa. Se meten en la cama y se acurrucan el uno junto al otro frente a la tormenta.

Y en algún momento de la noche, Henry la oye levantarse y atravesar el pasillo.

Pero es tarde y no le da muchas vueltas al asunto.

Henry se gira y se vuelve a dormir, y cuando se despierta de nuevo, sigue siendo de noche y ella está otra vez a su lado.

Y el reloj sobre la mesita se acerca un poco más a la medianoche.

XVII
Nueva York
4 de septiembre de 2014

Es un día normal y corriente.

Se quedan en la cama, acurrucados en un nido de sábanas, frente a frente, mientras recorren con las manos los brazos y las mejillas del otro, con sus dedos memorizan cada centímetro de piel. Él susurra su nombre una y otra vez, como si ella pudiera guardarse el sonido, embotellarlo y volverlo a oír cuando él ya no esté.

Addie, Addie, Addie.

Y a pesar de todo, Henry es feliz.

O al menos, se dice a sí mismo que es feliz, se dice a sí mismo que está listo y que no tiene miedo. Se dice a sí mismo que si permanecen en la cama, el día será más largo. Si contiene la respiración, puede evitar que los segundos avancen y fijar los minutos entre los dedos enredados de ambos.

Es una petición silenciosa, pero Addie parece percibirla, porque no hace amago alguno de levantarse. En vez de eso, se queda con él en la cama y le cuenta historias.

No de aniversarios —se les han acabado los 29 de julio—, sino de septiembres y mayos, de días tranquilos, la clase de historias que nadie recordaría. Le habla de las piscinas de las hadas en la Isla de Skye, de las auroras boreales de Islandia, de la vez que nadó en un lago que tenía el agua tan clara que era capaz de ver el fondo, a diez metros de profundidad, en Portugal... ¿o fue en España?

Estas son las únicas historias que Henry no escribe.

Es culpa suya: es incapaz de incorporarse, de soltarle las manos a Addie y salir de la cama para tomar el cuaderno del estante; ya ha llenado seis, y el último todavía tiene la mitad de las páginas en blanco, pero se da cuenta de que estas permanecerán así, su letra diminuta será como un muro, un final falso para una historia que aún no ha llegado a su punto final. El corazón le da un vuelco, un pequeño brinco fruto del miedo, pero Henry no piensa permitir que ese sentimiento se prolongue, pues sabe que lo atravesará, del mismo modo en que un escalofrío convierte un espasmo momentáneo en un castañeteo de dientes; todavía no puede perder el control, aún no.

Aún no.

Así pues, Addie habla y él escucha, dejando que las historias se deslicen como dedos por su pelo. Y cada vez que el pánico trata de abrirse paso hasta la superficie, él lo combate, contiene la respiración y se dice a sí mismo que no pasa nada, pero permanece inmóvil y no se levanta. No puede, porque si lo hace, el hechizo se romperá, el tiempo avanzará con rapidez y todo terminará demasiado rápido.

Sabe que es una tontería, una extraña oleada supersticiosa, pero ahora el miedo se apodera de él, es real, y en la cama se encuentra a salvo, arropado por Addie, y Henry se alegra muchísimo de que ella esté aquí, se siente agradecido por cada minuto que han compartido desde que se conocieron.

En algún momento de la tarde, se le abre el apetito. Se muere de hambre.

No debería sentirse así. Le parece algo frívolo, impropio, y ahora mismo irrelevante, pero el hambre es rápida y profunda, y con su llegada, el reloj comienza a correr.

No puede mantener el tiempo a raya.

Ahora este vuela y se agota con rapidez.

Y Addie lo mira como si pudiera leerle la mente, como si pudiera ver la tormenta formándose en su cabeza. Pero ella es el sol. Es el cielo despejado.

Addie lo saca de la cama y lo lleva hasta la cocina, Henry se sienta en un taburete y la escucha mientras ella hace una tortilla y le cuenta la primera vez que pilotó un avión, que oyó una canción en la radio y que vio una película.

Este es el último regalo que Addie puede darle, estos momentos que él nunca experimentará.

Y este es el último regalo que Henry puede darle a ella, escucharla.

A Henry le gustaría poder volver a la cama con Addie y Novela, pero ambos saben que no hay marcha atrás. Ahora que se ha levantado es incapaz de soportar la calma. Henry es pura energía desenfrenada y necesidad acuciante, y no hay tiempo suficiente; es consciente, por supuesto, de que nunca lo habrá.

Sabe que el tiempo siempre se acaba un segundo antes de que estés preparado.

Sabe que la vida son los minutos que deseas tener menos uno.

Así que se visten, salen de casa y caminan en círculos alrededor de la manzana al tiempo que el pánico comienza a ganar la batalla. Es como una mano presionando un cristal deteriorado, una opresión constante sobre las grietas que se extienden, pero Addie está allí con él, y sus dedos, entrelazados con los suyos.

—¿Sabes cómo se viven trescientos años? —le pregunta ella.

Y cuando él le pregunta cómo, Addie sonríe.

—Igual que se vive uno solo. Segundo a segundo.

Y finalmente, a Henry se le cansan las piernas y el sentimiento de inquietud retrocede; no desaparece, pero se amortigua hasta un nivel razonable. Se dirigen al Merchant y piden una comida que no se comen y unas cervezas que no se beben, porque no puede soportar amortiguar estas últimas horas, por mucho miedo que le dé enfrentarse a ellas sobrio.

Henry hace un comentario sobre su última comida, se echa a reír por lo mórbida que resulta la situación y la sonrisa de Addie vacila durante un instante; a continuación él se disculpa, dice que lo lamenta, y ella lo envuelve con los brazos, pero el pánico se ha apoderado de él.

Hay una tormenta gestándose en su cabeza, agitando el cielo en el horizonte, pero Henry no lucha contra ella.

Deja que se avecine.

Solo cuando empieza a llover se da cuenta de que la tormenta es real.

Echa la cabeza hacia atrás, nota las gotas de lluvia en las mejillas y piensa en la noche en que fueron al Cuarto Raíl, en el aguacero que los pilló desprevenidos cuando salieron a la calle. Le sobreviene ese pensamiento antes que el recuerdo de aquel día en la azotea, lo cual es algo positivo.

Se siente completamente alejado del Henry que subió hasta allí hace un año… o tal vez esté más cerca de lo que cree. Después de todo, solo tiene que recorrer unos pasos hasta llegar al borde.

Pero daría cualquier cosa por volver a bajar.

Dios, daría cualquier cosa por vivir tan solo un día más.

El sol se ha ocultado ya, la luz es cada vez más débil y él nunca volverá a verla, y entonces el miedo lo golpea de forma repentina y traicionera. Es como una ráfaga de viento que atraviesa un paisaje demasiado silencioso. Henry lucha contra él, intentando mantenerlo a raya, y Addie le aprieta la mano, para que no se lo lleve volando.

—Quédate conmigo —le pide Addie.

Y él responde:

—Estoy aquí.

Henry le aprieta los dedos.

No hace falta que le pregunte, y no hace falta que ella responda.

Hay un acuerdo tácito entre ambos de que Addie se quedará allí con él hasta el último momento.

Que esta vez, no estará solo.

Y Henry está bien.

No pasa nada.

Todo irá bien.

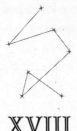

XVIII

Ya casi ha llegado la hora, y ambos se encuentran en la azotea.

La misma azotea desde la que casi saltó hace un año, la misma donde hizo un trato con el diablo. Es como volver al punto de partida, y Henry no sabe si este es el lugar donde tiene que estar, si es aquí donde el final debe llevarse a cabo, pero le parece que es lo adecuado.

Addie tiene la mano entrelazada con la suya, y eso también le parece adecuado. Lo hace sentir bien.

Es una fuerza enraizada enfrentándose a una creciente tormenta.

Todavía queda un poco de tiempo: una fracción de una fracción de una fracción separa la manecilla del reloj de la medianoche, y Henry puede oír la voz de Bea en su cabeza.

Solo tú llegarías antes de tiempo a tu propia muerte.

Henry sonríe, muy a su pesar, y desearía haberles dicho algo más a Bea y a Robbie, pero la cruda realidad es que no se fiaba de sí mismo. Se ha despedido de ellos, pero sus amigos no lo sabrán hasta que él ya no esté, y Henry lo lamenta, se siente mal por ellos y por el dolor que pueda causarles. Y se alegra de que se tengan el uno al otro.

Addie le aprieta la mano con más fuerza.

Ya casi es la hora, y él se pregunta qué sentirá al perder su alma.

Si será parecido a un ataque al corazón, repentino y violento, o algo tan sencillo como quedarse dormido. La muerte adopta muchas formas. Tal vez con esto ocurra lo mismo. ¿Aparecerá la oscuridad, alargará la mano y le arrancará el alma entre las costillas, como si se tratara de un truco de magia? ¿O habrá alguna fuerza que lo obligue a terminar lo que empezó, a dirigirse hasta el borde de la azotea y lanzarse? ¿Lo encontrarán tirado en la calle, como si hubiera saltado?

¿O lo encontrarán aquí arriba, en la azotea?

No lo sabe.

No le hace falta saberlo.

Está preparado.

No lo está.

No estaba preparado el año pasado en la azotea, cuando el desconocido le tendió la mano. No estaba preparado entonces, y no lo está ahora, y empieza a sospechar que nadie lo está nunca, no cuando llega el momento y la oscuridad extiende la mano y se cobra su recompensa.

La música fluye, sutil y débil, a través de la ventana abierta de un vecino, y Henry aparta la muerte y el borde de la azotea de sus pensamientos, y se concentra en la chica que le agarra la mano, la que está pidiéndole que baile con él.

Henry la acerca hacia sí y percibe que Addie huele a verano, huele a tiempo, huele a casa.

—Estoy aquí —le recuerda ella.

Addie le ha prometido que se quedará hasta el final.

El final. El final. El final.

Reverbera en su cabeza como el sonido de un reloj, pero aún no ha llegado su hora, aún le queda algo de tiempo, aunque este se agota cada vez más rápido.

De pequeño le enseñaron que solo puedes experimentar un sentimiento al mismo tiempo —enfado, soledad, satisfacción—, pero nunca le ha parecido que sea cierto. A él lo embargan una decena de sentimientos a la vez. Está perdido y asustado y agradecido, está arrepentido y feliz y aterrorizado.

Pero no está solo.

Ha empezado a llover otra vez y el aire está colmado con el aroma metálico que adquieren las tormentas en la ciudad, pero a Henry le da igual, no puede evitar pensar en la peculiar simetría de la situación.

Addie y él giran lentamente.

Lleva días durmiendo fatal, de modo que nota las piernas pesadas y la mente, torpe; los minutos se aceleran a su alrededor y Henry desearía que la música sonara más alto, que los cielos estuvieran más despejados, desearía que le quedara algo más de tiempo.

Nadie está preparado para morir.

Ni siquiera las personas que desean la muerte.

Nadie está preparado.

Él no está preparado.

Pero es la hora.

Ha llegado la hora.

Addie está diciéndole algo, pero el reloj ha dejado de moverse, ahora reposa ingrávido en su muñeca, y ha llegado la hora. Y Henry se siente caer, siente cómo se suavizan los confines de su mente y la noche se torna pesada, y sabe que en cualquier momento el desconocido emergerá de entre la oscuridad.

Addie acerca la cara de Henry hacia la suya, diciéndole algo, pero él no quiere escuchar sus palabras, pues le asusta que se trate de un adiós; tan solo quiere aferrarse a este momento, hacerlo durar, detenerlo, convertirlo en una fotografía y dejar que ese sea el final, un instante permanente en lugar de la oscuridad o la nada. Un recuerdo atrapado en ámbar, en cristal, en el tiempo.

Pero Addie sigue hablando.

—Me prometiste que me escucharías —le recuerda ella—. Me prometiste que escribirías mis palabras.

Henry no lo entiende. Ha dejado los cuadernos en la estantería. Ha escrito su historia, cada fragmento de ella.

—Eso he hecho —responde él—. Eso he hecho.

Pero Addie niega con la cabeza.

—Henry —le dice—. Aún no te he contado el final.

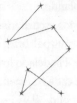

XIX

Nueva York
1 de septiembre de 2014
(3 noches antes del final)

Algunas decisiones se toman de repente.

Y otras se maduran con el tiempo.

Una chica hace un trato con la oscuridad tras pasar años soñando.

Una chica se enamora de un chico en un instante y decide liberarlo.

Addie ignora cuándo fue el momento exacto en que lo decidió.

Tal vez lo haya sabido desde la noche en que Luc volvió a sus vidas.

Tal vez lo haya sabido desde la noche en que Henry escribió su nombre.

O tal vez desde que le dijo aquellas palabras:

Me acuerdo de ti.

No está segura.

Y no importa.

Lo que importa es que, tres noches antes de que todo acabe, Addie se escabulle de la cama. Henry se da la vuelta y se despierta lo suficiente como para oírla recorrer el pasillo, pero no lo bastante como para oír cómo se pone los zapatos y se adentra en la oscuridad.

Son casi las dos —esa hora que se sitúa entre muy tarde y muy temprano— y mientras Addie recorre las dos manzanas que la separan del Merchant, se percata de que incluso el bullicio de Brooklyn se ha apaciguado y ahora solo se oye un murmullo. Falta una hora para el cierre y la clientela se ha reducido a unos pocos bebedores empedernidos.

Addie se sienta en un taburete frente a la barra y pide un chupito de tequila. Nunca le han gustado demasiado las bebidas fuertes, pero se toma el tequila de un trago y nota cómo el calor se asienta en su pecho al tiempo que se mete la mano en el bolsillo en busca del anillo.

Sus dedos se curvan alrededor del aro de madera.

Se lo saca del bolsillo y lo mantiene en equilibrio sobre la barra.

Lo hace girar como una moneda, pero este carece de cara o cruz, no hay respuesta afirmativa ni negativa ni ninguna elección más allá de la que ya ha tomado. Decide que cuando deje de girar, se lo pondrá. Cuando caiga sobre la mesa… pero en cuanto empieza a tambalearse y a inclinarse, una mano lo cubre, presionándolo horizontalmente contra la barra.

La mano es suave y fuerte, los dedos, largos; y los detalles, idénticos a cómo los dibujó una vez.

—¿No deberías estar con tu amante?

Los ojos de Luc no muestran ningún humor. Poseen una expresión vacía y oscura.

—Está durmiendo —dice ella—. Pero yo no puedo.

Luc ha retirado la mano, y Addie contempla el pálido contorno del anillo sobre la barra.

—Adeline —le dice él, acariciándole el pelo—. Te dolerá, pero el dolor desaparecerá con el tiempo. Como todo.

—Excepto nosotros —murmura ella. Y luego añade, como si lo dijera para sí misma—: Me alegro de que solo fuera un año.

Luc se sienta en el taburete que está junto al suyo.

—¿Y qué te ha parecido tu amor humano? ¿Ha sido como habías soñado?

—No —dice ella, y es la verdad.

Ha sido complicado. Y arduo. Ha sido maravilloso y extraño y aterrador y frágil —tan frágil que dolía—, y ha merecido la pena cada momento. Pero Addie no le dice nada de eso. En cambio, deja que el «no» flote entre ambos, cargado con la suposición de Luc. La mirada de él refleja un tono verde de suficiencia.

—Pero Henry no se merece morir para demostrar que tienes razón.

La ira salpica su expresión arrogante.

—Un trato es un trato —le dice—. No puede romperse.

—Y sin embargo, una vez me dijiste que los tratos podían ser alterados, y sus condiciones, modificadas. ¿Lo decías en serio? ¿O solo era parte de una estratagema para conseguir mi rendición?

La expresión de Luc se oscurece.

—Aquello no fue ninguna estratagema, Adeline. Pero si esperas que modifique las condiciones de su...

Addie sacude la cabeza.

—No hablo del trato de Henry —dice—, sino del mío. —Ha ensayado las palabras, pero aun así estas brotan torpemente de sus labios—. No te pido misericordia, y sé que la caridad no es lo tuyo. Así que te ofrezco un intercambio. Deja marchar a Henry. Déjalo vivir. Permite que *me recuerde* y...

—¿Me entregarás tu alma? —Una sombra cubre su mirada al formular la pregunta, y cierta vacilación tiñe sus palabras, que desprenden más preocupación que anhelo, y Addie sabe entonces que lo tiene en el bote.

—No —responde ella—. Pero solo porque no la quieres. —Y antes de que él pueda mostrar su desacuerdo, ella prosigue—: Me quieres a *mí*.

Luc guarda silencio, pero sus ojos resplandecen de interés.

—Tenías razón —dice ella—. No soy una de ellos. Ya no. Y me he cansado de perderlo todo. Me he cansado de lamentar la pérdida de aquello que intento amar. —Extiende la mano para tocar la mejilla de Luc—. Pero a ti no te perderé. Y tú no me perderás a mí. De modo que sí. —Lo mira fijamente a los ojos—. Concédeme esto y seré tuya mientras me quieras a tu lado.

Él parece contener la respiración, pero es ella la que es incapaz de respirar. El mundo se inclina y se tambalea, amenazando con caer.

Y entonces, por fin, Luc sonríe, y el triunfo se asoma a su mirada esmeralda.

—Acepto.

Addie se permite encogerse, e inclina su cabeza contra el pecho de él en señal de alivio. Y entonces Luc le toma la barbilla con los dedos, eleva su rostro y la besa igual que la noche en que se conocieron, de forma hambrienta y profunda; Addie advierte cómo los dientes de Luc se deslizan por sus labios y nota el sabor del cobre en la lengua.

Y sabe que el trato está sellado.

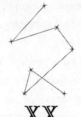

XX
Nueva York
4 de septiembre de 2014

—No —dice Henry, y la palabra queda medio ahogada por la tormenta.

La lluvia cae con fuerza sobre la azotea. Sobre ellos.

El reloj se ha detenido, y la mano se eleva en señal de rendición. Pero Henry sigue aquí.

—No puedes hacerlo —dice él, y la cabeza le da vueltas—. No lo permitiré.

Addie le lanza una mirada de lástima, porque, como es natural, no puede detenerla.

Nadie ha sido capaz de hacerlo.

Estele decía que era terca como una piedra afianzada por el paso del tiempo.

Pero incluso las piedras se erosionan hasta desaparecer.

Y ella sigue allí.

—No lo hagas —repite él.

Y ella dice:

—Ya está hecho.

Y Henry se encuentra mareado y enfermo, nota cómo el suelo se balancea bajo sus pies.

—¿Por qué? —ruega él—. ¿Por qué lo has hecho?

—Considéralo un agradecimiento por verme tal y como soy —dice ella—. Por enseñarme cómo es que alguien te conozca. Por quererme. Ahora tienes una segunda oportunidad. Pero tienes que dejar que los demás te vean de verdad. Tienes que encontrar a personas que te vean.

Está mal.

Todo va mal.

—No lo quieres.

Una sonrisa triste cruza el rostro de Addie.

—Ya he querido bastante a lo largo de mi vida —le dice ella, y ya es la hora, debe de haber llegado la hora, porque a Henry se le está nublando la vista, los contornos se están volviendo negros.

—Escúchame. —La voz de Addie es ahora apremiante—. La vida puede parecer muy larga a veces, pero al final, pasa volando. —Las lágrimas empañan sus ojos, aunque está sonriendo—. Más te vale vivir una buena vida, Henry Strauss.

Addie comienza a apartarse, pero él la agarra con más fuerza.

—No.

Ella suspira, enredando los dedos por su pelo.

—Me lo has dado todo, Henry. Pero necesito que hagas una cosa más. —Apoya su frente contra la de él—. Necesito que me recuerdes.

Y Henry nota cómo las fuerzas le abandonan al tiempo que la oscuridad cubre su mirada, haciendo desaparecer el horizonte, la azotea y la chica que se encorva sobre él.

—Prométemelo —le dice, y sus facciones comienzan a emborronarse, la curva de sus labios, los rizos marrones en su rostro con forma de corazón, sus dos enormes ojos y esas siete pecas que parecen estrellas.

»Prométemelo —susurra, y él levanta las manos para atraerla hacia sí, para prometérselo, pero para cuando sus brazos la envuelven, Addie se ha ido.

Y él cae.

✶ ✦ ✕ ✶ ✕ ✦ ✛ ✦

Parte siete:

Me acuerdo de ti

Título: *La chica que se marchó.*

Autor: Desconocido.

Fecha: 2014.

Técnica: Polaroid.

Ubicación: En préstamo de los archivos personales de Henry Strauss.

Descripción: Colección de seis (6) fotografías en las que aparece una chica en movimiento, con los rasgos borrados, ocultos o de otro modo inapreciables. La última fotografía se diferencia del resto. Muestra el suelo de una sala de estar, el extremo de una mesa, una pila de libros y dos pies visibles en la parte inferior.

Contexto: La protagonista de las fotos sigue siendo objeto de fuertes especulaciones, dada la relación del autor con el material original. El *flash* ha borrado todos los detalles significativos, pero es la técnica utilizada lo que hace que las piezas sean notables. En una fotografía estándar, una exposición prolongada permite lograr el efecto de movimiento deseado, pero la velocidad fija del obturador de la Polaroid hace que la ilusión de movimiento resulte aún más impresionante.

Valor aproximado: No está a la venta.

Todas las piezas se encuentran expuestas actualmente en el Modern Museum of Art, como parte de la exposición *En busca de la auténtica Addie LaRue*, comisariada por Beatrice Caldwell, doctorada por la universidad de Columbia.

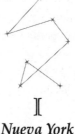

I

Nueva York
5 de septiembre de 2014

Así termina la historia.

Un chico se despierta solo en la cama.

La luz del sol se cuela a través del hueco de las cortinas, pero los edificios que se alzan al otro lado de la ventana han quedado empapados por la lluvia.

Se siente débil, como con resaca, aún atrapado entre los vestigios del sueño. Sabe que estaba soñando, pero por más que lo intenta no puede recordar los detalles, aunque no debe de haber sido demasiado agradable, porque lo único que experimenta al despertar es una enorme sensación de alivio.

Novela lo contempla desde el edredón, que está hecho un revoltillo, con los ojos anaranjados muy abiertos e impacientes.

Es tarde, lo sabe por el ángulo de la luz y los sonidos del tráfico que provienen de la calle.

No quería dormir tanto.

La chica de la que está enamorado siempre se despierta primero. Se revuelve bajo las sábanas, centra su atención en él y lo acaricia suavemente, lo cual resulta suficiente para espabilarlo. Una vez el chico se despertó primero, y tuvo el placer, poco habitual, de verla dormir, hecha un ovillo y con la cara escondida entre las almohadas, todavía sumida en el mundo de los sueños.

Pero aquello ocurrió en una mañana lluviosa, justo después del alba, con el mundo teñido de gris; hoy el sol brilla tanto que el chico no se explica cómo han podido dormir hasta tan tarde.

Se da la vuelta para despertarla.

Pero el otro lado de la cama se encuentra vacío.

Coloca la mano donde ella debería estar, pero las sábanas están frías y sin deshacer.

—¿Addie? —la llama, poniéndose en pie.

Recorre el apartamento, echa un vistazo en la cocina, el baño y la escalera de incendios, aunque sabe que no está allí, lo sabe, lo sabe.

—*¿Addie?*

Y entonces, como no podía ser de otro modo, se acuerda.

No del sueño, pues no hubo ningún sueño; sino de la noche anterior.

La última noche de su vida.

Del olor a cemento húmedo de la azotea.

Del último *tic* del reloj antes de que la mano y el número doce se encontraran, de la sonrisa de ella mientras lo miraba y lo hacía prometer que la recordaría.

Y ahora él está aquí y ella se ha ido sin dejar rastro, salvo los recuerdos de su memoria y...

Los cuadernos.

Cruza la habitación hasta el estrecho conjunto de estanterías donde los guardaba: rojo, azul, plata, blanco, negro y verde. Seis cuadernos, y todos siguen allí. Los saca de la estantería y los extiende sobre la cama, y al hacerlo, las polaroids caen del interior.

Las que le hizo aquel día, donde su cara es un borrón, donde se encuentra de espaldas a la cámara, y aquella donde un fantasma rodea los extremos de la imagen; Henry las contempla durante un buen rato, convencido de que si entorna los ojos, las facciones de ella se volverán más nítidas. Pero por mucho que mire, lo único que ve son las siluetas, las sombras. Lo único que distingue son las siete pecas, pero estas aparecen tan tenues que no está seguro de si de verdad se ven, o es cosa de sus recuerdos, que simplemente rellenan los huecos donde deberían estar.

Deja las fotografías a un lado y alarga la mano para tomar el primer cuaderno, pero se detiene, convencido de que cuando lo abra (si lo abre), encontrará las páginas en blanco, y la tinta habrá desaparecido, igual que todas las huellas que Addie ha intentado dejar.

Pero tiene que comprobarlo, así que lo abre y ahí están: páginas enteras escritas con su letra, protegidas de la maldición debido al hecho de que las palabras empleadas son suyas, a pesar de que la historia le pertenece a ella.

Quiere ser un árbol.

Roger no tiene nada de malo.

Solo quiere vivir antes de morir.

Tardará años en aprender el lenguaje de esos ojos.

Se abre camino a través de los cuerpos y consigue salir, con las manos extendidas sobre el montículo huesudo que conforma la espalda de un hombre.

Así es cómo debería haber sido su primera vez.

Nota cómo él presiona tres monedas contra la palma de su mano.

Alma es una palabra grandilocuente. La realidad es mucho más insignificante.

No tarda mucho en encontrar la tumba de su padre.

Henry abre el siguiente cuaderno.

París está en llamas.

La oscuridad se despliega.

Y el siguiente.

Hay un ángel sobre la barra.

Henry permanece sentado durante horas, recostado contra uno de los lados de la cama, leyendo cada página de cada diario, cada historia que ella le ha contado, y cuando acaba, cierra los ojos y apoya la cabeza en las manos, rodeado de cuadernos abiertos.

Porque la chica de la que estaba enamorado se ha marchado.

Y él sigue aquí.

Y lo recuerda todo.

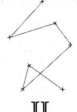

II
Brooklyn, Nueva York
13 de marzo de 2015

—Henry Samuel Strauss, vaya puta mierda.

Bea golpea la encimera con la última página, asustando al gato, que se había quedado dormido sobre una pila de libros.

—No puedes acabarlo así. —Se abraza el manuscrito al pecho, como para protegerlo de él. La primera página, con el título del libro, le devuelve la mirada a Henry.

La vida invisible de Addie LaRue.

—¿Qué pasó con Addie? ¿En serio se marchó con Luc? ¿Después de todo lo ocurrido?

Henry se encoge de hombros.

—Supongo que sí.

—¿Lo supones?

Lo cierto es que no lo sabe.

Ha dedicado los últimos seis meses a intentar dar forma a las historias de los cuadernos, recopilándolas en este borrador. Y cada noche, después de que se le agarrotaran las manos y la cabeza le doliera de tanto mirar la pantalla del ordenador, Henry se desplomaba en la cama —no huele a ella, ya no— y se preguntaba cómo terminaría la historia.

Si es que terminaba.

Escribió un puñado de finales diferentes para el libro, algunos donde ella era feliz, y otros donde no lo era; algunos donde Luc y Addie estaban locamente enamorados y otros donde él se aferraba a Addie como un dragón a su tesoro, pero todos esos finales son de Henry. Y esta historia pertenece a Addie. Todo lo que escribió más allá de esos últimos segundos que compartieron, de ese último beso, era una obra de ficción...

Lo intentó.

Pero esta historia es real, aunque nadie más que él vaya a saberlo nunca.

Desconoce lo que le ocurrió a Addie, adónde se fue o cómo está, pero alberga esperanzas. *Espera* que sea feliz. Espera que siga rebosando de alegría rebelde y de optimismo persistente. Espera que no lo hiciera solo por él. Espera, de alguna forma, volver a verla algún día.

—Vas a seguir fingiendo que no sabes lo que ocurre después, ¿no? Joder, sí que te lo tomas en serio —dice Bea.

Henry levanta la mirada.

Quiere contarle que todo es verdad.

Que ella conoció a Addie, igual que ha escrito él en el libro, y que tras conocerla dijo lo mismo cada una de las veces. Quiere decirle que habrían sido amigas. Que lo fueron, aunque solo durante unas horas. Lo cual, por supuesto, es el máximo tiempo que Addie podía conservar una amistad.

Pero no lo creería, así que deja que piense que se trata de una obra de ficción.

—¿Te ha gustado? —le pregunta Henry.

Y Bea esboza una sonrisa. Ya no hay niebla en su mirada, ni resplandor alguno, y Henry nunca se había sentido tan agradecido de saber la verdad.

—Es bueno, Henry —responde ella—. Es buenísimo. —Bea le da un golpecito a la primera página—. Pero acuérdate de añadirme en los agradecimientos.

—¿Qué?

—Mi tesis, ¿no te acuerdas? Quería hacerla sobre la chica que aparecía en todas esas pinturas. El fantasma del lienzo. Es ella, ¿verdad?

Por supuesto que lo es.

Henry pasa la mano sobre el manuscrito, aliviado y triste de haberlo acabado. Desearía haber pasado un poco más de tiempo con él, desearía haber podido vivir con ella.

Pero ahora, se alegra de haberlo escrito.

Porque la verdad es que ya está empezando a olvidar.

No es que se haya convertido en víctima de su maldición. Addie no ha sido, de ningún modo, borrada de sus recuerdos. Los detalles simplemente se desvanecen, es algo que sucede poco a poco, como con todas las cosas; la mente deja marchar el pasado para hacer hueco al futuro.

Pero Henry no quiere dejarlo marchar.

Está intentando no hacerlo.

Se tumba en la cama por la noche, cierra los ojos y trata de evocar su rostro. La curva exacta de su boca, la tonalidad específica de su pelo, el modo en que la lámpara de la mesilla de noche iluminaba su pómulo izquierdo, su sien, su barbilla. El sonido de su risa de madrugada, su voz cuando estaba a punto de quedarse dormida.

Sabe que estos detalles no son tan importantes como los descritos en el libro, pero aun así no soporta la idea de desprenderse de ellos todavía.

La fe se parece un poco a la gravedad. Si un número suficiente de personas creen en algo, ese algo se vuelve tan sólido y real como el suelo bajo los pies. Pero cuando eres el único que se aferra a una idea, a un recuerdo, a una chica, resulta difícil evitar que se aleje flotando.

—Sabía que serías escritor —está diciendo Bea—. No había más que ver toda esa parafernalia a tu alrededor, solo estabas en fase de negación.

—No soy escritor —dice Henry de forma distraída.

—Pues este libro opina lo contrario. Vas a publicarlo, ¿verdad? Tienes que hacerlo… es demasiado bueno.

—Ah. Sí —dice él pensativo—. Creo que me gustaría intentarlo.

Y eso hará.

Contratará a un agente literario, el libro se subastará entre varias editoriales, y al final, venderá el manuscrito con una condición —que solo aparezca un nombre en la cubierta, y no será el suyo— y la editorial aceptará. Creerán que se trata de un astuto truco de marketing, desde luego, pero Henry se emocionará al pensar que otras personas leerán estas palabras, no las suyas, sino las de Addie, que su nombre se transmitirá de boca en boca, de la mente a los recuerdos.

Addie, Addie, Addie.

El anticipo será suficiente para pagar sus préstamos estudiantiles, suficiente para proporcionarle algo de tranquilidad mientras piensa en lo que hará a continuación. Aún no lo tiene claro, pero por primera vez, no le da miedo.

El mundo es enorme, y él apenas ha visto una mínima parte. Desea viajar, hacer fotos, escuchar las historias de otras personas, y tal vez, crear algunas propias. Después de todo, la vida puede parecer muy larga a veces, pero sabe que pasará volando, y Henry no quiere perderse ni un segundo.

III

Londres, Inglaterra
3 de febrero de 2016

La librería está a punto de cerrar.

En esta época del año oscurece temprano, y según la previsión del tiempo, parece que va a nevar, lo cual es inusual en Londres. Los ajetreados empleados van de aquí para allá, desmontando expositores antiguos y montando otros nuevos, intentando acabar el trabajo antes de que la niebla de la calle se convierta en escarcha.

Ella permanece cerca de allí, acariciando con el pulgar el anillo que lleva colgado de la garganta, mientras un par de adolescentes reponen una estantería de la sección de novedades.

—¿Lo has leído ya? —le pregunta una de ellas.

—Sí, el fin de semana pasado —contesta la otra.

—Es increíble que el autor haya ocultado su nombre —dice la primera—. Seguro que es algún truco publicitario.

—No sé —opina la segunda—. Yo creo que es buena idea. Hace que el libro parezca real, como si de verdad fuera Henry el que te está contando la historia.

La primera chica se echa a reír.

—Menuda romántica estás hecha.

—Perdonad —les interrumpe un hombre mayor—. ¿Os importa que me lleve una de las copias de *La vida invisible de Addie LaRue*?

A Addie se le eriza la piel. El hombre pronuncia su nombre con muchísima facilidad, es increíble cómo los sonidos brotan de la lengua de otra persona.

Espera a que los tres se dirijan hasta la caja, y entonces, por fin, se acerca al expositor. No es solo una mesa, sino una estantería llena: treinta copias del libro con la cubierta hacia fuera, y el patrón repitiéndose de arriba abajo. La cubierta es sencilla, la mayor parte del espacio está dedicado al título, que es lo bastante largo y grande como para ocupar todo el espacio. Está escrito con una fuente en letra manuscrita, igual que las anotaciones de los cuadernos junto a la cama, es una versión más elegante de sus palabras, plasmadas sobre el papel a través de Henry.

La vida invisible de Addie LaRue.

Pasa los dedos sobre el nombre y nota cómo las letras en relieve se curvan y arquean bajo su caricia, como si las hubiera escrito ella misma.

Las dependientas tienen razón. El nombre del autor no aparece por ningún lado. Ni hay ninguna foto en la contracubierta. No hay rastro de Henry Strauss más allá del simple y hermoso hecho de que tiene el libro en las manos, de que la historia es real.

Abre la tapa, y pasa la página con el título hasta llegar a la dedicatoria.

Cuatro pequeñas palabras descansan en el centro de la página.

Me acuerdo de ti.

Cierra los ojos y lo ve con el mismo aspecto que tenía aquel primer día en la tienda, con los codos apoyados en el mostrador mientras levantaba la mirada y la contemplaba con el ceño fruncido tras las gafas.

Me acuerdo de ti.

Lo ve en el Artefacto, en el laberinto de espejos y luego en el campo de estrellas, lo ve trazar su nombre con los dedos en la pared de cristal, y asomándose por encima de la Polaroid, susurrándole desde el otro extremo de la Grand Central, y con la cabeza inclinada sobre el cuaderno, mientras los rizos le caen en la cara. Lo ve tumbado junto a ella en la cama, sobre el césped al norte de Nueva York, en la playa, con los dedos de ambos entrelazados como los eslabones de una cadena.

Recuerda envolverse en su cálido abrazo mientras él la acercaba hacia sí bajo las sábanas, su aroma a limpio, la tranquilidad de su voz cuando ella le dijo: «No me olvides», y él le contestó: «Nunca».

Ella sonríe, secándose las lágrimas, mientras lo ve en la azotea esa última noche.

Addie ha dicho «hola» muchas veces, pero aquella fue la primera y la última vez que pudo decir «adiós». Ese beso fue un signo de puntuación que llevaba esperando mucho tiempo. No fueron los puntos suspensivos de una frase inacabada o de una huida silenciosa, sino un punto final, un paréntesis cerrado, una conclusión.

Un final.

Lo malo de vivir en el presente, y solo en el presente, es que se asemeja mucho a las oraciones sin signos de puntuación. Y Henry fue un paréntesis perfecto en la historia. Le dio una oportunidad para recuperar el aliento. Addie desconoce si fue amor, o tan solo una prórroga. Si el bienestar puede competir con la pasión, si la calidez será alguna vez un sentimiento tan intenso como el ardor.

Pero fue un regalo.

No un juego ni una guerra ni una lucha de voluntades.

Tan solo un regalo.

El tiempo y los recuerdos son como los amantes de un cuento.

Hojea los capítulos del libro, su libro, y se maravilla al ver su nombre escrito en cada página. Su vida, a la espera de que alguien la lea. Ahora es más grande que ella. Más grande que cualquiera de ellos, humanos, o dioses, o seres sin nombre. Una historia es una idea, salvaje como las malas hierbas, que brota allá donde sea plantada.

Empieza a leer y llega hasta su primer invierno en París, cuando nota cómo el aire cambia a sus espaldas.

Oye su nombre, igual que un beso, en la nuca.

—Adeline.

Y entonces Luc hace acto de presencia. La envuelve con los brazos y ella se apoya en su pecho. Encajan a la perfección. Siempre lo han hecho, aunque ella se pregunta, incluso ahora, si simplemente se trata de la naturaleza de lo que él es: humo que se expande para llenar cualquier espacio.

Luc dirige la mirada al libro que tiene en las manos. A su nombre, plasmado en la cubierta.

—Eres de lo más astuta —dice murmurando las palabras en su piel. Pero no parece enfadado.

»Que se queden con la historia —prosigue—. Me da igual, mientras seas mía.

Addie se da la vuelta en sus brazos para mirarlo.

Luc es hermoso cuando se regodea.

No debería serlo, desde luego. La arrogancia es un rasgo poco atractivo, pero Luc hace gala de ella con la comodidad con la que alguien lleva un traje a medida. Resplandece con la luz de sus obras. Está demasiado acostumbrado a llevar la razón. A tener el control.

Sus ojos reflejan un verde intenso y triunfante.

Addie ha tenido trescientos años para aprenderse el color de cada uno de sus estados de ánimo. A estas alturas, los conoce todos, el significado de cada tonalidad, reconoce su mal humor, sus deseos y sus pensamientos con tan solo examinar sus ojos.

Le parece increíble que en el mismo período de tiempo, él nunca haya aprendido a leer los suyos.

O tal vez solo reconociera lo que esperaba encontrar: la ira de una mujer, sus anhelos, sus miedos y esperanzas, su lujuria y todos aquellos sentimientos más simples y transparentes.

Pero nunca aprendió a leer su astucia ni su destreza, nunca aprendió a leer los matices de sus acciones, las cadencias sutiles de su habla.

Y mientras lo mira, piensa en todas las cosas que sus ojos dirían.

Que ha cometido un terrible error.

Que el secreto se esconde en los detalles, y él ha pasado por alto uno crucial.

Que la semántica puede parecer insignificante, pero que él le enseñó una vez que las palabras lo son todo. Y que cuando ella estableció las condiciones del nuevo trato, cuando intercambió su alma por sí misma, no utilizó la frase «para siempre», sino «mientras me quieras a tu lado».

Y el significado de ambas es completamente distinto.

Si sus ojos pudieran hablar, se echarían a reír.

Le dirían que es un dios voluble, y que mucho antes de que se enamorase de ella, la odió y la volvió loca, y que con su impecable memoria, Addie se convirtió en discípula de sus intrigas, en una erudita de su crueldad. Lleva trescientos años estudiando, y transformará el arrepentimiento de Luc en una obra de arte.

Tal vez tarde veinte años.

O puede que tarde cien.

Pero Luc es incapaz de amar, y ella se lo demostrará.

Acabará con él. Hará añicos la idea que tiene de ellos dos.

Le romperá el corazón y él volverá a odiarla de nuevo.

Lo volverá loco y lo apartará de ella.

Y entonces, él la abandonará.

Y ella será libre por fin.

Addie sueña con decirle todo aquello a Luc solo para ver la tonalidad que adoptan sus ojos, el verde de la derrota. El verde de la renuncia y el fracaso.

Pero si algo le ha enseñado él, es a tener paciencia.

De modo que Addie mantiene en secreto la nueva partida, las nuevas reglas, la nueva batalla que ha dado comienzo.

Tan solo sonríe y vuelve a colocar el libro en la estantería.

Y lo sigue a través de la oscuridad.

Agradecimientos

Las personas que me siguen *online* saben que tengo una relación tensa con las historias.

O, mejor dicho, con traer historias a la vida. Mientras mantengo a la gran bestia desordenada hasta que mis brazos tiemblan y mi cabeza duele, sé que, si la dejo caer antes de que esté lista, se hará pedazos y tendré que juntar los restos y perderé algunas piezas en el camino.

Por eso, mientras tenía la historia de Addie en mis brazos, muchas personas me sostuvieron a *mí*.

Sin ellas, no habría libro.

Y aquí es donde se supone que debo agradecerles a todos ellos.

(Odio los agradecimientos).

(O, en realidad, odio los Agradecimientos. Tengo una memoria terrible. Creo que mi mente se llenó de agujeros por todos esos libros; por eso, cuando llega el momento de agradecerles a las personas que me han ayudado a darle vida a esta novela, me quedo congelada, segura de que me olvidaré).

(Sé que me olvidaré).

(Olvido cosas todo el tiempo).

(Creo que esa es la razón por la que escribo, para probar y atrapar las ideas antes de que se desvanezcan y me dejen sola mirando el espacio vacío, preguntándome por qué entré a esa habitación, o por qué abrí esa ventana en el buscador web, o qué estaba buscando en el refrigerador).

(Por supuesto, es irónico si tenemos en cuenta de qué trata este libro).

(Esta novela, que ha vivido en mi mente por tanto tiempo, me consumió tanto espacio, es la responsable de que me olvide de algunas cosas).

Así que, esta será una lista incompleta.

Este libro es para mi padre, quien caminó conmigo por las calles de nuestro barrio en el East Nashville y me escuchó mientras le explicaba en detalle la idea que crecía en mi mente.

Para mi madre, quien me acompañó en cada camino ventoso y nunca permitió que me perdiera.

Para mi hermana, Jenna, quien supo exactamente cuándo necesitaba escribir y cuándo necesitaba dejar de hacerlo para ir a tomar algún cóctel sofisticado.

Para mi agente, Holly, quien me ha sacado de tantos pantanos en llamas y no me dejó quemar ni ahogar ni una sola vez, ni que me coman las rosas.

Para mi editora, Miriam, quien ha estado conmigo en cada paso de este largo y ventoso camino.

Para mi publicista, Kristin, quien se ha convertido en mi caballera, mi campeona y mi amiga.

Para Lucille, Sarah, Eileen y el resto de mi increíble equipo en Tor, quienes han creído en esta historia cuando solo era una idea, que me han apoyado cuando era un borrador y defendido cuando fue un libro terminado. Y me han hecho sentir, con cada paso, como que me podía ir y ellos cuidarían de mí.

Para mis amigos (vosotros sabéis quiénes sois) quienes me ayudaron a cruzar la oscuridad y quienes escaparon conmigo en busca de palabras (y pollo rostizado).

Para Al Mare, Red Kite, por darme un lugar en donde pensar, escribir y por proveerme con abundantes tazas de té.

Para Danielle, Ilda, Britt y Dan, por vuestra pasión, y por pasarme pizza por debajo de la puerta.

Para cada librero que me ha mantenido en sus bibliotecas durante todo este tiempo.

Para cada lector, que me ha dicho que no podía esperar, mientras prometía que lo haría.

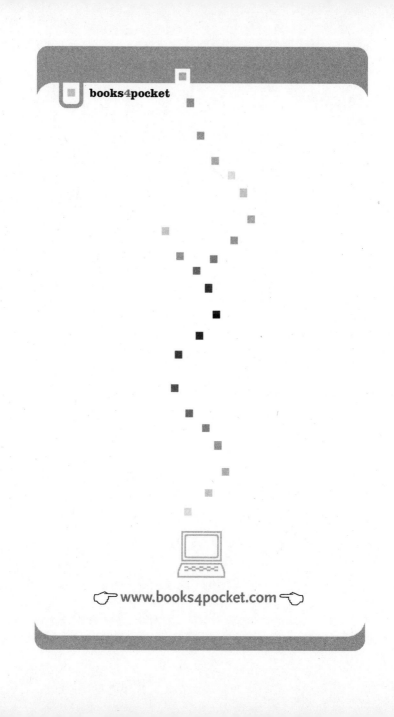